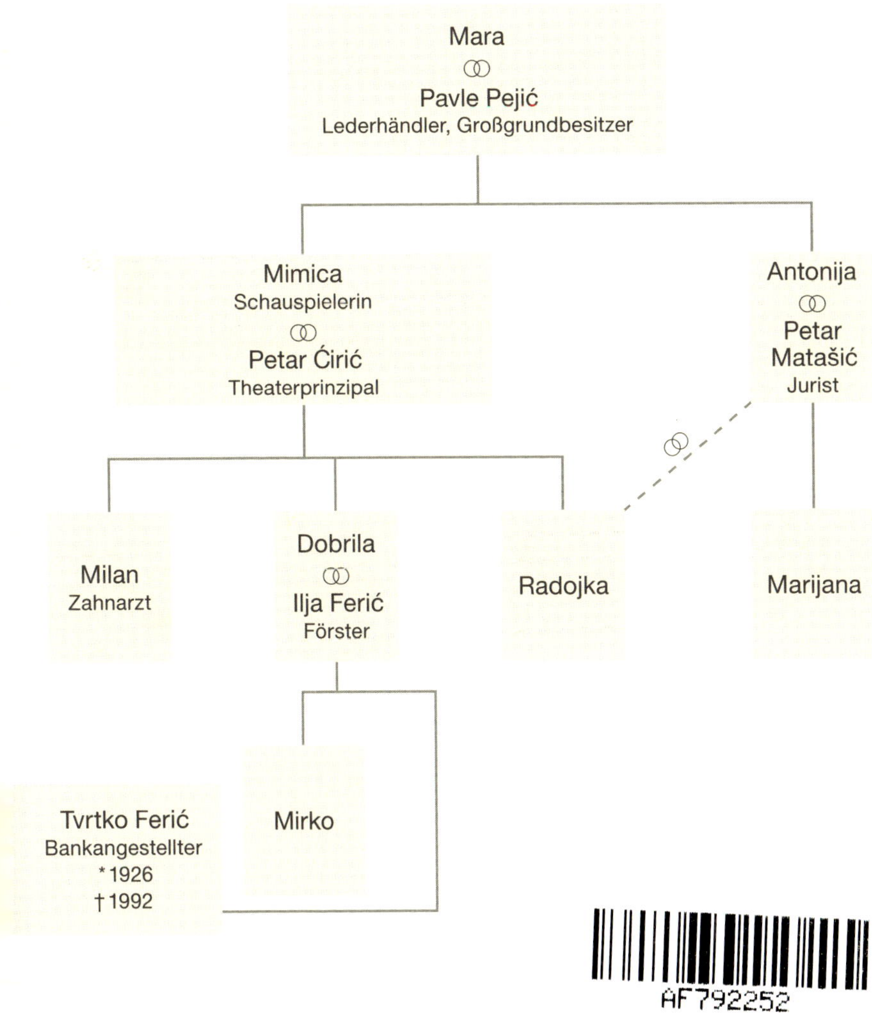

AF792252

1962

Zoran Ferić

Die Wanderbühne

ZORAN FERIĆ

DIE WANDERBÜHNE

ROMAN

Aus dem Kroatischen von Klaus Detlef Olof

TransferBibliothek
FolioVerlag

Jeder von uns stellt alle Stimmen dar, die er nicht zusammengezählt hat. Versetze uns in Nacht und Nacktheit zurück, und Du wirst erkennen, dass die Liebe, die gestern in Texas endete, vor viertausend Jahren auf Kreta begann. (...) Jeder Augenblick ist die Frucht von vierzigtausend Jahren. Die Tage, an Minuten ermessen, sind Fliegen, die sich totsummen. Jeder Augenblick ist ein Fenster, das auf alle Zeit hinausweist.

Thomas Wolfe, *Schau heimwärts, Engel*

Meinen Liebsten

Die Schatten

Prolog

„Stellst du dich in den Schatten eines Gehenkten, bringt das Glück!“, sagte jemand, als wir in die Siebente der Grundschule gingen und im Geschichtsbuch zum ersten Mal das Foto eines Gehenkten auf den Terazije sahen. Den Schatten des Gehenkten sieht man auf diesem Foto nicht, und doch drängt sich unter ihm die Menge. Haben alle die Menschen versucht, sich in seinen Schatten zu stellen? Das dachten wir damals. Heute ist klar, dass man sie unter Zwang hergeführt hatte, damit sie dem Henken zusehen, und dass es der Gehenkten mehrere waren. Eine zivilisierte Nation aus dem Herzen Europas hatte, anscheinend zur Freude vieler, die Institution der öffentlichen Hinrichtung wiederbelebt. Der Betreffende auf dem Foto aus dem Lesebuch hängt völlig ruhig, im Anzug, mit Schirmmütze und Krawatte, als hätte er sich für das Gehenktwerden eigens zurechtgemacht.

Sehr merkwürdig auf dem Foto aber ist, dass ihm die Schirmmütze nicht vom Kopf fällt, der schief steht, weil sein Hals gebrochen ist. Alles ist voll mit diesen schiefen Ebenen: Auf dem schief stehenden Kopf sitzt die schiefe Schirmmütze, und auch der Gehenkte, so scheint es, hängt nicht ganz gerade. Der Mensch ist wie ein Senkblei, dachte ich damals, auch wenn er gerade hängt, folgt er aus einem bestimmten Grund immer der Krümmung der Erdachse. So ist es auch kein Wunder, dass auf diesem Planeten alles gekrümmt und alles ein wenig schief ist.

Der Gehenkte heißt Milin Svetislav, er ist Schuhmacher und aufgeknüpft wurde er am 17. August 1941, zusammen mit vier weiteren Angehörigen der Widerstandsbewegung: Ratko Jevtić, Milorad Pokrajc, Velimir Jovanović und Jovan Janković. Und die, die unter Milin stehen und auf seine Strümpfe sehen oder auf die Schuhsohlen glotzen, vielleicht sind sie auch unwissend in seinen Schatten getreten. Später werden wir dieses Foto viele Male sehen, in Enzyklopädien, in Ausstellungen, in Büchern, die über die Widerstandsbewegung in Belgrad 1941 sprechen. Menschen, die an Straßenlaternen hängen, sollten vielleicht einen Schock auslösen, aber wenn man das Bild ein wenig erweitert, wenn man aus dem historischen Lesebuch heraustritt, wird man sehen, dass auf den Terazije elektrische Straßenbahnen fahren, dass Menschen spazieren gehen und Bars aufsuchen, um Foxtrott zu hören, und manche sitzen sogar in den Kaffeehäusern unweit der Gehenkten, trinken Kaffee und plaudern:

– Ein schöner Tag, Herr Nachbar!

Und der Nachbar wischt sich mit einem Tuch den Schweiß aus dem Nacken.

– Von wegen schön, du siehst doch, was für eine Schwüle.

Als wir das Foto des gehenkten Milin zum ersten Mal sahen, konnten wir nicht ahnen, dass er, zusammen mit seinen Kameraden, den Mitgehenkten, am Sitz der Gestapo in der König-Alexander-Straße Nr. 5 zuerst erschossen wurde und dass man die Toten erst später an die Straßenlaternen gehängt hat. Milin war damals sechsundzwanzig Jahre alt.

Von manchen Menschen sagt man, dass sie mehrere Leben haben, wie die Katzen. Das sind die, die sich aus unmöglichen Situationen herauswinden und irgendwie überleben. Weniger Erwähnung finden allerdings jene, die mehrere Tode haben. Milin und Genossen gehören zu denen, die der Tod mehrere Male heimgesucht hat. Erst erschossen, dann aufgehängt. Und hätte jemand von ihnen durch einen Zufall das Erschießen überlebt, und solche gibt es in jedem Krieg, und gerade sie sind die zuverlässigsten Zeugen, hätte er das Hängen nicht überlebt. Der Tod ist zweimal nach Belgrad gekommen, um Svetislav und die Genossen zu holen, obwohl das für ihn vielleicht ein überflüssiges Unternehmen war, weil er das, nach allem zu urteilen, bereits im Gefängnishof getan hat.

Aber was ist mit dem Anzug, dem Hemd und der Krawatte? Die historischen Quellen sagen, dass alle fünf am Sitz der Gestapo gefoltert worden waren und man erst dann auf sie geschossen hat. Aber auf den Fotografien, obwohl sie ein wenig trübe und körnig sind, sieht man kein blutiges Hemd, keine Spuren von Tortur. Milin sieht tatsächlich so aus, als hätte er sich zur Hochzeit gekleidet und dann den Weg verfehlt und wäre irrtümlicherweise an den Mast auf den Terazije gelangt. Soweit man sehen kann, sind auch die anderen anständig gekleidet. Hat man sie in denselben Anzügen aufgehängt, in denen man sie gefoltert und erschossen hat? Vermutlich nicht. Es kann nicht das Interesse des Chefs der Belgrader Gestapo Karl Kraus und des Militärbefehlshabers für Serbien Heinrich Danckelmann gewesen sein, auf der Belgrader Hauptavenue irgendwelche Klumpen zerfetzten Fleisches aufzuhängen, sondern Menschen. Mit eigener Würde, mit Menschlichkeit, die ihnen vor dem Aufhängen posthum zurückgegeben worden war, um sie ihnen dann mit dem Hängen erneut öffentlich zu nehmen. Aber wer hat sie dann gewaschen und angezogen? Hat man dazu einen Bestatter engagiert? Und wer hat den Anzug gebracht? Die einfachste Lösung war wohl, die Eltern und Verwandten aufzufordern, ihnen festliche Kleidung zu bringen und sie an Ort und Stelle anzukleiden. Man kann sich leicht die verweinte Mutter von Milin Svetislav vorstellen, wie sie in Schwarz, zusammen mit noch zwei Frauen, seinen nackten zerfleischten Körper wäscht. Sie küsst ihn auf die Stirn, küsst seine leblosen mageren Hände, die aussehen wie die Hände eines Knaben und nicht wie die eines Mannes, der mit den Händen arbeitet, und dann richten ihn die zwei Frauen auf in eine sitzende Position, und sie streift ihm liebevoll erst den einen, dann den anderen Ärmel des sauberen weißen Hemdes über. Dann heben sie sein Unterteil an und ziehen ihm Unterhose und Hose an, seine Mutter bindet ihm die Krawatte, zieht ihm das Sakko an und schnürt ihm die Schuhe, deren abgewetzte Sohlen die Bürger Belgrads in einem der tragischsten Augenblicke ihrer Geschichte sehen werden. Und jemand von ihnen wird vielleicht sagen: „Der Schuster hat immer die schlechtesten Schuhe."

Andererseits sieht man auf den schönsten Fotografien von Tošo Dabac aus den Vierzigerjahren, wie wichtig Schatten für die Schwarz-Weiß-Fotografie sind und wie sich die Welt auf dem Fotopapier plötzlich in ein Spiel heller und dunkler Flecken verwandelt. Meine Vorstellung von Zagreb zur Zeit des Zweiten Weltkriegs geht immer von diesen Fotografien aus. Im Unterschied zu den Gehenkten von den Terazije haben die Menschen bei Tošo Dabac keine Namen. Es sind

Passanten, die sich in der Ilica oder auf dem Ban-Jelačić-Platz oder auf dem Dolac eingefunden haben und bei denen noch etwas gut ist: Du kannst dir vorstellen, dass sie noch lebendig sind. Aber die Mehrzahl von ihnen hat auch einen Schatten; zu Mittag einen kurzen und gestauchten, am späten Nachmittag einen länglichen und verformten, der nicht mehr an seinen Besitzer erinnert. Und dieser Schatten, dieses dunklere Alter Ego, pflanzt sie in die Fotografie hinein wie eine Art Fundament oder eine Wurzel, die sie mit der Erde verbindet. Helle Abbilder an der Sonne und dunkle Schatten, die ihnen auf den Fotos nachkriechen. Und diese Schatten winken uns von den Gehsteigen oder Hauswänden zu: Es scheint zwar die Sonne, und es ist ruhig in der Stadt, es herrscht eine Art Ruhe, aber die Schatten sagen, wir sind hier, Freund, und wir schreiben das Jahr neunzehnhunderteinundvierzig …

Deshalb sind die Schatten wichtig, wenn Mutter, die jetzt zwölf Jahre alt ist, in die Schule in der Savska geht, in das Gebäude der heutigen Fakultät für Lehrerbildung, gegenüber dem Gefängnis. Ich sehe sie immer in Schwarz-Weiß, mit diesen Schatten. Mager, in dem hellen Trenchcoat, die Bücher unterm Arm. So geht sie durch den leeren Flur, in dem die Sonne auf dem Boden unregelmäßige helle Flecken macht und Mutters Schatten beim Gehen verlängert. Das ist der schmale Schatten eines „Spinnenbein“ genannten Mädchens. Ihre Magerkeit hat sich rasch in diesen spöttischen Spitznamen verwandelt. Passend zu der dünnen mit Honig bestrichenen Scheibe Brot, die sie jeden Tag zur Jause mit in die Schule nimmt.

Ihr Leben nimmt allmählich Realität an, als es den Chirurgen aus Petrograd, den russischen Emigranten in Frankreich, aus einem unerfindlichen Grund von Paris nach Zagreb verschlägt, wo er einer Krankenschwester aus einer Imkerfamilie, in der die Tuberkulose grassiert, ein Kind macht. Aber damit ihr Leben wirklich Realität annimmt, muss zuerst eine Reihe von Missverständnissen ausgeräumt werden, die die Beziehung zwischen Oma Ivka und dem erwähnten Chirurgen begleiten, der in den jugoslawischen Dokumenten mancherorts als Benjamin und anderswo als Venjamin geführt wird, während in seinem vom Königreich SHS ausgestellten Ausweis der Ärztekammer und in Mutters Trauschein Venijan steht.

Und so wenig sein Name weder fest noch eindeutig ist, sondern einer östlichen und einer westlichen Variante unterworfen, Benjamin oder Venjamin, in der Regie schlechter Daktylografen, die in den Dokumenten unverzeihliche Fehler begehen und dann diese Fehler jahrelang hartnäckig weitertragen, so wenig ist auch sein Nachname eindeutig. Der erscheint in den Dokumenten in zwei Varianten: In Mutters Geburtsurkunde steht Bernstein, und eine spätere Variante lautet Bernštajn, phonetisch. Aber derselbe Nachname kommt auch in einer Variante mit eingefügtem *e* vor, Berenstein und Berenštajn. Diese Variante steht in der Heiratsurkunde der Eltern und auf dem Grab von Großmutter Ivka, wo es auf der schwarzen Marmorplatte Berenstein heißt. Diese sprachliche Verwirrung ist nur Ausdruck der totalen Unsicherheit hinsichtlich Großvater Benjamin. Nichts in Verbindung mit diesem Großvater ist sicher, außer eines: dass er von einem Menschen ersetzt wurde, bei dem man sich in allem hundertprozentig sicher sein konnte.

Kindern, die früh ihre Eltern verloren haben, bleiben oft die Fotos. In Mutters Fall ist das besonders kompliziert. Die einzige Fotografie, auf der ihr Vater und ihre Mutter gemeinsam zu sehen sind, ist ein viereckiges Stückchen Fotopapier mit dem Stempel des Fotografischen Ateliers Tomee, ein wenig eingerollt und ungewöhnlich dünn. Aufgenommen wurde es während einer Operation, und auf der Rückseite steht: „Mama und Papa, Vinogradska 1928“. Die Notiz auf der Rückseite ist notwendig, weil auf dieser Fotografie sowohl die Krankenschwester als auch der Arzt Masken über dem unteren Teil des Gesichts tragen und nicht erkennbar sind, und einigermaßen hilfreich, weil sie uns darauf hinweist, dass die eine der zwei maskierten Personen ihr Vater und die andere ihre Mutter ist. Im oberen mittleren Teil der Fotografie dominiert eine starke OP-Lampe, wie eine kleine Sonne, und hüllt die ganze Szene gewissermaßen in Nebel. Deshalb ist nicht gut zu erkennen, wer von ihnen Mama, wer Papa ist, und die einzige Person, die keine Maske trägt, ist der Patient, den sie operieren. Er hat die Augen offen, und sein Blick, den man als neugierig bezeichnen könnte, geht zu seinem offenen Leib.

Ein Problem mit diesem Foto war auch, dass sie, wenn ihr der Vater fehlte, nicht wusste, ob sie auf die linke oder die rechte Person schauen sollte, wie sie auch, wenn ihr die Mutter fehlte, nicht mit

Sicherheit sagen konnte, ob sie das links oder rechts auf dem Bild ist. Sie konnte es vermuten, weil die linke Person etwas kleiner ist.

Vielleicht konzentrierte sie sich, sich nach dem Vater sehnend, zuerst auf die rechte Person, wenn das Haus mit ihren Onkeln und ihrer Tante laut dröhnte und Lachen, Streiten und Flüstern zu hören waren, und dachte in der Ecke an ihren Papa, der die Menschen aufschneidet, um sie zu heilen. Wie lange dauerte das? Es verging der Sommer, dann der Herbst, dann der Winter, aber ihren Vater aus Fleisch und Blut, der in Zagreb lebte und noch immer am selben Ort arbeitete, gab es nicht. Er besuchte seine Tochter nur selten.

Aber auch das Vorhandensein seiner einzigen Fotografie war kein einfaches. Ich glaube mich von klein auf an sie zu erinnern, noch aus den unteren Klassen der Grundschule. Sie war ein Teil unserer Familienfotos, die wir in einem rotsamtenen, mit silbernen Ranken beschlagenen Album aufbewahrten. Ich erinnere mich auch an den Stempel, einen roten, „Foto Tomee, Zagreb, Ilica 129“, und deutlich habe ich den Text auf der Rückseite vor Augen, verblasst, mit gewöhnlichem Bleistift und in Mamas erkennbarer Handschrift geschrieben, in der das *r,* wenn wir es isoliert von den anderen Buchstaben betrachten, einem Galgen ähnelt, und das *m* zu seiner ursprünglichen ägyptischen Wellenform zurückzukehren scheint. Man muss auch sagen, dass gerade diese Fotografie es war, die diese Aufzeichnungen angeregt hat, in ihr gibt es genug von allem, um zum Zentrum der Erzählung über Großvater Benjamin zu werden.

Und erst unlängst, bei einer der Retrospektiven der Neuen Welle des ungarischen Films, habe ich den Film *Vater* von István Szabó gesehen. Einer seiner frühen Filme noch aus der schwarz-weißen Phase. Die Hauptperson dieses Films ist ein Junge, später ein junger Mann, der im Krieg seinen Vater verloren hat und über ihn unterschiedliche Geschichten erzählt. Einmal ist der Vater ein Arzt, der Leben rettet, ein anderes Mal ein Held der Widerstandsbewegung, ein drittes Mal ein bedeutender Politiker, ein ungarischer Patriot … Jedenfalls ist der Vater einer, dessen Nichtanwesenheit sich in unterschiedlichen Figuren manifestiert, die der jungenhaften Fantasie imponieren. Ich habe diesen Film nicht für besonders aufregend gehalten, er schien mir zu sehr in die Länge gezogen und ein wenig naiv, wie fast alle alten Filme, wenn wir sie jetzt sehen. Bis auf eine Szene. Der junge Mann, die Szene spielt in der Wohnung seines Freundes, zeigt seinen Freunden und seiner Freundin eine kleine Fotografie, ziemlich eingerollt, auf der drei Ärzte mit Arztmasken im Gesicht zu sehen sind, aufgenommen während einer Operation. Und auf dieser Fotografie zeigt er ihnen seinen Vater.

Ist es möglich, dass ich mir das alles ausgedacht habe? Die unscharfe Fotografie, den roten Stempel des Fotografischen Ateliers Tomee, sogar Mamas Notiz auf der Rückseite? Ich habe mich durch alle Alben hindurchgearbeitet und alle Fotos gesichtet, die ich in den Alben und in verschiedenen Schachteln gefunden habe, aber das erwähnte Foto mit den beiden maskierten Gestalten habe ich nicht gefunden. Ich habe auch das Fotografische Atelier Tomee in der Ilica nicht gefunden. Jetzt befindet sich dort die Augenklinik Vukas.

Aber ich gebe nicht auf. Ich erinnere mich sogar, dass ich vor gut zehn Jahren schon einmal in den Familienfotos gestöbert habe und dass ich, als ich auf dieses eine stieß, es beiseitegelegt und an einem besonderen Ort verwahrt habe, weil ich schon damals den Gedanken hatte, etwas über Benjamin Bernstein zu schreiben. Vermutlich habe ich es damals so gut verwahrt, dass ich es jetzt nicht wiederfinde. Andererseits aber, wie groß ist die Möglichkeit, dass ich mit meinen sechsundfünfzig Jahren nie zuvor *Vater* von István Szabó gesehen habe? Vielleicht doch einmal, im Fernsehen, zu einem späten Termin, bei einer der zahlreichen Retrospektiven der Neuen Welle des ungarischen Films, kaum noch wach? Und vielleicht ist die Szene aus der Wohnung des Freundes des jungen Mannes auf diese Weise direkt in mein Unterbewusstsein gelangt.

Noch immer hoffe ich, dass ich es irgendwo finde. Dann wird alles, was ich hier schreibe, wahrhaftiger sein.

1.

Die folgende Fotografie, wenn sie irgendwann gemacht worden wäre, wäre so verschwommen gewesen, dass man auf ihr kaum etwas hätte erkennen können. Dichter Dampf hätte auf dem Fenster einen dicken Nebelfilz gebildet, sodass man auf den Scheiben alles Mögliche schreiben konnte. Wenn Ivka nur etwas weniger Jahre gezählt hätte, hätte sie zum Beispiel „Benjamin“ schreiben oder ein von einem Pfeil durchbohrtes Herz malen oder mit ungeschickten, zerlaufenden Buchstaben „glücklich bis ans Lebensende“ kritzeln können. Das wäre vielleicht etwas zu lang gewesen, hätte aber wiedergegeben, wie man sich hätte fühlen müssen. Das, was sie sicher nicht geschrieben hätte, es aber hätte tun können, wäre zum Beispiel „unglücklich“ oder „Hochstapler“ oder „Pott'scher Buckel“ gewesen.

Die große blecherne Waschschüssel hatte man in die Küche gebracht, und auf dem Herd brodelte das Wasser im Topf zum Wäschekochen. In einem zweiten großen Topf daneben war kaltes Wasser, und sie goss ein Töpfchen heißes Wasser in die Schüssel, dann ein Töpfchen kaltes, heißes, kaltes, heißes, kaltes ... Und dann hockte sie sich in die Waschschüssel, um sich zu waschen. Ein nacktes mageres Mädchen, bei dem sich der Bogen des Rückgrats so schön krümmte, dass alle Wirbel zu sehen waren, angefangen von den zervikalen am Nacken bis zu den lumbalen am Steiß. Sie wusste, wie sie heißen, wie sie auch wusste, wie die Arm- und Beinknochen heißen.

Ihre Mutter kam in die Küche gewatschelt und stieß das Fenster einen Spalt auf.

– Das ist ja wie in der Hölle, du erstickst noch in dem! Ich wasch dir jetzt den Kopf – murmelte sie.

Sie begann ihr das Haar mit einem Stück Seife einzureiben, das noch neu und eckig war, mit scharfen Kanten. Ivka ließ sich von ihr mit den Fingern die Kopfhaut massieren und mit heißem – gemischt mit ein wenig kaltem – oder kaltem – gemischt mit ein wenig heißem – Wasser spülen und wieder einseifen, reiben und erneut spülen. So wurde sie ein paarmal eingeseift und ein paarmal gespült, aber die Mutter schien auch nach mehrmaligem Spülen nicht mit der Sauberkeit zufrieden zu sein. Als wäre Ivka so schmutzig, dass man das nie würde abwaschen können. Ein kleines Kind, und nicht ein Mädchen von neunzehn Jahren.

Sie hieß sie auch selbst noch einmal das Haar ausspülen. Das Wasser auf dem Herd war nicht mehr so heiß, sondern angenehm warm, sodass Ivka es sich über das gerade gewaschene Haar gießen konnte, und sie ließ die Wärme sich vom Haar aus strahlenförmig über den ganzen Körper ausbreiten. Am liebsten wäre sie in dieser Wärme mitten in der Küche geblieben und hätte das Alleinsein genossen. Die Mutter war hinausgegangen, und das war gut. Man könnte so, in der Waschschüssel, das ganze Leben verbringen. Dann wurde die Tür wieder aufgestoßen und Marica, ihre jüngere Schwester, rief fröhlich:

– Ivka, beeil dich, sie kommen gleich!

Sie hüllte sich in das große Handtuch, das früher einmal weich gewesen sein mochte, das aber durch Stärken und Auskochen rau und scharf geworden war. Sie stand auf dem Holzboden, und die von ihr abperlenden Tropfen hinterließen auf den Fichtenbrettern dunkle Flecken. Als sie noch klein war, hatte sie einmal auf diesen Boden gepinkelt, es war ihr entwischt, und die Tröpfchen hatten genau so ausgesehen. Immer mehr dunkle Fleckchen, die zu größeren Flecken verschmolzen waren, bis Dušan hereingekommen war, er war der Ältere, um zwei Jahre, und angefangen hatte zu singen:

„Ivka Pivka
pinkelt im Haus
und Mama klopft sie aus!"

Aber Mama klopfte sie nicht aus. Sie musste lediglich mit ihr zusammen die Bretter scheuern, und das war für sie das erste Mal.

Eingehüllt in das Handtuch hüpfte sie in das große Zimmer, wo schon Mama, Marica und Julijana, Dušans Verlobte, auf sie warteten. Sie öffnete den Schrank und zog, von der Tür verdeckt, die Unterwäsche an, beim Unterkleid, über das nasse Haar, half ihr Marica. Dann setzte sie sich auf den Stuhl neben dem Diwan, und Julijana begann ihr mit dem Handtuch das Haar trocken zu reiben. Der Kopf bewegte sich rauf und runter, während sie sie abtrocknete, als würde er sagen: „Ja, ja, ja ..." Danach drehten Julijana und Mama ihr das Haar auf Wickler. Mama war energisch, wie immer. Das musste gut gemacht werden.

– Mama, es ziept!

– Ach was, davon stirbst du nicht.

Und fuhr fort, ihr schwarzes Haar fest auf die Wickler zu drehen und mit Metallspangen zu befestigen.

Endlich, noch immer mit den Wicklern, stand sie vor dem großen Spiegel auf der Kommode, und Marica und Mama brachten das Hochzeitskleid. Es war für diese Gelegenheit geliehen, und als sie es ihr anzogen, kam es ihr vor, als würde sie ein Theaterkostüm anlegen und sich alles ringsum in Kulissen verwandeln.

Als sie sie endlich angezogen, die Wickler herausgedreht und das Haar ausgekämmt hatten, gingen alle drei weg, um andere Dinge in Ordnung zu bringen, es gab noch viel zu tun, und Ivka saß allein auf dem Stuhl im großen Zimmer, im steif gestärkten Hochzeitskleid, die Hände im Schoß mit ein wenig nach oben gedrehten Handflächen, so als wollte sie beten, und wartete, dass Marica und Julijana die Küche aufräumten, um den Schnaps und den Kuchen auf den Tisch zu stellen. Sie wartete und strich sich über das Bäuchlein, das vom Kleid vorteilhaft verdeckt wurde. Natürlich nur für jene, die nicht wussten, dass es dort war.

Sie hörte Rufe und sah hinaus zum Obstgarten vor dem Fenster.

Die Kinder riefen:

– Sie kommen! Sie kommen!

In diesem Augenblick ertönte von der Rückseite des Hauses Musik. An den Zäunen der Nachbarhäuser drängten sich die Menschen und sahen neugierig in ihren Hof, und die alten nostalgischen Lieder verbreiteten sich wie Kuchenduft. Vielleicht zu wenig süß, aber doch wie Kuchen.

„U gaju tom, kukavica kuka
Bez dečka bit, svakoj je curici muka …“

Oder:

„U ranu zoru, zoru, zoru
Kad svane dan
Ja idem kući, sav nakresan …“

Sie konnte sehen, wie zwei Männer in dunklen Anzügen, mit Krawatten und weißen Hemden, in den Garten kamen und Julijana sofort bei ihnen war und ihnen mit einer Stecknadel ein Büschel Rosmarin am Revers befestigte.

Sie musste lächeln, das erste Mal heute. Sie schob die Tür des großen Zimmers auf, aber so, dass sie selbst nicht zu sehen war, und sah, wie die Männer ihrem Vater, dem Gendarmen und Imker, und ihren Brüdern, Stjepan und Dušan, die Hände schüttelten. Antun und Milan lagen schon auf dem Mirogoj. Sie schüttelten sie sich dienstlich und redeten nicht viel. Im nächsten Augenblick verbreitete sich eine unangenehme Stille, deshalb beeilte sich Marica mit dem Schnaps, den sie in den Gläschen auf ihrem großen Alpaka-Tablett trug, das bei ihnen das „Silbertablett" hieß. Jeder der Männer nahm ein Gläschen, und dann nickten sie sich schweigend zu und leerten es.

Marica trug ein festliches Kleid, dunkelrot, ebenfalls geliehen. Sie war die Trauzeugin für ihre Schwester, und der ältere Mann, ein Kollege aus dem Krankenhaus, war der Trauzeuge für Doktor Bernstein. Marica schenkte den Männern erneut Schnaps ein, und die Musiker spielten einen Tusch. Das war das Zeichen.

Sie erhob sich, ließ den Spitzenschleier herunter und trat in den Hof hinaus vor die Männer. Doktor Bernstein sah sie verwundert an. Stjepan beeilte sich zu sagen:

– Mein Gott, wie ist unsere kleine Ivka schön.

Es wirkte aufrichtig. Doktor Bernstein sagte nichts. Er trank seinen Schnaps aus, bediente sich am Kuchen, und erst als sie beim Ausgang waren, winkelte er den linken Arm im Ellbogen ab, sodass sie sich bei ihm einhaken konnte. Sie gingen langsam den gepflasterten Gartenweg hinunter, sie passte auf, dass sie ihre geliehenen Lackschuhe nicht schmutzig machte, und er passte auf, dass er auf die Steinplatten trat, und nicht aufs Gras. Es war schwierig, so nebeneinander zu gehen, denn der Weg war schmal und es drohte die Gefahr, dass einer von ihnen im Gras landete. Ihnen folgten die drei Musikanten: Kontrabass, Gitarre und Tamburizza. Die Nachbarn an den Zäunen lächelten der Braut zu, die Kinder riefen, und die Männer und Frauen gingen in würdigem Schweigen hinter ihnen her.

Und so traten sie im Zug der festlichen Anzüge und Kleider hinaus auf die Zlatarska. Sie gingen vorbei an Lattenzäunen und ebenerdigen Häuschen, die sich ihrer ursprünglichen Farbe nicht mehr erinnerten. Sie gingen bis ans Ende der Zlatarska, bogen in die Selska ein und wurden noch eine Zeit lang von den Blicken und den Kindern begleitet. Als sie an die Kreuzung der Selska und der Tratinska kamen, gab es weder Kinder, die sie begleitet hätten, noch Blicke von Weitem mehr, deshalb drehte sich der österreichisch-ungarische Gendarm um, rief die Musikanten heran und drückte ihnen ein paar Geldscheine in die Hand. Sie bedankten und verabschiedeten sich. Eine Zeit lang gingen sie in der Stille, dann gaben der Gendarm, Stjepan und Dušan Doktor Bernstein und seinem Freund die Hand. So stiegen das junge Paar und die Trauzeugen ins Taxi, ohne Musik und ohne den Rest der Verwandtschaft.

2.

Im Krankenhaus, wo sie in dem Jahr davor als Krankenschwester auf der Hals-Nasen-Ohren gearbeitet hatte, hatte sie hin und wieder auf die Innere Chirurgie hinübergemusst, um Sanitätsmaterial zu holen. Nebenhöhleninfektionen verbrauchen weniger Gaze und Tupfer als Blinddärme und Brüche, aber hin und wieder ging ihnen auch dieses Wenige aus, und dann schickte die Oberschwester sie als die Jüngste nach dem Material. Und sie musste am Operationssaal vorbei. Einmal, als sie so die Gazerollen übernommen hatte, sah sie aus dem Saal einen Mann im weißen Kittel herauskommen, an dessen rechtem Ärmel ein wenig Blut war. Müde, offensichtlich nach einer langen Operation, nahm er die Chirurgenkappe ab, und sie sah ein wenig verklebtes, aber schönes dunkles Haar, das zurückgekämmt war, aber widerspenstig in die Stirn fiel. Noch immer trug er über Mund und Nase die Maske, und sie konnte nur seine Augen sehen. Und diese Augen waren schwer zu vergessen, denn sie sahen sie an wie ein Häschen auf einem Waldweg: als etwas Liebreizendes, aber Unwichtiges.

Aber von dem, was du einfach nicht vergessen kannst, bis zu der Idee, dass es schön wäre, am Morgen aufzuwachen und als Erstes von der Welt diese Augen zu erblicken, dauert es gewöhnlich nicht lange. Vor allem, wenn du neunzehn Jahre alt bist und die Gestalt einer Trauerweide hast und der Arzt, der den Gang hinuntergeht, einmal wirklich und dann noch tausend Mal in Gedanken, groß ist und von stolzer Haltung. Seine Wirbelsäule ist wie ein gerader Baum, eine Fichte, Zypresse oder Tanne.

Später sollte Benjamin Ivka von einem seiner Erlebnisse in Tanger erzählen, wo sein Bruder arbeitete. Nach dem Medizinstudium in Paris war sein Bruder in eine französische und Benjamin in diese ehemalige österreichische Kolonie gegangen, die jetzt ein Teil des Staates der Slowenen, Kroaten und Serben war. In Tanger war er, als er einmal bei seinem Bruder war, an einem prächtigen arabischen Haus mit einem Innenhof vorübergekommen, wo das Tor oft offen stand. Im ersten Stock hatte er ein Mädchen gesehen, dessen Haar von einem Tuch bedeckt und dessen Mundpartie hinter einem Schleier verborgen war. Er konnte nur ihre Augen sehen, und diese Augen, sagte er, hätten genügt. Und je öfter er sie sah, und das geschah jedes Mal, wenn er zum Helfen in die Klinik ging, desto größer seien ihm diese Augen erschienen. Und er sagte Ivka, wie außerordentlich seltsam das doch sei, aber Augen genügten manchmal, dass sich der Mensch verliebt. Aber das wusste Ivka bereits, nur dass Benjamin hier die schöne Eingeborene war und Ivka der verwunderte Europäer.

3.

Diese Augen spielten auch eine Rolle, als sich die Oberschwester auf der Hals-Nasen-Ohren meldete und eine Gruppe jüngerer Schwestern fragte, wer von ihnen das desinfizierte Besteck auf die Innere bringen werde. Ivka hob als Erste die Hand. Daran war nichts Verdächtiges. Es war ohnehin ihre Arbeit, etwas irgendwohin zu bringen und etwas von irgendwo zu holen, die Abteilungen zu besuchen, was man zur Ausbildung rechnete, wie auch das Waschen der Kranken oder das Wechseln der Bettwäsche. Sie gaben ihr einen weißen emaillierten Metallbehälter mit einem Griff oben und mit einem aufgedruckten roten Kreuz, das schon ein bisschen abgescheuert war und dessen linker Balken kürzer war als der rechte. Drinnen klirrte etwas, so als würde sie ein Essbesteck tragen. Die Tage schieden sich bereits in volle und leere. Voll waren jene, wenn sie irgendwo im Korridor oder im Krankenhausgarten die Silhouette von Doktor Bernstein oder

Bernštajn sah, wie er den weißgekalkten Korridor hinuntergeht, im weißen Kittel und – aus unerfindlichem Grund – mit der weißen Kappe, oder wie sich der Saum seines aufgeknöpften Kittels an einem Rosenbusch im Krankenhausgarten verhakte und er sich zu befreien versuchte, was ja wirklich komisch aussah. Leer waren die Tage, wenn sie vergeblich wartete, ihn irgendwo zu erblicken, und es ihr bis zum Ende der Arbeitszeit nicht gelungen war, ihn zu sehen.

Bis zu dem Augenblick, als sich die Oberschwester meldete, hatte sie nur immer gehofft, ihn zu sehen, aber selbst nichts getan, um ihn zu sehen. Dieses Mal hatte sie zum ersten Mal bewusst entschieden, etwas zu unternehmen, und war vor ihrem Entschluss selbst erschrocken. Würde sich ihr dieser Tag plötzlich erfüllen und würde sie mit ihm auch sprechen, was bisher nicht geschehen war? All das flößte ihr Angst ein. Vielleicht würde sie auf der Inneren einer seiner Kollegen empfangen oder eine Schwester erwarten und das Besteck übernehmen, was am wahrscheinlichsten war. Ihr Herz pochte, als sie durch die Flure zur Inneren Chirurgie ging, aber die um sie herum hörten nur das Klirren des Bestecks in dem sterilen Metallbehälter. Dies ist die Gelegenheit, dachte sie, und die muss man nutzen. Aber wie? Was soll sie ihm sagen, wenn sie ihn sieht?

Als sie zur Inneren Chirurgie kam, suchte sie nicht nach der Oberschwester, sondern las die Namen an den Türen der Ordinationen. Die Sache war die, dass sie seinen Namen nicht kannte. Sie kannte ihn nur vom Sehen, wagte aber nicht, einer Kollegin gegenüber zu erwähnen, dass sie nach einem Chirurgen von der Inneren Ausschau hält, weil das sofort Tratschereien auslösen würde. Deshalb hatte sie bisher auch niemanden gefragt, wie dieser groß gewachsene und schöne Mensch heißt, und das war jetzt das Problem. Es gab zwei Ordinationen mit jeweils zwei Namen an der Tür. War er Dr. Ivan Beuc oder war er Dr. Josip Nogolica? Josip Nogolica? Aber er konnte auch Dr. Ruszkowski sein, Stjepan wie ihr Bruder, oder Dr. Bernstein, Benjamin? Sie schwankte zwischen Nogolica und Bernstein, und dann klopfte sie doch an die Tür des Letzteren. Sie war bereit, die Tür sofort zu öffnen, wenn Dr. Bernstein oder sein Kollege „Herein“ sagten. Sie klopfte, ihr Herz pochte, das Besteck im Gefäß klirrte, aber drinnen sagte niemand „Herein“. Damals wusste sie noch nicht, wie seine Stimme klingt. Sie klopfte erneut, wieder nichts. Ihr wurde leichter zumute, jetzt konnte sie das Besteck bei der Schwester abgeben und flüchten. Später würde es ihr leidtun, aber jetzt galt es erst einmal zu flüchten. Sie war wirklich dumm, im Übrigen war er älter, vielleicht verheiratet. Mein Gott, wenn das jemand erführe!

Und genau in dem Moment rief ihr eine Schwester im Vorübergehen zu:

– Doktor Bernstein ist auf der Pneumo.

Der Finger des Schicksals hatte seinen einzigartigen Abdruck auf ihrer Stirn hinterlassen, wie bei einem Verbrecher. Ivka wird später oft darüber sprechen, dass sie in diesem Augenblick wusste, dass es sich um ihn handelte. Sie weiß selbst nicht, wie sie es wusste, aber sie wusste es. Das war das Zeichen. Zeichen wiesen ihr den Weg, und ohne dieses Zeichen hätte sie nicht den Mut gehabt, sich auf die pneumologische Abteilung zu begeben, sondern hätte das Besteck bei der Schwester abgegeben. Ihr Leben musste von etwas außerhalb von ihr, von etwas Höherem gelenkt werden.

„Doktor Bernstein ist auf der Pneumo" wurde zu einem der wichtigeren Sätze in Ivkas Leben.

Es war ein Morgen im Frühjahr 1927, der Wind spielte mit dem Vorhang am offenen Fenster, auf den anderen Abteilungen hatten die Fenster keine Vorhänge, und alles war weiß und sterilisiert. So als hätte sich in der Lungenabteilung das Weiß noch intensiviert, und die Fenster waren offen, und alles war anders als auf den anderen Abteilungen. Hier musste selbstverständlich mehr Luft sein, und diese Luft kam herein und zog durch die Flure in Form eines leichten Lufthauchs. Ihr kamen Schwestern entgegen, manche hatten eine Maske über Mund und Nase. Sie fragte eine, wo Doktor Bernstein sei. Sie wusste es nicht. Sie fragte eine andere, und auch die wusste es nicht.

Aber irgendwie stieß sie auf ein offenes Krankenzimmer und sah im Vorübergehen aus dem Augenwinkel Benjamin drinnen sitzen. Sie blieb an der Tür stehen. Er saß mitten in dem Dreibettzimmer, wo nur ein Bett belegt war, mit einem Zeichenblock auf den Knien und einem Bleistift in der Hand. Zuerst sah sie ein weibliches Gesicht auf dem Papier und erst dann das gleiche Gesicht im Bett. Die Kranke war jung, mit gelöstem Haar, das ihr in Strähnen über den nackten Hals fiel, ein wenig verklebt, unordentlich, ungekämmt. Ihr Nachthemd stand offen, und man sah auch das ziemlich tiefe Dekolleté, das auf der Zeichnung nicht zu sehen war. Sie saß völlig ruhig da, wie gestorben, und Doktor Bernstein war dabei, ihr Gesicht zu verschatten. Er schraffierte die rechte Seite, die, wo das Licht nicht hinkam, und verrieb die Striche sorgfältig mit dem Finger, bis er einen kompakten Schatten auf dem Papier bekam. Er arbeitete ruhig und konzentriert, so sehr, dass er ihre Anwesenheit nicht bemerkte. Wie kann sie zulassen, dass er sie so malt, war Ivkas erster Gedanke.

– Herr Doktor, ich habe das Besteck gebracht.

– Ich bin gleich so weit – sagte er und fuhr fort, das hagere bleiche Gesicht der Kranken zu verschatten. Dann stand er auf und sagte zu dem Mädchen:

– Morgen machen wir weiter – bedeckte die Zeichnung mit einem weißen Bogen und klappte den Block zu. Sie gingen gemeinsam in Richtung Innere, er voran, mit längerem Schritt, und sie hinter ihm her trippelnd und noch immer das Besteck tragend, das klirrte. Aber dann blieb er stehen und drehte sich um.

– Entschuldigen Sie!

Mit der anderen Hand nahm er das Besteck. Sie folgte ihm bis zu seiner Ordination, wo er den Zeichenblock ablegte, den Metallbehälter auf den Tisch stellte und Handschuhe überstreifte. Er legte das Besteck sorgfältig auf ein großes Stück sterilisierte Gaze. Sie trat näher und, um irgendwie ein Gespräch in Gang zu bringen, fragte ihn:

– Wozu dient das?

Er drehte sich um, als hätte er nicht erwartet, dass sie noch immer da war.

– Eine gewöhnliche Zange, eine Kocher. Noch nie gesehen?

– Ich mache nur die Betten und trage Sachen aus.

Erst jetzt sah er sie zum ersten Mal richtig an. Und ihr schien, dass er zufrieden war mit dem, was er sah.

– Interessiert es dich?

Noch einmal sah er sie aufmerksam an.

– Ich weiß nicht – sagte sie und wich dem Blick durch die runde Brille aus, die sie aus irgendeinem Grund bisher nicht bemerkt hatte.

– Ich suche eine OP-Schwester.
– Schwester Terezija wird mich nicht lassen.
– Keine Sorge, ich werde sie fragen.
Und so begann sie, OP-Schwester zu lernen.

4.

Eine ältere Schwester erklärte: Pinzette, anatomisch; sieh her, Pinzette, chirurgisch; Pinzette für Koagulation, Skalpellgriffe; Klingen, gerade und gebogen; Duval-Pinzette, Pean-Klemme gebogen; Pean-Klemme klein, gerade, Mixters rechtwinklig; diese Klemme ist nach Kocher, sieh gut her, wenn sie Kocher sagen, meinen sie diese, hast du gesehen, Nadelhalter; Verbandschere nach Lister, schau, sie unterscheidet sich von der nach Littauer, aber der Name ist ähnlich, da kann es zur Verwechslung kommen, der Doktor spricht durch die Maske, manchmal ist es gelispelt, außerdem ist Doktor Bernstein Russe. Manche Wörter sagt er auf Russisch, manche auf Französisch, deshalb sperr die Augen und Ohren gut auf; dies ist ein Gefäß zum Sterilisieren, die Jodfläschchen, hast du gesehen, stehen hier …

Während der Operation muss man sich genau auf das konzentrieren, was der Chirurg und sein Assistent machen, und auch darauf, was der Anästhesist tut, und besonders darauf, was die OP-Schwester tut. Man muss an dem, was die Hände des Chirurgen tun, vorhersehen, welches Instrument er gleich benötigt und in welcher Reihenfolge sie benutzt werden: Zangen für die Schutzdecke, gerades oder gebogenes Skalpell, Zangen, Kocher und Pean, Retraktoren für das Gewebe, Sauger, Pinzetten, und Nadeln und Faden. Und gerade als sie auf das Drama konzentriert sein müsste, das sich vor ihr abspielt, und schauen müsste, was die OP-Schwester tut, damit sie heute oder morgen dasselbe tun kann, mitten in dieser Überanspannung der Nerven musste Ivka an das Mädchen denken, das Benjamin an jenem Tag gezeichnet hatte, als sie das erste Mal mit ihm sprach.

Dieses Mädchen nahm in ihren Gedanken auch außerhalb des Operationssaals verschiedene Gestalt an, aber jedes Mal war es schöner, als sie es sich das letzte Mal vorgestellt hatte. Es wurde sogar schöner als manche Schauspielerin, und sie nannte es Pola Negri, in Erinnerung an den Film, den sie und Marica im Europa-Kino gesehen hatten, ein Jahr zuvor. Es war ein deutscher Film gewesen, an dessen Titel sie sich nicht mehr erinnerte, aber Pola Negri sah in ihm genau so aus wie das Mädchen auf Benjamins Zeichnung. Bei ihr hieß es Pola Negri, und nicht nur, dass es jedes Mal schöner und schöner wurde, es wurde auch immer jünger und jünger, bis es schließlich jene kurze empfindsame Phase zwischen Kind und jungem Mädchen erreicht hatte, jenes Stadium in der Entwicklung eines weiblichen Wesens, das Ivka so unglücklich übersprungen hatte. Aus dem Röckchen des Kindes war sie sofort in das Kleid des Mädchens gesprungen, ihre Brüste waren von heute auf morgen gewachsen, so als hätte sie sich mit Kirschen ins Bett gelegt und wäre mit Äpfeln aufgewacht. Und dann galt es mit diesen Äpfeln in die Schwesternschule zu gehen, was ihr mehrere Monate hindurch schreckliche Scham verursachte. Vielleicht kriegte sie deshalb einen Buckel und vielleicht trugen diese Brüste dazu bei, dass Ivkas Figur dem Baum ähnlich wurde, nach dem sie ihren Namen bekam: Trauerweide.

Das Mädchen von der Zeichnung, Pola Negri, hatte das Privileg, wenigstens für kurz in dieser Phase zwischen Kindheit und Erwachsensein zu leben und gerade in dieser Zeit von Doktor Bernstein gezeichnet zu werden.

Und wann immer sie Benjamin sah, wie er sich lange die Hände wusch oder wie ihm die OP-Schwester den Chirurgenkittel hielt und ihn hinten zuband, erinnerte sie sich an Pola Negri, als ob sie, weil er sie gezeichnet hatte, für immer ihm gehörte. Ihr aufgelöstes Haar, die eingefallenen Wangen, der Schatten auf ihrem Gesicht, den Benjamin mit dem Finger verwischt hatte, die aufgeknöpften Bändchen am weißen Nachthemd, ganz bis zum Dekolleté, wo die Brüste herausschauten, die erst am Sprießen sind und auf dem Weg zu den Brüsten eines erwachsenen Mädchens, all das gehörte ihm.

Als sie sich nach der Operation zum ersten Mal traute, auf die Pneumologie zu gehen, um zu sehen, wie das Mädchen wirklich aussieht, fand sie ihr Bett leer, während im anderen Bett eine ältere Frau lag, die bei jedem Ausatmen hüstelte. Ihr kam der Gedanke, dass Pola Negri vielleicht nach Hause gegangen war, aber sie wusste schon, dass man auf der Pneumologie lange bleibt und dass das nicht wahrscheinlich war. Sie dachte auch, dass womöglich das Schlimmste eingetreten sei, und vor dem Schlimmsten erfasste sie ein Schauder auch in jenen Teilen des Körpers, in denen ein Schauder gewöhnlich nicht Platz greift, sagen wir, in den Fingerspitzen, in den großen Zehen. Das Schlimmste hatte sie schon zu Hause gesehen, als man Milans Körper von Brestovac zurückbrachte, und sie erinnerte sich auch an die Nachtwachen um den ältesten Bruder, Antun, den die Tuberkulose dahinraffte, als er noch relativ jung war. Wer weiß, ob Doktor Bernstein und Pola Negri in einer Liebesbeziehung standen? Sie hatten ausgesehen wie ein Fräulein aus gutem Haus, das von einer Krankheit ans Bett gefesselt ist, und ein Arzt, der von weit her gekommen ist, um hier mit ihr ein romantisches Abenteuer zu erleben. Interessant, dass sie in dieser Zeit nie sich selbst an der Stelle von Pola Negri sah.

Das zweite Mal fand sie sie im Zimmer vor. Sie saß im Bett, mit aufgestellten Kissen, und schlief, aber mit offenen Augen. Das Haar nass vor Schweiß, aufgesprungene Lippen und magerer, als sie auf der Zeichnung war, unvergleichlich magerer, als sie sie sich vorgestellt hatte. Jetzt sah sie, dass es sich um ein erwachsenes Mädchen handelte, aber die Magerkeit hatte sie in Ivkas Gedanken irgendwie jünger gemacht. Sie war wächsern bleich, nur ihre Wangen glühten vom Fieber. Als Ivka an ihr Bett trat, merkte sie zuerst nicht, dass sie schlief. Sie musste sie schütteln, damit sie sich rührte und dann müde die Augen öffnete. Jetzt sah sie zum ersten Mal, dass man mit offenen Augen schlafen kann. Sie bat um etwas Tee, und Ivka goss ihr aus dem Krug auf dem Nachtschränkchen etwas Eibischtee in die Krankentasse.

Sie kam auch am nächsten Tag, Pola Negri ging es besser, und sie brachte ihr einen Kuchen aus der Küche, für den sie sich höflich bedankte und den sie anfing zu essen, wobei sie aber nicht die ganze Schnitte aufessen konnte. Sie fragte sie, woher sie sei, und Pola sagte, von Črnomerec, und dass ihr Papa in der Ziegelei arbeite und dass ihre Mama zu Hause sei, dass sie drei jüngere Brüder habe und dass sie als Einzige von der ganzen Familie krank sei. Dann fragte Ivka sie, ob sie sie besuchen kämen, und sie sagte, dass sie sie nicht besuchten, weil ihre Mutter Angst habe, dass sich noch jemand aus der

Familie anstecken könnte, und so sei sie allein hier, und ihr sei langweilig. Mit der Zeit kam Ivka jeden Tag nach den Operationen und blieb bis nachmittags um fünf oder sechs, bis alle Ärzte nach Hause gegangen waren, außer denen, die Dienst hatten. Manchmal machte sie ihr Bett, zog das Laken glatt und schüttelte die Zudecke auf, führte sie zum Bad oder brachte ihr eine zusätzliche Essensportion. Pola aß sie manchmal auf, aber manchmal konnte sie das nicht. Sie maß ihr auch die Temperatur, und meistens reduzierten sich ihre Temperaturen auf jene niedrigen Lungentemperaturen, vor denen die Menschen zu jener Zeit besonders Angst hatten. Subfebrilität war damals gefürchtet. Sie kümmerte sich so fast zwei Wochen um Pola Negri, die Samstage eingeschlossen, aber Besuch kam nie. Und mit Sicherheit besuchte sie auch der nicht, auf den Ivka wartete, damit er das Porträt beendete.

In der ersten Zeit, wenn sie am Bett des jungen Mädchens saß und die Tür aufging, fuhr Ivka zusammen, weil sie dachte, Doktor Bernstein komme herein. Aber wie die Zeit verging und Doktor Bernstein nicht kam, wurde sie sich immer sicherer und wurde ihr Pola immer lieber. Verlassen von Mutter und Vater und Brüdern, verlassen von den Freundinnen, verspürte sie sogar das Bedürfnis, ihr eine Freundin zu werden. Pola erzählte ihr, dass sie in die dritte Klasse der Handelsschule gehe, dass sie nur einmal die Woche Fleisch essen, dass sie kein Fräulein aus reichem Hause sei. Sie lebten bescheiden, aber glücklich, und ihr gefalle ein Bursche aus der Kaserne in der Nähe ihrer Straße. Sie stellten fest, dass sie entfernte Nachbarinnen waren, und wunderten sich, dass sie einander früher nie begegnet waren. Sondern erst hier, an diesem Ort. Dann begann Ivka Pola Negri zu trösten und ihr zu sagen, dass sie sicher gesund werde, dass sie noch jung sei, dass sie nur genügend essen müsse, kräftige Nahrung auch gegen den Willen.

Und dann, als sie Pola Negri immer mehr lieb gewann, wurde sie allmählich böse auf Benjamin, weil er sie kein einziges Mal bisher besucht hatte. Hätte er sie zufällig mal besucht, wäre sie deshalb böse gewesen, weil er sie besuchte und sicher etwas mit ihr hatte. Aber er besuchte sie nicht. Er hatte sie so zart gezeichnet, so sorgfältig den Schatten auf ihrem Gesicht verwischt, als würde er ihr die feinste

Creme auftragen, und jetzt war er nicht da. Es waren schon zwei Wochen vergangen, und wenn er etwas mit ihr gehabt hätte, wenn ihm auch nur etwas an ihr gelegen wäre, wäre er schon gekommen. Er hatte sie gezeichnet und ließ sie jetzt allein sterben. Sie suchte diese Zeichnung in seiner Ordination, jetzt als Mitglied des chirurgischen Teams hatte sie häufig die Gelegenheit, sie zu betreten, aber sie fand sie nicht. Er wird sie mit nach Hause genommen haben. Sie fragte sich sogar, was das für ein Mensch war, der ein junges Mädchen so verlassen kann.

In der Zwischenzeit waren erste offensichtliche Symptome aufgetreten. Sein Verhalten Ivka gegenüber konnte man auch als Flirten interpretieren. Er hatte ihr in der Ordination die Rolle der Schere nach Lister und den Unterschied in der Benutzung der Zangen erklärt, wozu die gebogene Pean dient, und warum die kleine Pean die gerade ist, wie man einen Schnitt legt und wie wichtig es ist, rechtzeitig Hämostatika zu verabreichen. Manchmal hatte er sie wie zufällig berührt, an der Schulter, am Oberarm, oder er war mit seinem Handrücken, der nach Desinfektionsmittel roch, über ihr Gesicht gefahren, so wie wir ein Kind liebkosen. Er sagte:

– Die Nadel nimmst du in der Mitte, oder ganz oben, aber wenn ganz oben, dann ist sie länger und bricht leichter – und berührte mit seinem Knie ihres, so als wäre das normal und als würde sie ihr Knie nicht für eine Sekunde wegnehmen. – Wenn die Nadel kürzer ist, hältst du sie hier, siehst du, dann fester …

Ivka war es lieb, dass sich nach einer bestimmten Zeit diese Symptome eindeutig interpretieren ließen, aber sie begann sich auch schuldig zu fühlen. Sie hatte Pola Negri noch mehr lieb gewonnen und hatte das Gefühl, ihr etwas wegzunehmen, was bis dahin ihr gehört hatte. Und obwohl das nur in Ivkas Fantasie ihr gehört hatte, konnte sie nicht vermeiden, sich schuldig zu fühlen. Den Jahrhunderten katholischer Erziehung, die sich in ihrem gekrümmten Rückgrat kondensiert hatten, konnte man nicht entrinnen. Nach zwei Wochen, die sie nicht bei Pola Negri gewesen war, eilte sie auf die Pneumologie, um sie zu besuchen. Sie hatte sogar drei Schokoladenbonbons gekauft, die nicht billig waren, aber sie fand das Bett leer. Wieder erstarrte sie vor Schreck, aber die Schwester auf der Pneumologie sagte ihr, dass bei Fräulein Vera die Kavernen akut geworden seien und dass man sie nach Zeleni brijeg verlegt habe. Und da wurde ihr bewusst, dass sie sie alles Mögliche gefragt hatte, nach ihrem Freund und nach ihrer Familie und nach ihrer ersten Kommunion und Firmung und nach vielen anderen Dingen, aber dass sie sie nie nach ihrem Namen gefragt hatte. Vermutlich hatte sie es vergessen, als sie sich kennenlernten.

Und so endete die Episode mit Pola Negri.

5.

Das zweite Mal, dass sie einen Menschen mit offenen Augen schlafen sah, war während einer Leistenbruchoperation. Es fing gut an, mit der älteren Instrumentenschwester sterilisierte sie zusammen das Besteck, sie desinfizierten den Tisch und wuschen sich lange, lange die Hände. Die ältere Instrumentenschwester wusch sich auch selbst die Hände länger, um es Ivka zu zeigen, und Ivka wusch sie noch länger, um sich als gute Schülerin zu zeigen. Sie versetzten ihn in den Schlaf, der Anästhesist kontrollierte den Puls, Benjamin öffnete ihn sauber, der Schnitt war gerade und schön, schulmäßig, aber bevor er den Schnitt setzte, zeigte er ihr das Skalpell, so als würde er diese Operation nur ihretwegen vornehmen, dann befestigte er mit den Retraktoren das Gewebe, der Patient schlief ruhig, und alles war regulär, außer eine kleinere Blutung, die sie leicht zum Stillstand bringen konnten, aber als sie dabei waren, den Darm in seine Position zu bringen, öffnete der Patient plötzlich die Augen. Sie waren nicht vollständig geöffnet, aber man bekam den Eindruck, als sähe er in seinen offenen Unterleib, in das Geschlinge seiner Därme und das, was das Bauchfell durchbrochen hatte. Ansonsten bewegte er sich nicht. Es gab kein Zucken, keinen Laut, nichts. Aber als sie diese offenen, vielleicht auch etwas vorstehenden Augen sah, musste sich Ivka am Tisch festhalten, um nicht umzufallen. Sie dachte, dass er jetzt schreien, vom Tisch springen und so offen aus dem Saal rennen und den Gang hinunterlaufen und dabei eine dicke Blutspur hinterlassen und bei diesem Laufen auch sterben und selbst nicht wissen werde, dass er gestorben ist, sondern weiterlaufen werde, wie es Hühner tun, wenn man ihnen den Kopf abschlägt.

Benjamin musste sie halten, aber er war mitten in der Operation und packte sie fest nur mit einer Hand. Genau genommen so fest, dass ihr der Oberarm wehtat und sie dieser Schmerz weckte und ihr möglich machte, auch weiterhin über dem offenen Mann zu stehen, dessen Augen ebenfalls offen standen. Außer Ivka hatte sich allerdings niemand beunruhigt gezeigt, und all das war ziemlich leger aufgenommen worden. Der Anästhesist flüsterte ihr zu, dass sie manchmal die Augen öffnen, aber weiterschlafen, dass sie keinen Schmerz empfinden und sich später, wenn sie aus der Narkose erwachen, an nichts erinnern. Nicht einmal an schlechte Träume, denn in der Narkose träumt man nicht.

Später zeigte sich an der Stelle, wo Benjamin sie so fest angefasst hatte, ein blauer Fleck, der mit der Zeit die Farbe wechselte. Das war das erste Mal, dass er sie so stark berührte, und die Erinnerung daran blieb ihr zwei Wochen. Nach der Operation, als sie ihm den Kittel abnahm, sagte er, dass er sich auf sie verlassen können müsse, dass er sich nicht auf die Operation konzentrieren und sich gleichzeitig Sorgen machen könne, ob sie in Ohnmacht falle oder nicht. Bisher habe sie alles gut gemacht, und er erkenne ihren Fleiß an, aber er sei sich nicht mehr sicher, ob sie im Operationsteam bleiben könne. Sie hörte seine Worte, weinend sagte sie:

– Aber er hat die Augen aufgemacht!

– Das kommt vor – sagte er – ein Reflex.

An diesem Nachmittag begleitete er sie hinunter bis zur Straßenbahnhaltestelle unterhalb der Kaserne, denn er konnte ihr Weinen einfach nicht zum Stillstand bringen. Von da an begleitete er sie ständig. An sonnigen Tagen, nach den Operationen, konnte man sie sehen, wie sie die Vinogradska hinuntergingen, Richtung Ilica und Kasernenmauer, wo die Straßenbahnhaltestelle war, und wie sie von ihren Schatten begleitet wurden. Ihrer schmal und länglich, seiner groß und mit breiten Schultern. Obwohl er ihr gefiel, blieb sie zu Beginn hartnäckig und lehnte es regelmäßig ab, sich mit ihm ins Stadtcafé oder ins Café Corso zu setzen, nicht einmal ins Café Medulić, das für sie am nächsten lag. Deshalb blieb sein kräftiger Schatten an ihrer Haltestelle stehen und wartete zusammen mit ihrem schmalen Schatten auf die Straßenbahn, die in die Peripherie fuhr, Richtung

Zlatarska, wo sich das Haus des österreichisch-ungarischen Gendarmen befand, und erst wenn sich ihre Straßenbahn in Bewegung gesetzt und sie ihm durch das Fenster zugewinkt hatte, überquerte er die Straße und ging zu seiner Haltestelle und wartete auf die Straßenbahn Richtung Zentrum, wo er in der Dalmatinska eine Mietwohnung hatte. Für Ivka sah das am Anfang alles aus, als schliefe sie mit offenen Augen.

6.

Auf den Fotografien des Krankenhauses aus jener Zeit sind die Bäume ringsum und im Innenhof noch klein, und Häuser um das Empfangsgebäude herum gibt es gar nicht. Dieses Krankenhaus hieß zu Anfang Krankenhaus der Barmherzigen Schwestern, während es den größten Teil von Mutters Leben „Dr. Mladen Stojanović" hieß, und jetzt wieder Klinikzentrum der Barmherzigen Schwestern heißt. Während es seit jeher bei allen nur Vinogradska hieß. Zu jener Zeit war es nicht groß und alle Beschäftigten kannten sich mehr oder weniger, Ärzte und Schwestern, auch die Nonnen, und sogar die Putzfrauen und der Hausmeister. Seltsam ist, dass Ivka Doktor Bernstein nicht schon früher kennengelernt hat, sondern seine Augen und sein Haupthaar das erste Mal sah, wie sie aus dem Operationssaal kamen. Zu der Zeit arbeitete sie schon ein Jahr als Krankenschwester und kannte mehr oder weniger jeden. Und auch er arbeitete dort schon mehr als zwei Jahre. Er war vor Sommer 1925 zur Facharztausbildung an die Chirurgie gekommen, und das hier war seine erste Anstellung als Chirurg.

Der Zufall, der ihre Krankenhausbahnen weit voneinander entfernt hielt, trug vermutlich dazu bei, dass dieser russische Emigrant und Pariser Student sich für die Krankenschwester von der Peripherie der Hauptstadt einer slawischen Kolonie zu interessieren begann, der die Bescheidenheit ins Rückgrat eingeschrieben war. Noch als Mädchen hatte sie begonnen, sich zu krümmen, als ihre Brüste knospten, aber das Traurige war nur in der Körperhaltung, während ihr Gesicht einige exotische Züge barg. Ausgesprochen dunkel, in einer Familie, in der helles oder kastanienbraunes Haar die Regel war, und so sagte ihr eigener Vater von ihr, noch als sie klein war: „Ivka hat etwas Arabisches." Es ist nicht bekannt, aus welcher genetischen Tiefe dieses Arabische gekommen und nach Zagreb, nach Trešnjevka, in die Familie des österreichisch-ungarischen Gendarmen hineingeplatzt war, mitten unter seine Bienen.

Ivka hatte sich zuerst Julijana anvertraut, der Verlobten ihres Bruders Dušan, mit der sie diesen teuren Menschen teilte und die sie schon als Mitglied der Familie angenommen hatte, obwohl sie noch nicht miteinander verheiratet waren. Sie erzählte Julijana, dass Benjamin aus Russland stamme, dass er in einer kleinen Stadt nahe Petrograd gewohnt habe und dass er und sein Bruder schon im Frühjahr 1918 geflohen seien, sie sagte, er habe in Paris studiert, Medizin, und er habe in Russland Gouvernanten und ein Klavier gehabt. Deutsch und Französisch seien für ihn wie Muttersprachen, bis zu seinem siebenten Lebensjahr habe er besser Französisch als Russisch gesprochen, er könne auch Jiddisch, und manchmal sei er sich nicht bewusst gewesen, in welcher Sprache er sprach, sodass seine Gouvernante, eine Französin, gesagt habe: „Beni, Französisch, ich versteh dich nicht!" Dabei wisse Ivka nicht, weshalb er gerade nach Zagreb gekommen sei, ob ihn jemand geschickt habe, oder ob er allein gekommen sei, auch das wisse sie nicht. Nein, sie wisse nicht, wie lange er bleiben werde, aber sie wisse, dass er ein guter Mensch ist und ein ausgezeichneter Arzt, denn er spreche über die Patienten und Operationen auch nach der Dienstzeit.

– Aber vielleicht weiß er nichts anderes – sagte Julijana.

Er verstehe sich auf Kunst, sagte Ivka, auf Musik, er habe Klavier gespielt, aber jetzt spiele er Balalaika, das erinnere ihn an Russland, und er male schön. Sie habe einige seiner Bilder gesehen, sie seien sehr gut, er mache ein Gesicht, als wäre es lebendig, und habe versprochen, auch ihr Gesicht mit Wachskreide zu malen, als Arzt habe er auch in Paris gearbeitet, aber auf Chirurgie habe er sich in Zagreb spezialisiert.

– Und du weißt nicht, weshalb er hierhergekommen ist? – insistierte Julijana.

– Er sagt, dass er hergekommen ist, um mich zu treffen – erklärte Ivka Julijana, aber die sah sie nur mitleidig an. Und am Schluss sagte sie zu ihr, sie solle nur gut aufpassen, denn Ärzte heiraten keine Schwestern, auch unsere Ärzte heiraten keine Schwestern, geschweige denn solche, die aus Paris kommen.

Wegen diesem Satz von Julijana lehnte sie es hartnäckig ab, sich mit Benjamin in eines der Kaffeehäuser zu setzen, denn das tun leichte Frauen, überall in den Cafés leichte Frauen, und ihr Vater, der nie in einem Kaffeehaus gewesen sei, weil er keine Zeit habe, verachte die Kaffeehäuser. In seiner Pension beschäftige er sich mit Bienen, und Bienen seien ein ernsthaftes Geschäft, mit ihnen hast du immer etwas zu tun, und wenn nicht direkt mit den Bienen, dann musst du Körbe für künftige Schwärme bauen, musst den Bienenstock herrichten, die Gläser waschen. Und deshalb habe er für Kaffeehäuser keine Zeit, aber dort sehe er diese Frauen, und außerdem rauchten diese Frauen auch.

– Wenn ich dich sehe, dass du im Kaffeehaus sitzt und rauchst, bring ich dich um, ich will nicht, dass du mir langsam krepierst, hast du mich gehört – so hatte der österreichisch-ungarische Gendarm zu ihr gesagt, und sie hatte von Kaffeehäusern eine Meinung, als würden dort junge Mädchen geschlachtet. Sie konnte am Stadtcafé oder, noch schlimmer, am Theatercafé vorübergehen, ohne den Kopf zu den großen Fenstern zu wenden, an denen Frauen saßen und rauchten, weil sie sich schämte. Und als ihr Benjamin in der Pause, im Park hinter dem Hauptgebäude, eine Zigarette anbot, hatte sie ihn so angesehen, dass ihm das nie wieder in den Sinn kam.

Benjamin sagte, sie müssten nicht in ein Kaffeehaus, er habe gedacht, dass sie das vielleicht möchte, sie müssten also nicht in ein Kaffeehaus, sie könnten, sagen wir, einen Spaziergang zum Kraljičin zdenac machen, sie könnten auf Würste zum Puntijar, das ist ein schöner Spaziergang von der Infektionsklinik, wo sie seinen Freund besuchen könnten. Ivka lehnte auch das hartnäckig ab.

Sie lehnte gleich welchen Versuch Benjamins ab, mit ihr ein Rendezvous zu verabreden, unabhängig davon, ob Kaffeehaus, Kino oder Spaziergang durch die Jurjevska, dafür aber plauderte sie gern mit ihm während der Operationen, im Park der Klinik oder auf dem Weg zur Straßenbahnhaltestelle. Und er begriff, dass es ihr lieb war, wenn sie ihn sah und sie sich unterhielten, vor allem aber konnten sie einander zulachen, wenn einer von ihnen einen Scherz machte. Und das war öfters er. Am liebsten indessen hörte sie ihm zu, wenn er ihr von den Schnitten erzählte, vom Abbinden der Blutgefäße, vom Beziehen durchgetrennter Knochen mit Haut und der finalen Bearbeitung. Wichtig sei die Sauberkeit des Schnitts, dieser erste Zug aus der Hand, der mit der Zeit völlig der deine wird, individuell, so wie eine Handschrift individuell ist oder ein Schlag im Tennis. Er erzählte ihr auch von der Geschichte der Chirurgie, die bis zu den alten Ägyptern zurückreicht, und davon, dass die Chirurgie der erfolgreichste Zweig der Medizin ist, die reine Mechanik.

Und wann immer sie sich mit ihm unterhielt, wenn sie ihm in die Augen sah, die seltener lachten als sein Mund, wenn sie seine Hände mit den langen Fingern sah, an denen mitunter ein Ekzem vom Desinfektionsmittel zu sehen war, musste sie sich im Stillen Julijanas Worte vorsagen: „Pass nur gut auf, denn Ärzte heiraten keine Schwestern." Und dann fragte er höflich, ob sie sich außerhalb der Arbeit treffen könnten, abends, aber sie antwortete höflich, dass das nicht ginge.

Aber ihre Mutter und der österreichisch-ungarische Gendarm erfuhren davon, dass ihr der Arzt aus Paris den Hof machte, ein russischer Emigrant, von denen es damals in Zagreb viele gab, wie auch in Belgrad oder Sarajevo oder anderen europäischen Städten, dass das ehemalige Fürsten und Bojaren waren, die jetzt Klavier unterrichteten oder gutes Benehmen oder Fremdsprachen, die das Kroatische nicht unbedingt gut sprechen und die man leicht am Akzent und an den russischen Wörtern erkennen kann. Dass er Chirurg ist und dass er Ivka geholfen hat voranzukommen, könnte ihren Eltern und Geschwistern in jedem Fall imponieren, aber dass er einem Volk angehört, das Christus gekreuzigt hat, verschlimmerte die Sache sehr. Die Eltern machten ihr bei einer Gelegenheit Vorhaltungen in Verbindung mit seinem Glauben, aber Ivka antwortete mit einer Ansichtskarte, die sie in diesem Sommer ihrem Bruder Stjepan aus Slowenien schrieb.

Vipava, 5. VII. 27

Lieber Stjepan!

Vielen herzlichen Dank für deine Karte, die ich am Vierten dieses Monats erhalten habe und über die ich mich sehr gefreut habe. Hier ist es schön, sonniges Wetter und warm, aber ihr fehlt mir alle sehr. Grüße mir vielmals Dušan und Julijana. Werden wir bald eine Hochzeit in der Familie haben? Mein lieber Bruder, ich freue mich so. Vor deiner habe ich Benjamins Karte bekommen, und er schickt dir viele Grüße. Ich habe mich sehr gefreut, dass er sich aus Opatija gemeldet hat.

Dir und allen viele warme Grüße, und es küsst dich

Ivka

PS: Was seinen Glauben betrifft, das kann kein Problem sein, wenn wir uns lieben.

Seltsam ist, dass Ivka eine so intime Information auf einer Ansichtskarte mitteilt, offen, aber man kann annehmen, dass diese Ansichtskarte, obwohl an Stjepan adressiert, auch die Eltern über ihre Beziehung zu Benjamin oder Venjamin oder Venijan informieren sollte. Vielleicht konnte sie ihnen nicht ins Gesicht hinein widersprechen, aber sie konnte es so tun, mittelbar. Außerdem war es Ivka wichtig, dass der alte Gendarm diese Information las, wenn sie nicht anwesend war, sodass seine Wut bis zu dem Augenblick, in dem auch sie eintraf, einigermaßen verrauchen konnte.

Der hartnäckige Widerstand, den Ivka Benjamins Hofieren entgegensetzte, musste sein Interesse mit Sicherheit noch steigern. Wenn er versuchte, außerhalb des Krankenhauses etwas mit ihr zu verabreden, kam ihr immer jener Satz Julijanas in den Sinn, aber auch die schwer kranke Vera, die er so zart gezeichnet und dann verlassen hatte. Aber in seinen hartnäckigen Versuchen spielte auch das exotische Aussehen ihres Gesichts eine Rolle. Das Semitische hatte ihn das erste Mal überrascht, als er sie sah, und dann definitiv auch angezogen, und so war anstatt des Ausschnitts des Gesichts jener schönen Araberin aus Tanger Ivka erschienen. Augen sind manchmal genug, aber für die Liebe, für die wahre Liebe, brauchen wir auch den Rest des Gesichts, und dieses Gesicht hatte Doktor Bernstein in Großmutter Ivka gefunden. „Sie lieh ihr Gesicht einer Fantasie von Papa“, sollte meine Mutter viel später in ihr Tagebuch schreiben, das sie uns hinterlassen hat.

7.

Marica und Ivka kehrten spät in der Nacht von der Hochzeit zurück, mit dem Taxi, als die Nachbarschaft zum großen Teil schon schlief. Ivka ging als Erste in den Hof und hob mit den Händen den Saum des geliehenen Hochzeitskleides an, um ihn nicht vom Tau nass werden zu lassen. Zuvor hatte sie ihrer Schwester ihren Brautstrauß in die Hände gedrückt, und Marica trug ihn ihr jetzt nach, wobei sie sehr darauf achtete, mit ihren neuen Schuhen nur auf die Betonplatten des Weges zu treten. Ivkas Hand mit dem Ring klopfte an die Tür, leise, damit nicht alle wach würden, und ihre Mutter, im Nachthemd, mit vom Weinen geröteten Augen, öffnete ihnen wortlos die Tür. Sie schlichen ins Haus wie die Diebe, zogen die Schuhe im Vorraum aus und gingen weiter in ihr kleines Zimmer, das genau genommen ein umgebauter Abstellraum für Gartengeräte war. Drinnen standen nur zwei Betten, ein Schrank und eine Schüssel auf einem Gestell, zum Waschen. Jeden Morgen stand eine von ihnen, immer eine andere, auf und füllte an der Pumpe im Garten Wasser in diese Schüssel, damit sie sich waschen konnten. Und dann wuschen sie sich, jede von einer Seite, spritzten und lachten, wie damals, als sie klein waren.

Jetzt half Marica Ivka, das Hochzeitskleid auszuziehen, und dann half Ivka Marica, ihr rotes Kleid auszuziehen, und sie hängten sie auf die Kleiderbügel und an die Vorderseite des Schranks, um sie auslüften zu lassen. Dann legten sie ihre Unterröcke, ihre Strümpfe, die Unterwäsche ab, alles an die Ränder ihrer Betten und auf den einzigen Stuhl, der mehr zur Ablage der Kleidung diente als zum Sitzen. Und als sie endlich, beim schwächlichen Licht der Petroleumlampe, jede in ihr Bett geschlüpft waren, glich das kleine Zimmer der Garderobe eines kleinen Theaters, in dem nur Kammerspiele stattfinden. Stücke, die nur zwei oder drei Personen haben und gewöhnlich traurig enden.

Am Morgen wurden sie zuerst von den Hähnen geweckt und dann vom Geräusch der wenigen Automobile und Lastwagen, die durch die Selska fuhren, dies war noch immer mehr Dorf als Stadt. Aber Ivka wurde jetzt von einem Gespräch geweckt, das aus der

Küche zu ihr drang, in der ständig geheizt wurde. Sie ging in die Küche, und sobald sie eintrat, erstarb das Gespräch, woraus sie schließen konnte, dass über sie gesprochen wurde. Dort saßen Marica, Stjepan und Dušan, die Mutter servierte Malzkaffee, der Vater war vermutlich bereits im Hof und mit den Bienen beschäftigt.

– Was ist? – fragte sie nicht besonders fröhlich und setzte sich auf ihren Platz. – Morgen packe ich meine Sachen.

Aber diese Worte „Morgen packe ich meine Sachen" hinterließen bei ihrer Mutter den durchaus zu erwartenden Eindruck. Wieder fing sie an zu weinen, und ihre Tränen fielen in den Topf mit dem Malzkaffee.

– Bitte, Mama, nicht – sagte Stjepan – das kommt alles in Ordnung.

Erst als sich die Mutter etwas beruhigt und den Kaffee auf den Tisch gestellt hatte, fragte sie, ziemlich bedrückt:

– Was hat er dir gesagt?

– Dass er verreisen muss und dass es keinen Sinn macht, wenn ich jetzt in die Dalmatinska ziehe – sagte Ivka und drehte sich zu Stjepan um – gib mir eine Semmel.

– Das Beste ist, du sprichst mit Papa – sagte die Mutter und setzte sich an den Tisch. Aber sie nahm keine Semmel und goss sich keinen Kaffee ein.

Im Laufe des Vormittags trafen in ihrem Zimmer zwei Pappkoffer mit Metallschlössern ein. In den einen packte Ivka ihre Kleidung, die Kleider auf die eine Seite, ordentlich zusammengelegt, aber es waren nicht viele, und es ging leicht, auf die andere Seite Unterwäsche, Strümpfe, Unterkleider, Blusen und Strickjacken. Auch davon gab es nicht viel. Den zweiten Koffer ließ sie für Bettbezüge, Betttücher und Kissenbezüge, die an den Rändern mit rotem Faden gestickt zwei ineinander verflochtene Buchstaben hatten, IB. Sie hatte sie noch in der Schwesternschule zu sticken begonnen, um sie für die Hochzeit zu haben, und hatte ihre damaligen Initialen hineingestickt. Ivka Benceković, und jetzt hatten sich diese Initialen nicht geändert, Ivka Bernstein, oder Bernštajn, oder Berenstein. Das sah nicht nur wie ein glücklicher Zufall aus, das war ein Zeichen. Aber zuerst legte sie ihre Schnitte für die Bettwäsche auf den Boden, bedeckte sie mit weißem

Packpapier, damit sie nicht zerknitterten, und legte die nach Naphthalin riechende Bettwäsche obendrauf.

Während sie packte, klopfte jemand an die Tür. Niemand von ihnen hatte bisher geklopft, das war etwas Neues. Ihr Vater, ein stolzer grau melierter Herr mit Bart, betrat vorsichtig das Zimmer und sah, dass gepackt wurde. Er wirkte traurig, sein strenger Blick hatte sich irgendwohin verloren.

– Was tust du da, Ivkica?

– Ich tue das in die Koffer, damit es Marica nicht stört, und dann werde ich in zwei Wochen, wenn Beni wieder da ist, in die Dalmatinska umziehen.

Er nahm sie sanft an der Hand.

– Komm, setz dich einen Augenblick.

Sie setzte sich aufs Bett.

– Sei nicht sehr traurig, wenn er nicht kommt – sagte er.

Sie sah ihn an, zuerst wie einen Feind, dann wie einen strengen Richter, und dann wie einen Engel, aber einen Todesengel. Ihre Augen füllten sich mit Tränen, ihr Mund zog sich zusammen, ihr orientalisches Gesicht verwandelte sich in das Gesicht einer Katze.

– Was redet Ihr da, Papa? Was redet Ihr da?

Sie begann zu schluchzen, dann zu seufzen und am Ende zu hüsteln.

– Was redet Ihr da, Papa – wiederholte sie und sah auf die Koffer auf dem Boden des Zimmers.

Das, was der Vater gesagt hatte, passte nicht zu den schönen Augen, zu denen sie während der Operationen immer wieder hingesehen hatte, und später, als er ihr die Funktion der kleinen gebogenen Pean und der Kocher erklärte. Aber sie musste zugeben, dass es zu Pola Negri passte, die er gezeichnet und verlassen hatte. Aber das, was der Vater gesagt hatte, war schwer vorstellbar. Nur einmal hatte sie ihn beinahe verloren. Ganz am Anfang. Er hatte sie zur Haltestelle begleitet, sie war schon in die Straßenbahn eingestiegen, und er beeilte sich, um seine zu erwischen. Er lief hinüber, als die Straßenbahn noch fuhr, und blieb an einem Granitstein hängen, der ein wenig aus dem Pflaster herausragte, segelte fast durch die Luft und konnte sich kaum auf den Beinen halten. Im ersten Moment wirkte das komisch, auch die Leute in ihrer Straßenbahn lachten, und diese Erniedrigung tat ihr weh, und dann dachte sie, was wäre, wenn die Straßenbahn ihn überfahren hätte. Menschen wären zusammengelaufen, ein Rettungswagen wäre gekommen und hätte ihn zurück in das Krankenhaus gebracht, das er gerade als Arzt verlassen hatte und in das er jetzt als Patient zurückkehren würde. Operieren würden ihn die Kollegen in der Vinogradska, vielleicht wäre die Milz gerissen und sie müssten ihn öffnen, um das Blut wegzumachen, und sie würde assistieren, oder sie würde nur zusehen, wenn sie seine Eingeweide sauber machten. Sie würde seine Därme sehen, sein Pankreas, seine gelblichen Fettablagerungen. Vielleicht würden sich auch Benjamins Augen öffnen, und vielleicht würde sie genau dann über seinen offenen Eingeweiden, die genauso aussähen wie alle anderen Eingeweide, denken, dass sie ihn verloren hat. Und sie atmete auf, als sie ihn in der anderen Straßenbahn sah und als er ihr, so heil und ungeöffnet, fröhlich zuwinkte. Erst jetzt, als sie sich vorstellte, dass sie ihn verloren hätte, wurde ihr klar, wie sehr sie ihn liebt. Sie hatte nicht zuerst Liebe empfunden, sie hatte zuerst Angst empfunden.

8.

– Ivkica, Papa sieht es nicht gern, wenn du mit diesem Russen herumziehst – hatte ihre Mutter gesagt, als sie die große Wäsche glatt zogen und im Hof auf die Leine hängten. Es roch nach Seife und Lauge, und ihre Hände waren noch rot vom Rubbeln. Der Frühlingswind wiegte ihre Betttücher, Decken- und Kissenbezüge und ihre weiße Schwesterntracht.

– Ich ziehe nicht herum – sagte sie scharf – ich bin noch nirgendwohin mit ihm gegangen.

Und sie wurde so böse, dass sie sich selbst das Versprechen gab, das nächste Mal, wenn er sie nach einem Rendezvous fragen würde, einzuwilligen, was immer die Eltern, Geschwister oder Kollegen im Krankenhaus oder die Nachbarn oder Gottvater darüber dachten. Sie brauchte nicht lange zu warten. Nach einer Operation, als sie ihm den Kittel aufband, sagte Benjamin zu ihr mit strenger Stimme vor allen, dass sie sich bitte in seiner Ordination melden möge. Sie dachte, dass es sich wieder um einen Fehler handelte und dass er zornig sei, indessen erwartete er sie mit einem Lächeln.

– Sollen die Weiber denkt – sagte er.

– Denken – verbesserte sie ihn, und er fragte sie, wenn sie mit ihm schon keinen Spaziergang machen oder ein Kaffeehaus besuchen wolle, ob sie sich vielleicht eine Ausstellung mit ihm ansehen wolle. Es handle sich um den Frühlingssalon im Kunstpavillon, wo sehr interessante Bilder ausgestellt seien. Und sie sagte:

– Ja.

Aber der Frühlingssalon enttäuschte. Zuerst hatte sie sich schön hergerichtet, sich Maricas neues Kleid ausgeliehen, die Schuhe mit dem hohen Absatz, ihre besten Perlen angelegt, und war dann, als sie den Pavillon betraten, enttäuscht gewesen. Sie war sich selbst schöner vorgekommen als diese Bilder. Die Gesichter auf den Ölbildern waren ein einziges Gewoge, so wie Gesichter nie sind, oder nur sehr selten, wenn der Mensch Grimassen schneidet oder starken Schmerz empfindet, das hatte sie im Krankenhaus viele Male gesehen, aber normale Menschen waren das nicht. Nicht nur die Gesichter waren seltsam, seltsam waren auch die Häuser und Bäume bei jenen Malern, die keine Gesichter gemalt hatten, sondern Häuser und Bäume. Als wären das keine richtigen Häuser und richtigen Bäume, sondern Spielzeughäuser und -bäume, mit einem Spielzeugfluss und Brücken, die hinüberführen.

– So sieht die Welt nicht aus – sagte sie zu ihm beim Hinausgehen, und er versuchte ihr die neuen Strömungen zu erklären, die künstlerische Freiheit, er versuchte ihr zu erklären, dass sie nicht das abbilden, was sie sehen, sondern sich von bestimmten inneren Bildern leiten lassen und dass diese inneren Bilder bei ihnen zu äußeren geworden seien, sodass auch wir sie sehen können, und dass das den Wert dieser Bilder ausmache. Ivka sagte:

– Gut.

Aber wenn die Welt so aussähe, dann wäre Benjamin nicht hübsch und würde ihr überhaupt nicht gefallen, so wie auch sie ihm nicht gefallen würde. In einer solchen Welt gefiele keiner keinem, und das könne nicht gut sein. Sie gingen langsam über den Zrinjevac, Fuß vor Fuß, und es war ein langer Spaziergang, aber sie hätte nicht sagen können, durch welche Straßen, denn sie war in das Gespräch vertieft, das zum ersten Mal frei war von Greifzangen, Nadelhaltern und anatomischen Pinzetten und sich um folgende Themen drehte: Malerei, Schönheit der Landschaft und Schönheit der Menschen, Freundschaft, Männer, Frauen, Männer und Frauen, Russland, Pariserinnen, Pariser Mode, warum er nach Zagreb gekommen war, und dann hatten sie ziemlich überraschend, obwohl der Spaziergang lange gedauert hatte, vor dem Haus in der Dalmatinska gestanden und Benjamin hatte gesagt:

– Hier meine Wohnung, willst du sehen meine Bilder?

– Meine Bilder sehen – sagte sie und sah zu dem zweistöckigen Haus mit dem hohen Erdgeschoss, das aussah, als würde die Sonne nie hineinscheinen.

Es gab mehr Pastelle, Kohle- und Bleistiftzeichnungen als Ölbilder, und er erklärte es damit, dass Ölbilder unpraktisch seien wegen des Trocknens, er habe kein Atelier, sondern male hier. Auf dem Tisch im Wohnzimmer, auf den Sesseln und Stühlen, auf dem Diwan, überall waren Bilder, und in der Wohnung herrschte Unordnung. Genau genommen eine solche Unordnung, wie sie noch keine gesehen hatte, selbst nicht in ihrem vollgestopften kleinen Zimmer, das einer Theatergarderobe glich. Aber während sie Limonade trank und die Bilder betrachtete, konnte sie aus dem Augenwinkel sehen, wie er in Panik aufräumte, wie er die Tischdecke gerade zog, die beinahe vom Tisch gerutscht war, leere Papiere und verstreute Pastelle wegräumte. Das bedeutet, dies hat er nicht geplant, dachte sie, während sie ihm zusah, wie er aufräumte, wie es ihm wegen der Unordnung unangenehm war, und das gebar ihren nächsten Gedanken: Dieser Mensch kann mir nichts Böses tun. In ihm ist nichts Böses. Aber erst später sollte ihr klar werden, dass die schlimmsten Übel jene sind, die der Mensch im Glauben tut, etwas Gutes zu tun, oder solche, für die er eine gute Ausrede findet.

– Du zeichnest besser als die im Salon – sagte sie zu ihm, als sie sich seine Bleistiftzeichnungen ansah, und er hielt ein wenig inne, mitten in diesem Aufräumen, als hätte er nicht gut gehört.

Zeichnungen von Pola Negri gab es keine.

Und dann setzte er sie auf den mit rotem Musselin überzogenen Diwan und brachte eine Schachtel mit Fotografien. Das war eine rote, mit Kamelleder überzogene Schachtel mit marokkanischem Muster. Als er sie aufmachte, roch es nach Leder, nach Wüste, nach etwas unglaublich Fernem von Zagreb, von der Dalmatinska und dem roten Diwan, der an der Vorderseite der Armlehnen mit Reliefs von Bronzelöwen verziert war.

– Ich will, dass sieht dies!

Er zeigte ihr die Fotografien und sagte, er und sein Bruder seien schon 1918 aus der Umgebung von Petrograd geflüchtet. Und dass sie nicht auf den großen Exodus der Weißgardisten gewartet hätten, die 1919 massenhaft über die Schwarzmeerhäfen Odessa und Noworossijsk nach Europa ausgewandert seien. Zuerst seien sie nach Berlin gegangen, und dann ein paar Monate später nach Paris. Sie hätten schon geraume Zeit über ein Medizinstudium in Paris nachgedacht, aber die Revolution habe sie zu Hause überrascht. Nein, er wisse nicht, was mit den Eltern geschehen sei, die in Russland geblieben seien. Als die Revolution die Grenzen Russlands dauerhaft versiegelt habe, seien keinerlei Nachrichten mehr durchgekommen, und die Tausenden und Abertausenden Emigranten in Bukarest, Belgrad, Berlin oder Paris hätten Russland mit der Zeit zu einem mythischen Ort ihrer Erinnerung gemacht. Und was in Russland in diesen Jahren schlimm gewesen sei, das hätten sie in ihren Erinnerungen schöner gedacht.

– Das sind Ansichtskarten – sagte Ivka. Und Benjamin erklärte ihr, sie seien in der Eile gekauft, als das Schiff im Hafen wartete, ohne sie besonders auszuwählen und in der Absicht, sie als Erinnerungsstücke zu haben, aber nicht, um sie zu versenden.

So etwa die sechsbogige Eisenbahnbrücke über die Wolga in Kasan, oder der steinerne Viadukt in Nowo Nikolajewsk, unter dem aus dem Schnee hölzerne Bauernhäuser hervorlugen; hier ist auch das Panorama des Hafens in Kiew, mit Schiffen und einem Fabrikschornstein im Hintergrund; und die gerade fertiggestellte Theologenschule in Irkutsk, dann eine Marienkirche auf einem Friedhof und noch eine Holzkirche in der Taiga, aber sie alle sehen gegenüber der majestätischen Basilius-Kathedrale in Moskau wie arme Schwestern aus; dann ein Panorama von Saratow mit Kirche und Musikschule, alles von 1916, hier ist auch eine ziemlich schlechte Fotografie des Verwaltungsgebäudes des Landwirtschaftsguts St. Marija von 1917; und ein Hafen mit Fischerbooten in Astrachan; dann die Konstruktion eines hölzernen Feuerwachturms in der Taiga, der sehr an die ersten Türme für Erdölbohrungen erinnert, als würde er die Zukunft ankündigen; und eine Eisenbahnbrücke über die Wolga in Jaroslawl, die stark an die in Kasan erinnert; dann ein paar schlechte Fotografien mit Schiffen auf der Wolga, und ein großer Kirchen- und Lehranstaltskomplex in Charkow; dann ein Panorama von Sabaikalsk mit einem Fabrikschornstein über einem See; und das Denkmal für Zar Alexander II. in Samara; und noch ein Panorama, dieses Mal von Moskau, mit Fluss und Kirchtürmen im Vordergrund; dann eine Pontonbrücke über die Angara in Irkutsk; ein Panorama von Samara, und zum Schluss das kitschige Gebäude der Wirtschaftsbank in Nischni Nowgorod, das aussieht wie eine Burg eingebildeter Zwerge.

– Das alles, was gibt von Rossia – sagte er, und auch diese Stimme war so traurig und so ehrlich, dass in ihr die Bremsen nachgaben und der Satz, dass sie sich nur in Acht nehmen solle, weil Ärzte keine Krankenschwestern heiraten, langsam an Bedeutung verlor. Dann griff er nach der Balalaika, und während sie versonnen das Gebäude der Wirtschaftsbank in Nischni Nowgorod betrachtete und überlegte, dass sie sich die Größe dieses Landes nicht vorstellen konnte, so wie sie sich auch die Größe des Weltalls oder die Allmacht Gottes nicht vorstellen konnte, spielte er russische Melodien, die ebenso traurig waren, als hätten jene, die sie vor mehreren Jahrhunderten sangen, gewusst, dass die Revolution geschehen und dass sie einmal so um Russland trauern würden. Und hat die Kraft der Nostalgie etwas zu tun mit der Größe des Landes, um das du trauerst? Denn schließlich hat alles Mögliche, um was es zu trauern gilt, in ihm Platz.

Und dann beugte er sich, ganz natürlich, vor und küsste sie auf den Mund, und das war, als hätte er sie mit dem Skalpell geöffnet und besähe jetzt ihr Herz, wie es aufgeregt klopft.

– Tu es nicht – stotterte sie – wenn du es nicht ernst meinst.

9.

Benjamin führte Ivka oft auf einen Spaziergang hinauf zum Rokov perivoj. Sie nahmen die Straßenbahn Richtung Stadt, fuhren zwei Stationen bis zum Britanski trg und stiegen die Straße, die so steil war, dass Benjamin sagte, ihm würde von dieser Steilheit die Uhr am Arm stehenbleiben, hinauf zum Rokovo. Nach fünf solchen Spaziergängen, die schön waren, ein wenig romantisch und ziemlich anstrengend, Spaziergängen, bei denen sie auf dieser Steigung immer wieder stehen bleiben musste, um Atem zu schöpfen, fragte sich Ivka, warum sie immer zum Rokovo gingen, wo sie doch auch zum Zelengaj oder zum Pantovčak gehen könnten. Als sie ihn das im Krankenhaus fragte, nach der Arbeit, sagte er:

– Sag ich, wenn da sind.

– Wenn wir da sind – korrigierte sie ihn. Sie korrigierte ihn immer, weil sie dachte, dass es so sein müsse, dass es so besser für ihn sei, damit er so schnell wie möglich das Kroatische beherrscht, aber die Wahrheit war auch, dass ihr das eine bestimmte Übermacht gab. Dieser Mensch, der so souverän Menschen aufschnitt, an ihren Därmen, an Bauchspeicheldrüse und Milz herumfingerte und der vier Sprachen sprach, aber manchmal nicht wusste, welche seine eigene ist, war in Hinblick auf das Kroatische ein Kind. Und dieses Kind brauchte entsprechende Aufmerksamkeit.

Als sie an diesem Nachmittag wieder zum Rokovo hinaufstiegen und schon drei Mal zum Luftholen stehen geblieben waren, sagte Benjamin, dass in einer der Villen, siehst du, in dieser hier, ein Maler lebt, der die besten Aktbilder malt, die er bisher gesehen hat, einschließlich der Bilder von nackten Frauen in den Galerien in Paris. Und dann fragte er sie, ob er ihr etwas sagen könne, etwas Intimes, was ihr vielleicht Sorgen machen könnte, aber er versichere ihr, dass es keinen Grund gebe, besorgt oder gar verletzt zu sein, sondern dass das viel früher gewesen sei, bevor er sie kennengelernt habe, und jetzt könne ihm so etwas freilich nicht mehr in den Sinn kommen …

– Nun sag es schon endlich – unterbrach sie ihn.

Und er erzählte ihr, dass er sich, gleich als er nach Zagreb gekommen war, vor zwei Jahren, in eine Frau verliebt habe. In eine Frau auf einem Bild, auf einem der Aktbilder von Robert Auer. Jung, wunderschön, liegt sie da auf dem Bauch, den Po in die Höhe gestreckt mit gekreuzten Beinen, den Kopf auf die Arme gelegt und ihr schönes Gesicht von einem rötlichen Licht beschienen, das irgendwo von der Seite her kommt, und das dunkle lockige Haar zu einem Knoten auf dem Kopf zusammengefasst, sodass man das ganze Gesicht und die Augen sieht, die direkt auf den Maler gerichtet sind. Wichtig seien diese Augen, denn die sagten alles aus über diesen Akt. Man sehe, dass dieser Akt von einem erfahrenen Porträtisten gemalt wurde, weil der, der ihn sich ansieht, sofort Verbindung mit diesen Augen sucht und sich erst dann des diskreten Lichts bewusst wird, das den Glanz in den Augen und die legere, aber genau genommen sehr sorgsam gewählte Positionierung des Körpers betont. Ihr Haar wirkt gefährlich, als wollte es sich im nächsten Augenblick in ein Knäuel Schlangen verwandeln, aber ihr Blick ist anmutig und spricht von Liebe, von Blutsbanden zwischen ihr und dem Maler. Benjamin hat diesen Akt bei einer Privatausstellung gesehen und glaubt, dass sie Auers Geliebte, ein Modell und Mannequin ist. Und dass er sich in das Bild verliebt hat, kann man vielleicht verstehen. In diesen ersten Monaten in Zagreb war er schrecklich einsam, ihm fehlte Paris, was nicht verwunderlich ist, und ihm fehlten auch Russland und die Eltern, was noch weniger verwunderlich ist. Und das, was ihn angezogen hat, war die Verbindung zwischen dem Maler und dem Modell, die man hier deutlich sieht. Das Modell wirkt an dem Bild mit, das Modell ist die Mitschöpferin des Bildes. Und er glaubt, dass die Verbindung zwischen ihnen unglaublich fest ist, unzerreißbar, und ihm scheint, dass das größte Geschenk, das der Mensch bekommen kann, ist, eine Person zu treffen, mit der er sich so verstehen und mit der er zusammenarbeiten kann.

Ivka sagte, auch ihr scheine es das Beste zu sein, dass Menschen, die sich lieben, ein festes gemeinsames Interesse oder eine Berufung teilen. Sie hatte sich bei ihm eingehakt, im Übrigen hatten sie sich schon geküsst, und das bedeutete vermutlich, dass sie jetzt ein Paar sind. Aber davon zeugten auch deutlich die Tratschereien, die im Krankenhaus begannen.

Und jetzt, auf dem Rokovo, sagte er ihr, dass er sie gern zeichnen würde, dass er gern ihre Zeichnung in Bleistift machen würde, vielleicht auch mehrere Zeichnungen in Bleistift, die Studien für Öl wären, aber vielleicht auch nur eine Serie von Zeichnungen in der Technik, die er am meisten liebt.

Ivka blieb stehen, sie errötete.

– Du denkst doch nicht etwa …

Es dauerte einen Augenblick, bis er begriffen hatte.

– Nein. Nein, Ivka, das du verstehst falsch … ein Porträt, ein gewöhnliches.

– Wann?

– Jetzt!

Sie stand noch immer da, überlegend.

– Ich habe keine Frisur.

Wenn man bei ihnen Familienfotos machte, mussten sich alle zuerst schön anziehen, die Haare schneiden, sich frisieren, und dann kam der Fotograf mit seiner riesigen Ausrüstung.

– Frisur muss nicht, gut so.

Vom Rokovo bis zur Dalmatinska brauchten sie weniger als fünfzehn Minuten. Sie hatte sich eingehakt, sie gingen schnell, sie hatten ein gemeinsames Ziel.

Er setzte sie auf einen Stuhl im Wohnzimmer und zeichnete lange. Er beendete eine Zeichnung, betrachtete sie, sie gefiel ihm nicht, und er legte sie auf den Tisch. Dann fing er eine neue an, und so zeichnete und zeichnete er, und sie saß ruhig da, wie gestorben. Immer wenn er ein Blatt auf dem Tisch ablegte, hoffte sie, dass es fertig wäre, aber er begann von Neuem. Dann stand er auf, holte aus der Kommode eine Flasche mit einem Getränk, stellte zwei Gläschen auf den Tisch und schenkte ein.

– Nimm, dass du entspannst.

– Dass du dich entspannst.

Sie nahm das Gläschen und fuhr zusammen. Ihr ganzer Körper schüttelte sich. Dann kehrte sie in ihre Pose zurück, wie in eine Skulptur, und er nahm wieder Bleistift und Block in die Hände. Es sah aus, als würde er es in die Länge ziehen, damit sie so lange wie möglich blieb. Bevor er die fünfte oder sechste Zeichnung beendete, und manche waren nur eine Skizze, tranken sie noch zwei Gläschen Cognac. Sie spürte, wie sie locker wurde, und erst jetzt, als es sie nicht mehr sorgte, in was für einer Pose der Stift des Zeichners sie traf, konnte Benjamin ein wahres Porträt aus ihr herausholen. Nach dem vierten Gläschen Cognac gab er ihr zwei Pinsel und ein Wollknäuel in die Hand.

– Als ob stricken – sagte er.

Und sie, so beschwipst, aber guter Laune, strahlend, glücklich, begann mit den Enden der dünnen Pinsel so zu tun, als strickte sie einen Schal. Und so erfasste er sie endlich. Nützlich.

10.

Er begleitete sie einen Teil des Weges, bis zur Kreuzung der Ilica mit der Selska. Sie gingen untergehakt durch die schlummernde Stadt, in den Alleen dufteten die Kastanienblüten, und Ivka ging mit all den Bildern im Kopf, auch mit jenen, die sie in seiner Wohnung gesehen hatte, aber vielleicht noch mehr mit jenen, über die er nur gesprochen hatte. Sie trug im Kopf den Akt von Auers Geliebten, ihren verliebten Blick und das rötliche Licht auf ihrem Gesicht, sie trug diese Gemeinsamkeit, so wie sie auch den diskreten Schmerz im Rücken trug, vom geraden Sitzen und dem ständigen Bedürfnis, sich während des Posierens auf dem Stuhl aufzurichten. Aber in der Hand trug sie auch eine Papprolle, in der ihr Bleistiftporträt war, in relativ kleinem Format, aus Benjamins Zeichenblock. Auf der Zeichnung sieht man nicht das Zimmer und auch nicht den Stuhl, auf dem sie sitzt, man sieht sie nur zur Hälfte, mit dem Wollknäuel in den Händen in einer Haltung, als würde sie stricken.

Aber ab dieser Kreuzung musste sie allein gehen. Noch nie bisher war sie so spät allein durch diese Straße gegangen, und obwohl die Zlatarska relativ nahe der Ilica verläuft, fühlte sie in dieser Nacht zum ersten Mal ein gewisses Unbehagen. Sie presste die Rolle mit ihrem Bild an sich und schritt auf dem Gehweg rasch aus, und dann auch auf dem Schotterweg vorbei an den Lattenzäunen und den ebenerdigen Häusern in der Zlatarska.

Sie klopfte leise, damit nur die Mutter sie hört, so wie sie und Marica klopften, wenn sie nicht wollten, dass der österreichisch-ungarische Gendarm mitbekam, dass sie nach Hause gekommen waren. Aber dieses Mal öffnete der Vater. Angekleidet, in Schuhen, die an den Sohlen einen lehmigen Rand hatten. So als habe er sie in der Nacht in den Höfen und auf Nebenwegen gesucht.

– Wo warst du? – belferte er. – Ich frage, wo du warst?

Sie kam nicht dazu, ihm zu antworten.

– Treibst dich herum mit dem Ćifut, nicht wahr? Mit dem Ćifut warst du?

– Wir waren spazieren, Papa – entgegnete sie ihm dreist und sah ihm in die Augen, auf das gekämmte Haar und den würdigen grauen Bart, den gestärkten Hemdkragen, und für einen Moment schien es ihr, als könnte sie sich seiner Herrschaft entziehen.

Vermutlich brachte ihn dieser Blick mehr in Rage als die Worte, wenngleich die Worte dreist waren, es war eine Provokation, denn anständige Spaziergänge dauern nicht bis um zwei in der Nacht. Ein anständiges Mädchen hat um zehn Uhr zu Hause zu sein, vor allem wenn sie nicht verheiratet ist und noch bei den Eltern wohnt. Sein wütender Blick fiel auf die Rolle in ihrer Hand. Er riss sie an sich und öffnete sie hysterisch. Zuerst spähte er hinein, er wunderte sich, dass da nichts war, als wäre das eine Falle, etwas, das da war und jetzt verschwunden war, um ihm einen Streich zu spielen. Und dann betastete er mit dem Finger das Innere und bemerkte, dass sich an den Rändern ein eingerolltes Papier befand.

– Bitte nicht, Papa, ich bitte euch – sagte sie mit Nachdruck zu ihm, aber irgendwie hatte er ihr Bild schon herausgefummelt und starrte jetzt darauf wie auf etwas besonders Abstoßendes. Auf den Beweis der Liederlichkeit, mit der sich seine Tochter auf ewig beschmutzt hatte.

– Du hast dich von ihm zeichnen lassen – belferte er und irrte mit seinem wütenden Blick hin und her zwischen Ivkas wahrem Gesicht und dem gezeichneten. – Haben wir dich erzogen, dass du eine Judendirne wirst, haben wir dich etwa dafür erzogen?

– Papa, ich bin keine Dirne, ich wollte, dass er mich zeichnet, und er hat mich gezeichnet. Und er ist anständig, er ist ein Herr.

– Und wir? Wir sind keine Herren, nicht, arme Leute aus Trešnjevka, das sind wir für ihn. Arme Leute und Abschaum.

– Er schätzt mich, und auch meine Familie – sagte sie.

– Eine Dirne, das bist du – schrie er – und auch nach Schnaps stinkst du wie richtige Dirnen! Nach Ćifut und nach Schnaps, so stinkst du. Du bist nicht mehr meine Tochter, allen hast du Schande gemacht!

Und dann ohrfeigte er sie und schrie weiter, dass sie eine Dirne sei, dass sie nicht mehr seine Tochter sei, dass sie der Familie und der weitläufigeren Familie und allen Verwandten und Freunden und allen, die irgendwann einmal etwas mit ihnen zu tun gehabt hatten, Schande gemacht habe. Auch ihnen habe sie Schande gemacht. Eine solche Schande war ebenso schwer vorstellbar wie die Größe Russlands. Das ganze Haus war wach geworden, die Mutter war aus dem Schlafzimmer herbeigeeilt, im Nachthemd, und versuchte ihn zu beruhigen, dass er sie nicht weiter schlug, denn sie sei schon ein großes Mädchen, erwachsen, und alle in der Nachbarschaft würden es hören, und dann wäre er schuld und nicht Ivka, wenn sie morgen anfangen würden zu tratschen. Aber er sagte nur:

– Besser, du wärest uns gestorben, anstatt Milan!

Die verweinte Mutter bekreuzigte sich, und Ivka kam der Gedanke, dass er Antun vergessen hatte.

11.

Es war alles in allem noch ein Glück, dass der Vater sie mit der offenen Hand geschlagen hatte, wie ein Kind, sodass ihr keine blauen Flecken im Gesicht zurückblieben. Ein Schlag mit der offenen Hand hinterlässt keine Striemen, nur Scham. Als sie an diesem Morgen zur Arbeit ging, und sie ging zu Fuß, diesen relativ weiten Weg von Trešnjevka bis zur Vinogradska, hatte sie die ganze Zeit das Gefühl, dass alle Menschen, die sie in der Zlatarska, der Selska und der Tratinska grüßten, wussten, dass der Vater sie geschlagen hatte, ein erwachsenes hübsches Mädchen, das schon reif ist fürs Heiraten. Und einen Freund hat, einen Doktor, der in Paris studiert hat. Sie schämte sich auch noch, als sie auf der Straße keiner mehr kannte, sondern von Zeit zu Zeit dieser oder jener Mann sie etwas länger ansah, so wie die Männer auf der Straße nach hübschen jungen Mädchen Ausschau halten.

Aber diese Scham wegen der Ohrfeigen war eine völlig andere als die Scham wegen der großen Brüste, die zu schnell gewachsen waren und ihr keine Zeit gelassen hatten, sich an sie zu gewöhnen. Diese Scham war voller Wut. Auch ihre Erziehung, alles, was ihr Vater gemacht hatte, erschien ihr plötzlich wie die Verwandlung der Familie in einen Bienenstock, wo jedes Insekt seine klare Verpflichtung hat und wo stählerne Disziplin herrscht. Eine Gendarmeriekaserne oder ein Bienenstock, das war ihr Haus, und dieses Haus galt es so rasch wie möglich zu verlassen. Sie erinnerte sich auch, wie streng er gegen ihre toten Brüder, Antun und Milan, gewesen war, und dass sich ihre Mutter kein einziges Mal eingemischt hatte, wenn er sie wegen gewöhnlicher Jungenstreiche verprügelt hatte. Er hatte sie geohrfeigt, ihnen mit dem Riemen gedroht und sie mit der Rute auf die nackten Beine geschlagen, weil die Rute im Paradies gewachsen war, und hatte gesagt, das sei zu ihrem Besten, damit sie bessere Menschen werden, aber sie waren krank geworden und gestorben. So als hätte er sie für Brestovac und den Mirogoj geschlagen. Und obwohl zwischen den Schlägen und dem Koch-Bazillus keine direkte Verbindung bestand, verknüpfte sie das alles jetzt miteinander, wenn es sich um den Vater handelte, um diesen Gendarmenkopf, der nichts verstand als nur Disziplin und vor Gott und den Nachbarn nur Angst empfand.

Seit dem Morgen gab es viel zu tun: Gallensteine, was verhältnismäßig einfach und ohne Komplikationen war; ein Magengeschwür, was komplizierter war, und zum Schluss der Arbeitszeit mussten sie beide einem akuten Blinddarm beispringen, der jeden Moment durchbrechen konnte. Es gelang ihnen gerade noch, ihn im Stück herauszuholen, obwohl sich Benjamin kaum noch auf den Beinen halten konnte. Als sie sich umgezogen hatten, sagte sie zu ihm:

– Gehen wir zu dir auf einen Cognac?

Er sah sie durch die runde Brille fragend an. Das kam doch etwas rasch. Vielleicht hatte darauf auch die Todesnähe jenes Mannes Einfluss gehabt, dem sie nur mit Mühe den Wurmfortsatz entfernt hatten. Das Leben erschien Ivka plötzlich so kurz, und sie war überzeugt, dass es sich auch für Benjamin während der Operation ein wenig verkürzt hatte.

Als sie in seine Wohnung kamen, warf sie den leichten Frühlings-Trenchcoat über den Stuhl, ging selbst zur Kommode, nahm die Flasche heraus, setzte sie an und machte einen ordentlichen Zug. Er sah ihr einigermaßen erschrocken zu. Das war nicht das Bild des sanften und verschämten Mädchens mit dem arabischen Gesicht, das er kennengelernt hatte.

– Was passiert?

– Papa hat mich geschlagen – sagte sie und setzte sich aufs Bett, noch immer die Flasche in der Hand.

– Gott im Himmel!

– Komm, setz dich her!

Und so setzte er sich neben sie und umarmte sie. Was konnte er anderes tun?

Und wenn die Tatsache, dass sie zu Beginn eine Distanz errichtet hatte, auf Doktor Bernstein anziehend gewirkt hatte, wirkte die Wut ihres Vaters wie Hefe auf das, was in ihrem Herzen vor sich ging, und der Satz „Dieser Mensch kann mir nichts Böses tun" wurde plötzlich so überzeugend. Was aber in unmittelbarer Nähe ihres Herzens vor sich ging, in ihrer Lunge, das wusste noch niemand.

So machte auch er einen Zug aus der Flasche mit dem russischen Cognac, die er wer weiß wo besorgt hatte, und beide waren nach ein paar Schlucken bereit für das Wesentliche. Das Wesentliche geschah in jener Zeit in den Schlafzimmern, im Dunkeln und unter der Bettdecke, vielleicht auch ohne Worte. Über das Wesentliche wurde nicht gesprochen, weder vorher noch nachher, das Wesentliche musste spontan geschehen und vielleicht unter einem gewissen Widerstreben, so wie die besten Geschäfte unter Feilschen verabredet werden. Das Wesentliche in diesem Fall geschah indessen auf jenem mit rotem Musselin überzogenen Diwan mit den Löwenköpfen an den Armlehnen. Und am Tage. Genau genommen herrschte schon Dämmerung, denn zwischen den Häusern in der Dalmatinska fällt die Dämmerung rascher ein als in den breiteren Straßen der Stadt.

Seltsam ist aber doch, dass ein Arzt und eine Krankenschwester, offensichtlich medizinisch gebildet, gelegentlich des Wesentlichen nicht mehr aufgepasst haben. Und vielleicht ist es noch seltsamer, als Ivka gelegentlich des Wesentlichen mehr an den österreichisch-ungarischen Gendarmen dachte als an Benjamin, mit dem sie ihr erstes Mal erlebte. Die ersten Kätzchen musste man ins Wasser werfen, und die Wut auf den Vater war vielleicht ein gutes Motiv, dass diese Kätzchen endlich geworfen werden und sich das Wasser über ihnen langsam blutig färbt. Aber der Diwan war zum Glück rot, und auf ihm war nichts zu sehen.

Später wollte Benjamin sie ins Schlafzimmer führen, aber sie blieb lieber auf dem Diwan. Deshalb stand er auf und holte zwei Betttücher aus dem Schlafzimmer, damit sie sich zudecken konnten. Aber Ivka bedeckte sich nur über den Nieren, so wie manche Malermodelle bedeckt waren. Benjamin wiederum, erschöpft von den Operationen und sicherlich auch durch das Wesentliche, das so rasch und so seltsam geschehen war, schlief sehr schnell ein. Sie musste ihm die Brille abnehmen, sie zusammenklappen und auf den Tisch legen, damit sie nicht zerbrach, falls er sich umdrehte. Sie konnte nicht schlafen, das Licht der Straßenlaterne drang durch die Vorhänge und schuf an der Decke seltsame Schatten, Formen, die es in der Zlatarska nicht geben konnte, denn dort schaffte es das Licht von der Straße überhaupt nicht bis zum Haus. Mitten in der Nacht, beim sanft klingenden Geräusch des Schnarchens des Menschen, dem sie den letzten Beweis ihrer Liebe gegeben hatte, ging sie, in das Betttuch gehüllt, wie ein Malermodell in der Pause, durch die Wohnung beziehungsweise durch das Atelier. Sie betrachtete die großformatigen Bilder, die aufeinanderlagen. Gesichter von Menschen, die sie nicht kannte, Küstenlandschaften, Seen. Die Porträts waren größtenteils in Wachs- oder Bleistift, und die Landschaften in Aquarell. Sie öffnete die Mappen und Zeichenblöcke und stieß auf die unterschiedlichsten Zeichnungen: Da gab es ziemlich viele Zeichnungen von Händen. Der Chirurg hatte seine eigenen Hände gezeichnet, vielleicht verwundert über sie. Es gab auch Gegenstände und Interieurs. Mehrere Zeichnungen ihrer Ordination, aus unterschiedlichen Blickwinkeln. Tischlampe, Stethoskop, leere Stühle. Sie fand auch einen Block, der mit Bändern verschnürt war. Das, was sie heute Abend getan hatte, gab ihr das Recht, tiefer in Benjamins Welt einzudringen.

Und hier, in dieser Mappe, fand sie die Zeichnung von Pola Negri. Pola, genauer Vera, sah auf dieser Zeichnung nicht gesund aus, ein Schatten auf ihrem Gesicht zeigte ihre Magerkeit, aber sie hatte den Blick auf den Zeichner gerichtet. Ein Blick, den Auers Modelle hatten. Benjamin hatte ihr mehrere Bilder aus einem Katalog einer Privatausstellung gezeigt, und sie war von diesem Blick fasziniert gewesen. Jetzt blickte sie so die Frau von dem Papier an, die ihr Liebster gezeichnet hatte, als sie sich kennengelernt hatten. Hier gab es nur eine Zeichnung von ihr, aber es gab auch andere Menschen, die nicht gesund aussahen. Hatten die alle einmal auf der Lungenabteilung gelegen? Und was war mit ihnen geschehen? Am Ende wurde ihr klar, wie dumm die Eifersucht auf Pola Negri gewesen war, Benjamin hatte nicht sie gemalt, er hatte den Tod gemalt.

Sie kam auch am nächsten und übernächsten Tag nach der Arbeit in Benjamins Wohnung, und noch einen Tag später gingen sie als Mann und Frau nach Haus. Aber immer wollte sie auf dem roten Diwan bleiben, nie wollte sie ins Schlafzimmer. So als wäre die Schlafzimmertür eine fest gezogene Grenze, die sie nicht überschreiten durfte. Sie schlief nach dem Wesentlichen auf dem Diwan ein, eingehüllt in das Betttuch, und immer bevor sie in den Schlaf fiel, sagte sie zu Benjamin:

– Bitte, zeichne mich nicht, wenn ich schlafe!

– Tu ich nicht – sagte er.

Und er hielt sein Versprechen. Deshalb gibt es unter Großmutters Porträts an der Wand unseres Wohnzimmers keinen einzigen Akt von ihr.

12.

Damit Wilhelm Conrad Röntgen die X-Strahlen entdecken und die wissenschaftliche Grundlage für den Röntgenapparat schaffen konnte, mithilfe dessen in jenen Jahren zumeist Lungen fotografiert wurden – auf den Bildern sehen sie aus wie nicht entwickelte und gefangene Flügel, die bei den Menschen aus irgendeinem Grund nicht durch die Haut nach außen dringen können –, musste William Crookes eine gasgefüllte Glasröhre mit zwei Elektroden herstellen, durch die eine hohe Spannung geleitet wird, und die Kathodenstrahlen entdecken, damit aber die Entdeckung der Kathodenstrahlen möglich wurde, mussten die Elektrizität entdeckt und hohe Stromspannungen ermöglicht werden, und damit wiederum das entdeckt werden konnte, musste Benjamin Franklin mit den veralteten Theorien über die elektrische Ladung aufräumen. In einem Buch hatte Ivka während der Ausbildung in der Schwesternschule die Röntgenaufnahme einer Hand mit einem Trauring gesehen. Das war die Fotografie der Knochen der Hand der Gattin von Wilhelm Conrad und ihres Traurings, den man auf dieser Aufnahme ungewöhnlich gut sieht. Wie schön, dass der deutsche Wissenschaftler auf dieser Fotografie, die später weltbekannt werden sollte, die Hand seiner Gattin verewigt hat, um die er vor einer unbestimmten Anzahl Jahren angehalten hatte, Ivka wusste nicht, wie viele Jahre, aber das an ihrem Finger war vielleicht auch ihr Verlobungsring. Als wären das damals andere Verlobungen gewesen, Verlobungen für die Ewigkeit. Sie liebte solche Liebesgeschichten, aus denen etwas Großartiges werden konnte. Sie liebte auch die Geschichte von Marie und Pierre Curie, die ihnen die Chemielehrerin erzählt hatte. Für Ivka war diese Liebesgeschichte fast ideal, sie hatte ihren nicht alltäglichen Glanz, den ihr ein bis dahin unbekanntes chemisches Element verlieh, und dieses Element erleuchtete ihnen die Zukunft. Und als Pierre unter den Hufen eines Pferdes umkam, war seine Aufgabe auf Erden schon erfüllt: Er hatte die Liebe zu seiner Frau und die Liebe zur Chemie in einer Person vereint. Und alle diese großen Menschen waren von einer solchen Frauenhand gekost, gehalten oder sogar angeschoben worden, und mehr als alles andere wollte sie eine solche Frauenhand sein.

Nach der Entdeckung der Röntgenstrahlen war die menschliche Rasse imstande, den Menschen auch von innen zu fotografieren. Und der Mensch von innen interessierte Großmutter Ivka außerordentlich, sei es, dass er mittels Skalpells geöffnet oder dass seine Knochen oder seine Lunge oder sein Kehlkopf mittels X-Strahlen fotografiert waren. Und waren nicht auch sie und Benjamin, wenn sie operierten und wenn sie das Besteck desinfizierte, ihm den Kittel zuband oder die Haut des Kranken desinfizierte, bevor das gerade oder das gebogene

Skalpell hineinschnitt, waren sie beide nicht wie Pierre und Marie Curie, als sie das Radium suchten? Es stimmt, dass das, was sie taten, nicht so groß war, dieses Aufmachen von Menschen oder Zurechtrücken eines Darms, der von seinem Platz geflüchtet war, es stimmt, dass das kein Radium ist, auch kein Röntgen, auch keine Kathodenröhre, aber es ist das Leben. Vielleicht vereinte auch Benjamin seine Liebe zur Medizin, die Liebe zu seiner Frau und endlich auch die Liebe zu den Bildern in einer Person?

Während der operativen Eingriffe, als sie schon OP-Schwester geworden war und bereits genau wusste, welches der Instrumente sie in einem bestimmten Moment für Benjamin bereithalten musste, überkam Ivka mitunter das Gefühl, von der Maske erstickt zu werden. Zuerst meldete sich diese Atemnot, und dann, draußen, wenn sie die Maske abnahm, auch das Hüsteln. Dieses Hüsteln war ein Memento an ihre beiden Brüder, die schon auf dem Mirogoj lagen. Aber sie sagte sich: „Nichts, das kommt vom Jod, Jod habe ich nie vertragen." Und wartete, dass das Hüsteln vorüberging.

Das wäre ziemlich ungerecht gewesen, endlich war ihr Leben in geordnete Bahnen gelangt, sie hatte eine Arbeit, die sie interessierte, sie hatte einen Mann, bei dem sie sich sicher war, dass er sie verdiente, und der unter den Schwestern in der Vinogradska ziemlich beliebt war, sie hatte sich von den strengen Regeln des österreichisch-ungarischen Gendarmen befreit, die gekrümmte Ivka mit dem arabischen Gesicht ging nicht mehr krumm, sie hatte sich in die Brust geworfen, sie zeigte, was sie hatte, sie ging nicht mehr an der Wand der Krankenhausflure, als würde sie sich schämen, sie ging gerade, lächelte den Kolleginnen und Ärzten zu, grüßte höflich und fühlte eine Veränderung in sich, auf die sie schon lange gewartet hatte. Der Mensch, der in ihr seine drei Lieben vereint hatte, war gut und aufmerksam, aber nicht zu aufmerksam, dass er ihr langweilig geworden wäre. Außerdem war er voll von allem aus seinem großen Land und voller interessanter Geschichten aus den russischen Emigrantenkreisen in Paris.

Aber die Atemnot und das Hüsteln hielten an, und es dauerte nicht lange, dass auch Benjamin das bemerkte.

– Muss zum Röntgen – sagte er, und sie wusste fast alles über Röntgen, über die Hand seiner Frau mit dem Trauring, über die

Kathodenröhren, wie sie auch genug über die Krankheit wusste, die ihre Brüder hingerafft hatte.

Benjamin machte einen Untersuchungstermin aus mit seinem Freund, Doktor Jungwirth von der Lungenabteilung, der ihm auch erlaubt hatte, dort seine Kranken zu zeichnen.

– Sie sind einsam – hatte Jungwirth gesagt – sie mögen es, wenn du sie zeichnest.

So kam eines späten Nachmittags Ivka auf die Radiologie, wo bereits ein junger Röntgenologe, Jungwirth und Benjamin auf sie warteten.

Die Erinnerung an das Posieren in der Dalmatinska war noch ganz frisch; dort, in der Wohnung und zwischen den anderen Bildern, hatte er sie von außen abgebildet, durchaus anständig und bekleidet, so als würde sie stricken, aber jetzt nahm er sie mit seinen Kollegen nackt bis zum Gürtel auf, mit entblößten Brüsten, derer sie sich wie ein Kind geschämt und derentwegen sie sich gekrümmt hatte, aber genau genommen hatten ihr die Jahrhunderte katholischer Erziehung wie eine Elefantenherde auf dem Rücken gelegen, jetzt stand sie in diesem dunklen Zimmer, und vor ihr, hinter der Kathodenröhre, standen drei Männer mit Bleischürzen vor der Brust und besahen ihre inneren Flügel. Das war ein Bild ähnlich den unentzifferbaren Flecken aus Kaffeesatz, aus denen man weissagen kann, wenn der Kaffee bereits getrunken ist, nur dass anstatt der Schicht auf dem weißen Porzellan hier eine Emulsion auf Röntgen'schem Fotopapier kondensierte. Zuerst hatte sie für ein Porträt posiert, und die Folgen waren kompliziert gewesen. Jetzt posierte sie für etwas anderes und erschauerte vor den möglichen Folgen. Ihr war eiskalt vor Angst, ihre Brüste waren kälter als das Metall, an das sie für einen Augenblick rührten. Um die Angst in einem Knoten im Magen zurückzuhalten, dort, wo sich die Angst gewöhnlich sammelt, dachte sie daran, was in der Wissenschaft und in der Medizin alles geschehen musste, damit sie jetzt halbnackt vor diesen drei Ärzten stand, von denen einer ihr Geliebter war.

Aber die Technik der Fotografie ist unerbittlich. Und die Aufnahmen vom menschlichen Inneren hatten genauso Schatten wie jene vom menschlichen Äußeren oder einer Stadt oder von Passanten bei

Tošo Dabac. Und diese Schatten zeigten sich, als der Techniker Ivkas Lungenflügel entwickelte und als Doktor Jungwirth dieses Bild ans Fenster lehnte. Natürlich hatte er vorher zu Ivka gesagt:

– Du kannst dich anziehen, mein Kind, hab keine Angst. Alles wird gut.

Und sie zog sich an, verließ den Raum, verließ auch das Krankenhaus und ging zu ihrer Straßenbahnhaltestelle. Und während sie zur Haltestelle ging, sahen sich Doktor Jungwirth und Benjamin ihre Lunge am Fenster an. Und Jungwirth sagte:

– Siehst du?

Und Benjamin antwortete:

– Ich sehe!

13.

Anfang August 1928 kam es zu zwei unglücklichen Ereignissen in dem kleinen Haus in Trešnjevka. Ivka kehrte sehr langsam aus dem Krankenhaus zurück. Langsamer, als sie jemals nach Hause gegangen war. Die übliche Hitze hatte sich auf die Stadt gelegt, ließ die Reste der Kastanienblüten, die so schön geduftet hatten, als Benjamin und sie zu ihren ersten Spaziergängen aufgebrochen waren, verdorren. Sie ging Fuß vor Fuß und durch umliegende Straßen, um so spät wie möglich nach Hause zu kommen. Und vor dem Eingang in den Garten stand sie lange vor dem hölzernen Gartentor, bevor sie es öffnete. Die Mutter sah sie vom Küchenfenster aus, und Ivka sah, dass ihre Mutter zu ihr hersah. Hätte sie nicht hergesehen, wäre sie dort vielleicht noch länger stehen geblieben. Aber auch als sie hineingegangen war, konnte sie auf den Platten des Gartenwegs nicht schneller gehen. Man musste Mutter sagen, was Benjamin im Krankenhaus zu ihr gesagt hatte: dass sie Schatten auf der Lunge hat, aber dass das noch nichts bedeutet, und dass man Tuberkulin-Tests machen müsse. Das musste man einer Mutter sagen, die schon zwei Söhne verloren hatte. Aber ihre Mutter ahnte so etwas, an ihrem Gang vermutlich, an ihrem Gesichtsausdruck, an ihrer Gebeugtheit, die plötzlich zurückgekommen war, daran, wie sie ihre Arme hielt. Und deshalb kam sie aus der Küche gestürzt, dick und rund, mit der Schürze und mit nassen Händen, die sie an einem Tuch abwischte.

– Was ist mit dir, Ivkica? Was ist los?

– Nichts, Mama! – sagte sie als Erstes.

Und dann ging sie in die Küche.

– Lüg mir nichts vor, Ivka. Sag, was los ist!

– Nichts.

Und dann fing sie langsam an zu weinen, aber irgendwie von unten herauf. Zuerst versagten ihr die Beine, und sie musste sich auf das Zusatzbett in der Küche setzen, dann verspürte sie ein Zittern in den Knien, und immer höher und höher, und als die Tränen liefen, zitterte sie am ganzen Körper. Nie war die Trauer so von unten gekommen, als käme sie aus der Erde. Und alles das war so ungerecht.

– Komm, sag schon endlich!

Die Mutter rüttelte sie an den Schultern.

– Ich kann nicht mehr im Saal arbeiten.

– Mit dem Russen? Dir tut es leid, dass du nicht mehr mit dem Russen arbeiten kannst?

Mit dem Handrücken wischte sie sich die Augen, aber das Zittern wollte einfach nicht aufhören.

Der Mutter schien ein Stein vom Herzen gefallen zu sein, sie zog ein Tuch aus der Tasche und reichte es ihr.

– Ach, das ist nichts, dann wirst du eben etwas anderes machen. – Aber sobald die Mutter das gesagt hatte, sah sie Ivka mit der geschärften Intuition einer Frau, die zwei Söhne verloren hat, argwöhnisch an.

– Hat dich der Russe weggeschickt?

– Ich habe Schatten, Mama. Ihr dürft nicht allzu traurig sein …

– Was für Schatten, was erzählst du da?

– Auf der Lunge – sagte sie – aber sie haben gesagt, dass das noch nichts zu bedeuten hat, dass wir Tests machen müssen, dass die Schatten von etwas anderem sein können, aber dass ich auf alle Fälle nicht mehr im Saal arbeiten darf.

Die Worte „Auf der Lunge“ hatten eine versteinernde Wirkung auf die Mutter, wie Zement oder Bronze. Die Mutter, eine mächtige Gestalt in der Küche, die Gestalt einer Märtyrerin, die geboren und gekocht hatte, und gekocht und geboren, und der zwischen der

Beilage aus Kohl und der Beilage aus Bohnen ihr Sohn Antun gestorben war, im frühen Herbst, und zwischen gedünstetem Kohl mit Blutwürsten und der Beilage aus jungem Kohlrabi, im Frühjahr, ihr Sohn Milan. Eine tragische runde Figur, in der sich Jahre und Jahre hindurch die Reste des Essens in den Töpfen und Pfannen abgelagert hatten, und die, damit man das nicht wegwirft, zwei, drei Happen isst, bevor der Topf in der Lauge eingeweicht wird. Und jetzt nimmt diese Skulptur die halbe Küche ein, und es scheint, als wäre das für immer.

Aber das ist nur ein Augenblick. Im nächsten Augenblick erwachte die Skulptur zum Leben, das Gesicht verkrampfte sich wie auf den Bildern vom Frühlingssalon, und sie stürzte hinaus in den Hof, stolperte in den Pantoffeln über das Gras und die Birnen und Pflaumen, die auf den Boden gefallen waren, und zu der Gartenhütte, wo der österreichisch-ungarische Gendarm dabei war, Bretter zu hobeln. Sie drang auf ihn ein mit Händen und Körper und Stimme und fing an, ihn zu schlagen und an ihm zu zerren.

– Du hast mir das Kind verflucht, du Teufel! Du hast mir das Kind verflucht!

Und der Satz „Besser, du wärest uns gestorben“ wurde wieder so wichtig.

Den ganzen Tag war der österreichisch-ungarische Gendarm nicht im Haus zu sehen. Er schloss sich in seine Gartenhütte ein, und nur manchmal ging seine Silhouette an den Obstbäumen vorüber und kreuzte für einen Augenblick ihre Schatten, wenn er sich zum Klo am Ende des Hofs schleppte. Er schleppte sich wie ein windelweich geschlagener Wolf, aber der Fluch des Satzes „Besser, du wärest uns gestorben“, eines in ohnmächtiger Wut herausgestoßenen Satzes, ließ sich nicht mehr zurücknehmen. Sie aßen allein zu Abend, statt des Gendarmen sprach jetzt die Mutter das Gebet, und es sah genau genommen so aus, als wäre er gestorben und als wäre jetzt dieses Gebet ein Dank für das Essen, das sie einnehmen werden, aber zugleich auch ein Gedenken an ihn. Auch die folgenden Tage schleppte er sich dahin wie ein Wolf mit gebrochenem Rückgrat, er stand früher auf, bestrich sich altes Brot mit Butter und Honig und ging sofort ins Gartenhäuschen oder irgendwohin in die Nachbarschaft oder in die

Imkergenossenschaft. Wenn er auf dem Flur oder im großen Zimmer Ivka begegnete, krümmte er sich nur zusammen, um ihrem Blick zu entgehen, und stahl sich davon, aufs Klo oder ins Schlafzimmer. Er, den die Mutter beschuldigte, mit seinem Fluch die Schatten auf Ivkas Lunge gebracht zu haben, wurde jetzt auch selbst immer mehr zum Schatten. Ivka ging weiterhin zur Arbeit, aber das Hüsteln war nicht länger zu verbergen.

Dieses erste Unglück entzweite sie als Familie und brachte viel Schweigen mit sich, Zurückhaltung, schwere Worte, flüsternd ausgesprochen, aber das zweite Unglück, ein paar Tage später, brachte sie wieder zusammen. Es war am Morgen, und die Mutter hatte Ivka gerade Honig und Malventee gebracht und gesagt, dass sie jeden Morgen Honig auf nüchternen Magen nehmen müsse, zum Tee oder mit warmem Wasser, dass das Balsam für die Lunge sei, aber wenn man sie gefragt hätte, hätte sie nicht erklären können, wieso dann Honig und warmes Wasser Antun und Milan nicht gerettet hatten. An diesem Morgen war es anders. Von draußen waren Stimmen zu hören, jemand weinte nahe dem Zimmer, das jetzt nur Ivka gehörte, weil Marica zum Schlafen in die Küche übersiedelt war. Als sie aus dem Fenster sahen, sahen sie Leute, die an den Zäunen ihrer Höfe standen und miteinander redeten, die sich unverständliche Worte zuwarfen. Die Frauen wischten sich mit den Ärmeln und den Händen die Tränen ab, und alles war seltsamer, als es jemals zuvor gewesen war.

Die Mutter ging hinaus, und Ivka wusch sich und nahm ihre Kleidung vom Stuhl. Es war Zeit, zur Arbeit zu gehen. Aber die Mutter stürzte wieder ins Zimmer, jetzt weinte auch sie und sagte:

– Ivkica, Radić ist gestorben!

Der Gendarm kam aus seiner Hütte, wo er sich versteckt hatte wie ein Schatten, aber jetzt hatte er wieder Ähnlichkeit mit einem Menschen. Der Schmerz wegen Radićs Tod, der Schmerz wegen dieses Unrechts, der Schmerz über das, was er „Hoffnung" genannt hatte, hatte ihm das Rückgrat gerade gerichtet und ihn wieder zu einem menschlichen Wesen gemacht. Seltsam, weil Radićs Tod überhaupt nichts damit zu tun hatte, dass er die Schatten auf die Lunge seines Kindes gebracht hatte. Im Flur umarmte er seine Söhne, ernste

Männer, die sich wortlos umarmen, und dann kam auch die Mutter, und der Gendarm und sie umarmten sich zum ersten Mal seit dem großen Streit. Und so verminderte der Satz „Radić ist gestorben" die Wirkung des Fluchs „Besser, du wärest uns gestorben".

14.

Wie in einem Haus voller Brüder und Schwestern die morgendliche Übelkeit verbergen? Um nicht das Klo zu benutzen, das sich seit Kurzem innerhalb des Hauses befand, ging sie in den Garten. Das Haus in der Zlatarska hatte einen großen Garten zur Straße hin, in dem sich in einer Ecke die Bienenstöcke und eine kleinere Hütte befanden, mehr ein Schuppen, den der Gendarm mit viel Mühe in einen Vorratsraum für den Honig und eine Werkstatt zum Reparieren der Bienenstöcke verwandelt hatte. In dem Obstgarten, der sich zwischen diesem Schuppen und dem alten Plumpsklo befand, das mitunter noch immer benutzt wurde, übergab sich Großmutter manchmal an einen Pflaumenbaum gestützt, manchmal auch an einen Apfel- oder Marillenbaum. Jetzt, im Spätsommer, duftete alles im Garten nach den Pflaumen und Birnen, die von den Bäumen gefallen waren und auf dem Boden faulten, Wespen und Bienen summten ringsum, und der Garten war voller Gerüche, die Ivka irritierten. Aber nur wenige Monate später, wenn das Laub fiel und wenn Dušan und Stjepan es mit dem Rechen in der Hofecke zu einem Haufen zusammenharkten, würden dieselben Bäume am unteren Stamm mit Kalk eingestrichen sein gegen Schädlinge, wie lange weiße Stiefel. Als sie noch klein war, sehr klein, hatte die Mutter, wenn der Gendarm den Kalk auf die dunkle Baumrinde auftrug, immer zu ihr gesagt:

– Siehst du, Ivkica, auch die Bäume ziehen Winterstiefelchen an.

Daran musste sie denken, wenn sie sich übergab, dass die Bäume Stiefel haben würden. Und wenn die Bäume Stiefel anzögen, würde ihr Kind lebendig werden und ihr im Morsealphabet an die Innenseite des Bauches klopfen:

– Ma-mi-lein, hier-bin-ich, Ma-mi-lein, hier-bin-ich!

Und dieser Gedanke rief bei ihr noch größere Übelkeit hervor.

Es stellt sich die Frage, warum sie nicht ins Plumpsklo ging. Das war nur ein in die Erde gegrabenes Loch, mit einem hölzernen Sitz. Der Gestank indessen, der da drinnen herrschte, war viel schlimmer als der Geruch der fermentierten Pflaumen und würde sicherlich ihr ganzes Innere nach außen kehren. Großmutter Ivka gelang es so, ihre Schwangerschaft eine Zeit lang erfolgreich vor ihren Eltern und Brüdern zu verheimlichen, nicht aber vor den Nachbarn.

Eines Morgens, zwei oder drei Wochen, nachdem Ivka angefangen hatte, sich zu übergeben, erschien an der Tür eine freundliche Nachbarin, die der Mutter immer bei der großen Wäsche helfen kam und der sie als Gegenleistung Honig gaben, weil ihre Kinder Hunger hatten, die arme Haut hat ja nichts, weil ihr Mann, dieser Säufer, alles vertrinkt. Sie erwies sich als Verkünderin. Und als sie zusammen mit der Mutter, die die Fotografien als eine plumpe, aber sehr stabile kegelförmige Frau mit Haarknoten zeigen, die Betttücher und -bezüge auseinanderzog, um sie auf die Leine zu hängen, sagte sie so etwas wie:

– Ist unsere Ivkica ein bisschen krank?

Und:

– Ist ihr gerade morgens meistens schlecht?

Und je mehr das Kindchen in Großmutters Bauch heranwuchs, desto magerer wurde sie selbst. Etwas in ihr verlagerte sich, und ihr ganzes Leben wanderte in ihren Bauch. Es gibt ein im August 1928 gemachtes Familienfoto. Es ist vielleicht auch das Resultat der großen Befriedung in der Familie, die von Radićs Tod und der eindrucksvollen Beerdigung zwei Tage später bewirkt worden war. Hier sind alle im Sonntagshabit, ernst und feierlich. Der österreichisch-ungarische Gendarm, der würdevolle bärtige Herr, sitzt in der Mitte, neben ihm die Mutter, rundlich, aber ernst, mit dünnen Lippen, die das Unglück zusammengepresst hat, im dunklen Kleid, mit weißer Spitze am Hals, sodass sie aussieht wie eine Nonne ohne Haube. Stjepan sitzt neben ihr, und in der zweiten Reihe stehen die anderen drei Kinder: Dušan, Ivka und Marica. Auf diesem Foto, auf dessen Rückseite sich ein rotes Etikett mit dem geschwungenen weißen Schriftzug „Bilder- und Rahmenhandlung O. Martinko, Zagreb, Petrinska 6" befindet, kann man den mageren Hals von Großmutter Ivka sehen, der aus dem dunklen Kleid herausragt, und ihre ausgeprägten Wangenknochen. Und so wie sich die beiden Diagnosen unmittelbar eine nach der anderen gemeldet hatten, so schritt die Schwindsucht offensichtlich gemeinsam mit dem Kind in Großmutters Bauch voran. Aber dieser Bauch ist noch nicht da, es ist nichts zu sehen, Mutter ist auf diesem Foto aus mindestens zwei Gründen unsichtbar: einmal, weil sie noch in der Fischphase ist, dann aber auch deshalb, weil sie von der rechten Schulter ihres Großvaters verdeckt wird, der sich mit allen seinen drei österreichisch-ungarischen Auszeichnungen hat fotografieren lassen. Hinter ihnen befinden sich die Bienenkörbe. Ihre Identität.

Der Stolz des österreichisch-ungarischen Gendarmen, den man auf der Fotografie sehen kann, hat anscheinend mehr mit den Bienenkörben im Hintergrund zu tun als mit seiner Frau und den Kindern im Vordergrund. Er wirkt wie ein Fabrikant vor seinem großen Unternehmen, und sie alle, in festlicher Kleidung, mit Krawatten, Schnauzbärten oder gestickten Kragen, stehen nur im Dienst der Bienenkörbe. Beinahe ein Bestandteil dieser Bienenkörbe, Menschenbienen, wenn wir so wollen. Denn in ihrem alltäglichen Leben nahmen die Bienen eine entscheidende Rolle ein. Sie sind nicht nur der Honigquell, sondern auch etwas viel Wichtigeres: ein Lebensmodell. Sie sind die moralische Unterweisung, wie man zu leben hat, und der österreichisch-ungarische Gendarm hatte seine Kinder, als sie bis zu jenem Alter herangewachsen waren, in dem ein Kind etwas begreifen kann, mit der Lebensweise im Bienenkorb bekannt gemacht. Ordnung und Organisation, jedes Insekt kennt seinen Platz, ohne dass ihm irgendwer das sagt, diese Disziplin erinnert ein wenig an jene Paraden gleich großer, stattlicher Arier, von denen jeder unfehlbar seinen Platz kennt und stolz darauf ist, Paraden, die erst im Aufkommen sind und die ebenso der Idee von der menschlichen Gesellschaft als einem Bienenstock entsprungen sind. Bienen arbeiten, und tun nicht, was ihnen beliebt, aber wir sind von Drohnen umgeben, sagte der Gendarm, siehst du, wie manche hinein- und hinausgehen, das sind die Arbeitsbienen, und die, die um den Eingang herumfliegen, das sind die Wächterbienen, die bewachen den Bienenstock und sind bereit, für ihn zu sterben, hast du verstanden, zu sterben, so ist das in der Tierwelt, und dann sagen wir, dass wir klüger sind, aber das sind wir nicht, sieh uns an, die Hälfte von uns sind Nichtarbeiter, menschlicher Abschaum.

Und wenn ein Kind etwas nicht gut oder überhaupt nicht gemacht hatte, sagte der Gendarm:

– Vor dem Winter werfen die Bienen die Drohnen aus dem Stock, vergiss das nicht.

Als Ivka klein war, wurden in ihrem Haus keine klassischen Märchen erzählt, *Dornröschen* und *Aschenbrödel* oder *Die wunderschöne Wassilissa*, oder wenn sie erzählt wurden, war das seltener als in anderen Häusern, und den Platz der Märchen in den Kinderherzen nahmen Geschichten über Bienen ein. Sie genoss diese Geschichten, wie die Bienen im Frühjahr und im Sommer ausfliegen, wie sie von Blüte zu Blüte ziehen und so doppelten Nutzen bringen: Sie sammeln den süßen Nektar für die Honigerzeugung und bestäuben Pflaumen-, Kirsch- und Weichselbäume und alles, was für den Menschen nützlich ist. Aber wenn die Zeit der ersten Fröste kommt, werfen die Bienen die Drohnen aus dem Stock, weil es nicht genug Honig gibt, dass alle überleben können. Dann war Ivka immer in Tränen ausgebrochen, es tat ihr leid um die Drohnen. Den ganzen Sommer über lebten sie zusammen, und dann wurden sie hinausgeworfen, um zu erfrieren. Die einzige noch schlimmere Geschichte war die Geschichte von den Amazonen, die die männlichen Kinder ins Gebirge trugen und dort erfrieren ließen. Ivka hätte nie eine Amazone sein und ihr Kind für ein höheres Ziel opfern können. Darüber wiederum sagte der Gendarm:

– Was nicht gut ist für den Schwarm, ist nicht gut für die Biene. Wir sind nicht allein auf der Welt.

Und wenn Großmutter Ivka als kleines Mädchen traurig war, sei es, dass die Mädchen aus der Klasse sie traurig gemacht hatten, weil sie ihr hässliche Worte nachgerufen hatten, oder ein Junge, der ihr gefiel, sagte der Gendarm:

– Eine fleißige Biene hat keine Zeit, traurig zu sein!

Wenn im Herbst der Honig geschleudert wurde, mussten sie alle, die Kinder, zusehen, und der Gendarm wiederholte:

– Ameise und Biene lehren uns, wie man zusammenwirkt.

In seinem dunkelbraunen Notizheft, auf dem „Imkern, von 1904 bis …" steht, führte er mit Schönschrift, sehr ordentlich, ein Tagebuch über die Entwicklung der Bienen, das Schwärmen und die Honigmengen. Für 1928 zum Beispiel steht dort:

Die Bienen haben den Winter gut überstanden, aber das Frühjahr war sehr widrig für die Imkerei, denn es war kalt und regnerisch, deshalb wurden die Bienen fürs Schwärmen erst spät reif. Trotzdem begann das Schwärmen mit 2/6. Die Schwärme waren gut und verstärkten sich bei günstigem Wetter sehr rasch und ergaben jeweils sechs Rahmen Honig.

Aber der österreichisch-ungarische Gendarm notierte hier auch Sprichwörter über Bienen, die man in jeder Situation verwenden konnte.

Die Bewunderung für die Bienen schlug sich auch in der Sprache nieder. So wurden etwa in ihren Gesprächen miteinander, aber vielleicht mehr noch in den Gesprächen mit anderen Menschen Bienenmetaphern verwendet, um das zu erklären, was man der Welt nicht leicht erklären kann: dass das Interesse der Gemeinschaft wichtiger ist als das Interesse des Einzelnen, manche Kinder waren bienenfleißig, die Straßenbahnen waren an Arbeitstagen stockvoll, die Familie des österreichisch-ungarischen Gendarmen war mehr oder weniger ständig von Drohnen umgeben, Babys waren honigsüß, oft wurde die Bienenkönigin erwähnt, die Nachbarn waren neidisch, *auf der Zunge Honig, im Herzen Gift,* wenn etwas Unangenehmes gesagt werden musste, belehrte sie der Gendarm, *wenn du den Pfeil der Wahrheit abschießt, tauch seine Spitze in Honig,* pass auf, was du sagst, denn *Worte sind wie Bienen, sie können Honig sein, aber auch Stachel,* wenn sich etwas nicht ziemt, *eine Biene sammelt den Honig nicht egal wo …*

Das Einzige, was den Kindern schwer klarzumachen war, war, dass man den Honig aus den Waben gewinnt, indem man zuerst alle Bienen totschlägt, die ihn bewachen. Und dass er trotzdem so süß ist.

15.

Die Ordination, die schräge Nachmittagssonne, die Schatten, sie beide, das ist eine Bühne. Es gibt auch einen Konflikt. Im vorderen Teil befindet sich ein massiver Tisch aus Eichenholz, an der Wand hinter dem Tisch die Zeichnung des Blutbahnsystems mit dunkelroter Farbe der Muskeln, blauer Farbe der Venen und hellroter Farbe der Arterien. Links ist die Tür und rechts das Fenster, durch das man den Turm der Kapelle auf dem Gelände des Krankenhauses sieht. Vor dem Tisch steht ein kleiner runder Hocker, und an der gegenüberliegenden Wand ein Bett für Untersuchungen. Der Glasschrank mit den Fläschchen befindet sich links von der Tür. Am Tisch sitzt Benjamin mit aufgeknöpftem Kittel, in einem hellen Hemd mit Krawatte.

Auf dem Bett sitzt Ivka, ihre Füße reichen nicht bis an den Boden, im Haar hat sie eine mit einer Spange befestigte weiße Kappe, und über die weiße Bluse laufen die weißen, auf dem Rücken gekreuzten Träger der Einheitstracht. Die Pose, in der sie sitzt, ist charakteristisch für kommende Zeitabschnitte und stört die Ernsthaftigkeit der Szene. Ivka hat den Ärmel hochgekrempelt, auf dem Unterarm sieht man ein verzweigtes rotes Bläschen, wie eine Blüte.

– Schleimproben, positiv, Probe auf Koch, positiv, du siehst selbst!

– Ich sehe – sagt sie hart, mit zusammengepressten Lippen.

– Warum dann hartnäckig? – Er zeigt die Röntgenaufnahme. – Siehst du … Schatten, hier und dort … weißt du, was das …?

– Ich weiß! – sagt sie genauso hart.

Benjamin steht auf und geht langsam zu ihr, streicht ihr übers Gesicht und nimmt das Thermometer, das sie unter der Achsel gehalten hat. Er schaut.

– Was ist? – fragt Ivka.

– Subfebril – sagt er und fährt fort: – Der Koch kann fatal sein für Frau in Schwangerschaft.

– Eine Frau in der Schwangerschaft. Ich weiß!

Benjamin hat sich neben sie gesetzt, noch immer das Thermometer in der Hand wie zum Beweis.

– Sei vernünftig, Ivka!

Sie sieht ihn an mit einer Mischung aus Zorn und Enttäuschung.

– Keine Sorge, ich weiß, was du willst.

Benjamin, er sitzt noch immer, nimmt sanft ihre Hand, nicht die mit dem Zeichen auf dem Unterarm, und küsst sie.

– Ivka, in solche Fälle wird empfohlen – sagt er schließlich mit einem Kloß im Hals.

– In solchen Fällen – sagt Ivka kühl, mit belegter Stimme. – Aber sie haben mich ja gewarnt. Alle haben gesagt, pass auf, Ivkica, pass nur gut auf!

– Der Bazillus ist in den Körper eingedrungen – sagt er geduldig, mit einer Sanftheit, als wollte er die Bazillen beschwichtigen oder sie zumindest nicht beleidigen. – Fürs Erste ist es gut. Aber Schwangerschaft ein Risiko, Ivka, denn die Frucht saugt Nahrungsstoff, in der Schwangerschaft hast du gut Abwehrmechanismen, weil alles auf die Frucht geht …

– Ein Kind! Ich habe schon einen Namen für das Kind.

– Aber danach flammt es gewöhnlich noch stärker. Der Körper kann nicht Schwangerschaft und Tuberkulose aushalten. Versteh!

– Du bist ein Hochstapler, ja, das bist du!

– Als Kranke kannst du nicht säugen – Benjamin hat die Stimme erhöht, aber nicht streitsüchtig. – Bitte dich zuhöre! Nicht Dickkopf …

– Und schön haben sie gesagt: „Pass nur auf, Ivkica, pass nur gut auf!" Alles ist klar – sagt sie, die Augen voller Tränen.

– Nichts ist klar. Sich selbst in Gefahr … nur das klar.

– Der Herr Doktor will keinen armen Bankert. Nur das ist klar.

– Ich will, dass du lebst! Wieso das nicht klar?

– Der Herr Doktor tut besorgt, aber in Wahrheit will er keinen armen Bankert.

Benjamin küsst ihr jetzt beide Hände.

– Dass du mir lebst, dass du lebst, dass wir zusammen sind.

– Hochstapler! Wenn Gott will, werden das Kind und ich leben. So, das denke ich.

– Aber warum sind dann wir Ärzte da, wenn Gott alles, warum du Schwester und wir operieren, *dumasch ti*. Sieh, wie mager …

16.

Der Umstand, dass der längste Marschzug in der Geschichte Zagrebs keine Prozession und kein Karnevalsumzug war, sondern ein Begräbniszug, zeigte den Geist dieser Stadt und dieses Landes. Es war klar, dass dies nur die erste der Beerdigungen war, derer es mehr geben würde, die erste und prächtigste, und nicht nur, weil sie vom Ersten kroatischen Bürgerverein für prächtige Begräbnisse organisiert worden war, während die anderen, die, die folgten und mit diesem verbunden waren, weniger prächtig sein würden, bescheidener und den Bedingungen angepasst, ländlich, auf lehmigen Friedhöfen bei Herbstregen, oder arbeitermäßig, auf den Friedhöfen der Peripherie, manche auch im Wald, mit Kreuzen aus trockenen Ästen zusammengeklopft, manche auch ohne Kreuze, bis hin zu den sehr seltsamen Begräbnissen, bei denen die Menschen mit harten Gegenständen auf den Kopf geschlagen und in den längsten kroatischen Fluss geworfen wurden, damit sie der zu dem Land trägt, aus dem ein paar hundert Jahre zuvor ihre Vorfahren gekommen waren. Diese Menschen wurden jetzt nur von Hechten, Welsen und Flussbarben begleitet.

Aber Radić wurde von Tausenden Menschen begleitet, und den Gesichtern der meisten von ihnen konnte man einen Krampf ansehen, der die Trauer zeigte, während die Gesichter der kleineren Anzahl eine andere Art Krampf zeigten, die Wut verriet. Aber alle diese Gesichter waren bewegt und verzerrt, genauso wie die Gesichter vom Frühlingssalon. Hier, bei Radićs Beisetzung, als sie, schwarz gekleidet, im Gleichschritt mit ihrem Vater und ihren Brüdern ging, mit Schatten auf der Lunge und dem Kindchen etwas tiefer, sah Ivka, wie sich die Welt plötzlich verändert hatte. Als sie an jenem Tag, der genau genommen der Tag ihres ersten Rendezvous mit Benjamin war, aus dem Kunstpavillon gekommen war, hatte sie gedacht, dass die Bilder, die sie dort gesehen hatte, nicht die Welt darstellen, in der sie lebt. Jetzt aber, als sie sich umsah, sah sie nur Gesichter, die eine unglaubliche Ähnlichkeit mit jenen Gesichtern vom Frühlingssalon hatten. Besonders stachen unter den menschlichen Gesichtern die wütenden hervor. Ohnmächtige Wut verursacht einen Krampf, und die Augen aus diesen Gesichtern gingen über die anderen Menschen im Trauerzug hin und schienen unter ihnen einen Schuldigen zu suchen. Die Wut fand die Opfer unter den Nächsten. Es gab auch jene, deren Grimasse einem Lächeln glich. Und jetzt empfand Ivka zum ersten Mal Angst, die nicht ausschließlich an ihren Vater geknüpft war, sondern an diese wütenden Grimassen.

Nächtelang konnte man nach Radićs Tod aus der Küche hören, wie der Gendarm, Dušan und Stjepan debattierten, manchmal sprachen sie einige Wörter lauter aus, manchmal war die Diskussion gedämpft, aber alles reduzierte sich darauf, dass wir hier das letzte Loch auf der Flöte sind, dass uns hier jeder unterdrückt, wer immer dazu kommt, und dass dieser Unterdrückung Widerstand entgegengesetzt werden muss. Dabei erhöhte Dušan am häufigsten die Stimme und sagte, dass man das genauso lösen müsse, wie sich die uns gegenüber verhalten, also mit Revolvern und Gewehren. Und in den warmen Augustnächten konnte man aus zahlreichen Küchen in Trešnjevka oder in Črnomerec, im Stadtzentrum, auf der Ilica und in Medveščak solche Gespräche hören, die mit Revolvern, Gewehren und Messern endeten.

Aber Ivka lag wach in ihrem Zimmer, das, seit Marica ausgezogen war, etwas weniger an eine Theatergarderobe erinnerte, sie lag da, hörte ihre Brüder und ihren Vater aus der Küche und streichelte besorgt ihren Bauch.

17.

Dieselbe Ordination wie letztes Mal. Dieses Mal sitzt anstatt Benjamins Doktor Jungwirth am Tisch. Vor ihm auf dem Tisch ein Buch, in dem er langsam blättert. Aber er leckt nicht den Finger an, wenn er die Seiten umblättert, sondern befeuchtet ihn an einem Schwamm, wie sie bei der Post zum Aufkleben der Marken benutzt werden. Ivka tritt ein. In der Eile sieht sie nicht, wer am Tisch sitzt.

– Du hast mich gerufen, aber dass du es weißt, ich werde es mir nicht anders überlegen – und dann hält sie inne, als sie Doktor Jungwirth statt Benjamin am Tisch sitzen sieht. – Ach, Sie sind das?

Ihr Blick verfinstert sich und ihr Gesicht verrät Argwohn.

– Setz dich, Ivkica! – sagt Doktor Jungwirth.

Sie nähert sich vorsichtig dem Tisch, als wollte Jungwirth sie beißen. Sie setzt sich nicht mehr aufs Bett, sondern steht für einen Augenblick an der Wand und setzt sich dann auf einen Stuhl dem Arzt gegenüber.

– Ivkica, du weißt, wie dein Zustand ist. Ich meine, du bist dir dessen bewusst?

– Ja, Herr Doktor – sagt sie unsicher. Offensichtlich weiß sie nicht, wohin das Gespräch führt.

– Beni hat dir erklärt, dass für dich die Schwangerschaft ein ziemliches Risiko ist.

– Dessen bin ich mir bewusst.

– Und du möchtest weiterhin …

– Es wird so sein, wie Gott es will.

– Ivkica, Gott hat auch uns geschaffen, damit wir helfen. Wir sind in einem gewissen Sinne Gottes Hilfe. Und ich sage dir jetzt ganz ernsthaft, dass für dich die Schwangerschaft lebensgefährlich ist. Wie alt bist du?

– Neunzehn.

– Du bist sehr jung, Ivkica. Und heute kann man diese Krankheit gut heilen.

– Ich weiß, Herr Doktor.

– Und ich sehe, dass du es nicht weißt. Wir haben heute die Präparate, aber wir wissen nicht, wie diese Präparate auf die Leibesfrucht wirken. Ich habe Angst, dass es zu Missbildungen kommen könnte.

Ivka sieht ihn zuerst finster an, dann verzieht sich ihr Gesicht zu einem ironischen Lächeln, als würde sie plötzlich begreifen. Und nach kurzem Zögern sagt sie:

– So halten Sie einer dem anderen die Stange.

– Bitte? – wundert sich Jungwirth.

– Eine Hand wäscht die andere.

Er seinerseits blickt jetzt ernst. Vielleicht mit einer Mischung aus Zorn und Mitleid.

– Wenn ein armes Mädchen schwanger wird, will niemand einen armen Bankert.

– Nicht so, Ivkica – presst Jungwirth aus sich heraus und muss sich zurückhalten. – Wir wollen das Beste für dich. Ich habe gedacht, dass du selbst siehst, welches die Gefahren sind. Du weißt genug über die Krankheit …

– Zwei Brüder sind mir in Brestovac gestorben.

– Da siehst du, wie das enden kann. Aber wir können heute mit verschiedenen Methoden gut gegen die Tuberkulose ankämpfen. Nur wenn du schwanger bist, können wir zum Beispiel nicht auf Pneumothorax behandeln. Ich sage nicht, dass wir das müssen, das habe ich nicht gesagt, dass du mich nicht falsch verstehst, aber wir wissen nicht, wie es sich in den nächsten Monaten entwickelt. Es kann sich in der Schwangerschaft zurückbilden. Und dann noch stärker ausbrechen. Wir können auch keine Thorakokaustik machen, nichts von alledem, Ivkica, was helfen könnte, sollte es sich zum Schlechteren wenden …

– Ich habe Benjamin gesagt, dass ich das Kind niemals töten könnte, niemals, dass Ihnen das klar ist, auch nicht dafür, dass ich lebe.

Jungwirth sieht sie mit Bedauern an. Der Zorn ist aus seinen Augen gewichen, jetzt ist da nur Trauer. Und vielleicht, aber nur vielleicht, auch eine Spur Respekt gegenüber dieser Tapferkeit.

– Aber du bist nicht allein, Ivkica – sagt der Doktor schließlich.

– Wieso?

– Du musst auch an die Leibesfrucht denken.

Er dreht das Buch, in dem er geblättert hat, zu ihr. Ivka macht große Augen, sieht regungslos auf etwas im Buch, und das Etwas ist erschreckend. Ein wenig sieht sie Doktor Jungwirth an, so als suchte sie in seinen Augen die Bestätigung für die Wahrhaftigkeit dessen, was sie sieht, und dann starrt sie wieder in das Buch.

– Siehst du? – sagt Jungwirth.

– Ja.

– Und was denkst du darüber?

– Ich habe Ihnen schon gesagt, es ist nicht in meiner Macht.

– Die Sache ist die, was in deiner Macht ist. Alles Mögliche ist heute in unserer Macht. Das hier, siehst du, ist ein Pott'scher Buckel, er entsteht, wenn der Tuberkulose-Prozess die Wirbel zerstört und die

Kinder mit Buckeln zur Welt kommen, und das hier sind Deformationen der Arme, wir sprechen von perinataler Knochentuberkulose …

– Ich sehe, Sie bemühen sich sehr, Herr Doktor, wirklich sehr.

– Zu deinem Besten, Ivkica.

In diesem Moment betritt Benjamin seine Ordination. Doktor Jungwirth erhebt sich, wechselt einen langen Blick mit Benjamin und zuckt mit den Achseln. Er geht zur Tür.

– Auf Wiedersehen, Ivkica, und sei vernünftig – sagt er und ist weg.

Ivka sieht Benjamin wütend an. Wenig fehlt, dass sie ihm ins Gesicht springt und ihm die Augen auskratzt.

– Was hast du? – fragt Benjamin naiv.

– Ich habe nicht gewusst, dass du so ein Schuft bist.

Sie macht kehrt, um ebenfalls die Ordination zu verlassen, aber Benjamin tritt zu ihr und fasst sie kräftig am Arm und dreht ihn fast um.

– Wenn ich könnte, die Kehle würde ich mir durchschneiden, dass du mir am Leben bleibst – sagt er verzweifelt.

Aber Ivka versucht in dieser unnatürlichen Stellung weiter, die Hand aus seiner zu winden.

– Hochstapler! – sagt sie und verlässt die Ordination.

18.

Wie sieht ein Pneumothorax im Traum aus? Oder ein Pott'scher Buckel? Den Pneumothorax erwähnt Thomas Mann im *Zauberberg*; die Kranken der Tuberkulose-Heilanstalt geben beim Spaziergang mitunter Töne von sich, die ein wenig an Winde erinnern, die aber nicht aus dem Dickdarm entweichen und im Roman kein komisches Element sind, sondern das ist die Luft, die bei ihnen aus der Lunge kommt, wohin sie eingeblasen wird, damit der Lungenflügel nicht zusammenfällt und die Zersetzung der Kaverne unmöglich gemacht wird. Das Bild eines Kindes mit Pott'schem Buckel befindet sich in dem Gesundheitslexikon, das 1936 von Dr. Edo Deutsch, einem

Spezialisten für orthopädische Chirurgie, herausgegeben wurde und bei dessen Abfassung Dr. Vladimir Bazala, Gynäkologe, Dr. Stjepan Betlheim, Spezialist für Nervenkrankheiten, Dr. Miroslav Dajč, Spezialist für Frauenkrankheiten und Geburten, und Dr. Branko Dragišić, Assistent an der Klinik für Kinderkrankheiten in Zagreb, mitgewirkt haben. Von denen, nach ihren Familiennamen zu urteilen, vermutlich niemandem das Überleben des folgenden Jahrzehnts leichtgefallen ist. Ist dies das Buch, das Doktor Jungwirth Ivka gezeigt hat? Mit Sicherheit nicht, denn es wird erst in einigen Jahren erscheinen. Aber auch das in diesem Gesundheitslexikon abgebildete Kind mit dem Pott'schen Buckel konnte eine schwangere Frau durchaus erschrecken; gemalt war es in der Halbhocke, vermutlich mit Tusche, auf dem Rücken befindet sich ein Buckel, der gar nicht so groß, aber doch grässlich ist, und der Gesichtsausdruck des Kindes ist bösartig. Das ist ein bösartiges Kindergesicht, das die Verkörperung eines Dämons sein könnte oder zumindest einer unverzeihlich bösen Person. Und die Bosheit entspringt seinem Schicksal, es rächt sich für sein künftiges armseliges Leben. Sieh her, scheint es zu sagen, sieh gut her, als was ich geboren wurde! Auch aus deinem Leben werde ich eine Hölle machen.

„Bevor sie mich zur Welt brachte, hatte Mama sehr hässliche Träume", schreibt meine Mutter in ihrem Tagebuch, das sie uns hinterlassen hat. Sie träumte zum Beispiel einen sonnigen Frühlingstag, weil das Kindchen nach aller Vorherberechnung im Frühjahr geboren werden sollte, im April 1929, und fährt es im Wagen die Zlatarska hinunter, die Bienen summen in ihrem Garten, die Pflaumen sind erblüht, obwohl es etwas spät ist für die Pflaumenblüte, und dann kommen die Nachbarinnen heran, um das Kindchen zu sehen. Sie kommen offen, mit einem Lächeln, in guter Absicht und mit den schon bereiten Worten „wie süß", „honigsüß", „Mamas Herzchen", aber als sie in den Wagen schauen, erwartet sie der bösartige Ausdruck eines kleinen Teufels mit Pott'schem Buckel. Er ist völlig deformiert, seine Beine sind nicht an der richtigen Stelle, eine Hüfte ist höher als die andere, die Windeln stehen schief, das rechte Ärmchen ist unterm Ellbogen dünn wie ein Zahnstocher mit Fingern und langen Fingernägeln, es gibt nichts „Honigsüßes", kein „Herzchen", nur gespenstische Stille. Vielleicht eine Stille, die einem Schrei vorausgeht, der nicht erfolgen wird, und dann sagen die Nachbarinnen ja, hmmmm, hmmmm, und denken bei sich: „Besser, es wäre dir gestorben, Ivkica, ein totes Kind macht keinen großen Schaden."

Aber in ihren Träumen ging es nicht nur um Bilder eines verunstalteten Kindes, obwohl auch diese Bilder, einmal gezeigt, nicht so einfach vom Hintergrund ihrer Augen verschwanden, sie träumte auch ihr eigenes Dilemma. War sich Ivka so sicher, dass sie dieses Kind um jeden Preis gebären wollte, wie ihr das die eschatologische Familienlegende zuschreibt, die sie beatifizieren möchte? Oder hatte sie die Angst vor dem Koch-Bazillus schwankend gemacht? Auch sie selbst war sich darin nicht sicher. Und was war das, was sie hätte schwankend machen können? Zu dieser Zeit, ganz am Anfang, sagte die eigene Mutter, eine fromme Katholikin, die auf der Straße mit dem Gebetbuch ging, leise, sodass es weder der österreichisch-ungarische Gendarm noch Onkel Stjepan hören konnten:

– Ivkica, hör auf den Doktor!

Sie träumte diesen schrecklichen Satz der eigenen Mutter in unterschiedlichen Variationen. Und was waren die Argumente der Mutter? Was ist die größere Sünde? Das Kind loszuwerden oder einen Bankert zur Welt zu bringen? Das Dilemma war nur scheinbar ein leichtes. Eine Kürettage zuzulassen, eine Vergiftung mit Salz oder eine der damals bekannten Methoden, war mit Sicherheit eine Sünde gegen Gott und Mensch, denkt die Mama dieses kleinen hilflosen Wesens, das in diesem Augenblick nur eine Ansammlung von Zellen ist, ein Wesen ist es erst in der Zukunft, und jede Zukunft ist, wie wir wissen, ungewiss. Aber diese Sünde ist relativ kurz. Und was das Wichtigste ist, sie lässt sich verbergen. Bestimmt kann das eine Krankenschwester mit herzlichen und ziemlich verzweigten Beziehungen auf der Gynäkologie in der Vinogradska. Andererseits ist einen Bankert auf die Welt zu bringen eine Sünde gegen die Nachbarschaft, so ein Bankert dauert unvergleichlich länger als ein medizinischer Eingriff, und was wieder das Wichtigste ist: Es lässt sich nicht verbergen. Und außerdem, das ist eine Sünde, die am häufigsten, außer in ganz wenigen glücklichen Fällen, länger dauert als das Leben dessen, der sie begangen hat. Daran kann Großmutter Ivka vielleicht sehen, wie viel wichtiger die Nachbarschaft ist als Gott und wie viel praktischer der Tod ist als das Leben.

19.

Nachdem sich das Wort „Hochstapler“ so unglücklich an Benjamin geheftet hatte, begann Ivka ihm auszuweichen. Jetzt bemühte er sich, ihre weiße Silhouette mit dem Blick zu erhaschen, wenn sie durch die hellen Gänge des Krankenhauses ging, die bis zur halben Höhe mit einer hellgrünen Ölfarbe gestrichen waren, die man leicht desinfizieren konnte, und darüber schneeweiß gekalkt waren. Er konnte sie sehen, wie sie wieder medizinisches Material trug, denn im Saal durfte sie nicht mehr arbeiten. Man konnte sie auch im Hof des Krankenhauses sehen, aber der Saum ihrer weißen Uniform verhakte sich nie an einem Rosenzweig. Sie ging aufrecht, in der Mitte des Weges. Manchmal, an sonnigen Tagen, trafen sich ihre Schatten für einen Augenblick, und dann ging der längere und größere Schatten eine Zeit lang hinter Ivkas schmalem Schatten her, aber Ivkas schmaler Schatten wollte nicht stehen bleiben und ging nur seines Weges. Eines Weges, der sicherlich an einen unvorstellbaren Ort führte.

In diesen traurigen Tagen war es normal, dass Ivkas Schatten, wenn sich der große Schatten dem kleineren auf dem Gang näherte, nur flüsterte:

– Hochstapler.

Und das konnte klingen wie das Rascheln des versengten Laubs der Linden und Birken im Krankenhauspark. Es ist zwar schon September und obwohl das Laub noch nicht abfällt, wird es schon gelb, verdorrt und raschelt, im September aber sieht man Ivkas Schatten die Rundung des Bäuchleins noch nicht an.

Mitte September störte ein seltsames Ereignis dieses Schattenspiel in der Vinogradska. Wenn sie irgendwelches Sanitätsmaterial trug, dieses Mal von der Inneren Chirurgie zu ihrer alten Abteilung, Hals-Nasen-Ohren, die Arme gestapelt voll mit Bettzeug und Handtüchern, die nach Reinlichkeit und Desinfektionsmittel dufteten, musste Ivka an Benjamins Ordination vorbei. Und plötzlich erinnerte sie sich an alles, wie sie mit dem Behälter voller Instrumente, während ihr Herz laut pochte, auf die Namen an den Türen gesehen und wie durch ein Wunder seinen Namen gefunden hatte. Sie erinnerte sich auch an das danach, an den Frühlingssalon, die Spaziergänge, das Porträtieren, sie erinnerte sich, wie sie auf seinem roten Diwan gelegen hatte, die Hüften nur mit einem Leintuch bedeckt, und dachte, dass sie ihn vielleicht zu streng bestrafe. Was war, wenn er wirklich Angst um ihr Leben hatte, und nicht, dass er sich in dem Moment verdrücken will, wo es ernst wird? Und beinahe hätte sie angeklopft, aber beide Hände waren besetzt. Aber sie hörte von drinnen Stimmen. Sie blieb stehen und horchte und erkannte beide. Eine Stimme, Benjamins, gehörte in diese Ordination, die andere nicht. Ihr schien, als hörte sie die Stimme ihres Bruders Stjepan, der Benjamin nur von ihren Erzählungen her kannte, der ihn aber nie persönlich kennengelernt hatte. Und als sich diese vertraute Stimme, die sie seit ihrer Kindheit kannte, der Tür näherte, schlüpfte sie rasch um die Ecke des Gangs. In dem Moment kam Stjepan aus der Ordination, gab Benjamin die Hand, und sein Rücken war auf dem Weg zum Ausgang der Station. Dieser Rücken war gekrümmt und wegen irgendetwas traurig, und Ivka musste weinen, als sie ihn sah. Weshalb ist er hier? Was fällt ihm ein? Das dachte sie, während ihre Tränen auf das saubere Betttuch tropften.

Aber es kamen noch traurigere Tage für sie. Plötzlich ging ihr Schatten allein durch die sonnigen Gänge der Vinogradska, auf deren Böden und an deren Wänden die Fensterstreben Schattengitter hinterließen. Und so ging dieser schmale Schatten durch diese Gitter hindurch, hielt ein wenig inne, drehte sich manchmal um, aber jenen anderen, größeren Schatten gab es nicht. Die Tage reihten sich aneinander, sonnig und bewölkt, Tage mit buntem Laub, aber den großen Schatten gab es nicht, ihn gab es einfach nicht. Es gab ihn nicht hinter der Ecke des Stationsflurs, es gab ihn nicht vor dem Operationssaal, es gab ihn nicht vor der Ordination während der Dienstzeiten der Ambulanz.

Aber Ivka brauchte diesen Schatten so sehr, um von Zeit zu Zeit, mit unterdrückter Stimme zu ihm zu sagen:

– Hochstapler!

Und zu der Zeit fing sie angeblich öfter zu weinen an, weil dieses Wort, Hochstapler, in Ivka immer weiter anschwoll und alle ihre Wasser durch die Augen austreten ließ. Und deshalb wurden Ivkas Bewegungen rascher, nervöser, gebrochener, ihre Taille bewegte sich mehr, wenn sie vorüberging, die gekreuzten weißen Träger auf dem Rücken bewegten sich ebenfalls schneller. Das Krankenhaus war erfüllt von ihrer Geschwindigkeit, so als würde sie, indem sie die gewöhnlichen Arbeiten verrichtete, es darauf anlegen, so viele Flure wie möglich zu durchsuchen, ohne dabei jemanden zu fragen, wo sich jener Schatten verborgen hielt, zu dem sie jetzt so gerne Hochstapler sagen würde. Und es viel sanfter tun würde.

Zu Hause hatte sie nicht den Mut, Stjepan zu fragen, was er im Krankenhaus gesucht habe, obwohl sie es sich vorstellen konnte. Und das war erniedrigend. Aber während ihr das durch den Kopf ging, meldete sich immer der rettende Gedanke: „In ihm ist nichts Böses. Er kann mir nichts Böses tun."

Schließlich, Ivka weiß nicht genau, wie viel Zeit in diesem Hin-und-her-laufen-und-Bewegen vergangen ist, wie lange ihr Schatten einsam durch die Gänge der Vinogradska geirrt und anderen Schatten begegnet ist, zu denen sie nicht Hochstapler sagen konnte, aber in einem Augenblick, als sie den großen haarigen Kloß ihres Stolzes heruntergeschluckt hatte, klopfte sie an die Tür des Zimmers von Doktor Jungwirth. Und nach seiner Reaktion zu urteilen, schien er zu glau ben, sie sei wegen der Krankheit gekommen, die sie in der letzten Zeit trotz des, besonders morgens, quälenden Hüstelns vergessen hatte.

Aber Ivka war gekommen, um nach einer Sache zu fragen, und Doktor Jungwirth erklärte ihr zwei. Erstens werde sie nicht mehr im Krankenhaus arbeiten können, denn sie müsse behandelt werden und werde ihren Eltern zur Last fallen, die sich auch sonst nicht gutstehen, und zweitens, Benjamin sei weggegangen.

– Wohin weggegangen? – verschluckte sie sich.

– Er hat seinen Jahresurlaub genommen, hast du das nicht gewusst? – sagte Doktor Jungwirth, und sie wurde rot.

– Weggegangen aus dem Krankenhaus?

Ihr Gesicht muss, als sie das sagte, ausgesehen haben wie auf jenen Bildern aus dem Frühlingssalon, denn Doktor Jungwirth sagte milde:

– Keine Angst, Ivkica, er kommt wieder.

Die Tatsache, dass Benjamin weggegangen war, neutralisierte das Wort Hochstapler völlig und verwandelte ihr ganzes Leben in Erinnerung. Sie ging nicht mehr zur Arbeit, und ihre Leute hatten nicht das Geld, sie in ein Sanatorium zu schicken, denn sie hatten schon das ganze Geld für Antun und Milan verwendet. Brestovac kostete, und so behandelte man sie zu Hause. Mit Honig. Jeden Morgen musste sie eine mit Honig bestrichene Schnitte Brot essen und vor jeder folgenden Mahlzeit einen Löffel Honig mit lauwarmem Wasser. Es bestand in der Familie die vage Überzeugung, dass sie das heilen werde, obwohl es Antun und Milan nicht geheilt hatte, sodass diese ganze Prozedur genau genommen ein Versuch verzweifelter Menschen war, die es nicht ertragen konnten, nichts zu tun, aber annehmen konnten, dass das, was sie tun, nicht helfen wird. Es bestand die helle Hoffnung, vor allem an sonnigen Tagen, wenn der Nordwind von Brestovac durch Trešnjevka blies, und das nicht nur deshalb, weil Honig gesund ist, weil er bestimmte antibakterielle und antituberkulöse Eigenschaften hat, sondern vielmehr deshalb, weil die Bienen jenen organisierteren und besseren Teil der Tierwelt darstellen, den Gott erschaffen hat, damit er den Menschen dient. Aber Großmutter Ivka verging ganz langsam, sie verwandelte sich selbst in einen Schatten, und bald sollte das Bäuchlein das Einzige an ihr sein, was dreidimensional bleiben würde.

20.

Ivka bildete in sich, in Erwartung des Babys und mit Honig behandelt, ein ziemlich krankes Museum der Erinnerungen: Jede Straße, durch die sie gegangen waren, die Flure in der Vinogradska, die Konditoreien, die Wohnung in der Dalmatinska, die mehr einem Maleratelier als einer Chirurgenwohnung glich, der Zrinjevac, plötzlich verwandelte sich das alles in ein seltsames Jerusalem, voll heiliger Stätten, und selbst ihr kleineres Jerusalem zwischen den Weinbergen der Kanoniker, zu dem sie manchmal einen Spaziergang gemacht hatten, wurde ein Teil dieses großen Freilichtmuseums. Alles, was sie sich von den nördlichen Stadtteilen angesehen hatten, jede Ansicht, jedes Straßenschild, jedes Bild, Sonne, Schatten, Regen, streunende Hunde, alles erinnerte in dieser großen Abwesenheit an Benjamin. Bis plötzlich die Tür und der Holzzaun in der Zlatarska wackelten und durch die Tür ein Mann im Anzug trat. Es dauerte eine Zeit, bis sie ihn erkannte. Und das muss sie sehr seltsam gefunden haben: Seither erinnert alles an ihn, selbst die Bäume und Bienen im Garten, aber ihn selbst, wie er in dem Anzug, den sie gut kennt, den Gartenweg heraufkommt, erkennt sie nicht. So sehr verdeckten ihn die Erinnerungen, dass er selbst, Original und Mittelpunkt, für einige lange Augenblicke unkenntlich blieb. Natürlich ist die Familienlegende unerbittlich und sagt nur, dass „Ivka ihn nicht erkannte, als er den Hof betrat“. Aber auch als er näher kam, als sie ihn bereits erkannt hatte, war er anders. Unrasiert, ohne Krawatte, mit offenem, zerknittertem Hemd, so erschien er an der Tür des Hauses in der Zlatarska.

Sie ging ihm nicht entgegen, als ihre Mutter ihm aufmachte und fragte:

– Wen suchen Sie?

Sie umarmten sich auch nicht. Er sah sie an, aber schon war da der österreichisch-ungarische Gendarm mit dem langen weißen Bart, ähnlich einem orthodoxen Heiligen. Und Benjamin kam nicht dazu, mit Ivka zu sprechen, sondern wurde so unordentlich, verwirrt, zu einem Gespräch mit ihrem Vater expediert. Das Haus war voller Ernsthaftigkeit, von einer kaufmännischen Schwere. Ivka durfte das große Zimmer nicht betreten, wo die beiden miteinander sprachen. Auch ihre Mutter durfte das nicht. Und dann begann das lange Warten. Ivka und ihre Mutter saßen auf der Holztreppe, über die man zu den oberen Zimmern kam.

– Mama, auf was warten wir jetzt?

– Dass Stjepan von der Arbeit kommt.

Auch nachdem Stjepan von der Arbeit gekommen und in das große Zimmer hineingegangen war, kamen sie lange nicht heraus. Mitunter waren von drinnen laute Stimmen zu hören, ein gegenseitiges Übertönen, das einem Streit glich, aber vielleicht war es auch kein Streit, sondern ein etwas heftigerer Meinungsaustausch. Und dann, als man schon dachte, dass die drei nie herauskommen werden, erschien zuerst Benjamin, zerzaust, vielleicht noch unordentlicher, aber besserer Laune, lächelnd, und küsste Ivka auf die Stirn. Er musste sich ziemlich hinunterbeugen, denn sie saß noch immer auf der Treppe, und der Gendarm sagte:

– Ivka, steh auf und begrüße ihn, wie es sich gehört!

Jetzt war das Datum abgemacht.

21.

Der Herbst begann abrupt, so wie er gewöhnlich beginnt. Noch hatten sich die warmen Septembertage bis gegen Monatsende gehalten, aber dann war plötzlich jener typische Herbsttag da, der Wendepunkt, auf den man schon eine ganze Zeit gewartet hat. Nebel legte sich auf den Garten in der Zlatarska, alle Dächer wurden plötzlich feucht, das Holz an den Zäunen und Häusern bekam eine dunklere Färbung, und wenn sich der Nebel gegen Mittag hob, zeigte sich das Laub gelb, rötlich, und manche Blätter auch braun. Ivka hatte die Koffer für den Umzug in die Dalmatinska gepackt und stieß sich jedes Mal an ihnen, wenn sie aus dem Bett stieg oder vom Bett zum Schrank ging oder zurück. Geschlossen, aber nicht abgeschlossen, sodass man bei Bedarf noch eine Kleinigkeit hineintun konnte, warteten sie dort überaus hartnäckig. Der Brautstrauß war schon getrocknet und geschrumpft, und auch an ihm überwogen schon die Herbstfarben.

Die Morgen waren gut, weil sie den Briefträger brachten, und der Briefträger würde vielleicht einen Brief bringen. Sie erwartete, dass er sich sofort meldete, sobald er in Tanger angekommen und sich bei seinem Bruder einquartiert haben würde, aber die Morgen vergingen ohne seinen Brief. Manchmal ließ der Briefträger die Post im Briefkasten an der Hoftür, und dann eilte Ivka, so diskret wie möglich, zum Briefkasten, überflog, was gekommen war, und kehrte dann viel langsamer den Gartenweg zurück, gebeugt, eine Rechnung in der Hand oder das Imkerblatt. Sie berechnete die Tage der Seereise. Einen Tag von Rijeka bis Triest, dann mindestens drei Tage von Triest bis Bari, dann sieben Tage von Bari bis Marseille und mindestens vier von Marseille bis Tanger. Groß ist dieses verdammte Mittelmeer. Er konnte noch nicht angekommen sein, das sagte ihre Berechnung, und doch wartete sie auf den Brief und konnte nichts gegen dieses Warten tun, denn das war irgendwie automatisch und gegen ihren Willen.

Allerdings hatte er lange in Bari zu warten, er konnte ein paar Worte schreiben, er hätte auch aus Marseille eine Ansichtskarte schreiben können, die wäre bis heute schon angekommen. Aber heute war der Briefträger nicht einmal an ihrem Briefkasten stehen geblieben, sondern hatte nur zum Garten hin gewinkt, wo ihr Vater mit den Obstbäumen beschäftigt war, und diese Geste besagte, dass es nichts gab. Ein Arm, in die Luft erhoben, und ein paar halbkreisförmige Bewegungen mit der Hand mit offenen Fingern – es gibt nichts. Nitschewo. Njet.

Seit beschlossen worden war, dass das Kindchen doch in ihrem Bauch bleibt, war sie nicht mehr so zornig auf Benjamin, mehr noch, sie war nahe daran, ihm zu glauben, dass er tatsächlich Angst um sie hatte und dass nur das und einzig das der Grund war, dass er von ihr das Unmögliche verlangt hatte. Und jetzt hatte sie ihm fast verziehen. Und würde noch einen Monat über ihre Koffer stolpern, falls nötig, denn sie waren das Zeichen, dass der wichtigste Umzug in ihrem Leben tatsächlich bevorstand. Es stimmt, dass er auf der Hochzeit seltsam gewesen war, dass alles das auf die Schnelle organisiert worden war, es hatte nicht einmal einen Fotografen gegeben, denn er hatte schon die Fahrkarte nach Tanger in der Tasche, und als sie und Marica ins Taxi stiegen, hatte er zu ihr gesagt, sie solle auf sich aufpassen, und sie geküsst, allerdings auf die Wange, und versprochen, in einem Monat zurück zu sein. Und tatsächlich hatte er ausgesehen wie ein Mensch, der keinem etwas Böses tun kann.

Sie wusste einen traurigen Blick ihrer Mutter einzufangen, wenn sie langsam und mit irgendwie müdem Schritt den Gartenweg zurückkam, in der Hand das, was sicher kein Brief oder keine Ansichtskarte von Benjamin war. Aber ihre Mutter wusste nicht, mit wie viel Geduld er ihr die Verwendung der gebogenen Pean und der kleinen geraden Pean erklärt hatte, so wie sie auch nicht wusste, wie hartnäckig er sie gezeichnet hatte, nur damit es so gut wie möglich wurde, wie er sie locker gemacht hatte und sie nicht nackt nur mit dem über die Hüfte geworfenen Bettlaken auf dem roten Diwan gezeichnet hatte, auf dem nie irgendwelche Spuren zu sehen gewesen waren.

Aber die Zeit verging, der Briefträger warf einfach nichts Konkretes in den Briefkasten, der Herbst wurde immer mehr zum Herbst und immer weniger Altweibersommer, aber auch die Koffer störten immer mehr.

– Was hast du das hier hingestellt, man kann überhaupt nicht durch – sagte ihre Mutter – komm, tu das zurück in den Schrank. Du wirst später packen.

Und eines Morgens, eines völlig herbstlichen, nebligen und schleimigen Morgens, kaum war sie aufgewacht und hatte die Koffer gesehen, kamen sie auch ihr selbst vergeblich vor. Benjamin war schon einen ganzen Monat in Tanger und müsste jetzt schon zurück sein, aber ein Brief, dass er dort überhaupt angekommen war, hatte sich in ihrem Briefkasten noch nicht angefunden. Aber es kamen auch Gedanken, die sich nicht zügeln ließen: Wen zeichnet er jetzt dort? Wessen Gesicht, verhüllt durch einen Schleier oder frei, schattiert er jetzt dort unten in der afrikanischen Sonne.

So begann die schwangere Ivka zum zweiten Mal die Zeit mit Weinen und Warten zu verbringen. Sie weinte am Nachmittag und erwartete den Brief am Morgen. Und wenn er nicht kam, wartete sie hartnäckig bis zum Abend und fing erst dann an zu weinen. Denn immer bestand die Möglichkeit, dass er ein Telegramm schickt, und die werden von besonderen Boten ausgetragen, egal zu welcher Zeit. Es kann angenommen werden, dass sie auch im Voraus weinte. Am Dienstag weinte sie, weil der Brief auch am Mittwoch nicht kommen würde, und am Mittwoch, weil er auch am Donnerstag nicht da sein würde. Und je länger man auf eine Nachricht von jemandem wartet, der nicht kommt, desto schwerer ist es, seinen Nachnamen zu tragen. Wenn die Nachbarinnen sie auf der Straße sahen, weil sie trotz ihrer Schwäche, trotz Tuberkulose und Schwangerschaft noch immer den Kunden den Honig brachte, fragten sie:

– Wie heißt du denn jetzt, Ivka?

Und sie sprach schwer, immer schwerer, diesen Nachnamen aus:

– Bernstein?

Das Problem mit dem Nachnamen war, dass sie, wenn sie ihn zu einer Nachbarin oder einer Kundin sagte, nicht mehr wusste, welchen Namen ihre Mutter oder einer ihrer Brüder sagen würden, wenn sie das Gleiche gefragt würden. Dann würden die Nachbarinnen nämlich sagen:

– Ivkica weiß nicht einmal, wie sie heißt, hier stimmt etwas nicht!

Aber jedes Mal, wenn sie diesen Namen sagte, fasste sie sich an den Bauch, sie, die ohne Bauch keine vierzig Kilo wog, und setzte sich hin oder lehnte sich an die Wand der Häuser in der Zlatarska oder in der Selska und wartete, dass die durch den Nachnamen hervorgerufene Schwäche vorüberging.

22.

Und dann sahen ihr Vater und ihre Mutter und ihr Bruder Dušan und ihr Bruder Stjepan und ihre Schwester Marica, dass sie vergeblich wartete, und sie spürte, dass es ihnen leidtat. Und auch ihr tat es leid, weil es ihnen leidtat, und das vergrößerte nur ihre ohnehin große Trauer. Und würde sie jetzt, während sie so wartete, jemand malen, ein Flame oder ein Franzose, würde das Bild auch bei völlig fremden Menschen Trauer hervorrufen.

O wie gern hätte sie es jetzt, dass sich ihr schmaler Schatten seinem größeren und stärkeren Schatten nähern und sie ihm ins Ohr flüstern könnte:

– Hochstapler!

Aber das würde sie ganz zärtlich tun, nur so, dass ihm der Klang ihrer Stimme in die große Ohrmuschel haucht, in der vielleicht auch ein Härchen zu sehen ist, sie würde so tun, als würde sie ihn in den Schlaf singen, Hochstapler, Hochstapler, Hochstapler … und ihn liebkosen mit diesem Wort, das bisher ein Schimpf war, aber sich nun zu ändern begann. Sosehr jedoch dieses Wort in Ivkas Gedanken Schwere und Sinn und sogar den Ton verlor, so sehr wurden andere Benjamin zugedachte Worte lauter und immer lauter. Die sagte nicht Ivka, sondern sagten ihre Eltern und Brüder, am meisten ihre Mutter. Und wenn das ganze Haus nach der Hochzeit erwartet hatte, dass Benjamin Ivka doch holen kommt, oder dass er sie wenigstens besucht und untersucht, so verwandelte sich jetzt diese Erwartung, der Anstand im Umgang mit ihr, immer mehr in ihr Gegenteil.

Zuerst war rings um Ivka viel Flüstern, Lächeln und Tätscheln, bald die Schultern, bald der Bauch, wobei der strenge Vater sie mehr an den Schultern tätschelte, wobei er wohl das Gefühl hatte, sein Kind zu tätscheln, während die Brüder mehr ihren Bauch tätschelten, der sich mit fortschreitendem Warten zusehends rundete, aber auf seltsame Weise, als würde er aus dem Nichts erwachsen. So wie manche Pflanzen nur aus dem Stein wachsen, und andere nur aus dem Wasser. Sie unterhielten sich und flüsterten, aber wenn Ivka ins Zimmer kam, setzten alle sofort ein Lächeln auf, und sie sah, dass es für alle, je weiter die Zeit fortschritt, eine größere Anstrengung bedeutete zu lächeln. Dieses Lächeln wurde beinahe unmerklich, wenn sie hüstelte. Sie musste sich an etwas festhalten, wenn sie hüstelte, ihre schmalen Schultern und ihr Zwerchfell spannten sich, dieses Nichts, aus dem eine Mutter erwuchs.

Ihre Mutter fing als Erste an.

– Der verdammte Doktor! Kann er denn nicht mal eine Ansichtskarte schicken.

Bald verwandelte sich der Verdammte in diesem Satz in einen Verfluchten, und der Verfluchte in Verflucht sei seine Seele. Die männlichen Wörter, die Ivkas Mann beschrieben, waren erheblich heftiger. Dušan verwendete das Wort Dreckskerl und Stjepan das Wort Schuft. Schuft war lange Zeit das übliche Wort für solche Männer und gelangte auch zu mir durch den Mund unserer Lehrerin Lidvina Luketa. Sie erklärte in der zweiten oder dritten Klasse, jedenfalls ziemlich früh, vornehmlich den Mädchen in der Klasse, aber dann auch uns, ihnen als Rat, uns als Drohung, dass es Männer gibt, die mit einem Mädchen ein Kind zeugen, weil ihnen das Mädchen im Moment gefällt, aber es dann nicht heiraten wollen, kein Leben mit ihm führen wollen, obwohl ein Teil dieses Lebens bereits in dieser jungen Frau erwacht. Und dann Fersengeld geben.

– Das ist ein Schuft! – schloss Lidvina Luketa.

Damals wusste ich noch nicht, dass auch mein Großvater einer war.

Ich ahne, dass es zu Beginn irgendwie genügte, dass er sie geheiratet und sich als Ehrenmann erwiesen hatte, aber dieser Rang war mit der Zeit verblasst, so wie auch ihre vier Nachnamen immer absurder wurden. Ein Mädchen mit Bauch und vier Nachnamen, aber ohne Mann. Die Situation wurde durch die Nachbarschaft in der Zlatarska noch verschlimmert.

– Wo hält sich denn der von Ivkica versteckt? – sagte die Nachbarin, die erste Kundmacherin der Schwangerschaft. – Weshalb ist er nirgends zu sehen?

Und so war in einem relativ kurzen Zeitraum für alle außer für Ivka, die wartete, Benjamin von einem Ehrenmann zu einem Schuft geworden. Natürlich wurde die Bezeichnung Schuft nicht gebraucht, wenn jemand von der weiteren Verwandtschaft oder den Nachbarn im Haus war. In diesem Fall war der Schuft zu beschäftigt, war dienstlich der gemeinsamen französisch-spanischen Verwaltung in Tanger zugeteilt, als Aushilfe, vorübergehend natürlich, ihm falle es schwer, nicht bei seiner schwangeren Frau sein zu können, aber so ist es, er wird sich damit abfinden müssen, aber es wird besser werden. Es wird in jedem Fall besser werden.

Jetzt meldete sich auch das Wort Tod.

– Am besten wäre, er krepiert! – sagte einmal ihre Mutter. Ein toter Ehemann ist eine Tragödie, ein toter Ehemann ist eine Katastrophe, ein toter Ehemann ist ein Schicksal, das sich keine Frau wünscht, oder zumindest sagt sie, dass sie es sich nicht wünscht, aber ein toter Ehemann ist keine Schande. Hinnehmbar ist alles, was keine Schande ist. Jeden Tod kann man mit Honig zugießen.

– Bitte? – empörte sich Ivka, mager bis zur Durchsichtigkeit, aber empört, und ihr Haarknoten stand irgendwie seltsam. – Mama, du willst, dass mein Mann stirbt?!

– Was für ein Mann, das ist ein Schuft – antwortete die Mutter. – Drei Monate sind vergangen, und er hat dir nicht geschrieben, hat nicht einmal das Krankenhaus angerufen und gefragt, wie es dir geht.

Und so begann der, der zuerst zum Hochstapler erklärt worden war, dann zum Schuft, erneut Ivkas Sympathie zu gewinnen. Und je mehr ihn ihre Leute beschimpften, Dreckskerl, Schuft, Judenabschaum, desto mehr tat er Ivka leid. Ist er denn ein Judenabschaum? Ist er ein Schuft? Er hat gesagt, dass er sie liebt, gut, das sagt man so, aber er hat es geschworen. Sie hat ihn von sich gestoßen, sie hat ihn beleidigt, weil er wollte, dass sie das Kind wegmacht. Aber vielleicht hat er sich wirklich Sorgen um sie gemacht? Was, wenn es so ist?

Wenn jemand dem wandernden Volk angehört, einem Volk, das aus Palästina durch die Sahara bis zum Atlantik geirrt ist und dann über Gibraltar Spanien und Portugal besiedelt hat, oder über Italien zuerst die deutschen Lande um den Rhein, und dann nach Osten und Norden weitergeirrt ist bis zum Baltikum, bis Litauen und Polen, das diesen ganzen Raum besiedelt und in ihm seine eigene Sprache geschaffen hat, die eine Mischung ist aus anderen Sprachen, und sich wieder gen Südosten gewandt hat und Ungarn, Rumänien und die Ukraine besiedelt hat, oder das aus Spanien nach Osten vertrieben wurde und sich in Gegenden unter türkischer Herrschaft angesiedelt hat, wieder seine besondere Sprache mit sich führend, und sich von dort über ganz Europa ausgebreitet und bis nach Russland im Osten gelangt ist, aber auch nach Frankreich und England im Westen, und nach Österreich-Ungarn, wenn jemand also diesem Volk angehört, denkt vielleicht Großmutter Ivka, hat es keinen Sinn, ihn zu fragen, wo er in diesen Monaten ist. Denn nur Benjamin ist in seinem Leben den Weg aus der Umgebung von Petrograd, von Kronstadt in Russland, wo er von Deutschen umgeben gelebt hat, über Danzig bis Warschau, wo er vielleicht die Kirche zum Heiligen Kreuz aufgesucht hat, in der Chopins Herz beigesetzt ist, und dann über ganz Deutschland, dessen Sprache er aus seiner Kindheit kennt, bis Frankreich und Paris gekommen, das ihn Ende 1919 im Alter von neunzehn Jahren und aus einem bestimmten Grund bereit gefunden hat fürs Medizinstudium. Das alles hat er durchwandert, aber seine Gene sind durch tausend Länder und tausend Jahre gewandert, und das muss man berücksichtigen, wenn man davon spricht, dass Benjamin in diesen Monaten nicht da ist. Er konnte an verschiedenen Orten sein, vom Baltikum bis zum Atlantik, so denkt Ivka und spürt manchmal, dass er von hinten an sie herantritt und sie in den Nacken küsst, der leider so mager ist, dass ihr Kopf an eine auf einen Zahnstocher gespießte Kastanie mit Haarknoten erinnert. Und etwas von dieser schwindsüchtigen Magerkeit sollte auch meine Mutter erben, um die ihre ganze Kindheit hindurch der Spitzname „Spinnenbein“ wie eine Aura schwebte.

Ivka hustete nicht sehr, nur wurde sie immer dünner, wie ein Bäumchen, das umgekehrt wächst, von seinem erwachsenen Zustand zum Zustand eines jungen Reises, vom Stamm zur Gerte.

Die Sache ist die, dass man sich dieses Warten nicht vorstellen kann, ohne aus dem Kaffeesatz zu lesen. Und überhaupt, alle Arten

Wahrsagen, aus Bohnen, Karten, geschmolzenem Blei, das war damals ein beliebtes Mittel, mit Optimismus in die Zukunft zu sehen. Das Wahrsagen ist auch wegen des Optimismus erfunden worden. Zu Ivka kommt eine Frau aus einer benachbarten Gasse, die aus dem Kaffeesatz lesen kann. Die beiden trinken zuerst Kaffee, und dann dreht Ivka das Schälchen um. Hier zeigen sich verschiedene Bilder wie zum Beispiel eine Kiefer oder ein Brunnen, oder vielleicht sogar eine Blüte oder ein Pilz, aber immer wiederholt sich eine Figur: ein erhängter Mensch. Im Unterschied zu der Kiefer oder dem Pilz macht dieser erhängte Mensch Ivka große Angst, obwohl Ivka nicht ans Wahrsagen glaubt, aber so vergeht das Warten schneller. Und das jeden zweiten Tag, im Kaffeesatz, ein Galgen oder ein erhängter Mensch. Ivka beginnt sich zu ängstigen, obwohl sie nicht daran glaubt, aber wenn sich etwas wiederholt, ist vielleicht etwas dran. Was dran ist, weiß Ivka nicht, aber schon die Möglichkeit, dass etwas dran ist, muss sie erschrecken, denn Galgen sind etwas, wovor sich eine normale Frau, vor allem eine schwangere Frau, ängstigen muss. Und obwohl die Wahrsagerin, die ansonsten als Amme arbeitet, sie tröstet, empfindet Ivka Angst vor dem Erhängten. Aber die Amme sagt, sie brauche sich vor dem Erhängten nicht zu fürchten, denn das könne auch ein gutes Zeichen sein.

– Wie, aufgehängt und ein gutes Zeichen? – fragt Ivka.

– Das bedeutet Veränderung, und die kann auch zum Guten sein.

Interessant ist das mit den Symbolen aus dem Kaffee oder dem Tarot oder egal welchen Symbolen; das, was sie symbolisieren, erscheint immer: ein Fremder, ein Weg, eine Krankheit, eine Liebe, gute Zeiten, schlechte Zeiten, Glück, Unglück, Veränderung …

Eines Tages erschien auch der Erhängte. Der Mann der Nachbarin, die als Erste die Nachricht gebracht hatte, dass sich Ivka übergibt, hatte sich im Schuppen am Dachfirst erhängt, mit einem kurzen Strick. Ihn hatte die Frau gefunden, als sie Holz holen wollte. Und das hatte er wahrscheinlich betrunken gemacht, denn Schwächlinge sind nicht imstande, sich nüchtern aufzuhängen. Onkel Stjepan, der zusammen mit Dušan den Polizisten geholfen hatte, ihn abzunehmen, wusste zu erzählen, dass seine Schuhe ganz vollgespuckt waren. Ordentlich geputzt und poliert, aber bespuckt, denn einem Erhängten, der am kurzen Strick vom Dachfirst herabhängt, kannst du schwer ins Gesicht spucken, und so spuckst du ihm auf die Schuhe. Als sie ihn abnahmen, hatte seine Frau gemurmelt:

– Ekel, Schuft, Nichtsnutz …

Und nach dem Erhängten kam auch die Veränderung.

Am Hofzaun erschien ein Fremder in einem schönen Anzug. Er spähte in den Garten, um zu sehen, ob es irgendwo einen Hund gebe, und trat erst dann ein. Er trug eine Tasche, eine schöne lederne Arzttasche.

Doktor Jungwirth, dem der österreichisch-ungarische Gendarm entgegenging, begrüßte ihn abwesend, er blickte in den Nachbarhof, wo sich auf dem Dachboden des Schuppens, so hatten die Zeitungen geschrieben, unlängst ein Mensch aufgehängt hatte. Doktor Jungwirth weiß noch nicht, dass ein Jahrzehnt später in Zagreb Menschen auch an den Straßenlaternen hängen werden.

Er untersuchte sie im großen Zimmer, während sich alle in der Küche drängten, wo sie auch sonst saßen und wo wegen des Kochens geheizt wurde. Er hörte sie lange ab, zuerst vorne, dann am Rücken, er untersuchte ihre Lederhäute und die mageren Arme, aus denen die Gelenke herausschauten wie knotige Wurzeln, er sah sie an, befragte sie, wie es am Morgen sei, ob sie huste, ob es beim Ausspucken Blut gebe, ob sie sich an die hygienischen Maßnahmen halte, um die anderen nicht anzustecken, ob sie langsam die Treppe hinaufgehen könne, was sie natürlich nicht kann, denn außer der Krankheit stört sie der Bauch, aber Doktor Jungwirth sagt auf jede ihrer Antworten weise „aha". Ich komme schwer zum Treppenabsatz, aha, ich huste nicht viel, aha, aber wenn ich huste, muss ich mich an etwas festhalten, aha, manchmal würgt es mich, aber nicht ständig, aha, die Arme tun mir weh, manchmal, aha, Temperatur, niedrig, aha. Aber auf die wichtigste Frage aus ihren Augen gibt er eine Antwort, nein, er hat sich nicht gemeldet, wir wissen nicht, wo er ist, sie haben mich vom Krankenhaus geschickt, entschuldige, dass ich nicht früher gekommen bin.

Im Gespräch mit dem österreichisch-ungarischen Gendarmen und Onkel Stjepan zeigt Doktor Jungwirth, den die Kugel etwas später bei den Partisanen erwischen sollte, wobei man nicht wissen wird, wessen Kugel es war, mäßigen Optimismus, aber einen Optimismus mit Bedingungen: Wenn sie gut isst, wenn die Schwangerschaft gut verläuft, wenn dies, dann das, und dann … Genau genommen wissen wir nichts, es kann so sein, aber es kann auch anders sein, der menschliche Körper ist ein Mysterium, der menschliche Körper ist ein Wunderwerk, und Wunderwerke ergeben sich nicht der Wissenschaft, beten, ja, für alle Fälle kann man beten, danke, ergebenster Diener und habe die Ehre.

23.

Nach drei Monaten des Wartens, als die Koffer schon völlig vergeblich gepackt waren und sich Benjamin weder bei ihr noch bei Jungwirth, noch im Krankenhaus gemeldet hatte, kam ihr der Gedanke, dass sich Mutters Äußerung, ein toter Ehemann sei jedenfalls praktischer, bewahrheitet hatte. Denn wenn er sich nicht gemeldet, es aber versprochen hatte, musste ihm etwas passiert sein. Und was lauert nicht alles auf einen in Afrika? Beduinen, Mauren, wilde Stämme mit langen Gewehren, Räuber mit halbmondförmigen Messern, Löwen und Hyänen, diese ganze wilde Welt stürzte in Ivkas Gedanken auf den Menschen mit den so schönen Augen ein, dass sie lange nicht bemerkt hatte, dass er eine Brille trug. Sie musste etwas über ihn erfahren, und deshalb zog sie sich eines Nachmittags schön an, im Kleid war die Wölbung des Bauches schon deutlich zu sehen, sie nahm auch ihren Trenchcoat, obwohl es bereits sichtlich herbstlich war, und als ihre Mutter sie so in der Küche sah, mit der Tasche überm Arm, mit eingedrehter Frisur und neuen Schuhen, die sie ein wenig drückten, rang sie die Hände, verflocht ihre Finger unkontrolliert, als würde sie sich chirurgisch die Hände waschen, aber trocken.

– Du gehst ihn suchen, mein Engel – sagte ihre Mutter – aber wo wirst du ihn suchen, wenn er geflüchtet ist?

Und sie kam vom Holzschemel hoch, was nicht leicht war, und nahm ihren kleinen Kopf in beide Hände und küsste sie.

– Geh du nirgendwohin, er wird nicht zurückkommen, Ivka – seufzte ihre Mutter – er kommt nicht zurück, der Hund, der verfluchte …

Marica, die neben der Mutter saß, fing an zu weinen. Und es war offensichtlich, dass auch Marica dachte, dass Benjamin nicht zurückkehren werde und dass er sie verlassen hatte, die Schwangere, mit der Tuberkulose, in diesem kleinen Land, wo die längsten Umzüge jene bei Beisetzungen ermordeter Volksführer sind.

– Ich muss seine Vermieterin fragen.

– Aber was soll sie wissen, mein Engel …

Doch Ivka war schon an der Tür und ließ sich nicht beirren.

Das Schild an der Tür, auf dem „Dr. Benjamin Berenstein" stand, einer seiner Nachnamen, das Schild, das sie zum ersten Mal an jenem Tag gesehen hatte, als sie der Frühlingssalon enttäuscht hatte und sie gekommen war, um seine Bilder zu sehen, war verschwunden. Das war kein gutes Zeichen, langsam verschwand alles, was ihm gehörte, seine Spuren verwischten sich, und bald würde nichts mehr da sein. Selbst sein Gesicht in ihren Erinnerungen nicht, ein Gesicht, das sich immer mehr auf das erste Bild reduzierte: zerzaustes nasses Haar, die chirurgische Maske über Mund und Nase, und der blutige Ärmel seines weißen Kittels. Als hätte in ihren Gedanken der Prozess der Rückkehr an den Anfang eingesetzt, so weit, bis auch dieser Anfang völlig verschwunden sein würde.

Sie läutete, und zuerst meldete sich niemand. Dann läutete sie ein zweites Mal und konnte Schritte und Stimmen hören. Einige Stimmen waren die von Kindern, das war auch so zu hören, durch die geschlossene Tür. Endlich öffnete eine junge Frau, und hinter ihr drängten sich zwei Kinder. Vielleicht ein Junge und ein Mädchen, oder zwei Mädchen, das konnte sie nicht genau erkennen.

Sie fragte nach Benjamin, er habe hier vor drei Monaten gewohnt, ein Doktor, mit Brille, aber die Frau wusste nichts davon. Sie hatte gehört, dass es hier einen Doktor gegeben habe, aber sie hatte ihn nicht kennengelernt. Sie waren erst vor einem Monat eingezogen, sie hatten noch gar nicht alles ausgepackt, aber sie solle doch unten bei der Hausmeisterin fragen. Eine liebenswürdige junge Frau mit Kindern. Und so ging Ivka zur Hausmeisterin, die sofort in den ersten Stock hinaufwatschelte und bei der Hausbesitzerin läutete.

Die Hausbesitzerin, eine ältere gepflegte Dame mit einer Frisur, wie man sie im Zentrum trug, die sie aber bisher noch nie gesehen hatte, obwohl sie oft hierhergekommen war, sah zuerst lange auf ihr gespanntes Bäuchlein unterm Kleid und dem offenen Trenchcoat und geruhte erst dann, ihr auch ins Gesicht zu sehen.

– Benjamin suchen Sie – fragte sie und ließ den Blick wieder zum Bauch hinabwandern. – Und was sind Sie für ihn?

– Seine Frau – sagte Ivka, und das klang plötzlich wenig überzeugend.

– Ich weiß gar nichts, er hat sich nicht gemeldet, die Sachen hat er in der Wohnung gelassen. Er hat zwei Monate keine Miete gezahlt, da haben wir seine Sachen hinunter in den Schuppen gebracht. – Die Hausmeisterin nickte dazu.

– Und hat er keine Adresse dagelassen, für die Post?

Die Hausbesitzerin sah sie zuerst mitleidig an, dann sagte sie:

– Seelchen, wenn er sie dir nicht dagelassen hat, sicher mir auch nicht. – Dann überlegte sie einen Augenblick. – Wenn du die Sachen willst, müsstest du mir für zwei Monate bezahlen.

– Sind es viele Sachen?

– Ach, was weiß ich – sagte die Hausbesitzerin. – Eigentlich nicht …

Jetzt schaltete sich die Hausmeisterin als Vertrauensperson ein, die die Sachen offensichtlich in den Schuppen gebracht hatte:

– Da gibt es nicht viel und nichts Wertvolles, ein bisschen Kleidung, was ich in den Schränken gefunden habe, ein Anzug, und seine Kritzeleien.

– Bilder? – sagte Ivka, als wäre das auf einmal eine gute Nachricht.

– Ja, das, was er gemalt hat, mir gefällt das überhaupt nicht, das ist alles unten. Und noch irgendwelche Schuhe, Winterschuhe, ganz gute, die ließen sich verkaufen.

Während die Hausmeisterin redete, ließ die Hausbesitzerin ihren Blick nicht von Ivka. Ein billiges Kleid, ein billiger Mantel, die Tasche abgewetzt, lediglich die Schuhe neu.

– Die kann ich dir sofort geben – sagte sie unerwartet. – Und das Übrige dann, wenn du das Geld bringst.

So kehrte Ivka mit dem Taxi in die Zlatarska zurück, mit mehreren Mappen mit Benjamins Zeichnungen, und ihre Mutter sagte:

– Um Gottes willen, was hast du denn da angeschleppt. Wir wissen nicht, wohin damit.

– Sie werden bei mir im Zimmer sein – sagte Ivka und legte die Mappen neben ihre Koffer.

24.

In ihren Gedanken an Benjamins Neigung zum Umherstreifen hatte Ivka wenigstens in einem recht: Um von ihr wegzugehen, musste er mit der Straßenbahn zum Bahnhof fahren, dann mit dem Zug bis Rijeka und mit einem Schiff von Rijeka nach Triest, mit einem anderen Schiff von Triest nach Bari, mit einem dritten von Bari nach Marseille und am Ende mit einem vierten Schiff von Marseille nach Tanger. Aber um zu ihr zurückzukehren, musste er in der anderen Richtung fahren: mit dem Bus vom Krankenhaus seines Bruders, das im jüdischen Teil Tangers liegt, zum Hafen, mit dem Schiff nach Marseille, und dann mit einem weiteren Schiff von Marseille nach Triest, und zurück mit dem Zug und mit dem Taxi vom Bahnhof bis zur Zlatarska. Das war viel zu reisen, viel sich zu entfernen und viel sich zu nähern. Was dachte er, als das Dampfschiff mitten auf der Adria die Wellen Richtung Süden zerteilte? Hatte er vor, für dauernd zu flüchten oder nur in Ruhe nachzudenken? Konnte er überhaupt nachdenken, als er die schwer kranke und schwangere Frau zurückließ, der er nicht nur einmal beteuert hatte, sie zu lieben, oder war das alles in Nebel und Verzweiflung gehüllt? War ihr Gesicht verblasst, je mehr er sich von dem einen exotischen Land entfernte, von dem österreichisch-ungarischen Gendarmen, von der Vinogradska, vom Rokov perivoj und den Bienen, auf der Fahrt in ein anderes exotisches Land, wo ihn vielleicht andere, Ivkas Augen ähnliche, erwarteten? Und tauchte in der Gegenrichtung, während er gen Triest zurückfuhr, dieses Gesicht langsam wie aus einer fernen Vergangenheit auf? Vielleicht können wir glauben, dass Benjamin so reisend mehrere Leben durchlebte und dass er zu Großmutter Ivka nicht drei Monate älter, sondern dreißig Jahre älter zurückkehrte. Es ist ja bekannt, dass wir die Fehler aus der Jugend als reife und ältere Menschen leicht korrigieren.

Jedenfalls kehrte er zurück, als ihn niemand mehr erwartete. Außer Ivka. Selbst die Beschimpfungen und Flüche auf seine Rechnung hatten sich verbraucht, so wie sich manche Wörter verbrauchen, bis hin zum Klang. Den letzten Teil seiner langen Reise brachte Benjamin mit dem Taxi hinter sich, denn es gab keine nächtliche Straßenbahn. Der Schnellzug Triest–Ljubljana–Zagreb–Slavonski Brod–Belgrad–Niš–Skopje–Saloniki hatte ihn um ein Uhr nachts auf dem Zagreber Bahnhof abgesetzt. Und ich ahne, dass er einen Teil seiner vielfältigen Persönlichkeit im Coupé zurückgelassen hat, um ihn weiterreisen zu lassen, vielleicht auch weiter als bis Saloniki, aber der Hauptteil war doch in Zagreb ausgestiegen.

Wie sah diese Ankunft aus? Als Erste wurde die Mutter wach, denn in Erwartung eines Unglücks hatte sie einen leichten Schlaf, und sie stieß ihrem Mann den Ellbogen in die Rippen, weil ihn das leichte Klopfen an der Eingangstür nicht wach machen konnte, und dann musste der *pater familias,* der Imker und Gendarm, den Hausmantel über das Nachthemd werfen, es war Mitte Januar, und die nackten Füße in die Filzpantoffeln zwängen, die von Frauen aus der Lika auf dem Markt verkauft wurden. Auch einen Schal warf er um den fröstelnden Nacken. Jedenfalls eine unziemliche Ausstattung für einen Gendarmen, der am meisten im Leben auf seine Würde gab. Und vor ihm stand, im Licht der schwachen Birne im Flur, plötzlich jener, der nicht mehr erwartet wurde und den man auch aufgehört hatte zu verfluchen. Er stellte seinen großen Koffer und ein Futteral für Zeichnungen auf den Boden und legte dann seinen schönen, in Tanger gekauften Kamelhaarmantel ab. Anzug, Hemd und Krawatte waren nicht mehr unbedingt im besten Zustand, aber es waren Anzug, Hemd und Krawatte, und sie bildeten einen effektvollen Kontrast zum Nachthemd und den Filzpantoffeln seines Schwiegervaters.

Später wurde das ganze Haus wach, und Ivka kam barfuß aus ihrem Zimmer gelaufen, und der Holzfußboden hallte wider, und sie umarmte ihn fest, wobei sie vergaß, Hochstapler zu sagen. Und er umarmte sie und küsste sie aufs Haar, und über dem großen Koffer im Halbdunkel lag der Kamelhaarmantel, als würde eine sehr traurige Person über ihm liegen. Dieses Bild des Mantels über dem Koffer aus *Jelena, žena koje nema* verfolgt mich schon lange, aber hier hat es so natürlich das ausgefüllt, was ich nicht gesehen habe, aber von dem ich weiß, dass es sich auf ähnliche Weise abgespielt hat.

25.

Vielleicht ist das richtige Wort dafür „Kulissen". Alle machten sich an die Arbeit. Die Mutter rechnete mit dem dicken Staub in dem bis dahin vernachlässigten kleinen Zimmer auf dem Dachboden ab, machte das Fenster wieder durchsichtig und desinfizierte die Ecken, was notwendig war, denn in diesem Zimmer hatte Milan gewohnt, bevor sie ihn nach Brestovac gebracht hatten, und man weiß, dass die Tuberkulose im Staub lange überleben kann. Die Mutter wollte nicht, dass sich seine und ihre Tuberkulose mischten. Dušan brachte von Freunden aus der Nachbarschaft eine Waschschüssel auf einem schönen Holzgestell, zum Waschen, und Stjepan kümmert sich um das Bett. Er lieh es sich von seinen Arbeitgebern, der Familie Kopista, und sie transportierten es auf einem Dreirad aus der Novakova in die Zlatarska. Es hatte keine Füße, war aber noch immer gut, deshalb setzten sie es auf Ziegelsteine und hoben es so ein wenig vom Boden ab, damit man darunter sauber machen konnte. Beim Tragen wirkte auch das neue Familienmitglied mit. Den weißen Schrank mit dem Spiegel an der Mitteltür wuschen und desinfizierten sie aus einem bestimmten Grund im Garten und brachten ihn dann zurück auf den Boden. Es bedurfter dreier starker Männer, um ihn zu transportieren. Die Mutter besorgte auch zwei kleine bosnische Teppiche, die an jeder Seite des Bettes liegen sollten, als treue Diener gegen die unangenehme Berührung des nackten Fußes mit den kalten, frisch gescheuerten Brettern, die nach Tannenholz und Chlor rochen. Weiße Handtücher und Duftseife lagen auf dem Gestell neben der Waschschüssel bereit.

Ivka brauchte nur ihre gepackten Koffer aus dem einen Zimmer in das andere zu bringen und Benjamins alte Mappen mit den Zeichnungen neben die neuen zu stellen, die er aus Tanger mitgebracht hatte. Ihr half Marica, und als sie die Koffer hinauftrugen, traf sich

Mutters Blick, in dem man den ganzen alt gewordenen Zweifel lesen konnte, mit Ivkas fröhlichen Augen, die sagten: „Und ich hatte doch recht.“

Die kleine Bühne im Dachgeschoss des Häuschens in der Zlatarska war bereit, zusammen mit den Vorhängen an dem kleinen Fenster, das aus der Dachgaube herauslugte, und der frisch gewaschenen Bettwäsche, die noch nach Seife duftete.

Und als sie sich am ersten Abend gemeinsam hinlegten, nach langer Zeit und nach dem Wesentlichen, das immer noch ein wenig unwirklich war, sagte Ivka:

– Ist es nicht gut, dass du mit mir schläfst?

– Ich fürchte nicht – sagte Benjamin.

– Ich fürchte mich nicht – verbesserte sie ihn. – Aber ich fürchte mich.

Sie bemühte sich, ihn nicht zu küssen, obwohl sie am liebsten auf ihn gesprungen wäre und ihn mit Küssen ganz eingesaugt hätte. Denn was ist ein Kuss, wenn nicht der Versuch, einen Teil des geliebten Wesens einzusaugen und irgendwo in sich zu verstecken. Das ist nicht immer das Herz, es kann auch unten sein, tiefer, im Magen, wo sonst die Angst gehütet wird, oder in der Leber, wo die Wut gehütet wird. Und deshalb küsste sie ihn nicht, sondern lag ruhig neben ihm und hielt seine Hand.

– Erzähl mir von der Cholera!

Er sagte, die Cholera habe in der Medina von Tanger begonnen und sei rasch auf das jüdische Viertel übergesprungen und von dort auch auf den neuen Teil der Stadt, wo sein Bruder wohne und von wo aus man das Meer und Gibraltar sehen könne. Es habe seltsam begonnen, sagte er, nur mit ein paar Fällen, und das von Kaufleuten, die aus der Wüste gekommen seien. Sie hätten sie im Krankenhaus isoliert, und alles hätte so ausgesehen, als würden das die einzigen Fälle bleiben, als plötzlich, im Verlauf von zwei Tagen, kranke Menschen auf den Straßen zusammengekrümmt gestorben seien. Die Straßen der Medina, sagte er, seien eng und verwinkelt, sie erinnerten an Arabesken, und wenn man mit Tragen gehe und Kranke suche, wisse man nicht, was für zusammengekrümmte Menschen hinter jeder Ecke auf einen warten, damit man sie einsammelt. Dort habe er gesehen, sagte er, dass die Cholera den Menschen in die seltsamsten Posen versetzt. Die Krankenstation, in der sein Bruder gearbeitet habe, sei rasch voll gewesen, sie hätten keine Medikamente gehabt, es hätte keine Infusionen für die Dehydrierten gegeben, und die meisten Menschen seien mit offenen Augen gestorben. Solange sie am Leben sind, sind ihre Augen noch geschlossen, der Körper kämpft in einem seltsamen Halbschlaf, aber dann, wenn sie sterben, öffnen sich ihre Augen. Schon am zweiten oder dritten Tag habe die Armee die Stadt umstellt, und die gemeinsame Verwaltung habe alle Ärzte mobilisiert, unabhängig von ihrer Spezialisierung. Er habe, sagte er, bei seinem Bruder auf der Station gearbeitet, die vor der Cholera ein Museum verschiedener Krankheiten gewesen sei, sogar der Lepra, aber dann sei die Cholera fast das einzige Exponat gewesen. Die Stadt sei auch vom Meer her abgeriegelt worden, spanische und französische Patrouillenboote hätten sie bewacht. Man konnte nicht einmal mit einem kleinen Boot flüchten. Bald seien auch die Postämter geschlossen worden, es habe keinerlei Verbindung zur Außenwelt gegeben.

Die Hygienevorschriften seien streng gewesen. Sie hätten die Verstorbenen am Strand verbrennen müssen. Von der Wohnung des Bruders aus, wohin sie manchmal zurückgekehrt seien, um sich auszuschlafen und auszuruhen, habe man nachts die großen Feuer nahe am Meer gesehen. Sie hätten auf der Terrasse gesessen, Cognac getrunken und zu den Feuern hinübergesehen, und der Geruch von Erdöl habe sich in der Luft verbreitet. Sie seien nachts verbrannt worden, um keine Panik auszulösen, aber die muslimische Bevölkerung habe revoltiert, weil Allah kein Verbrennen erlaube. Es habe einen Aufstand gegeben und es sei geschossen worden. Sie hätten auch die Ärzte angegriffen, denn die seien für die Verletzung der muslimischen Vorschriften verantwortlich gemacht worden.

– Du hättest schreiben können!

– Habe ich – sagte er – am selben Tag, aber die Araber sind nicht so schnell mit dem Schicken, und als die Epidemie ausbrach, haben sie alle Postämter zusammen mit den Briefen einfach zugemacht.

Und je länger er von der Cholera in Tanger erzählte, desto fester hielt sie ihn an der Hand. Am nächsten Morgen, als sie seine Sachen in den Schrank tat, öffnete sie auch die Mappe mit den Zeichnungen, die in Tanger entstanden waren. Dort sah man zusammengekrümmte Menschen in verschiedenen Posen, wie sie an die Mauern gelehnt dahocken oder gewunden daliegen, die Hände auf dem Bauch, mit angezogenen Beinen, Menschen, die sie so sehr an das Bild des Jungen mit dem Pott'schen Buckel erinnerten.

26.

Gleich nach seiner Ankunft in Zagreb führte Benjamin in der Zlatarska eine spezielle Quarantäne ein, sodass es aussah, als wäre er aus einer Quarantäne, der afrikanischen, mit Wüstenwinden, mit dem Heulen der Schakale und nächtlichen Scheiterhaufen, in eine andere gekommen, mit Schnee auf den Bäumen, mit dem angenehmen Duft des brennenden Feuers in der Küche und dem Duft frisch gebackenen Brotes. Er ordnete an, dass ihr Zimmer regelmäßig gelüftet werde, mindestens zwei Mal, morgens und abends, dass das auch mit dem großen Zimmer gemacht werde, wenn sich Ivka dort aufhalte, und sie beide die ersten Tage in ihrem Zimmer zu Mittag essen. Benjamin trug das Essen hinauf, vielleicht auch mehr deshalb, damit sie zusammen und allein wären, und nicht so sehr wegen Ivkas Krankheit, die sich anscheinend zurückgezogen hatte. Sie hustete nicht mehr, nur diese schreckliche Magerkeit, aus der ihre Ellbogen und Knie herausstachen, quälte sie.

Nach einer Woche begann er wieder in der Vinogradska zu arbeiten. Ihm half sein Freund Jungwirth, aber auch die Erklärung, dass er in Quarantäne gewesen sei, dass er sich bei niemandem habe melden können und dass er mitgewirkt habe an der Niederschlagung der Choleraepidemie in Tanger. Die Cholera war noch immer gefährlich und exotisch genug, um Benjamin diese Episode zu verzeihen und ihn darüber hinaus zu einem spezifischen Helden, einem Kämpfer gegen die Cholera, werden zu lassen. Ein Choleriker, sagten die Kollegen von der Psychiatrie. Und man kann sagen, dass die Popularität des Cholerikers im Krankenhaus ständig wuchs, je mehr sich diese Geschichte in den Pavillons in der Vinogradska verbreitete.

– Die Ćifuten halten zusammen – lautete der Kommentar des Gendarmen gegenüber seinem Sohn Dušan in der Küche an jenem Morgen, als die Nachricht kam, dass er wieder zur Arbeit aufgenommen worden war.

Aber wenn Benjamin zur Arbeit war, blieb Ivka in ihrer Mansarden-Quarantäne nicht allein, sondern ging in die Küche und ins große Zimmer hinunter, nur dass sie das jetzt viel fröhlicher tat. Ihre Mutter konnte ihr lange nicht in die Augen sehen, aber diese Fröhlichkeit konnte man auch an ihr erkennen. Die Hausarbeiten gingen ihr rascher von der Hand, sie knetete den Brotteig, machte Feuer im Herd, trug die Asche zum Fass im Garten, wo sie zur Laugenherstellung gesammelt wurde.

– Mama, ich möchte, dass wir es feiern, dass er gekommen ist – sagte sie einmal zu ihr in der Küche. – Und dass er seinen Dienst zurückbekommen hat.

– Was gibt es da zu feiern – kommentierte die Mutter, ohne ihre Tätigkeit zu unterbrechen.

Wieder empörte sich Ivka.

– Wieso gibt es da nichts, mein Mann ist zurückgekehrt, Mama. Mein Mann ist zurückgekehrt.

– Gut – sagte die Mutter und hob den Blick von dem, was sie gerade knetete – ich werde mit Papa reden.

Der Brauch war, dass der Gendarm jeden Tag sagte, was gekocht werden würde. Dieser Brauch war sehr früh entstanden, noch vor den Kindern, als sie gerade geheiratet hatten. Zuerst hatte die Mutter ihn gefragt, was er an diesem Tag essen möchte, und er hatte es ihr gesagt: Kohl und Faschiertes, oder gebackenen Karpfen oder Linsengemüse ohne Fleisch. Sehr oft Gemüse ohne Fleisch. Und dann hatte sich das in ein Bestellen verwandelt, ohne dass die Mutter gefragt hätte. Und es kam nicht oft vor, dass die Mutter zu ihm sagte:

– Heute machen wir etwas anderes, es sind noch Linsen da.

Oder:

– Ich muss den Kohlrabi aus dem Garten aufbrauchen.

Deshalb sagte der Gendarm an dem Tag, als sie ihm sagte, dass Ivka Benjamins Rückkehr feiern wolle, am Sonntag solle es ein etwas festlicheres Essen geben und sie solle zu diesem Anlass ein halbes

Ferkel kaufen. Kartoffeln und Sauerkraut hatten sie jeden Winter in der Vorratskammer. – Die ganze Familie wird hier zu Tisch sein.

Seit Benjamin die Quarantäne eingeführt hatte, kam Ivka nicht oft in die Küche, sie beschäftigte sich mehr mit dem Schmücken des Tisches, mit dem Auflegen des Bestecks und der Servietten. Sie stellte sogar ihren getrockneten Brautstrauß in einer kleinen Vase auf die Tischmitte. Während Ivka und Marica das große Zimmer für das Festessen herrichteten, standen die Fenster entsprechend den Quarantäneregeln offen, aber auch damit die Nachbarn die entscheidende Veränderung sehen sollten – alle vier Nachnamen Ivkas waren auf einmal zurückgekehrt.

Und nachdem sie am Sonntag alle aus der Kirche und Ivka und Benjamin von einem Spaziergang in die Zlatarska zurückgekehrt waren, bei dem Ivka die in die Kirche eilenden Nachbarn fröhlich gegrüßt und Benjamin diesen unbekannten Menschen nur würdevoll zugenickt hatte, setzte sich die ganze Familie, noch immer festlich gekleidet, an den Tisch. Das Gebet sprach der Gendarm, wie es sich gehörte, und es war ziemlich lang. Vielleicht zu lang für Benjamin, der mit viel Ehrerbietung, aber mit den Händen auf dem Tisch und nicht zum Gebet gefaltet, würdevoll darauf wartete, bis das Vaterunser, das Ave-Maria und das Ehre-sei-dem-Vater vorüber waren.

Die Rindsuppe war gut und ziemlich fett, wegen Ivka, die das Fett für die Lunge benötigte, das Rindfleisch mit Krensoße als standardmäßiger Zwischengang wurde ganz aufgegessen, und Benjamin tat sich darin hervor. Als die Mutter allerdings die Platte mit dem gebratenen Spanferkel brachte, dessen Kruste appetitlich gebräunt und fein eingeschnitten war, und die Kartoffeln ringsum goldgelb, herrschte um den Tisch herum mit einem Mal eine unangenehme Stille. Stjepan sah mit Verwunderung die Mutter und den Gendarmen an, Dušan und Julijana und Marica sahen sich ebenfalls zögernd an, nur Ivka und Benjamin sahen einander an, lächelnd. Der Gendarm nahm das Messer und begann das Spanferkel in Scheiben zu schneiden und jedem seine Portion auf den Teller zu legen, so auch Benjamin, worauf sich der höflich bedankte. Stjepan war es, das sah man, schrecklich unangenehm, und es fehlte nur noch, dass er damit herausgeplatzt wäre, dass man für Benjamin auch ein anderes Fleisch hätte braten können. Und als die Teller voll waren, schwiegen alle plötzlich und niemand fing an zu essen, weil alle Blicke auf Benjamin gerichtet waren. Ivka bemerkte das und sagte:

– Was ist? Esst, solange es heiß ist.

Und erst als Benjamin zugriff, ein größeres Stück Spanferkel in den Mund schob und sagte:

– Mama, sehr gut – und es mit Appetit kaute, wobei ihm sogar etwas Fett vom Lippenrand rann, fingen auch alle anderen an zu essen.

– Bei uns sagt man „priatnogo apetita" – sagte Benjamin.

– Bei uns sagt man „guten Appetit" – sagte der Gendarm.

Und Ivka lächelte.

– Mama, er isst alles.

Und die festliche Mahlzeit wurde in fröhlichem Ton fortgesetzt, natürlich, soweit es möglich war.

So scheiterte schon am ersten Sonntag der ungeschickte Versuch, ihn mit Schweinefleisch zu vertreiben. Später aß Benjamin mit Appetit Blutwurst, Speck, Presskopf, Koteletts, sogar getrocknete Rippchen. Aber das erregte neuen Argwohn. Bei einem Mittagessen fragte der Gendarm:

– Die Araber essen kein Spanferkel, nicht wahr?

– Nein – sagte Benjamin wieder mit vollem Mund. Aber keiner stellte die Frage, die im Raum schwebte: „Und ihr, wieso esst ihr Schweinefleisch?"

Ivka ertrug das alles geduldig, denn seine Rückkehr war ihr großer Triumph. Doch jetzt meldete sich ein anderer Verdacht, den sie hörte, als sie in der Küche, zusammen mit ihrer Mutter, das Geschirr abwusch. Im Gespräch zwischen Dušan und dem Gendarmen schwamm das Wort „ein Roter" auf. Und das Wort „ein Roter" war sogar gefährlicher als das Wort Ćifut, deshalb, weil es in gewisser Weise auf sie zeigte; sie war sein gefährlicher Ableger. Es war lediglich nicht klar, warum die Bolschewiken Benjamin und seinen Bruder aus Russland vertrieben hatten und er jetzt diese gefährliche Ideologie angenommen hatte, die Ideologie der Drohnen, die nicht arbeiten, sondern sich nur auflehnen. Und nicht nur, dass er seinen Glauben verraten hat, er hat auch seine Heimat verraten.

27.

Die Tuberkulose ist wie eine Blume oder wie Gras, sie erwacht im Frühjahr. Schließlich wurde sie auch von der Hyazinthe auf Ivkas Oberarm angekündigt, und es bestand eine gewisse Befürchtung, dass mit den wärmeren Tagen und den ersten Schlüsselblumen auch Ivkas Tuberkulose erwachen würde, die über den Winter offenbar eingeschlafen war. Aber in diesem frühen Frühjahr 1929 war von der Tuberkulose keine Spur zu sehen. Ivka hatte vollständig zu husten aufgehört, auch ein wenig Kraft und Appetit waren zurückgekehrt, und hätte sie nicht den großen Bauch gehabt, der sie ziemlich hemmte, wäre sie wie eine Gesunde gewesen. Das Einzige, was sie noch quälte, war die schreckliche Magerkeit, und je mehr sich der Bauch schön rundete, desto magerer wurde der übrige Teil des Körpers, jener, der zur Gänze ihr gehörte. Zu der Zeit trat Ivkas Baby in seinen achten Monat ein, und die Sechster-Januar-Diktatur war noch ziemlich jung, etwas über zweieinhalb Monate. Aber über die Diktatur wurde in dem kleinen Haus in der Zlatarska viel mehr gesprochen als über das kommende Baby. Radićs Tod hatte zuerst riesige Trauer und dann Wut ausgelöst, die Diktatur und König Aleksandar riefen nur Wut hervor. Und wieder kamen in den Küchen und Zimmern in Trešnjevka und in den übrigen Stadtteilen die Menschen zusammen und sprachen halblaut darüber, dass sie zuerst unseren größten Führer umgebracht und den Mord dann dazu benutzt hätten, das Parlament aufzulösen und jenen Rest an Rechten völlig zu beseitigen, der für uns in diesem Staat noch galt. Und schon damals, am 6. Januar 1929, war König Aleksandar tot, wusste aber noch nicht, dass er tot war, und lebte wie eine Art Geist oder Vampir noch bis 1934, als ihn in Marseille die Kugel erwischte und in den Hals traf und er angeblich ausrief: „Bewahrt mir Jugoslawien." Es muss nicht besonders betont werden, dass auch sein Trauerzug lang war. Vielleicht nicht so lang wie der von Radić, aber lang genug, und in ihm war genug Wut, um mit dieser Wut die Zukunft völlig zu vergiften.

Die Diktatur indessen schien Ivka und Benjamin nichts anhaben zu können, sie lebten ihr Leben ruhig dahin, scheinbar immun gegen alles um sie herum. Die Quarantäne war etwas gelockert, aber das strenge Lüften wurde beibehalten, denn die beste Medizin für diese Krankheit ist frische Luft.

Einmal, als Benjamin von der Arbeit zurückkehrte, traf er Ivka in der Küche an, wie sie im blauen Hauskittel Bohnen auslas und vor sich hin summte:

„Auf dem Zweig, als würden sie lallen,
Singen kleine Nachtigallen."

Sie übte ein Schlaflied.

In dieser Küche und in diesem blauen Hauskittel, mit dem Haarknoten, mit den Küchenfliesen und den Auf-Putz-Installationen im Hintergrund, machte er auch ihr Porträt in Wachskreide, das heute in unserem Wohnzimmer hängt. In der Zeit, als er bei ihnen wohnte, porträtierte er auch sich selbst. Seinem Selbstbildnis, das ebenfalls in unserem Wohnzimmer neben Großmutters Porträt hängt, ist zu entnehmen, dass das große Zimmer in der Zlatarska mindestens eine Wand in Altrosa und ein Bild mit einem Rahmen in Altgold hatte. Ich habe oft zu ergründen versucht, warum er Großmutter im Profil und sich selbst im Halbprofil gemalt hat. Jetzt denke ich, dass einer der Gründe ihre schockierende Magerkeit war. Das Profil verdeckte die Krankheit einigermaßen, die jedoch unmerklich voranschritt, und dieses Profil war eine Art künstlerischer Verneigung Benjamins vor seiner schwer kranken Frau. Aber vor einigen Dingen konnte man damals nicht flüchten: Großmutter porträtierte er in der Küche, und sich selbst mit dieser Wand im Hintergrund, sie im Hauskittel, sich selbst im Anzug mit Krawatte. Da ist auch ihr Porträt in Bleistift, das in der Dalmatinska entstanden ist und auf dem sie mit dünnen Pinselgriffen zu stricken scheint. Hier ist Großmutter Ivka im Halbprofil gezeichnet, mit nur sanft verschattetem Gesicht. Auf dem Porträt aus der Küche ist vielleicht Angst zu sehen, aber auf dem Porträt in Bleistift Ehrerbietung.

Aber auch auf dem einen wie auf dem anderen Bild ist eine der sichtbarsten Eigenschaften Großmutters die Bescheidenheit, die sich in ihrem einfachen Haarknoten konzentriert, im Fehlen von Lippenstift und Schmuck, wie auch in dieser Haltung: gebeugte Schultern und der Blick eines Hasen oder Murmeltiers. Sie hat etwas von dem nonnenhaften Aussehen ihrer Mutter und diese unbestimmten „arabischen“ Züge, die vielleicht auch Erotik in sich bergen, die der Maler in ihr suchen musste, indem er zuerst alle die Schichten der Bescheidenheit abschnitt, die in diesem peripheren Bienenstock reichlich gediehen. Operierend und malend tat er dasselbe: Er schnitt.

In diesen unerwarteten Flitterwochen zwischen seiner Rückkehr und der Geburt meiner Mutter versuchte Benjamin Ivka das Zeichnen zu lehren. Bisher hatte sie nur Wäschezuschnitte gezeichnet, aber jetzt erschloss ihr Ehemann, der endlich ihr richtiger Mann geworden war, und nicht nur ein Nachname in vier Varianten, ihr langsam die Welt der Kunst.

Jeden Nachmittag, wenn es sonnig war, saß er mit ihr unter den Obstbäumen, damit sie an der Luft war. Frische Luft ist das Beste für diese Krankheit, sagte er immer und erwähnte Wörter wie Tuberkulose oder Koch-Bazillus und vor allen Dingen Kaverne oder Thorakoplastik nicht mehr. Sie strickte, dieses Mal mit richtigen Nadeln und richtiger Wolle, und er malte: sie, die Bäume, die Bienenstöcke, das Haus. Und redete ziemlich viel.

– Siehst du, Ivka, der Stamm hält sich in der Natur an der Wurzel, er Verbindung mit Erde, System zum Ernähren, aber auch Fundament, damit der Wind nicht ausreißt. Der Baum auf dem Bild, siehst du, hält sich an seinen Schatten. Der Schatten seine Bildwurzel, Verbindung mit Umgebung, mit dem Licht …

Und er malte die Obstbäume, die wieder ihre Stiefel aus weißem Kalk trugen, und die langen Nachmittagsschatten im Gras.

– Komm, versuch!

Und er hielt ihr Papier und Pastellfarben hin. Aber sie hielt sich ans Stricken.

Und so währte im Garten in der Zlatarska, als die Sechster-Januar-Diktatur nur zweieinhalb Monate alt war, diese Frühlingsidylle. Ivka mit dem großen Ball von Bauch sitzt und strickt, er sitzt ihr gegenüber und zeichnet eines von ihren Schwangerschaftsporträts.

Aber jetzt sehen auch die Nachbarn diese Idylle, und das Problem ist, dass sie das nicht gewohnt sind. Sie sind daran gewöhnt, Husten, Bluten und Sterben zu sehen und zu hören, zweimal hatten aus dem kleinen Haus in der Zlatarska vier Männer billige Holzsärge herausgetragen, und damit sie sie durch den Garten tragen konnten, hatten sie über den unebenen Weg stolpern müssen, bis sie den Sarg endlich bis zur Straße tragen und ihn auf den Begräbniswagen stellen konnten. Später hatten die Nachbarn eine junge Tuberkulöse mit großem Bauch und vier Nachnamen gesehen, sich nach ihrem Mann erkundigt, scheinbar interessiert, aber genau genommen hatten sie hinter ihrem Rücken gelacht.

– Habt ihr gehört, sie kennt nicht mal ihren Nachnamen!

Und jetzt plötzlich sieht man hier so ein Glück, und dieses Glück passte nicht in diesen Hof, zwischen diese Bienenstöcke. Der Gendarm hatte einen sechsten Sinn für die Nachbarschaft und der äußerte sich in den Härchen auf seinen Händen. Wenn sich die sträubten, bedeutete das, dass nichts Gutes im Anzug war. Das Glück in ihrem Hof, die Obstbäume, die sich zu blühen anschicken, Ivka, die bald niederkommen wird und nicht mehr hustet, der Doktor, der Bienenstöcke zeichnet, all das provozierte die Nachbarschaft zu sehr, als dass daraus etwas Gutes hätte entstehen können. Die Nachbarn kommentierten den Juden, der Schweinefleisch isst, denn irgendwie waren zu dieser Nachbarschaft auch seine Ernährungsgewohnheiten gelangt, aber dass es noch einen Roten in Trešnjevka gab, das ohnehin zu einem Gutteil rot war, war nicht so schlimm und konnte den Appetit der Nachbarn nicht befriedigen. Bald bedrohten noch schlimmere Tratschereien die Gendarmenwürde von Ivkas Vater. Seine Befriedigung, dass er der Nachbarschaft endlich die lebendige Quelle der vier Nachnamen Ivkas zeigen konnte, währte nur kurz und machte dem Argwohn Platz: an was für einen Vagabunden sie sich verheiratet hat, wenn der nicht einmal ein eigenes Haus, eine eigene Wohnung, ein eigenes Hauswesen hat, wie der schlimmste Habenichts. Anstatt seine junge Frau in seine Wohnung zu führen, hat er sich hier bei ihnen breitgemacht. Dafür gibt es eine Bezeichnung, eingeheiratet, und das ist bei unseren Leuten ein Schimpf. Was für ein Mann ist das, angeblich sogar ein Doktor, von wegen Doktor, er ist nur am Zeichnen und hat seine Bilder auch hier bei seiner Frau unterm Rock versteckt.

Die Nachbarschaft ertrug die Idylle in ihrer Nähe so wenig, dass das an der Leber des Gendarmen zu fressen begann, und dann begann der Gendarm allmählich auf der Leber seiner Frau herumzuhacken. Bis zu dem Maße, dass die Mutter nach einer Zeit, als die Idylle schon gefährlich loderte, Ivka fragen musste, ob sie überhaupt die Absicht hätten, wegzuziehen, oder nicht. Und Ivka, die ihre Koffer schon ausgepackt hatte, erklärte ihrer Mutter freundlich, dass Benjamin das Wohnrecht in der Dalmatinska verloren habe, weil er sich nicht aus Tanger habe melden und die Miete zahlen können. Aber jetzt warte er auf sein Gehalt im Krankenhaus und werde in jedem Fall in absehbarer Zeit eine Wohnung mieten, aber nicht vor ihrer Niederkunft. Er sage, dass es auch wegen der Schwangerschaft und wegen ihrer Krankheit riskant sei, dass sie in einer Wohnung allein bleibe, während er auf der Arbeit sei. Sicherer sei es für sie hier in der Zlatarska, bei den Ihren. Aber die Frage der Mutter war von solcher Natur, dass Ivka mit einer Gegenfrage antworten musste:

– Mama, stören wir dich vielleicht?

Und ihre Mutter musste rot werden.

28.

Als die Tage wärmer wurden, hielt sich Ivka immer häufiger im Hof auf, an der Luft. Sie verrichtete einfache Arbeiten, das, was sie so konnte, ohne sich und das Kind zu gefährden, um doch nicht völlig faul zu werden. So zum Beispiel musste jeden Morgen die betonierte Fläche vor dem Hauseingang gefegt werden, weil der Wind die Blütenblätter von den Obstbäumen herantrug, und es musste auch die Asche zum Fass gebracht werden, das am Ende des Gartens stand, nahe dem Zaun zur Nachbarin. In den ersten Tagen, nachdem sich der Mann der Nachbarin aufgehängt hatte, konnte sie überhaupt nicht zu deren Haus und Schuppen hinsehen, aber sie tat ihr furchtbar leid. Und wann immer ihr Blick auf das mit alten Biberschindeln gedeckte Dach fiel, kam sie das Weinen an. Auf der anderen Seite rief die Nachbarin selbst, die nach der Tragödie noch öfter bei ihnen arbeitete, keinerlei Weinen hervor. Sie konnte sich normal mit ihr unterhalten, nur vermied sie den Blick auf das Haus.

Und jetzt, als sie den leichten Holzdeckel vom Aschenfass nahm und die graue, staubige Masse mit dem Rest vom unverbrannten Holz hineinschüttete, sah sie die Nachbarin, wie sie im Hof mit einer anderen Nachbarin redete. Ihr schien, als hätten sie sie gesehen, und sie wollte sie grüßen, war sich aber nicht sicher. Aber sie konnte jedes Wort hören.

– Ich weiß, weshalb er zurückgekommen ist – sagte die Nachbarin. – Ein Herumtreiber und Nichtsnutz, würde er etwas taugen, hätte er in Zagreb schon drei Häuser, aber so …

– Was Sie nicht sagen …

– Und dieser sein Kompagnon, was genauso ein Doktor ist, oben in der Vinogradska, der hat ihm gesagt …

– Der Trauzeuge?

– Ja, der, Sie haben ihn auf der Hochzeit gesehen.

– Was hat er zu ihm gesagt?

– Ganz im Vertrauen, er hat gesagt, dass es Ivkica nicht mehr lange macht. Er ist hergekommen, um sie zu untersuchen, und ich war in der Küche, als er sie untersucht hat. Und als er wegging, hat er zu Papa Janko gesagt, dass er für sie nur noch beten kann. Und das hat er auch Benjamin geschrieben.

– Mein Gott!

– Genau so. Soll mich auf der Stelle der Blitz erschlagen, wenn es nicht so war.

– Das bedeutet, der Doktor ist vorübergehend hier.

– Ja, er wartet nur, dass die arme Ivkica ins Jenseits übersiedelt. Und außerdem, hier wird er gefüttert und gehätschelt, was geht ihm ab?

– So ist es leicht, den Anständigen zu markieren – sagte die andere Nachbarin.

Jetzt war sich Ivka schon sicher, dass sie sie gesehen hatten und dass sie laut genug redeten, damit auch sie es hört. Das Böse, das aus dem Unglück dieser Frau geboren wurde, die für sie eine Art informeller Zugehfrau war, verwunderte sie zuerst, wie wenn wir zum ersten Mal einen toten Menschen sehen, dann entsetzte sie sich, und am Ende ekelte es sie davor. Sie wollte sich an der Wurzel des Pflaumenbaums übergeben, neben dem sie stand, wie in den ersten Tagen der Schwangerschaft. „Die kommt mir nicht mehr ins Haus", sagte sie zu sich, während sie langsam zur Haustür zurückschwankte, vor der schon wieder gefegt werden musste, obwohl sie gleich am Morgen gefegt hatte. „Verdammte Hexe, der braucht man keinen Löffel Honig mehr zu geben, sollen ihre Kinder vor Hunger krepieren." So sehr ekelte es sie, dass sie in ihrer Fantasie für einen Augenblick zur Kindesmörderin wurde.

Aber diese morgendliche Episode infizierte Ivka mit einem neuen Bazillus. Sie begann Benjamin aufmerksamer anzusehen. Als sie ihn an diesem Tag sah, wie er von der Arbeit zurückkam und mit seiner alten Arzttasche in ihren Hof einbog, schien es ihr, als würde er irgendwie zu fröhlich von einer Betonplatte zur nächsten hüpfen und als würde die Tasche an seiner Hand hin und her schlenkern wie bei einem kleinen Kind. Und als er in der Eingangstür stand und sie ihn dort empfing, wie jeden Nachmittag, küsste er sie auf die Stirn. Als wäre sie schon tot. Und dabei war sie sich bewusst, dass sie ihm von allem Anfang an verboten hatte, sie auf den Mund zu küssen, aber jetzt schien es ihr, als würde er sie so auch dann küssen, wenn sie es ihm nicht verboten hätte. Umso mehr, weil er nach Art eines Gentlemans dieses Verbot übertreten konnte, das ohnehin, vom medizinischen Standpunkt aus, sinnlos war, weil sie auch sonst manchmal das Wesentliche taten. Aber jetzt in einer Position, in der sie sich nicht ansahen, weil das Kind in ihrem Bauch sich zwischen ihnen querlegte. Und auch diese Epidemie in Tanger, auch darüber hatte in den Zeitungen kein Wort gestanden. Hatte er sich vielleicht dort, anstatt mit der Cholera, mit irgendwelchen schwarzen Augen beschäftigt, die zwischen Schleier und Kopftuch hervorspähten?

Damit sie diesen Bazillus, der in ihrem Kopf wühlte, irgendwie vertrieb, musste sie sich ständig und immer wieder an ihre nie ausgesprochenen Sätze aus der Dalmatinska erinnern: „Er kann mir nichts Böses tun." Dann kam ihr beim Mittagessen, während sie ihm beim Verzehren des jungen Erbsengemüses zusah, in den Sinn, dass es die Cholera vielleicht doch gegeben habe, aber dass gerade sie ihn aus Tanger vertrieben habe. Er hatte vorgehabt, so weit wie möglich vor ihr zu flüchten, aber dann hatte ihn dort etwas noch Schlimmeres gefunden, und er war zurückgekehrt. Und dann lächelte Benjamin sie an, und sie fühlte eine große Scham, so zu denken. Scham und Ekel gegenüber der Nachbarin.

Aber einige Dinge konnte sie nicht einfach beiseitelassen. Zum Beispiel, weshalb hatte sie an jenem Tag im Krankenhaus, als sie noch im Streit lagen, Stjepan aus seiner Ordination kommen sehen? Stjepan war für sie immer der ältere Bruder und Beschützer gewesen, war er auch dieses Mal gekommen, um Benjamin an seine Pflicht zu erinnern?

Selbst in ihrem Schlafzimmer, wenn er ihr nach dem Lüften half, es sich im Bett bequem zu machen, selbst in dieser zärtlichen Geste, wenn er ihr die Beine auf die Matratze hob, konnte etwas Verstelltes sein. Nichts mehr war authentisch, angefangen von dem Augenblick, als sie ihm gesagt hatte, dass sie schwanger sei, und er sich um ihre Gesundheit besorgt gezeigt hatte. Aber dann wieder, er ist ja doch zurückgekehrt und lebt hier mit ihr in dem kleinen Zimmer ihres Bruders Milan. Und hat keine Angst, sich anzustecken.

Und das dauerte Tage.

Dann kam ihr, als er einen dürren Marillenbaum im Garten zeichnete, während alle anderen Bäume schon in Blüte standen und ausgeschlagen hatten und von ihren Bienen bestäubt wurden, der Gedanke, dass Benjamin den Tod zeichnet. Und als er am nächsten Tag zur Arbeit ging, vernichtete sie in einem Anfall von Wahnsinn alle Zeichnungen, die während ihrer Schwangerschaft entstanden waren, im Garten. Sie zerriss sie nicht, sie zerschnitt sie mit der Schere, langsam, als machte sie etwas, was in der Zukunft einmal die Kinder erfreuen wird: ein Puzzle. Und als er sie geschockt fragte, warum sie das getan habe, sagte sie:

– Ich habe mir selbst nicht gefallen!

Plötzlich hatte sich ihr Zimmer in eine Kulisse verwandelt, so wie ihr auch die Hochzeit nur als Aufführung vorgekommen war, im Vorhinein arrangiert und inszeniert in der Vinogradska.

29.

Drei Kilo und zwanzig Deka und fünfundvierzig Zentimeter Mama wurden am 13. April 1929 geboren. Eine seltsame Übereinstimmung zwischen Mamas Geburtstag und dem Geburtstag des NDH-Staates, der sich relativ rasch mit Mamas Leben verflechten sollte. Wenn sich nach drei Tagen das Feiern und die Begeisterung über den neuen Staat beruhigt hatten, brach Mamas bescheidener Geburtstag an, der so gar nichts mit dem Glück zu tun hatte, das sie bei der Geburt gehabt hatte: Es gab keinen Pott'schen Buckel und keine sonstigen Knochendeformationen. Und das waren gute Nachrichten, aber Doktor Jungwirth sagte, dass man das endgültige Urteil abwarten müsse. Ivka wurde in der Vinogradska in einer Sonderabteilung untergebracht, eine Art Quarantäne, wo Frauen mit Tuberkulose niederkamen und wo der Prozentsatz der Kindersterblichkeit bedeutend höher war als in den Geburtskliniken, wo die gesunden Frauen entbanden, obwohl auch dort der Prozentsatz der Sterblichkeit in den Jahren ziemlich hoch war. Man muss allerdings einräumen, dass die Kinder mehr infolge Unterernährung der Mütter und ihres allgemein schlechten Zustands starben als wegen der Tuberkulose. Aber sie starben.

Sie durfte das Kind nicht säugen, sondern es wurde mit einem Fläschchen Milch der Nachbarin genährt, der sie den Honig gaben und die sie so schrecklich verleumdet hatte. Manchmal brachten sie das Kind, damit es Ivka an die Brust legte, und dann soll Mama aufgehört haben zu weinen. Sie musste die Milch regelmäßig absaugen, damit sie nicht sauer wurde, und dann wurde sie weggegossen, weil sie infiziert war. In Brestovac waren so auch die Füchse infiziert worden: mit der Milch von tuberkulösen Ammen, die in den Wald gegossen wurde.

Großmutter war die einzige Frau in dem Sechsbettzimmer, der das Kind an die Brust gelegt wurde. Die Kinder der anderen fünf Frauen waren gestorben. Einige waren schon im Mutterleib gestorben, die hatte man mit der Kürette herausgeholt und zusammen mit dem übrigen biologischen Material zum Verbrennen in das improvisierte Krankenhauskrematorium gebracht. Im Prinzip wurden tote Kinder nicht begraben, weil das eine erhebliche Ausgabe war, und die tuberkulösen Mütter, deren Kinder starben, waren in der Regel arm. In diesem Krankenhauskrematorium, das genau genommen ein Heizwerk war, arbeitete Hermann, ein Mensch, der niemals nüchtern war. Man weiß nicht, wie viele Totgeburten, abgeschnittene Beine, Arme, entnommene Nieren und Blinddärme Hermann im Laufe seines Arbeitslebens verbrannt hat, aber eines weiß man: dass er das nie nüchtern getan hat. Auch Ivka kannte diesen Hermann, und die anderen Frauen erwähnten ihn ebenfalls häufig. Wenn einer von ihnen ein Kind gestorben war, sagten sie nicht, es ist gestorben, sondern „es geht zu Hermann“ oder „Hermann wird es wärmen“. Es gab Frauen, die lange traurig blieben und nur aus dem Fenster sahen, auf die belaubten Bäume, oder auf die Fenster der Kapelle, oder auf die Spazierwege mit den Blumen, um die sich die Krankenhausverwaltung besonders kümmerte, während andere sehr schnell aufheiterten. Das waren jene, die zu Hause schon viele Kinder hatten, oder die schon Totgeburten gehabt hatten, sodass es für sie nichts Neues war. Totgeburten waren zu jener Zeit, als die Tuberkulose ans Ende ihrer Herrschaft gelangte, der Ersatz für Empfängnisverhütung.

Als man Ivka Mama brachte, damit sie sie an die Brust legt, wussten die Frauen zu scherzen:

– Mager ist deine Kleine, Ivka, die wird bald der Hermann wärmen!

Da war nicht viel Bosheit, bedeutend mehr war Neid im Spiel. Aber das Unglück dieser Frauen wusste auch wahre Bosheit auszulösen. In der Abteilung lief die Geschichte um, dass die Doktoren Ivkas Kind deshalb gerettet hätten, weil ihr Mann ein Doktor und sie eine Krankenschwester sei, dass sie sich um sie bemüht hätten, sie könnten das, während sie die armen Krüppelkinder von Hermann verbrennen ließen. Und deshalb weinte Ivka ständig und bat Benjamin, sie aus dieser Abteilung umzuquartieren, und er versuchte ihr klarzumachen, dass das nicht gehe, denn das sei die Quarantäne, mit dem Koch-Bazillus dürfe man nicht scherzen, und nicht einmal er könne das.

Jeden Morgen, bevor Benjamin zur Visite auf seine Abteilung ging, absolvierte er eine informelle Visite bei Ivka. Das machte er auch am Nachmittag, bevor er heimging, in das Haus, das ohne Ivka immer weniger seines wurde und das sich auf ein Dachbodenzimmer mit Kulissen reduziert hatte. Angeblich besuchte er Ivka am

Nachmittag, um sie zu begrüßen, und kam abends mit Kuchen zurück, nicht nur für sie, sondern auch für die anderen Frauen. Und obwohl die die Schaumschnitten und Baklavas in sich hineinstopften, hörten sie später nicht auf, sich über ihn und Ivka das Maul zu zerreißen, weil ihr Kind überlebt hatte. Und Großmutter Ivka musste ihnen zusehen, wie sie mit schmutzigem Mund voller Tratsch die Kuchen kauten, die ihr Mann gekauft hatte. Es besteht kein Zweifel, dass ihr das zuwider war, so wie ihr auch zuwider war, dass ihr Kind von der Milch einer so boshaften Frau lebte. Und deshalb sagte sie jeden Abend leise zu ihm:

– Hol mich hier heraus, bitte, hol mich hier heraus!

Auf der anderen Seite sagte Doktor Jungwirth zu ihm:

– Sag Ivka, sie solle sich gedulden, hier bei uns ist sie unter Kontrolle, es ist gut, dass sie unter Kontrolle ist. – Aber Ivka konnte sich nicht gedulden, und so brachte Benjamin sie schon am 20. April mit dem Taxi in die Zlatarska. Das hatte zumindest einen Vorteil: Die Amme war näher.

30.

Ivka stieg die Holztreppe vier Mal langsamer hinauf als vor drei Monaten, als Benjamin zurückgekehrt war. Hinter ihr trug Benjamin ihre Sachen aus dem Krankenhaus, hinter ihm trug Onkel Stjepan Mama, und hinter ihnen trug die Mutter das Bettzeug. Alle drei quartierten sich in dem kleinen Zimmer mit den Kulissen ein, nur dass jetzt nahe dem Ofen, in dem ein Holzscheit herunterbrannte, ein weißes Kinderbett stand. Es war Frühling, und man brauchte nicht zu heizen, aber die Mutter hatte ein paar Scheite angezündet, um das Zimmer ein wenig zu „temperieren", wenn das Kind kommt.

Ivka wurde erst am dritten oder vierten Tag übel. Am Morgen, nachdem sie das Baby mit der widerwärtigen Milch gefüttert hatte, hüstelte sie, und ihre Mutter verbarg das Kind vor ihr, gab es ihr aber auf Ivkas Insistieren rasch zurück. Bis zum Nachmittag begann sie sich allerdings schlecht zu fühlen. Bis zum Abend stieg auch die Temperatur an. Sie war ausnehmend hoch. Benjamin kam aus dem Krankenhaus geeilt, obwohl zum Abendtermin eine Operation anberaumt war, und sie begannen bei ihr sofort die Temperatur hinunterzudrücken. Er und ihre Mutter zogen sie nackt aus und rieben ihren Körper mit Schnaps ein. Das muss eine fürchterliche Szene gewesen sein: Der schrecklich magere, bleiche Körper krümmte sich auf dem Bett zusammen, als sie ihn einrieben, und alles roch nach Trebernschnaps. Es gelang ihnen, die Temperatur ein wenig hinunterzudrücken, und das Fieber ging vorüber, die Mutter nahm das Kind und verließ mit ihm das Zimmer. Als sie allein waren, setzte sich Benjamin auf den Stuhl neben dem Bett und sah Ivka an, die vielleicht für einen Moment eingeschlafen war. Oder nicht eingeschlafen war. Jedenfalls war der Schlaf zerrissen, sie schlief ein wenig und war ein wenig wach. Wenn sie einschlief, war es ein gutes Zeichen, wenn sie aufwachte, ein schlechtes. Und so wechselten sich vor Doktor Bernstein gute und schlechte Zeichen ab. Wenn sie wach wurde, hielt er ihr ein Fläschchen mit Wasser an die aufgesprungenen Lippen. Und als er so dasaß und sie wach wurde, sagte sie mit schwacher Stimme zu ihm:

– Wartest du, dass ich sterbe?

Benjamin antwortete nicht, er schrieb das der hohen Temperatur zu. Er sagte nur:

– Du beruhigst dich jetzt und versuchst zu schlafen!

– Wie soll ich mich beruhigen, wenn du hier sitzt und wartest, dass ich sterbe?

Da nahm er zärtlich ihre Hand.

– Jetzt wirst du frei sein, Lieber – murmelte sie – aber kümmere dich um Vera, ich bitte dich, bitte …

Nach Mitternacht stieg die Temperatur noch weiter an, und Benjamin trug sie zum Taxi, und sie fuhren sie zurück ins Krankenhaus. Dieses Mal nicht auf die Entbindungsstation, sondern auf die Gynäkologie. Jungwirth, den sie sofort herbeigerufen hatten, brachte sie in einem schönen Zimmer unter, in dem es nur eine weitere Frau gab. Leider ging es auch dieser Frau sehr schlecht. Ivka begann stärker zu bluten, und daran konnte man erkennen, dass es durch die von der Tuberkulose hervorgerufene Schwäche auch zu einer schweren gynäkologischen Entzündung gekommen war. Benjamin war bei ihr bis zum Morgen, als sie an der Sepsis starb, am 25. April 1929.

Als er in die Zlatarska zurückkehrte, noch am selben Morgen, steckte er die Bilder zusammengerollt in die Papprolle, stopfte seine Sachen in den Koffer, hängte die Balalaika über eine Schulter, warf den Kamelhaarmantel über den Arm und ging. Vor dem Weggehen küsste er meine Mama in der Wiege und sagte sich, dass sie hier die beste Pflege habe, aber sicherlich war der Gedanke, dass die Tuberkulose bald auch sie umbringen könnte, für ihn unerträglich.

Bis zum elften April einundvierzig und dem Moment, als Pavelić die Brücke über die Rječina überquert, sind es noch zwölf Jahre, und so hat der erhängte Mann aus der Kaffeeschale noch Zeit und wartet.

Mama hat als Säugling die Tuberkulose besiegt, aber die ganze Kindheit war sie schrecklich mager, deshalb wurde sie „Spinnenbein" gerufen, so als hätte sie eine unsichtbare Tuberkulose, die langsam von innen an ihr frisst.

31.

Mein Großvater Benjamin gehört, so wie Milin Svetislav, zu jenen seltenen Menschen, die der Tod mehrmals heimgesucht hat. Ein Mensch mit vier Nachnamen hat logischerweise auch mehrere Tode.

Im Frühjahr 1941 hatten die Bienen gut geschwärmt, hatten die Obstbäume geblüht und versprach das Jahr genug Honig, aber eines Morgens war am hölzernen Strommast in der Zlatarska ein Plakat aufgetaucht. Bald sammelten sich die ersten Vorübergehenden um das Plakat. Jemand war wie jeden Morgen auf dem Weg in die Stadt zur Arbeit und war bei dem Plakat stehen geblieben, das man unmöglich nicht bemerken konnte. Der Nächste, der kam, hielt deshalb an, weil jener Erste dort stand und noch immer auf den Mast mit den Namen auf dem Plakat starrte. Danach blieb auch die Nachbarin stehen, die zum Markt unterwegs war, und dann noch ein Nachbar, und noch einer. Das Plakat befand sich irgendwo auf Höhe des Hofs des kleinen Hauses in der Zlatarska, und der Gendarm war gerade mit den Bienen beschäftigt, so wie er immer und jeden Tag mit den Bienen beschäftigt war. Aber die Menschen um das Plakat schwärmten immer mehr und mehr zusammen, mehr noch, jetzt kamen auch seine Nachbarn aus ihren Gärten und näherten sich dem Plakat, warteten geduldig, dass die vor ihnen es durchlasen und still zur Seite traten, damit auch sie es lesen konnten. So ging auch der Gendarm hinaus, und Dušan, der gerade zur Arbeit wollte, folgte ihm. Es herrschte Stille, die Nachbarn nickten einander nur zum Zeichen des Grußes zu und starrten auf das auf dem Plakat.

Die Mutter, die gleich nach Ivka in die himmlischen Gefilde übersiedelt war, hatte einigermaßen Glück, dass sie die Plakate nicht lesen musste, von denen dieses das erste war. Der Gendarm wiederum, der sich sein ganzes Leben nach Disziplin gesehnt hatte, empfand beim Lesen dieses ersten Plakats, dass dieses auch für ihn zu viel Disziplin war, und Dušan, den noch immer die in einen stillen Sickerfluss verwandelte Wut in den Adern quälte, durch die in diesen Jahren etwas Schwarzes und nicht gerade Schönes floss, senkte nur schweigend den Kopf und ging weiter zur Arbeit. Sein Name und diese Wut passten nicht zusammen.

Nach diesem ersten wechselten die Plakate von Zeit zu Zeit an dem Pfahl gegenüber ihrem Haus, und manchmal konnte man auf ihnen bekannte Namen lesen. Im Mai zweiundvierzig erschien an dem Pfahl ein Plakat folgenden Inhalts:

BEKANNTMACHUNG

Am 14.V.1942 hat eine Gruppe kommunistischer Agitatoren und Juden, die sich gegen die Rassengesetze vergangen haben, versucht, aus dem Sammellager in der Savska ulica zu fliehen, wobei sie den Polizeibeamten Josip Čuljak, 32 Jahre alt, Vater von zwei Kindern, ermordet und die Polizeibeamten Mijo Maček und Ljudevit Tabak schwer verletzt haben, die sich in kritischem Zustand im Krankenhaus in der Vinogradska befinden. Alle Schuldigen dieser hinterhältigen Tat wurden gefasst oder auf der Flucht getötet. Anhand der durchgeführten Ermittlungen wurde festgestellt, dass dieses Verbrechen von kommunistischen Agitatoren geplant wurde, worauf sich ihnen auch Juden angeschlossen haben, die sich geweigert haben, die vorschriftsmäßigen Kennzeichen zu tragen. Alle Festgenommenen sind zum Tode verurteilt nach den Regeln des Standgerichts, als da sind namentlich:

Jakov Degen, 28 Jahre alt, gebürtig aus Zagreb
Milan Mayer, 45 Jahre alt, gebürtig aus Slavonski Brod
Stane Prevc, 31 Jahre alt, gebürtig aus Zagreb
Dr. Venijan Bernštajn, 46 Jahre alt, aus Maribor
Miroslav Killman, 26 Jahre alt, gebürtig aus Zagreb
Stanko Obradović, 28 Jahre alt, gebürtig aus Novi Sad
Milutin Štokić Milović, 40 Jahre alt, Geburtsort unbekannt.

Das Urteil des Standgerichts wurde an ihnen am 21.V.1942 durch Erschießen vollstreckt.

Zagreb, 22.V.1942
Aus dem Ministerium für Innere Angelegenheiten,
Vladimir Sruk, Oberleutnant

Das war das erste Mal, dass auf einem Plakat auch der Name von Dr. Bernštajn erschien. Der Gendarm und Dušan sahen ihn als Erste, sagten aber Mama nichts, weil als Geburtsort Maribor angegeben war, ihr Venijan oder Benjamin aber definitiv nicht in Maribor geboren war.

Obwohl sie ihr nichts gesagt hatten, sah Mama an dem Pfahl ihren Nachnamen und dann auch den Namen ihres Vaters, aber auch sie dachte, dass es sich um jemand anders handelte, der tatsächlich in Maribor geboren wurde. Dabei kam niemandem in den Sinn, dass er falsche Dokumente hatte, was, das muss man zugeben, seltsam war, denn dann hätte er auf den falschen Dokumenten eher Vor- und Nachnamen geändert, und nicht den Geburtsort. Mama kam es auch nicht in den Sinn, dass es beim Abschreiben der Namen der Erschossenen zu einem Fehler gekommen sein könnte und dass in Wahrheit Stane Prevc aus Maribor war, und dass Benjamin Papiere besaß, wo als Geburtsort Zagreb eingetragen war, vermutlich durch einen früheren Verwaltungsfehler.

Aber sein Vor- und Nachname erschien auf solchen Plakaten von Zeit zu Zeit in unterschiedlichen Varianten, bis zum Kriegsende. Am häufigsten war als Geburtsort Zagreb eingetragen. So hatte Benjamin nach seinem Tod endlich aufgehört, ein Ausländer zu sein.

Nach dem großen Henken in Dubrava, im Dezember 1943, tauchten auf den Plakaten immer öfter auch Listen von Gehenkten auf. Auf einem der Plakate stand, dass Benjamin zusammen mit noch ein paar Leuten verdächtiger Vor- und Nachnamen im Maksimir gehenkt und das Urteil vollstreckt worden sei, weil er ein kommunistischer Helfershelfer gewesen sei und verwundete Illegale behandelt habe.

Es besteht kein Zweifel, dass so im Laufe des Krieges alle vier seine Nachnamen und alle drei Vornamen erschossen oder gehenkt wurden und dass er damals definitiv der mythische Held aus Mamas Erinnerungen wurde.

Das Haus auf der Šalata

1.

Jeder vermögende Mensch in Zagreb hatte vor dem Zweiten Weltkrieg mindestens zwei Adressen: eine städtische, zumeist irgendwo im Zentrum, auf der Šalata oder dem Tuškanac, und eine auf dem Mirogoj, gewöhnlich in der Nähe der Arkaden oder an der Hauptallee, die sich von der Christus-König-Kirche sanft nach Osten und zu dem Denkmal für die im Ersten Weltkrieg Gefallenen hinabsenkt. Im Lauf des Jahres 1935 durchkreuzte Onkel Stjepan auf der Suche nach seiner Mirogoj-Adresse den ganzen Mittelteil des Friedhofs, sodass ihm die Beine vom Gehen und der Kopf von den zahlreichen Namen wehtaten, die an seinen Augen vorüberwanderten. Die Namen gruppierten sich aus irgendeinem Grund nach Tagen. Jeden Tag dominierte ein Name. So stieß er an einem Dienstag auf lauter Dušane, und das sowohl im jüdischen als auch im orthodoxen und im gemischten Teil des Friedhofs. Die kroatischen Dušane hatten dalmatinische Nachnamen, während die serbischen Dušane aus allen anderen Gegenden sein konnten und Dušan Schwartz und Dušan Rubinstein ein wenig rätselhaft waren. Und er konnte sich zu Recht fragen, was für eine Verbindung es zwischen den Dušanen und dem Dienstag geben mochte, und was es zu bedeuten hatte, dass ihn der Name des eigenen Bruders von den Grabsteinen vertrieb, als sich am Donnerstag der Name Koraljko meldete. Koraljko Kos, Koraljko Sardić, Koraljko Montani, Koraljko Starčević ... und man nicht wusste, was der Freitag bringen würde. Koraljko war schon schlimm genug.

Und so wanderte und wanderte Onkel Stjepan nach der Arbeit über die asphaltierten Wege und lehmigen Pfade unseres größten Friedhofs, der einmal der Weinberg eines großen kroatischen Volkserweckers gewesen war, und war so besessen von den Namen, dass er für die Blumen auf den Gräbern keinen Blick hatte. Er dachte an all die Dušane, an Dienstag und Donnerstag, aber er fand nichts Geeignetes. Zu Hause in der Novakova erwartete ihn seine Frau in einem fortgeschrittenen Stadium der Tuberkulose.

Als er die Hauptallee nach Osten und zum Denkmal der kroatischen Vaterlandsverteidiger hinunterging, musste er daran denken, wie wenig gefehlt hatte, dass dieses Denkmal auch für ihn gegolten hätte. Weniger als dreißig Zentimeter. Eine russische Granate hatte ihm bei Gorlice das halbe linke Schulterblatt weggerissen, und hätte das Schrapnell dreißig Zentimeter höher eingeschlagen, wäre der halbe Kopf weg gewesen. Gefunden hatte ihn eine russische Sanitätseinheit, und so hatte er ab Mai 1915 in Russland einen zweifachen Status genossen: den eines Schwerverwundeten und den eines slawischen Kriegsgefangenen. Interessant ist, dass im Laufe des Jahres 1917 alle meine drei Großväter in Russland waren. Ilija Ferić war schon in Gefangenschaft, und Benjamin versuchte aller Wahrscheinlichkeit nach, vor dem hundertköpfigen Ungeheuer zu fliehen, das seine Kinder frisst, Kinder aber werden hartnäckig geboren, und nie gelingt es ihm, sie alle zu fressen. Er kaufte Ansichtskarten russischer Städte.

Stjepan, der Zagreber Schüler der Handelsakademie, hatte gerade in Kasan die Gelegenheit bekommen, seine Liebe zu den Zahlen zu vervollkommnen. Als er sich erholt hatte, und dabei hatten nach seinen eigenen Worten kaltes Wasser und die Methode nach Kneipp die Hauptrolle gespielt, wurde er in die Intendantur überstellt, wo er die Fläschchen Alkohol, die Verbände und die Amputationssägen zu zählen hatte. Hier vervollkommnete er das Zählen. Er hatte leider auch die Toten zu zählen. Immer häufiger, so wie der Erste Weltkrieg Fahrt aufnahm. Und wahrscheinlich war diese Leidenschaft für Zahlen und Zählen der Grund, weshalb der Onkel alles liebte, was man leicht zählen konnte, und alles hasste, was schwer abzuzählen oder unzählbar war. So etwa liebte er Telegrafenmasten, hasste aber die Schwalben auf den Telegrafendrähten. Denn kaum fängst du an, die Schwalben zu zählen, eins, zwei, drei, vier, flattert die fünfte, husch, davon und ist weg, und zurück bleibt nur eine dumme Leere. Und die Zahl stimmt nicht.

Onkel Stjepan kreuzte tagtäglich über den Friedhof, und es stieg in ihm etwas wie Kleinmut und Melancholie auf in Hinblick auf das Finden eines Grabes zu einem günstigen Preis, deshalb, weil alle günstigen Gräber schon verkauft waren. So lange, bis ihn der liebe Gott einmal nach der Arbeit vom Standort der Glasfabrik Kopista-Dubsky-Krstić, die eine Zeit lang unter dem Namen Spectrum in der Vlaška 83 firmierte, durch die Martićeva nach Hause in die Novakova gehen ließ, was länger und auch ziemlich unlogisch war, und er dort im Schaufenster eines Herrenschneiders eine Anzeige folgenden Inhalts las:

GÜNSTIGE LIEGESTÄTTE FÜR DIE EWIGE RUHE – Grab auf dem Mirogoj abzugeben, nach Ablauf der Ruhefrist.

Und die Telefonnummer zur gefälligen Verwendung.

Die Mirogoj-Anzeige fügte sich ausgezeichnet ein zwischen die festlichen schwarzen Sakkos und Anzüge, aber es gab auch Smokings für vornehme Agramer Herrschaften und Fracks für Dirigenten mit jenem Schwalbenschwanz, der so schön aufflattert, wenn das *Crescendo* einsetzt. Er warf auch kurz einen Blick auf den Preis eines dunklen Anzugs, ebenfalls günstig. Für alle Fälle.

Die Sache war die, dass die Grabpreise aus einem bestimmten Grund fielen. In diesem Jahr hatte Mussolini Abessinien angegriffen, und in Spanien stand ein Bürgerkrieg bevor. Hitler wiederum war schon zwei Jahre an der Macht, und es war wirklich unlogisch, dass die Grabpreise fielen. Aber sie fielen.

2.

Die Lebensgeschichte von Stjepan und Terezija hatte im späten Frühjahr 1934 begonnen, als er sie einmal in die Zlatarska mitnahm, damit sie die Bienen sah. Die hohen Absätze ihrer hellen Schuhe versanken in der feuchten Erde, als sie vor den Bienenstöcken, aber in sicherer Entfernung, haltmachte.

– Mich haben die Bienen erzogen – sagte er zu ihr. Und mehr brauchte er nicht hinzuzufügen. Sie verlobten sich wenige Wochen danach und heirateten vor Weihnachten desselben Jahres, und sein Satz von der Imkerpädagogik wurde in der Familie legendär.

Dieser Satz fiel nach einem langen und relativ erfolglosen Werben mit Blumen, Pralinen und höflichen Briefen. Das Fräulein Terezija hatte Stjepan eines Sonntags in Gesellschaft zweier Freundinnen ihres Alters erspäht, wie sie die Bakačeva herunterspazierten in Richtung Jelačić-Platz und Stadtcafé. Sie hatte sich herabgelassen, ihn einmal anzusehen, und ihm hatte geschienen, dass dieser Blick etwas länger war, als ein gewöhnlicher Blick auf einen Zufallspassanten sein dürfte. Aber dann wiederum, später, wenn er über diesen Blick nachdachte, hatte ihm manchmal geschienen, dass er um nichts länger gewesen sei, und dann wieder, dass er es doch gewesen sei und dass er doch etwas bedeute. Er wartete auch am nächsten Sonntag dort vor dem Café und sah sie wieder. Er war zusammen mit Dušan gekommen, der zufällig eines der Mädchen kannte, die Arm in Arm mit Terezija nach der Messe in der Franziskanerkirche die Bakačeva herunterkamen. So hatten sie sich kennengelernt. Ihr Gesicht war ihm sehr angenehm, ein liebes Gesicht mit Augen, die den Gesprächspartner nicht zu lange ansahen, und doch lange genug, um ihm das Gefühl einer Wichtigkeit zu geben, vielleicht auch eines Privilegs. Ihre Hand im Zwirnhandschuh war allerdings besonders unangenehm. Der laue Druck eines feuchten Händchens und das Gefühl, dass die Zwirnfäden in ihre Handfläche einschneiden.

So hatte er erfahren, wie sie hieß und wo sie wohnte. „Für die erste Zeit ist das genug“, sagte er sich. Onkel Stjepan war zwar unternehmend, aber genauso gut wusste er, dass Schnelligkeit in solchen Dingen schädlich sein kann.

Es fing mit Gladiolen an, die auf dem Dolac etwas billiger waren als Rosen, aber zusammen mit Asparagus und in weißes Papier gewickelt ganz schön aussahen. Mit dem Bukett und einem kurzen Briefchen schickte er einen Jungen, den Boten bei Spectrum, in die Stara Vlaška. In dem Briefchen stand:

Der Blick, dessen Sie mich letzten Sonntag gewürdigt haben, verdient einen ganzen Waggon Blumen, aber in der Unmöglichkeit, Ihnen einen ganzen Waggon zu schicken, empfangen Sie dieses bescheidene Bukett. Ihr Stjepan

Sie hatte sofort über denselben Boten geantwortet:

Schöne Blumen, danke. Terezija

Keine unbedingt begeisterte Antwort. Vielleicht waren die Gladiolen das Problem, vielleicht aber auch, dass er von Waggons geschwätzt und ihr ein relativ billiges Bukett geschickt hatte. Die Gladiolen waren also ein Fehler. Eine schlechte Investition. Doch Onkel Stjepan gab nicht auf. Er wartete eine Woche, zeigte sich nicht mehr vor dem Stadtcafé, wo sie ihn vielleicht erwartet hätte, und versuchte es mit einer Kombination aus weißen Lilien und drei roten Rosen. Dazu muss gesagt werden, dass Rosen nicht billig waren, vor allem rote nicht. Er hatte ein wenig darüber nachgedacht, warum rote teurer sind als weiße oder gelbe, aber die Gesetze von Angebot und Nachfrage waren ihm noch aus den unteren Klassen der Handelsschule klar. Wie auch die Psychologie des Käufers. Je mehr du bezahlst, desto mehr schätzt du das Gekaufte.

Sie antwortete mit einer Nachricht über denselben Boten:

Die Rosen sind schön, Herr Stjepan, aber ich bin noch nicht gestorben, dass Sie mir Lilien schicken müssen.

Ein werberisches Debakel, eine Katastrophe. Er hatte gedacht, dass nur Chrysanthemen Grabblumen sind, aber jetzt plötzlich auch Lilien. Allzu viel hatte er sich im Leben mit Saldokonten und Margen beschäftigt und die Sprache der Blumen nicht erlernen können. Deshalb ging er zu Pralinen über. Nach der ersten Bonbonniere, die alles andere war, nur nicht billig, mit Pralinen unterschiedlicher Füllung, kam von ihr keine Antwort. Wieder dachte er, dass der Fehler in den Pralinen liege, und so schickte er eine andere Sorte. Auch dieses Mal kam keine Antwort. Nach der dritten Bonbonniere ließ sie sich aber doch zu einer Nachricht herab:

Wenn Sie so fortfahren, Herr Stjepan, werde ich derart zunehmen, dass ich Ihnen nicht mehr gefallen werde. Terezija

Weder die Gladiolen noch die Lilien, noch die Pralinensorte stellten ein Problem dar, sondern Rezika hatte mehrere Verehrer und wusste nicht, für wen sie sich entscheiden sollte. Es schien so zu sein, dass auch sie, so wie Stjepan, eine Neigung zum Summieren und Subtrahieren hatte, aber der Schlusssaldo entzog sich ihr immer. Einer der Verehrer hatte eine Dreizimmerwohnung in der Maksimirska. Allerdings war dieser Herr nicht so sehr ihrem Auge gefällig, wie es Stjepan war, der keine Wohnung hatte und noch immer bei seinen Leuten in der Zlatarska lebte. Zu einer Wende kam es, als Herr Kopista, der Miteigentümer der Glasfabrik, in der Stjepan arbeitete, beschloss, den fleißigen jungen Mann zum Prokuristen zu machen. So bekam Stjepan ein bedeutend höheres Gehalt, und der erwähnte Kopista kam ihm auch damit entgegen, dass er ihm eine seiner Wohnungen in der Novakova vermietete. Endlich standen die Zahlen auf Stjepans Seite, und Rezika konnte kommen und sich die Bienen ansehen. Das, was sie anscheinend nicht wusste, was aber in Mamas Familie oft weitererzählt wurde, ist, dass Stjepan diesen Satz von der Imkerpädagogik nicht zum ersten Mal gesagt hatte. Das war in einer der Kanzleien in der Glasfabrik in der Vlaška gewesen, anlässlich eines Einstellungsgesprächs. Herr Kopista, der einen Buchhalter brauchte, hatte mehrere junge Männer mit abgeschlossener Handelsakademie zu einem Gespräch geladen. Und genau anlässlich dieses Gesprächs, als sie die Frage des Fleißes berührten, hatte Stjepan gesagt:

– Mich haben die Bienen erzogen! – Und mehr hatte er nicht hinzuzufügen gebraucht.

Die Tuberkulose ist eine Krankheit, die dem Menschen zum Glück genügend Zeit gibt, für sich ein Grab auf dem Mirogoj zu einem günstigen Preis zu finden. Die Kosten für die Wohnung in der Novakova waren nämlich zu hoch für Stjepan, aber Rezika genoss sie, und er hatte nicht das Herz, wegen des Kaufs eines Grabes jetzt in etwas Billigeres umzuziehen. Außerdem imponierte dem Jungen aus dem ärmlichen Haus in Trešnjevka sicherlich, dass er mit der jungen Gattin in der Nachbarschaft von Universitätsprofessoren, Direktoren und Industriellen wohnte. Rezika konnte so in zehn Minuten auf dem Dolac sein, alles einkaufen, was benötigt wurde, bei ihrer Mutter in der Stara Vlaška hereinschauen und dann nach Hause zurückkehren und ihrem Mann ein schmackhaftes Mittagessen kochen.

Ein kleines Problem bestand darin, das Stjepan bis sechs auf der Arbeit blieb, manchmal auch bis sieben oder acht, und so war unter der Woche wenig Zeit für das gemeinsame Genießen, und auch das Essen wurde immer kalt. Aber eingedenk des Satzes, mit dem er sie erobert hatte, konnte sie nicht sagen, sie hätte es nicht gewusst. Dennoch hatten sie in der Sommerzeit noch immer genügend Zeit, einen Spaziergang zum Ribnjak zu machen oder sich ins Stadtcafé zu setzen und den Anblick zu genießen, wie sich der Abend auf den Hauptplatz der Stadt herniedersenkt. Vielleicht konnten sie bei diesen Spaziergängen im Zentrum der Stadt auch einen Menschen mit Fotoapparat sehen, wie er die Menschen und ihre Schatten fotografiert.

3.

Wenn Stjepan und Rezika in der Stadt spazieren gingen, schön angezogen, wohlsituierte Menschen, er stattlich, mit dunklem Schnurrbart, sie zart, mit kleinem Schritt, immer in Mondiš-Schuhen, Arm in Arm, fühlten sie sich in der ersten Zeit stolz. Onkel Stjepan war stolz auf seine schöne Frau, sie war stolz auf ihren erfolgreichen Mann, dem dunkle Anzüge ausgezeichnet standen. Aber schon sehr bald, nach etwas mehr als einem Jahr, begann auf diesen Spaziergängen ein bestimmtes Etwas zu fehlen. Sie gingen beispielsweise aus der Novakova durch die Stara Vlaška, vorbei an Rezikas Haus, und da war noch alles in Ordnung, sie grüßte alle Augenblicke die Nachbarn, und die Konzentration, so fröhlich, so glücklich wie möglich auszusehen, belegte sie irgendwie mit Beschlag. Die Stara Vlaška war ein wichtiger Punkt ihrer Spaziergänge, es galt jeden Abend dieses Bild des Glücks in den Augen der Nachbarn zu erneuern.

Aber schon, wenn sie auf den Ban-Jelačić-Platz hinauskamen, und vor allem auf den Zrinjevac oder den Tomislav-Platz, fehlte dieses Etwas immer mehr. Sie empfanden beide dieses Fehlen, das in den Parks viel intensiver war als in den Straßen, und am intensivsten in der Nähe von Schulen und Kindergärten. Doch es bedurfte längerer Zeit, dass sie begriffen, was fehlte, und als sie es begriffen hatten, jeder für sich, sprachen sie lange nicht darüber. Das Fehlen war zuerst sehr leicht. Interessant ist, dass zuerst andere darüber zu sprechen begannen. Rezikas Mutter:

– Und wann wirst du mir einmal Enkel schenken? Ich werde sterben und nicht sehen, wie dein Söhnchen aussieht.

Über das Fehlen sprachen sie auch in der Zlatarska, wenn sie sonntags zum Essen kamen.

– Ist noch nichts unterwegs? – sagte Julijana beim Servieren von Brathähnchen oder gefüllten Paprika.

Der Gendarm schwieg, aber man sah ihm an, dass auch er dieses Fehlen schmerzlich empfand. Vera und ihre ein Jahr jüngere Cousine Nada, Dušans und Julijanas Tochter, rannten auf dem Hof umher, spielten Fangen und kreischten, aber wenn der Gendarm auf seinem Thron an der Spitze des Tisches im großen Zimmer donnerte: – Mädchen, zu Tisch! – hörten sie damit auf, kamen herein und grüßten wohlerzogen:

– Gott mit Euch, Tante Terezija, Gott mit Euch, Onkel Stjepan.

Dann setzen sie sich zu Tisch und falteten die Hände zum Gebet, das immer der Gendarm sprach. Vera war etwas weniger als sechs und Nada fast fünf. Rezika sah sie, so wohlerzogen, in einfachen, aber süßen Gewändern, und wusste jetzt sehr gut, was ihr fehlte.

Aber am schlimmsten wurde es, wenn über das Fehlen auch die Nachbarn aus der Stara Vlaška zu reden begannen. Die Vorstellung mit der glücklichen Eingangsszene war auf einmal durch einen Satz verdorben, der nicht einmal böswillig gewesen war, den aber Terezija nicht als gut gemeint verstehen konnte.

– Gott mit Euch, ihr Täubchen, wann werden wir das Wägelchen schieben?

Oder, boshafter:

– Was ist, ist der Storch noch nicht gekommen?

Und so begann Terezija das Bild von sich, wie sie den Wagen schiebt und stolz die Stara Vlaška zum Hauptplatz oder zum Dolac hinunter strebt, als das größte Glück anzusehen. Vielleicht lag ihr Problem auch darin, dass sie in Bildern dachte, und nicht in Sätzen oder irgendwie anders, jedenfalls wurde das Fehlen schrecklich schwer. Denn wenn man in Bildern denkt, passiert es häufig, dass ein Bild dominant und so verführerisch wird, dass der, der es denkt, sich keine anderen Bilder mehr vorstellen kann, und sich vor allem keine Bilder vorstellen kann, die mit Sicherheit nach jenem kommen, das er so obsessiv sieht. Und dann verwandelt sich das Träumen in ein Starren auf ein und dasselbe Bild.

So kam es, dass Onkel Stjepan von der Arbeit heimkehrend immer öfter die Gattin antraf, wie sie auf einen Punkt starrte und nicht so glücklich aussah, wie sie noch bis vor sechs Monaten ausgesehen hatte. Das Essen war gekocht, das Haus war sauber, alles war wie früher, nur dass Terezija nicht anwesend war.

Das hatte auch Einfluss auf ihre Spaziergänge. Sie gingen nicht mehr auf den Hauptplatz und setzen sich ins Stadtcafé, und man konnte sie nicht mehr auf dem Zrinjevac sehen, sondern sie lenkten ihre Spaziergänge zur Oberstadt und zur Muttergotteskapelle im Steinernen Tor. Dort entzündeten sie eine Kerze, beteten ein paar Vaterunser und gingen weiter über den Markusplatz und durch die Mesnička zum Tuškanac. Seit sie begriffen hatte, was ihr fehlt, war Rezika viel frommer geworden, sie ging auch morgens zur Messe, wenn sie auf dem Markt gewesen war, und überhaupt erwartete sie von der Muttergottes eine spezielle Gnade, während Onkel Stjepan andere Methoden bevorzugte. Bedeutend rationaler. Aber es ging nicht. Weder die Muttergottes vom Steinernen Tor noch die tagtägliche schwere Mühe, begleitet von den Glocken der Kathedrale, halfen.

4.

Am frühen Morgen des 8. September 1935, gegen vier Uhr, begannen sich vor der Kathedrale die Menschen zu versammeln. Um den Eingang herum standen kleine Gruppen fröhlicher Mädchen in leichten Sommerkleidern, aber mit Pullovern oder in breite Schals gehüllt. Es gab auch ältere Frauen, und Rezika, der das alles fremd war, fragte Stjepan beim Anblick einer älteren Frau:

– Wird sie das können?

– Wird sie. Man geht langsam, ich habe es dir schon gesagt, hab keine Angst.

Wie sich die Menschen langsam sammelten, so konnte man auch Frauen in ihrem Alter sehen, oder etwas ältere, wie sie in kleinen Gruppen kamen oder allein, und auf ihren Gesichtern war Entschlossenheit zu erkennen, oder ein Strahlen, Glaube in jedem Fall. Und obwohl viele Frauen in etwas Dunkles gekleidet waren, maßvoll und angemessen, gab es auch solche, die wie Rezika helle Sommerkleider trugen, aber mit langen Ärmeln und ohne Dekolleté. Manche von ihnen waren in Begleitung von Männern, aber die meisten nicht.

Etwas vor fünf wurden sie in die Kathedrale gelassen, und plötzlich waren alle verstummt. Man spürte diese Stille, das Zwitschern der Vögel und das Geräusch der Gummisohlen auf den Steinplatten vor der Kirche. Und dann, plötzlich – die Glocken. Beide Glockentürme waren zum Leben erwacht. Die Kathedrale begann als Erste, und dann antworteten die Franziskanerkirche ganz in der Nähe auf dem Kaptol und Sankt Katarina in der Oberstadt, und nach ihnen alle anderen Stadtkirchen. Es war auch deutlich zu hören, als sich die Jesuitenkirche in der Palmotićeva anschloss, wohin sie sonntags zur Messe gingen. Die konzelebrierte Eucharistie begann genau um fünf, und angeführt wurde sie vom Erzbischof Koadjutor, einem spitzen und länglichen Menschen, den die häufigen Fasten geformt hatten, so, als hätte ihn ein Maler aus der Gotik gemalt.

Als sie nach der Messe aus der Kirche strömten, formierten die Menschen in der Stille sich zur Prozession, die über den Kaptol-Berg Richtung Nova ves zog, sich verdünnend und wieder verstärkend nach einer eigenen Ordnung. Man musste einige Augenblicke stehen, dann setzte sich die lang gezogene Kolonne wieder in Bewegung und blieb wieder stehen, damit die älteren Pilger von der Nachhut wieder Anschluss fanden. Angeführt wurde die Kolonne von einem der Koadjutoren mit den Ministranten, von denen der älteste das Kreuz trug. In Nova ves schlossen sich mehrere Menschen der langen Pilgerschlange an, die aber doch nicht so lang war wie jene, als man Radić begrub. Manche waren wie Bergsteiger gekleidet, in grüne Joppen, mit Kniebundhosen oder karierten Röcken und Sportschuhen, und man hatte den Eindruck, dass für sie die Religion ein Hobby sei und sie mehr nebenbei auf den Pilgermarsch gingen. Es gab auch Kinder, die neben der Kolonne herliefen, mal ein bisschen nach vorn rannten oder ein wenig nach hinten, und die älteren Leute versuchten sie zur Ruhe zu ermahnen. Der ganzen Kolonne schien es an Ernsthaftigkeit zu fehlen.

Erst als sich der Hauptkolonne noch eine zweite anschloss, aus der Kirche des heiligen Xaver, das waren schon anders gekleidete, solche, die sich ziemlich von den Menschen aus dem Zentrum unterschieden, war unter den Pilgern eine neue Ernsthaftigkeit zu spüren. Auch unter diesen Menschen gab es genug Frauen in Rezikas Alter, und sie prüfte sie neugierig mit dem Blick. Sie wechselte auch diesen oder jenen langen Blick mit Stjepan, als Kommentar, und dann gingen sie beide schweigend weiter. Die Spitze der Kolonne sang, aber schon die in der Mitte konnten nicht erkennen, welches Lied, obwohl manche auch in der Mitte und am Schluss zu singen versuchten.

Die Zeit der Kolonnen und Märsche war gekommen. Man marschierte in Deutschland und in Italien, und auch in anderen Ländern, während die Kolonnen etwas später kamen. Kolonnen unterschiedlich gekleideter Menschen, Menschen ohne Uniform, aber mit Gewehren auf den Schultern, Kolonnen, die sich schweigend bewegten, in Wäldern und auf Bergen in ganz Europa, Kolonnen von Menschen in gestreiften Pyjamas, die zur Arbeit gingen und von denen wenige an die fünfzig Kilogramm erreichten, Kolonnen nackter Menschen, die zu falschen Duschen krochen und die mit Bambusstöcken und Schreien angetrieben wurden, schnell, schnell, aller Arten Pilger mit Lied und Gebet auf den Lippen.

Während sie die Gehöfte in Šestine passierten, schlossen sich der Kolonne ganz andersgeartete Männer und Frauen an. Wieder waren es mehr Frauen. Manche in Volkstracht, manche Männer noch am frühen Morgen betrunken von der vergangenen Nacht, mit schwarzen Trachtenhüten und schmalen Trikoloren um die Krempe, die meisten von ihnen bloßfüßig. Das waren Frauen, die denen in der Stadt die große Wäsche machten, die Häuser sauber machten, oder bei denen die städtischen Damen wie Rezika auf dem Dolac Kohl, Karotten und Kohlrabi kauften.

Hinter Šestine begann der Aufstieg durch den Wald, und die Kolonne zog sich weit auseinander. Jeder ging sein Tempo, langsam, sprang über die Wurzeln auf den Waldwegen, aber man ging, hartnäckig. Die Gruppe, in der auch Rezika und Stjepan waren, eine Gruppe sehr junger Frauen, begann ein gemeinsames Gebet, von irgendwoher waren plötzlich Rosenkränze in den Händen, und man begann mehr oder weniger im Chor: „Maria, Mutter Gottes, bitte für uns Sünder … Maria, Mutter Gottes, bitte für uns Sünder …"

Nach dem anstrengenden Aufstieg, schon am Gipfel des Sljeme, waren die Beine der Bloßfüßigen blutig, und dieses Blut mischte sich mit der Erde, und an ihren Sohlen klebte spärliches dürres Laub. Stjepan sah, wie Rezika sie voll Ekel und Angst ansah, und er hatte Angst, dass sie vor dem vielen Blut in Ohnmacht fallen könnte. Sie gingen zu der kleinen Kapelle auf dem Sljeme, wo sie Rast machten, um gekochte Eier, Speck und Zwiebeln zu essen, bevor um neun in der Kapelle die Messe begann.

Ein kritischer Augenblick trat ungefähr zweihundert Meter vor der Kapelle ein, auf einer Wiese. Die müde Kolonne, mit blutigen Füßen, voller Blasen, verschwitzte Männer und Frauen, die sich vollständig vermischt hatten, zwischen ihnen waren jene Unterschiede verschwunden, die am Beginn des Aufstiegs sichtbar gewesen waren, traf auf eine Gruppe von Frauen, die auf blutigen Knien heraufgekrochen waren. Sie krochen über das Gras der Wiese unter unablässigem *laude:* „Maria, Mutter Gottes, bitte für uns Sünder …" Stjepan sah Rezikas entsetzte Augen.

– Die kommen so ganz von unten herauf?

– Nein – erklärte er – zumindest denke ich das nicht. Sie haben das Gelübde abgelegt, einen Teil des Weges auf den Knien zurückzulegen. Gewöhnlich den letzten Teil.

Aber vor der Kapelle ging es lebhaft zu. Die müden Menschen hatten sich aufs Gras gesetzt, die Schnäuztücher auf den Knien ausgebreitet, das Essen herausgeholt und mit dem Gabelfrühstück angefangen.

– Bist du hungrig?

– Nein. Ich kann jetzt nicht essen.

Die blutig-lehmigen Fußsohlen ragten in alle Richtungen. Stjepan war überzeugt, dass sich seiner Frau von dem Anblick der Magen umdrehte.

– Willst du, dass wir umkehren?

Sie sah ihn verwundert an.

– Nein. Jetzt gehe ich bis zum Ende.

Genau hier vor der Kirche trat eine junge Frau, vielleicht etwas älter als sie, an sie heran und fragte:

– Sind Sie auch von Don Šimun?

– Nein – sagte Rezika – wir sind von Sankt Peter.

– Entschuldigen Sie – sagte die Frau – ich glaube, ich weiß, weshalb Sie hier sind. Normalerweise gehen Sie nicht nach Marija Bistrica.

– Nein, dies ist für uns das erste Mal.

– Gott segne Sie – die Frau tätschelte sie – nur fest glauben, und Sie werden Erfolg haben. Ich wünsche Ihnen, dass Sie Erfolg haben.

Später sagte Rezika zu Stjepan, dass sie das als Zeichen aufgefasst habe. Und dieses Zeichen habe ihr die Kraft gegeben weiterzugehen. Trotz der Müdigkeit, trotz der blutigen Füße, trotz des Schweißgeruchs überall ringsum. Wie hat sie das gewusst? Niemand hatte etwas gesagt. Stjepan erklärte, dass viele Frauen heute aus demselben Grund hier seien. Sie alle wünschen sich dasselbe, was auch sie beide wollen, und hoffen auf die Hilfe der Muttergottes von Bistrica.

Der Abstieg nach Marija Bistrica war weniger anstrengend. Die Menschen hatten sich gestärkt und stiegen doppelt so schnell ab, wie sie zum Gipfel des Berges aufgestiegen waren, man hörte ein Lied, und es war auch warm genug geworden, dass man die Pullover und langen Schals ablegen konnte. Unter solch guter Stimmung, obwohl mit großen Blasen, kamen Rezika und Stjepan ans Hauptportal der Kirche von Bistrica. Und dort erwarteten sie buntes wogendes Gedränge, Rufe, Farben, der Duft von gebratenem Fleisch, von *Boza* und Limonade, aber am beeindruckendsten waren die Bettler. In dem breiten Spektrum verschiedener körperlicher Beeinträchtigungen der Bistricer Bettler – dem einen fehlt ein Arm, dem anderen fehlt ein Bein, der hat weder Arm noch Bein, dem fehlen die Hände, der ist im Gesicht oder am Körper verbrannt, und die verschiedenen Formen von Verkrüppelten, Menschen und Kinder in Wagen, wie auch solche, die auf ihren

Beinen stehen, aber zittern – waren die Blinden die malerischsten. Einige drängten sich zusammen und krochen in kleinen Kolonnen, andere tasteten und taumelten nur mit Stöcken bewaffnet zwischen den Ständen umher, stolperten, strauchelten und stießen an fremde Schuhe.

Dort erwartete sie eine weitere konzelebrierte Messe, die jener asketische Erzbischof zusammen mit den übrigen Priestern leitete, es waren weiße, violette und goldene, Tausende Kehlen stimmten ein und wiederholten nach den Priestern die Gebete, die an die wichtigste Mutter unserer Kultur gerichtet waren, und viele der Frauen aus der Menge, jene mit blutigen nackten Füßen ebenso wie jene in teuren Sportschuhen, die auf diesem Weg auch nicht viel geholfen hatten, Bäuerinnen und junge Damen, sie alle baten die Mutter um das Gleiche.

Besonders schön war die Prozession bei Kerzenlicht und Fackeln. Die Flammen zitterten in den Händen, die Schatten tanzten im Wind, man hörte Gebet und Lied, alles bewegte sich und wogte, und jeder Mensch trug seine Flamme. Die murmelnde Prozession bewegte sich zum Hundegebell in der Ferne, aber in der Nacht, als die Kerzen nur relativ kleine Lichtringe warfen, stolperten plötzlich alle Menschen in diesem Halbdunkel, als sie den Kreuzweg hinaufstiegen, jeden nächsten Schritt, Stein oder Baumwurzel mit den Füßen voraustastend. Jetzt gingen die Blinden besser als alle anderen.

Rezika und Stjepan übernachteten in einem Bauernhaus, relativ billig, aber bequem. Das große Bauernbett duftete nach Sauberkeit, das frisch gewaschene, gestärkte Bettzeug war angenehm für den Körper, und als sie sich nach einem guten Abendessen, Topfen, Rahm, Speck, zur Ruhe legten, war Rezika guter Laune, wenn auch müde.

– Ich bin froh, dass ich bis zum Ende gegangen bin – sagte sie, und Stjepan küsste sie zur Belohnung. Als er indessen etwas mehr versuchte, etwas, was er für das Wesentliche hielt, damit sich ihr Wunsch erfüllte, unterbrach sie ihn entschieden:

– Nicht, sie werden uns hören!

Sie drehte sich auf die andere Seite, während er noch lange wach blieb und horchte, wie das alte Bauernhaus langsam in den Schlaf sank. In einem Augenblick hörte er das Knarren des Bettes aus dem Zimmer, wo die Hausleute mit ihren vier Kindern schliefen. Später versuchte er sich einzureden, dass es ihm nur so vorgekommen war.

5.

Stjepan glaubte an die Güte Gottes, aber doch nicht so viel, dass er nicht alles Notwendige tun würde, damit diese Güte nicht die Form einer Intervention Gottes annahm, wie bei der Unbefleckten Empfängnis Mariens, sondern dass diese Hilfe logisch war und mit den Mitteln dieser Welt erklärbar. Deshalb suchte er zum zweiten Mal den Rat seines Schwagers Benjamin. Er meldete sich telefonisch an und kam eines Morgens in Benjamins Ordination in der Vinogradska, so wie er auch an jenem fernen Morgen gekommen war und sich nach dem Gesundheitszustand seiner Schwester erkundigt hatte. Jetzt erwies sich die Notwendigkeit, sich nach der Gesundheit seiner Frau zu erkundigen, allerdings nach der anderer Organe.

Als Stjepan an die Tür klopfte, an die vor etwas mehr als sechs Jahren seine Schwester mit dem Besteck für die Innere geklopft hatte, öffnete Benjamin ganz bleich und war sofort verwirrt. Seine Verwirrung zeigte, dass er sich um Vera Sorgen machte. Vielleicht erwartete er, dass Stjepan die schwere Nachricht brachte: dass auch Vera von der Tuberkulose angegriffen worden sei.

Aber Stjepan erwähnte Vera überhaupt nicht, sondern druckste herum und sprach von Rezika. Dass sie auf einer Wallfahrt gewesen seien, dass es schwer gewesen sei, dass es viele Unfruchtbare gebe und dass der liebe Gott Hilfe brauche, damit er ihnen helfen könne. Denn jede Hilfe Gottes für den Menschen setze voraus, dass auch der Mensch Gott hilft.

Benjamin, der vermutlich aufatmete, weil es sich nicht um Vera und nicht um Tuberkulose handelte, sprach über die medizinischen Aspekte. Und obwohl Stjepan gekommen war, den Chirurgen zu fragen, und keinen Gynäkologen, wusste Benjamin gut Bescheid darüber, wozu damals niemand jungen Paaren Ratschläge gab. Genauer gesagt, niemand beriet sie von Amts wegen, Ratschläge wurden unter den Frauen flüsternd ausgetauscht, man trank Kamille und Thymian, aß Honig und Nüsse, goss Blei und legte Karten, aber medizinische Ratschläge gab es nur selten. Aber Benjamins Rat war nur teilweise medizinisch. Er erklärte Stjepan, dass sie die Tage abzählen sollen, dass der Zyklus von einer Menstruation zur nächsten gerechnet werde, das hätten auch die Frauen mit den blutigen Beinen gewusst, die nach Marija Bistrica gegangen waren. Wichtig sei, dass man mehrere Monate hindurch den Zyklus ausrechne und sehe, ob die Zyklen regelmäßig sind oder nicht, und wenn man festgestellt habe, dass sie regelmäßig sind, so wie die Zyklen sein sollen, könne man den Zeitpunkt der Ovulation ausrechnen. Und dieser Zeitpunkt, den manche Frauen fühlen können, ist die günstigste Periode zur Befruchtung. Man braucht den Samen nicht grundlos zu vergeuden, und auch tagtäglicher Verkehr sei nicht so effektiv wie überlegter Verkehr gerade in der bestimmten Zeit, wenn die Frau bereit sei. Der Same brauche eine Zeit, um heranzureifen und sich im Skrotum zu sammeln.

Der zweite Teil des Ratschlags war kein medizinischer. Benjamin erklärte Stjepan, dass man sich entspannen müsse, vielleicht dachte er dabei gerade an die Momente, als er Ivka in seiner Wohnung mit russischem Cognac entspannt hatte, und dass dieser Akt Freude bedeuten müsse, weil ihn so jeder Gott geplant habe, der jüdische genauso wie der christliche und der muslimische. Man müsse sich also entspannen, und dazu wäre es gut, eine Reise zu machen, in ein Bad, oder ans Meer, jedenfalls weit weg vom Alltag, und diese Reise müsse man für die Zeit der Ovulation planen, dann werde es gewiss dazu kommen, dass beide bei dem Akt größtmöglichen Genuss empfinden, denn das sei physiologisch auch so vorgesehen. Und Stjepan begriff – wenn Gott uns das Leben gegeben hat, wenn wir seine Kinder sind, ihm gleich in Antlitz und Gestalt, dann hat er uns auch den Genuss gegeben, und dieser Genuss hat seinen biologischen und physiologischen Nutzen für etwas.

Aber Rezika, die der Ehe und der Liebe ziemlich rational gegenübergetreten war, war in dieser Hinsicht ziemlich starr und konnte sich einfach nicht entspannen. In einem Moment der Eingebung und Bereitschaft, ein wenig mehr auszugeben, kam Onkel Stjepan der Einfall, dass der See von Bled sie entspannen könnte. Sie fuhren in eine Pension in Bled, um sich zu entspannen, und entspannten sich ziemlich, so viel wie Rezika ertragen konnte, zu verschiedenen Tageszeiten, aber oft stellte sich statt des Genusses nur Schmerz ein. Der Ausflug nach Bled zeitigte, obwohl sie eine gute Zeit hatten, in einem

Gasthaus unmittelbar am See ausgezeichnet aßen, viel spazieren gingen und sich an der frischen Luft aufhielten und sich auch redlich bemühten, Gott ist ihr Zeuge, in ihrer Sache keine ernstlichen Resultate.

6.

Mamas erste Begegnung mit der Wohnung in der Novakova ereignete sich am Totengedenktag. Onkel Stjepan nahm sie auf der Rückkehr vom Mirogoj mit nach Hause zum Essen. Rezika empfing sie herzlich, küsste die Kleine, nahm die Blumen entgegen und sagte:

– Da hast du mir aber wirklich schöne Blumen mitgebracht, Verica. Jetzt wollen wir mal eine Vase suchen.

Vera sagte:

– Ich habe sie ausgesucht, Tante Rezika.

– Gut, dass du es getan hast, denn dein Onkel kennt sich mit Blumen nicht aus – und mit einem Blick zu Stjepan – nicht wahr?

Und er lächelte nur säuerlich. Das waren keine Lilien und keine Chrysanthemen, auch keine Friedhofsblumen, obwohl Allerheiligen war, sondern ein Strauß kleiner weißer und roter Rosen zusammen mit Knopfblumen. Jedenfalls ein Bukett, das ein Kind ausgesucht hatte. Alles winzig klein, aber schön.

Und als sie den kleinen Strauß in die Vase mit den chinesischen Motiven gestellt hatten, die keinesfalls chinesisch war, aber in Onkels Firma nach dem Muster chinesischer Vasen hergestellt worden war, zeigte Rezika Mama die Wohnung. Die kleine Mama trippelte begeistert durch die großen Zimmer, hüpfte manchmal auf einem Bein, als spielte sie Himmel und Erde, betastete die große Eichenkommode mit der Frömmigkeit eines Mädchens, das ein starkes Gefühl für Schönheit hat. Und als sie ins Schlafzimmer kamen, das auf einen weitläufigen Hof hinaussah, sagte Mama:

– Oh, wie schön es hier ist!

Und Rezika legte ihr die Hand auf die Schulter. Dem Onkel, der ihnen vom Flur aus zusah, schien es, dass das, was so sehr das ganze letzte Jahr gefehlt hatte, auf einmal weniger fehlte.

Das Mittagessen verlief mehr oder weniger gut. Mama vergoss nur einmal ein Glas Himbeersaft, und Rezika sagte:

– Macht nichts, das wischen wir auf.

Sie wusste sich am Tisch zu benehmen, man sah an ihr in jedem Moment die strenge Erziehung des österreichisch-ungarischen Gendarmen.

Nach dem Essen zog Mama aus der kleinen Tasche ihres Kleids ein Holzpferdchen heraus, wie sie die Bauern auf dem Markt verkaufen, und spielte mit ihm auf dem dicken Teppich im Wohnzimmer. Onkel Stjepan sah ihr zu, wie sie spielte, und das war schön, so wie sich ein kleines Tierchen langsam an einzelne Teile einer Wohnung gewöhnt.

Aber als die Zeit für die Rückkehr in die Zlatarska kam und als der Onkel Rezika fragte, ob sie gemeinsam bis Trešnjevka spazieren wollten, es sei ein schöner Nachmittag, um noch ein wenig Sonne vor dem Winter einzufangen, sagte Rezika, sie habe zu tun und er solle nur allein mit Vera gehen, sie müsse noch aufräumen.

Auch für Onkel Stjepan war das ein schön verbrachter Tag, wie auch für Mama, hätte er nicht, als er in die Novakova zurückkehrte, Rezika im Schlafzimmer angetroffen, wie sie weinte. Sie saß auf dem Bett, die Arme im Schoß verschränkt, gebeugt, wie sie es nie gewesen war, und weinte heftig. Er setzte sich neben sie und umarmte sie.

– Was ist geschehen, Rezi, warum weinst du?

Sie schüttelte nur grob seinen Arm ab.

– Nichts, gehen wir schlafen!

Und so legte er sich an diesem Abend neben sie, unfroh, aber bereit für neue Prüfungen.

Und diese Prüfungen ließen sich in drei Phasen einteilen. Die erste könnte *Erinnerung* heißen. Als Onkel Stjepan anfing, Mama mit nach Hause zu nehmen, war Rezika freundlich und bestrebt, dass sich die Kleine wie in ihrer Familie fühlte, sie war freundlich zu ihr, sosehr sie konnte, sie nannte sie „Verica" und „Schatz" und war bestrebt, Stjepan sehen zu lassen, wie sie sich bemühte. Aber immer kam im Laufe des Tages ein Augenblick, in dem etwas oder jemand, am häufigsten Vera selbst, daran erinnerte, dass sie nicht ihr Kind ist und dass sie es nie sein wird. Das geschah, wenn Vera von ihrem Papa erzählte und aus ihren Erzählungen deutlich wurde, dass sie ihren Papa verehrte, der sie offensichtlich nicht so sehr verehrte, um mit ihr auch zusammenzuleben oder um sie zumindest regelmäßig zu besuchen.

Rezika konnte zum Beispiel die Suppe servieren, sie gab sich mit dem Essen große Mühe, und die besten Teile des Hühnerfleischs aus der Suppe Vera geben, vielleicht ein bisschen zu theatralisch, damit Stjepan ihre Fähigkeiten sah, und hinter dieser Geste war die Absicht deutlich zu erkennen. Dass Stjepan ihre Dankbarkeit erkennt und wie sie seinen Versuch schätzt. Aber nie konnte sie die Enttäuschung verbergen, doch nicht Veras Mutter zu sein. Es genügte, dass Vera, wenn sie ihr das Fleisch in die Suppe tat, höflich sagte:

– Danke, Tante Rezika.

Und dieses „Tante" brannte sie, als wäre ihr jemand mit Schmirgelpapier über die Haut gefahren.

Die zweite Phase könnte *Bewusstheit* heißen. In dieser Phase leistete Vera selbst Widerstand gegen Rezikas Versuche, an ihr ihre mütterlichen Fähigkeiten zu üben, und Rezika war sich durchaus bewusst, dass sie ihr nicht die Mutter ersetzen konnte, war aber noch immer freundlich zu ihr, so wie eine erwachsene Person zu einem Kind freundlich sein sollte. Und das zu einem tief verletzten Kind. Diese Phase war gekennzeichnet durch Rezikas Versuche, aus ihr ein Fräulein aus gutem Hause zu machen. Und obwohl Mama schon einige grundlegende Formen der Höflichkeit und des guten Benehmens angenommen hatte, waren diese die Frucht männlicher Unterrichtung. Es war offensichtlich, dass sich Julijana nicht in Mamas Erziehung einmischte und dass der Gendarm das allein tat. Mama erlangte so eine gewisse Grobheit, eine direkte Art des Umgangs und, so kann man sagen, auch männliches Gehaben. Rezikas Erziehung konzentrierte sich gerade auf das, was sie zum Mädchen machen sollte, zum Beispiel ihre Haltung bei Tisch. Mama konnte ausgezeichnet mit Messer und Gabel umgehen, aber bei Tisch saß sie ein wenig gekrümmt, sie konzentrierte sich nicht darauf, sich schön zu halten, wie das ein kleines Mädchen tun sollte.

– Verica, du sitzt da wie ein Seeräuber! – sagte Rezika beim Mittagessen, und Mama richtete sich auf. Aber es ging nicht nur darum, sich aufzurichten, sie saß da mit gespreizten Beinen, was sich in

Rezikas Welt für ein kleines Mädchen überhaupt nicht ziemte. Rezika machte so aus einem lebhaften Kind eine Puppe, aber das lebhafte Kind ließ sich nicht in die Haltung und Bewegungen einer Puppe hineinzwängen, sondern ihm entwischte immer etwas Lebhaftes, was Rezika zusätzlich beleidigte.

– Wieder spielst du mit den Pferden! – sagte Rezika, und dieser Satz besagte, dass es sich um etwas Unziemliches handelte, weil Mädchen nicht mit Pferden spielen, sondern mit Puppen. Andererseits aber durfte sie die große Puppe, die Rezika morgens im Schlafzimmer zur Zier aufs Bett setzte, nicht anrühren.

Einmal erwartete sie Mama im Wohnzimmer mit einem großen Paket in den Händen, und Mama musste erraten, was sich darin befand, bevor sie es aufmachen durfte. Und sie nahm das Spiel an.

– Ein Drache? – fragte Mama mit einem Lächeln.

– Nein – sagte Rezika.

– Eine Schildkröte?

– Nein.

– Ein Pferd?

Nein.

Und erst als Rezika sah, dass dieses Spiel vergeblich war, erlaubte sie ihr, das Paket zu öffnen. Und Mama freute sich, als sie die Puppe sah. Sie freute sich so sehr, dass sie Rezika sogar auf die Wange küsste. Aber beim Nachhausegehen vergaß sie die Puppe auf dem Tisch im Esszimmer.

Die dritte Phase könnte *Kopfschmerzen* heißen, sie reduzierte sich auf einen kurzen Dialog zwischen Stjepan und Rezika.

– Rezi, heute nach der Arbeit hole ich Vera ab – sagte beispielweise Stjepan.

– Bitte heute nicht – sagte dann Rezika.

– Weshalb?

– Ich habe solche Kopfschmerzen, ich kann nichts kochen. Nimm die Kleine irgendwohin mit hinaus.

Ein solches Gespräch wurde in ihrem Haus immer öfter geführt.

An jenen Tagen aber, wenn es ihm gelang, die Kleine zum Mittagessen und Spielen mitzubringen, neigte Rezika zu langem Schweigen und sprach nur das Nötigste.

– Verica, Schatz, möchtest du noch Gemüse?

Oder:

– Vera, ich habe Fisolen gekocht, die magst du doch?

Und wenn Mama zufällig sagte, dass sie die nicht mag, hatte Rezika immer die Antwort parat:

– Schatz, man muss alles mögen!

Und wenn Stjepan die Kleine wegbrachte, legte sich Rezika sofort ins Bett.

– Ich habe solche Kopfschmerzen – sagte sie zu dem Sessel, auf dem die Puppe saß, während man auf dem Bett schlief. Und ihr schien, als würde die Puppe sie verstehen.

7.

Zu der Zeit, als er begann, Mama in die Novakova mitzubringen, machte der Onkel auf dem Heimweg manchmal noch einen Umweg, über den kleinen Park in der Martićeva. Dort hatte er Gelegenheit, Mütter mit Kindern zu sehen, und dort konnte er stehen bleiben und ihnen zusehen. Die Kinder gaben ihm noch immer Hoffnung, denn sie waren real, man konnte sie weinen hören oder sehen, wie sie mit windelgeschwellten Popos ungeschickt schwankten. In ihrer Nähe bekam seine Hoffnung ein konkretes Bild; so würde es aussehen, oder so, aber vielleicht auch so. Ich hoffe, nicht. Mein Gott, so auf keinen Fall. Eine Mutter schob ein großes Kind in einem Rollstuhl, mit offenem Mund, aus dem der Speichel troff. Zerebralparese.

Und Gott, an den er immer geglaubt hatte, aber vorsichtig und rational, unter voller Berücksichtigung seiner möglichen Nichtexistenz, erhörte seinen Wunsch. Er bekam kein Kind mit Zerebralparese. Aber auch kein gesundes.

Statt eines Kindes kam das Hüsteln. Onkel Stjepan wusste, was das bedeutet. Und deshalb brachte er, sobald Rezika anfing zu hüsteln, fünf Töpfe Honig und sagte zu ihr, den solle sie am Morgen, nüchtern, mit etwas warmem Wasser nehmen. Und er selbst ging erneut zu Benjamin in die Vinogradska. Die Sache nahm ihren üblichen Verlauf. Sie gingen zur Untersuchung, und jetzt stand Rezika mit entblößter Brust vor Doktor Jungwirth und vor Benjamin, und als die Kathodenröhre ihre Strahlen aussandte, die langsam und völlig unmerklich durch ihre Lunge gingen, sagte Jungwirth wieder zu Benjamin:

– Siehst du?

Und Benjamin sagte:

– Ich sehe!

Obwohl es das Hüsteln gab, und auch etwas Blut, war die Krankheit noch nicht in der besorgniserregenden Phase, sodass die Prognosen etwas besser waren. Benjamin machte Stjepan klar, dass es wichtig sei, dass sie rechtzeitig reagiert hätten, während Doktor Jungwirth erklärte, dass jeder Organismus eine Welt für sich sei, dass man nicht wisse, wie die einzelne Lunge reagieren werde, dass es so, aber auch so sein und dass man auf jeden Fall beten könne.

In ihrer Wohnung führte der Onkel strenge Maßnahmen ein. Es musste morgens und abends gelüftet werden, es musste morgens ein Esslöffel Honig und ein Glas warmes Wasser genommen werden, es musste fetthaltiger gegessen werden, und hier und da musste der Kranken ein Glas Rotwein oder Cognac gereicht werden.

Zu der Zeit nahm er Mama nicht mehr mit zu sich nach Hause, weil ihm das zu gefährlich schien, obwohl sie auch in der Zlatarska mit der Tuberkulose lebte. Auch Marica war gerade in Brestovac gelandet. Und doch fragte er eines Sonntagmorgens:

– Rezi, möchtest du vielleicht, dass ich die Kleine herbringe?

Aber Rezika lag nur schweigend auf dem Diwan und drehte den Kopf zur anderen Seite.

– Bring sie nicht her – sagte sie schließlich – sie hat mich angesteckt.

Rezika konnte Stjepans fassungslosen Blick nicht sehen.

– Sie konnte dich nicht anstecken – stieß er hervor – sie ist gesund. Alle Tests waren negativ.

– Ich glaube nichts davon – sagte Rezika. – Ich bitte dich, dass du sie nie mehr herbringst.

So hörte Mama auf, in die Novakova zu gehen.

Auf dem Friedhof beschloss Onkel Stjepan, die Rosen und Gladiolen aus dem schmalen Erdstreifen herauszunehmen und Bergenien zu pflanzen, Rezikas Lieblingsblumen. Das Problem mit den Blüten war, dass sie kurzlebig waren. Im Frühjahr, während sie blühen, sehen sie unwirklich schön aus, aber dann vergehen sie rasch. Für den Onkel wurden die Bergenien so etwas wie für die Japaner die Kirschblüten. Es ist verblüffend, wie sich eine ganze Zivilisation an eine Blüte binden konnte, die so kurz währt. Oder vielleicht liegt ja darin das Eigentliche, im Warten und in der Sehnsucht. Im kurz währenden Entzücken und langen Warten.

8.

Gerade zu der Zeit, als sie von dem Hüsteln überrascht wurden, und dann auch von dem Bild der Lunge mit den Schatten, hatte Onkel Stjepan immer mehr Arbeit. In der Fabrik wurden mehrere Fertigungsbereiche in angemessenere Räume umgesiedelt, man musste sich darum kümmern, dass die Maschinen zerlegt und anschließend wieder schön zusammengebaut wurden, aber auch der Verkauf hatte zugenommen, und das Unternehmen war gezwungen, neue Produktionslinien zuzukaufen und die Schleiferei zu modernisieren. So musste Stjepan länger auf der Arbeit bleiben, und als gewissenhafter Arbeiter tat er das auch, musste aber oft daran denken, was Rezika machte, während er auf der Arbeit war. Um sieben kam das Mädchen, das sie in erster Linie dazu angestellt hatten, damit es sich um Rezika kümmerte und etwas kochte, um acht dachte er daran, dass seine junge Frau gerade ihren Milchkaffee mit einem eingetunkten Stück Brot trinkt, um neun, dass sie ihren Löffel Honig mit warmem Wasser nimmt, um zehn, dass sie in Begleitung des Mädchens an die Luft hinaus in den Ribnjak gegangen ist und dort den Kindern zusieht, wie sie spielen, um elf, dass sie etwas Rotwein getrunken hat, diszipliniert, wie man Wein eben trinken soll, um zwölf, dass das Mädchen mit dem Kochen begonnen hat und dass Rezika in der Küche auf dem Hocker sitzt und dem Mädchen Ratschläge gibt, und dass sie sich später, zwischen halb zwei und halb drei ausruht, nachdem sie etwas Speck oder Grammeln gegessen und sie wieder mit Rotwein begossen hat. Und das natürlich vorsichtig …

Und wenn er von der Arbeit nach Hause kam, hatte das Mädchen schon das Essen gekocht, Rezika hergerichtet und die Wohnung sauber gemacht. Dann gingen sie, wenn sie sich gut fühlte, auf einen Spaziergang in die Stadt oder hinauf zum Steinernen Tor, um eine Kerze anzuzünden. Aber der Zweck dieser Kerze war jetzt mehr auf Rezikas Gesundheit gerichtet.

Onkel Stjepan wurde morgens von Rezikas Husten geweckt, und das gerade zu der Zeit, als Doktor Jungwirth empfohlen hatte, getrennt zu schlafen. Deshalb sagte sie eines Abends zu ihm:

– Du könntest ins Kinderzimmer übersiedeln.

– Weshalb? – sagte er, obwohl er wusste, weshalb.

– So hat der Doktor gesagt. Ich wecke dich mit dem Husten, ich sehe das, aber du musst dich wegen der Arbeit ausschlafen.

– Du weckst mich nicht – sagte Stjepan – und ich werde hier bei dir bleiben.

Da lächelte Rezika schön, obwohl sie in den letzten Monaten nicht unbedingt gelächelt hatte.

9.

In der Buchhaltung der Firma Spectrum in der Vlaška arbeitete seit Herbst 1935 ein gewisses Fräulein Kottek, eine Verwandte der Familie Kopista. Man hatte sie eingestellt, sobald sie die Handelsakademie abgeschlossen hatte. Onkel Stjepan kam aufgrund der Natur seiner Arbeit täglich in Kontakt mit ihr. Ein schönes Mädchen, jung, fünfzehn Jahre jünger. Wenn Herr Kopista ihn fragte, wie sich die Kleine im Büro mache, sagte Stjepan: „Ausgezeichnet, sie ist eine fähige Frauensperson." Und so war er mindestens zwei, drei Mal wöchentlich gezwungen, diesen Satz auszusprechen, und das ziemlich überzeugt von seinem Wahrheitsgehalt. Und manchmal, wenn ihn Leute nach seiner Meinung über Fräulein Kottek fragten, die nicht eng mit der Arbeit verknüpft war, sagte er: „Fröhlich, voller Leben!" Und war davon überzeugt. Sie hat das, dachte Onkel Stjepan, was Pflanzen mit sich bringen, Farnkraut oder Eichen, Tannen, zum Beispiel auf dem Sljeme – Leben. Bei Tieren ist dieses Leben für ihn vulgär, aufdringlich, denn sie bewegen sich, sie springen, beißen, heulen. Was für ein Missbrauch des Lebens, welche Vulgarität! Bewegung, Heulen, Schwanzwedeln, und selbst der unhörbare Gang einer Katze, selbst dieser unhörbare Gang auf den Polsterkissen, reine Hinterlist, eine Schande der Biologie im Verhältnis zu den Pflanzen, zur Essenz des Lebens. Undankbar gegenüber dem Raum, der sie mit Luft nährt und tränkt, schleicht die Katze durch die Stille, stört sie nicht frech, sondern schmeichelt sich listig ein, hockt sich ruhig hin und verrichtet ihre Notdurft, und kaum hat sich der Mensch an dieses Bild gewöhnt, kaum hat er es akzeptiert und sagt: „Es gefällt mir nicht, aber so ist die Welt", sieht er seitlich, sagen wir, einen Vogel, der frech vorüberfliegt, und als er den Blick zurückwendet, ist die Katze nicht mehr da. Untreue, Frechheit, enttäuschende Leere, und der Ahorn, unter dem sie ihre Notdurft verrichtet hat, sagt: „Hast du gesehen, und du glaube nur den Tieren, glaube den Katzen oder Rehen, ja sogar einer Schnecke. Auch sie bewegt sich, langsam, so langsam, dass es dir scheint, die Schnecke steht, und dann ist sie verschwunden, wenn du es am wenigsten erwartest." Wie bei der Tuberkulose.

Es lebt der Mensch, oder die Frau … lebt, geht, beaufsichtigt das Essenkochen, hüstelt ein wenig, nichts Schreckliches, und alles geht langsam, wie eine Schnecke, wie ein Wurm, wie ein Seeigel, und wenn du wieder hinsiehst, ist die Person vollkommen verschwunden. Geblieben sind nur ein paar Seidenstrümpfe und ein paar Schnittmuster, für Kleider, die nie genäht sein werden, so wie die Bettwäsche seiner Schwester nie fertig genäht wurde. Und die Eiche? Sie bleibt an ihrem Ort allem und jedem ringsum fünfhundert Jahre treu … und lebt.

Stjepan sieht Fräulein Kottek, wie sie ruhig an ihrem Tisch in der Buchhaltung der Firma Spectrum in der Vlaška sitzt, ruhig wie der Farn in dem Topf hinter ihr, und liest, und der Onkel weiß, was sie liest: „In Beantwortung Ihres geschätzten Schreibens vom … der Saldo für das vorangegangene Quartal …", ihre Lippen bewegen sich nicht, auch Arme und Schultern nicht, sie zuckt nicht mit ihnen, wenn sie liest, wie andere, nur ihre Augen gehen von Zeile zu Zeile, so wie der Farn im Luftzug zittert.

Seit Fräulein Kottek im Büro ist, denkt Stjepan während der Arbeitszeit immer seltener darüber nach, was seine Rezika in einem bestimmten Augenblick tut, wann sie Milchkaffee trinkt und wann Rotwein, sondern ihm kommt das Bild des betreffenden Fräuleins in den Sinn, voller Leben, wie sie auf der neuen schwarzen Maschine aus Senta schreibt. Und als er begreift, dass er überhaupt nicht an seine Frau gedacht hat, zwingt er sich sofort daran zu denken, wie glücklich sie damals in Bled waren, als sie sich mehrmals am Tag entspannt hatten.

Rezika lag gegen das Ende hin ruhig in ihrem Schlafzimmer in der Novakova, das nach Norden blickt, dem reinen kalten Wind entgegen, dem Nordwind, der vom Sljeme herunterkommt, die Menschen in Brestovac heilt und dann in die nördlichen Zagreber Straßen hineinweht und auch dort, vielleicht, jemanden heilt. Und wenn Stjepan von der Arbeit nach Hause kam, hatte das Mädchen sie schon hergerichtet, das Haar gewaschen, das den Tag über durchgeschwitzte Kleid gewechselt und das Essen gekocht. Ein kräftiges Essen, mit viel Schweinefett, Kartoffeln und Speck und einem Glas Rotwein.

Aber dem Nordwind gelang es nicht, Rezika zu heilen.

Der erste Name, der in die schwarze, von porösem dalmatinischem Stein gerahmte Platte gemeißelt wurde, war Terezija Bencekovič 1908–1936. Die Bergenien wachsen noch heute auf dem Grab.

10.

Als nach der Arbeit, um drei oder halb vier, oder um fünf, das hing von der Endabrechnung, von Revisionen und Extrabestellungen ab, wenn also, um Fräulein Kottek abzuholen, der Verlobte kam, immer mit dem über den Arm geworfenen Trenchcoat, schüttelte ihm der Onkel herzlich die Hand, vielleicht auch allzu herzlich, vielleicht auch ein wenig in Verlegenheit, und verbeugte sich, aber nicht zu viel, um Liebenswürdigkeit zu zeigen, aber Würde zu bewahren. Und sah ihnen nach, wie sie weggingen. Ein glückliches junges Paar, beide beschäftigt, bald würden sie auch heiraten. Aber die Aufmerksamkeit des Onkels wurde von einer interessanten Geste geweckt. Der junge Mann, er hieß Samuel Weiss, hielt Fräulein Kottek liebenswürdig den leichten Frühlings-Trenchcoat hin und zog erst dann auch selbst seinen Trenchcoat an, den er bis dahin über dem Arm getragen hatte. Weshalb? Diese Geste brachte Onkel Stjepan zu dem wichtigen Schluss: Samuel Weiss liebte Fräulein Kottek wirklich. So wie er Rezika geliebt hatte, die ihm lieb gewesen war wie eine Birke oder, später, eine Trauerweide, aber immer wie ein standhafter Baum, und die dann wie eine Schnecke, ein wenig frech, in den Tod davongekrochen war, worauf die große Wohnung in der Novakova leer geblieben war. Er war gezwungen, auch das Mädchen zu entlassen, weil es sich nicht ziemte, dass ein Witwer, für die Zeit schon in den mittleren Jahren, mit einem jungen Mädchen zusammenlebt. Die Sache wurde auch durch die Tatsache verschlimmert, dass sie kein Kind hatten. Vielleicht band er sich gerade deshalb in der Zeit an Mama, und sie zog aus dem peripher gelegenen Haus des österreichisch-ungarischen Gendarmen in Trešnjevka für ständig in seine Drei-Zimmer-Mietwohnung in der Novakova. So tauschte der Onkel in einer unerbittlichen göttlichen Transaktion, an der er als Mensch mit ausgesprochenem Talent für die Realität geschäftlicher Vereinbarungen auch selbst mitgewirkt hatte, die Ehefrau gegen ein siebenjähriges Kind.

Die Geste mit dem Trenchcoat wiederholte sich in diesem Frühjahr 1936 häufig. Eine Trenchcoat-Liebe? Sinn für Formalitäten, der Wunsch, einander ähnlich zu sein, ganz und gar harmonisch? Nein. Wenn er aus der Jurišićeva, wo er an der Börse arbeitete, Richtung Vlaška 83 ging, einem Komplex von Gebäuden und Produktionshallen im Schatten des Kirchturms von Sankt Peter, hatte Samuel Weiss es sehr eilig. Und zog den Trenchcoat aus, um nicht verschwitzt und unangenehm riechend vor die Verlobte hinzustürzen. Aber wenn er endlich da war und sie auf einen langsamen Spaziergang ins Stadtzentrum oder zur Šalata hinaufgingen, zog er den Trenchcoat an, damit ihm nicht kalt wurde. Nur die Liebe, die wahre Liebe, kann einen jungen Menschen so beschleunigen, kann seinen Schritt verlängern, den Puls erhöhen, Augen und Gedanken auf das Ziel ausrichten. Aber wieder gab es hier, vielleicht, auch eine bestimmte Rationalität von seiner Seite … sie, die Verwandte des Miteigentümers einer prosperierenden Fabrik, und er, der Beamte an der Börse, der mit den Jahren aufsteigen und wer weiß wohin gelangen will.

Doch Onkel Stjepan glaubte an die Liebe. Er, der gerade seine Frau verloren hatte, sah in diesem Frühjahr die Liebe fast tagtäglich vor sich. Und das konnte nicht ohne Folgen bleiben.

11.

Aber Onkel Stjepan hatte auch in dieser Hinsicht seinen Standpunkt. Denn was war Liebe, allgemein genommen, eine solche Liebe zwischen Mann und Frau, mit schnellem Schritt und langsamen Spaziergängen, mit dem Arm im Trenchcoat eingehakt in den anderen Arm im Trenchcoat, anderes als eine Art Nepotismus im Rahmen der allgemeinen christlichen Liebe. Eine Liebe, die so sehr gewachsen war, dass sie alle anderen Lieben zu den Nächsten aufgesaugt hatte und nur dic cinc und einzige war. Und eine solche, diese eine und einzige, wurde gefeiert und über sie wurden seit Jahrtausenden Gedichte geschrieben. Andererseits konnte er auch nicht die glückliche, wenn auch kurze Zeit vergessen, als er Rezika begegnet war, es war später Frühling gewesen und sie hatten keine Trenchcoats gebraucht, und als er sie nach Haus mitgenommen hatte, um ihr die Bienen zu zeigen und sie vor Angst vor den Bienenstöcken, dem Summen, den unangenehmen kleinen stechenden Insekten erstarrt war und so erstarrt ausgesehen hatte wie einer der Bäume im Obstgarten, ein junger Birn- oder Kirschbaum. Sie hatte Wurzeln getrieben aus ihren glänzenden Schuhen, und ihr verzweigter Blick war über das Haus, den Garten, die Bienenstöcke, die Wirtschaftsgebäude geschweift. Und als sich Onkel Stjepan verliebt hatte, als das endlich geschehen war, und es war in seinem Leben relativ spät geschehen, hatte er plötzlich die ganze Welt lieb gewonnen. Denn die Welt und vor allem die Bäume, die nirgendwohin flüchten können, verdienten, geliebt zu werden.

Und wann immer er in dem Jahr morgens in die Buchhaltung kam, wegen eines Schriftstücks, einer Rechnung oder eines Saldos von etwas, das gekauft und dann bearbeitet und verkauft worden war, wandte er sich an Fräulein Kottek, zuerst dienstlich:

– Haben wir die Statistik über die Schleifkosten?

Oder:

– Wie stehen wir in diesem Vierteljahr mit Spiegeln?

Erst gegen Mittag, oder nach dem Gabelfrühstück, zu dem er sich manchmal ein Weingulasch oder Kaldaunen genehmigte, das manchmal aber auch nur aus einem Sandwich bestand, wenn sich die Büroatmosphäre gelockert hatte, konnte er sich die Frage erlauben:

– Wie geht es Ihrem Verlobten, Fräulein?

– Gut – sagte sie dann.

Oder:

– Sie haben Probleme, gestern musste er bis sechs arbeiten.

Und dann erkühnte sich auch sie zu der Frage:

– Wie geht es der kleinen Vera?

Auch dabei irrte sie sich nie und sagte nicht etwa: „Wie geht es Ihrer Kleinen?"

Und nachmittags, wenn sie nach Hause gingen, sagte sie immer, bevor sie ihren Trenchcoat vom Bügel nahm:

– Und grüßen Sie bitte Vera, Herr Stjepan!

Aber immer öfter wandte sich der Witwer, der im Schrank mindestens zwei schwarze Anzüge und mehrere schwarze Krawatten hatte, am Morgen dem roten Haar des Fräulein Kottek zu (vom Haar verlangte er den Saldo fürs erste Vierteljahr) oder ihrer linken Schulter im züchtigen Kleid ohne Dekolleté, das für seinen Geschmack vielleicht zu eng und jugendlich war (von der linken Schulter erhoffte er sich den Bericht über die Gehälter für April, Mai und Juni), oder ihrer rechten Schulter, ihrem Arm, über den eine Spur Licht von einem Fenster blitzte, das gerade jetzt geöffnet wurde, ihren Knien, ihren Schuhen. Aber nichts verlangte er von ihren Brüsten oder ihren Beinen oder, Gott bewahre, von jener Stelle, wo sich das Stoffkleid als Erstes fältelte. Wer weiß, ob Fräulein Kottek bemerkt hatte, dass er ihr nicht mehr in die Augen sah, aber wenn sie es bemerkt hatte, gab sie das mit keinerlei, auch nicht dem geringsten Zeichen ihrem Chef Stjepan zu erkennen. Ich bilde es mir ein, dachte sie vermutlich, das ist nicht wahr … das hat mir so geschienen … er weiß doch, dass ich einen Verlobten habe … ich bin wirklich ein dummes Geschöpf, so etwas zu denken.

Aber Fräulein Kottek, sie hieß mit Vornamen Adela, wurde im Unternehmen aber Ada genannt, hatte nicht mit einem gerechnet:

Seine männliche Schönheit, seine schwarzen Anzüge, die schlanke Gestalt eines Ahorns oder einer Zypresse, wurde von einer schrecklichen, aber verführerischen Macht unterstützt: der Witwenschaft. Seine Eleganz, vielleicht ein wenig zu konventionell, und der Umstand, dass er Witwer war, waren füreinander wie Modeaccessoires.

12.

Fünfzig Prozent Waise, dachte Onkel Stjepan, als er Mama zusah, wie sie auf dem Teppich der Wohnung in der Novakova mit den Holzpferdchen und der einzigen Puppe spielte, die sie aus der Zlatarska mitgebracht hatte. Aber da ihr Vater nach dem Tod seiner Frau bald von einer Vaterschaft, die Leben und Erziehen miteingeschlossen hätte, Abstand genommen und sich einer Vaterschaft zugeneigt hatte, die nur ein Beruhigen des Gewissens bedeutete, war sie ein Waisenkind auch zu achtzig oder neunzig Prozent. Und für die übrigen zehn Prozent benötigte Benjamin einige alchemistische Kenntnisse über Verwandlungen: Liebe verwandelte er in Charme, Ratschläge in den Klang der Balalaika, und seine Anwesenheit in eine dauerhaft unbefriedigte Sehnsucht. Benjamin kam Mama manchmal, aber nicht allzu häufig, auch in der Novakova besuchen; er brachte Schokolade oder ein Spielzeug mit und unterhielt sich mehr mit Onkel Stjepan, als dass er mit der Kleinen spielte. Und der Onkel sah mit ziemlicher Trauer, wie sich die kleine Vera über ihren Papa freute. Die Tage, wenn Papa kam, waren Festtage neben den offiziellen Festtagen, aber das Problem bestand darin, dass man nicht zuverlässig wusste, wann er kommen würde. Er versprach zum Beispiel, am folgenden Dienstag zu kommen, und sie hegte Hoffnung, und dann erschien er ein paar Tage später, unverhofft, um die Trauer wegen seines Nichtkommens zu zerschlagen und eine noch größere Freude zu wecken. Und dem Onkel schien es vermutlich völlig unglaublich, wie zehn Prozent Benjamin Mama so erfreuen konnten, als wären es mindestens fünfzig oder sechzig Prozent, ein Prozentsatz, bei dem Verwaltungsrechte an einer Aktiengesellschaft nicht infrage gestellt werden. Seine Firma wurde in dieser Zeit eine Aktiengesellschaft, sie wurde erweitert und modernisiert, und er selbst kaufte ziemlich viele Aktien und wurde Miteigentümer, war sich aber bewusst, dass ihm zu den Verwaltungsrechten noch jene paar Prozent fehlten, die er nie bekommen würde. Die Familie Kopista wusste treue Angestellte zu belohnen, aber sie war sehr auf ihre Position im Unternehmen bedacht.

Als sie Mama gerade in die Novakova umgesiedelt hatten, weinte sie tagelang. In dem Haus voller Bienen und Obstbäume, in dem sie mit ihrer Cousine Nada gespielt und sich vor dem strengen österreichisch-ungarischen Gendarmen gefürchtet hatte, hatten sie eines Tages ihre Sachen zusammengesammelt, derer es überraschend viele gab für ein Kind, das eine fünfzigprozentige Waise war. Wir sind gewohnt, uns Waisenkinder mit einer einzigen kleinen Tasche vorzustellen, mit einem Bündel, wie sie in die Heime für verlassene Kinder gehen, abgerissen, verlaust und verwanzt. Mama kam mit einem Taxi, in dem mehrere Taschen mit ihrer Kleidung und mit Bettzeug waren, mit einem Hefter, in dem die unbenutzten Schnittmuster ihrer Mutter für Bettwäsche waren, von denen man zu der Zeit logischerweise, aber ziemlich naiv, dachte, dass sie auch ihr dienen könnten, wenn sie zum Heiraten herangewachsen sei. Und sie übersiedelte nicht in eine verwanzte Anstalt, sondern in eine luxuriöse Dreizimmerwohnung auf der Šalata mit hohen Decken und Blick auf die Kathedrale.

Es stellt sich die Frage, warum Stjepan die Kleine aus dem Haus herausgenommen hat, in dem sie glücklich war, und wenn nicht gerade glücklich, dann doch zumindest zufrieden? Als er sie von Nada wegnahm, war es, als hätte er sie von ihrer Schwester getrennt, was sich negativ auch auf ihren Appetit auswirkte. Schon damals kam ihr Spitzname „Spinnenbein" auf, den sie auch später tragen sollte. An ihrer Magerkeit zu der Zeit besteht kein Zweifel. Das Foto von der Erstkommunion zeigt das deutlich: das weiße Kleidchen mit Spitze an Kragen und Ärmeln, als wäre es an einen kleinen dünnen Baum gehängt, an einen Birkenschössling etwa. Und dort gebeutelt von einem heimtückischen Wind. Hat Onkel Stjepan die Einsamkeit nach dem Tod seiner Frau dazu gebracht, die Trauer, kein eigenes Kind zu haben, oder etwas Drittes? Entscheidend war der Wunsch, sie von der Tuberkulose wegzuholen. Denn gerade zu der Zeit war Marica in ziemlich kritischem Zustand von Brestovac in die Zlatarska zurückgekommen, und man befürchtete das Schlimmste.

Aber um ihr doch eine Freude zu machen, wenn die zehn Prozent ihres Vaters dazu nicht oft genug imstande waren, brachte er samstagnachmittags aus der Zlatarska auch Nada mit, und dann spielten sie zusammen. Sicher tat er das auch, um ihre Gedanken vom Vater abzulenken. In der Zwischenzeit, das ist klar, konnte er sich nicht allein um das Kind kümmern, und so war er gezwungen, eine Haushälterin einzustellen, eine ältere Frau, die durch ein Spiel des Zufalls ebenfalls Rezika hieß. Und so fand sich Onkel Stjepan, nachdem er seine Gattin verloren hatte, plötzlich umgeben von drei anderen weiblichen Wesen, von Lachen, Laufen, Unordnung im großen Wohnzimmer und im Esszimmer, vom strengen Spott der Frau Rezika, die sich bemühte, die Mädchen zur Ruhe zu ermahnen. Aber oft, öfter, als es normal gewesen wäre, dachte er an jenes vierte weibliche Wesen, mit dem er manchmal die langen Phasen des Schweigens auf der Arbeit teilte.

13.

Zu dieser Zeit kaufte der Onkel über eine Wohnbaugesellschaft ein Reihenhäuschen auf dem Jagodnjak, für jene Zeit ein recht schöner kleiner Bau, der zusammen mit seinen Zwillingsschwestern an der Peripherie der Šalata, praktisch auf dem Weg zum Mirogoj, aus dem Boden gesprossen war. Die einstöckigen Häuser mit Dachgeschoss, alle gleich gebaut, hielten sich jeweils zwei und zwei aneinander, bildeten aber keine Reihe die ganze Straße hinunter, was durch das viele Grün dazwischen sichergestellt wurde. Sie hatten vorne kleine Gärten und hinten weitläufige Höfe, und die über dem Wohnzimmerfenster platzierten Dachgauben verliehen ihnen einen idyllischen Charakter. Wenn man sie sah, konnte man sich vorstellen, dass sie für ein bescheidenes, aber glückliches Leben projektiert waren.

Die gemietete Wohnung in der Novakova war ein Zeichen des Luxus, das Häuschen auf dem Jagodnjak wurde ein Heim. Rasch übersiedelte er hierher seine Biedermeierkommode und sein Arbeitszimmer mit dem massiven Eichentisch, an dem ich jetzt dieses hier schreibe. Er und Mama lebten jetzt in einem Haus mit Garten, und vor dem Eingang wuchs ein großer Kirschbaum, an den ich mich noch gut erinnere.

Wir schreiben das Jahr achtunddreißig, Mama ist neun Jahre alt und geht in die vierte Klasse der Grundschule auf dem Kaptol, und in Europa kommt es schon zu so manchen Umwälzungen. Aber es ist ziemlich sicher, dass Onkel Stjepan mehr an Fräulein Kottek denkt als an Mussolini.

In der Zwischenzeit war Fräulein Kottek zu Frau Weiss geworden, aber er sprach sie auf der Arbeit immer mit dem alten Nachnamen an.

– Fräulein Kottek, haben wir Angaben über die Galanterie für das vergangene Jahr?

Und sie blieb immer höflich.

– Herr Stjepan, ich heiße nicht mehr Kottek. – Und lächelte.

Und er sagte dann:

– Entschuldigen Sie, ich vergesse das immer.

Und so fast jeden Tag. An diese Verwirrungen mit dem Nachnamen erinnerte sich auch Mama, wenn sie nach der Schule zu ihm auf die Arbeit ging. Jedenfalls rundete sich sehr rasch nach der Heirat ihr Bauch, und es wurde offensichtlich, dass sie, wenn es kälter würde, ihren alten Trenchcoat nicht länger würde tragen können.

Mama erinnerte sich auch an ein Abendessen, zu dem sie in die bescheidene Wohnung des Ehepaares Weiss in der Vlaška, nahe dem Kvaternik-Platz, eingeladen waren. Sie hatten sie vermutlich deshalb gemietet, weil sie billig war und sowohl sie als auch er es nicht weit zur Arbeit hatten. Mama erzählte, dass der junge Herr Weiss wohlerzogen und nett war, aber dass er für sie aussah wie ein Schatten, der spricht, oder ein Püppchen an einem Faden, das seiner Bewegungen einfach nicht Herr wurde, weil den unsichtbaren Puppenspieler gerade die Nase juckt, während die Kinder im Theater herzlich lachen.

– Was konnte ich tun – sagte Mama – ich war neun, ich habe nichts gewusst … und doch habe ich es.

Und Samuel Weiss, zu der Zeit noch immer lebendig, bedingt lebendig, und sich, im Unterschied zum Onkel, der Vorgänge in Deutschland vermutlich bewusst, half seiner schwangeren Frau beim

Abräumen der Teller, deckte die tiefen für die Suppe ab und die flachen für das Brathuhn auf.

Nach dem Abendessen sagte Onkel Stjepan zu Mama:

– Verica, du wirst Frau Kottek beim Geschirr helfen, ich habe mit dem Herrn etwas zu besprechen.

Und so zogen sich die einen in die Küche zurück, während die anderen zum Besprechen dablieben.

Wurde die Entscheidung an diesem Abend gefällt? Oder später, und hat er an diesem Abend nur die Möglichkeit und Entschlossenheit von Samuel Weiss getestet? Das kann vermutlich nicht einmal der Onkel wissen. Zu der Zeit las er Dickens. *Eine Geschichte aus zwei Städten.* Ich habe dieses Buch mit Onkels Exlibris auf dem Regal in meinem Zimmer gefunden, wo meine Eltern die Bücher aufbewahrten. Und als ich es meiner Mutter zeigte, sagte sie:

– Daraus hat er mir vorgelesen, als ich klein war.

Auf der ersten Seite, unter dem Titel, war auch eine Widmung:

„Dem geehrten Herrn Stjepan, zu seinem zweiundvierzigsten Geburtstag …" Unterschrift unleserlich. Vermutlich nicht Fräulein Kottek. Vielleicht jemand von der Arbeit? Haben die Angestellten aus der Buchhaltung Geld gesammelt und es ihm zum Geburtstag geschenkt und hat Fräulein Ada das Buch ausgewählt? Wir können uns sicher sein, dass ihn das erhabene Opfer für die geliebte Frau am Ende des Buches gerührt hat, wenn der Rechtsanwalt bewusst zur Guillotine geht, um den Menschen zu retten, den seine Frau liebt und in den er sich auch selbst verliebt hat. Er wählt die Guillotine, um ihnen ein glückliches Leben zu ermöglichen. Ein Opfer, das in modernen Romanen nicht mehr möglich ist, das aber so verführerisch ist. Vermutlich wünschte Onkel Stjepan auch, durch dieses Buch bewogen, seinen Kopf für die geliebte Frau unter die Guillotine zu legen. Aber entsprechend seinem Charakter und der Affinität zur wahren Schönheit der Zahlen hatte seine Guillotine die Form und die Eigenschaften einer geschäftlichen Unternehmung.

14.

Irgendwann, jedenfalls nach diesem Abendessen, als es schon absurd wurde, sich im Nachnamen zu vertun, begann Onkel Stjepan Frau Weiss mit „Ada“ anzusprechen, so wie das auch die anderen Angestellten taten. Und so vertraute sich eines Nachmittags nach dem Mittagessen, zwischen einem Gespräch über eine Abschlussrechnung und dem unerwarteten und ziemlich besorgniserregenden Anwachsen des Verkaufs von Glas für Schaufensterscheiben und Straßenlampen, Frau Ada Stjepan an.

– Sami möchte, dass wir gehen! – So sagte sie zu ihm, und dann flossen ihre Tränen, die nicht mehr allein mit der Überempfindlichkeit einer Schwangeren zu erklären waren.

– Dass Sie gehen? Frau Ada … wohin?

– Nach Amerika!

Dann beruhigte sie sich und erklärte Stjepan, dass ihr Mann der Meinung sei, man müsse nach Newark gehen, wo er Verwandte habe, die bereit seien, sie für eine bestimmte Zeit aufzunehmen, bis sich die Situation in Europa beruhige oder sie auf eigenen Füßen stünden. Und vielleicht auch bleiben, denn wie man höre, seien die geschäftlichen Bedingungen in Amerika weit besser als hier in Jugoslawien. Das seien bislang keine Pläne, das seien nur Überlegungen über Pläne …

– Und wohin werden Sie mit …? – Er sah besorgt auf ihren Bauch.

Erst jetzt brach sie in heftige Tränen aus und sagte, sie sei erschrocken, mehr noch, sie sei verzweifelt, soll sie etwa schwanger auf eine so weite Reise gehen, im fünften Monat, dass ihr übel werde auf dem Schiff, sie dürfe nicht einmal daran denken … schwanger auf einen Transatlantikdampfer … und auch wenn sie niederkommt … mit dem kleinen Kind … was für Gefahren lauern auf einer solchen Reise.

Mama erfuhr davon aus Stjepans Gespräch mit Rezika, vielleicht schon am selben Nachmittag, als er sich der Hausgehilfin anvertraute, die nicht umsonst den Namen seiner verstorbenen Gattin trug.

– Amerika?! Ach, ich bitte Sie, Rezika, wegen ein paar Clowns …

Aber jetzt reifte vermutlich die Entscheidung. Der Optimismus von Onkel Stjepan und der Pessimismus von Samuel Weiss trafen über Frau Ada aufeinander, die auch weiterhin schwanger zur Arbeit kam. In Prozenten sah es so aus: sechsundsechzig Prozent, dass man in Zagreb bleibt (Stjepan und Ada) und nur dreiunddreißig Prozent Samuel Weiss, dass man nach Amerika fährt, denn auch andere schwangere Frauen reisen mit Schiffen, auf Schiffen werden auch Kinder geboren, es gibt einen Arzt … et cetera. Es ist völlig glaubhaft, dass dieses prozentuale Verhältnis im Bett, vor dem Schlafen, wenn man über wichtige Dinge spricht und nachdem man vielleicht auch über das fantasiert hat, woran man bei Tag nicht einmal denken darf, um einige Prozentpunkte zugunsten Samuel Weiss' hinaufsprang, aber nicht genug, um die Koffer zu packen und zu fahren. Das umso mehr, als Onkel Stjepan sich gut auf Prozentsätze verstand und mit seinem Vorschlag diesen Prozentsatz definitiv zu seinen Gunsten umlenkte. Oder vielleicht zugunsten von Frau Ada. Jedenfalls konnte man seinen Vorschlag nicht ausschlagen.

Er lud das Ehepaar Weiss zu einem Abendessen ins Gasthaus Dva goluba ein, das zu der Zeit nicht zu teuer, aber bei Gott auch nicht billig war, und erklärte, dass er schon geraume Zeit über den Bau eines Hauses mit mehreren Wohnungen nachdenke, das ihm im Alter eine bestimmte Rente einbringen könnte und in dem in einer Wohnung natürlich auch er wohnen würde. Außerdem werde Vera einmal heiraten, und auch sie brauche eine Wohnung. Dafür wäre es leider nötig, das Häuschen auf dem Jagodnjak zu verkaufen, das ihm, glauben Sie mir, in der Zeit, seit er und Vera dort wohnten, sehr ans Herz gewachsen sei. Und dann wurden die konkreten Konturen des Vertrags besprochen. Das Ehepaar Weiss wird ihm dreißig Prozent des Wertes des Hauses in bar bezahlen, und zwar von einem Darlehen der Stadtsparkasse, für das er ihr Bürge sein wird. Die anderen siebzig Prozent werden sie ihm in Raten zahlen, als Kredit mit einem Zinssatz, der bedeutend niedriger sein wird als der der Bank.

– Aber wie zahlt sich das für Sie aus, Herr Stjepan – fragte Samuel Weiss.

– Das Bargeld brauche ich für den Kauf des Bauplatzes – erklärte Onkel Stjepan – und einen Teil des Kredits für den Bau werden Sie mir abzahlen.

– Und wo werden Sie dann wohnen, Herr Stjepan? – fragte Ada, scheinbar besorgt, aber mit ziemlich fröhlicher Stimme.

– Ich werde mit Vera in die Novakova zurückkehren, das ist Kopistas Wohnung, da kann ich Aufschub bekommen und eine kleinere Miete.

Der Kaufvertrag ist verewigt mit einer Fotografie, auf der Ada und Samuel Weiss zu sehen sind; in einen Arm eingehakt hält er den Arm seiner Frau und über dem anderen seinen alten Trenchcoat. Daneben, ein ganz klein wenig lächelnd, Onkel Stjepan, im dunklen Anzug, mit dunkler Krawatte, und im Hintergrund sieht man das Häuschen auf dem Jagodnjak und den großen stattlichen Kirschbaum im Vorgarten. Und natürlich kam nach dem Kauf des Hauses die Reise nach Amerika nicht mehr in Betracht.

Von dem Kredit der Weissens kaufte der Onkel ein Grundstück in der Nähe, in einer neuen Straße, die erst im Entstehen war und zuerst den Namen I. Abzweigung trug, um später nach einem Ort am Ufer des Flusses Sutla genannt zu werden, wo die kroatische Hymne angeblich zum ersten Mal gesungen wurde. Es war das genau genommen nur ein Maisacker zwischen anderen Maisäckern, durch den in der Mitte im Frühjahr ein Bach floss, der später unter die Erde verlegt wurde, dem man aber noch lange die Schuld an vielen tückischen Krankheiten geben sollte.

15.

Nachdem sie den ersten Schock des Umziehens überlebt hatte, schlug Mama, wie jeder Schössling, Wurzeln in der Novakova, die sie eine Zeit lang in dieser neuen Welt mit Gärten ohne Bienen nährten. Die bei ihr aber in jedem Fall in Gedanken, Sprache, Benehmen und Gesten präsent waren. Die Nachbarinnen summten um sie herum, als gehörten sie zur selben Königin, luden sie auf heiße Schokolade ein, schenkten ihr Bonbons oder Lebkuchen, die Ärmste, wie mager sie ist, sagten sie leise, und wenn Mamas schmaler Schatten in ihren Wohnungen umherhuschte, vor den Zierpuppen in den Schlafzimmern verweilte oder auf die Ölgemälde an den Wänden der

Speisezimmer starrte, oder wenn sie fragte, warum die Leuchter Löcher für sieben Kerzen haben, sahen sie hinter diesem Schatten ihren Onkel, den Prokuristen, der, außer dass er stattlich und vornehm war, auch noch tüchtig war. Lediglich das mit den Fragen nach dem Leuchter war nicht klar. In Hinblick auf ihren Nachnamen.

Aber dieser traurige Ruhm des Waisenkinds mit dem mageren Schatten, den Mama in ihrem Haus, aber auch in einigen Nachbarhäusern erlangt hatte, wie auch die Geschichte, die mit ihm zusammenhing, und ihr Vater, der kam und ging, bekamen im Frühling des Jahres einundvierzig eine neue Dimension. Schon wenige Tage nach der Proklamation des neuen Staates begannen einige Nachbarn wegzuziehen und kamen neue in ihre Wohnungen, manche auch in Uniform. Und diese neuen Nachbarn, höflich, hatten die Gewohnheit, sich mit den Alteingesessenen bekannt zu machen, und so auch mit Mama.

– Und wie heißt du, Mädchen?

– Vera.

Um nichts auf der Welt hätte sie eingestanden, dass sie in der Schule „Spinnenbein" genannt wurde.

– Und der Nachname? – fragte der liebenswürdige Herr vom ersten Stock.

– Und der Nachname? – fragte seine liebenswürdige Gattin.

Und so wiederholte sich das; Vera … Veronika … Verica, je nachdem, aber die immer: und der Nachname …?

Onkel Stjepan, umso besorgter, als für ihn diese Ereignisse überstürzt kamen, verwirrt, erschrocken, wiederholte Mama gegenüber:

– Wenn sie dich fragen, welcher Religion du bist, sag immer römisch-katholisch. Wichtig ist, dass du römisch-katholisch sagst, hast du verstanden?

Aber Mama, obwohl sie schon zwölf Jahre alt war, hatte nicht völlig verstanden. Sie war katholischen Glaubens, mit Taufe und Kommunion, sie ging jeden Sonntag in die Kirche und zum Religionsunterricht, sie und Nada hatten die gleichen Gebetbücher … Warum muss man da sagen, was selbstverständlich ist? Und warum gerade römisch-katholisch? Zu der Zeit kaufte der Onkel ihr ein Gebetbuch. Er gab es ihr nicht eingewickelt, nicht als Geschenk, sondern als etwas anderes.

– Trag es ständig in der Tasche bei dir! Verstehst du?

– Ja.

Das Gebetbuch war luxuriös, mit einem Einband aus Elfenbein, auf dem sich in der Mitte ein filigranes silbernes Kreuz befand und in den Ecken ebensolche filigrane Verzierungen mit einer Perlmuttblüte in der Mitte angebracht waren. Es hatte eine kleine silberne Schließe, und die Ränder der Seiten waren vergoldet. Auf der ersten Seite, wo in einem verschlungenen Rahmen „Zur Erinnerung" stand und es mehrere rote Linien für eine Widmung gab, stand nichts. Dem Onkel war es gerade darum zu tun gewesen, dass es kein Geschenk war. Und Mama trug es ständig bei sich, auch dann noch, als man es nicht mehr durfte.

Es ist vielleicht kein Wunder, dass das Gebetbuch, das sie in jener Zeit bekommen hat, mit großen roten Buchstaben begann:

DER WEG INS PARADIES
G e b e t b u c h
zugedacht
einer vornehmen katholischen Welt.

Zum Strauß gebunden vom
Priester Vladimir Bakotić.

Mit Genehmigung
des erlauchten und hochverehrten
Bischöflichen Ordinariats in Split.

Winterberg.
Verlegt und gedruckt von
J. Steinbrener.

Außer den üblichen Gebeten, dem Morgengebet, oder jenem, das beginnt mit „Vater unser im Himmel", oder dem „Gegrüßet seist du, Maria, voll der Gnade …", findet sich hier auch ein „Gebet, mit dem du dich dem Willen Gottes unterwirfst, verfasst nach der hl. Elisabeth, der französischen Königin", das so beginnt:

Was heute mit mir geschehen wird, mein Gott – ich weiß es nicht, ich weiß nur, dass mir nichts geschehen wird, was nicht von dir seit Ewigkeiten entschieden ist. Das ist mir genug, mein Gott, das ist mir genug. Ich unterwerfe mich deinem ewigen unergründlichen Ratschluss. Ich unterwerfe mich gern von meinem ganzen Herzen um deiner Liebe willen, ich bin zufrieden mit allem, ich nehme alles an und vereine dieses Opfer mit jenem Jesu, meines göttlichen Erlösers. Ich bitte dich in seinem Namen und wegen seiner Verdienste, dass du mir Geduld verleihen mögest im Ungemach und völlige Unterwerfung in allem, was du wünschst und gutheißt …

Es stellt sich die Frage, weshalb Onkel Stjepan, von dem man nie sagen konnte, er sei verschwenderisch, mit Sicherheit ein kleines Vermögen für das Gebetbuch ausgegeben hat. Das umso mehr, als Mama bereits ihr Gebetbuch hatte. Stand seine Schönheit im Dienst des Praktischen? Ihn kennend, war es sicher so. Zwölfjährige Mädchen lieben schöne Dinge, tragen sie gern und trennen sich nicht von ihnen.

Aber ihm scheint eine Kleinigkeit entgangen zu sein. Auf einer der vorderen Seiten steht: „Seine Heiligkeit, der glücklich waltende Heilige Vater, unser Papst Leo XIII., hat mit einem Breve vom 27. Januar 1889 gütig geruht, dem Herausgeber dieses Buches das Ritterkreuz des Ordens des heiligen Silvester zu verleihen, und zwar für zahlreiche Verdienste, die er sich gegenüber Unserer heiligen Religion mit der Herausgabe und Verbreitung katholischer Bücher erworben hat." Der Herausgeber J. Steinbrener hatte einen ebensolchen unerwünschten Nachnamen wie Mama. Oder war vielleicht gerade das die Absicht?

Das Gebetbuch bewahrte Mama gut bis zum Winterende einundvierzig, aber dann, als sich die Struktur der Bewohner der Novakova gründlich geändert hatte, war es keine Garantie mehr. Deshalb packte Onkel Stjepan nach dem Vorfall im Maksimir erneut für Mama, ihre Koffer und Sachen waren jetzt noch mehr als damals, als sie angekommen war, und das Taxi brachte sie in die Zlatarska. Dort waren die Verhältnisse bedeutend besser als in der Novakova. In Trešnjevka waren alle Nachbarn dieselben geblieben.

16.

Unter den in Onkel Stjepans Kommode erhaltenen Dokumenten, neben Plänen des Hauses auf dem Zelenjak und Geschäftsdokumenten und Aktien in Verbindung mit der Firma Spectrum und, später, den Papieren in Verbindung mit der Firma Staklo finden sich auch Briefe mit der Unterschrift von Ada Weiss. Aber sie sind nicht an den Onkel gerichtet, sondern an die Polizeidirektion in Zagreb. Auf gelblichem Papier für Maschinenschrift mit dem Briefkopf der Firma Spectrum, Vlaška 83, Zagreb, finden sich genau genommen Konzepte von Briefen, die mit Grafitstift geschrieben wurden, wobei einige Wörter gelöscht oder durchgestrichen sind. Interessant ist, dass sich die Handschrift der Konzepte und die Unterschrift unterscheiden. Die Handschrift der Konzepte ist offensichtlich die von Stjepan, die Unterschrift hingegen ist völlig anders, und man kann sich vorstellen, dass jedes Konzept eigenhändig von Ada Weiss unterschrieben wurde. Die Briefe wurden offensichtlich von ihnen gemeinsam verfasst und korrigiert. Geschrieben wurden sie bei ihm in der Novakova, und die Konzepte sind in seinen Unterlagen erhalten geblieben. Ein Dokument der Zeit und Erinnerung an sie beide gemeinsam, wie sie, während es von der Kathedrale zehn oder elf schlägt, verzweifelt an ihrem edlen Unterfangen arbeiten. Aber warum hat Ada jedes Konzept, das Stjepan geschrieben und korrigiert hat, eigenhändig unterschrieben? Hat er das von ihr verlangt? Oder hat sie die korrigierten Konzepte unterschrieben, die Onkel Stjepan am nächsten Tag mit der Dienstpost aus der Firma abgesandt hat. Ist es möglich, dass damals, in der Wohnung in der Novakova, ein umgekehrter Arbeitsablauf als im Büro herrschte, wo Ada die Briefe verfasste und korrigierte, bevor sie sie mit der Maschine abschrieb und Stjepan die endgültige Version paraphierte. Das geschäftliche Muster ihrer Beziehung kam auch hier zum Tragen, allein in der großen Wohnung. Haben sie auf diese Weise auch jeder in seinem Glaskäfig gesessen und aus diesem Käfig heraus leger miteinander gesprochen, Kaffee getrunken, die Worte gewählt, geschützt durch das dicke Panzerglas? Die Zeit, in der sie gelebt haben, rechtfertigt jedenfalls die Metapher des Käfigs, aber bei Gott auch des Glases, das in diesen Jahren mehr als sonst zerschlagen wurde.

Und hat Ada Weiss jemals bei ihm übernachtet? Wenn sie sich etwa beim Schreiben hatten davontragen lassen und die Kathedrale ihnen plötzlich anzeigte, dass die Polizeistunde begonnen habe? Auf den kleinen Antun, Adas Sohn, der zum Glück im römisch-katholischen Glauben getauft war, mit dem zusätzlichen Taufnamen Stjepan, zu Ehren des Menschen, der ihnen im Leben mehr geholfen hatte als ihre engste Familie und mehr als die Familie Kopista, die für das Haus auf dem Jagodnjak nur eine kleinere Summe beigetragen hatte, passte ohnehin ein Mädchen auf, das bei ihnen auf dem Jagodnjak schlief. Wenn sich auch irgendwann einmal ein solcher Fall ereignet haben sollte, musste es so ausgesehen haben: Onkel Stjepan erhebt sich langsam vom Tisch, richtet sich auf, hält sich das schmerzende Kreuz nach dem langen Sitzen, und sagt:

– Frau Ada, es ist Zeit!

Und sie, die die Worte „es ist Zeit" mit einem bestimmten Bangen erwartet hat, sagt:

– Ich gehe doch nach Hause!

– Machen Sie keinen Unsinn ... – oder: – Seien Sie nicht verrückt ... – so sagt Onkel Stjepan zu ihr, mit einer Stimme, die streng ist zu ihrem Besten. Und sie wartet vielleicht auch darauf, auf die Stimme, die streng ist zu ihrem Besten, eine tiefe Stimme, die, wenn sie tiefer wird, Glas zum Vibrieren bringen kann.

– Gut – sagt Ada, sich der höheren Macht unterwerfend, der des Chefs, der Polizeistunde, Gottes ... eines und des anderen und des Dritten.

Und dann sagt Onkel Stjepan zu ihr:

– Das Bettzeug für Sie ist im Schrank, unten.

– Ach nein, ich werde hier – sagt Ada Weiss – ich kann Sie nicht aus dem Schlafzimmer werfen.

– Seien Sie unbesorgt – sagt Onkel Stjepan – ich gehe in Veras Zimmer. Ohnehin schlafe ich jetzt dort, mir ist jedes Bett zu groß. – Obwohl es Vera in dieser Wohnung nicht mehr gibt, ist ihr Zimmer immer bereit. Und das Bettzeug auf dem Bett.

Und so schlafen sie, jeder in seinem Zimmer, in ihrem gläsernen Käfig, oder es wäre in diesem Fall vielleicht besser zu sagen, „wachen" sie jeder in seinem Zimmer. Denken sie einer an den anderen? Und begegnen sich ihre Gedanken manchmal im Laufe dieses Wachens, zum Beispiel in Amerika, auf dem Transatlantik, bei dem günstigen Kaufvertrag …

17.

Hochgeschätzte Polizeidirektion
in Zagreb, Đorđićeva 4
z. Hd. S. g. Stabskommandanten
Josip Orešković

Sehr geehrter Herr Orešković, ich lege Widerspruch ein gegen das Vorgehen des in Ihrer Direktion beschäftigten Polizeibediensteten M. R.

Mein Mann Samuel Weiss ist der Anordnung dieser Direktion nachgekommen, mit der Juden und Serben, die im Stadtgebiet wohnen, aufgefordert werden, alle, ob aufgrund eines Waffenscheins oder ohne, in ihrem Besitz befindlichen Waffen (Jagdgewehre) im Gebäude der Direktion in der Đorđićeva 4, Zimmer 17 und 18, abzugeben. Mein Mann hat der Aufforderung so Folge geleistet, wie es der alphabetischen Ordnung entsprechend vorgesehen ist, am 20. Mai, als die Buchstaben S bis W an der Reihe waren. Mitgebracht hat er auch das Jagdgewehr, das er von seinem verstorbenen Vater geerbt hat, zusammen mit dem vorgeschriebenen Futteral.

Ich erwähne, dass mein Gatte alles vorschriftsgemäß erledigt hat, aber der Angestellte der Direktion, den ich hier nur mit den Initialen anführe (aber Sie werden wissen, um wen es sich handelt, weil er in Zimmer 17 Dienst tut), war außerordentlich frech und hat meinen Gatten beleidigt und ihn ständig angeschrien, wobei er ihn mit Tiernamen bedacht hat, die ich hier nicht erwähnen möchte. Nachdem mein Gatte ihm mitgeteilt hatte, dass er alles vorschriftsgemäß erledigt habe und dass er von ihm verlange, sich höflicher zu benehmen, hat ihn M. R. mit der rechten Hand geohrfeigt, sodass er meinem Gatten die Lippe blutig geschlagen hat.

Ich bitte Sie, hochgeehrter Kommandant Orešković, Ihren Untergebenen, der sich gegenüber den Bürgern ausnehmend frech benimmt, zu ermahnen und ihm wegen dieser Anstandsverletzung die vorgeschriebene Anzahl Tagegelder abzuziehen.

Mit tiefer Hochachtung und Dankbarkeit,

Ada Weiss

In Zagreb, 24. Mai 1941

Wurde dieser Brief irgendwann einmal abgeschickt? In Stjepans Unterlagen gibt es nur das Konzept. Aber was noch wichtiger ist, ist genau genommen die Frage, von wessen Naivität diese Zeilen zeugen? Von seiner oder von ihrer? Und warum hat ihn Samuel Weiss nicht selbst geschrieben, sondern seine Gattin in seinem Namen? Sicher ist, dass zu der Zeit, nach dem 7. Mai 1941, als der Polizeidirektor die Anordnung erlassen hatte, dass innerhalb einer Frist von acht Tagen alle Serben und Juden, die nördlich der Linie Maksimirska, Vlaška, Jelačić-Platz und Ilica wohnen, umziehen müssen, Samuel Weiss im Sinne der erwähnten Anordnung nicht mehr auf dem Jagodnjak wohnte und dass seine Gattin gezwungen war, ein Mädchen aus Šestine zu nehmen, das auf den kleinen Antun aufpasste. Heute, wenn ich so viele Jahre nach all dem ihre Beschwerde lese, fällt mir nur ihr gemeinsamer Versuch ins Auge, Gerechtigkeit zu fordern, sich davon zu überzeugen, dass die Gesetze, nach denen sie so viele Jahre gelebt haben, noch immer gültig sind.

Der zweite Brief ist noch naiver.

Polizeidirektion
Đorđićeva 4
Zagreb

Geehrter Herr Polizeikommandant,

mein Gatte Samuel Weiss hat bei Ihrer geehrten Polizeistelle wegen des Meldeverzeichnisses vorgesprochen, nachdem er von der Adresse Jagodnjak 17 auf der Šalata an die Adresse Tratinska 22 a umgezogen war, um sich ordnungsgemäß anzumelden. Allerdings ist er weder an jenem Tag noch nach mehreren Tagen wieder zu Hause erschienen. Ich erwähne, dass er schon einmal verhaftet und abgeführt wurde, aber dass wir innerhalb der festgesetzten Frist die vorgeschriebene Taxe bezahlt haben, und zwar in Kuna, aber auch in Gold, zehn österreichisch-ungarische Dukaten, die einen Teil meiner Mitgift darstellten, und 7 goldene Napoleondor, ebenfalls Erbstücke meiner Familie. Und er ist nach Hause in die Tratinska zurückgekehrt. Wir sind auch jetzt bereit zur Taxe, die vorgeschrieben wird (wenn sie vorgeschrieben wird), aber uns hat ein Beamter Ihrer Behörde zu informieren geruht, dass mein Gatte zusammen mit anderen Leuten aus Trešnjevka, im Sinne der Gesetzesbestimmung über die Beförderung unerwünschter und gefährlicher Personen zum Zwangsaufenthalt in Sammel- und Arbeitslager, in das Sammellager Jasenovac III gebracht wurde.

Ich darf Sie dahingehend informieren, dass mein Gatte keinesfalls eine unerwünschte und gefährliche Person ist, sondern ein zärtlicher Vater und Ehemann und Bürger, der sich musterhaft an alle Vorschriften hält. Bis vor 10 Monaten war er an der Börse beschäftigt und für 1939 hat er eine schriftliche Anerkennung als vorbildlicher Angestellter bekommen, die ich mit den übrigen Dokumenten dieser Bitte beifüge. Ebenso darf ich Sie informieren, dass mein Sohn Antun, getauft in der Franziskanerkirche auf dem Kaptol am 12. Juni 1938 (die Taufbescheinigung lege ich ebenfalls bei), und ich römisch-katholischen Glaubensbekenntnisses sind, dass er und ich alle vorgeschriebenen Sakramente haben und dass wir uns der Nationalität nach als Kroaten fühlen.

Da das heilige Weihnachtfest bevorsteht, bitten wir die Direktion und Sie persönlich untertänigst, mir den Besuch des Lagers zu erlauben, damit mein Sohn und ich wenigstens für kurz unseren geliebten Mann und Vater sehen können.

Mit Hochachtung und Glauben an Sie und an Gott
grüße ich Sie hoffnungsvoll,
Ada Weiss

In Zagreb, 20. Dezember 1941

Der dritte Brief, ebenfalls im Konzept erhalten, wurde als offizielles Dokument gesandt, und zwar von der Adresse der Firma Spectrum. Auch den hatten sie gemeinsam skizziert, und Ada Weiss hatte ihn unterschrieben. Im Frühjahr zweiundvierzig habe sie über einige Kanäle erfahren, dass ihr Gatte lebe und Vorarbeiter geworden sei, er habe sich dank seines gesunden Verstandes und seines Fleißes, wovon man sie nicht erst überzeugen müsse, zurechtgefunden. In einem Brief, den ein Mann, ein Bediensteter der Polizei, zugestellt hatte, aber inoffiziell, wofür er als Gegenleistung ein goldenes Kreuz verlangt hatte, über das er schon informiert war, offensichtlich von Samuel selbst, teilte dieser mit, dass es ihm gut gehe, dass die Arbeit schwer sei, aber dass er irgendwie durchkomme. Ebenfalls schrieb er, dass einige Leute, die ebenfalls auf Zwangsarbeit seien, am Sonntag Besuch von den Gattinnen bekommen hätten, die ihnen Essenspakete mitgebracht hätten. Sie solle ihm auch ein Essenspaket mitbringen, aber wichtiger sei ihm, den kleinen Antun zu sehen, den er schon mehr als ein halbes Jahr nicht gesehen habe. Aber, wenn sie kommt, auch etwas Geld, um die Wächter zu bestechen. So werden die Wächter sehen, dass sie mit den anderen Frauen zu Besuch kommt, und ihnen ein kurzes Sehen ermöglichen. Der Brief endet mit den Worten: „Adi, ich lebe von der Hoffnung, Sami!"

Ada Weiss beriet sich mit Onkel Stjepan, und der sagte besorgt:

– Fahren Sie nicht, Frau Ada … vor allem nicht mit dem Kind. Sie sehen, was passiert!

Und sie antwortete:

– Das Kind muss den Vater sehen. Dass es ihn nicht vergisst.

Ada Weiss brach eines Sonntags mit dem Kind und mit einem Korb voller Essbarem auf, das damals nicht leicht zu beschaffen war und an dessen Beschaffung auch Onkel Stjepan beteiligt gewesen war. Die erste Patrouille kontrollierte ihre Papiere, als sie zum Ribnjak hinunterkamen, die zweite, als sie am Hauptbahnhof aus der Straßenbahn stiegen, die dritte unmittelbar auf dem Bahnsteig. Und immer stutzten die Soldaten bei ihrem Nachnamen. In dem überfüllten Waggon, auch mit ständiger Bestechung, gelang es ihr, sich dem Lager zu nähern, sie sah sogar eine Gruppe Lagerinsassen, die von den Wächtern zur Arbeit geführt wurden. Aber das, was sie sah, hatte nicht gerade Ähnlichkeit mit Menschen. Und als sie das sah, ließ sie den Korb mit dem Essen stehen, nahm das Kind an die Hand und flüchtete. Samuel hat sie nicht gesehen.

Rechtsanwaltsbüro Cerovski in Zagreb
z. Hd. Rechtsanwalt Marko Cerovski

Gegenstand: Bitte um außerordentliche Auflösung der bürgerlichen Ehe zwischen Samuel Weiss und Adele Weiss, geborene Kottek

Geehrter Herr Cerovski, am 23. August 1938 haben mein Mann Samuel Weiss und ich auf dem Standesamt die Zivilehe geschlossen und ich habe in Übereinstimmung mit den geltenden Vorschriften und den herrschenden Gebräuchen meinen Nachnamen in Weiss geändert. Da mein Gatte, Jude der Nationalität nach, im Sammellager Jasenovac III interniert ist und sich nicht meldet und sich die Abteilung für Lagerverwaltung taub stellt auf meine Bitten zu erfahren, ob er am Leben ist oder nicht, bitte ich Sie inständig, möglichst rasch ein Ehescheidungsverfahren und eine rasche Namensänderung in Gang zu setzen. Aus gewissen Kreisen wurde mir mitgeteilt, dass ich den Nachnamen nicht ohne gültige Aufhebung dieser Ehe ändern kann, deshalb bitte ich Sie, beide Verfahren einzuleiten. Das umso mehr, als mein Sohn und ich katholischen Religionsbekenntnisses sind und mit dem Judaismus keinerlei Kontakt haben.

Ich erwähne, dass ich einverstanden bin, wieder meinen Mädchennamen Kottek für mich und meinen Sohn anzunehmen, der mir jetzt die einzige und wichtigste Sorge ist.

In der Hoffnung auf rasche Erledigung dieses Verfahrens,

Ada Weiss

In Zagreb, 2. April 1942

Der Sohn von Ada Weiss starb einen Monat später im Heiliggeist-Krankenhaus am Flecktyphus, und nach allem, was wir heute über den Flecktyphus wissen, besteht die sehr kleine Möglichkeit, dass er sich bei seinem erfolglosen Besuch des Lagers infiziert hat. Ada Weiss erhielt den Bescheid über die Scheidung kurz nach seinem Tod, was für die Administration des Unabhängigen Staates ungewöhnlich rasch war. Die Grabstätte auf dem Mirogoj kaufte Onkel Stjepan, sie befindet sich in der Nähe des Familiengrabes, von wo aus man heute sehr schön den Turm für schweres Wasser des Ruđer-Bošković-Instituts sieht.

18.

Hinter dem Gebäudekomplex des Knabenseminars, das das Zagreber Erzbistum zwischen 1927 und 1931 hatte erbauen lassen, einem riesigen Komplex, der einen Trakt für die Hauptverwaltung, ein Gymnasium mit Arbeitsräumen, Speise- und Schlafsälen, ein kleines Landwirtschaftsgut, eine Kirche, eine Kerzengießerei und mehrere Sportplätze umfasst, befand sich an seiner nordöstlichen Seite eine schmale, mit Brombeer- und Robiniengestrüpp zugewachsene Senke, durch die ein Bach floss. Niemand hatte je den Namen dieses Bachs erwähnt, weil das genau genommen auch kein richtiges fließendes Gewässer war, das einen Namen verdient hätte, sondern mehr ein offener Kanal für ein paar armselige Häuschen, die keine richtige Kanalisation hatten. Es handelte sich um einen spezifischen Raum, eine Art Oase der Wildnis mitten in der Stadt, einen unlogischen Vorstoß der Peripherie direkt ins Zentrum. Oder vielleicht, genauer gesagt, um ein Überbleibsel der Peripherie im Zentrum. Es gab hier ein typisches hölzernes Bauernhaus, wie man es noch hier und da in den Dörfern des Zagorje sehen kann. Ringsum standen noch ein paar gemauerte Häuschen, unverputzt und ebenerdig mit lehmigen Höfen, in denen die Hühner pickten. Diese ebenerdigen Häuschen gehörten ganz zu den Randgebieten, dort, wo sich mitten in den dörflichen Räumen die Stadt mit Straßenbeleuchtung und typischen Hausnummern ankündigt, aber alles noch seinen dörflichen Anstrich hat. Aber die, die hier etwas länger leben, wissen, dass diese periphere Oase inmitten des Wohnviertels eigentlich die Grenze zwischen zwei ganz unterschiedlichen Räumen bildet, die durch das Ausgreifen eines Viertels mit Villen und Siedlungshäusern zusammengewachsen sind, das seinen Namen nach vielfacher Meinung den Salatfeldern verdankt, die Anfang des vergangenen Jahrhunderts hier von den Bewohnern der Unterstadt angelegt worden waren, nach Auskunft anderer hingegen dem lateinischen Verbum für „steigen“.

Unweit von diesem Grenzraum fingen wir im Spätfrühling des Jahres dreiundsechzig an zu leben, als ich zwei Jahre alt geworden war. Über diese Senke, die ein Eindringling im Gewebe der Stadt und eines seiner vornehmen Viertel war, wo sich Habgier, Heuchelei und Gaunerei in eine Harmonie aus Steinhäusern, eine Schönheit von Gärten und eine Weite der Aussicht verwandelt hatten, damit in diesen Häusern Generationen heranwuchsen, die besser waren als jene, die sie erbaut hatten, führte mich Onkel Stjepan oft auf einen Spaziergang. Zu der Zeit, in den ersten Jahren, hieß das Spaziergang, und erst später „Besuch". Wir gingen zu jemandem auf Besuch, der auf der anderen Anhöhe wohnte, hinter deren Dächern und Gärten die Sonne unterging. Ich erinnere mich nur an diesen schmalen Anstieg, vielleicht auch deshalb, weil man dort den starken Geruch des offenen Kanals wahrnahm oder mich das an einen Urwald erinnernde dichte Gestrüpp anzog. Von unserer Anhöhe gingen wir hinab über improvisierte Stufen, die aus Brettern und Erde gemacht waren, und vom Fuß der kleinen Senke führte entlang der Mauer des Seminars ein steiler Kiesweg auf die andere Anhöhe hinauf.

Onkel Stjepan ist schon fast fünfzig Jahre nicht mehr, wie auch viele von denen, die wir unterwegs grüßten. Wenn man alle mehr oder weniger nahestehenden Menschen anführen müsste, die es nicht mehr gibt, würden alle Finger an meinen Händen nicht ausreichen. Und auch die Zehen nicht. Ich bin in den Jahren, wo es immer an Fingern für Gestorbene mangelt.

19.

In Onkel Stjepans Garçonnière im Dachgeschoss unseres neuen Hauses auf dem Zelenjak spielte ich gern mit den Plänen für das Haus. Wenn er auf dem Markt gewesen war und das Mittagessen gekocht hatte, damit meine Eltern etwas Warmes erwartete, wenn sie von der Arbeit kamen, weil der Mensch mindestens einmal am Tag etwas mit dem Löffel essen muss, und wenn wir dieses „mit dem Löffel" in meinem Fall mit gemeinsamen Kräften gemeistert hatten, mithilfe eines Fićo, der in die Garage fährt, tut tut … eines Löwen, der ins Fleisch beißt, hamm hamm … und einer Antilope, die Gras weidet, rupf rupf … zogen wir uns in die Mansarde zum Spiel zurück. Und ich sagte oft:

– Opa, gibt mir die Bilder vom Haus!

– Wie heißt es?

– Opi, bitte die Bilder vom Haus.

Manchmal genügte auch das nicht. Ich musste es auf Deutsch sagen.

– Opa, gib mir bitte die Bilder vom Haus!

Und dann zog er, mit würdevollem Sinn für das Ritual, die untere Lade seiner Biedermeierkommode auf, in der er die Dokumente aufbewahrte, und nahm die grüne Papprolle mit den Plänen heraus. Vorsichtig breitete er sie auf dem Tisch vor mir aus, wie ein schönes Tischtuch mit Messpunkten, Dachschrägen und dem Blick aus verschiedenen Himmelsrichtungen: die Südfassade, die halbrunden Balkone und die großen Fenster, die Westfassade, die kleinen Fenster von Badezimmer und Speisekammer, die Ostfassade …

– Vorsichtig, nicht zerknittern, nur schön anschauen!

Am Anfang waren für mich die Fenster an dem gezeichneten Haus nur Fenster, Türen nur Türen, und ich habe sie manchmal abgezeichnet. Wann ich indessen bemerkt habe, dass mit dieser Zeichnung etwas nicht stimmte, kann ich nicht annähernd bestimmen. War das zwischen meinem fünften und sechsten Lebensjahr, oder später, als ich schon in die Schule ging? Höchstwahrscheinlich war es etwas später, in der ersten Klasse, als ich den Zusammenhang zwischen Gezeichnetem und Gebautem begriff.

– Großvater – fragte ich, als ich einmal die ausgebreiteten Zeichnungen auf dem Tisch betrachtete – das sind nicht die Bilder für unser Haus?

– Nein – sagte Onkel Stjepan.

– Für welches sind sie dann?

– Für ein anderes – sagte er.

Erst nach vielen Jahren habe ich erfahren, was mit den Zeichnungen, mit denen ich als kleiner Junge gespielt habe, nicht stimmte: Sie waren für ein Haus, das nie gebaut worden war. Es hätte ein Wohnhaus mit drei Wohnungen sein sollen, ein typisches Vorkriegshaus mit einem Dach „zu vier Wassern“, mit halbrunden Balkonen an der nordöstlichen Ecke und einem bläulichen Sljeme-Stein im Sockel. Interessant ist, dass es eine Art Zwilling eines Hauses gewesen wäre, das tatsächlich in unserer Straße, an Nummer 10, praktisch uns gegenüber, erbaut wurde. Möglicherweise wurde es vom selben Architekten entworfen, oder es handelte sich um eine Art Haustyp, der den urbanistischen Anforderungen für die ganze Straße entsprach. Diese Häuser hatten etwas von den Errungenschaften der Moderne, runde Fenster in den Treppenaufgängen oder Nebenräumen, große Glasflächen der Wohnzimmer, die auf die Straße hinausgingen, und unterschieden Schauseite und Hofseite deutlich.

Die Rückseite sah zu den Gärten hinaus, an ihr waren die Öffnungen relativ unwichtiger Räumlichkeiten verteilt: Speisezimmer, Küche oder Bad, während sich Wohn- und Schlafzimmer zur Straße hin öffneten und die schönere Seite des Hauses präsentierten. Diese schönere Seite war immer reserviert für eine Art öffentliche Exklusivität. Denn die Exklusivität des Wohnens war damals eine öffentliche, sie teilte ihre Schönheit mit der Straße. Erst später sollten sich die wichtigsten Teile des Hauses zur Intimität des Hofes öffnen.

Mit dem Grundriss und der Seitenansicht dieses nichtexistenten Zwillingshauses, dieses aus einem bestimmten Grund abortierten Kindes, verbrachte ich meine ganze Kindheit. Und manchmal, aber nur manchmal, stellte ich mir vor, was für ein Leben sich in diesen Zimmern und auf diesen Balkonen abgespielt hätte, deren Tusche verblasst war und eine dunkelrosa Farbe angenommen hatte, wobei auch das Papier rosa war, aber um ein paar Nuancen heller.

Es schien so, als würden sich einmal in der Zukunft Zeichnung und Papier in der Farbe angleichen und als wäre das dann auch das Ende der Erinnerung an ein Haus, das nie erbaut worden ist. Das Haus, das Mamas Onkel vor dem Krieg zur Vermietung exklusiver Wohnungen an die höhere Mittelklasse geplant hatte, war tatsächlich erst 1961 begonnen und noch im selben Jahr bis zur ersten Zwischendecke aufgeführt worden. Es war bedeutend bescheidener ausgefallen, ein Rückschritt auch in architektonischer und ästhetischer Hinsicht. Gezeichnet als Kubus mit einem Dach „zu zwei Wassern", ohne Straßenbalkone und runde Fenster, mit einem Keller, mit zwei Stockwerken und Dachgeschoss, folgte es der Philosophie jener Zeit, die auf der Angst fußte, sich abzuheben.

20.

Die Millionen Toten des Zweiten Weltkriegs nahmen sogar aus der Erde heraus Einfluss auf die Architektur, so wie sie auch auf alles andere Einfluss nahmen. Ihren überlebt habenden Verwandten fehlten dauerhaft die Finger, um sie alle abzuzählen. Und das schuf einen starken Zusammenhalt. Es galt, den Nachbarn so ähnlich wie möglich zu wohnen und zu leben. Extravaganzen in Hinblick auf den Grundriss wurden nicht verziehen, auch solche nicht, wenn Türen, Materialien oder Farben zur Debatte standen. Unser Haus wurde im Schatten seines ungeborenen Zwillings gebaut, aber im Unterschied zu ihm, das nur einen Zwilling hatte, bekam es in unserer Straße Dutzende ihm ähnliche.

Als nämlich Onkel Stjepan und meine Eltern 1961 begannen, das Haus auf demselben Grundstück zu errichten, wo auch jenes hätte erbaut werden sollen, das nur auf dem Papier bestand, hieß Onkels Unternehmen nicht mehr Spectrum, sondern Staklo und war er in ihm als Chef der Buchhaltung und rechte Hand des Finanzdirektors verblieben. Wenn er nach der Arbeit in der Verwaltung der Firma Staklo in der Vlaška auf die Baustelle kam, konnte er vermutlich nicht umhin, sich des Hauses zu erinnern, das hier mehr als zwanzig Jahre zuvor hätte erbaut werden sollen. Über dieses Haus habe ich praktisch alles erfahren: dass die Konstruktion der hölzernen Balken, die das Dach halten sollten, „Stuhl" heißt, dass die Decken aus Holzbalken bestehen sollten, die mit verputztem Schilfrohr belegt sind, dass die großen Fensterrahmen aus Kiefernholz sein sollten, das gegen die Elemente widerstandsfähig ist, dass seine Ausrichtung nordöstlich-südwestlich fast ideal zu nennen gewesen wäre, dass man von den Balkonen im ersten, mit Sicherheit aber im zweiten Stock die ganze Stadt hätte sehen können ... Aber ich wusste nicht das Wichtigste: warum es nie erbaut worden war.

21.

Onkel und ich durchqueren die Senke mit dem stinkenden Styx, und die Zeit schlägt der Turm der Kirche im Komplex des Seminars. Es ist Freitag, wir gehen „auf Besuch", und ich weiß mit sieben Jahren, zu wem. Irgendwie haben wir die ausgewaschenen Erdstufen hinter uns gebracht, und der Onkel hat wie üblich gesagt:

– Pass auf, wo du hintrittst, nur langsam!

Und ich habe wie üblich gesagt:

– Ich pass auf, Opa!

Aber genau genommen passte ich jetzt auf ihn auf. Mama hatte gesagt: „Pass auf ihn auf, wenn ihr die Stufen hinaufgeht, du weißt, dass er auf einem Auge nicht sieht."

Wir mussten vorsichtig die Brombeerzweige wegschieben, die frech auf den Weg wuchsen und nur selten zurückgeschnitten wurden. Und wenn wir an der Mauer des Seminars entlang hinaufgestiegen und endlich auf den Jagodnjak hinausgekommen waren, sahen wir den hohen Turm der Sternwarte auf dem Seminargelände, von dem aus die Zöglinge den Himmel betrachten, den richtigen Himmel, den gestirnten, und nicht den kirchlichen Aquamarinhimmel auf den Heiligenbildern mit den ockerfarbenen pausbäckigen Engelchen, die im Kindergarten oder in der Schule sehr schlecht davongekommen wären, weil die Kinder sie Pummel, Dicker, Dickwanst, Fettsack oder gar Fettsau gerufen hätten. Ein Glück, dass Engel nicht in die Schule gehen, außer in blonde Mädchen verkleidet: in Višnja Babić, Arijana Lukić, Nataša Schaps, Danijela Kabiljo, Andrea Montani … An dem Turm befindet sich, noch von vor dem Krieg, ein kroatisches Wappen, aber die Felder sind so verrostet, die weißen gedunkelt und die dunklen von der Sonne gebleicht, dass man eigentlich nicht weiß, mit welchem Feld es beginnt. Auch hat sich zu der Zeit niemand um eine rostige Szenerie an einem Popenturm gekümmert. Aus dem Hof des Seminars wimmelt eine Kolonne Knaben heraus, die meisten älter als ich, und ich mit meinen sieben Jahren sehe, dass sie schlecht gekleidet sind, arme Kinder vom Dorf, zerrissene Pullover, zu kurze Stoffhosen, keine *Jeans* und keine *Sneakers*, Knaben, die wir oft sahen, wenn wir zur Schule gingen, und die ich in Gesellschaft meiner Freunde verachtet, und wenn ich allein war, bedauert habe.

– Siehst du, Zoran, sie lernen Priester – sagte Onkel.

Ich weiß, und sie tun mir leid, dachte ich bei mir.

Und dann bogen wir nach rechts ab, zum Haus von Frau Kottek.

Onkel Stjepan ging jeden Freitag auf Besuch, einmal die Woche, und dann kaufte Frau Kottek bei Malbaša immer eine Schaumrolle für ihn. Speziell dafür stieg sie von der Šalata hinunter in die Stadt und brachte diese eine einzige Schaumrolle mit. Onkel aß nie zwei. Wenn er auch mich mitnahm, kaufte Frau Kottek für mich eine Cremeschnitte.

Sie und Onkel Stjepan saßen, wenn schönes Wetter war, im Vorgarten. Auf der linken Seite stand der Kirschbaum, der das Dach des Hauses überragte, ein wenig weiter rechts konnte man die Steinstufen sehen und den Hauseingang, zu dem ein schmaler gepflasterter Weg führte. Auf der rechten Seite, auf Höhe des Kirschbaums, befand sich unter dem Fenster des Wohnzimmers ein Blumenbeet, das im frühen Frühjahr bunt war von Tulpen und Bergenien, und dann, mit herannahendem Sommer, voll mit anderen Blumen: roten und weißen Kletterrosen, Gladiolen, Knopfblumen. Unter dem Kirschbaum stand ein kleiner Tisch, rund, aus Marmor, mit metallenen Beinen, und neben ihm immer zwei Stühle. Niemals drei, oder vier. Das war die Bühne.

Wenn Sommer war, zog er das Sakko aus, kehrte es so um, dass das Innere nach außen zeigte, und Frau Kottek kam und nahm das so Zusammengelegte zärtlich auf, trug es ins Wohnzimmer und legte es auf den Diwan. Er zog sich die Hose glatt und setzte sich langsam. Wenn es Frühling oder Herbst war, saß er im Sakko und mit Krawatte, passte aber auf, dass er sie nicht zerdrückte. Nicht übertrieben, wie ein Geck, sondern wie ein ernsthafter Mann, der die Dinge um sich und an sich achtet. Sie wiederum musste mehrere Male ins Haus hineingehen und herauskommen. Zuerst brachte sie die Kuchen, während ich anfangs einen dunkelroten Rolls-Royce Silver Shadow von Matchbox über die Steinplatten des Gartenwegs schob, später auch einen gelben Lamborghini Miura oder einen Porsche, in dem James Dean umgekommen war.

Frau Kottek sagte dann:

– Zoran, der Kuchen ist auf dem Tisch.

Das war die erste Einladung, und die Automobile waren noch immer interessanter als die Cremeschnitte.

– Zoran, iss den Kuchen, danach kannst du spielen! – sagte dann Onkel Stjepan mit strenger Stimme, von der die Fensterscheiben vibrieren konnten. Auf die zweite Einladung musste ich reagieren und mich auf den Stuhl setzen, der eigentlich ihrer war, und die Cremeschnitte aufessen.

Währenddessen brachte sie auf einem kleinen Silbertablett zwei Kaffeeschälchen, ein kleines Gefäß für Würfelzucker, kleine Löffel und Servietten. Das stellte sie alles auf den Tisch, und wenn ich mit der Cremeschnitte noch nicht fertig war, wartete sie einen Augenblick. Manchmal lehnte sie sich an die verschlungenen geflochtenen Metallstangen der Lehne von Onkels Stuhl.

Ich beeilte mich dann mit dem Aufessen und Platzmachen, und Onkel Stjepan sagte:

– Hast du dich bedankt?

Im Weggehen sagte ich dann:

– Danke, Tante Ada!

Onkel Stjepan ging volle achtundzwanzig Jahre zu Frau Kottek auf Besuch, und das meistens freitags. Zu der Zeit, als beide noch arbeiteten, am Freitagnachmittag, gegen fünf, und als sie in Pension gegangen waren, am Freitagvormittag. Nie vor elf, weil man das als unhöflich ansah, aber nie blieb er länger als bis eins, denn das war schon die Zeit des Mittagessens. Und sie kaufte ihm volle achtundzwanzig Jahre bei Malbaša diese eine einzige Schaumrolle. Ich ging oft mit ihm auf diesen Besuch, aber nie habe ich ihn essen sehen. Frau Kottek stellte das Tellerchen mit dem runden, schaumgefüllten Blätterteig vor ihn hin, aber er stürzte sich nicht sofort darauf, sondern wartete mit vor der Brust gekreuzten Armen, bis sie den Kaffee serviert hatte, und inzwischen beanspruchten andere Dinge meine Aufmerksamkeit: Fasane, die sich im Dickicht neben dem Haus versammelten, Vogelnester auf dem Kirschbaum, der Zusammenstoß des Rolls-Royce mit einem Ziegelstein, auf dem ein tönerner Gartenzwerg lag. Und am Ende, wenn wir uns verabschiedeten, lag auf seinem Tellerchen die kleine Gabel mit Schaumresten und nur wenigen gelben Teigblättchen, so als wäre es auf dem Teller Herbst geworden.

22.

Onkel Stjepan war überzeugt, dass mein Papa überhaupt nicht mit Geld umgehen kann, und brachte mir schon von Kindesbeinen an das Zählen bei. Wir zählten meistens beim Spazierengehen, was wir unterwegs sahen: Häuser, Pappeln, Autos. Dabei sagte er immer, dass es bei Häusern und Pappeln leichter gehe, denn die stünden wohlerzogen an Ort und Stelle, Automobile hingegen seien unangenehm. Kaum hast du sie gezählt, zwei oder drei oder vier auf dem Parkplatz, schon fährt eines von ihnen weg und die Zahl stimmt nicht mehr. Er ertrug es nicht, wenn die Zahlen nicht mehr stimmten. Deshalb ermunterte er mich, das zu zählen, was sich nicht bewegt.

– Opa, kann ich Vögel zählen?

– Es ist schwer, Vögel zu zählen, Zoran, du musst ein wahrer Meister sein, um Vögel zu zählen … Komm, wir wollen mal sehen, wie viele Häuser es bis zum Ende vom Zelenjak gibt.

Und ich fing an:

– Das Haus von Onkel Turk, das Haus von Ivančica, das Haus von Nachbar Plavi …

– Wie viele sind es?

– Drei!

– Bravo. Aber wenn du nicht sagen musst, wer dort wohnt, sagst du nur die Zahl …

Und ich sagte die Zahlen.

Dann sagte er zu mir:

– Wie viele Stufen sind es bis hinunter zum Bach? Aber vorsichtig, dass du nicht fällst!

Und ich zählte die Stufen: eins, zwei, drei …

Allerdings stimmte die Anzahl der Stufen nie. Einmal waren es fünfzig, einmal neunundvierzig, und einmal sogar zweiundfünfzig. Die durch morsche Holzbretter gestützten Erdstufen waren wie Vögel und Automobile: unbeständig und frech.

Und dann wieder:

– Wie viele Häuser gibt es auf dem Jagodnjak, auf der linken Seite?

Und ich zählte. Den Jagodnjak benutzten wir indessen, um etwas Neues auszuprobieren. Die Reihenhäuser standen jeweils zu zweit zusammen, und so sagte Onkel Stjepan:

– So, jetzt zähl zu zweien … zwei, vier, sechs, acht …

Auf dem Mirogoj zählten wir unsere Verstorbenen ab. An den Fingern.

– Eins – ich strecke den Daumen aus, und Onkel Stjepan sagt – deine Oma Ivka.

– Zwei – ich hebe den Zeigefinger.

– Meine Frau Rezika.

– Drei.

– Mein Bruder Milan …

– Vier.

– Mein Bruder Antun …

– Fünf.

– Meine Schwester Marica …

– So, jetzt die andere Hand!

– Sechs.

– Dein Großvater Janko …

– Sieben.

– Mama Jelica …

Alle waren sie, nachdem Terezija beigesetzt war, aus dem alten Grab exhumiert und in dieses neue umgebettet worden. Damit sie zusammen an einer Stelle ruhen, so wie sie auch in einem Haus zusammen gelebt hatten, in der Zlatarska.

Und dann … dann zündeten wir für die sieben zwei Kerzen an, was dreieinhalb Tote pro Kerze bedeutete, was ich damals natürlich nicht gewusst habe, und mir heute ein bisschen komisch vorkommt, denn, Hand aufs Herz, wir hätten auch nur eine Kerze anzünden können. Aber Onkel Stjepan meinte vermutlich, dass es zu viele Verstorbene für eine einzige Kerze seien, immerhin war es ein Doppelgrab, aber sieben Kerzen ging auch wieder nicht.

Danach gingen wir eine Kerze auf dem anderen Grab anzünden, bei dem kleinen Jungen, der an der Krankheit gestorben war, das war der Sohn von Frau Ada, der heute einunddreißig gewesen wäre. Nur für ihn allein zündeten wir eine ganze Kerze an. Ich fragte Onkel Stjepan, ob er allein tot in diesem Grab liege, und er sagte, ja. Dann fragte ich ihn:

– Hat er einen Papa?

– Hatte er – erklärte Onkel Stjepan. Und sagte, dass auch sein Papa tot sei.

– Und warum ist er nicht mit ihm zusammen im Grab?

Ich war überzeugt davon, dass es für den kleinen Jungen schlimm sein musste, so allein im Grab, aber Onkel Stjepan erklärte mir, dass man nicht wisse, wo sein Grab sei, so wie man auch nicht wisse, wo das Grab meines Großvaters Benjamin sei, oder das von Onkel Dušan.

– Ist dann ihr Grab überall?

Onkel Stjepan dachte ein wenig nach, als wäge er ab, ob er mir dieses Geheimnis anvertrauen solle oder nicht, und entschloss sich am Ende, es doch zu tun:

– Ja! – sagte er, sich vermutlich überhaupt nicht dessen bewusst, was uns auf dem Rückweg erwartete.

Auf dem Rückweg aber, an den Arkaden, stellte ich die logischen Fragen. Als wir an der Mauer aus gelben Fassadenziegeln vorüberkamen, an der eine Weinranke mit rötlichen Blättern emporkletterte, sagte ich:

– Ist das hier ihr Grab?

Und Onkel Stjepan sagte nach kurzem Überlegen, ja!

Dann sahen wir einen Blumenstand.

– Ist es auch das hier?

– Ja – sagte er.

Als wir auf den Jagodnjak kamen, vor das Haus von Frau Ada, sagte ich wieder:

– Und das hier auch?

– Still jetzt – flüsterte er – und hör auf zu langweilen!

Wir gingen auf Schaumrolle und Cremeschnitte. Onkel Stjepan war seit jeher rational: Zuerst ging er auf den Friedhof, um für seine tote Frau eine Kerze anzuzünden, und dann kehrte er auf einen Kaffee bei seiner lebendigen ein.

23.

Morgens brockten Onkel Stjepan und ich gemeinsam Brot in den Milchkaffee, damit ging es immer leichter als mit den Gemüsebeilagen, und danach gingen wir auf einen Spaziergang, machten einen Besuch oder spielten im Garten. Aber am häufigsten spielten wir oben in seiner Garçonnière. Mamas Friseuse hatte mir eine Pistole mit Plastikkugeln geschenkt, die sie aus Amsterdam mitgebracht hatte. Ich mochte sie sehr, denn sie sah aus wie eine richtige und schoss Kugeln ab, die die Form und Farbe von richtigen hatten. Ich schoss auf Onkel Stjepan, und wenn ich ihn getroffen hatte, musste er sich auf die Couch legen und sich totstellen. Nie legte er sich auf den Fußboden, wegen dem Kreuz, das ihm wehtat. Aber dann stand er wieder auf und versuchte sich vor den Kugeln zu verstecken, was ihm ziemlich gut gelang, wie auch im Ersten Weltkrieg, aber da fanden ihn die Granatsplitter. Aber einmal, als er sich so erhoben und hinter dem Vorhang in der Teeküche versteckt hatte, und ich wusste, dass er dort war, weil ich das Zuziehen des Vorhangs gehört hatte, während ich zur Wand gedreht abzählte, hob ich die Pistole, um ihn noch einmal zu töten, blieb aber auf halbem Weg stehen, senkte die Pistole und stand eine Zeit lang so da. Lange genug, dass er den Vorhang wegschob und aus der Küche herausspähte wie aus einem kleinen Theater. Da stand ich vor ihm, nachdenklich, mit gesenkter Pistole.

– Opa, aber was mache ich, wenn du stirbst und für immer tot bleibst?

– Nichts – sagte er darauf.

Aber nach einiger Zeit, irgendwann, als wir in unserem Gemüsegarten arbeiteten, in dem es Tomaten, Kohl, Karotten und Petersilie gab, sah er mich wütend auf einem Ameisenhaufen herumtrampeln, weil die Ameisen doch schädlich sind und uns die Karotten wegessen.

– Siehst du – wir standen über der löchrigen lockeren Erde des Ameisenbaus mit den reglosen schwarzen Pünktchen – wenn ein Mensch stirbt, ist das genau so, wie wenn eine Ameise stirbt. Nichts. Die anderen Menschen sind ein wenig traurig, aber sie leben weiter, so wie auch der ganze Ameisenbau weiterlebt. Und so ist es auch mit den Bienen …

Allerdings hatte Onkel Stjepan Angst vorm Freitag. Schon am Donnerstagnachmittag war er mürrisch und schweigsam, ohne Lust zum Spielen. Das begann ich erst später zu bemerken, in der zweiten oder dritten Klasse. Ich nehme an, dass ich vorher zu jung dazu war. Es ist Morgen, zehn Uhr, Freitag, und meine Schule ist am Nachmittag. Wir haben die Aufgabe geschrieben, die Tasche gepackt, und er wird mich direkt vom Jagodnjak die paar Meter bis zur Schule in der Mesićeva begleiten. Ich sitze in der Jacke mit der fertigen Tasche in seinem grünen Lesesessel, und er zieht das Hemd an, knöpft es sich vor dem großen Spiegel zu, der sich an dem weißen dreiflügeligen Schrank befindet, schiebt die Manschetten in die Ärmel, bindet sich die Krawatte, tut das aber nicht wie ein fröhlicher Mensch, sondern wie jemand, der zur Guillotine geht. Der Spaziergang ist eine langsame Bewegungsart, aber seinen langsameren Schritt und sein schweres Schweigen, während wir den Zelenjak hinaufgehen oder die Stufen zur Senke mit dem schmutzigen Bach hinabsteigen, der seine beiden Häuser voneinander trennt, das Vorkriegshaus im vornehmeren Teil der Šalata von diesem nach dem Krieg erbauten, habe ich erst bemerkt, als ich schon ein wenig herangewachsen war. In der Illustrierten *Sve oko nas*, auf die mich Mama über die Schule Anfang der dritten Klasse abonniert hatte, stand, dass das Gewicht der Luft, das jeder Mensch auf dem Rücken trägt, wenn er unter unserem Himmel geht, von der Erde bis hinauf zur Stratosphäre, ungefähr so viel ausmacht wie das Gewicht dreier Elefanten. Wenn wir freitags, gegen halb elf, gemeinsam Richtung Jagodnjak gingen, ging Onkel Stjepan, als trüge er zehn Elefanten auf dem Rücken und als ließe ihn das Gewicht dieser Elefanten immer krummer werden.

Heute weiß ich, dass er zur Guillotine hinaufstieg. Langsam, mit wankenden Knien und den Elefanten auf dem Rücken, aber auch entschlossen, ohne Angst vor dem Zweifel. Die Holzstufen hallten unter ihm wider, und eine Horde Rotmützen, mit klaffenden Mäulern und Grimassen des Hasses, bewarf ihn mit Flüchen, Beschimpfungen, Verwünschungen, Tiernamen …

Und wenn Frau Kottek die Schaumrolle und den Kaffee herausbrachte, schwiegen sie mehr, als dass sie gesprochen hätten, und lachten sehr selten. Sie verschaute sich oft in einen Punkt, nicht hoch, nicht niedrig, irgendwo vor sich, ein wenig weiter unten, und er wusste die Finger zu verflechten und die Daumen zu drehen, als hätte er einen Uhrenmechanismus in den Händen. Die Glocke von der Kirche, die jede volle Stunde schlug, war in jenen Jahren nur selten zu hören. Haben sie, sie oder er, irgendwann in den langen Phasen ihres Schweigens an Wörter wie Newark, Long Island, Manhattan, Brooklyn gedacht? Denn es war nicht möglich, nicht daran zu denken, dass Onkels Guillotine in Form eines sehr schönen Hauses auf dem Jagodnjak Ada und ihren Mann definitiv daran gehindert hatte, nach Amerika zu fahren, solange dazu noch Zeit gewesen wäre. Samuel Weiss war vermutlich in eines der Massengräber in Jasenovac geworfen worden, oder es hatte ihn das Krematorium der Ziegelei verschluckt, und sein Sohn ruht auf dem Mirogoj als indirektes Kriegsopfer. Es war auch unmöglich, sich nicht zu denken, wie sie beide irgendwo in Newark oder in den Vorstädten von New York oder anderswo in Amerika am Leben sind, schwere Arbeit verrichten, etwa in einer Stahlgießerei, Vater und Sohn, wie sie in ihren Blaumännern zur Arbeit gehen und Frau Ada ihnen Sandwiches zubereitet, damit sie sie in die Fabrik mitnehmen. Das, was unmöglich war, nicht gedacht zu werden, lastete auf diesen langen und schweren Phasen des Schweigens, die, je mehr ich heranwuchs, immer länger und immer schwerer wurden.

Jedes Jahr Mitte Juni erwartete Onkel Stjepan einen Telefonanruf. Und er kam auch jeden Juni. Die Nachbarin, die mit ihrem Mann die Hälfte unseres Hauses gekauft hatte, weil unsere Eltern und Onkel Stjepan nicht das Geld hatten, um es fertigzubauen, und die im Erdgeschoss wohnte, rief ihn laut, er solle ans Telefon kommen.

– Herr Stjepan! Herr Stjepan!

Und er ging hinunter, redete kurz und sagte dann:

– Gehen wir, Zoran, sie sind reif.

Dann nahmen wir den tiefen Flechtkorb und machten uns auf zum Jagodnjak, Onkel Stjepan mit seinen Elefanten, und ich mit der Aufgeregtheit, die das Kirschenpflücken jedes Jahr mit sich brachte. Und wenn wir ankamen, holte er die lange Leiter heraus, an der die erste Sprosse fehlte, lehnte sie an den Stamm und stieg hinauf wie ein Held, dem es gleich ist, ob er fällt oder nicht. Und ich stieg ihm nach.

– Pass auf! – sagte er: – Die Äste der Kirsche sind spröde, sie brechen leicht.

Er pflückte, und ich aß die Kirschen vom Baum und spuckte die Kerne ins Gras. Frau Ada stand immer unten und sagte besorgt:

– Ich bitte Sie, passen Sie auf, Herr Stjepan, ich habe solche Angst …

Zu der Zeit war er fünfundsechzig Jahre alt, er kletterte schwerer, und das Fehlen der ersten Sprosse der Leiter wurde zu einem immer ernsteren Problem.

24.

Es war seltsam, das Grab aus porösem Stein offen zu sehen. Auf der linken Seite war eine tiefe Grube ausgehoben, und das ganze Erdreich war auf eine große Plastikplane geworfen, die sich über die Bergenien auf der rechten Seite ausbreitete. Drinnen war nichts zu sehen außer ein paar morschen Brettern alter Särge. Wo sind all die Menschen, fragte ich mich vor dem Grab stehend, die, für die Onkel Stjepan und ich Kerzen angezündet hatten. Verschwunden? Sie hatten sich in Erde verwandelt und jetzt sahen sie uns aus der Erde als Erde an, genau das, wovon der Priester gesprochen hatte, während ich in meiner dunkelblauen Hose von einem Bein aufs andere trat und den Trauernden ins Gesicht spähte. Mama konnte kaum stehen, und es sah aus, als würde sie mit den Füßen weinen, und Frau Ada sah in Schwarz starr irgendwo vor sich hin, so wie sie auch im Garten des Hauses auf dem Jagodnjak vor sich hin gesehen hatte, während sie Kaffee tranken. Aber ihr Blick glitt, wenn ich mich nicht irre, manchmal auch nach rechts, dort, wo sich an einem kleinen Friedhofshang das Grab ihres Sohnes befand.

Onkel Stjepan war jetzt definitiv tot, und nicht so, wenn wir in seiner Garçonnière gespielt hatten, nur von einer Plastikkugel getroffen. Und tatsächlich, sein Tod war ein einfacher, wie der Tod einer Ameise. Er bereitete sich auf eine Reise nach Mailand vor, auf dem Bett lag sein alter Koffer, offen, zur Hälfte gefüllt mit Unterhosen, Unterhemden und Hemden, und daneben stand die Reisetasche, in die er zwei Paar Schuhe gelegt hatte. Ein Paar festliche, und eines für jeden Tag. Wir fanden ihn im grünen Lesesessel sitzend, den Kopf zurückgeworfen, mit offenem Mund. Er sah unwirklich aus, und deshalb wussten wir sofort, dass er tot war. Noch völlig materiell, hatte er sich in Geist verwandelt.

Aber da gibt es noch etwas. Ein paar Tage nach der Beerdigung stieg ich zu seiner Garçonnière hinauf, aber da war kein Koffer, auch keine Tasche, das Bettzeug war vom Bett genommen, der Schrank mit dem großen Spiegel in der Mitteltür war leer, selbst der Teppich war aufgerollt, und der Fußboden war frisch eingerieben mit einem Parkettpflegemittel namens *4 asa*. Die leere Flasche dieser Paste stand in der Ecke der Teeküche, und auf ihrem Etikett waren die Bilder aller vier Asse zu sehen: Kreuz, Pik, Herz und Karo. Der durchdringende Geruch dieses Mittels sollte für mich bis heute der Geruch des Todes bleiben. Bis dahin war mir nicht bewusst gewesen, dass der Tod riecht. Auch in den nächsten fünfzig Jahren sollte, wann immer ich einen solchen Geruch spürte, die Nachricht von jemandes Tod kommen. Das waren in der Regel keine nahestehenden Menschen, sondern Nachbarn, Verwandte von Freunden, jemand aus der Schule, der einen Motorradunfall hatte, ein Nachbar, der seine Frau erwürgt und sich aufgehängt hatte, ein anderer Nachbar, der seinen Schwiegersohn umgebracht hatte, ein Mädchen aus der Klasse im Gymnasium, das der Postbote auf dem Moped umgefahren hatte. Alle diese Tode habe ich im Voraus geschnuppert, nur den Tod meiner Nächsten habe ich nicht vorausriechen können.

– Unmöglich! – sagten die, denen ich davon erzählte.

– Das bilden Sie sich ein – sagten die Psychiater, aber ich bin mir sicher, dass ich mir das nicht einbilde.

Warum hat ein so lieber Mensch, wie es Onkel Stjepan war, dieses seltsame Erbe hinterlassen: eine Geruchsankündigung des Todes?

Die Wanderbühne

1.

Am ersten Samstag im November 1900 ließ in Dubica der Lederhändler und Großgrundbesitzer Pavle Pejić zwei Pferde in seine Kutsche einspannen: den älteren Đino, schon ziemlich abgewetzt, ein ehemaliger Militärgaul, und den noch jungen Rappen Grom. Er wollte auf die Messe in Petrinja, aber in der letzten Zeit war in Dubica die Kunde umgelaufen, dass im dortigen Theater die Schauspielertruppe des Petar Ćirić mit dem neuesten Stück von Eugen Kumičić gastieren werde, mit *Petar Zrinski*. Nach den verfügbaren Dokumenten hatte die Uraufführung dieses Stückes am 24. Oktober im Zagreber Nationaltheater stattgefunden und Ovationen eingeheimst. Es ist nicht bekannt, wer bei dieser Zagreber Aufführung Regie geführt hatte, aber es ist bezeichnend, dass die erwähnte Theatertruppe das Stück nicht einmal einen Monat nach der Uraufführung bereits einstudiert und fertig vorbereitet hatte. Möglicherweise hatten sie das parallel gemacht, aber möglich ist auch, dass Petar Ćirić in Zagreb so von dem Text begeistert war, dass ihm die Einstudierung durch seine Truppe in Rekordzeit gelang. In den historischen Dokumenten über die Aufführungen des erwähnten Dramas kommt jene in Petrinja nicht vor, aber die Familienlegende sagt, dass es sich genau um diese Vorstellung gehandelt hat, wie auch, dass Petar Ćirić mit diesem Text in vielen Theatern in den Städten und kleineren Orten im ganzen Land gastiert hat.

Bei der Erwähnung des Theaters entstand im Haus großes Geschrei, denn Mimica und Antonija, Pejićs Töchter, trieben sofort die Dienerin an, ihnen die besten Kleider herzurichten. Das Problem bestand allerdings darin, dass ihre Vorstellungen vom besten Kleid von einem Augenblick zum anderen wechselten. Obwohl sie nicht viele Kleider hatten, hatten sie doch genug, um ein Chaos zu schaffen. Der

Unterschied zwischen ihnen betrug sieben Jahre, und so hatte die jüngere Schwester auch mehrere von Mimicas Kleidern geerbt. Und während sie und das Mädchen, das sie ankleidete, im ersten Stock vor Lachen platzten, murmelte Pejićs Gattin Mara unten im Laden nur etwas von unnötigen Ausgaben in ihren Bart, davon, was den Mädchen das Theater solle, wenn auch sie ohne Theater aufgewachsen sei und ihr nichts fehle. Ein Unglück sei es, etwas schwer Erworbenes gering zu schätzen. Aber Pavle Pejić, der mein Ururgroßvater werden sollte, warf seiner Frau zu:

– Hör auf herumzunörgeln, die Mädchen müssen mal ein bisschen raus, damit sie jemand sieht. Du hältst sie eingesperrt, wie in einem Türkenhaus.

Auf die Erwähnung des Türkenhauses hin verstummte Mara, denn diese Worte aus dem Munde von Pajo Pejić kamen Flüchen gleich und waren gefährlich.

Zibnerać striegelte die Pferde und richtete die Kutsche her, während der alte Pejić im Ofen Feuer machte und ein paar Ziegel hineinschob. Damit sich die Mädchen sie unter die Füße stellen und sich bis Petrinja wärmen konnten. Immerhin war es schon November, und hier am Fluss fielen am frühen Nachmittag unangenehme Nebel ein.

Es war nicht das erste Mal, dass Mimica und Antonija nach Petrinja ins Theater fuhren, aber dies war das erste Mal, dass Mimica schon erwachsen und Antonija an der Schwelle zum Erwachsensein war. Mimica war zwanzig und Antonija dreizehn. Sie waren fasziniert vom Theater und von all den Herrschaften, die vor der Vorstellung im Vestibül herumwimmelten, und eines war sicher, es gab viele Leute in Uniform zu sehen. Österreichische Offiziere kroatischer Herkunft kamen mit ihren Gattinnen und Kindern, um sich anzusehen, wer dieser Petar Zrinski war. Und obwohl jene sie ernährten, die Petar den Kopf abgeschlagen hatten, oder vielleicht gerade deshalb, kamen sie, ihren Helden zu sehen, der gerade deshalb zum Helden geworden war, weil sie ihm den Kopf abgeschlagen hatten. Es gab auch andere Herren, es gab auch junge Männer, mit denen die fröhlichen Mädchen aus Dubica kichernd kokettierten.

Allerdings war Mimica mehr als die anderen vom Theater fasziniert. Jedenfalls, als sie im Parterre Platz genommen hatten und das

Stimmengewirr langsam leiser wurde und alle Augen auf den Vorhang aus rotem Musselin gerichtet waren, spähte hier und da durch einen Schlitz im Vorhang für einen Augenblick ein Kopf heraus. Jemand von den Schauspielern sah nach, ob der Saal voll war. Und immer wenn das geschah, brach sich im Publikum ein kurzes Lachen Bahn, so als wäre das ein Teil der Vorstellung. Es war das eine kurze informelle Komödie vor der großen nationalen Tragödie.

2.

Die Großmutter meines Vaters war so fasziniert vom Theater, dass sie und Antonija auch am nächsten Abend nach Petrinja kamen. Und auch am nächsten und genau genommen so viele Male, wie die Vorstellung gespielt wurde. Am Ende wurde sie Petar Ćirić als Verehrerin vorgestellt, und er küsste ihr die Hand. Und es war ziemlich sicher, dass Mimica, dem reichen, aber dörflichen Mädchen, zum ersten Mal die Hand von jemandem geküsst wurde. Das tat er noch immer in sein Theaterkostüm gekleidet, und so wusste man nicht, ob sie sich nun in Petar Zrinski auf der Bühne oder in den von der Bühne herabgestiegenen Petar Ćirić verliebt hatte, der ihr einen Kuss auf den Handrücken drückte, wie ein Siegel.

Auch der alte Pejić war von der Aufführung begeistert, denn das Schicksal des Petar Zrinski hätschelte sein tragisches Kroatentum. Tapferkeit, Rebellion, Verschwörung, trauriges Ende, die Geschichte hatte die Form einer nationalen Ballade, die er wunderbar verstehen konnte, weil er sie von Kindesbeinen an gehört hatte. Petar Ćirić hatte so mit einer einzigen Aufführung sowohl den Vater als auch die Tochter verführt. Später sagte Großvater gern, dass wir Kroaten immer die Opfer von irgendwelchen intriganten Schurken würden, die nicht einmal imstande seien, ein Schwert richtig in der Hand zu halten und sich den Türken entgegenzustellen, aber dafür intrigieren, vergiften und aus dem Hinterhalt meucheln. Dass die Schurken das Schwert nicht zu halten wissen, habe sich gelegentlich der Enthauptung von Petar Zrinski und Fran Krsto Frankopan auch in Wiener Neustadt herausgestellt. Der Überlieferung zufolge habe der

Scharfrichter Mohr, vermutlich betrunken, mit dem Schwert ausgeholt, um einem unserer Helden den Kopf vom Rumpf zu trennen, habe aber statt des Halses die Schulter getroffen und ihm fast den Arm abgeschlagen. Zum Glück habe er sich schnell korrigiert und die Enthauptung glücklich beendet.

Großvater Pejić war zufrieden, dass seine Töchter ins Theater gehen und sich über die kroatische Geschichte bilden, aber er konnte nicht zufrieden sein mit der weiteren Entwicklung des Geschehens. Mimica hatte sich nach der letzten Aufführung in Petrinja, als Zrinski von der Bühne kam und wieder zu Ćirić, dem serbischen Schauspieler aus Vršac, geworden war, dem erwähnten Petar versprochen, der so viele Gesichter hatte, eines überzeugender als das andere und eines wichtiger als das andere für das kroatische Nationalbewusstsein. Aber sie war überzeugt, dass gerade sie sein wahres Gesicht kannte. Und da lag sie nicht falsch.

Ein paar Wochen später und nach einer Tournee durch die Banija und je einem Auftritt in Sisak und Banja Luka, die die Geschichte des kroatischen Theaters nicht verzeichnet, wohl aber die Familiengeschichte, kam Ćirić mit einem geliehenen Fiaker und einem Spazierstock mit silberbeschlagenem Knauf nach Dubica und hielt offiziell um Mimicas Hand an. Großvater Pejić schlug diese Werbung glatt ab, obwohl er sah, dass das ein wahrer Herr war, der inniglich an der kroatischen Sache arbeitete. Aber hier verschränkten sich zwei ernstliche Hindernisse. Erstens war Petar Orthodoxer, und Großvater Pejić wollte nicht, dass seine Enkel orthodoxen Glaubens würden, obwohl auch der Nachname Pejić oft von Orthodoxen getragen wurde. Ihn wunderte auch, warum ein Serbe aus Vršac, der eine schöne Karriere im Serbischen Nationaltheater in Belgrad begonnen hatte, in Kroatien Vorstellungen über die Erweckung des kroatischen Nationalbewusstseins gab. Falls er nicht jene andere Art Schauspieler war, die nur spielte, dass sie Schauspieler ist, aber in Wirklichkeit das Volk gegen Österreich aufwiegelt, um es später leichter dem Königreich Serbien anschließen zu können.

Die andere Sache war, dass er, der Händler in Leder und Ledererzeugnissen, Besitzer einer großen Mühle an der Una und fünfzig Hektar Land unter Wald und Weinbergen, doch nicht akzeptieren konnte, dass sich seine Tochter an einen Schauspieler verheiratet, der keine eigene Wohnung, weder Haus noch Herd besitzt, sondern ewig unterwegs ist, wie ein Zirkus. Und sosehr er ihn als Petar Zrinski verführt hatte, konnte er ihn doch nicht als Petar Ćirić verführen: ein Wanderschauspieler. Er wolle seine Tochter nicht mit einem solchen Menschen unglücklich machen, denn sie könnte auch selbst noch auf der Bühne landen, als Hurenweib. Es war das ein entschiedenes NEIN für Petar Ćirić, seinen geliehenen Fiaker und seinen silberbeschlagenen Spazierstock.

3.

An diesem Abend, als sie sich in ihrem Zimmer in dem großen Haus gegenüber der Kirche in Dubica schlafen legten, sagte Mimica zu Antonija, sie liebe Petar mehr als irgendwen auf der Welt, dass sie einander versprochen wären und dass sie heute Nacht mit ebendem Fiaker fliehen werde, von dem Großvater Pejić erfahren habe, dass er in Kostajnica geliehen sei. Antonija sagte, dass der Vater sie umbringen werde, dass sie auch selbst wisse, wie er sei und dass er schon bei einer Kleinigkeit zum Gewehr oder zur Pistole greife. Aber dass sie jetzt einschlafen und bis zum Morgen nicht aufwachen werde und dass sie am Morgen sehen werde, dass ihre Schwester nicht mehr da ist. Und dann umarmten sich die Mädchen fest und küssten sich unter Tränen, weil sie nicht wussten, ob sie sich jemals wiedersehen würden, wenn sich der alte Pejić von Mimica lossagt.

Am nächsten Tag, als alles entdeckt wurde, befragten sie Antonija, ob sie es gewusst habe, ob sie irgendwas gehört habe und wie Mimica ihre Kleider und Bettwäsche, die sie für die Heirat hütete, ohne fremde Hilfe habe mitnehmen können. Antonija sagte, dass sie es nicht wisse. Und sie sagte die Wahrheit.

Eine Zeit lang suchte Großvater Pejić sie mit geladener Schrotflinte in Petrinja, Kostajnica, Baćin und in den Dörfern rings um Dubica, aber den dreisten Schauspieler, der ihm die Tochter gestohlen hatte, fand er nicht. Nach ein paar Wochen fand er nur den geliehenen Fiaker in einem Hof in Kostajnica. Der Besitzer konnte ihm nicht sagen, wohin Petar Ćirić mit dem geraubten Mädchen gezogen war, aber er sagte, dass der Fiaker ordnungsgemäß bezahlt worden und dass dieser Schauspieler ein feiner Herr sei.

– Ein Hurensohn! – sagte Pejić, vermutlich deshalb, damit nicht jenes „ein feiner Herr" in der Luft schweben blieb.

– Halte dich fern von ihm – sagte Mara – willst du ins Zuchthaus wegen einem serbischen Stutzer.

Es verging geraume Zeit, bis Großvater Pejić erfuhr, dass sich seine Tochter in Varaždin befindet. Am selben Morgen machte er sich dorthin mit der Kutsche auf den Weg, die von Zibnerać gefahren wurde, der kurz zuvor aus dem Gefängnis zurückgekommen war, weil er sein ganzes Vermögen verspielt und dann seine Frau umgebracht hatte, indem er sie in den Brunnen warf. Er hatte nicht einmal viel abgesessen. Pejićs Freunde und Verwandte konnten nicht begreifen, warum er sich von einem Mörder fahren ließ, aber Pejić beschäftigte ihn als Kutscher und Weinberghüter, je nach Bedarf.

Es bestand die Gefahr, dass sie auf dem Weg von der Nacht eingeholt würden, bevor sie in Sisak waren. Und auf der Straße, die durch den Wald führte, stießen sie auf einen Mann in schönem Anzug mit Hut, gerade als es begann, dunkel zu werden. Und der bat darum, mitgenommen zu werden, denn er wolle nicht, dass ihn die Nacht im Wald erwische. Im Gespräch interessierte er sich dafür, ob Pejić Kaufmann sei, ob er nach Slawonien wolle, um Getreide zu kaufen, oder ob er etwas anderes kaufen wolle. Und falls er beabsichtige, etwas zu kaufen, ob er da keine Angst habe, mit so viel Geld nachts durch den Wald zu fahren? Großvater sagte, dass er nicht vorhabe, etwas zu kaufen, dass er nicht in Geschäften unterwegs sei und dass er keine Angst habe, weil er hier mit zwei Freunden sei. Der Kutscher sei gerade aus dem Gefängnis gekommen, in dem er sieben Jahre wegen Mordes abgesessen habe.

– Und der andere Freund? – fragte der liebenswürdige Herr, er sehe hier niemanden.

– Das ist der, der sechs Mal schießt – sagte Pejić und zog den Revolver aus seinem Mantel.

Als der Unbekannte ihn fragte, wohin er mit dem Revolver fahre, sagte er, er fahre nach Varaždin, um einen Menschen zu töten, der ihm seine Tochter geraubt habe. So nahm der Unbekannte, der vermutlich ein Räuber war, Abstand davon, den einen, der schon einmal gemordet hatte, und den anderen, der sich gerade anschickte zu morden, zu berauben.

Dank dem, der sechs Mal schießt, kam Pejić am dritten Tag sicher in Varaždin an. Er sah Mimica und Petar Ćirić von Weitem, im Theatergebäude, aber er konnte nicht zu ihnen. Noch einmal sah er sich die Vorstellung an, und ihm schien, dass die Katarina Zrinski von Mimica gespielt würde. Es schien ihm so, denn auf der Bühne hatte er sein Kind auf den ersten Blick nicht erkennen können. Und als nach der Vorstellung der Beifall losbrach, klatschte Großvater Pejić, zur eigenen Verwunderung, auch selbst und empfand großen Stolz, dass so viele Monokel und so viele weiße Handschuhe auch seiner Tochter applaudierten. Und er vergaß die Pistole in der Tasche und schickte dafür Zibnerać um Blumen. Der fragte ihn, wo er jetzt Blumen herkriegen solle, und Pejić sagte zu ihm:

– Wo du kannst!

Und eine halbe Stunde später kam Zibnerać mit einem Strauß Rosen zurück, selbst dreckverschmiert und ganz zerkratzt.

Und so überreichte Großvater Pejić an diesem Abend zwei Dinge: einen Strauß geklauter Rosen und seinen Segen zur Heirat, die schon in aller Heimlichkeit stattgefunden hatte. Als er das Bukett überreichte, wusste er vermutlich nicht, wem er es gab, Katarina Zrinski oder Mimica Ćirić. Zu der Zeit war sie schon schwanger mit Radojka.

In den folgenden fünf Jahren brachte Mimica drei lebendige Kinder zur Welt: Radojka, Dobrila und Milan. Sie gebar sie zwischen Gastspielen in Osijek, Varaždin, Sušak, Gospić und Banja Luka, aber auch in kleineren Orten wie Kostajnica, Caprag, Podravska Slatina, Čakovec … Es genügte, dass der Ort ein Genossenschafts- oder Feuerwehrhaus hatte, und die Vorstellung konnte beginnen. Manchmal kam sie mit den Kindern nach Dubica, und dann zog sie ihre Reithosen an, die gespornten Stiefel bis zum Knie, und ritt auf ihrem Lieblingsrappen Grom wie eine große Dame durch Dubica.

Großvater Pejić schloss mit seinem Schwiegersohn sogar eine Art Geschäftsabkommen. Da er mit Leder handelte, bat er Petar

Ćirić, ihm, wenn er in slawonischen Orten gastierte, vor allem in den kleineren, telegrafisch die Preise für Rohhäute zu melden. Gab es dafür auch eine finanzielle Entschädigung? Ich bezweifle dies. Petar Ćirić hätte sie nicht angenommen, weil das unter seiner Ehre gewesen wäre, und weder Großvater noch Großmutter Pejić hätten ihm die angeboten, weil die Großmutter sprichwörtlich geizig war.

Als Radojka sieben Jahre alt war, fuhr Pejić hin, um sie zu holen, sah sich wieder eine Vorstellung an und nahm sie mit nach Dubica. Dort schrieben sie sie in die Volksschule ein. Das Gleiche taten sie mit Dobrila. Und beide lebten bei ihnen, lediglich Milan wurde aus irgendeinem Grund nach Vršac in die Schule geschickt. Großvater Pejić, ein eifriger kroatischer Nationalist und Katholik, erzog so seine beiden Enkelinnen, die orthodoxen Glaubens waren, und in ihrem Haus wurden immer zwei Weihnachten gefeiert. Katholische, ernste, für die Erwachsenen, und orthodoxe, fröhliche, für die Kinder. Großmutter Pejić, krankhaft geizig, ordnete an, dass die Kinder nur zu einem Weihnachtsfest beschert würden, und dazu bestimmten sie die orthodoxen. Nicht etwa, weil sie so an den Glauben gebunden gewesen wären, in dem sie getauft waren, sondern weil sie zu den katholischen Weihnachten bereits Geschenke von Nachbarn und Verwandten bekamen und sie es schön fanden, auch zu den orthodoxen etwas zu bekommen.

4.

Antonija absolvierte in Dubica die Volksschule und in Petrinja acht Klassen Gymnasium. Sie war etwas mehr als achtzehn Jahre alt, als ihr Blick auf dem Korso von Petrinja dem des jungen Rechtsanwalts Petar Matasić begegnete, so als wäre auch ihr, nach dem Muster ihrer Schwester, der Name Petar familiär vorherbestimmt. Es ist nicht bekannt, wie lange Petar und Antonija auf dem Korso und auf Tanztees einander sahen, bevor Antonija ihrer Schwester schrieb. Natürlich umging sie dabei die Eltern als wahrscheinliche Quelle von Problemen.

Liebes Schwesterlein,

ich küsse dir die Hände und grüße dich vielmals. Sehr erfreut hat mich dein Brief vom 12. Oktober, in dem du schreibst, dass die Premiere außerordentlich gelungen und dass Petar zufrieden war. Beide grüße ich euch aus dem sonnigen Petrinja und sende euch tausend Küsse. Hier ist es schön, aber mir fehlen Radojka und Dobrila, und Großvater und Großmutter, aber am meisten fehlst mir du.

Ich muss mit dir, Schwester, über eine wichtige Sache reden. Ich habe eine Sympathie. Ineinander verschaut haben wir uns vor zwei Monaten, und seit damals meldet er sich bei mir jeden Tag. Entweder vor der Schule oder auf dem Korso oder in der Konditorei. Er ist Rechtsanwalt, ist fünfundzwanzig Jahre alt und leistet hier bei uns in Petrinja sein Gerichtspraktikum ab. Seine Mutter ist gebürtig aus Dubica, aber er ist in Dvor aufgewachsen. Als ich ihm sagte, wessen Schwester ich bin, hat er mit Ehrerbietung gesagt, dass er dich in Petrinja gesehen habe und nicht glauben könne, dass wir Schwestern seien, weil wir so verschieden seien, aber jede von uns schön auf ihre Weise. Er sagte, dass er mit Ungeduld darauf warte, dich kennenzulernen. Ich bitte dich, lege bei Mutter und Vater in dieser Sache ein Wort für mich ein und lasse sie wissen, dass Petar ein solider Mensch ist und dass ihn eine gute Karriere am Gericht erwartet.

Ich weiß, dass du viel Arbeit und Probleme hast, aber ich bitte dich, dass du mir öfter schreibst, es liebt und küsst dich deine Schwester,

Antonija

Als sie den Brief erhielt, war Mimica, müde des Gebärens in verschiedenen Orten, des Umziehens und der Aufführungen, zufrieden mit der Wahl der Schwester, weil sie für sie kein solches Nomadenleben erwartete, wie es ihr beschieden war. Vor allem ein Leben ohne die eigenen Kinder. Ein Leben, das am Anfang vermutlich schön und interessant war, aber nach drei lebenden Kindern und noch zwei toten, die sie in den Einöden Slawoniens und der Lika geboren hatte, war ihr Enthusiasmus geschwunden. Ein Richter in der Familie ist ein großer Segen, und so wurde ihre Wahl, entgegen allen Erwartungen, auch von Großvater und Großmutter Pejić gutgeheißen.

Am Tag der Hochzeit kamen Mimica und Petar mit Fiakern aus Sisak, wo sie am vorhergehenden Abend eine dramatisierte Version von Šenoas *Branka* gespielt hatten. Und nachdem sie ihre Töchter und ihre Schwester, die Braut, geküsst hatte, eilte Mimica sofort in den Stall, um Grom zu begrüßen, und ritt dann mit ihren obligatorischen Kniebundhosen und Reitstiefeln aus, um viele Gassen von Dubica mit ihrem Ruhm zu beehren und sich höflich mit den Freundinnen aus der Kindheit zu unterhalten, die auf dem Kopf die Wäsche zum Waschen an die Una trugen. Weder die drei lebenden Kinder noch die Trauer um die toten, noch die gut dreißig bemerkenswerten Theaterrollen hatten ihrer Schönheit Abbruch getan. Und dann ging in den Gassen das Flüstern um:

– Sie ist gekommen, um bei ihrer Schwester die Trauzeugin zu sein.

Die Hochzeit wurde in dem großen Haus der Pejićs gegenüber der Kirche gefeiert, und gegen Morgen fuhr Antonija in einem mit ihrer Aussteuer und mit Geschenken beladenen Fiaker nach Petrinja. Aber diese Ehe war nicht sofort mit Kindern gesegnet, sondern auf das Kind musste drei Jahre gewartet werden, von denen jedes nachfolgende doppelt so lang war wie das vorangegangene und es Antonija schien, als wartete sie in Wirklichkeit sieben Jahre. Auf Antonijas Kind warteten auch Großvater Pejić und Mara ungeduldig, sie tranken verschiedene Tees, beteten und bezahlten Messen, die Dorfweiber warfen Blei ins Wasser, und während dieser Zeit widmete sich Petar Matasić der Arbeit, wurde im Dienst befördert und wurde ein sehr geschätzter Richter. Antonija wurde schwanger, als sie schon aufgehört hatten zu hoffen. Vor der Geburt kam sie in der Kutsche nach Dubica und zeigte fröhlich ihren großen Bauch als endgültigen Triumph über die Weiber, die gegeifert hatten, sie sei unfruchtbar.

Einen kleinen Schatten auf das glückliche Ereignis warf nur der Umstand, dass das Kind ein Mädchen war. Es bekam den Namen Marijana, der zu der Zeit nicht so populär war, wie er es sechsundzwanzig Jahre später wurde, nachdem Vlaho Paljetak das bekannte Lied komponiert hatte. In einem Haus voller Frauen war noch ein Mädchen zur Welt gekommen. Es war seltsam, dass Antonija bei so vielen Doktoren in Petrinja beschlossen hatte, gerade in Dubica niederzukommen, im Hause ihrer Mutter. Es wurde erzählt, dass das deshalb sei, weil Doktor Brajković bei Weitem billiger sei als die Doktoren in Petrinja. Sofort nach der Geburt war Großvater angeblich in den Weinberg hinter dem Haus gegangen und hatte aus der Doppelläufigen geschossen. Die Schüsse aus dem Weinberg hallten den ganzen Nachmittag dieses glücklichen Tages wider.

– Sag mal, Mara, will Großvater den ganzen Tag schießen? – sagten die Frauen, die in den Laden kamen und sie hinter dem Pult antrafen.

– Antonija hat geboren, und da feiert er – gab Großmutter Pejić mit aufgesetztem Lächeln zur Antwort.

Aber alle wussten, dass er wütend war, weil es ein Mädchen war.

5.

Die Geburt der kleinen Marijana freute auch Radojka und Dobrila, die in die erste und zweite Klasse der Volksschule gingen. Radojka war sieben und Dobrila sechs, und wenn Antonija mit Marijana nach Dubica kam, spielten sie mit ihr wie mit einer lebendigen Puppe. Radojka war darin besonders fleißig, sie beschäftigte sich mit der kleinen Cousine, als wäre sie ihr eigenes Kind. Außerdem hängten sich die Mädchen auch sehr an Antonija, weil ihnen andauernd die Mutter fehlte, die zuerst in Varaždin und dann in Osijek lebte. Denn Mimica und Petar Ćirić waren so häufig auf Reisen, dass sie sich nicht angemessen um die Kinder kümmern konnten. Milan, der Jüngste, war zuerst in Vršac, bei Oma und Opa väterlicherseits, und später in Belgrad in die Schule gegangen. So wuchs Marijana umgeben von der Liebe der Eltern und Cousinen auf und war ein glückliches fröhliches Kind, und das waren auch Radojka und Dobrila trotz der Strenge von Großvater Pejić und dem Geiz von Großmutter Mara. Nach dem Abschluss der Volksschule in Dubica wurden auch sie aufs Gymnasium in Petrinja geschickt und wohnten bei Antonija und Petar Matasić, lernten, halfen im Haushalt und kümmerten sich um Marijana. Samstags und sonntags kamen sie in schönen Kleidern, die ihnen die Mutter mitgebracht hatte, nach Dubica, wie richtige Fräuleins. Boshafte Frauen sagten, das seien alte Theaterkostüme, aber es gab auch Frauen, die sich auf Kleider verstanden, wie die Modistin Milena, die aus Dubica stammte, aber in Sisak lebte und dort einen Nähsalon für Kleider hatte, und die sagte, dass es sich um erstklassige Kleider handle und dass sie die Frau aus Osijek kenne, die sie genäht habe.

Als Marijana neun Jahre alt war und Radojka und Dobrila nach so vielen Klassen Gymnasium nach Dubica zurückkehrten, wie ihre Großmutter als ausreichend erachtete, weil das Übrige eine überflüssige Ausgabe sei, ereigneten sich zwei wichtige Dinge. Petar Matasić und Antonija kauften in Petrinja ein neues Haus mit Garten und richteten es schön ein. Petar, der ein solides Gehalt bezog, musste sich wegen dieses Hauses dennoch ernsthaft verschulden, und Großvater Pejić gründete mit mehreren Kompagnons aus Bosanska Dubica eine kleine Fabrik zur Verarbeitung von Rohhäuten, aber auch für die Erzeugung von Opanken, Schuhen, Patronengurten und Zaumzeug für Pferde. Zu der Zeit lief die Manufaktur ausgezeichnet, und Pejić war Mehrheitseigentümer und größter Investor. Er behauptete, dass das Ledergeschäft Zukunft habe, sowohl im Krieg als auch im Frieden. Die Menschen würden immer Schuhe oder Opanken tragen, aber im Krieg brauchten sie Stiefel, Patronentaschen und Zaumzeug für die Pferde. Solange es Füße gebe, gebe es auch Schuhe. Und solange es die Krajina gebe, gebe es Kriege, obwohl jetzt auch jenseits der Una Österreich sei, aber sie nicht aufgehört hätten, die Krajina Türkei zu nennen und die Muselmanen Türken.

Die beiden Pejić-Enkelinnen hatten die Schule abgeschlossen, sie hatten sich auch in der Haushaltsführung und in Mathematik gebildet, sie waren geschickt mit Nadel und Faden, sie trugen schöne Kleider, aber Verehrer gab es keine. Die Dorfjünglinge mieden sie. Vielleicht aus Angst vor dem verrückten Pejić, der zu oft nach der Doppelläufigen oder der Pistole griff, aber eher wird es so gewesen sein, dass sie sich ihnen nicht gewachsen fühlten. Zu der Zeit war schon zu bemerken, dass sich Antonija und Radojka physisch sehr ähnelten, so als wäre Antonija ihre Mutter, und nicht Mimica. Und dass sie sich, vermutlich wegen dieser Ähnlichkeit, sehr liebten.

Ein Jahr später, als Marijana schon zehn war, waren die Kredite für die Fabrik noch nicht abbezahlt, sie lief aber angeblich ausgezeichnet. Auch der Kredit für das Haus in Petrinja war noch nicht abbezahlt, als Antonija wieder schwanger wurde. Auf das erste Kind hatten sie drei Jahre gewartet, auf das zweite zehn.

Bei diesem Tempo – sagte Petar Matasić – wird uns das dritte in dreißig Jahren geboren werden.

Und natürlich hofften alle auf ein männliches Kind, vor allem Großvater Pejić, der zu Gott betete, nach der Geburt des fünften Enkelkindes nicht zur Doppelläufigen greifen zu müssen.

Als die Zeit für die Geburt herankam, ging Antonija nicht mehr nach Dubica, zu Doktor Brajković, sondern wurde in Petrinja von einem Arzt mit weitaus schlechterem Ruf entbunden.

Leider kam sie vor der Zeit mit einem toten Kind nieder, und der Doktor musste sie ausschaben. Aber er machte es nicht gut, drinnen blieb ein Stück Nachgeburt, das sich entzündete. Antonija, ohnehin schwach und depressiv, schließlich hatte sie ein Kind verloren, bekam hohes Fieber und musste nach Zagreb ins Krankenhaus gebracht werden. Petar Matasić hatte zu der Zeit wegen der Abzahlung des Hauses kein Geld flüssig, sie hatten keine Ersparnisse, auch nicht für kleinere Sachen, geschweige denn für einen teuren medizinischen Eingriff. Deshalb war er gezwungen, sich von seiner Schwiegermutter Geld zu leihen, damit sie Antonija ins Heiliggeist bringen und ihr Leben retten könnten, bevor sie eine Sepsis bekam. Aber die Großmutter nahm die Krankheit ihrer Tochter nicht ernst. In ihrem von Zahlen regierten Kopf war jede Krankheit in erster Linie mit Kosten verbunden. Zu Petar Matasić sagte sie, dass sie momentan nicht so viel Geld hätten, dass auch sie es sich leihen müssten, denn noch liefen die Kredite für die Fabrik, sie bringe zwar etwas ein, aber in keinem Fall so viel, wie sie sich erhofft hätten. Ihm scheine vielleicht, dass sie viel hätten, und sie hätten es auch, Gott sei Dank, aber Bargeld hätten sie keines. Und zu den Cousinen sagte sie: „Diese Jungen gehen heute wegen jeder Kleinigkeit zum Doktor."

Petar Matasić beschied sie mit den Worten:

– Keine Sorge, Antonija wird gesund werden, sie ist stark. Als Kind war sie nie krank.

Die Familiengeschichte führt zwei Gründe an, weshalb sie kein Geld herausrückte. Der erste war sicherlich ihr krankhafter Geiz und ihre Überzeugung, dass man nicht wegen jeder Kleinigkeit zum Doktor laufen müsse, weil das koste und weil die Doktoren Halsabschneider wie sonst keine seien und sich jedes Anschauen bezahlen ließen. Wo gibt es das noch, dass man sich das Anschauen bezahlen lässt.

Petar Matasić lenkte ihre Aufmerksamkeit höflich darauf, dass hier kein Anschauen zu bezahlen sei, sondern eine Untersuchung.

– Das ist alles dasselbe! – sagte sie.

Aber es gab auch noch den anderen Grund: Wenn sie dem Schwiegersohn Geld für die Behandlung ihrer Tochter lieh, wie würde sie es dann zurückverlangen, wenn er auf den Gedanken käme, dass man es vielleicht nicht zurückzahlen müsse. Es käme im Dorf zu übler Nachrede, wenn man das erführe, und man würde es erfahren, wie man immer alles erfährt, von dem man nicht möchte, dass man es erfährt, man wird ihr also nachreden, dass sie von ihrem Schwiegersohn verlangt habe, ihr das Geld zurückzugeben, das sie ihm geliehen hat, um ihrer eigenen Tochter das Leben zu retten. Die ärmste Großmutter Pejić, sie versuchte in sich das, was sie als Sparsamkeit ansah, mit dem Bedürfnis zu versöhnen, dass alle eine gute Meinung von ihr haben.

Als er sah, dass es Antonija immer schlechter ging und dass weder die Burow-Wickel halfen noch irgendwelche Zauber, mit denen die lokalen Hebammen heilten, lieh sich Petar Matasić Geld von seinem Chef und verfrachtete seine hoch fiebernde Frau in den Zug nach Zagreb. Sie mussten sie ins Coupé tragen, so schwach war sie. Aber als sie in Zagreb ins Heiliggeist-Krankenhaus kamen, konnten die Ärzte dort nur den Tod infolge Sepsis konstatieren, und schickten sie sofort zurück. Der junge Richter war mit seiner lebendigen Frau nach Zagreb gefahren und brachte sie tot zurück. Und so trug Großmutter Pejić die Verantwortung für den Tod ihrer Tochter, obwohl nicht sicher ist, dass man sie in Zagreb gerettet hätte. In der Zeit vor den Antibiotika war eine Sepsis fatal. Aber dass sie nicht das Geld gegeben hatte, machte Großmutter bis ans Ende ihres Lebens schuldig.

Damals beschloss die Großmutter, um den Schaden zu verringern, Radojka an den Witwer von deren Tante zu verheiraten. Wichtig war, dass die kleine Marijana eine Mutter bekam, und praktisch war, dass ihre Mutter und ihre Cousine ein und dieselbe Person waren. Es war eine Ehe, an deren Wurzeln nicht die Liebe stand, und auch kein materieller Nutzen, was damals üblicher gewesen wäre als heute, sondern das schlechte Gewissen. Petar Matasić, zu der Zeit schon Richter in Petrinja, war verzweifelt und, nachdem er mit seiner neunjährigen Tochter allein geblieben war, mit jeder Lösung einverstanden. Radojka musste allerdings erst überredet werden, denn ihr erschien es nicht gerecht, dass der Fehler ihrer Großmutter mit ihrem Leben korrigiert werden sollte, sosehr sie sich auch mit Antonija und Marijana verbunden fühlte. Deshalb ging dieser Ehe ein langer Briefwechsel voraus, in dem Petar Matasić Radojka bis ins Detail berichtete, was die kleine Marijana tat und wie sie sich gefreut hatte, als sie einmal zu ihnen auf Besuch gekommen war. Radojka verliebte sich dann aber doch, mehr in Marijana als in ihren zukünftigen Mann, und willigte mit der Zeit auch in die Ehe ein.

Die Hochzeit war eine kleine, in Kostajnica, für Großmutter war es am wichtigsten, dass es nicht in Dubica war. Und alles spielte sich in der Stille ab, wie in einer Art Geheimnis. Nur die Menschen auf dem Korso in Petrinja, und mitunter auch in Sisak, sahen, wie Petar Matasić zuerst die Tante eingehakt führte und dann die Nichte. Auf den Familienfotos aus jener Zeit hat Radojka eine frappante Ähnlichkeit mit Antonija, als wären sie Zwillingsschwestern. Und als hätte diese Ähnlichkeit mit der Tante sie von klein auf zu dieser Ehe bereit gemacht.

Obwohl man ihm als Ersatz für die verstorbene Ehefrau deren Nichte gegeben hatte, war Petar Matasić schrecklich böse auf die Großmutter. Aber auch auf den alten Pejić, der den Geiz seiner Frau nicht hatte zügeln und seine Tochter nicht hatte retten können. Nach dieser halb geheimen Heirat kühlten die Beziehungen wesentlich ab, Petar Matasić kam nie mehr nach Dubica und kommunizierte auch nicht mehr mit der Großmutter und dem Großvater seiner Gattin. Mimica, die zuerst seine Schwägerin gewesen war und dann seine Schwiegermutter wurde, sagte einmal zu ihm:

– Was glaubst du wohl, weshalb ich geflüchtet bin?

Radojkas Hochzeit deckte sich zeitlich mit dem Zerwürfnis zwischen Großvater Pejić und seinen Kompagnons in der Lederfabrik, mit denen es zu einem Gerichtsprozess kam. Und das gerade in dem ungünstigen Augenblick, als der einzige Richter in der Familie böse auf sie war. Aber Großvater Pejić kannte noch einen anderen Richter, der, älter als Petar Matasić, eine Zeit lang auch dessen Chef gewesen war. Bei all dem war es ein großes Glück, dass diesem zweiten Richter unlängst die Frau gestorben war. Großvater Pejić hatte schon beim Leichenschmaus zu ihm gesagt, dass ein Mann nicht allein leben könne, auch wenn er keine Kinder hat, und selbst wenn er eine Bedienstete hat, Alleinsein sei kein Leben, und eine gute Frau wärme das Haus. Das hatte er mehrmals wiederholt: Eine gute Frau wärmt das Haus. Und als er wieder zu Hause war, hatte er Großmutter vorgeschlagen:

– Wir könnten Dobrila mit Richter Baranović verheiraten, ein gutsituierter Mann, ein Haus in Sisak, Weinberge, Fabrikanteile, zwei stattliche Anwesen auf dem Lande. Und so alt ist er auch nicht.

Dann fragte Großmutter, wie alt, und er sagte, neununddreißig. Er hatte den Händlerpreis gesagt, denn Baranović war schon vierzig, aber die Ziffer wirkte erschreckend auf Dobrila, die damals sechzehn war. Großmutter suchte nach Ausflüchten, denn sosehr sie auch in ihre Geldbörse verliebt war, wollte sie doch nicht auch die jüngere Enkelin opfern. Aber da brachte Großvater Pejić das entscheidende Argument:

– Für unseren Fall ist das Gericht in Sisak zuständig.

Und damit war die Entscheidung gefallen, dass Dobrila den Richter Baranović heiraten würde, und dann würden alle drei, die Tochter und beide Enkelinnen, mit Richtern verheiratet sein. Eine war zwar schon unter der Erde, auf dem Friedhof von Dubica, aber dorthin war auch sie als Richtersgattin gelangt.

6.

Der Umstand, dass Radojka gegen ihren Willen in das Leben ihrer Tante eingetreten war und sich dort relativ gut zurechtfand, führte in gewisser Weise auch zur Geburt meines Vaters. Radojka half ihrer jüngeren Schwester sehr, damit sie nicht das gleiche Schicksal erfuhr, weil sie sich über die Verheiratung einer Sechzehnjährigen an einen Vierzigjährigen entsetzte. Zu der Zeit gab es genügend Witwer in jungen und mittleren Jahren, weil die Frauen relativ oft bei der Geburt starben. Der Vorzug dieser Männer lag darin, dass sie gutsituiert waren, viele auch schon mit Kindern. Dobrila wusste, dass sie vorhatten, sie nach Sisak zu verheiraten, weil sie ein Gespräch zwischen der Großmutter und dem alten Pejić belauscht hatte. Das Problem war auch, dass Petar Ćirić damals schon tot war und sich nicht beim Großvater für sie einsetzen konnte. Er war auf seinem Besitz bei Osijek gestorben, wo ihre Mutter weiterhin lebte. Von Zeit zu Zeit fuhr sie zu ihrem Sohn, der in Belgrad Stomatologie studierte. Sie hatte ihrer Mutter einen Brief gesandt, aber keine Antwort bekommen.

Im Frühjahr 1921 war zusammen mit noch einigen Burschen aus der Gegend um Dubica Ilija Ferić aus russischer Kriegsgefangenschaft zurückgekommen, ein junger Mann, der in Zagreb Forstwissenschaft studierte. Wie sich Ilija und Dobrila kennengelernt haben, ist aus Familienerzählungen bekannt, und es ist völlig sicher, dass eine in Sisak gearbeitete Mandoline ihre Finger mit im Spiel hatte.

Leicht vorstellbar sind dörfliche Tanzveranstaltungen drei Jahre nach dem Ersten Weltkrieg. Jene, die nicht zurückgekehrt sind, sind schon verschmerzt, und die, die zurückgekommen sind, wollen unbedingt das Leben ohne Schützengräben, Senfgas und Typhus fortsetzen. Galizien, die russische Gefangenschaft und der Weg über China und das Gelbe Meer und der Suezkanal liegen weit hinter ihm. Ilija, der zu den Feiertagen aus Zagreb nach Dubica kam, und selbst wenn er nicht der geborene Bruder Lustig war, diese Veränderung machte einen aus ihm. Zumindest zeitweilig. Wir können uns vorstellen, wie im Saal der Genossenschaft oder im Feuerwehrhaus Dobrila und Radojka mit ordentlich gemachten Frisuren und in den Kleidern sitzen, die die Modistin aus Osijek genäht hat, während die jungen Männer größtenteils stehen oder in Bewegung sind und sich die Mädchen ansehen. So wird es auch sein, wenn sie sich einmal verlieben und heiraten: Die Frauen werden zu Hause sitzen, und sie werden sich bewegen. Und Glück oder Unglück werden mehr oder weniger davon abhängen, wohin sich diese Männer bewegen. Wenn das bedeutet, von Gasthaus zu Gasthaus, oder von Witwe zu Witwe, wird es da kein übertriebenes Glück geben, sondern wird es dafür Schläge und alle möglichen Wörter geben, die sonst vermieden und von den Leuten ordinär genannt werden, aber eigentlich traurig sind.

Gewöhnlich denkt man nicht, dass am traurigsten die ordinären Wörter sind, alle diese Mutterfotzen und Schwänze, die den Leuten von der Zunge rinnen, sind eigentlich nur ein Unglück, das einen Klang bekommen hat. Aber wenn sich die Männer von Feld zu Feld oder von Mühle zu Mühle bewegen, oder von Dorf zu Dorf, um Weizen zu verkaufen oder Mais oder um im Wald Holz zu schneiden und es in der Stadt zu verkaufen, wird es besser sein und wird ihr Bewegen zu Hause unter den Frauen und Kindern als nötig und gerechtfertigt verstanden werden. Und wenn sich auf dem Wege, für kurz, auch mal eine Witwe findet, umso besser.

Das, was wir über die Beziehung zwischen Ilija und Dobrila wissen, bezieht sich in gleicher Weise auf die Mandoline wie auf die Bewegung. Nach Großmutters Erzählungen am großen Tisch in der Medulićeva nämlich, wenn sich die ganze Familie versammelt hatte und das aus einem Grund nicht zu Weihnachten oder Ostern, sondern nur zum Totengedenktag, wenn auch Tante Marijana aus Marokko nach Zagreb gekommen war, so viel konnte ich mit halbem Ohr mithören, während des Versteckspiels mit den Cousins und Cousinen, hatte sich Großmutter gerade deshalb in Großvater Ilija verliebt, weil er sich nicht bewegte. Er war Mitglied des Tamburizza-Orchesters und spielte die Mandoline, die er angeblich in russischer Gefangenschaft von einem Puležaner erlernt hatte.

Also saß Großmutter Dobrila auf ihrem Stuhl, es kamen die Jünglinge von Dubica sie auffordern, aber sie beschied sie alle abschlägig und hatte nur Augen für den überaus schönen bärtigen Förster, der aus einem Lied herausgetreten zu sein schien, das erst geschrieben werden würde. Als verheiratete Frau tanzte Radojka nicht, sondern war bei diesen Tanzveranstaltungen in ihrer Eigenschaft als ältere Schwester, die auf die jüngere aufpasst, aber das war für sie genau genommen unterhaltsamer, als zu Hause zu sitzen mit dem Ehemann. Dobrila wartete nämlich darauf, dass der bärtige Förster einmal sein Instrument wegstellte und sie um einen Tanz bat. Aber der tanzte nie, sondern spielte immer nur. Ebenfalls spielend und umherspähend bemerkte dafür sein junger Gehilfe und Forststudent, dass das junge Mädchen, das auf den Fotografien aus jener Zeit bestimmten Hollywood-Schauspielerinnen ähnelte, zum Orchester hinsah. Schön, vornehm gekleidet, und er wusste, von wem sie war: Sie war die Enkelin des alten Pejić, der, wenn er sich betrank, in seinem Garten oft aus der Doppelläufigen schoss. Dobrilas Liebe wurde so aus einem Hoffen und Warten geboren, dass der bärtige Förster sich endlich bewegt und sie um einen Tanz bittet, und seine Liebe wurde geboren aus Eitelkeit und dem Gedanken, dass sie gerade auf ihn warte. Frauen haben sich damals oft in das verliebt, was sie noch nicht hatten und von dem sie hofften, es einmal zu haben, und Männer in das, von dem sie glaubten, es schon zu haben.

Und so im Glauben, dass sie gerade auf ihn warte, verliebte er sich langsam von einem Samstag zum anderen in dieses schöne junge Mädchen, das ein heiratsfähiges Mädchen von gutem Ruf und die Tochter einer schönen Schauspielerin war, die von Zeit zu Zeit auf ihrem Rappen durch Dubica ritt. Und so legte Ilija bei einer Gelegenheit die Mandoline weg und bat Dobrila um einen Tanz. Da der künftige Förster in dem Tamburizza-Ensemble neben dem amtierenden Förster saß, wusste Großmutter sofort, dass es sich um einen Irrtum handelte. Aber ihr schien es höflich zu sein, wenigstens die jüngere Version zu akzeptieren, wenn man schon die nicht bekommen kann, in die man sich verschaut hat. Und sie hatte sich vielleicht nur um einen halben Meter neben Ilija verschaut. Das war keine große Entfernung. Nach diesem ersten Tanz kam Ilija ständig, um Dobrila zum Tanz zu holen, seine Mandoline fehlte immer öfter in dem Dorfensemble, aber auch Dobrila begann immer öfter einen halben Meter nach rechts zu schauen, so lange, bis sie dachte, dass der liebe Gott selber den bärtigen Förster gesandt habe, damit der ebenso bärtige Forststudent sie bemerkt, in den – als die jüngere Version – sie sich sehr rasch verliebte. Dobrila hatte bald erfahren, dass der bärtige Förster Witwer war, wie ja auch der Richter, dem sie versprochen war. Und ihr kam der Gedanke, dass sie, die beiden Schwestern, von lauter Witwern verfolgt würden.

Will man nach Großmutters Erzählungen urteilen, die man allerdings mit gewissen Vorbehalten nehmen muss, kam Großvater Ilija an einem dieser Abende und spielte unter ihrem Fenster, was für ihn vielleicht das größte Risiko nach Galizien war, wenn man berücksichtigt, wie leicht Großvater Pejić am Abzug war. Andererseits war das eine der ersten Serenaden in Dubica. Den Brauch gab es nicht, dass man unter den Fenstern der Mädchen spielte und sang, so wie es Ilija von einigen Gefangenen in Russland gehört hatte. Es kam vor, hier und da, dass die Beine einen verliebten Jüngling betrunken vor das Haus des geliebten Mädchens führten und er dann dort vor ihrem Fenster sich mit dem zerschlagenen Trinkglas oder dem Handschar die Arme aufschnitt und, während er schnitt, ausrief:

– Sieh her, so sehr liebe ich dich!

Dann kam zumeist der Vater des Mädchens heraus und haute ihm eine runter, sodass er zu Boden fiel, und nach ihm kamen ihre Mutter herausgelaufen, oder ihre Schwester, vielleicht auch sie selbst, und verbanden ihm die Wunden mit sauberen weißen Tüchern, die sie vorher mit Schnaps getränkt hatten, und vereitelten jeden seiner Versuche, der Flasche habhaft zu werden und sie anzusetzen, durch listiges Ausweichen. Manchmal erwuchs daraus eine Ehe, aber öfter nicht.

Eine Serenade war etwas Neues. Und gerade deshalb, weil es etwas Neues war, blieb das Gewehr von Großvater Pejić im Schrank. Er hatte angeblich auch im Schlaf ein scharfes Gehör: Er hörte das Quietschen der Gartentür, selbst das geringste Wiehern des Pferdes, die fernen Hunde, die wie in einer Kette jemandes Näherkommen ankündigten, er hörte im Schlaf sogar ein Schießen aus Bosanska Dubica, ein Schießen, das kein anderer hörte. Und dann sagte er:

– He, Alte, jemand hat auf den Tau gefurzt.

Und seine Frau sah ihn verwundert an, mitten in der Nacht. Aber am Morgen wurde mündlich, von Fenster zu Fenster, die Nachricht weitergegeben, dass sie jemanden in Bosnien umgebracht hätten, und das so weit entfernt von ihrem Haus, dass nicht einmal ein Auerhahn es gehört hätte.

Aber an Musik waren diese Ohren nicht gewöhnt. So blieb Großvater Ilija lebendig und unangetastet, und so vergaß Großmutter endlich den Förster und verliebte sich in den Forststudenten, dessen Bart nur etwas dünner und spärlicher war.

Jetzt kam, was Dobrila anbetraf, eine Verheiratung an den Richter nicht mehr in Betracht. Und wenn in dieser Gegend ein Ständchen mit Mandolinenbegleitung eine Novität war, war das, was später zwischen Ilija und Dobrila geschah, bereits erprobte Praxis. Sie dachten, dass er versuchen würde, um ihre Hand anzuhalten, aber Ilija war zu der Zeit nur Student der Forstwirtschaft, er konnte sich nicht mit der Wichtigkeit eines Richters messen, und so schätzten sie, dass Großmutter und Großvater ihnen die Eheschließung nicht erlauben würden. Obwohl Ilija, nach dem Studienbuch zu urteilen, ein recht guter Student war. Allerdings noch immer Student.

Sieht man sich sein Studienbuch an, fällt einem ein bestimmter Unterschied auf. Er hat am 10. Oktober 1914 an der Königlichen Forstakademie der Königlichen Franz-Josephs-Universität in Zagreb inskribiert und am 15. Dezember 1922 die Forstwirtschaftliche Fakultät der Universität des Königreichs der Serben, Kroaten und Slowenen absolviert. Aus seinen Noten geht hervor, dass er zu Studienbeginn viel besser war als zu Studienende. Seine Prüfungsnoten vom 1. Mai 1915 sind:

Mathematik: Sehr gut
Technisches Zeichnen: Sehr gut
Mineralogie und Petrografie: Sehr gut
Physik: Gut
Volkswirtschaft und Finanzwissenschaft: Gut
Verwaltungs- und Privatrecht: Sehr gut
Konstruktionszeichnen: Sehr gut

Aber am Ende des Studiums fiel er beim Staatsexamen am 14. Juli 1922 durch. Und auch bei der Staatsprüfung aus Wertberechnung von Wäldern am 13. Oktober 1922 fiel er durch und absolvierte besagte Prüfung erst am 15. Dezember desselben Jahres. Vielleicht ist es verständlich, dass er vor dem Krieg und vor der Gefangenschaft in Russland und jenem langen Weg nach Hause über China ein besserer Student war als später, als er aus dem Krieg zurückgekehrt war, wovon seine Inskription im Frühjahrssemester des akademischen Jahres 1921/22 und die Noten aus dieser Phase zeugen. Aber dass er zwei Mal beim Staatsexamen durchgefallen ist, ist doch merkwürdig. Klarerweise haben auf seinen Studienerfolg auch mehrere äußere Umstände eingewirkt. Wir können das Ereignis, das ihn in jedem Fall im Studium behindert hat, zeitlich auch einordnen. Dobrila und Ilija sahen einander auf den dörflichen Tanzveranstaltungen vermutlich schon seit Frühjahr 1921. Aus der Familienerinnerung, die nur allmählich auf mich gekommen ist, zumeist während der großen familiären Abendessen am Totengedenktag, konnte ich das ganze Konstrukt zusammensetzen. Interessant dabei ist, dass diese Erinnerung zumeist aus Anekdoten bestand, die nicht zeitlich datiert waren.

Da sich Dobrila verliebt hatte und man sie mit dem Witwer aus Sisak verheiraten wollte (der Rechtsstreit um die Fabrik dauerte noch an), musste Ilija schnell handeln. Und wenn eine Mandolinenserenade unter dem Fenster etwas Ungewöhnliches für jene Gegend war, wo man die Lampen mit Pistolen löscht und die Fenster mit Äxten putzt, hatte die Entführung von Großmutter Dobrila, die er im Sommer 1922 inszenierte und von der Großmutter oft erzählte, ohne jemals ein Datum zu erwähnen, sicher Einfluss auf seinen Erfolg an der Fakultät. Denn man kann nicht eine der besten Partien in Dubica entführen und verstecken und zugleich den Wert von Wäldern berechnen. Die Hauptrolle beim Verstecken der entführten Dobrila spielte ihre Schwester Radojka, die ihren neuen Mann und ehemaligen Onkel überredete, den beiden Unterschlupf vor dem wütenden Pejić zu gewähren, dem dies zum zweiten Mal im Leben passiert war. Tagelang irrte er mit dem Revolver in der Manteltasche und manchmal auch in der Hand durch Dubica und die umliegenden Dörfer, ob er nicht die undankbare Enkelin und den widerlichen Rotzbengel von Förster fände, der ihm die Pläne mit dem Rechtsstreit um die verfluchte Lederfabrik durchkreuzt hatte, deren Besitztum ihm seine Kompagnons streitig machten, obwohl er der größte Financier war. Aus den Erzählungen lässt sich schließen, dass sie ihn absichtlich vernichten wollten. Wenn er etwas getrunken hatte, herumprahlte und sich mit seinem Reichtum brüstete, brachte man ihn dazu, dass er für irgendwelche Kredite bürgte, wobei ihn diese Bürgschaften so viel kosteten, dass auch der Bestand der Lederfabrik infrage gestellt war.

Und so begannen Großmutter Dobrila und Großvater Ilija zusammenzuleben, noch bevor sie verheiratet waren, was genau genommen auch der einzige Weg zur Heirat war. Denn natürlich hatte der Richter aus Sisak, dem unter anderem auch der Rechtsstreit um die Lederfabrik zugefallen war, von dem erwähnten Ereignis gehört, und es war ausgeschlossen, dass er ein Mädchen zur Frau nahm, das schon mit einem anderen zusammengelebt hatte. Und sei es auch nur im Dachgeschoss des Hauses seines jüngeren Kollegen, in Angst und ständig auf der Hut, weil Großvater Pejić mündlich eine Belohnung für denjenigen ausgelobt hatte, der sie finden und sie ihm melden würde. Das Einzige, was ihm nicht einfiel, war, sie auf dem Dachboden seiner ältesten Enkelin zu suchen.

So kam es, dass meine beiden Großväter zur selben Zeit in Russland waren, aber auch, dass sie sich, freilich nicht zur selben Zeit, in kleinen Mansardenzimmern versteckten, aus Angst um ihr Leben. Großvater Benjamin vor der NDH-Polizei, in einem Zimmerchen, in dem er einen kurzen Honeymoon mit Ivka erlebt hatte, und Großvater Ilija auf einem Dachboden, wo der Mais getrocknet wurde, wo die Maiskolben, aber auch Würste und halbe Schinken von den Dachbalken herabhingen und wo es immer nach Rauch roch. Dort hatte Radojka für sie ein Bett improvisiert, und auf die Toilette gingen sie nur im Schutz der Nacht. Ob sie bei dieser Gelegenheit auch jenem Wesentlichen nähergetreten sind, oder ob sie damit doch gewartet haben, auf dass sich Großvater Pejić erweiche, wird nicht berichtet. Hier versteckten sie sich so lange, bis Großvater Ilija sein Diplom hatte und ihr offiziell einen Antrag machte, als auch Mimica nach Dubica gekommen war, um mit der Autorität einer Mutter diese Ehe zu unterstützen. Da gab es Grom nicht mehr, um ihn durch die Gassen von Dubica zu reiten, und sie selbst war auch nicht mehr fürs Reiten. Aber ihre Würde und ihre Schönheit hatten sich mit den Jahren nicht verloren. Das Schwarz stand ihr gut und unterstützte ihre Autorität bei Vater und Mutter. Und obwohl böse Menschen davon sprachen, dass Dobrila mit Ilija schon in wilder Ehe zusammengelebt habe, heiratete sie zuerst und kam erst dann nieder. Mein Onkel Mirko wurde ordentlich geboren, ein Jahr nach der Hochzeit. Und zweieinhalb Jahre nach ihm auch mein Vater.

7.

Im Alter von zehn Jahren wusste Marijana schon, dass die Großmutter für den Tod ihrer Mutter verantwortlich war, und auch, dass sich ihre Ziehmutter und Cousine nicht oft in Dubica sehen ließ. Und der Vater überhaupt nicht. Sie indessen wurde regelmäßig in den Ferien nach Dubica geschickt. Sie wusste nicht, weshalb, und brauchte lange, um das zu begreifen. Ihr Vater und ihre Ziehmutter wollten nicht alle Verbindungen zu den Pejićs abbrechen und hatten sie zu ihrem Botschafter gewählt. Und sie fand sich in dieser diplomatischen Rolle ganz gut zurecht.

Der alte Pejić konnte sich, nach der Geburt von zwei Urenkeln, durchaus erlauben, auch ein Mädchen lieb zu gewinnen. Mit Mirko hatte er ein Problem: Der ähnelte, auch schon als Kleiner, zu sehr seinem Vater, mit dem er, auch nach der Heirat, keine freundschaftliche Beziehung herstellen konnte. Großvater Ilija konnte nicht vergessen, dass ihn dieser Mensch einmal mit dem Revolver gesucht hatte, um ihn umzubringen, und Pejić hatte es hundert Mal bereut, ihn nicht umgebracht zu haben, bevor er sich mit seiner Enkelin verheiraten konnte. Inzwischen hatte er den Rechtsstreit um die Fabrik verloren, sie waren in Schulden geraten und mussten Land und Weinberge verkaufen, und zum Schluss waren sie sogar gezwungen, die Mühle an der Una zu veräußern. Geblieben war ihnen lediglich der Laden im Erdgeschoss des Hauses gegenüber der Kirche und etwas Land in Baćin und oberhalb von Dubica. Der alte Pejić war überzeugt, dass alles das nicht geschehen wäre, hätte Dobrila sich mit dem Richter Baranović verheiratet. Am Ende war er gezwungen, Petar Matasić, wenn auch gegen seinen Willen, um Hilfe zu bitten. Der hatte ihm diese Hilfe auch zugesagt, aber nach dem negativen Urteil war alles auf seinen lakonischen Satz hinausgelaufen:

– Pajo, ich habe alles getan, was ich konnte. Das Urteil haben deine Bürgschaften gesprochen.

Da er auch zu Mirko, der ein wohlerzogener und ordentlicher Junge war, ein guter Schüler in der Schule und immer bereit zu helfen, so viel ein siebenjähriger Junge helfen kann, keine annehmbare Beziehung aufbauen konnte, wurde Tvrtko sein Lieblingsurenkel. Er war die Verkörperung eines männlichen Kindes, auf das er sein ganzes Leben gewartet hatte, eine Art Messias, den er sich selbst in der Jugend versprochen hatte, als er hoffte, einen Sohn zu bekommen. Aber er hatte zuerst zwei lebendige Töchter bekommen, und dann ein Kind, das mit sechs Monaten starb. Auch das war eine Tochter gewesen. Ihre Grabstätte auf dem Friedhof von Dubica füllte sich langsam mit Töchtern. Später bekam er zwei Enkelinnen, um die er sich anständig kümmerte, aber sein einziger Enkel wurde nach Vršac zu Ćirićs Familie geschickt, angeblich um die Pejićs zu entlasten, vermutlich aber, damit sie ihn dort wie einen eigenen Sohn erzogen. Als Marijana geboren wurde, dachte er höchstwahrscheinlich, dass sich der Fluch fortsetze, bevor ihn Mirko und Tvrtko eines Besseren belehrten. Da sie zuerst in Dvor und später auch in Dubica wohnten, in einem Haus, das der Försterei gehörte, konnte er die Enkel jeden Tag sehen.

Jeden Sommer spielten Marijana, Mirko und Tvrtko zusammen und waren miteinander sehr verbunden. Die komplizierten Familienverhältnisse trieben keinen Spalt zwischen sie. Marijana, als Älteste, liebte ihr Cousins und hütete sie wie eine Mutter. Übrigens sagte Marijana immer, dass sie sich gut an ihre Mutter erinnern könne, und erzählte oft von ihr. Absichtlich erwähnte sie vor ihrer Großmutter, wie gut und schön sie gewesen sei, worauf Großmutter missgestimmt antwortete:

– Da denkst du dir doch ein bisschen was aus, oder?

Das stimmte vermutlich, und ihre Erinnerungen trogen sie vielleicht auch wegen der frappanten Ähnlichkeit zwischen Antonija und Radojka. Sie wusste nicht mehr, welches Bild aus der Erinnerung Antonija zugehörte und welches Radojka, bis alles irgendwie zu einer Person verschmolz, die für sie sowohl die verstorbene Mutter als auch die jetzige Mutter und ältere Cousine war. Später, für uns, Mirkos und Tvrtkos Kinder, war sie die Muhme, Großmutter und Tante in einem. Anscheinend schien dieser Frau von Anfang an ein Doppelstatus zugedacht zu sein. Vermutlich nicht allzu glücklich in der Ehe, ergab sie sich der Kunst. Sie malte wunderschöne Ölbilder, aber immer Stillleben, Blumen, Obst oder leere Vasen, jedenfalls Bilder, auf denen es keine Menschen gab und die deshalb traurig aussahen. Ihr großes Zimmer in der Wohnung in der Medulićeva, vollgestellt mit

Möbeln und durch eine sezessionistische Kommode in einen Tagesraum und einen Schlafraum geteilt, sah aus wie die Garderobe einer Schauspielerin. Immer voll interessanter Unordnung, mit viel Schminke und Parfüms auf der Frisiertoilette mit dem großen Spiegel und mit vielen Lampen und Porzellanfigürchen, war es mir als Kind immer als Labyrinth erschienen. Man konnte nicht normal geradeaus gehen, man musste um die Möbel herum seltsam geschlungene Bahnen nehmen. An den Wänden hingen ihre Ölbilder, von denen sich aber kein einziges bis in die Gegenwart erhalten hat.

Es scheint, als hätten Großvater Pejić und Großmutter Mara in der Erziehung eine Generation übersprungen und wegen der Natur der Arbeit und der ständigen Abwesenheit ihrer Tochter Mimica die Enkelinnen als Töchter und die Urenkel als Enkel erzogen. Damals war schon das Königreich Jugoslawien, und so wie Großvater Österreich gehasst hatte, so hasste er jetzt noch mehr Jugoslawien und sagte:

– Hurenhochzeit, wieder haben sie uns betrogen!

Unter Androhung einer hohen Strafe war es verboten, an den Feiertagen die kroatische Trikolore auszuhängen, aber Pajo Pejić, so alt geworden, hängte sie immer aus und schickte dann im selben Augenblick seinen Lieblingsenkel, Tvrtko, los, damit er mit dem Geldbetrag für die Strafe zum Gendarmerieposten in Bosanska Dubica lief und diese Strafe bezahlte. Und dann erlaubten die Gendarmen aus Bosnien Pajo Pejić, den, weil er leicht am Abzug war, das eine wie das andere Dubica fürchtete, die Fahne am Haus hängen zu haben, weil er die Strafe schon bezahlt hatte. Wenn sie ihm anschließend den Strafbescheid zuschickten, ordentlich mit der Maschine geschrieben, in kyrillischer Schrift und mit einem Siegel beglaubigt, ging Pejić auf die Post nach Bosanska Dubica und schickte den Gendarmen ein Telegramm folgenden Inhalts:

– Ich kann kein Chinesisch. Stop. Schickt den Bescheid in Lateinschrift! Stop.

Großmutter wusste, dass Marijana sie hasste. Vielleicht schloss sie das daraus, dass sie sich selbst mehr hasste, als Marijana sie hasste, und verzieh ihr deshalb auch diesen Hass und alles, was sie wegen dem Hass tat. Eine ihrer Untaten war zum Beispiel das Spielen auf dem Mühlrad, was die Großmutter schrecklich erzürnte, aber sie konnte Marijana nie schlagen, wie sie es bei Mirko oder Tvrtko tat. Wenn sie im Sommer an der Una badeten, forderte Marijana sie auf:

– Burschen, wir gehen auf die Mühle!

Und dann schwammen sie bis zur Mühle, klammerten sich an das große Holzrad, und das hob die Kreischenden aus dem Wasser, machte mit ihnen auf seinem hölzernen Rücken eine Umdrehung und ließ sie auf der anderen Seite wieder ins Wasser platschen. Das durfte man nicht, weil es gefährlich war. Und Mara ängstigte sich wegen dem Selbsthass und wegen ihrer Schuldgefühle ganz schrecklich um Marijana. Und die Kleine genoss diese Angst. Aber es gab hier noch etwas, dessen sich Mirko und Tvrtko nicht bewusst waren, Marijana sehr wohl. Wenn ihr nämlich jemand von den Nachbarn meldete, dass sich die Kinder wieder auf dem Mühlrad drehten, schleppte sich Großmutter mit einer Rute in der Hand mühsam ans Flussufer und drohte ihnen ganz fürchterlich. Das geschah vermutlich mehr aus Wut denn aus Angst, weil sie so mehrmals am Tag die Mühle sehen musste, die sie und der alte Pejić bei Gericht verloren hatten. Kaum verdient man ein bisschen, packt an, näht oder regelt etwas im Laden, der nicht mehr nur Ledererzeugnisse führt, kaum hat man die Tragödie des Bankrotts ein wenig vergessen, bringen einen die Kinder dazu, sich nicht nur der Mühle zu erinnern, sondern sie auch sehen zu müssen. Sie war ihre Mitgift gewesen, und der alte Pejić hatte sie nur gründlich instand gesetzt. Marijana genoss Großmutters Angst, und mehr noch ihre ohnmächtige Wut.

Aus dieser Zeit datiert auch Papas Freundschaft mit Pero Svraka. Pero Svraka war in allem ein ungewöhnlicher Junge. Den ums Feuer versammelten Knaben, die dort Kartoffeln brieten, erzählte er von fernen Ländern: In China haben die Frauen in zwei Reihen jeweils vier Brüste, so wie die Säue, deshalb gibt es so viele von diesen Chinesen. In der Nacht treffen sich an der Una die Wasserfeen, und wenn sich der Morgen rötet, verdeckt sie der Nebelstreif, der sich über dem Wasser sammelt, das ist in Wirklichkeit ihr Atem. Das Wasser ist nicht so stark, dass es das Mühlrad antreiben könnte, die Feen treiben es an. Und deshalb kann niemand in der Nacht die Una durchschwimmen, die Feen packen ihn und ziehen ihn auf den Grund. Wann immer sich morgens von Bosnien herüber der Muezzin von der Moschee meldet, stirbt in einem Ei ein Küken. Wenn ein Mann eine Frau sieht, bildet sich in seinem Kopf ein Gedanke, und dann verwandelt sich der Gedanke in eine kleine Kugel, wie ein Kirschkern, und diese Kugel wandert durch den Körper bis ganz nach unten, und wenn der Mann und die Frau diese Sachen machen, geht der Gedanke in die Frau und pumpt ihr den Bauch auf. Der Mensch wird aus dem Gedanken geboren.

– Wird der Mensch nicht von Gott geboren?

– Ja, weil Gott diesen Gedanken schickt. Und deshalb gleicht der Sohn dem Vater.

Mirko glich seinem Vater von Anfang an. Schon als er geboren wurde, sagte jemand:

– Ganz der Papa, nur der Bart fehlt.

Tvrtko hingegen glich frappant seiner Mutter, was einigermaßen unangenehm war, war er doch männlich.

– Wie kommt das, dass manche Kinder ihrer Mutter gleichen?

– Deshalb, weil auch die Mutter manchmal den Gedanken hat, der sich in ein Kind verwandelt – erklärte Pero Svraka.

Einmal beging Pero Svraka eine Heldentat, als Zibnerać, betrunken, sein jüngstes Kind, ein buckliges Mädchen, vom Kirchturm werfen wollte. Er stieg zu ihm hinauf und beruhigte ihn. Die Leute unten, unter dem Glockenturm, sahen, wie Pero dem Zibnerać etwas ins Ohr flüsterte.

Später fragten sie ihn, was er geflüstert habe, aber er wollte es nicht sagen, bevor nicht jedes Kind ihm, der der Ärmste war, aus seinem Haus einen Kuchen gebracht hätte. Und dann vertraute er ihnen an, was er gesagt hatte:

– Aber was machst du, wenn das Kind nicht fällt, sondern fliegt, wenn ihm aus dem Buckel auf dem Rücken Flügel herausspringen und es dir die Augen aushackt wie eine Elster. Da hat er sie losgelassen. Jetzt her mit dem Kuchen!

Mitte der Dreißiger bekam Petar Matasić eine Stelle in Zagreb, wurde Richter am Tisch der Sieben, und Radojka, Marijana und er übersiedelten in die luxuriöse Vierzimmerwohnung in der Medulićeva. Jetzt ging Marijana in Zagreb in die Schule und wurde ein Fräulein, aber sie fuhr auch weiterhin in die Sommerfrische nach Dubica. Auch als junges Mädchen drehte sie sich noch auf dem Mühlrad, das sie, jetzt ausgewachsen und viel schwerer, kaum mehr hob. Es brauchte viele Feen, um sie zu heben, aber Großmutter war nicht mehr da, um wütend zu werden.

8.

Tvrtko schlief oft bei Urgroßvater Pejić, den er Großvater nannte, so als wolle auch er diese eine Generation überspringen, die selten nach Dubica kam, und je älter sie wurde, umso seltener. Nach dem Tod von Petar Ćirić ließ sich Mimica fast überhaupt nicht mehr sehen. Sie hatte sich auf ihren Besitz bei Osijek zurückgezogen und reiste nirgendwohin, außer vielleicht nach Belgrad, wo Milan eine Zahnarztpraxis eröffnet hatte. Tvrtko erzählte, dass sie zuerst der Muezzin vom Minarett in Bosnien geweckt habe und danach noch die Kirchenglocke für die Frühmesse. Und wenn er aus dem Fenster gesehen habe, hätten sich vor der Kirche schon die alten schwarz gekleideten Frauen aus Dubica versammelt.

– Die alten Weiber gehen den Altar lecken – sagte Pejić im Hereinkommen – steh auf, du Esel, wir haben nicht den ganzen Tag Zeit.

Das sagte er auch an jenem Morgen, als er zwischen dem Singsang des Muezzins und dem Glockenläuten des Popen ins Zimmer kam, eines Morgens, der in seiner Erinnerung hängen blieb als ein Fenster, das leuchtet. Das Licht dieses Tages leuchtete auch dann noch, als sich der Himmel über Tvrtkos Leben längst verfinstert hatte.

– Steh auf, du Esel! – rief der Großvater. – Wir fahren nach Bosnien.

Die Kutsche stand schon im Hof bereit, Dampf kam aus dem Maul des Pferdes und stieg auf in die scharfe Luft des Herbstmorgens. Zibnerać saß auf dem Kutschbock, bereit, die Pferde mit der Peitsche anzutreiben.

– Wohin fahren wir, Großvater? – fragte Tvrtko, als sie aus dem Hof heraus waren und auf die Brücke zu fuhren.

– Wir gehen ins Haus des Begs – sagte Großvater – du musst dich anständig benehmen, denn sie glauben von sich, sie wären große Herrschaften.

– Und sind sie das nicht?

– Türken sind Türken, sie stinken nach Talg – sagte Großvater. – Aber Effendi Avdagić ist gut.

Und Zibnerać setzte hinzu:

– Soweit ein Türke gut sein kann.

Als sie die Brücke überquert und das Zentrum von Bosanska Dubica, die Gendarmerie und die Post passiert hatten und ein bisschen tiefer hineingekommen waren, zwischen die großen Häuser mit den Gärten, sagte Großvater zum ersten Mal jenen Satz, den Tvrtko später oft wiederholen sollte:

– Wann immer du nach Bosnien kommst, trägt dir der Wind von irgendwo einen Gestank zu!

Aber Tvrtko meinte, es habe keinen besonderen Geruch gegeben, nur den Geruch vom Stallmist in den Gärten, den Geruch des Pferdes, den ranzigen Geruch der Ledersitze der Kutsche, die Zibnerać erst gewichst hatte, und man habe auch Großvaters Pfeife und den Feinschnitt gerochen, den er seit Großmutters Tod rauchte.

Als sie in den Hof des großen Hauses eingefahren waren, das einmal weiß gewesen war und dessen Farbe jetzt nur eine traurige Reminiszenz war, sah Tvrtko die hervorspringenden Söller im ersten Stock und die Reihe von Fenstern, die große, mit dunklem Blech in Form einer Arabeske beschlagene Eichentür, aber im Erdgeschoss kein einziges Fenster. Das Erdgeschoss war nur eine Art Sockel, über dem sich der früher einmal prächtige erste Stock erhob. Das sah für ihn wie eine Festung aus, die, sich in die Luft erhebend, im nächsten Moment aufhörte, eine Festung zu sein, und sich in ein schönes Wohnhaus verwandelte. Bis dahin hatte er häufig von den Türken erzählen gehört, er war auch viele Male in Bosanska Dubica gewesen, war mit dem Geld zur Gendarmerie gelaufen, war aber nie in einem muslimischen Haus gewesen.

Ein Diener ließ sie ein, und nachdem sie höflich gegrüßt hatten, führte der sie sofort in den ersten Stock. Zibnerać blieb draußen und rauchte seine Pfeife. Alt geworden, mager, arm, redete kein einziges seiner Kinder mehr mit ihm, und vor allem die bucklige Katica nicht, die er vom Glockenturm hatte werfen wollen und die sich völlig unerwartet an einen älteren Mann irgendwo bei Jasenovac verheiratet hatte.

An der westlichen Wand unseres Wohnzimmers hängen, zusammen mit Mutters Eltern und dem einzigen Aquarell ihres Vaters, zwei sehr mysteriöse Bilder: zwei Türken. Das sind Papas Bilder, gemalt mit Pastellfarben, auf dunkelgrauem Papier, offensichtlich von ein und derselben Hand, im Halbprofil. Man sieht den Kopf mit Fes und Turban und den Torso der beiden, als blickten sie nach unten: Vielleicht wurden sie bei einer Beerdigung eingefangen, beim Zusehen, wie der in weißes Leinen gehüllte Körper unter dem Lamento der Klageweiber langsam in die Erde gleitet. Vater hat nie eine klare Antwort auf die Frage gegeben, wer diese zwei Türken sind und was sie an unserer Wand machen, aber es ist offensichtlich, dass es dafür einen Grund gab. Ich kenne ihn auch heute nicht, obwohl ich sie jeden Tag sehe, wenn ich am Schreibtisch von Onkel Stjepan sitze und das hier schreibe.

Beg Avdagić kann ich mir als einen dieser Menschen vorstellen. Mit Turban und langem grauem Schnauzbart, unrasiert, wie er die nicht angezündete Pfeife zwischen den gelben Zähnen hält. Das Haus, erzählte mein Vater, duftete im Obergeschoss fein: nach frisch gebranntem Kaffee und nach Slibowitz.

– Salam aleikum – sagte der Beg und erhob sich von der Sitzbank.

– Aleikum asalam – antwortete Pejić und sagte: – Das ist mein Kleiner.

Beg Avdagić gab dem kleinen Vater die Hand und sagte:

– Setz dich zu uns, kleiner Held! Du kriegst auch ein bisschen Schnaps.

Unbemerkt, wie ein Geist aus einer Lampe, erschien der Diener im Zimmer, goss Kaffee in die Schälchen und Schnaps in die Gläschen.

Eine Zeit lang sprachen Großvater und der Beg über die Weizenernte, über den Mais, sie berührten den Wasserstand der Una, jüngste Überschwemmungen, und erwähnten auch, dass es wohl bald Krieg geben werde, und mein Vater sah sich im Zimmer um, das ohne Möbel war, bis auf die niedrigen Sitzbänke, auf denen sie saßen. Auch er und Großvater mit untergeschlagenen Beinen, wie die Türken. Er erzählte, dass ihm da, bei diesem Schnapsgeruch, in den Sinn gekommen sei, wie ein türkisches Haus einen unmerklich in einen

Türken verwandelt. Man kommt, entbietet seinen Gruß, setzt sich, und schon ist man ein Türke.

Plötzlich rief der Beg wieder den Diener.

– Jakov!

Er hatte das mit leiser Stimme gesagt, aber der Diener erschien im Zimmer so wie das erste Mal. Es war merkwürdig, dass der Beg einen Ungläubigen zum Diener hatte. Oder ist er das vielleicht nicht? Vielleicht war das der letzte Rest seiner Herrschaft.

Dieses Mal brachte Jakov ein Gewehr. Eine alte, aber schöne silberbeschlagene und sorgfältig polierte Doppelläufige. Großvater nahm sie, klappte sie auf, sah kennerisch durch den Lauf, den er zum Licht gedreht hatte, dann klappte er sie wieder zusammen und fuhr mit der Hand über den Kolben und den Schließmechanismus. Er ließ es zweimal klicken, wobei er den Lauf gegen die Wand richtete. Und dann schwiegen sie, und das Gewehr lag zwischen ihnen.

– Bist du dir sicher, Avdo? – sagte er nach diesem Schweigen, das ziemlich lang war. Für einen von ihnen vermutlich so lang wie ein ganzes Leben.

– Pajo, du weißt gut, dass ich es tun muss – sagte der Beg mit sanftem Tadel. – Aber ich gebe sie in gute Hände.

Während sie feilschten, zwei alte und sich einmal gut stehende Männer, wusste Großvater genau, wie weit er den Preis drücken durfte, und der Beg wiederum wusste noch besser, wie weit er ihn anheben durfte. Aber sie feilschten, höflich, mit Respekt und Zögern. Der kleine Vater hatte noch nie gesehen, dass Großvater jemandem einen solchen Respekt erwiesen hätte, aber auch der Beg, als würde er respektieren, dass Pejić die Fabrik und die Mühle und den größten Teil des Landes unter Wald und Weinbergen verloren hatte, passte den Preis sowohl seiner eigenen Armut als auch der seines Gegenübers an.

So bekam der kleine Vater, im Alter von dreizehn Jahren, unmittelbar vor dem Zweiten Weltkrieg, sein erstes Gewehr.

9.

Großvater Pajo Pejić verstarb unerwartet am 27. November 1940 im dreiundneunzigsten Lebensjahr. Es hieß, er habe ein schönes Alter erreicht und sei dazu noch den schönsten Tod gestorben: Er war aufgewacht, hatte sich auf dem Gang gewaschen, einen Milchkaffee getrunken, war in den Laden hinuntergegangen, und dann hatte es ihn abberufen. Er hatte beide Töchter begraben und eine Enkelin, er hatte Petar Ćirić begraben, auf dessen Begräbnis in Osijek er als bereits alter Mann war, er hatte Zibnerać begraben, sogar Beg Avdagić, den Freund aus dem Alter, und er hatte auch Đino und Grom begraben und vor dem Ende nicht gewusst, wie seine neuen Pferde heißen. Krieg hing in der Luft, aber er erlebte es nicht, dass er sich zuerst über den neuen kroatischen Staat gefreut hätte, und auch nicht, dass er enttäuscht gewesen wäre. Diese Enttäuschung überließ er Jüngeren.

Über Avdagić hatte er viele Muslime kennengelernt, und es war ihm beschieden gewesen, sich vor dem Ende seines Lebens, wie durch Vermittlung einer höheren Macht, aber vielleicht auch aller drei Götter, die in diesen Gegenden um die Vormacht wetteiferten, den Muslimen gegenüber zu öffnen, ebenso wie er sich in dem Augenblick, als Mimica mit Radojka niederkam, den Orthodoxen gegenüber geöffnet hatte. Als ihn seine Freunde, Kroaten aus Dubica, finanziell vernichteten, halfen ihm Muslime aus Bosanska Dubica, mit deren Hilfe er nicht gerechnet hatte und die vielleicht deshalb auch größer und edler ausfiel. Sie halfen ihm, nach dem verlorenen Rechtsstreit einige Schulden zu bezahlen und so zumindest den Laden und etwas Land zu retten, wenn er Mühle und Fabrik schon nicht hatte retten können.

Dobrila und ihre Söhne kamen im Sommer nach Zagreb und blieben gut zehn Tage. Vielleicht datiert aus einem dieser Sommer auch Dobrilas und Tvrtkos Fotografie, als sie sich in der Pose einer Operndiva ans Klavier lehnt und er die Hände auf die Tasten hält, als würde er spielen. Aber möglich ist auch, dass das Foto doch aus der Försterei stammt, denn außer dem Klavier und ihren Gestalten sieht man nichts anderes, nur eine graue Wand, die ebenso in der Försterei wie in der Medulićeva sein konnte, in jenem nach Süden gehenden kleinen Zimmer beziehungsweise Atelier, wo das Klavier stand. Es gibt ja auch die Geschichte darüber, dass in Dubica regelmäßig musiziert wurde, aber am meisten, so erzählte Tvrtko, spielte ihre Lehrerin, die oft bei ihnen in der Försterei einkehrte. Angeblich wegen des Klaviers, aber Großmutter Dobrila sagte:

– Nicht wegen des Klaviers, sondern wegen Ilija.

Darin war keine Eifersucht, und auch keine Bosheit. Sie hatte sich längst daran gewöhnt, dass sich die Frauen in Ilija verliebten, weil er der Prototyp männlicher Schönheit jener Zeit war. Wenn sich im Bewusstsein der jungen Mädchen in Dubica die ersten Impulse Männern gegenüber meldeten, wenn ihre Brüste wie junges Obst oder Gemüse ausschlugen, bei den einen als Zwiebel, bei den anderen auch schon mal als Zucker- oder Wassermelone, dann dachten alle in ihren Fantasien an Ilija, ohne zu wissen, dass es Ilija war, ihr Förster. Durch die Hauptstraße und die Gassen von Dubica ging ein Phantom in seiner Gestalt.

Ilija war nicht interessiert an Gewehren, wie auch Mirko nicht, und so war Pejićs Arsenal auf Tvrtko übergegangen. Großmutter Dobrila erzählte oft, dass sie mit den Kindern, wenn sie nach Zagreb kamen, jeden Tag an zwei Orte gehen mussten: in den zoologischen Garten im Maksimir und auf den Hauptbahnhof. Tvrtko quälte sie mit dem Maksimir, wo er sehen wollte, wie vielgestaltig die Tierwelt ist und wie viele verschiedene Tiere es gibt, die der Mensch umbringen kann, während Mirko andauernd drängelte, dass sie Züge schauen gehen, weil ihn Dampfmaschinen interessierten. Ihre Kessel, die Maschine, die Kraftübertragung auf die Räder über das System der Achsen. Und so gingen sie den einen Tag zuerst in den Maksimir und dann zum Bahnhof, und den anderen Tag zuerst zum Bahnhof und dann in den Maksimir. Und später entwickelten sich die Dinge auch genauso weiter: Mirko absolvierte Maschinenbau, und Tvrtko wurde Jäger.

Zwischen Petar Matasić und Onkel Stjepan bestand ebenfalls etwas Gemeinsames: Beide kauften ein Grab auf dem Mirogoj, bevor sie eine Wohnung kauften. Der Onkel kaufte das Grab zu einem günstigen Preis, ziemlich an der Peripherie, ganz an der östlichen Umfriedung, während der Richter am Tisch der Sieben die Möglichkeit hatte, sein Doppelgrab in unmittelbarer Nähe der Hauptallee zu erwerben. Es scheint, als wäre beiden wichtiger gewesen, wo sie als

Tote liegen würden, denn wo sie als Lebende wohnten. Freilich hatte Onkel Stjepan auch einen ernsteren Grund: seine Frau mit der Tuberkulose. Aber das Matasić-Grab war während meiner ganzen Kindheit von etwas Geheimnisvollem umgeben. Wenn Mama, Papa und ich auf den Mirogoj gingen, und dort lagen schon Großmutter Dobrila, Radojka, Petar Matasić, Mimica und Antonija, deren Gebeine aus dem Grab in Dubica exhumiert worden waren, deutete Papa immer auf den bescheidenen Grabhügel unmittelbar neben ihrem Grab, ohne jeden Grabstein oder Denkmal, auf dem Mama immer eine Kerze entzündete. Dann setzte Tvrtko ein boshaftes Lächeln auf und sagte:

– Weißt du, mein Sohn, wer hier liegt?

Worauf sie ausrief:

– Tvrtko, hör auf! – und ihm seine Geschichte abschnitt.

In den Jahren, als sie noch am Leben und mobil war, konnte ich über den Menschen in diesem Grab nicht mehr erfahren, als dass er bei einer Jagd umgekommen war, weil er eine Pelzmütze aus Hasenfell trug, und dass ihn ein Freund erschossen hat. Das war eine lehrreiche Geschichte über die Gefährlichkeit von Jagd und Gewehren. Später, nach Mamas Tod, zerstritt sich Papa mit Marijana, die die Eigentümerin des Grabes war, und ging wegen dieses Streits nicht mehr an das Grab seiner Eltern, die dort, im Frieden des Herrn, in unmittelbarer Nähe des kleinen geheimnisvollen Grabes ruhen. Das Geheimnis enthüllte mir erst Mirkos Sohn, Davor, vierzig Jahre später.

Es verhielt sich nämlich so: Ilija war ein sanfter und friedliebender Mensch, ihn interessierten keine Gewehre, wie auch Mirko nicht, aber als Förster ging er doch auf die Jagd, so wie alle prominenteren Männer aus Dubica auf die Jagd gingen. Großmutter Dobrila bereitete ein ausgezeichnetes Wild zu, aß es selbst aber nicht. Eines Sonntags, unmittelbar nachdem Petar Matasić das Grab gekauft hatte, erschoss Großvater Ilija einen Treiber, der tatsächlich eine Pelzmütze aus Hasenfell trug. Das war ein schreckliches Unglück, der Mann hatte drei Kinder, und Petar Matasić riet sofort zum Kauf einer Grabstelle auf dem Mirogoj, und es wurde gerade das Grab direkt neben seinem verkauft. Er fand einen Anwalt, verband sich mit dem Gericht in Sisak, und alles wurde zu einem Unglücksfall erklärt, was es auch war. Finanziell sorgten sie für die Familie des Verunglückten, und irgendwie wurde die Sache ausgebügelt.

Onkel Pejić, den man in beiden Dubica fürchtete und der ständig herumschoss und mit seinen Gewehren und Pistolen herumfuchtelte, hatte in seinem ganzen Leben niemanden umgebracht. Tvrtko zitierte häufig einige seiner letzten Worte:

– Ich hatte ein gutes Leben, ich bin mit diesen zehn Fingern reich geworden, ich habe meine Kinder begraben und meine Enkelinnen verheiratet, ich hatte Freunde und Feinde, ich habe Menschen und Mistkerle kennengelernt, mehr Mistkerle als Menschen, denn das ist immer so, ich habe viel Geld verloren, aber noch ist mir etwas geblieben, leid tut mir jetzt lediglich … – und hier verhielt er ein wenig.

– Was, Großvater – fragte Tvrtko in dieser Geschichte.

– Dass ich keinen umgebracht habe!

Und jetzt war Ilija, ein völlig andersgearteter Mensch, schuld am Tod eines armen Bauern, der als Treiber für Tagegeld gearbeitet hatte. Die Herrschaften in Dubica hatten die armen Leute oft als Treiber genommen, und die waren glücklich, wenn sie etwas Fleisch und ein paar Dinar mit nach Hause bringen konnten. Und Papas Vater, dieser schöne und wohlgesinnte Mann, hatte ihn mit einem Treffer in den Kopf getötet. Angeblich, aber das habe ich von dem anderen Cousin, Milan, aus Dubica gehört, haben ihn die Leute aufgezogen:

– Da hast du aber einen großen Hasen geschossen, Ilija!

Wie muss ihm da zumute gewesen sein?

Es ist nicht bekannt, weshalb der Mann aus Dubica auf dem Mirogoj beigesetzt wurde. Logisch wäre gewesen, damit er weit weg war. Damit der Hügel auf dem Friedhof von Dubica das Dorf nicht täglich an Ilijas Verbrechen erinnert. Aber dieser Unglücksfall bewahrte, als schon der Krieg angefangen hatte, die Familie Ferić und vor allem Großmutter Dobrila, die orthodoxen Glaubens war. Wenn sich einer der Ustascha von Dubica über die Familie des hübschen Försters hermachen wollte, sagten die anderen zu ihm:

– Die lass in Ruhe! Weißt du denn nicht, dass Ilija viel früher als wir angefangen hat?

Der getötete Bauer war ein Orthodoxer gewesen.

Zeit der Gräber

1.

Die Zeit der Gräber indessen kam erst. Pavelićs Überschreiten der Rječina wurde in Dubica nicht mit der gleichen Euphorie begrüßt, mit der sie vielleicht in anderen Landesteilen begrüßt wurde. Die Kroaten schmückten ihre Häuser zwar mit der Trikolore, was auch Großvater Pejić getan hätte, wäre er am Leben gewesen, während die Serben zurückhaltend blieben und genau genommen ziemlich erschrocken waren. Noch am 6. April, als Belgrad bombardiert wurde, hatte sich große Angst auch in die Familie Ferić eingeschlichen.

Es würde noch eine Zeit vergehen, bevor auf den Terazije die ersten Menschen hängen werden und im Landesinneren massenhaft erschossen wird: je hundert für einen. Die vier Tage vor der Errichtung des NDH-Staates und auch noch viele danach versuchte Großmutter Dobrila zu erfahren, ob Milan und seine Gattin die Bombardierung überlebt hatten. Es war auch schwer, Kontakt mit Radojka in Zagreb aufzunehmen, geschweige denn mit Milan in Belgrad, das jetzt in einem anderen Staat war. Telegramme reisten wie Briefe im Wilden Westen. In dieser Zeit reisten Lastwagen und Panzer schneller als Telegramme. Seit das Radio von der schweren Bombardierung Belgrads berichtet hatte, war Dobrila ständig am Weinen, und weinend tröstete sie ihre Söhne, dass ihr Onkel sicher am Leben sei, denn im Krieg töte nicht jede Kugel, und so sei es auch mit den Bomben. Viele von ihnen verfehlten Gott sei Dank ihr Ziel oder träfen nicht genau, und der Mensch verliere ein Bein oder einen Arm oder habe ein Loch im linken Schulterblatt, lebe aber weiter.

– Weshalb flennst du dann? – sagte Tvrtko zu ihr. Und sie gab ihm eine Ohrfeige. Diese Ohrfeige hat er sich gut gemerkt, denn es war die letzte, die er von seiner Mutter bekam. Mirko war seiner Mutter gegenüber sanfter und tröstete sie, dass Milan die Bombardierung sicher überlebt habe, und dass ihm auch danach keine Gefahr drohe, denn jede Armee, jede Macht und im Übrigen alle Menschen bräuchten Ärzte und Zahnärzte.

Und der tröstlichen Tatsache, dass Milan die Bombardierung, den Krieg und die Besetzung Belgrads tatsächlich überlebte, verdanke ich einige wirklich schöne Momente mit einer Prostituierten, der ich ein Goldpfund und ein Armband mit meinem Namen überließ, das mir Milan schenkte, als ich geboren wurde. Aber dass Milan auch die Befreiung Belgrads überlebte und fortfuhr, als Zahnarzt zu arbeiten, hatte er vielleicht dem Umstand zu verdanken, dass die Familie von Mimica und Petar Ćirić nicht ethnisch rein war und dass sie beide an dem Spaltungskomplex litten, was sie auf seltsame Weise aber auch wieder miteinander vereinte. Deshalb wäre ihm auch nie eingefallen, sich mit der Nedić-Regierung oder der Draža-Bewegung einzulassen, so wie es Dobrila und Radojka nie eingefallen wäre, den NDH-Staat zu akzeptieren. Petar Ćirić hatte Jugoslawien, das gerade untergegangen war, in seine Kinder eingepflanzt, wie das auch viele in dem Gebiet Kroatiens, Bosniens, Serbiens oder Sloweniens getan und so die Fundamente jenes nächsten Jugoslawien gelegt hatten, das sich bis zu den Neunzigern halten sollte.

Unmittelbar zu Beginn des neu errichteten Staates ging Dobrila mit Ilija weiterhin samstags zum Tanz ins Hotel Central in Kostajnica, aber es waren neben Stoffanzügen und leichten Seidenkleidern, denn es wurde immer wärmer, im Saal mit dem Billardtisch auch immer mehr Menschen in groben Militärstoff gekleidet zu sehen. Es war unglaublich, von wie viel neuen Uniformen es in Dubica, Baćin und Kostajnica wimmelte, von grünen, graubraunen, schwarzen, grünen mit Fes, schwarzen mit zwei großen S am Revers. In die Zeit fällt auch ein Vorfall, von dem Großmutter manchmal erzählte, allerdings immer nur den Erwachsenen, nie den Kindern, und der hatte sich genau im Ballsaal des Hotels Central ereignet. Beim samstäglichen Tanz, als sie sich mit Ilija im Walzerrhythmus drehte, hielt sie ein Mann in grüner Uniform an, Ilijas Schulkollege aus Dubica, und sagte:

– Du, Ilija, hast dir ja auch so eine Halberte genommen!

Ilija sah ihn wütend an, den Forstbeamten, der die eine grüne Uniform durch die andere grüne Uniform ersetzt hatte, und entgegnete ihm:

– Jakov, lass uns in Ruhe!

Danach gingen sie nicht mehr zum Tanzen ins Central.

2.

Immer öfter kamen morgens aus Richtung Jasenovac Lastwagen durch Dubica, die mit Soldaten besetzt waren, die zu dieser Morgenzeit heiter und enthusiastisch wirkten, ein Lied war zu hören, aus dem sich manch vereinzelter lauter Ruf löste, und die abends müde und blutig zurückkehrten und manchmal im Gasthaus Zum Dragoner haltmachten, wo sie bis spät in die Nacht tranken. Und so wie ihre Gesichter eine hundertjährige Müdigkeit, ja, auch Schmerz verrieten, war klar, dass das Blut an ihren Uniformen nicht ihres war.

Das Ereignis, das Tvrtko nicht so häufig erwähnte, fällt irgendwann in den Juli 1941. Er erzählte es ein oder zwei Mal, das war nicht etwas, womit man eine größere Gesellschaft unterhalten konnte. Ich hatte den Eindruck, dass er das nur denen erzählte, „die verstehen". Er erzählte, und die, die verstanden, nickten nur still. Die Folge dieser Erzählung war immer Schweigen.

Zu der Zeit, mit fünfzehn und achtzehn Jahren, besaßen Tvrtko und Mirko einen Flusskahn, der bei ihnen *Do X* hieß. Mit ihm befuhren sie die Una, aus ihm heraus angelten sie oder sprangen in den Strom. Es war am Abend eines ausnehmend warmen Tages, und nach dem ganztägigen Baden angelten Tvrtko und Pero Svraka aus dem Kahn, der von einem Gebüsch verdeckt war, das sich über das Wasser wölbte. Nur Mirko war schon nach Hause gegangen. Sonst badeten sie auf der kleinen Flussinsel hinter der Kirche von Dubica, aber jetzt angelten sie aus dem Kahn heraus. Die Sonne war am Untergehen, aber noch immer war es heiß, und das Gebüsch spendete angenehmen Schatten. Sie schwiegen, um die Fische nicht zu verscheuchen. Mit einem Mal hörten sie, wie oben auf der Straße ein Lastwagen anhielt und sich dann auf dem kurzen Schotterweg dem Fluss näherte. Tvrtko stand auf, der Kahn begann zu schwanken, er sagte, er habe nachsehen wollen, was da vor sich geht, aber Pero Svraka habe ihn heruntergezogen und ihm mit dem Finger bedeutet, still zu sein.

Vom Lastwagen sprang ein Dutzend Soldaten herunter. Das konnte man an den Militärhosen und -stiefeln erkennen. Die meisten von ihnen waren nackt bis zum Gürtel und völlig blutig an Körper und Armen. Manche trugen, erzählte Tvrtko, blutverschmierte Hemden. Sie kamen still zum Fluss und begannen sich das Blut vom Körper zu waschen. Und dann zog einer von ihnen, ein lustiger Vogel, Hose, Stiefel und Unterhose aus und sprang völlig nackt ins Wasser. Nach ihm machten das auch die anderen. Immer wenn einer sprang, erzählte Papa, färbte sich das Wasser für einen Moment rot.

Die Una wirkte magisch auf sie. Es wusch sie nicht nur vom Blut rein, sondern sie fingen an, sich gegenseitig zu bespritzen und unterzutauchen und dabei wie Kinder zu schreien. Zehn nackte Männer kreischten im Wasser wie eine Volksschulklasse. Das grüne Wasser, die Sonne, die irgendwo in Bosnien untergeht und dem Himmel einen orangen Schein verleiht, und diese fröhlichen nackten Männer im Fluss. Tvrtko und Pero Svraka legten sich in den Kahn, um nicht gesehen zu werden, und sahen vorsichtig über den Rand zu dieser großen Ausgelassenheit hinüber. Das Wasser spritzte, und die Stimmen der Männer wurden für einen Moment quiekend, weniger männlich, so als hätte der Fluss sie zurückversetzt in die Zeit vor dem Stimmbruch.

Und dann, auf jemandes Zuruf, war alles zu Ende. Sie kamen heraus ans Ufer, standen auf dem Gras und hüpften, um die Tropfen abzuschütteln und sich zu trocknen. Ihre Pimmel baumelten fröhlich. Keiner von ihnen hatte ein Handtuch, und es dauerte eine Zeit, bis sie trocken waren. Aber jetzt sprachen sie schon leiser miteinander, auch die Ausgelassenheit an ihnen war getrocknet. Langsam zogen sie die Uniformen an, dieses Mal auch das Oberteil, stiegen auf den Lastwagen, der lange nicht anspringen wollte, und fuhren weg.

3.

In der Nacht vom 1. auf den 2. August 1941 hörte man zuerst einen schwachen Schrei, den der Wind aus Bosnien herantrug, über die Una hinweg, und der auf seinem Weg, bevor er die Försterei erreichte, schon ziemlich schwach geworden war. Aber bald kamen die Schreie paarweise, wie Knaben, die sich an der Hand halten, wenn sie in die Schule gehen: zwei um zwei. Warum die Schreie paarweise gekommen waren, erfuhr man schon am nächsten Morgen. Von Haus zu Haus verbreitete sich zuerst in Bosanska Dubica die Nachricht, überquerte dann die Brücke und lief auch in Hrvatska Dubica von Haus zu Haus: Sie hatten Menschen aus Novoselci nahe Bosanska Dubica zusammengetrieben, sie ans Ufer der Una gebracht und sie zwei um zwei unters Messer geführt. Es schlachteten immer zwei, vielleicht auch manche von denen, die vor ein paar Tagen unterhalb der Kirche von Dubica gebadet hatten. Anzunehmen ist, dass sich die gefangenen, mit Draht aneinandergebunden Menschen unter diesen Umständen gerade an einen Nahestehenden klammerten und zusammen mit ihm unters Messer kamen, jemand mit dem Sohn, und jemand mit dem Vater oder Großvater. So mussten die, die abgeschlachtet werden würden, bevor ihnen das Messer den Hals durchschnitt, zusehen, wie jemand von den Liebsten, den zwei Soldaten vor dem Schlachtenden auf die Knie gezwungen hatten, in der Agonie der durchgeschnittenen Kehle röchelte.

Am Nachmittag desselben Tages packte Dobrila Mirkos und Tvrtkos Sachen, wonach sie den Zug nach Sisak bestiegen, wo sie den Zug nach Zagreb nahmen. Petar Matasić erwartete sie auf dem Hauptbahnhof mit dem Dienstauto und brachte sie in die Medulićeva, damit sie nicht allein durch die Stadt voller Patrouillen laufen mussten. Die Schwestern, die sich damals zum ersten Mal wiedersahen, seit Belgrad bombardiert worden war, umarmten sich weinend. In der großen Wohnung des Richters am Tisch der Sieben war es bei Weitem sicherer als in der nur wenige Kilometer von Jasenovac entfernten Försterei. Sie hatten vor, erzählte Großmutter Dobrila, bis zum Ende des Sommers zu bleiben, bis sich die Situation beruhigt hätte und die Knaben erneut in die Realschule in Petrinja gehen würden.

Die Begegnung zwischen Marijana und den Gebrüdern Ferić war genauso rührend. Sofort umarmte sie sie, die so Staubigen und von der Fahrt Riechenden, sie, das städtische Fräulein im Blütenkleid, mit Bändern im Haar, und eröffnete ihnen, wohin überall in Zagreb sie sie führen werde. Radojka legte ihr nahe, vorsichtig zu sein, worauf Marijana, die schon dabei war, das Gymnasium zu beenden, nur mit der Hand abwinkte. Verglichen mit Dubica wirkte Zagreb ziemlich sicher. Sie waren durch den kroatischen Vor- und Nachnamen des Vaters in den Dokumenten und Marijanas lebhaftes Temperament geschützt. Und während sich meine Mutter vor den Frauen der Ustascha-Offiziere in der Novakova verstecken musste, schlenderte Tvrtko ziemlich sicher durch Zagreb. Natürlich gingen sie zuerst zum Hauptbahnhof, Dampfloks schauen, und dann in den Maksimir, Tiger und Löwen schauen, wobei Tvrtko genau wusste, wohin man schießen muss, wenn eine dieser Bestien auf einen losstürzt.

– Und was wäre, wenn wir sie rausließen? – sagte er in einem Moment, als er aufmerksam die Muskeln auf den Flanken der Löwin betrachtete, die mechanisch von der Wand zum Gitter und vom Gitter zur Wand lief und die vielleicht bei diesem Hin-und-her-Laufen weite Savannen und Antilopenherden vor sich sah.

Da umarmte Marijana beide, beugte sich vertraulich zu ihnen vor und flüsterte:

– Du machst einen Scherz, aber vielleicht ist es auch wahr.

– Was? – sagte Mirko.

– Na, dass … dass sie herauskommen.

Und dann erzählte sie ihnen, dass noch vor dem Krieg, aber besonders seit Kriegsbeginn, die Geschichte umlief, dass die wilden Tiere im Zoo ihre Käfige nachts verlassen und bei Tag wieder in sie zurückkehren.

– Unmöglich – sagte Mirko.

Doch Marijana erzählte auch, dass jetzt niemand mehr nachts in den Maksimir gehe. Zuerst habe ein Mann, von schwerer Schlaflosigkeit gequält, während eines frühmorgendlichen Spaziergangs auf der kleinen Brücke über den ersten See eine Ente gesehen, wie sie fröhlich in dem grünlich trüben Wasser unweit der Brücke schwamm. Und dann war etwas im Bruchteil einer Sekunde aus dem Wasser geschnellt und hatte sie gepackt, ein großer Schatten unmittelbar unter der Oberfläche, und er hatte gesehen, wie sich ein riesiger Rachen geschlossen hatte. Zuerst habe er gedacht, erzählte Marijana, dass es sich um einen großen Wels gehandelt habe, aber dann habe er die runzelige Haut, den länglichen Rachen und einen Teil des Kopfes aus dem Wasser herausschauen sehen. Es habe sich um ein Krokodil gehandelt, um ein echtes Krokodil im ersten See im Maksimir. Danach hätten die Leute auch andere Tiere gesehen. Mehrere Kinder seien im Park geblieben, sie hätten beim Vidikovac, beim Aussichtsturm, Verstecken gespielt, und schon sei die Nacht eingefallen. Ein Kleiner habe sich die Augen zuhalten und zählen müssen: „Fünf, zehn, fünfzehn ..." Die anderen hätten sich versteckt, und es habe so ausgesehen, als wäre er, an die Wand des Aussichtsturms gelehnt, völlig allein, mehr allein, als er es jemals bei Tag hätte sein können. Und dann hätten es angeblich auch die Kinder gesehen.

– Was? – sagte Tvrtko in diesem Augenblick. Mirko glaubte ohnehin nicht mehr an die Geschichte.

Zu dem Kleinen habe sich ein Tiger geschlichen, ein richtiger Tiger, ein bengalischer, erzählte Marijana, man habe die Streifen im Mondlicht deutlich erkennen können, nur sei er nicht gelb gewesen, sondern mehr weißlich. Die Kinder in den Büschen ringsum seien vor Angst erstarrt, und der Tiger sei bis zu dem Kleinen gekommen, der noch immer mit geschlossenen Augen gezählt habe: „Fünfundsechzig, siebzig ..." Hier hielt sie inne, um einen Mann zu begrüßen.

– Und was war weiter? – sagte Tvrtko.

Nichts. Er habe ihn nur beschnuppert und sei weitergegangen, hinunter zum ersten See. Der Kleine habe zu Ende abgezählt und gesagt: „Wer sich jetzt nicht versteckt, wird als Esel entdeckt", und habe sich ans Suchen gemacht. Aber den Kindern habe geschienen, dass er nicht mehr lebendig war, sondern nur der Geist des Jungen, der kurz zuvor gesagt hatte: „Wer sich jetzt nicht versteckt, wird als Esel entdeckt." Danach hätten auch andere Leute wilde Tiere gesehen. Zuerst sei eine Löwin gesehen worden, in der unmittelbaren Nähe des Osteingangs, danach ein Nashorn, wie es ganz ruhig in der Mittelallee steht, man habe auch eine Riesenschlange gesehen, auf einem Baum bei der Mogila. Aber man wisse nicht, ob die Tiere allein entwischen und vor Morgengrauen regelmäßig wieder eingefangen werden, oder ob jemand sie freilässt. Letzteres sei wahrscheinlicher. Außerdem höre man aus dem nördlichen Teil des Parks, seit der Krieg angefangen hat, jede Nacht Schüsse.

4.

Drei Jahre nachdem er in Petrinja Kumičićs Drama über Petar Zrinski inszeniert hatte, dem viele aus unserer Familie, mich eingeschlossen, ihr Leben verdanken, spielte Petar Ćirić mit seiner Truppe ein Drama von Viktor Car Emin. Darüber existiert ein längerer Text in der *Sušačka revija:*

Ende März 1903 gastierte in Sušak mit ihren Theateraufführungen die Ćirić-Truppe, um dem dortigen Publikum Emins Zimsko sunce *(„Wintersonne") zu präsentieren. Das geschah mehrere Monate nach der erfolgreichen Zagreber Premiere. An dieser Aufführung herrschte großes Interesse, und sie wurde intensiv vorbereitet. Der Leiter der Theatertruppe, die die Vorstellung gab, war Petar V. Ćirić (1854 –1918), ein aus Vršac gebürtiger Theaterprinzipal, Regisseur und Schauspieler. Die Truppe gastierte von Ende 1889 bis 1914 in allen größeren bosnisch-herzegowinischen und kroatischen Orten und wirkte von 1897 bis 1907 kontinuierlich in Varaždin. Ćirić war ein geschickter Prinzipal, dessen Repertoire viele Werke kroatischer Dramatiker umfasste (M. Derenčin, J. Freudenreich, L. Kraljević, E. Kumičić, M. Ogrizović). Meistens führte er selbst Regie, mitunter wirkte er auch als Schauspieler mit.*

In einer amtlichen Ankündigung der „Wintersonne" schreibt Supilos Novi list*: „Wir hören, dass aus Liburnien ein besonderes Dampfschiff nach Rijeka kommen und die benachbarten Istrianer zur Aufführung dieses Dramas zu uns bringen wird, in dem Car meisterhaft die kulturellen und politischen Verhältnisse des uns teuren Istrien umrissen hat, das die irredentistische italienische Flut gern überschwemmen und verschlucken möchte, wogegen sich aber der entschlossene Istrianer heroisch zur Wehr setzt." Für dieses Ereignis hatte nämlich die Ungarisch-kroatische Gesellschaft dem Publikum von Lovran, Opatija und Volosko eines ihrer Dampfboote zur Verfügung gestellt. Da zu dieser Zeit das Wetter* schon frühlingshaft und das Meer ruhig war, nutzten viele Bewohner des östlichen Istrien die Gelegenheit, nach Rijeka zu fahren. Ćirićs Truppe führte das erwähnte Drama am 21. und 22. März dieses Jahres im Saal des Hotels Sušak auf. Supilos Tageszeitung brachte über diese Vorstellung einen ausführlichen Bericht:

„Am Samstagabend gab Ćirićs Theatergesellschaft die erste Vorstellung des gefeierten Dramas ‚Wintersonne' unseres verdienten Autors und Vorkämpfers Viktor Car Emin, das in Zagreb einen so schönen Erfolg eingeheimst hat. Unnötig zu sagen, dass der große Saal so voll war, dass viele umkehren mussten, weil es absolut keinen Platz gab. Aus Sušak und Rijeka waren die Kroaten in großer Zahl gekommen, und aus Liburnien eine besondere Delegation mit dem Abgeordneten Spinčić, dem Bürgermeister von Volosko-Opatija Dr. Stanger, dem Bürgermeister von Kastav, Herrn Jelušić, und anderen führenden Persönlichkeiten in Istrien. Bei ihrer Ankunft wurden sie allesamt, besonders aber Spinčić, mit herzlichem Applaus begeistert begrüßt. Car hatte sich mehrere Tage lang intensiv eingesetzt, um die Schauspieler zu instruieren und alles vorzubereiten, damit die Aufführung möglichst gut gelingt. Und sie gelang wirklich herrlich. Den Schauspielern, unserem küstenländischen Dialekt fremd, gelang es doch, ihr Spiel so anzupassen und dem Stück so viel wie möglich von jenem lokalen istrischen Charakter wie nötig zu geben, um die Darstellung dem Zuschauer möglichst angenehm zu machen. Besonders taten sich Frl. Cicvarić als Jelka, Hr. Stojković (Nando), Hr. Baić (Gastwirt Šani), Hr. Jurković (Berto) hervor, aber auch die anderen spielten ihre Rolle sehr schön und geschickt. Über Cars Drama wurde an dieser Stelle unlängst ausführlich berichtet, sodass wir es nicht wiederholen, sondern nur sagen, dass man unter den Zuschauern jenes selbe Bild bemerkte wie auch in Zagreb: Vielen standen die Tränen in den Augen! Wir sahen alte Küstenländler, borstig, mit strengem Gesicht, wie sie sie heimlich wegwischten! Wir sahen Jünglinge, Mädchen, wie sie mit tränenfeuchten Augen das Spiel auf der Bühne verfolgten. Eines schmeichelhafteren Beweises, dass der Autor in seiner Absicht vollkommen erfolgreich war, bedarf es nicht. Am Ende eines jeden Aktes brandeten Beifall und Zustimmung auf, die sich im Saal wie ein Sturm des Enthusiasmus verbreiteten, sodass die Schauspieler mehrmals auf die Bühne herausgerufen wurden. Das Publikum wollte daraufhin den Autor selbst *begrüßen, der sich aus der ihm angeborenen Bescheidenheit nicht zeigen wollte, es am Ende aber doch musste, worauf er mit einer Begeisterung begrüßt wurde, die ihm die Dankbarkeit des Volkes für das Stück, das er ihm geschenkt hatte, am besten bewies. Mehrere Male musste er herauskommen, um sich zu bedanken.*"

Genau achtunddreißig Jahre später überquerte Pavelić die Brücke über die Rječina und marschierte in Sušak ein, um das ganze Geschlecht der Ćirićs auszurotten. Und während Petar Ćirić unter den Kroaten Istriens das Nationalbewusstsein weckte, verkaufte Pavelić, *Il grande Croato*, die gesamte kroatische Küste an die Italiener und drohte Ćirićs Töchtern und Enkeln gefährlich. Selbst seine Verdienste um die kroatische Kultur und letztlich auch kroatische Sache konnten die Ćirićs nicht von der schwersten Schuld abolieren, die ein Mensch im neuen kroatischen Staat haben konnte.

5.

Anfang Oktober verbreiteten sich in Zagreb neue Gerüche: gebratene Maiskolben, die es auf der Straße zu kaufen gab, und immer öfter auch der Geruch von gebratenem Paprika und Ajvar aus den Küchen. Aber Marijana konnte diese Gerüche, mit denen sich die neue Jahreszeit ankündigte, einfach nicht genießen. Der Frühherbst brachte etwas Reifes und Reiches mit sich: Er war die Verlängerung des Sommers unter dem klaren Bewusstsein, dass er definitiv dahingehen würde und dass Nebel und schräger, vom Wind getriebener Regen die Sache übernehmen würden. Aber Marijana konnte in diesem Jahr überhaupt nichts Gutes riechen. Sie kam ganz grün im Gesicht von der Universität nach Hause und rannte meistens, nachdem sie die Tür geöffnet und gerochen hatte, dass etwas gekocht wurde, zur Toilette, von wo man ihr krampfhaftes Stöhnen hörte, während sie sich übergab.

– Mama, das Formalin geht mir einfach nicht aus der Nase – sagte sie zu Radojka und ging sich ausruhen in das kleine Zimmer, das jetzt vorübergehend ihres war. Dort trieb sie wieder der Geruch des Terpentins von Mutters Bildern zum Erbrechen.

Zu Hause wusste sie von den Sektionen bei den Übungen aus Anatomie zu erzählen, von zerschnittenen Menschen und von der Farbe ihrer Organe und natürlich von dem Geruch des Formalins, und während sie erzählte, konnte man sehen, wie sich ihr der Magen umdrehte. Der Krieg hatte doch auch etwas Gutes mit sich gebracht: Es herrschte kein Mangel an Leichen. Aber Marijana, da sie im ersten Studienjahr war, konnte die Veränderung nicht wahrnehmen: Das waren keine alten Leute, Landstreicher und Säufer mehr, es waren immer mehr junge, gesunde Menschen. Unzweifelhaft waren vom Aspekt der Wissenschaft her gesunde Menschen zumeist dankbarer für den Unterricht, weil man genau sehen konnte, wie Organe auszusehen haben, die nicht vom Alkohol oder vom Tabakrauch oder vom Krebs angegriffen und zerfressen sind.

Und so wurden Dobrila, Mirko und Tvrtko, die vor den Leichen in Dubica geflohen waren, auch in Zagreb von Leichen erwartet. Anzunehmen ist, dass einige derjenigen, die mit Schusswunden auf der Šalata lagen und in Formalin auf ihre Begegnung mit der Wissenschaft warteten, ihr Leben im Kozara-Gebirge verbracht hatten, wo die Kämpfe schon aufgeflammt waren. Bis zur endgültigen Offensive gegen das Kozara-Gebiet sollte noch ein Jahr vergehen, aber im Frühherbst 1941 war in der Gegend schon eine stärkere militärische Aktivität zu verzeichnen. Alle drei Tage rief Ilija aus der Forstverwaltung in Kostajnica in Zagreb an, um zu fragen, wie es Dobrila gehe, wie es den Knaben gehe, aber auch um zu sagen, dass sich die Situation in Dubica nicht beruhigt habe, sondern, im Gegenteil, der Krieg immer intensiver werde. Wieder würden die Lampen mit Pistolen gelöscht und die Fenster mit Äxten gewaschen.

Dieses Mal fuhren sie nicht mit dem Zug, sondern brachte Petar Matasić sie mit dem Auto nach Dubica. Das war doch der sicherste Weg, und der Ausweis des Richters des Stuhls der Sieben öffnete alle Straßenblockaden. Es galt, in die Schule zu gehen. Um von Dubica nach Petrinja zu gelangen, mussten die Knaben jeden Tag mit der Kutsche durch Baćin fahren, wo noch ein Lager, ein kleineres, errichtet worden war. Auf einem Anwesen, wo Kalk erzeugt wurde, waren Menschen aus den umliegenden Weilern interniert, die den Kalk erzeugen mussten, der in jenen Tagen, mehr als zum Bau, zur

Desinfektion der Gruben benutzt wurde, in die die hingeschlachteten Menschen geworfen wurden. Aber auch jene, die den Kalk erzeugten, waren bald umgebracht und mit ihrem eigenen Erzeugnis überschüttet. Es zeigte sich, dass sie den Kalk für sich selbst erzeugt hatten.

Der Weg war lang und mühsam, denn oft konnte man auf der Straße Lastwagen mit blutverschmierten Soldaten begegnen, die manchmal sangen, manchmal aber auch nicht. Mehr noch, oft fuhren sie schweigend, jeder vertieft in seine Gedanken. Deshalb fuhren Mirko und Tvrtko lieber mit dem Zug zur Schule. Aber auch im Zug lauerten Gefahren. Auf der Straße, wenn sie ein Angestellter der Försterei in seiner grünen Uniform in der Kutsche fuhr, bestand keine große Gefahr, dass jemand aus diesen Lastwagen sie anhielt, weil sie ihr Ziel hatten und es an jedem dieser Ziele immer genug zu tun gab und es nicht in ihrem Interesse lag, sich mit denen abzugeben, die ihnen zufällig begegneten. Außerdem winkte ihnen der Mann aus der Försterei, der sie zur Schule fuhr, immer fröhlich zu, und der Fahrer des Lastwagens winkte immer zurück. Im Zug hingegen gab es oft Patrouillen und Ausweiskontrollen. Und obwohl sie kroatische Vor- und Nachnamen hatten, gab es auch welche, die genau wussten, wer ihre Mutter war und wer ihr Großvater mütterlicherseits. „Der Serbe, der hier in der Banovina Theater gemacht hat." Auch sie waren für sie Bastarde, und der junge Tvrtko fragte sich oft, wie viele Generationen es brauchte, bis sich dieses östliche Blut endgültig verbraucht hatte und verschwunden war.

Außerdem war auch ihr Vater etwas verdächtig, weil er nicht gebührend Begeisterung für den neuen Staat zeigte und sich vor allem nach dem großen Abschlachten in Bosanska Dubica jedes Kommentars enthalten hatte. Ilijas Worte waren:

– Mich interessiert die Politik nicht, ich beschäftige mich mit dem Wald.

Aber manchmal bekam er auch solche Antwort:

– Mein lieber Ilija, heute ist auch der Wald Politik. Es gibt keine schlimmere.

6.

Anfang Sommer 1942 fingen die Hunde von Dubica hysterisch zu bellen an. Es bellten auch die Welpen, mit piepsenden Stimmchen, und es schien, als beeilten sie sich, erwachsen zu werden. Sie altern siebenmal schneller als wir, dachte Tvrtko, und haben keine Zeit für eine lange Kindheit. Und Dobrila sagte:

– Sie spüren etwas im Voraus!

Dieser Sommer brachte ein Massensterben von Kindern, denen keine längere Kindheit und geschweige denn ein Erwachsenwerden beschieden war. Deutsche Einheiten unter dem Befehl von Friedrich Stahl, begleitet von Ustascha- und Domobranzen-Kräften, setzten sich zu einer massiven Offensive gegen Partisaneneinheiten aus Westbosnien in Marsch. So fanden sich auf der Kozara etwa neunzigtausend Menschen eingekreist wieder. Die Säuberung des Gebirges dauerte etwas länger als einen Monat, aber die Gefechte und die menschlichen Schreie waren dieses Mal nicht bis in die Schlafzimmer der Försterei zu hören. Dafür waren Kanonensalven zu hören, die den klanglichen Hintergrund für alles abgaben, was in Dubica passierte: Kanonen begleiteten die Menschen morgens auf die Felder und in die Weinberge und erwarteten sie am Abend, wenn sie zurückkehrten. Kanonen begleiteten die Kühe auf die Weide und die Schafe zum Schlachten, Kanonen waren das Echo der Kirchenglocken sowohl morgens wie abends. Aber dann kamen Geschichten vom Sterben der Kinder, deren Eltern auf der Kozara umgekommen oder in Jasenovac interniert waren. Viele von ihnen endeten auch in Stara Gradiška oder starben schon auf dem Weg an Typhus und Unterernährung, und manche wurden von Familien in Zagreb und Sisak adoptiert. Sie wurden getauft und ihre Namen wurden geändert. Und diese Kinder wuchsen später zu Menschen heran, die sich nur schwach daran erinnern konnten, woher sie stammten, dass es dort ein Gebirge gibt, einen grünen Fluss, der so schön ist, dass die Römer ihn „die Einzige“ nannten, unterschiedliche Kirchen, Moscheen, und sehr, sehr viele Gräber. Als Tvrtko einmal von jemandem von der Tragödie der Kinder von der Kozara hörte und dass sie weder wissen, wer sie sind, noch, woher sie kommen, sagte er:

– Ihr Glück!

Nachdem die Kozara gründlich gedüngt war, waren auch gewöhnliche Geräusche plötzlich eine Quelle der Angst geworden und hatten alle in der Försterei ein geschärftes Ohr bekommen, wie Großvater Pejić. Das Geräusch eines Lastwagens, der vorüberfährt, und vor allem von einem, der plötzlich stehen bleibt, das Geräusch eiliger Schritte in genagelten Stiefeln, ein erschrockener Entenschwarm von der Una, der heftig gackernd aufstiebt, Rufe, die der Wind heranträgt und die als menschliche erkennbar sind, aber nicht, was sie bedeuten, das plötzliche Krähen eines Hahns … Alles das war plötzlich ein Grund für Angst.

Ende des Sommers, gegen Mariä Himmelfahrt, die Offensive war schon beendet, kam die Mutter von Petar Svraka in Tränen aufgelöst in die Försterei gestürzt. Es war gerade Tag geworden, Mirko und Tvrtko waren noch in den Nachthemden, und Dobrila setzte gemeinsam mit der Magd das Brot zum Backen an. Vor allem sie hatte in diesen Tagen einen leichten Schlaf, wie ein Wiesel, das seine Jungen hütet. Tvrtko erzählte später, dass sie während des Krieges in Dubica fast überhaupt nicht geschlafen habe. Sie schlief sehr wohl im Laufe des Tages für ein paar Minuten ein, fuhr dann aber mit Grauen in den Augen wieder auf. Sie wurde von einem Bild verfolgt: dass vor der Försterei ein Lastwagen mit Soldaten stehen bleibt. Als sie Petars in Tränen aufgelöste Mutter sah, ging Dobrila ihr entgegen und umarmte sie wortlos. Sie goss ihnen einen kleinen Schnaps ein, und die beiden Frauen sprachen an diesem Morgen lange mit gedämpfter Stimme miteinander, sodass die Knaben nicht hören konnten, worüber sie sprachen, aber es war klar, was geschehen war.

So war der Tod ihrem Haus gefährlich nahe gekommen, und mitgebracht hatte ihn eine Frau in Schwarz. Aber auch dieses Schwarz war potenziell gefährlich, denn es verriet die Frauen, deren Männer als Partisanen umgekommen waren. Von da an aß Pero Svraka häufig bei ihnen zu Mittag, und wenn man die Situation als besonders unsicher einschätzte, schlief er auch bei ihnen. Tvrtko erinnerte sich dieser Abende am liebsten, wenn er und Mirko in ihrem Zimmer Peros Erzählungen lauschten.

– Den Kindern von der Kozara bringt man in Jasenovac bei, Gras zu essen wie die Schafe oder Kühe, mein Cousin, der den Ustascha

Kartoffeln und Mehl liefert, hat gesehen, dass es im Lager kein Gras und kein Unkraut mehr gibt, und hat einen Ustascha gefragt, wo das Gras sei, und der hat gesagt: „Das hat die verdammte Serbenbrut weggefressen.“

Im Frühjahr 1943 hörte Ilija in der Försterei, dass sich die Ustascha aus Jasenovac nach einer Serbin erkundigten, die in Dubica lebte und angeblich die große Dame spiele. Da packte er Hals über Kopf das Allernotwendigste, und mitten in der Nacht fuhren sie mit der Kutsche nach Sisak und von dort mit dem Zug nach Zagreb, und dann mit einem anderen Zug nach Srijemska Mitrovica.

7.

Mirko, der „Ruhige“, und Tvrtko, der „Feste“, lebten weiter im Einklang mit ihren Namen, jetzt in Srijemska Mitrovica. Tvrtko blieb weiterhin eigensinnig, unüberzeugbar, wild auf verschiedene Weise, und Mirko ruhig, gesetzt und rational. Dobrila hatte sie genau benannt. Sie sagte:

– Sobald ich ihre Gesichter gesehen hatte, wusste ich, wen ich da geboren habe.

Hatte sie Tvrtko nur deshalb lieber, weil er Ähnlichkeit mit ihr hatte, oder weil er ihrer Hilfe mehr bedurfte? Das werden wir nicht erfahren, da hilft kein Spiritismus, es gibt keine Lebenden mehr, die darüber etwas aussagen könnten; beide Gräber auf dem Mirogoj sind schon zu einem Gutteil gefüllt.

Es ist nicht klar, weshalb sie in diesem entscheidenden Augenblick nach Srijemska Mitrovica geflüchtet sind, das sich damals im Verband des Unabhängigen Staates Kroatien befand. Was man weiß, ist, dass damals auch Pero Svraka als angeschlossener dritter Sohn bei ihnen war. Und obwohl der Nachname Svraka sowohl kroatisch als auch serbisch sein konnte, stellte Peros östliches Glaubensbekenntnis eine Gefahr für die Familie Ferić dar. Außerdem war sein Vater bei den Partisanen gefallen.

Es ist einigermaßen seltsam, dass sie nicht in Zagreb geblieben sind, denn Zagreb war damals, mit dem hohen Gerichtsbeamten des

Unabhängigen Staates, vermutlich viel sicherer als Dubica, wo die Ustascha aus Jasenovac Dobrila und ihren Goldschmuck schon im Visier hatten. Dobrila indessen wollte nicht ihre ältere Schwester gefährden, denn eine Sache ist es, wenn jemand aus der Staatsverwaltung eine Orthodoxe zur Frau hat, und damit keineswegs eine Ausnahme ist, und eine andere, wenn die Wohnung, in der zeitweilig auch andere Personen aus der Verwaltung verkehren, mit ethnisch unreinem Material aus einem Dorf in der Banija angefüllt wird. Verständlich ist, weshalb sie sich nicht auf das Anwesen von Ćirić und Mimica in Osijek geflüchtet haben, denn dieses Anwesens hatte sich schon jemand anders bemächtigt, da seine Besitzer gestorben waren und ihre Nachkommen im neuen Staat nicht willkommen waren. Sicher ist, dass sie zum Verstecken auch Belgrad oder Vršac in Betracht gezogen hatten, aber dass sie vermutlich Angst hatten, dass sie, zu einem guten Prozentsatz Kroaten, in Nedićs Serbien schlecht davonkommen würden. Srijemska Mitrovica war genau an der Grenze. Ein fünfzehn Kilometer von Jasenovac entferntes Dorf tauschten sie gegen eine Stadt ein, in der sich ebenfalls ein Ustascha-Lager befand. Genau genommen war es zuerst eine reguläre Strafanstalt, die in ein Ustascha-Lager verwandelt worden war, und wurde dann wieder eine Strafanstalt, bis zu den Neunzigern, als sie in ein Tschetnik-Lager umgewandelt wurde. Zuerst wurden dort Kommunisten eingesperrt, dann Serben, Juden und Kommunisten, dann tiefer rangierende Ustascha, Tschetniks und Antikommunisten, und danach Kroaten. Nicht ausgeschlossen ist, dass auch in römischer Zeit in Sirmium ein Lager bestanden hat, vermutlich für Sklaven, die von der Peripherie des Reichs in die dalmatinischen Städte und nach Italien geliefert wurden. In einer solche Stadt versteckten sich die Ferićs während des Zweiten Weltkriegs. Aber in Mitrovica kannte man sie nicht, und auch Dobrila war durch ihren Nachnamen Ferić geschützt.

Ilija bekam Arbeit in der Försterei, und die Knaben wurden ins Gymnasium eingeschrieben, Mirko in die achte und Tvrtko und Pero in die siebente Klasse. Mirko war ausgezeichnet in den naturwissenschaftlichen Fächern und in Technik, während sich Tvrtko, außer für Waffen, auch für Geschichte zu interessieren begann. Vielleicht deshalb, weil sie eng mit Waffen verbunden ist. Zu der Zeit trauerte

Tvrtko um die silberbeschlagene Büchse des Effendi Avdagić, die sie in Dubica zurücklassen mussten, weil es zu riskant war, sie nach Mitrovica mitzunehmen. Anstatt mit der Büchse durch die Wälder rings um Dubica zu streifen, gewöhnte er sich an das städtische Leben und begann römische Münzen zu sammeln und zu klassifizieren. Später erzählte er gern, dass es im Gymnasium in Srijemska Mitrovica eine richtige kleine Börse für römische Münzen gegeben habe, die von den Kindern in den Ruinen und Mauerresten gefunden wurden, denn der Stein für viele Häuser kam direkt von den römischen Ruinen. Und noch später sollte ich die Münzen in der Numismatischen Gesellschaft in der Oberstadt für lausiges Geld verkaufen, obwohl jede Münze im Album mit einem kleinen Zettel versehen war, auf dem in ordentlicher Schönschrift vermerkt war, woher und von wann sie datierte.

Kupfermünze aus der Zeit Diokletians
Mit Diokletians Antlitz
Ende 3. Jh.
Mittelguter Erhaltungszustand

Über ihr Leben in Mitrovica zwischen Frühjahr 1943 und Anfang November 1944 gibt es nichts Besonderes zu vermelden. Keine einzige Geschichte aus Mitrovica aus diesem Zeitraum ist bis auf uns Kinder gekommen, woraus wir schließen könnten, dass sie ein relativ ruhiges Leben geführt haben. Der entscheidende Moment war die Befreiung Mitrovicas Anfang November 1944. Auch vor der unmittelbaren Befreiung waren einzelne Partisanengruppen, als Tschetniks verkleidet, in die Stadt eingesickert und hatten exponierte Kroaten, nicht nur Militärs, Polizisten oder Bedienstete des Unabhängigen Staates, umgebracht. Die Familie Ferić war wieder in ernster Gefahr, weil Ilija Staatsbeamter war und auch eine Dienstuniform trug. Wieder lieferten gewöhnliche Geräusche Grund zur Angst, die Fenster des Hauses waren geschlossen, die dunklen Vorhänge zugezogen, so als gäbe es niemanden im Haus. Lediglich die Knaben gingen jeden Tag aus diesem getarnten Haus, das scheinbar seine Bewohner verloren hatte, in die Schule. Zwei Tage nach der Befreiung und dem fröhlichen Reigen auf dem Marktplatz fiel ein Partisanenmajor von sanftem Aussehen und tiefer Stimme, wie bei den Opernsängern, in Tvrtkos und Peros Klasse ein, zog die Luger aus dem Futteral und sagte:

– Kinder, die Zeit ist gekommen, dass auch ihr Waffen tragt!

8.

Unter den mobilisierten jungen Männern aus dem Gymnasium von Mitrovica tauchte plötzlich ein neues Wort auf: Auffüllung. Als sie der Major in das anscheinend leer stehende Magazin geführt hatte, rief er nur: „Auffüllung!" und überließ sie den Offizieren, die dort die Uniformen verteilten. Von nun an hörten sie das Wort öfter. Einer der Offiziere aus dem Magazin rief über das Feldtelefon jemanden an und gab eine Bestellung auf:

– Verdammt noch mal, Mate, ich brauche das für die Auffüllung!

Und während sie sich umzogen, konnten sie auch Sätze hören vom Typ:

– Los, schneller, Auffüllung, wir haben nicht den ganzen Tag Zeit!

Tvrtko schilderte, wie ihnen die Offiziere komplette Uniformen zuwarfen, Hemd, Jacke, Hose, Stiefel, Kappe ... Mäntel hatten sie keine, und Jacke und Hose zum Beispiel waren von unterschiedlicher Größe, Stiefel gaben sie ihnen, ohne sie nach der Schuhgröße zu fragen. Die Auffüllung musste so ganz schnell Teile der Uniform und die Stiefel untereinander tauschen, um sich irgendwie, in kurzer Zeit, auszustatten, weil die Offiziere riefen:

– Schneller, Auffüllung, was wird da gewartet ...

So beschaffte sich Tvrtko mit Mühe eine Jacke, die seiner fülligeren Figur entsprach, und zog sie an, aber Pero machte ihm mit den Augen Zeichen und flüsterte, er solle sie ausziehen. Erst als er sie ausgezogen hatte, sah er den großen Blutfleck auf dem Rücken. Das Blut hatte das grobe grüne Leinen durchtränkt und eine dunkle, grünliche Nuance angenommen. Und so musste er sich auf die Suche nach einer anderen Jacke machen.

Sofort nach der Uniform fassten sie auch die Waffen aus, und er fragte sich für einen Moment, warum sie ihnen die Waffen denn nicht vor der Uniform gegeben hatten, war das nicht wichtiger für die Kriegführung, aber ihm war genauso klar, dass dann die Partisanenoffiziere das Gefühl gehabt hätten, die Gewehre an Zivile auszugeben, aber von Zivilen sprach man in dieser Phase des Krieges schon ein wenig verächtlich.

– Auffüllung, ihr seid keine Zivile mehr, jetzt seid ihr Kämpfer – sagte der Major, als sie die Gewehre ausfassten.

Sie fassten auch Messer aus, ähnlich denen, die er bei den Soldaten in Dubica gesehen hatte, und er fragte sich, völlig zu Recht, ob mit dem Messer, das er ausgefasst hatte, schon jemand abgeschlachtet worden sei. Am Griff waren keine Kerben, aber die Schneide war völlig stumpf.

Sie waren die Auffüllung der 1. Kompanie der 12. Brigade der 51. Vojvodina-Stoßdivision, und ihre Ausbildung dauerte nicht länger als zehn Tage. Sofort nach der Ausfassung und Aufstellung brachen sie zu einem ziemlich langen Marsch auf, und noch bevor es dunkel wurde, machte die komplette Auffüllung der 12. Brigade in einem verlassenen Dorf halt, das nicht einmal so sehr zerstört war, aber aus dem sich die Bewohner vermutlich zusammen mit der deutschen Armee zurückgezogen hatten. Sie wurden zum Schlafen auf die Häuser verteilt, in denen es keine Einrichtungsgegenstände gab. Kein Bett, keinen Schrank und keine Wäschetruhe, nichts. Wer hat die Einrichtung mitgenommen, fragte sich Tvrtko, als sie aus den Ställen Heu holten und es auf den Boden legten. Jemand heizte den Ofen an, weil es draußen schon kalt war. Der November 1944 hatte es eilig mit dem Winter.

Tierisch müde und mit blutigen Blasen an den Füßen, so sollte Tvrtko erzählen, warfen sie sich angekleidet auf das Heu, die grobe Leinenuniform noch ungewohnt, und schliefen im Nu ein. Im Hof eines der Häuser stand ein Kessel, in dem einmal täglich gekocht wurde. In den Häusern gab es nichts zum Essen, denn die vier Kriegsjahre hatten die Bauern in solche Not gestürzt, dass sie jede angefaulte Kartoffel herausgeholt und jeden trockenen Maiskolben zermahlen hatten. Sie stießen auf stinkende Reste deutscher Konserven oder leere Tüten von Instanttee und -kaffee.

Tagsüber übten sie Gewehr zerlegen und zusammensetzen, schießen und stürmen, und die ganze Zeit über war das Dröhnen der

Kanonen von der Front zu hören. Sie wussten, dass sie bald dort sein würden, alle dachten daran, aber niemand sprach darüber. Auch die Offiziere nicht.

Tvrtko, sollte er erzählen, war gut im Schießen, einer von den Besseren, und er war sich bewusst, dass er jetzt, anstatt auf Hasen, Rehe und Wildschweine, auf eine etwas andere Form vor der Kimme zielen würde. Und später sollte er oft sagen, dass ein Wildschwein viel leichter zu treffen sei als ein Mensch, ein Mensch ist schmal und langbeinig im Unterschied zum Schwein, das rundlich und kompakt ist. Der einzige Vorzug des Menschen im Vergleich mit einem Schwein ist, dass er sich langsamer bewegt und man ihn umso leichter treffen kann.

Eines Abends, am dritten oder vierten, soweit er sich erinnern konnte, hatten sie sich müde wie immer aufs Heu geworfen. Svraka und er schliefen gewöhnlich nebeneinander, es war schön, in dem ganzen Albtraum jemand Vertrauten zu haben. Noch war es ihnen nicht gelungen, in den Schlaf zu flüchten, als Pero im Halbschlaf zu faseln begann.

– Es tickt, weg hier! Es tickt, weg hier, weg hier!

Dann kam er ein bisschen zu sich und versuchte Tvrtko wachzurütteln:

– Tvrtko, wir müssen raus.

– Was? – sagte der verschlafen.

– Raus, sofort! Es tickt!

Und versuchte ihn von seinem Strohlager zu ziehen. Tvrtko hatte keine Lust rauszugehen, sollte er später erzählen, draußen hatte schon der Frost zugeschlagen, nachts fror es, sie mussten morgens eine Eisschicht zerschlagen, um sich waschen zu können. Außerdem war ihm nicht klar, weshalb er in die Kälte hinaussollte, wenn alle anderen schliefen. Es war kein Alarm, es war ruhig, man hörte auch keine Kanonen. Aber Pero Svraka zog und zog.

– Los, verfluchte Scheiße, verflucht, es tickt!

Und Tvrtko sagte, er habe sich mühsam aufgerappelt, habe Gewehr und Kappe gepackt und die Decke, in die er eingewickelt war, und sei hinter Svraka nach draußen gestolpert. Der lief immer weiter, und er lief hinter ihm her, und sie entfernten sich ein ziemliches Stück von der Stelle, wo sie geschlafen hatten, als sie das charakteristische

Pfeifen einer Granate hörten, die direkt in das Dach des Hauses einschlug. Die Detonation warf sie auf den Boden, aber sie waren nicht verletzt. Drinnen hatte keiner überlebt. Und als er Svraka fragte, wie er das gewusst habe, sagte der:

– Ich weiß nicht!

Das ist eine Geschichte, die er oft erzählen sollte, wenn sich die Stimmung an den Abenden hob, die die Mutter für ihre Freundinnen und deren Männer organisierte, und ich erinnere mich sehr gut an sie, obwohl sie mehrere Varianten hatte und der Augenblicksstimmung unterworfen war. Ich hielt sie für völlig authentisch und Pero so lange für eine Art Hellseher, bis ich, viel später, eine ähnliche Geschichte von jemand anders hörte: das Haus, die Granate, alle kamen um, bis auf die, die auf den einen gehört und sich hinausgeschlichen hatten. Das geschah in verschiedenen Kriegen, vom Isonzo bis Galizien, in den Dörfern um Drvar, an der Sutjeska …

Ein paar Tage später näherten sie sich im Gewaltmarsch dem Dröhnen der Kanonen, vorbei an den Stellungen russischer Haubitzenbatterien, es waren immer mehr Menschen, die Truppenkonzentration wurde immer größer, Kommandos auf Russisch, Serbisch und Bulgarisch schwirrten durch die Luft, bis sie eines Nachts bei Batina ans Donauufer kamen. Dort warteten bereits vermutlich in den Dörfern am Fluss eingesammelte Fischerkähne, aber auch Teile russischer Pontonbrücken und eine ganze Armada seltsamer kleinerer Schwimmobjekte. Die Nacht, erzählte Tvrtko, war mehr oder weniger bewölkt, und nur hier und da brach sich schwaches Mondlicht Bahn, das dem Fluss stellenweise einen silbrigen Ton verlieh. Gerade deshalb konnte er diese lange Reihe von Kähnen sehen, die sich irgendwo in einer unwirklichen Perspektive verlor. Unmittelbar am Fluss war es verboten, laut zu sprechen.

– Wasser ist wie ein Telefon – flüsterte ein Partisanenhauptmann – es überträgt jedes Wort ans andere Ufer.

Zu hören war nur das Schlurfen der Stiefel im Seichten und das Scheppern der Bajonette, die ihnen vom Gürtel hingen. Es schepperten auch die Patronengurte der schweren Maschinengewehre und die Spaten zum Eingraben. Und dann – auf einen Befehl hin, der vom Kommandanten zu den Zugsführern und Korporalen geflüstert weitergegeben wurde – setzten sich die Kähne in Bewegung. In diesem Augenblick, so schien es, gab es mehr Russen als Partisanen, und viele von ihnen waren noch Kinder. Vor dem Morgengrauen, es war noch dunkel, fuhren sie ruhig über die Donau, die noch nicht aussah wie das, was sie am Ende sein würde, ein tiefer, menschenverschluckender Abgrund. Erst in der Flussmitte beleuchteten die deutschen Raketen den Himmel, und in manchen Momenten sah es so aus, als würde es tagen. Ein unbeständiger, flimmernder Morgen. Viele solcher Morgen, die einander abwechselten. Jetzt war der Morgen über den Kähnen ganz nahe, und dann erlosch er rasch wieder, um irgendwo anders anzubrechen. Zugleich mit den Raketen setzten auch die Granatwerfer und schweren Maschinengewehre ein. Die Deutschen schossen mit schweren Waffen von einer Anhöhe oberhalb von Batina, und sie präsentierten sich auf der weiten Wasserfläche wie Tontauben. Sehr viele Tontauben. Aber einige deutsche Stellungen lagen auch viel näher, bei den ersten Häusern des Dorfes, und die beharkten sie mit Scharfschützen. Es waren genügend Raketen, dass man auch mit Scharfschützen agieren konnte.

Einige Granaten zerplatzten in der Luft über ihnen und überschütteten sie mit Granatsplittern, wie mit einem Metallregen, andere wiederum explodierten im Wasser neben den Booten, die umkippten oder von dem Druck auseinanderbrachen. Die Leute fielen mit ihrer Ausrüstung ins Wasser, und das zog manche von ihnen sofort in die Tiefe. Die Detonationen waren gewöhnlich begleitet von Schreien, wieder mischten sich Russisch, Serbisch und Bulgarisch. Manche wurden auch von den Scharfschützen getroffen. Die fielen plötzlich ins Wasser, ruhig, wie ohne rechten Grund. Tvrtko sollte später erzählen, dass er sich schon in der Flussmitte zu wundern begann, dass er am Leben war, denn alle drei Kähne neben dem ihren waren zusammen mit der Mannschaft auf den Grund der Donau gesunken. Einige, die zusammen mit ihm im Boot waren, waren von Scharfschützen getroffen worden. In der Flussmitte sah es am 11. November 1944 eigentlich so aus, als gäbe es keine Verwundeten. Es genügte ein Treffer in den Arm oder das Bein oder die Schulter, ein Treffer, der sonst nicht todbringend gewesen wäre, dass man aus dem Kahn ins Wasser stürzte und in dem Urelement verschwand.

Er und Svraka waren im selben Boot, einem hölzernen Kahn, etwas größer, als die *Do X* gewesen war, und sie rückten vor, bis sie das andere Ufer fast erreicht hatten, aber da lief der Kahn voll und sie mussten ins Wasser springen. Sie konnten sehen, wie die schweren Maschinengewehre die Menschen hinmähten, denen es gelungen war, am anderen Ufer anzulanden. Als unter ihnen der hölzerne Boden verschwunden war, versuchten Tvrtko und Svraka zu dem Ufer zurückzuschwimmen, von dem sie losgefahren waren und wo sich der gemeinsame Stab der Roten Armee und der 12. Brigade befand. Tvrtko erzählte, dass es außerordentlich schwer gewesen sei, mit dem Gewehr und der ganzen Ausrüstung zu schwimmen, aber er habe eigentlich mehr an den Zwieback gedacht, der aufweichen würde. Er und Svraka waren am Fluss aufgewachsen, sie konnten ausgezeichnet schwimmen und hatten fast ihr Ufer erreicht, aber die Strömung war stark. Sie ließen sich treiben und kamen dem Ufer in einem schrägen Bogen näher. Svraka schwamm vorne, rings um sie pfiffen die Kugeln der Scharfschützen ins Wasser, was aussah, als würde ein großes Tier auf sie spucken. Es gelang ihnen, aus der Zone, die von den Granatwerfern und Scharfschützen bestrichen wurde, herauszukommen, sie schwammen relativ ruhig auf das Ufer zu, als Svraka rief:

– Nicht weiter!

Auch von dieser Seite konnten sie Schüsse hören. Es dämmerte schon. Eine Zeit lang dachten sie, ihre Leute würden das Feuer der Deutschen erwidern, aber das war zu weit weg. Neben ihnen schwammen noch andere Soldaten, Partisanen und Russen, auf das Ufer zu. Die Schüsse waren immer stärker zu hören. Und dann sahen sie es. Längs dem Ufer patroullierten russische Offiziere mit gezogenen Pistolen und schossen jedem in den Kopf, der versuchte, ans Ufer zu klettern. Da war auch ein Partisanenoffizier, der rief:

– Vorwärts, Genossen! Nicht zurück, vorwärts!

Er schoss nicht, sondern warnte unsere Kämpfer. Sie befanden sich zwischen zwei Feuern, auf sie schossen sowohl die Russen als auch die Deutschen.

An diesem Morgen durchschwammen Tvrtko und Svraka die Donau zwei Mal in voller Montur. Sie stiegen auf der anderen Seite an Land, ruhten sich im Schilf eine Zeit lang aus und ließen andere

Achtzehnjährige aus den Kähnen, die nicht getroffen worden waren, stürmen und umkommen, dann gelangten auch sie zusammen mit kleineren Gruppen von Ukrainern zu den ersten Häusern des Dorfes. Aufgabe der 1. Kompnaie der 12. Brigade war es, sich auf dem feindlichen Territorium festzusetzen und einen Brückenkopf für Einheiten zu bilden, die erst kommen würden.

Der Morgen, sagte Tvrtko, brachte ein ungewöhnliches Bild. In dem Bereich längs der Donau und vor den ersten Häusern, wo sie an Land gegangen waren, konnte man vor Leichen nicht das Gras sehen. Russen, Serben, Kroaten, Ungarn, Ukrainer und Bulgaren lagen einer über dem anderen, so wie die Granaten und schweren Maschinengewehre sie hingemäht hatten. Dieses Bild sollte ihn oft heimsuchen, Tote, die übereinanderliegen, wie Würmer. Darunter viele seiner Schulkameraden aus dem Gymnasium in Mitrovica. Und als man ihn als Ehrengast und einen der Überlebenden 1984 zum vierzigsten Jahrestag der Schlacht von Batina einlud, einen Kranz in die Donau zu werfen, sollte er sich gerade dieser Jungen erinnern, mit denen zusammen er die Schulbank gedrückt hatte, und hier, auf dieser Brücke, auch in Tränen ausbrechen, er, der Achtundfünfzigjährige, der wie durch ein Wunder überlebt hatte.

Als sie nach dem Durchbruch der Front nach Baranja kamen, marschierten sie ununterbrochen zwei Tage lang durch leere Dörfer. Es war schon Ende November, der Winter hatte zugeschlagen, eine dünne Schicht Frost oder Schnee begleitete sie den ganzen Weg über. Schließlich kamen die Reste der 1. Kompanie der 12. Brigade zu einem Dorf oder vielleicht Bauerngut. Es war nicht genau zu erkennen, sagte Tvrtko, wegen dem Nebel und der Dämmerung. Sie verteilten sich auf die leeren Häuser. Auch das hier war vielleicht ein deutsches Dorf gewesen. Pero Svraka und er fanden ein Haus, in dem schon einige Kameraden schliefen. Es gab keine Möbel, auf dem Boden lag aus dem Stall geholtes Stroh, und auf dem hatten sich die Soldaten gelagert, die vorher an einer Stelle ihre Waffen abgelegt hatten. Sie legten sich dazu, tierisch müde. Sie bedeckten sich mit Stroh und mit einer Decke, die Svraka in seinem Ranzen mithatte. Am Morgen weckten sie die Rufe des Kommandeurs der Kompanie: „Aufstehen!" Sie versuchten die Kameraden wachzurütteln, mit denen zusammen sie geschlafen hatten, konnten aber niemanden wecken. Die sieben oder acht Jungen, die auf dem Boden des Hauses ohne Fenster und Türen zu schlafen schienen, waren tot. An ihnen waren keinerlei Wunden oder Verletzungen zu sehen. Es war anzunehmen, dass sie erfroren waren. Aber warum war keiner von ihrer Kompanie erfroren? War diese Nacht wärmer gewesen als die vorherige? Was konnte sie getötet und so unberührt zurückgelassen haben? In den anderen Häusern gab es keine Soldaten, weder lebende noch tote, nur in diesem, in dem Tvrtko und Pero Svraka übernachtet hatten. Und das sollte sein Leben lang ein Mysterium bleiben.

Sie marschierten mit irgendwelchen Einheiten weiter, Resten von ukrainischen Divisionen, die auf Fünfkirchen und weiter in Richtung Budapest vorrückten. In einem Dorf, über das die Front hinweggegangen war und das nur noch aus den Mauern der Häuser bestand, weil die Dächer verbrannt waren, einem Dorf, das eine Routineaufgabe zu sein schien, stieß der Zug mit ein paar wenigen, von Pero Svraka angeführten Burschen auf eine Nachhut der Division Prinz Eugen. Es dämmerte, und als sie nahe genug herangekommen waren, schoss aus den Ruinen eine blendende Helligkeit heraus. Es brauchte, sagte Tvrtko, einige Augenblicke, dass alle zusammen begriffen, dass Svrakas Spähtrupp von Flammenwerfern erfasst worden war und geröstet wurde. Die Deutschen hätten sie mit den Maschinengewehren empfangen können, es gab dort ein befestigtes MG-Nest, aber aus einem unerfindlichen Grund hatten sie sie mit dem Feuer erwartet. Der Flammenwerfer hätte auch Svraka erfasst, aber die Entfernung sei ziemlich groß gewesen, und so habe er ihn nicht sofort verkohlt, sondern ihm und seiner Handvoll Leute die Kleidung in Brand gesetzt. Jetzt hätten die Volksdeutschen das Feuer eröffnet und den Rest der Kompanie daran gehindert, sie zu löschen. Tvrtko und die Übrigen hätten mitansehen müssen, wie sich ihre in Brand gesetzten Kameraden auf der Erde wälzten. Danach hätten sie noch ein Gutteil der Nacht ihre Schreie und ein Zischen gehört. Uuuuuuuuu! Šššššššššš!

Am Morgen waren die Deutschen nicht mehr da. Sie hatten diesen schrecklichen Köder ausgelegt und sich dann unbemerkt verzogen. Sie hatten auch einen Tunnel gegraben, sie hätten ruhig fliehen können, hatten es aber nicht getan. Einige der Verbrannten waren noch am Leben, aber sie konnten nicht mehr schreien, und das augenblickliche Urteil war, dass es für sie keine Rettung gab. Der Kommandant zog seine Pistole, eine tschechische Zbrojovka, und trat mit sachtem Schritt zu jedem der Verbrannten. Das machte er, erzählte Tvrtko, ganz vorsichtig, er wagte sich nicht zu nahe heran, musste sich aber dann zu ihm hinunterbeugen, um besser sehen zu können, als würde er sich über einen Abgrund beugen. Und schoss jedem der Verbrannten in den Kopf. Er ging von einem zum anderen, damit nicht zufällig einer am Leben blieb, und jedes Mal nahm er, bevor er schoss, zum Zeichen der Ehrerbietung die Kappe ab.

9.

Ein Wort, das man in Mitrovica nach dem Einmarsch der Partisanen oft hörte, war „Befreiung". Es sollte in den Jahren, die folgten, ein sehr populäres Wort werden. Ein anderes Wort, das heimlich ausgesprochen wurde, war „Fall". Der Fall von Mitrovica war gefährlich für Ilija, denn er war Beamter des Unabhängigen Staates, und da half es offenbar auch nicht, dass seine Söhne jetzt bei den Partisanen waren. In Wirklichkeit war Mitrovica vor der Befreiung, oder vor dem Fall, für Ilija in gleicher Weise gefährlich gewesen, und nichts an ihrem Haus hatte sich geändert: Die dunklen Vorhänge blieben weiterhin zugezogen, und das Haus sah weiterhin aus, als würde niemand darin wohnen, so wie damals, als sie sich in Dubica verborgen gehalten hatten.

Menschen, die an einem Fluss aufwachsen, haben es oft mit Nebel zu tun. Wenn Ende Oktober in Dubica die Nebel kamen und die Welt auf Umrisse reduziert war, und wenn in diesem Nebel der Geruch von brennendem Holz, das Flackern des Feuers in den Höfen und aufgehängte Schweinehälften die Herrschaft antraten, dachte Dobrila manchmal, sie werde vor Trauer sterben. Sie liebte den Nebel nicht, aber sie kannte seine Vorzüge. Als Ilija sie als junges Mädchen entführt hatte und sie sich vor Großvater Pejić und seinem Revolver versteckt hatten, war es Sommer gewesen. Nirgends Nebel, und das war der einzige Augenblick, in dem sich Dobrila, verliebt und zugleich starr vor Angst, gewünscht hatte, Nebel möge einfallen.

Jetzt, Mitte November, herrschte in Mitrovica Nebel, und sie konnten ihn gut nutzen. Später sollte sie zur Zeit der Feiern um den Totengedenktag herum, wenn auch Marijana aus Marokko gekommen war, oft von diesem Nebel in Mitrovica erzählen und wie sie zum zweiten Mal im selben Krieg das Allernötigste gepackt hätten und mit dem Gespann über die Felder Richtung Zagreb geflüchtet seien. Irgendwie war es ihnen gelungen, die Militäreinheiten zu umgehen, Dobrila sollte nie Details erzählen, und mit dem Strom der Menschen zu verschmelzen, der sich aus Srijem, dem Banat und Ostslawonien in Richtung Zagreb wälzte. Verfolgt von der 12. Vojvodina-Brigade zusammen mit ihren Söhnen. Teils zu Fuß, teils auf Ochsen- und Pferdegespannen, die sie mit Dobrilas Gold bezahlten, kamen sie in wenigen Tagen bis Zagreb. Auf den Straßen zogen Kolonnen deutscher Militärfahrzeuge vorüber, und nach dem Durchbruch der Srijem-Front hatten sich auch die zerschlagenen Reste der Wehrmacht und der Prinz-Eugen-Division auf den Rückzug gemacht.

Es gab auch den Plan, nach Dubica zurückzukehren, aber der Mann, den Ilija zufällig bei der Jagd getötet hatte, hatte die falsche Nationalität gehabt, und der Umstand, dass ihm einer der dortigen Ustascha mehrere Male zurufen konnte: – Du, Ilija, hast ja schon vor uns angefangen! – hatte ihnen zwar eine Zeit lang das Leben gerettet, war aber jetzt gefährlich geworden. Wegen dieses Satzes fuhren sie nicht sofort nach Dubica weiter, sondern blieben bei Radojka und Petar Matasić. Außerdem sagte Dobrila, dass sie versuchen würden, sie zu schützen, wenn die Partisanen nach Zagreb kämen, weil ihre Söhne die Deutschen zusammen mit der 12. Vojvodina-Brigade vertreiben würden. Dabei schien es ihnen nicht seltsam, dass sie selbst vor den Partisanen geflohen waren. Aber ein Richter des Stuhles der Sieben im Unabhängigen Staat, in dessen Haus hohe Beamte der Jurisprudenz verkehrten, hatte in jedem Fall die Rache mehr zu fürchten als ein Förster, der sich die ganze Zeit über bemüht hatte, neutral zu bleiben. Sie waren naiv. Erstens hätten sie sie nicht schützen können, zweitens brauchten sie auch gar nicht geschützt zu werden.

So warteten Ilija und Dobrila in der großen Wohnung in der Medulićeva darauf, dass ihre Söhne aus dem Krieg kamen, und auch Radojka und Marijana warteten auf sie. In der Wohnung von Petar Matasić verkehrten keine Richterkollegen mehr, aber auch keine anderen Beamten des Unabhängigen Staates, der am Ende war, aber noch immer todbringend sein konnte. Nach dem Durchbruch der Srijem-Front waren eine Zeit lang keinerlei Nachrichten gekommen, doch dann trudelten sie langsam ein. Auch jetzt war, vielleicht auch aufgrund der Natur seiner Arbeit, Petar Matasić sehr gut informiert. Man sprach davon, dass es dort ein wahres Schlachten gegeben habe, dass viele junge Menschen sowohl in der Roten Armee wie auch unter den Partisanen umgekommen seien, und Dobrila sagte wieder, dass sie sicher am Leben seien, aber wann immer sie das sagte, weinte sie sehr, sodass es aussah, als wären sie nicht am Leben. Sie war mehr um Tvrtko als um Mirko besorgt, der bei den Ingenieuren war und, im Unterschied zu Tvrtko, sich nicht in den vordersten Linien befand.

Eines Tages Anfang 1945 kam Petar Matasić nach Haus, umarmte Dobrila und sagte:

– Beide sind am Leben!

– Woher weißt du das? – fragte sie, aber Petar Matasić tat so, als hätte er sie nicht gehört.

Marijana, die das Kriegsende als Studentin im vierten Studienjahr der Medizin angetroffen hatte, hatte freundschaftliche Beziehungen zu einigen Mitarbeitern ihres Vaters und zu Leuten aus dem Staatsapparat geknüpft. In die Zeit fallen ihre häufigen Besuche bei einem gewissen Großžupan in seiner Villa mit dem großen Park in der Nähe vom Mirogoj. Um welchen Großžupan es sich handelte, wurde nicht gesagt, aber es wäre logisch anzunehmen, dass es sich um den in Zagreb sitzenden Großžupan von Prigorje beziehungsweise der im Frühjahr 1944 gegründeten Županija Gora-Prigorje gehandelt hat. Die Situation in der Stadt war außerordentlich angespannt, aber Marijana ging regelmäßig auf Besuch zu der Gattin des Großžupans und kehrte von der Šalata vor der Polizeistunde zurück. Radojka teilte mit ihrer Schwester die Angst um Marijana und versuchte sie zu überreden, nicht mehr dorthin zu gehen. Vor allem nach dem Herbst des Jahres, als ihre Cousins bei den Partisanen gelandet waren. Sie aß jeden Nachmittag Kuchen in der Residenz eines hohen Mitglieds der Verwaltung des Unabhängigen Staates, während ihre Cousins gegen denselben Staat einen blutigen Kampf führten. Radojka hatte vermutlich Angst, dass man entdecken könnte, dass nahe Verwandte von Marijana bei den Partisanen waren. Und so kam im frühen Frühjahr 1945 Petar Matasić außerordentlich besorgt von der Arbeit, hieß Marijana Platz nehmen und sprach ihr das strenge Verbot aus, weiterhin ins Haus des Großžupans zu gehen. Als sie widersprechen wollte, erhöhte er die Stimme und sagte, er werde sie wie einen Ochsen prügeln, wenn sie noch einmal einen Fuß in dieses Haus setzen sollte. Worauf sie der ganzen Familienversammlung, auch Ilija und Dobrila waren anwesend, entgegnete, dass sie überhaupt nicht wegen des Župans und der Županin dorthin gehe, sondern wegen ihres Hundes, mit dem sie sehr gerne spiele. Radojka, die es schon mit der Angst bekommen hatte, dass sie sich vielleicht in den Župan oder jemanden aus dessen Haus verliebt haben könnte, atmete auf. Und Petar Matasić sagte zu ihr:

– Dann finde dich damit ab, dass du diesen Hund nie wiedersehen wirst.

Marijana fragte, ob sie noch einmal hingehen dürfe, um sich zu verabschieden, und er sagte, dass sie das nicht dürfe und dass er sie eher eigenhändig umbringen werde, bevor er ihr erlauben würde, noch einmal dorthin zu gehen.

Das Verbot war so streng ausgesprochen, dass Marijana es respektieren musste. Und sie respektierte es. Nach einiger Zeit, man weiß nicht, wie viel Zeit seit dem Verbot vergangen war, das wurde von niemandem erwähnt, der diese Geschichte später erzählte, stand in den Zeitungen die Nachricht, dass der Großžupan und seine Gattin in ihrem Haus nahe dem Mirogoj umgebracht worden waren.

Ilija fragte damals Petar Matasić:

– Woher hast du es gewusst?

Petar tat verwirrt und sagte, er habe es nicht gewusst, wie hätte er es, lieber Schwager, auch wissen können. Aber die ganze Sache blieb unaufgeklärt. Man nahm an, dass die Banditen aus den Wäldern des Sljeme über den Mirogoj herabgekommen waren und den Župan und seine Frau umgebracht und ausgeraubt hatten. Aber die Heftigkeit, mit der er Marijana weitere Besuche in diesem Haus verboten hatte, ließ sich nicht nur mit dem Gefühl der allgemeinen Unsicherheit, der Nähe der Partisanen, der Polizeistunde, erklären.

10.

Als die 28. slawonische Division, die 13. Proletarier-Brigade und die Posavina-Einheit des X. Korps der Volksbefreiungsarmee endlich in die Stadt einmarschiert waren, hatte Dobrila Angst, dass sie Petar Matasić abführen würden, der zwar schon vor Pavelić Richter gewesen war, aber diese Stellung auch während des ganzen Krieges bekleidet hatte. Aber niemand kam, um ihn umzubringen, und auch nicht, um ihn zu verhaften. Das war seltsam.

Einen Monat danach kamen auch Mirko und Tvrtko in die Medulićeva, und es erwartete sie der Sommer im freien Zagreb. Dubica und die Dörfer an der Una waren noch vor Zagreb befreit worden, und sie hätten dorthin gehen können, aber sie taten es nicht wegen jenes Mordes. Sie richteten sich im hinteren Zimmer ein, alle vier. Man kann annehmen, dass Petar Matasić sie darum gebeten hatte, denn er wusste, dass man bei ihnen in der großen Wohnung eine andere Familie, oder sogar zwei, einquartieren würde, weil es so viele Zimmer im vorderen Teil der Wohnung um den Salon mit dem großen Erker gab, und da war es besser, wenn in der ersten Zeit die eigene Verwandtschaft bei ihnen lebte. Außerdem bestand die Gefahr, dass jemand von den Partisanen sich die große Wohnung im Zentrum nahm und ihnen eine kleinere zuteilte, an der Peripherie. Das war im Übrigen der Mutter und Onkel Stjepan passiert, man hatte ihnen die große Wohnung in der Novakova weggenommen und ihnen eine Garçonnière in Trešnjevka in der Straße des X. Korps zugewiesen. Die Erklärung war, dass sie zu wenige seien für die große Wohnung, und dann hatten sie dort die Schwiegermutter von Većeslav Holjevac einquartiert. Besonders schwer wäre es gewesen, eine Wohnung zu beschlagnahmen, wenn in ihr zwei Partisanenkämpfer und jemand wohnte, der den Partisanen in dem feindlichen Staat möglicherweise von hoher Stelle aus geholfen hatte.

Ilija und Dobrila, gemeinsam mit ihren Söhnen, planten nicht, in Zagreb zu bleiben. Tvrtko sollte in Wahrheit sein ganzes Leben um Dubica trauern und dorthin fahren, wann immer er konnte. Allerdings hatte sich Dubica nach der Befreiung und nach all den Massakern und Kämpfen von Grund auf gewandelt, und sie hatten sogar einen starken Grund, ihre Rückkehr in der Hoffnung auf bessere Zeiten aufzuschieben. Und so gingen Mirko und Tvrtko auf das Partisanen-Gymnasium in Zagreb. Mirko sollte das Abitur machen und Tvrtko noch die letzte Klasse absolvieren und dann das Abitur.

Zuerst starb Petar Matasić, und jetzt galt es Radojka beizustehen, die ohne Mann geblieben war. So sagte wenigstens Dobrila, und die beiden Schwestern setzten das gemeinsame Leben in der Medulićeva fort. Im Jahre 1956 heiratete Mirko und bekam eine Tochter, und zwei Jahre später starb Ilija, an Lungenkrebs, im Krankenhaus in der Vinogradska. Im selben Jahr bekam Mirko einen Sohn. Kurze Zeit vorher hatte auch Marijana geheiratet, einen Arztkollegen, und war an den Kvaternik-Platz gezogen, in die große Wohnung ihres Schwiegervaters, der ebenfalls Arzt war und dort, im Verband der Wohnung, vor dem Krieg seine Ordination gehabt hatte.

Nach all diesen Veränderungen, am meisten aber wegen jenes tödlichen Jagdunfalls, wurde beschlossen, dass die Familie Ferić das große Pejić-Haus in Dubica verkauft, und zwar an Ilijas Cousin Antun. Mirko kaufte von dem Geld eine Wohnung für seine Familie, in Gajnice, und Tvrtko verbrauchte seines für seine jugendlichen Narrheiten. Nach Dubica kehrten sie nicht wieder zurück.

Die Balalaika

1.

Mama lernte Papa in der Phase des Automobils kennen. Er war überzeugt, dass ihm das Leben, eingedenk dessen, was er im Krieg erlebt hatte, jetzt eine Satisfaktion schuldete. Die fand er in einem DKW-Cabriolet aus dem Jahre neunundddreißig, an dem ständig etwas kaputtging. Ihr Kennenlernen auf einem Ausflug von Bankbeamten nach Samobor, im Jahre achtundfünfzig, war die Begegnung zweier Menschen, die durch ein Wunder überlebt hatten. Er, indem er die Srijem-Front durchbrochen hatte, als von Batina nur jeder fünfte Soldat zurückkehrte, der gegen die gut befestigten, aber damals schon vergeblichen deutschen Stellungen angestürmt war; sie, indem sie in einer Familie aufgewachsen war, in der am Ende vier erwachsene Mitglieder, ihre Mutter eingeschlossen, an Tuberkulose gestorben waren. Mama brauchte genau genommen zwei Wunder. Als Mädchen mit dem todbringenden Nachnamen Bernstein, der seit Kurzem nur phonetisch geschrieben wurde, hatte sie den NDH-Staat überlebt. Papa war von den Kriegsfolgen gezeichnet, und Mama ein Opfer von Verfolgung, sie hatte in der Familie die Segnungen des einen wie des anderen Regimes zu spüren bekommen: Benjamin hatten die Ustascha als Juden und Onkel Dušan die Partisanen als Ustascha umgebracht. Die Erschießungen waren in Mamas Familie symmetrisch verteilt. Sie behauptete, es seien Honig und Maisgrütze gewesen, die sie vor der Tuberkulose gerettet hätten, und ein seltsames Glück, das sie vor dem Krieg beschützt habe. Das Problem war, dass sich dieses seltsame Glück in den vier Kriegsjahren so sehr erschöpft hatte, dass es sich in ihrem Leben nie mehr meldete. Sie wusste zu sagen: „Ich habe mich vergebens vor dem Krieg gerettet.“ Aber das war schon in einer späteren Phase ihres Lebens. In jenem Sommer, achtundfünfzig, als sie mit ihren Kolleginnen im offenen Samoborček und Papa im DKW mit offenem Dach bis vor das Hotel Lavica gefahren kamen, war sie sich der kumulativen Natur des Glücks noch nicht bewusst. Sowohl ihr als auch ihm zerzauste der Wind das Haar, während sie fuhren, ohne schon voneinander zu wissen. Aber bereits als sie zurückfuhren, wehte beider Haar in Papas Automobil zusammen mit dem spärlichen Haarschopf eines seiner Kollegen und den Locken von Mamas Kollegin Ksenija, die sie miteinander bekannt gemacht hatte.

Man kann annehmen, dass die Ehe meiner Eltern von diesem alten Automobil ermöglicht wurde, und zwar deshalb, weil es an diesem Sonntag nicht kaputtgegangen war. Und sie ordentlich, freilich unter ein wenig Stottern und Rütteln auf der alten Samoborer Straße, nach Hause gebracht hatte. Sie zu der Wohnung in der Straße des X. Korps, und ihn zu dem Haus mit dem Erker neben dem italienischen Konsulat in der Medulićeva. Mama ist mit diesem Automobil nicht viel gefahren, es war, soweit es sie betraf, anscheinend eine einmalige Sensation. In jener Zeit gab es nicht viele junge Männer mit einem solchen Automobil, mit hellen Anzügen und glatt zurückgekämmtem Haar. Aber wann immer sie mit ihm irgendwohin aufbrachen, nach Samobor, Mokrice oder nach Jaska, bestand die reale Gefahr, dass sie, staubbedeckt, irgendwo am Rande einer Makadamstraße enden und ein Pferdegespann anhalten mussten.

– Verkauf den und kauf einen Fićo – sagte sie einmal zu ihm.

Das erlebte er als Beleidigung. Eine Zeit lang sprachen sie nicht miteinander, und man wusste nicht, ob sie sich wieder vertragen würden.

Ihr zweiter Streit war wieder mit einem Automobil verbunden. Mama war niemand, die sich gern wichtig machte, aber an diesem Sonntag, wieder also Sonntag, denn die Samstage waren Arbeitstage, hatte sie ihre andere Freundin, Lidija, die schon mit Doktor Đurin verheiratet war, zu einer Fahrt nach Podsused eingeladen. Sie blieben schon am Anfang der Ilica liegen, und während Papa unter der offenen Haube herumfummelte, sagte Doktor Đurin:

– Ist nicht gerade zuverlässig, dieses Auto.

Und zwinkerte seiner Frau zu, die Mama nur mitleidig ansah.

Danach sagte Mama, sie werde nie wieder in diese Schrottkiste steigen und er sei blöd, dass er so viel Geld für Mechaniker ausgebe, anstatt schön einen Fićo auf Raten zu kaufen und wie ein Mensch zu fahren. Der DKW blieb damals im Hof der Gastwirtschaft Kalnik in der Medulićeva, nahe seinem Haus, bis er eines traurigen Sonntags, wieder ein Sonntag, auf den Schrottplatz irgendwo bei Zaprešić abgeschleppt wurde. Danach sollte Papa fast zehn Jahre lang kein Auto mehr haben, bis zum Frühjahr achtundsechzig, als wir auf Raten einen Škoda 1000 MB kauften, den die Leute damals „1000 Malih Briga", tausend kleine Sorgen, nannten. Der Zufall wollte es, dass wir genau zur Zeit der russischen Invasion in die Tschechoslowakei ein in Mladá Boleslav gebautes Auto kauften. Als die russischen Panzer in Prag einfuhren, polierte Papa mit einem Hirschledertuch unsere graublaue Limousine, die wir liebevoll Blauer Vogel nannten.

Eine Zeit lang gab es den Brauch, dass sich die Škodas per Lichthupe grüßten. Wir Škoda-Besitzer waren eine große mobile Familie, aber wir erkannten uns nur, wenn wir auf unseren vier Rädern fuhren. Wenn wir uns zu Fuß auf der Straße begegneten, waren wir füreinander Fremde.

2.

Es gibt ernsthafte Indizien, dass Papa Mama mit Heilpflanzen verführt hat. Das Auto der ehemaligen Feinde, die immer öfter zu uns ans Meer kamen, spielte dabei nicht die entscheidende Rolle.

Bevor ihn ihr Nachbar Mayer aus der Medulićeva in der Kommunalbank anstellte, arbeitete Papa bei Biljana, einem Handelsunternehmen für Tees und Rohstoffe für die pharmazeutische Industrie. Einmal, als sie vom Sljeme herabkamen, von der Glavica-Hütte bis zur Ponikve, auf der vom kalendermäßig bereits eingetretenen Herbst noch unberührten Wiese, weil es sich um die Zeit nach dem Sommer achtundfünfzig handelte, während sie durch das hohe Gras stapften, fing Papa an:

– *Anthyllis vulneraria*, siehst du, Echter Wundklee, heilt Wunden, und das hier, *Calendula officinalis*, Ringelblume, Gelbsucht und mildert Menstruationsschmerzen, und hier, *Artemisia absinthium*, Wermut, gegen Magenprobleme und für die Likörproduktion.

Dann gingen sie ein wenig weiter auf dieser von Wald umgebenen Wiese unmittelbar am Fuß des Berges, und er blieb wieder stehen und beugte sich über ein Unkraut in der Pose eines Gelehrten, den der Rücken schmerzt:

– *Oenanthe aquatica*, Großer Wasserfenchel, Bronchialkatarrh, Asthma.

Und noch mehr.

– *Sambucus nigra*, Holunder, Lunge und Atemwege.

– *Malva sylvestris*, Wilde Malve, Verdauungsstörungen.

– *Polypodium vulgare*, Gewöhnlicher Tüpfelfarn, Magen und Leber.

Sie fasste ihn an der Hand, um ihn von der *Rosa canina*, der Heckenrose, wegzuziehen, und da berührten sie sich zum ersten Mal. Und sie fuhren fort damit, sich an der Hand zu halten. Mama erzählte später, dass es sehr schön gewesen sei, ihn auf dieser Wiese zu hören, wie er ihr die unbekannte Welt der Pflanzen entdeckte.

– *Robinia pseudoacacia*, Robinie, Gastritis, Magen und Zwölffingerdarm.

– *Salvia officinalis*, Salbei, alle Entzündungskrankheiten.

Auf dieser Wiese küssten sie sich das erste Mal. Und das war vielleicht über dem *Thymus serpyllum*, dem Thymian oder Quendel, der bei der Behandlung von Husten und Bronchitis zum Einsatz kommt.

Mama konnte sich nicht für sein Automobil begeistern, oder für seine zweireihigen Anzüge, aber sie bewunderte sein Gedächtnis. Denn man muss zugeben, dass sie zu dieser Zeit schon ein wenig besorgt war, dass sie das zweite Mal ohne Familie bleiben werde. Die Mutter hatte ihr die Krankheit geraubt, von der man nicht genau wusste, ob es Tuberkulose war oder eine Art akuten Kindbettfiebers, aber auch vom Vater wusste man nicht genau, ob sie ihn erschossen oder aufgehängt hatten. Dieser Verlust der Familie in der Jugend trieb sie vielleicht etwas mehr als andere Mädchen, die auf die dreißig zugingen, an, Angst zu haben, zum zweiten Mal ohne Familie zu bleiben, wenn sie sich nicht verheiratete. Aber der junge Mann, mit dem sie ausging, hatte so blaue Augen, dass sie sie an die Farbe des Meeres auf dem einzigen erhaltenen Aquarell ihres Vaters erinnerten, das Panorama eines dalmatinischen Städtchens, vom Meer aus gesehen, das ein im starken Wind schräg liegendes Segelboot zeigt, das aus dem

Goldenen Schnitt an die Peripherie des Bildes segelt, wo es für immer verschwindet. Das Aquarell wird vom dunkleren Blau des Meeres und vom helleren Blau des Himmels dominiert, zwei unterschiedliche Farben, die sich aber doch ineinander spiegeln, sodass man nicht weiß, ist der Himmel blau wegen des Meeres, oder ist das Meer blau wegen des Himmels. Dieses Aquarell sollte ich vor Augen haben, wann immer ich das Gedicht *Das Geschenk* von Czesław Miłosz las, das Carver seinem Gedichtband *Ein neuer Pfad zum Wasserfall* als Motto vorangestellt hat. Es war Enes Kišević, der in Šibenik, während mehrerer literarischer Begegnungen, meine Aufmerksamkeit auf dieses Gedicht lenkte und seine Begeisterung auf mich übertrug:

Das Geschenk

Ein Tag so voll Glück.
Der Nebel hatte sich früh gehoben, ich arbeitete im Garten.
Kolibris schwirrten über den Blüten des Geißblatts.
Auf der Welt gab es nichts, was ich hätte haben wollen.
Ich kannte keinen, den ich hätte beneiden müssen.
Was Böses geschehen war, hatte ich vergessen.
Ich schämte mich nicht, der zu sein, der ich bin.
In meinem Körper fühlte ich keinen Schmerz.
Mich aufrichtend sah ich das blaue Meer und Segel.

Ich stelle mir vor, dass Großvater Benjamin so empfunden hat, als er die Staffelei gegenüber dieser unbekannten Stadt aufstellte und Häuser, Meer und Segelboot malte. Es ist völlig sicher, dass Großmutter in diesem Augenblick nicht bei ihm war. Und Mama? Vielleicht, aber sie erwähnte nie, dass sie zusammen am Meer gewesen wären, und es ist wahrscheinlich, dass das Aquarell in einem schönen Augenblick vor ihrer Geburt entstanden ist.

3.

Mama erinnert sich an ihren Vater anhand des leisen Klanges der Balalaika, wie ein leise gedrehtes Radio. Aber ein Radio, aus dessen Lautsprecher noch immer die russischen Melodien zu erkennen sind: *Otschi tscharnoje*, *Kalinka*, das *Lied der Wolgaschiffer* … Er kam in der Nacht, im Winter einundvierzig, mit einem ganz kleinen Koffer, gegen den eine von seiner Schulter hängende Balalaika schlug. Sie quartierten ihn in dem Zimmerchen ein, in dem er die letzten Monate von Großmutters Schwangerschaft verbracht hatte. Gerade hatte eine neue Welle der Verfolgungen begonnen, und die Anweisungen waren streng. Tagsüber durfte sich Benjamin nicht dem Fenster nähern, obwohl sie wieder Vorhänge aufgehängt hatten. Man musste heimlich lauschen, und wenn im Haus jemand Fremdes auftauchte, Nachbarn, der Briefträger oder die Honigkäufer, durfte er keinen Laut von sich geben. Die Mahlzeiten brachte ihm Mama aufs Zimmer, und manchmal aß sie auch mit ihm, aber öfter aß sie zusammen mit Großmutter und Großvater im Erdgeschoss. Unter dem Bett, das sie wieder auf Holzklötze gestellt hatten, hatte er ein Nachtgeschirr, das nur nachts geleert wurde, die große Notdurft musste vorsichtig und planmäßig verrichtet werden.

Und obwohl das ein Leben voller Vorsicht, gefährlicher Geräusche und Stimmen war, die Übelkeit verursachten, behielt es Mama als etwas Schönes in Erinnerung. Nachts wurde ein schwarzer Vorhang vors Fenster gezogen, damit kein Licht zu sehen war und sich keiner der Nachbarn fragte, wer bei den Bencekovićs auf dem Dachboden lebt. Beim Licht der Petroleumlampe las und schrieb sie ihre Aufgaben, und er spazierte von einer Dachschräge zur anderen, zuerst nach links, dann nach rechts, links, rechts … Mama erzählte, dass er zu der Zeit nicht mehr gemalt habe. Er habe gesagt, dass ihm das Licht fehle, aber es scheint die Angst gewesen zu sein, die ihn völlig paralysierte. Im April 1941 wurde die Anordnung erlassen, dass alle Angehörigen des mosaischen Glaubens das Judenzeichen zu tragen haben, dass sie aus allen Ämtern entlassen seien, bald würde ihnen verboten sein, in den nördlichen Teilen der Stadt zu wohnen, verboten war ihnen das Betreten von Restaurants und Cafés, und die neuesten Maßnahmen schlossen Deportationen in kroatische Lager oder nach Auschwitz mit ein, und für die, die Israeliten verstecken, waren drastische Strafen vorgesehen. In der Nähe der Save wurden zwei Lager errichtet, und unser längster Fluss verwandelte sich in eine Art Kanal für die Toten. Ein kleiner kroatischer Ganges.

Immer öfter kam abends Onkel Stjepan, der bis vor Kurzem zusammen mit Mama in der Novakova gewohnt hatte, aber sie nach einem Vorfall im Maksimir in die sicherere Umgebung von Trešnjevka zurückgebracht hatte. Er ging auch in Benjamins Zimmer, wo sie sich unterhielten. Wenn das geschah, küsste Onkel Stjepan Mama auf die Stirn und sagte, sie solle das, was sie gerade zeichnete oder schrieb, ein wenig lassen, weil er und ihr Papa etwas Wichtiges zu bereden hätten. Und dann konnte man aus dem Zimmer ein leises, dann immer lauteres Flüstern hören, manchmal vielleicht auch erhöhte Stimmen, aber durch die Tür drangen nur einzelne Wörter, wie etwa Verbindung, Wald, Standgericht, wann …

Am Anfang bekam Benjamin in dem kleinen Zimmer auch von anderen Familienmitgliedern Besuch, insbesondere vom österreichisch-ungarischen Gendarmen und seiner rundlichen Gattin, die sich bereits schwertat, die Treppe hinaufzusteigen. Aber mit der Zeit schienen ihn alle außer Mama vergessen zu haben oder ihn zu ignorieren. Manchmal verging auch ein ganzer Tag, ohne dass er jemanden gesehen hätte, bis ihm Mama, aus der Schule zurückgekehrt, das späte Essen brachte, genau genommen das, was von ihrem Essen übrig geblieben war. Mit der Zeit waren das immer kärglichere Mittagessen, und wäre nicht der Honig gewesen, für den sie Maismehl oder diese oder jene Speckseite eintauschten, hätte im Haus der Hunger geherrscht. Alle vier Reiter der Apokalypse ritten durch dieses kleine Haus an der Peripherie: Krankheit, Tod, Krieg und seit Kurzem auch der Hunger. Oder wenn schon nicht der Hunger, dann doch ernstere Restriktionen der Nahrungsmittel. Und in dieser Verzweiflung fing Benjamin an zu spielen. Vielleicht war es das Einzige, was ihm noch übrigblieb. Wäre er in Russland geblieben, hätten ihn die Bolschewiken erschossen, wäre er in Paris geblieben, hätten ihn die Deutschen erschossen, und auch hier, in diesem verborgenen Winkel, bestand die reale Gefahr, dass ihn die Ustascha erschießen. Vermutlich schien ihm, dass er sein ganzes Leben, praktisch von seiner Jugend an, auf der Flucht war vor irgendeinem Erschießen. Und es erschien ihm vielleicht seltsam, dass er sich noch nicht daran gewöhnt hatte, sondern dass er immer mehr Angst hatte. Aber das am meisten Niederschmetternde in allem war, dass Benjamin in Paris im Zweifel gewesen sein soll, ob er nach Zagreb oder nach Tanger gehen solle. Aber auch dort hätten ihn vielleicht die Spanier oder die Vichy-Leute erschossen.

Als sie unten zum ersten Mal den Klang der Balalaika hörten, kam der österreichisch-ungarische Gendarm, der *pater familias*, höchstpersönlich zu Benjamin ins Zimmer und ermahnte ihn leise, das nicht zu tun. Die Nachbarn, wie ihm wahrscheinlich klar sei, wüssten, wer in diesem Haus einst die Balalaika gespielt habe, und er möge das gefälligst sein lassen, denn sie seien alle gefährdet, und das wisse er ganz genau. Am nächsten Morgen, es war Sonntag, als sie aus der Kirche kamen, nahm Mama die Balalaika, setzte sich in den Garten unter die Obstbäume, die keine weißen Stiefel mehr trugen, und begann zu spielen. Danach war die Balalaika aus ihrem Haus immer öfter zu hören.

Ende Winter zweiundvierzig betrat Onkel Stjepan Benjamins Zimmer zum letzten Mal, und sie stritten so sehr, dass es im ganzen Flur widerhallte. Zum Glück waren alle Fenster geschlossen und mit alten Lappen abgedichtet, damit die Kälte nicht in die Zimmer drang. Mama sollte die Folgen dieses Streits nie vergessen. Sie weinte, als ihr Papa das bisschen getragene Wäsche in sein Köfferchen packte, die Unterhosen und Unterhemden, von denen manche nicht einmal gewaschen waren. Die Bilder rollte er zu einer Röhre zusammen, aber im letzten Augenblick beschloss er, sie nicht mitzunehmen.

– Ich werde sie später holen – sagte er zu Mama.

Ein paar Tage zuvor war im Haus Onkel Dušan in Ustascha-Uniform erschienen. Sie beide nickten sich an der Tür zu, gaben sich aber nicht die Hand, und Benjamin ging mit der Balalaika über der Schulter und dem Koffer in der Hand, in dem Frühjahrsmantel, der offensichtlich sein einziger war, hinaus in die neblige Nacht. Vielleicht hatte er das Gefühl, dass die Nacht und der Nebel ihm helfen werden, denn auf den Straßen würde es keine Patrouillen geben.

Als fast dreißig Jahre nach dieser Nacht Mama und Papa sich *Doktor Schiwago* im Partizan-Kino am Kvaternik-Platz ansehen gingen, kam sie ganz verweint zurück. Aus den roten Augen rann es noch ein wenig, obwohl sie vom Partizan bis nach Hause volle fünfzehn Minuten gebraucht hatten und es Zeit genug gewesen war, dass sich ihre Augen trocknen. Als ich Papa fragte, warum sie weine, sagte er:

– Sie hat eine Balalaika gesehen!

4.

Doktor Đurin, Radiologe, Ehemann von Mamas Freundin, war bekannt dafür, dass er seinen Spitznamen einem Wellensittichweibchen verdankte, das sich ausgesprochen maskulin gebärdete. Kaum hatten sie sich den Vogel angeschafft und ihm den Namen Kiki gegeben, den später auch mehrere Wellensittiche in unserer Familie tragen sollten, versuchten sie ihm das Sprechen beizubringen. Doktor Đurin bemühte sich intensiv, ihn das Aussprechen ihres Familiennamens zu lehren. Wenn er von der Arbeit kam und die Schuhe ausgezogen hatte, setzte er sich, noch in Anzug und Krawatte, die jeden Tag von anderer Farbe war, neben den Käfig und wiederholte: „Kiki Đurin, Kiki Đurin, Kiki Đurin …" Ihre Knaben, zwei Zwillingsbrüder, von denen ich mehrere kleine Autos und die perfekte Replik des *Colts* eines Revolverhelden erben sollte, auf dessen Rücken mit der Zirkelspitze mehrere Kerben eingeritzt waren, sagten ihm, wenn der Vater nicht zu Hause war, unanständige Wörter vor: „Kurac, kurac, kurac …" Mit der Zeit verschmolz das bei Kiki zu einem Wort, und sobald jemand im Wohnzimmer in die Nähe seines Käfigs kam, begann er zu rufen: „Kiki Đurac! Kiki Đurac! Kiki Đurac!" Nachdem Doktor Đurin diese Geschichte bei einem Abendessen bei Mamas Freundin Ksenija erzählt hatte, war sein Urteil für immer gesprochen: Niemand nannte ihn mehr Boris, auch nicht Đuka, nicht einmal mehr Doc, sondern nur noch Đurac. An meinem siebenten Geburtstag, als Mama zum ersten Mal eine Pizza backte, die in Zagreb erst später populär werden sollte, sagte sie zu mir, ich solle doch den *Colt* des Revolverhelden einmal herzeigen, damit die Gäste sähen, welch schönes Spielzeug mir Lidijas Jungen geschenkt hätten. Und als ich ihn gebracht hatte, nahm ihn als Erster Laci, Ksenijas Mann, besah ihn mit gespielter Ehrfurcht aufmerksam, sah dann die Kerben auf dem Rücken und fragte:

– Đurac, waren das vielleicht Schwestern?

Und alle lachten herzlich. Lidija vielleicht etwas weniger als die anderen.

Als Đurac ist er auch gestorben Bei der Beerdigung, vor der Totenhalle auf dem Mirogoj, viele Jahre später, sagte der Kollege, der die Rede hielt und die Herkunft des Spitznamens nicht kannte, zu dem Toten gewandt „unser Đurac …" „Unser Đurac war ein hervorragender Radiologe, ein zärtlicher Vater und ein guter Kollege … Lieber Đurac, ewiger Ruhm sei dir beschieden!"

Als Mama schwanger wurde, natürlich vor der Ehe, traute sie sich nicht, es Onkel Stjepan zu sagen, weil sie spürte, dass es ihn verletzen würde, sondern fragte ihre Freundin Lidija:

– Lidija, ich bin schwanger. Ich weiß nicht, was ich machen soll.

Es war eher vielsagend, dass sie sich an die Frau eines Arztes mit guten Verbindungen zu den Gynäkologen im Krankenhaus in der Vinogradska wandte.

Und Lidija sah sie an, machte Kaffee, brachte Plätzchen und brauchte noch ziemlich lange, bevor sie antwortete.

– Behalte es, dann hast du wenigstens einen, den du mit Sicherheit lieben kannst! – sagte sie endlich.

Zu der Zeit spielten ihre Söhne, noch immer klein, in ihrem Zimmer, entweder stritten sie sich … oder man hörte aus ihrem Zimmer nichts, aber es war schön zu wissen, dass sie da sind.

5.

Föderative Volksrepublik Jugoslawien
Volksrepublik Kroatien
Stadt Zagreb
Volksausschuss der Gemeinde Černomerec

Auszug aus dem Eheregister

Im Eheregister, das bei diesem Volksausschuss für das Jahr 1960 geführt wird, ist auf Seite 314 unter der Ordnungsnummer 514 vom 23. XII. 1960 eingetragen:

Tag, Monat und Jahr der Eheschließung:
23./dreiundzwanzigster Dezember 1960

Ort der Eheschließung: Volksausschuss der Gemeinde Černomerec in Zagreb

Familien- und Geburtsname:	*Ferić Tvrtko*	*Berenštein Veronika*
Ehestand:	*unverheiratet*	*unverheiratet*
Tag, Monat und Jahr der Geburt:	*7. V. 1926*	*13. IV. 1929*
Geburtsort:	*Dvor-Sisak*	*Zagreb*
Staatsbürgerschaft:	*FNRJ*	*FNRJ*
Nationalität:	*Kroate*	*Kroatin*
Beruf:	*Bankangestellter*	*Bankangestellte*
Wohnort (Verwaltungs-bezirk):	*Zagreb, Medulićeva 24*	*Zagreb, ul. X. korpusa 3*
Familien- und Geburtsname des Vaters:	*Ferić Ilija*	*Berenštein dr. Venijan*
der Mutter:	*Ferić Dobrila geb. Ćirić*	*Berenštein Ivka geb. Benceković*
Familien- und Geburtsname	*Beuc dr. Marijana,*	*Boltižar Ksenija,*
und Wohnort der Zeugen:	*Zagreb, Vlaška 125*	*Zagreb, Savska cesta 22*

Familien- und Vorname der Amtsperson, vor der die Ehe geschlossen wurde: *Ohnjec Franjo*

Familien- und Geburtsname des/der Standesbeamten/in:
Berc Zora

In Zagreb, 23. XII. 1960

6.

Als sie sich entschloss zu heiraten und das Kind zur Welt zu bringen, konnte Mama nicht wissen, dass bei Papa relativ rasch die Phase der alten Waffen eintreten würde. Papa war von Jugend an auf Waffen fixiert. Mit seinem ersten Verdienst, nach der Lese im Weinberg seines Großvaters in Hrvatska Dubica, war er über die Una nach Bosnien gegangen und hatte dort einen kleinen Handschar gekauft. Ein Handschar war die logischste Sache der Welt, die in seiner Gegend ein Junge von seinem ersten Verdienst kaufen konnte. Waffen fanden ihn auch, als er achtzehn Jahre alt geworden war, im Gymnasium in Srijemska Mitrovica im Spätherbst des Jahres vierundvierzig. Der Partisanenmajor, der mit gezogener Luger in die Klasse gekommen war, hatte höflich gegrüßt und die jungen Männer gebeten, mit ihm hinauszukommen. Papa sollte sich immer daran erinnern, dass der Mund und das Gesicht dieses Mannes höflich waren, aber die Hand mit der Pistole schrecklich. Auf sie alle, die Knaben, hatte die Luger einen starken Eindruck gemacht.

Die Liebe zum Sammeln und Pflegen von Waffen entwickelte sich praktisch während seines ganzen Lebens weiter, aber Mama schien es, als wäre sie plötzlich gekommen, wie wenn in einer Theateraufführung eine Pistole zufällig abgefeuert wird, viel früher, als sie hätte an die Reihe kommen sollen.

Sie war noch schwanger, mit einem großen Bauch, den sie halten musste, wenn sie sich hinsetzte, als er das erste Stück anbrachte. Das war eine doppelläufige Grenzerpistole aus dem achtzehnten Jahrhundert. Er hängte sie an die Wand unseres kleinen Zimmers, das dazu bestimmt war, einmal meines zu werden. Mama war nicht böse, denn die Pistole war relativ klein und nahm an der Wand nicht viel Platz ein. Sie interessierte lediglich, ob sie zufällig losgehen könnte.

– Vera, die hat seit Napoleons Zeiten nicht geschossen – sagte er, und das genügte Mama.

Als ich geboren wurde, hingen an der Wand über meiner Wiege gekreuzte Säbel, eine türkische Damaszenerklinge ohne Scheide und ein österreichischer, mit Purol auf Hochglanz polierter Krummsäbel. Sie sahen aus wie gespreizte Beine. In ihrer Mitte hing ein Dolch der österreichisch-ungarischen Marine mit dem Antlitz eines Poseidons auf der vergoldeten Scheide. Das kleine Zimmer, das auf den Plänen unseres Hauses als „Mädchenzimmer" bezeichnet wird, hatte mehr Ähnlichkeit mit einem Rittersaal als mit dem Zimmer eines Säuglings, dessen Tür nachts offen stehen musste, damit die Mutter hörte, wenn das Kind wach wurde. Mama interessierte vor allem, ob sich der türkische Säbel, der keine Scheide hatte, von der Wand lösen und den Kleinen aufspießen könnte. Deshalb stand die Wiege einen Sicherheitsmeter von dem Ikebana an der Wand entfernt.

– Wenn er anfängt zu laufen, wirst du den Blödsinn von der Wand nehmen! – sagte sie zu ihm.

– Natürlich – gab er zur Antwort.

Aber die Säbel waren noch da, als ich fünf Jahre alt war. Und nicht nur sie. Er hatte auch ein Feuersteingewehr erworben, angeblich aus der Waffenkammer von Prinz Eugen von Savoyen, eine Hellebarde der Stadtwache vom Grič, ein kurzes Uskokengewehr, das aussah wie eine Pistole mit einem etwas längeren Lauf und einem merkwürdig abgewinkelten Griff, eine Kama vom Stamme der Massai, und noch mehrere kleinere Stücke, die ich mir nicht gemerkt habe. Wenn er, gegen drei, von der Arbeit aus der Kommunalbank kam, brüllte er schon vom Flur her:

– Zoran, du Esel! Die Leisten! Die Schlapfen!

Und ich, ganz glücklich, rannte in unseren kleinen Rittersaal hinauf, zog die Leisten aus seinen schönen Schlapfen mit dem grünen Schottenmuster und wartete darauf, dass sich Papa aufs Bett wälzte und zuerst das rechte Bein und dann das linke in die Luft streckte. Ich knüpfte ihm die Schuhbänder auf, und er hob das Bein und sagte:

– Zieh!

Und ich zog an dem Schuh und fiel obligatorisch auf den Hintern, wie ich das in den Stummfilmen gesehen hatte.

Danach erzählte er mir, wie richtige Rittersäle aussähen, wie jener in Trakošćan, den ich schon gesehen hatte, und vertraulich, mit gedämpfter Stimme, erzählte er mir, dass er eine ganz echte mittelalterliche Ritterrüstung mit einem Kreuzritterschwert kaufen und dass diese Rüstung hier neben dem Bett stehen werde.

– Aber das darfst du nicht Mama verraten – flüsterte er mir zu.

Doch Mama war immer irgendwo in der Nähe. Sie kam ins Zimmer, um uns zum Essen zu rufen, mich freundlich und mit sanfter Stimme, ihn aber ziemlich streng. Manchmal, wenn sie uns miteinander flüstern sah, sagte sie:

– Was führt ihr zwei im Schilde?

Unser Essen kochte immer Onkel Stjepan, der sich im Dachgeschoss des neuen Hauses eine Garçonnière eingerichtet hatte, sich aber immer, bevor Mama und Papa von der Arbeit kamen, in sein Reich zurückzog. Dorthin hatte er das Speisezimmer aus der Wohnung in der Novakova und das alte Ehebett übersiedelt, aber für den Schreibtisch und den Bücherschrank war oben kein Platz, und so standen die in unserem Rittersaal. Ich muss zugeben, dass sie dort gut hinpassten. Hier stand auch die alte Couch, die Papa aus der Medulićeva mitgebracht hatte und auf der er schlief, während ich mit Mama in ihrem Ehebett schlief. Papa erklärte dieses Manöver mit seiner Unverträglichkeit in Bezug auf neue Sachen und den zu weichen Matratzen.

– Ein richtiges Bett muss Sprungfedern haben, und nicht so einen Scheißschaumstoff – sagte er.

Dann sah ihn Mama immer kritisch an. Manchmal sagte sie auch:

– Ach, red keinen Blödsinn!

Als Antwort auf seinen Rittersaal ließ Mama die Bilder ihres Vaters rahmen und hängte sie ins Wohnzimmer: die beiden Porträts ihrer Mutter, das in Wachskreide im blauen Kleid vor der Küchenwand in der Zlatarska und das in Bleistift, wo sie strickt, sein Selbstporträt mit der kaum erkennbaren runden Brille und das Aquarell mit dem Segelboot. Vielleicht meinte sie, dass ihn das provozieren werde, aber er war, als er von der Arbeit nach Hause kam und Mamas Eltern an der Wand sah, begeistert. Das war eine ungewöhnliche Leerstelle in seinem Egoismus. Allerdings sollte Mama diese Begeisterung erst in den folgenden Monaten klar werden. Er konnte sich bei den Abendessen, die Mama mindestens zwei Mal im Monat organisierte, vor den Gästen mit seinem Schwiegervater wichtig machen. Am Anfang deshalb, weil er Chirurg gewesen war, und Maler, und, am Ende, Opfer der Verfolgungen durch die Ustascha. Auch Mama begriff, dass er über diese Porträts begeistert war, weil ihn das

Haus mit ihnen an einen Adelssitz erinnerte. Wir hatten in der Wohnung einen Rittersaal und einen Salon mit Biedermeier und Porträts. Das bescheidene, Anfang der Sechzigerjahre erbaute neue Haus hatte sich plötzlich in seinen Traum verwandelt. In einen realistischen zwar, aber doch in einen Traum. Nur fiel es Mama schwer, in einem fremden Traum zu leben.

7.

Mama führte im Laufe ihres Lebens einen entschlossenen Krieg gegen ihre Weiblichkeit. Genauer könnte man sagen, dass der aus einer Reihe kleiner Schlachten bestand, die sie gegen lackierte Nägel führte, gegen die an den Zehen und die an den Händen, gegen Schminke, gegen Mascara und künstliche Wimpern, gegen Cremes für Gesicht und Körper, gegen Kostüme, Hosen und Taschen aus Triest und Graz. Wann immer ihr die Freundinnen, Ksenija oder Lidija, vorschlugen, so etwas zu kaufen, sagte sie:

– Ich bin doch keine Larve, das ist nichts für mich.

Auch andere Dinge störten sie. Die Leidenschaft für Tratsch, Kaffee und große Weiberversammlungen, vor allem Versammlungen von Frauen, die nicht arbeiteten, all das machte auf sie einen äußerst schlechten Eindruck. Sie war überzeugt, dass das Dinge seien, mit denen Frauen sich vom Wesentlichen entfernen. Ihre Kleidung wählte sie sorgfältig, und alles, was sie als Frau hervorheben könnte, wurde sofort verworfen. Kleidung hatte warm zu sein, einfach und preiswert und musste den Charakter unterstreichen. Ihre Kostüme, die sich durch Bescheidenheit des Schnitts und feine Materialien auszeichneten, benutzte sie als eine Art Spiegel. Dieser Spiegel war beschlagen, oder sogar mit einer dünnen Schicht Gaze bedeckt. Ihre Kleidung, das spürte sie, war in Wirklichkeit eine Art Un-Kleidung, eine Art Nacktheit, in der ein besonders interessierter und kluger Betrachter den Kern ihres Wesens entdecken konnte. Es war keine Nacktheit der Haut, sondern eine Nacktheit der Seele: Sie hängte ihre Seele an die Fetzen, mit denen sie sich umhüllte. Für die Tugend der Bescheidenheit hegte sie eine übertriebene Sympathie. Kurz vor Ende ihres Lebens sagte sie: „Mich haben Männer erzogen. Ich habe nicht gelernt, eine Frau zu sein."

Ihre Tugend erzeugte in mir eine starke Sehnsucht nach dem Gegenteil: die Sehnsucht, dass Mama schön sei und, vor allem, dass sie weiblich sei. In den unteren Klassen der Grundschule, zum Elterngespräch, kamen attraktiv gekleidete Mütter aus den reicheren Häusern auf der Šalata, in Hosen, Miniröcken, mit Stiefeln bis über die Knie, eine bekannte Schauspielerin und die Frau eines Kunstkritikers, aber ich konnte mir nur zu überzeugend meine Mutter vorstellen, wie sie sagt: „Das würde ich nicht einmal tot anziehen!" Ein Gutteil der Kindheit sehnte ich mich danach, meine Mutter in Hosen zu sehen, aber dieser Sehnsucht gab sie nie nach. „Mir stehen Hosen nicht", sagte sie, „denn ich habe einen ziemlich großen Hintern." Der Gipfel dieser Sehnsucht ereignete sich im Studio-Kino in der Vlaška, während der Projektion des Zeichentrickfilms *101 Dalmatiner.* Ich bemerkte, dass ich jedes Mal, wenn Cruella mit der großen Zigarettenspitze, dem langen Pelz und dem Kleid mit dem großen Ausschnitt erschien, eine Erektion bekam. Mit einer Art süßen Grauens, dass ich mir diese Fantasien erlaubte, stellte ich mir meine Mutter als Cruella vor, mit Zigarettenspitze, einem Ausschnitt bis zum Hintern, wie sie im weißen Rolls Phantom von 1928 Platz nimmt, dessen Foto ich auf meinen Lieblingsspielkarten mit den Autobildern hatte. Ich wollte, dass meine Klassenkameraden nach meiner Mutter gierten, so wie ich nach der Schauspielerin und der Frau des Kunstkritikers gierte.

Oder als sie mit siebzehn Jahren auf Brač schwimmen lernte. Der Krieg war zu Ende, und sie waren mit der Schule nach Brač gefahren. Sie konnte nicht schwimmen, sie war nie am Meer gewesen, und sie war noch ganz in dem starken Gefühl gefangen, dass sie den Krieg kaum überlebt hatte. Anstatt heimlich schwimmen zu lernen, um die Schande zu verbergen, schulterte sie ihre Flaschenkürbisse, die damals statt einem Schlauch genommen wurden, und spazierte geradewegs durch den Ort. Und die hiesigen Burschen machten natürlich auf Rechnung dessen, dass sie nicht schwimmen konnte, ihre Späße.

– Šinjorina, darf ich es Ihnen ein bisschen beibringen …

Oder:

– Man muss dich von der Mole ins Tiefe werfen, da schwimmst du sofort …

Ich stelle mir die Szene vor, und durch den Schmerz, dass irgendwelche boshaften jungen Männer meine Mutter erniedrigen, dringt auch eine Art Wut, oder ein Gefühl der Tragik: Hat sie denn wirklich nicht gewusst, dass sie ihr damit den Hof machen?

Sie erwartete von meinem Vater, dass er ihr geheimes Wesen entdeckt, dass er die Gaze vom Spiegel hebt, dass er sie wirklich ansieht und in ihre Seele schaut, aber nicht nur, dass sie ihrem Mann keine Frau zu sein verstand, sie verstand auch nicht, für ihren Sohn weiblich zu sein.

Papa wiederum hatte keine Affinität zum Wesentlichen, zum Wichtigen, zu Prioritäten, er erschöpfte sich im Oberflächlichen. Seine Anzüge mussten immer im Einklang mit der vorherrschenden Mode sein, seine Hemden hatten immer einen solchen Kragen, wie er aus den Anzügen in den österreichischen und italienischen Modezeitschriften für Männer hervorsah: manchmal einen russischen, manchmal mit spitzen Enden, manchmal einen diskreten, mit kleinen Knöpfen an der Spitze. Aber immer so, dass sich der Mensch auf der Straße nach sich selbst umdrehen konnte, wenn seine Silhouette in einem Schaufenster vorüberging. So sehe ich ihn, wenn er durch die Petrova zur Arbeit geht. Ein heller Sommeranzug aus Leinen, ein hellblaues Hemd, vergoldete Knöpfe an den Hemdsärmeln, eine weichselfarbene Jägerkrawatte mit dem Bild eines Hirschs. Die Farbe des Hemdes entspricht seinen blauen Augen, die Farbe der Schuhe der Krawatte, die Schlösser an der Aktentasche den Schmuckknöpfen an den Manschetten des Hemdes. Manchmal raucht er eine Pfeife, der Geruch des parfümierten Tabaks der Marke Clan hängt noch lange nach ihm in der Luft.

Mamas größte eheliche Enttäuschung bestand darin, dass er ihren Wesenskern nicht finden konnte, ihre Einsichten in die Tragik des Lebens, und dass er an der Oberfläche umhertappte. Sie hatte ihr ganzes Leben panische Angst vor Kitsch, und er war leider ganz und gar Kitsch. Zu Depressionen neigend, suchte er etwas, das ihn stützen könnte, und dieses Etwas war immer ein wenig verrückt. Er band sich an Gegenstände, weil sich die von Wand zu Wand umhängen ließen, weil man sie in den Schrank hängen und wieder herausnehmen konnte. Hemden, so dachte er, sind dankbar, wenn man sie anzieht. Ebenso Sakkos und Krawatten. Auch sie zeigen ihre Dankbarkeit damit, dass sie ruhig hängen.

Bald sollte in Mamas Wortschatz ein unangenehmes Wort auftauchen: Hochstapler. Und das sollte in unserem Haus immer öfter verwendet werden.

8.

Der Ort, in dem die Lampen mit Pistolen gelöscht werden, hatte Papas Beziehung zur Welt tief beeinflusst. Wenn ein Handwerker etwas falsch gemacht oder der Nachbar so geparkt hatte, dass er mit dem Škoda nicht aus der Garage herauskonnte, knurrte er durch die Zähne:

– Ich schlag dich tot, ich fick dir das Brötchen fick ich dir!

Ich kenne keinen Menschen, der in der Fantasie so viele Menschen umgebracht hat wie Papa. Alle Toten von Batina Skela, die durchschossenen und die zerfetzten, und selbst die verbrannten, übertrafen nicht die Anzahl der Toten in Papas Fantasien. Er konnte sich in einen jener Offiziere der Roten Armee verwandeln, die am Ufer patrouilliert hatten, während sie mit aufblasbaren Flößen den Fluss überquerten und von deutschen Scharfschützen und Granatwerfern beschossen wurden, in einen jener Offiziere, die mit einem Kopfschuss aus dem Revolver jeden Soldaten erledigten, der vom untergegangenen Floß ans Ufer zurückwollte, ganz gleich, ob es einer von uns oder ein Russe war. So war auch Papa im Laufe eines Tages imstande, zwei, drei, manchmal, bei Föhn, auch fünf Menschen umzubringen. Den ersten etwa im Laden in der Voćarska, wenn wir Eis kauften:

– Was drängelst du so, ich fick dir den Jesus, den blutigen!

– Mein Herr, ich war vor Ihnen, hier ist mein Korb, ich war nur kurz …

– Ich schlag dich tot wie einen Hasen …

Und später, wenn wir uns von dem Laden entfernt hatten und ich das Eis am Stiel auswickelte, spielte sich auf seinem Gesicht der bekannte Prozess ab: zusammengepresste Lippen, verkrampfte Wangen, gekrauste Nase, wilder Blick. Und ich wusste, dass der Betreffende bereits tot war, obwohl er noch immer im Laden stand, an der Kasse, und der Kassiererin geschockt erklärte, was für Verrückte es in diesem Staat gebe, und die Kassiererin zu ihm sagte:

– Keine Sorge, ich weiß!

Den zweiten zum Beispiel in der Martićeva, beim „Drveni neboder". Während wir auf dem Zebrastreifen die Straße überquerten, hupte ein nervöser Fahrer kurz, damit wir uns beeilen. Papa drehte sich um wie ein Wilder, schlug auf die Haube des Amis und schrie:

– Du bist tot, du skapularisches Stück Scheiße … Ich mach dich kalt wie einen Hasen!

Und schob die Hand in die Innentasche des Sakkos. Diese Geste verfing meistens, und die Leute erstarrten. Sie sahen in seinen Augen, dass er zum Töten bereit war. Einmal ließ sich ein junger Mann keine Angst einjagen, als Papa in die Innentasche seines Jägersakkos mit den Hirschhornknöpfen griff.

– Was willst du? Los, was willst du? – schrie der Bursche, größer und stärker als er, und stellte sich in Position zum Prügeln. Und Papa zog seinen Ausweis vom Bund der Kämpfer Jugoslawiens heraus und hielt ihm den unter die Nase.

– Riech mal, du Ustascha-Schwein, solche wie dich habe ich auf Batina abgeschlachtet wie die Hasen.

Und der Bursche machte einen Rückzieher.

Den Dritten trafen wir am selben Abend auf der Strossmayer-Promenade. Papa liebte es außerordentlich, im Dienste des Guten zu intervenieren. Wir saßen am Tisch und tranken etwas. Mama Tee, Papa Bier, ich eine Orangeade. Es gab Livemusik, und die Stimmung war fröhlich. Ich hatte den Eindruck, dass ich keine Angst zu haben brauchte, dass Papa an diesem Abend noch jemanden kaltmachen würde. Ein warmer Sommerabend, unter uns funkelte die Stadt, und sie, Mama und Papa, sahen aus wie ein normales Ehepaar. Aber dann kam ein Mädchen, das von ihrem Freund fest an der Hand gehalten wurde, während sie sich freizumachen versuchte. Sie gingen direkt an unserem Tisch vorüber, und das Mädchen flehte:

– Helfen Sie mir, bitte!

Papa sprang auf, griff sich die Bierflasche vom Tisch und knallte sie dem jungen Mann an den Kopf, dass der anfing zu taumeln. Das Blut spritzte aus dem Stirnbein.

– Ich schlag dich zusammen wie einen Hasen, du kleines Stück Scheiße. Lass sofort das Mädchen los! – Und dann noch:

– Ich bin von der Polizei.

Das Mädchen war genauso geschockt wie der junge Mann. Er hielt seine Stirn mit der Hand, sein weißes T-Shirt war ganz blutig, und sie zog ein Taschentuch heraus und drückte es auf das geplatzte Fleisch. Sie gingen zusammen weiter, sie lief nicht weg, und manchmal denke ich, dass sich diese jungen Leute einen Spaß erlaubt hatten, dass sie die Passanten und Gäste testen wollten, um zu sehen, ob jemand helfen werde. Aber sie hatten nicht mit Papa gerechnet. Und so wiederholte sich das.

– Ich mach dich kalt wie einen Hasen!

– Ich schlachte dich ab wie einen Hasen!

– Ich schlag dich zusammen wie einen Hasen!

Aber es gab auch solche Ereignisse: Eines Sonntags, vermutlich war es Frühling, denn ich erinnere mich an Wärme, Sonne und leichte Kleidung, machten wir einen Ausflug nach Mokrice. Papa fuhr durch die alte Vlaška, gut gelaunt, Mama war am Erzählen, und auf der Kreuzung Vlaška-Palmotićeva nahm ihm jemand die Vorfahrt. Oder nahm er jemandem die Vorfahrt, jedenfalls kam es fast zu einem Zusammenstoß. Die Bremsen quietschen, Mama prallte gegen das Armaturenbrett und ich gegen ihre Rückenlehne. Ich erinnere mich nicht an die Marke des anderen Autos, aber es war dunkelblau oder schwarz. Der Mann aus dem Auto fing an zu fluchen, er erwähnte Mutter, Hund, Blut, Jesus … aber Papa blieb einige Sekunden ruhig ans Steuer gelehnt sitzen und öffnete dann, völlig ruhig, den Verschluss der Haube unter seinem linken Fuß und stieg aus. Mama rief:

– Nicht, Tvrtko, um Gottes willen, nicht … Zähl bis zehn!

Aber er sah nicht wütend aus, sondern kaltblütig. Er ging ein wenig wie ein Roboter, wie eine Holzpuppe an Fäden. Der Fahrer des anderen Autos war in seinem Wagen geblieben und hatte, soweit ich mich erinnere, aufgehört zu fluchen. Papa öffnete völlig ruhig die Haube und nahm den kleinen Spaten heraus, den er dort hatte, falls das Auto aus dem Schnee ausgegraben werden musste. Mama stürzte hinaus, zerzaust, verzweifelt, und rief dem anderen zu:

– Fahren Sie, ich bitte Sie, fahren Sie!

Und Papa setzte sich mit dem Spaten in Bewegung auf ihn zu.

In diesem Augenblick stieg auch der andere unsicher aus. Ich erinnere mich an sein Gesicht, seine Augen, die weit offen standen, die Wut hatte sich in Angst verwandelt, und in Überraschung.

– Tvrtko? – quetschte er mit rauer Stimme hervor.

Papa blieb stehen und fixierte ihn. Die Faust, mit der er den Griff des Spatens umfasste, war völlig weiß.

– Krešo! Du? – stotterte er schließlich.

Und Krešo, etwas sicherer, sagte:

– Ich, ja!

Er ließ den Spaten sinken und versuchte ihn, wenn ich mich nicht täusche, ein wenig am Bein zu verbergen. Dann nahm er ihn in die linke Hand und hielt ihn hinter sich. Und ging auf Krešo zu.

– Wie geht es Mama? – fragte er.

– Gut – sagte Krešo, gab ihm die Hand und behielt mit einem Auge den Spaten hinter Papas Bein im Blick – aber die Gicht setzt ihr zu.

– Grüß sie schön – sagte er, plötzlich fröhlich, strahlend, und Mama, besorgt, kraftlos, plötzlich wie entleert, als hätte sie kein Rückgrat mehr, kehrte ins Auto zurück.

– Und du grüß bitte Großmutter Dobrila – sagte Krešo und stieg wieder ein.

Und dann fuhren wir ruhig auf unseren Ausflug. Ohne allerdings im Auto viel zu sprechen.

9.

Zu der Zeit verkaufte er nach und nach alle alten Waffen, die Säbel und Feuersteingewehre und Dolche, und kaufte von dem Geld zwei Gewehre: eine deutsche doppelläufige Flinte mit einem diskreten Silberbeschlag um den Abzug herum und eine leichte russische einläufige, die ihm als Reserve dienen sollte. Jetzt war für uns die Phase der Jagd gekommen. Dafür wählte er allerdings ein anderes Zimmer. Er ließ den Boden mit dem schrägen Dach und den Holzbalken neben Onkels Garçonnière herrichten. Die Dachschrägen wurden mit Schiffsboden aus Tannenholz verkleidet, der tragende Balken wurde zu einem Regal umfunktioniert, und Papa hängte eine Menge Geweihe an die Wand: Rehböcke, Gamsböcke, Hirschböcke. Und aus dem flachen Geweih eines Schauflers wurde ein Lüster. Auf dem Fußboden lagen das Fell eines Wolfs und einer Gämse, von der geargwöhnt wurde, dass sie eine gewöhnliche Ziege aus der Lika sei, auf einem lackierten Ast, der aus der Wand herausragte, stand ein präparierter Fasan mit Glasaugen, und am Balken waren zwei Wachteln aufgehängt, die keine Glasaugen hatten und deshalb tatsächlich tot aussahen.

Mama hatte Angst vor den Gewehren, mit Bedacht auf sein Temperament, wie sie sagte, und erlaubte nicht, dass er die Gewehre unten in der Wohnung hielt, wo ich wohnte, ein Zehnjähriger, ein männliches Kind, das sich von klein auf für Waffen interessierte. Deshalb hatte er den Dachboden hergerichtet. Dieses kleine Zimmer, das angenehm nach Tannenwald roch, nannte er im Scherz sein Jagdkabinett. So sagte er gern:

– Mein Sohn, gehen wir ins Jagdkabinett!

Bei allem Scherz war aber deutlich zu erkennen, dass er dieses Wort liebte: Jagdkabinett, Jagdkabinett … Hier gab es auch ein Bett und einen Gewehrschrank, in dem er den Gürtel mit den Patronen aufbewahrte, die Schachteln mit dem Schrot, das Zubehör zum Füllen der Patronen, und in Plastikschachteln mit Aufklebern, auf denen Zahlen standen, die sorgfältig sortierten Schrotkörner: Zehner, Neuner, Fünfer … Er hatte auch Patronen mit Kugeln, für Wildschweine. Diese Kugeln hatten an ihrer Bleispitze Kerben in Form eines Kreuzes.

Einmal, als wir alle drei vor dem Fernseher saßen, wurde nach den Abendnachrichten ein nach Andrićs Erzählung *Zlostavljanje* gedrehtes Fernsehdrama gebracht. Und während dort Andrija Zereković seiner Frau vorführte, wie er jemanden verprügeln würde, und dazu im Schlafzimmer, im Nachthemd, die Fäuste schwang, sagte Papa:

– Der ist genau wie ich!

Und sah Mama an. Er erwartete, dass Mama lächeln würde, was sie aber nicht tat. Und wir sahen das Drama in aller Stille. Nur einmal sagte Mama zu mir:

– Sieh aufmerksam hin! Das kriegst du als Lektüre.

Die Gegenstände mit Jagdmotiven metastasierten aus dem Jagdkabinett auch in unsere Wohnung, sodass wir in den tiefen Suppentellern Bilder von Hasen hatten, in den flachen Rehböcke, das Porzellangefäß für Zucker hatte die Form eines Wildschweins und der Flaschenöffner als Griff eine Hasenpfote. Die manchmal Glück brachte, manchmal aber auch nicht.

10.

Im Jagdkabinett im Dachgeschoss erzählte Papa vom Vergiften von Wölfen mit Strychnin und ihrer seltsamen Wandlung vom Bösewicht im Märchen und dem wilden Tier, das man ausrotten muss, bis hin zu dem Status, den der graue Wolf unlängst bekommen hatte: geschütztes Wildtier.

– Ein Reh darfst du töten, einen Wolf nicht – sagte er. – Ist das für dich normal?

Er sprach auch über die Schnelligkeit und den Blutdurst des Wiesels, den Blick des Luchses, der das Wild hypnotisiere, die Jagd auf den seltenen Rotfuchs, die Albino-Hirsche, deren präparierte Köpfe sich im Jagdschloss des Grafen Bombelles befänden, über den Bären, der schneller laufe als ein Reh, über Hasen, die im Zickzack flüchteten, und wenn er im Zick ist, musst du ins Zack schießen, und wenn er im Zack ist, schießt du ins Zick, darüber, wohin man beim Eber schießen müsse, wenn man überleben will.

Aber oft, immer öfter, wenn Papa und ich im Jagdkabinett waren, erschien Mama an der Tür. Sie klopfte immer höflich an und sagte dann an der Tür:

– Tvrtko, der Kleine muss seine Aufgaben machen.

Manchmal waren es auch andere Ausreden. Etwa:

– Zoran, ich gehe zu Lidija, kommst du mit? Du kannst mit den Jungs spielen.

Mit der Zeit bemerkte ich eine besorgniserregende Tatsache: Er wusste alles über Wildtiere, über Kaliber, Schrotgröße, Jagdtaktik und lange langweilige Nächte auf dem Anstand, wenn man auf die

Eber wartete. Aber er ging nie, absolut nie, auf die Jagd. Unser Jagdkabinett war vollkommen abgeschottet von der Wirklichkeit, und es wurde bald klar, dass Papas Geschichten aus den Jagdbüchern stammten, die aufgereiht auf dem Dachbodenbalken standen. Von da an, wann immer er zu einer seiner Geschichten ansetzte, tat er mir leid. Ich war etwas mehr als zehn, als ich über meinen Vater hinauswuchs.

Einmal sagte ich zu ihm:

– Warum erzählst du mir das, wenn nichts davon wahr ist?

Für einen Moment blitzte in seinen Augen Wut auf. Ich sah, wie er sich zurückhielt, und dann setzte er mir die geballte Faust unter die Nase und presste durch die Zähne:

– Riech!

Aber schon nach wenigen Sekunden strich er mir mit derselben Hand übers Haar, eine glatte, manikürte Hand, die nie physisch gearbeitet hatte.

– Du bist ein guter Junge – murmelte er.

Mama benutzte mich immer öfter als ihren Mann. Wir gingen gemeinsam zu Geburtstagen bei Tante Ksenija und Tante Lidija und ihren Kindern, sie nahm mich mit ins Theater, am häufigsten in die *Komedija* zu *Dundo Maroje* und *Jalta,* und Papa blieb zu Hause in seinem Jagdkabinett. Am Abend, im Bett, vor dem Schlafen, sprachen wir lange miteinander, in dieser Zeit erzählte sie mir das meiste über ihren Vater, über Onkel Stjepan, über den Krieg und das Verstecken. Sie erzählte mir auch, wie sie und Papa sich begegnet waren, und mir schien, dass der Papa aus den Geschichten und der oben, der wirkliche Papa im Mansardenzimmer mit den ausgestopften toten Vögeln und den abgeschnittenen Köpfen, zwei ganz verschiedene Personen waren. Einmal fragte ich Mama:

– Aber warum geht er nicht wirklich zur Jagd?

Da küsste mich Mama auf die Stirn, lange und bedeutungsvoll, und ich dachte, dass nach diesem Kuss, wie sonst immer, eine Menge unverständlicher Worte folgen würden. Aber dieses Mal nicht.

– Du musst ihn verstehen – sagte sie – er hat im Krieg schreckliche Dinge durchgemacht. Sein Freund ist lebendig vor ihm verbrannt.

Im Jagdkabinett waren die Leichen sowohl in ihm als auch um ihn herum. Viele Jahre später, als ihn die Jagd völlig zu interessieren aufgehört hatte, nahm ich in dieses Zimmer mit dem Extraeingang ein Mädchen aus der Schule mit. Wir hatten schon eine Zeit lang auf Parkbänken herumgeknutscht und suchten ein warmes und trockenes Plätzchen, um endlich miteinander zu schlafen. Es war auch praktisch, dass Papa da oben einen guten Vorrat an Getränken hatte, es gab Whisky und französischen Cognac, Wermut und verschiedene Weine. Wir waren spät gekommen, ich sah, dass in Papas Schlafzimmer die Leselampe brannte, und Onkel Stjepan gab es schon lange nicht mehr. Ganz leise stiegen wir die Treppe hinauf, und da wir langsam gingen, ging genau vor unserer Tür das Treppenlicht aus, und sie schmiegte sich eng an mich. Wir setzten unseren Weg im Dunkeln fort, im spärlichen Licht von der Straße, umarmt, ineinander verflochten ... Aber als wir in das kleine Zimmer kamen, in dem ich so viel über Wölfe, Luchse, Bären, auch über große afrikanische Wildtiere wie Nashörner und Elefanten, gelernt hatte, und als das Licht alle Exponate beleuchtete, kriegte sie große Pupillen. Sie setzte sich wortlos auf die Couch, mit einem Mal reserviert. Nicht einmal ein Gläschen Hennessy konnte sie locker machen. Auch kein zweites Gläschen Hennessy. Nicht einmal das dritte Gläschen Hennessy. Ich küsste sie, holte eine Brust heraus und begann an der schlaffen Brustwarze zu saugen, aber sie blieb abwesend. Und blickte um sich herum mit einer Art Grauen. Als ich mich daranmachte, ihre Jeans aufzuknöpfen, sagte sie:

– Du hältst dir Leichen an den Wänden!

Sie wollte auch nicht auf das Gamsfell treten, sondern ging drum herum. Natürlich kam es an diesem Abend zu nichts. Auch an anderen Abenden nicht. Unter jungen Leuten war die Jagd mit der Zeit aus der Mode gekommen. Das waren bereits die späten Siebziger. Und genau genommen war sie auch nicht zu Sex bereit gewesen, obwohl es so geschienen hatte. Das ermöglichte mir allerdings Jahre später, Witze darüber zu machen, wie ich eines Abends wegen Papas Trophäen eine eigene nicht erringen konnte; wie ich ein sicher geglaubtes Tor verfehlte, und zwar wegen etwas, was Papa nicht selbst errungen, sondern gekauft hatte.

11.

Mama und Papa schliefen jahrelang nicht zusammen, und ob sie hin und wieder Liebe machten, weiß ich nicht, allerdings ist das schwer vorstellbar. Er schlief anfangs im Rittersaal und verbrachte dort den größeren Teil des Tages, an Onkels Arbeitstisch, wo er Bücher über alte Waffen studierte, oder sich mit der Pflege dessen beschäftigte, was er bereits besaß. Später, in der Jagdphase, hielt er sich immer öfter im Jagdkabinett auf, und am Schluss schlief er auch dort. Er kam nur zum Abendessen herunter und um die Abendnachrichten zu sehen. Mama rief ihn mitunter hinunter, wenn im Fernsehen eine Sendung lief, von der sie annahm, dass sie ihn interessieren könnte, und er rief von oben über die knarrende Treppe hinunter:

– Bin schon da!

Und kam dann nicht.

Einmal, als sie darauf bestand, dass er schnell herunterkomme, weil eine Sendung über die Srijem-Front lief, kam er mit verkniffenen Augen und zusammengepressten Lippen heruntergestürmt und knurrte:

– Vera, nie mehr, hörst du, ruf mich nie mehr, wenn ich oben bin!

Und sie rief ihn nicht mehr.

Das Fehlen des Vaters und die Sehnsucht nach ihm verwandelten sich allmählich in ein Fehlen des Mannes, das nicht so definitiv war, aber es zu werden drohte. Und so, nehme ich an, reihte sich Jahr an Jahr, dass sie nicht miteinander schliefen. Aus einem Gespräch Mamas mit Ksenija, das ich mithörte, als die beiden in ihrem Speisezimmer Kaffee tranken und ich im Wohnzimmer die Reproduktion eines Stilllebens von Picasso abzeichnete, ließ sich schließen, dass Mama mit ihrem Sexualleben unzufrieden war. Und Ksenija, die etwas früher geheiratet und mehr Erfahrung und eine noch lebende Mutter hatte, von der sie gelernt hatte, Ehefrau zu sein, sagte zu ihr leise, aber nicht leise genug, dass ich es nicht gehört hätte:

– Lass ihn etwas von der Kette!

Und dann wurde über Papas Ausflug nach Russland gesprochen. Die Gewerkschaft der Nationalbank, in der Mama als Deviseninspektorin arbeitete, hatte eine Reise Leningrad–Moskau–Kiew und eine Begegnung mit Mitgliedern russischer Gewerkschaften, vermutlich getarnten KGB-Informanten, organisiert. In der Beziehung Moskau–Belgrad war es nach dem Treffen Titos mit Breschnew zu einer Erwärmung gekommen. Mama hatte diese Möglichkeit, eine Reise nach Russland, bei einem sonntäglichen Mittagessen einmal erwähnt und dann nicht mehr darüber gesprochen. Erst einige Tage danach sagte er:

– Vera, was denkst du, könnte ich auch mit den Bankleuten nach Russland?

– Kannst du, es fahren auch Kollegen aus deiner Bank.

Jetzt begannen die Reisevorbereitungen, an denen wir alle teilhatten. Als Erstes machten wir uns bei Varteks am Platz der Republik, im Nama, in anderen Warenhäusern auf die Suche nach Nylonhemden, die in Zagreb immer weniger getragen wurden, mit denen man aber in Russland einen guten Preis erzielen konnte. Mit mehreren verkauften Nylonhemden konnte man die ganze Reise bestreiten. Und wo immer wir waren und Nylonhemden suchten, erwähnte Papa wie zufällig, dass er auf Dienstreise nach Russland fahre und dass die dort gesucht seien. Im Nama am Kvaternik-Platz sagte Mama:

– Mein Gott, wie bist du stolz, dass du nach Russland fährst.

Und er wurde rot und war still. Er, ein niederer Beamter, zu der Zeit arbeitete er in der Wechselstube am Platz der Republik, war dienstlich nicht weiter gereist als bis Villach und Klagenfurt, wenn er im Zug die mobile Wechselstube für Gastarbeiter betrieb, die zu Weihnachten und Neujahr ins Land zurückkehrten, und plötzlich ging er auf etwas, was aussehen musste wie eine richtige große Dienstreise.

Zum ersten Mal bestand Mama darauf, dass er sich auch schön anzog. Das Wort Hochstapler verwendete sie nicht mehr, sondern suchte ihm Hemden aus, die zur Farbe der Augen passten, einen Trenchcoat, der seine Figur vorteilhafter aussehen ließ, die nicht mehr unbedingt schlank zu nennen war, einen teuren Hut. Und er probierte zu Hause, vor dem Spiegel im Schlafzimmer, das ihr gemeinsames hätte sein sollen, aber jetzt meines und Mamas war, die neuen Hemden und wie welches zum Anzug passte. Zuerst stand er *en face* und besah sich, dann drehte er sich ins Halbprofil und sandte sich ein paar verträumte schräge Blicke zu, als wollte er sich selbst verführen, und danach prüfte er auch das Profil. Mama saß auf dem Bett, ich auf dem Hocker hinter ihrem Toilettentischchen, den ihr Papa am Anfang ihrer Ehe gekauft und den sie nie benutzt hatte. Und man sah ihr an, dass sie traurig war, aber ihre Großmut reichte weit in die Vergangenheit zurück: zu den in der lehmigen Erde ausgehobenen Laufgräben, zum Sturm, als die deutschen Maschinengewehre alles vor sich niedermähen, bis hin zu den zerfetzten Beinen, den Knochen, die aus den Wunden ragen, den Geblendeten, die an der Front umhertaumeln und die niemand, wie zum Trotz, trifft, bis zu …

– Vera! Wie sieht das aus? – Er hatte seine rote Hirschkrawatte auf ein Hemd in der Farbe frischen Frühlingsgrases gebunden. – Eine etwas kühne Kombination, meinst du nicht auch?

Und als er schließlich losfuhr, eines Samstagmorgens, es herrschte warmes Frühlingswetter und vor dem Haus wartete ein Taxi auf ihn, richtete ihm Mama die Krawatte und warf ihm den Trenchcoat über den Arm.

– Das ist, damit die Frauen dort sofort wissen, dass du ein Geschäftsmann bist!

Und das sagte sie, als hätte sie ein lebendiges Küken in der Kehle, einen Kloß nasser Federn.

Aber er tat so, als hörte er nicht, sondern hastete die Treppe hinunter, damit das Taxi nicht zu lange auf ihn wartete.

12.

Nach zehn Tagen kam er aus Russland zurück, ziemlich spät am Abend. Wir warteten im Wohnzimmer auf ihn, und während Mama ruhig fernsah und sich nicht um die Autos kümmerte, die vor unserem Haus hielten, stürzte ich alle naslang ans Fenster.

– Was zappelst du so herum – sagte sie ziemlich kühl – er wird schon kommen!

Vor der Reise hatte er versprochen, mir aus Russland eine Nagaika mitzubringen, eine Riemenpeitsche aus Leder mit Bleikügelchen am Ende, mit der Iwan der Schreckliche, als zwölfjähriger Knabe vor der Kreml-Festung auf und ab reitend, aus Übermut die Bauern auseinandergetrieben hatte, die dort ihre Erzeugnisse verkauften.

Aber als er endlich kam, in einem alten Mercedes mit Heckflosse, ich erinnere mich genau, einem weißen, sagte er:

– Wir haben in Pleso lange auf den Bus warten müssen.

Mama küsste ihn wie eine Strohpuppe, und ich wartete ungeduldig darauf, dass er den Koffer öffnete. Und als er das getan hatte, gab es da keine Nagaika. Er hatte sein Versprechen nicht gehalten, aber wie bei allen seinen Versprechungen durfte man ihn nicht daran erinnern. Es gab mehrere Babuschkas, alle völlig gleich, für die Verwandtschaft und Freunde, eine Flasche Wodka für die Kollektion im Jagdkabinett und ein schönes polyfunktionales Jagdmesser, das einen Griff aus Büffelknochen, ein Sägeblatt zum Schneiden von Geweih, einen Dosenöffner und einen in den Griff eingelassenen Flaschenöffner besaß.

Und dann öffnete er auch einen großen grauen Leinenbeutel, von dem ich bis dahin angenommen hatte, er wäre ein Teil des Gepäcks und er hätte darin seine schmutzige Wäsche, damit sie sich nicht mit der sauberen im Koffer vermischt. Er zog eine schöne neue Balalaika mit Blumenintarsien hervor und klopfte auf ihren Rücken aus Mahagoni. Ein schöner voller Klang. Mama war für einen Augenblick wie versteinert.

– Da – sagte er und strich mit den Fingern über die Saiten.

Sie sah ein wenig die Balalaika an, ein wenig ihn, und etwas kehrte zurück aus dem Brunnen der Vergangenheit. Höchstwahrscheinlich die Abende im kleinen Dachbodenzimmer, *Kalinka* und das *Lied der Wolgaschiffer*, die breite Wolga, die sich träge dahinwälzt, und der tragische Refrain der in Stricke gespannten Menschen, und alles vielleicht noch angereichert mit *Laras Lied* aus *Doktor Schiwago.*

Sie trat rasch auf ihn zu, als wollte sie ihn ohrfeigen, aber stattdessen umarmte sie ihn fest und steckte den Kopf in das Schulterkissen seines Sakkos. Und so hielt sie ihn ziemlich lange, auf der Straße fuhren etliche Autos vorbei, Onkels Wanduhr schlug elf Mal, mir gelang es, mich an dem Jagdmesser zu schneiden, und sie hielt ihn noch immer umarmt. Und er schaute verwundert und musste sagen:

– Vera, was ist mit dir?

Die Balalaika hatte ihn unter die Lebenden zurückgebracht, und „diese Frauen“, die sie sich in diesen zehn Tagen vorgestellt hatte, wie sie sich auf den Mann mit den blauen Augen und dem guten, sehr guten Gedächtnis stürzen, waren auf einmal klein geworden, so klein, wie die Babuschka klein wird, wenn du sie öffnest, und die kleinste so klein ist, dass du sie in ein Loch im Zahn stecken kannst.

Beim Abendessen, zu dem sie an diesem Wochenende aus Anlass von Papas Rückkehr eingeladen hatte, fröhlich summend, weil mir, völlig überraschend, Papa an diesem Abend erlaubt hatte, dass ich im Jagdkabinett schlafe (die Bedingung war, dass er den Gewehrschrank abschließt), fragten Doktor Đurin und Laci, als sie ein bisschen getrunken hatten, was immer häufiger vorkam:

– Tvrtko, wie sind die Russinnen so?

Und Papa antwortete:

– Dick. Weil sie Piroggen essen.

Auch Mama lachte fröhlich, fröhlicher als die anderen an diesem Abend. Im Schlafzimmer, an ihr Nachtkästchen gelehnt, wartete die Balalaika.

Dann sagte Laci:

– Also, Tvrtko, welche Pflanzen wachsen bei uns, die es auch in Russland gibt?

Papa hatte es kaum erwarten können:

– *Asarum europaeum*, Haselwurz; *Asperula odorata*, Waldmeister; *Allium sativum*, Knoblauch; *Agropyron repens*, Quecke; *Angelica sylvestris*, Wald-Engelwurz; *Arnica montana*, Arnika; *Apium graveolens*, Sellerie ...

– Laci, es reicht – mischte sich Ksenija ein. Aber die Lawine ließ sich nicht mehr aufhalten.

– *Arctium lappa*, Große Klette; *Araliaceae*, Araliengewächse; *Panax ginseng*, Ginseng; *Achillea millefolium*, Schafgarbe; *Acorus calamus*, Kalmus; *Aesculus hippocastanum*, Rosskastanie, und, was du am liebsten hast ... *Avena sativa*...

– Was ist das? – fragte Laci.

– Hafer – sagte Papa.

Und alle lachten, aber höflich.

Und wann immer Đurac und Laci an diesem Abend ihren Mann provozierten, erinnerte sich Mama der Balalaika: „Vielleicht ist er ein bisschen eigen, aber er ist ein guter Mensch."

13.

Einige Tage oder Wochen nach Papas Rückkehr aus Russland, ich kann diese Zeitspanne nicht genau bestimmen, weil sich die Zeit in den Erinnerungen auf eine Folge von Bildern und Erlebnissen reduziert, zwischen denen es nichts gibt, waren wir bei Mamas Chef aus der Devisenabteilung zum Abendessen eingeladen. Deshalb ist die Zeit auch eine so verwirrende Dimension: Man hört sie nicht, man sieht sie nicht, und man nimmt sie erst wahr, wenn sie vorüber ist. Vielleicht hatte Papa deswegen beschlossen, dass man in unserem Haus die Zeit hören müsse. Langsam begann die Phase der Uhren. Diese Phase verlief simultan zur Phase der Jagd und verlieh ihr den Klang. Zu der alten Uhr des Onkels, die mit tiefer, aber klingender Stimme die vollen Stunden schlug, genauso viele Male, wie es spät war, so als wäre sie für Blinde gemacht, und die in unserem Wohnzimmer stand, weil der Onkel im Alter einen schlechten Schlaf hatte, kaufte er eine Kuckucksuhr. Die Kuckucksuhr hätte eher in unser Jagdkabinett gehört, aber aus einem bestimmten Grund stellte Papa auch sie ins Wohnzimmer. Außer dem tiefen klingenden Bass hörte man jetzt zu jeder vollen Stunde auch durchdringende Kuckucksrufe. Sie war in Form eines Vogelhäuschens mit hölzernen Ästchen und Laub als Schmuck gemacht, und man muss zugeben, dass sie große Ähnlichkeit mit den Vogelhäuschen hatte, die er in unserem Garten aufstellte. Dächelchen, Stängelchen, rundes Loch. Dahinein zerkrümelte er im Winter Brot. Wir hatten mehrere solcher Häuschen, und manchmal half ich ihm, sie an den Bäumen anzubringen. Lange Zeit wollte mir seine Fürsorge, die er den Amseln und Meisen angedeihen ließ, nicht in den Kopf angesichts der toten Vögel, die oben in unserem Jagdkabinett hingen. Wie vertrugen sich diese beiden Dinge miteinander? Aber später wurde es mir klar: Das eine wie das andere war Zierrat. Papa hatte, wie bei den alten Volksstämmen mit ihren Tätowierungen, den Knochen durch die Nase und Metallringen um den Hals, eine angeborene Gabe zum Verzieren.

Die dritte Uhr, die unserem Leben und zur Sommerzeit, wenn die Fenster offen standen, auch dem Leben unserer Nachbarn den Rhythmus gab, war eine vergoldete Wanduhr mit massiven Gewichten, die einen kitschigen Empire-Stil imitierte. Auf ihr stand „Tempus fugit", damit es klar war. Die schlug nicht nur die vollen Stunden, so viele Male, wie spät es war, sondern meldete sich auch jede halbe Stunde mit einem Klang, der höher und voller war als Onkels Biedermeieruhr, und doch tiefer und angenehmer als die pseudoschweizerische Kuckucksuhr.

Diese Klänge gaben Mama und mir das Geleit, als wir an jenem späten Nachmittag zum Abendessen bei ihrem Kollegen und Chef in dem bunten Hochhaus in der Laginjina gingen, wo die Angestellten der Nationalbank Wohnungen bekommen hatten. Papa ging selten mit zu Mittag- und Abendessen bei Mamas Freundinnen und Kollegen.

– Nach dem Essen muss sich der Mensch ein wenig ausstrecken, und das kann man nicht, wenn man irgendwo zu Gast ist – sagte er.

Aber in Wirklichkeit hatte er Uhren und tote Wachteln lieber als lebendige Menschen.

Mama richtete mich schön her, sie kam sogar auf die Idee, mir eine Krawatte mit Gummizug umzuhängen, was ich voll Ekel zurückwies, und trieb mich ständig zur Eile an.

– Beeil dich, wir kommen zu spät!

Dabei war in Wirklichkeit sie es, die noch immer Dinge aus einer Tasche in die andere packte. Oder:

– Hast du deine Schuhe angezogen?

Und ich stand schon beschuht im Flur und wartete auf sie, während sie vor dem Spiegel im Badezimmer ihr Halstuch zurechtzupfte. Ein trauriges, altmodisches Halstuch, das vielleicht das Fehlen von Perlen verdecken sollte.

Als wir die zweistöckige Wohnung betraten, ganz oben in dem Hochhaus, von wo aus man durch große Glasfronten den ganzen südlichen Teil Zagrebs mit den Silhouetten der Hochhäuser und zwei, drei wirklich hohen Schornsteinen sehen konnte, sagte die Gattin von Mamas Chef:

– Vera, komm, ich will dir die Wohnung zeigen.

Und führte sie durch die Zimmer, wonach sie mit einem Gläschen Schnaps an dem großen Fenster stehen blieben und das Panorama der Stadt betrachteten.

– Siehst du – sagte die Gattin ihres Chefs zu ihr – hättest du dich etwas geduldet, wären wir jetzt Nachbarinnen.

Später, während des Abendessens, bei dem es Oliven und Kapern und Prschut gab, fragte ich Mama, was Tante Đurđa damit gemeint habe, als sie sagte, dass sie jetzt Nachbarinnen sein könnten. Und sie erklärte mir, dass sie, hätten wir nicht das Haus am Zelenjak gebaut, hier eine Wohnung bekommen hätte. Sie stand auf der Liste, aber sie hätte ein paar Jahre warten müssen.

Nach dem Abendessen, als ich durch die Wohnung wanderte, sah ich an einer Wand eine Balalaika hängen. Sie hing etwas schräg, an einem ziemlich dicken Nagel, der ihr Gewicht tragen konnte.

– Mama – rief ich – Onkel Rudolf hat auch eine Balalaika!

Und Mama trat an diese Wand heran, im Flur, der zu den Nebenräumen führte, und hinter ihr kamen auch ihr Chef und seine Gattin. Die Sache war die, dass auch Onkel Rudolf, gemeinsam mit Papa, nach Russland gefahren war.

Sie stand vor dem aufgehängten Instrument und sah es eine Zeit lang an. Vielleicht wie einen Feind, oder zumindest wie einen, der nicht mehr ihr Freund war. Oder wie ein abstraktes Bild, das ihr langsam klar wird.

– Rudi … du hast auch eine Balalaika gekauft? – sagte sie mit Schmirgelpapier in der Kehle.

– Alle haben eine gekauft – sagte er. – Vera, da oben hast du wirklich nichts. Du kannst Babuschkas kaufen, Balalaikas oder Wodka. Das ist alles. Oder Abzeichen mit einem Leninbild.

An diesem Abend verfinsterte sich ihr Gesicht. Und diese Finsternis legte sie nie mehr ganz ab, obwohl sie manchmal auch lachen konnte.

Das Wunder von Mailand

1.

– Eins, zwei, drei … – zählte ich. Dieses Mal Tropfen. Ich konnte fein die Häutchen auseinanderziehen, die eine Höhle verbargen, das rosa Innere sehen, wie ein kleiner Mund, ohne dass mir schlecht wurde. Und dann Tropfen einträufeln: einen, zwei, drei …

– Wie viele hast du eingeträufelt? – Onkel Stjepan, Fachmann fürs Zählen, kontrollierte den Vorgang.

– Drei!

– Das waren nicht drei, sondern vier! Du darfst nicht vier, träufle nur drei ein.

Immer erwischte er mich, wenn ich mich vertat. Man durfte nicht zu viel einträufeln.

Ein seltsamer Scherz Gottes des Allmächtigen war es, dass der Mensch, der sich das ganze Leben hindurch mit der Erzeugung und dem Verkauf von Glas beschäftigt hatte, plötzlich, vor der Pension, gezwungen war, ein Glasauge zu tragen. Man hatte ihn auf Rebro operiert, man hatte ihm das rechte Auge wegen eines Tumors herausnehmen müssen, der hinter dem Auge gewachsen war, und seitdem hatte er dieses gläserne, das er mitunter in einer antiseptischen Lösung wusch. Abends nahm er es heraus und morgens setzte er es wieder ein, aber vorher musste in die Höhlung ein entzündungshemmendes Mittel eingetropft werden. Die Firma Staklo hatte schon eine Zeit lang ein Produktionsprogramm für medizinische Hilfsmittel laufen, das sich logischerweise an das Produktionsprogramm von Augen für präparierte Tiere anschloss. Das letzte Geschäftsunternehmen Onkels vor der Pension.

Das Auge verstaute er vor dem Schlafengehen ordentlich in einem Kunststoffschächtelchen, das innen mit steriler Gaze ausgekleidet war. Er schlief im Bett, und sein Auge auf dem Nachtschränkchen.

Als Kleiner dachte ich, dass die so Getrennten traurig seien, doch brachte der Morgen immer ein neues Zusammenkommen. Und Onkel Stjepan war wieder komplett, ging auf den Kvaternik-Platz, um Weißkäse, Rahm, Kürbis, Kohl und all das zu besorgen, was er mit dem ihm verbliebenen Auge sehen konnte.

In der Ivan-Goran-Kovačić-Schule, am Tag, der auf den ersten Tag des Frühlings, Gorans Geburtstag, fiel, hatten wir immer eine Lesung aus seiner *Jama,* und ich wartete zitternd auf die Verse:

Der letzte Lichtstrahl vor der Urnacht Grauen
war noch des Dolches blitzgeschwindes Zücken,
ein Aufschrei! grell in Blindheit zu erschauen
der Henker weiße Haut, die weißen Rücken:
nackt bis zum Gürtel standen sie im Freien
die Augen auszustechen uns in Reihen.

Gewöhnt daran, dass Onkel Stjepan kein Auge hatte, erlebte ich das als normal. Aber das, von dem ich dachte, dass es normal sei, schlug sich wie stinkender schwarzer Schlick nieder und platzte, so wie ein Damm bricht, jeden 21. März, wenn die Mädchen in blauen Röcken, weißen Hemden und roten Halstüchern Gorans Verse rezitierten, von denen so viele von herausgenommenen Augen handelten. Ich wusste als Einziger in der ganzen Schule, wie das wirklich aussieht.

2.

Oft, wenn die Mädchen, unter ihnen auch Engel, Arijana Lukić, Nataša Schaps, Danijela Kabiljo, Marija Kos oder Andrea Montani, *Das Massengrab* rezitierten, quälte mich, wie wohl Gott Vater aussieht. Onkel Stjepan, der mich in die Kirche mitnahm, hatte mir Jesus gezeigt, den Heiligen Geist hatte ich auf einem bunten Glasfenster in Form einer weißen Taube gesehen. Also auch mit dem Aussehen des Geistes war ich bekannt gemacht worden. Gottvater war ein Mysterium.

– Wie sieht Gottvater aus – fragte ich Papa, während wir im kleinen Jagdzimmer die russische Einläufige putzten.

Und er stand auf, machte die Tür auf und rief:

– Vera! Vera!

Man hörte, wie unten die Wohnungstür aufgemacht wurde.

– Bitte!

– Komm her!

Und sie kam die Treppe herauf, in der Küchenschürze, sie wischte sich mit einem Tuch die Hände ab, die zu rot waren, als dass sie jemandem gefallen könnten.

– Was ist?

– Der Alte hat den Kleinen wieder in die Kirche mitgenommen!

– Leiser, er kann dich hören!

Die Wand unseres Jagdzimmers stieß an die Wand von Onkels Garçonnière.

– Ist mir scheißegal, soll er es hören.

– Er passt auf ihn auf und kümmert sich um ihn. Er hat sich nichts Schlechtes dabei gedacht.

– Der Kleine wird es ausplappern, und wir kriegen Probleme.

3.

Die meisten Kinder in der zweiten Klasse unserer Schule wussten nicht, wie Gottvater aussieht. Nur Marija Kos antwortete auf diese Frage mit einem rätselhaften Satz:

– Ach, ich weiß nicht … – flüsterte sie – aber sicher sieht er aus wie ein Mensch.

– Was für ein Mensch?

– Du und ich!

– Woher weißt du das?

– Steht so in der Bibel!

An einem dieser Nachmittage, in unserem Zimmer, wo einmal die alten Waffen gehangen hatten, an dessen Wänden jetzt zufällig gesammelte Reproduktionen traurig deren Platz einnahmen, Cézannes *Kartenspieler*, eine russische, einen Schlitten ziehende Troika, und die vergrößerte Fotografie von Papa, auf der er in Lederhosen mit Hosenträgern am Klavier sitzt und seine Mutter sich in der Pose einer

Opernsängerin an dieses Klavier lehnt, saß Onkel Stjepan an seinem Schreibtisch. Obwohl Papa schon eine Zeit lang hier schlief, hatte Onkel noch immer seine Sachen in dem Schreibtisch. Eine Ecke hatte Papa mit Büchern über alte Waffen usurpiert, die jetzt einsam und verlassen dort standen, aber der Tisch war Onkels Tisch geblieben. Und während er an diesem Tisch Rechnungen in Ordnung brachte und durch die Rollos hindurch die Nachmittagssonne auf uns ein Zebramuster hinterließ, musste ich auch ihn fragen, der in jedem Fall der Kompetenteste in Sachen Gottvater war. Daraufhin nahm Onkel ein weißes, völlig leeres Blatt und zeichnete mir in wenigen Strichen Gottvater aufs Papier. Sonst war er sparsam mit Papier, aber hierfür nahm er eine neue weiße Seite.

Ich sah enttäuscht auf die Zeichnung.

– Und das ist Gott?

– So wird er dargestellt.

– Und er hat uns alle erschaffen?

– So denken die, die an ihn glauben.

Von allen mit Gottvater verbundenen Antworten enttäuschte mich diese vielleicht am meisten, ununterbrochen musste ich an diese Zeichnung denken. Ich wusste schon etwas über ihre Bestandteile, die hatten wir in Geometrie gelernt, aber die wahre Bedeutung sollte ich erst Jahre später enträtseln.

In der Zwischenzeit stürzte ich mich auf Marija Kos. Man wusste, dass ihre Familie regelmäßig in die Kirche ging, und sie selbst ging zum Religionsunterricht in die Sankt-Peter-Kirche. Sie war mager, staksig, zu früh ausgewachsen, aber was an ihr als das Schönste herausragte, war das Gesicht.

Marija Kos kann ich auf verschiedenen Klassenfotos sehen, von der ersten bis zur achten Klasse. Wir wurden mindestens einmal jährlich fotografiert, und jeder von uns bekam je zwei Fotos: eines, auf dem wir lächelten, und eines, auf dem wir ernst waren. Dann unterschrieben wir uns die Fotos gegenseitig auf der Rückseite. Die meisten von uns nahmen Unterschriften nur von den Kindern, mit denen wir gut waren. Marija Kos nahm die Unterschriften immer von allen. Auf den Rückseiten dieser Fotografien kann man deutlich sehen, wie sich unsere Handschriften veränderten und immer ausgeprägter wurden, so wie man auf den Fotos selbst sieht, wie sich unsere Gesichter veränderten.

Als wir in der vierten oder fünften Klasse anfingen, Pfänderspiele zu spielen, wählte ich immer sie. Und sie mich. Wir waren eine Art Klassenpaar, und seltsamerweise machte sich keiner deshalb über uns lustig. Sie hatte ein Gesicht, das in den anderen weiblichen Gesichtern nur erschien, um zu zeigen, dass die anderen nicht so schön waren wie sie. Ich sah ein Mädchen, sagen wir mal, an der Bushaltestelle in der Bijenička, keine hundert Meter vom Haus von Ada Kottek entfernt, und es erinnerte mich an Marija, aber dann sah ich besser hin, ein zweites, drittes oder viertes Mal, und sah Dinge, die sich unterschieden, und die unabwendbare Tatsache, dass Marija doch schöner war als die, die ihr teilweise ähnelte. Sogar so viel, dass dieses „teilweise" sie hässlicher machte und dass sie mir deshalb leidtat. Sie erzählte mir von Gott, und er verwandelte sich in ihren Worten in verschiedene Wesen, und man konnte den Eindruck gewinnen, dass er sich überall befindet. Wie die Gräber meines Großvaters Benjamin und von Samuel Weiss und Onkel Dušan. Und wegen unserer Gespräche über Gottvater wunderte es mich, dass meine erste Fantasie über sie so geartet war, dass ich sie als Sklavin kaufte und dass ich dabei keine Ahnung hatte von der Konfliktentwicklung des ersten kroatischen Dramas, das ich mit unendlicher Langeweile gut zehn Jahre später an der Uni lesen und mit noch größerer Langeweile ein ganzes Leben lang den Kindern in der zweiten Klasse des Gymnasiums vortragen sollte. Denn ich hatte meine Sklavin längst gekauft, auf der Terrasse der Ivan-Goran-Kovačić-Schule im Schuljahr 1971/72.

So zeigten sich mir zum ersten Mal mehrere Übereinstimmungen zwischen der großen Geschichte und dieser unserer kleinen, intimen, und das war in jedem Fall ein Argument zugunsten der Überzeugung, dass jeder Mensch seinen Weg durchschreitet von der ursprünglichen Gemeinschaft über die großen Zivilisationen, die erwachenden Religionen, die Pyramiden und den Parthenon, über das Mittelalter bis zur Renaissance und, am Ende, bis zu dem, was meine Mama am meisten fürchtete: die moderne Malerei.

4.

– Brrrrrr! Brrrrrrrrrrrrr! – Aus dem Badezimmer war Wasserplätschern zu hören. Die berühmte Kneipp-Methode. Onkel Stjepan bespritzte sich nackt bis zum Gürtel mit kaltem Wasser. Dieses Geräusch weckte mich jeden Morgen, weil er in seiner Garçonnière kein Bad hatte, nur eine Teeküche, und so badete er unten bei uns.

– Brrrrrr! Brrrrr!

Dieses schneidende *Brrrrr* gab ihm vermutlich die Kraft, auch mitten im Winter die elf oder zwölf Grad des fließenden Wassers auszuhalten. So badete er seit 1915, als er verwundet wurde und in russische Kriegsgefangenschaft geriet. Vielleicht ist es paradox, dass er gerade in Russland mit der Methode des deutschen Geistlichen Sebastian Kneipp bekannt wurde, die die Russen natürlich auch schon vor Kneipp kannten. Und Papa, der sich um diese Uhrzeit für die Arbeit fertig machte, zog sich in unserem, in Mamas und meinem, Schlafzimmer an, weil hier der große Schrank der Firma Meblo stand, wo in harmonischem Frieden und tadelloser senkrechter Dankbarkeit seine Sakkos und Hemden hingen. Der Schrank war ein heiteres Abbild der Familie, zu der wir, Mama, Papa, ich und Onkel, und eine unbestimmte Anzahl Toter aus Papas Vergangenheit zählten. Die erste zweiflügelige Abteilung gehörte Papa, die dritte Mama, aber die in der Mitte, eine bedeutend schmalere, einflügelige Abteilung, gehörte mir, und würde jemand nur diesen Schrank sehen, könnte er denken, dass wir eine ganz normale Familie seien. Übrigens, als wir ihn kauften, zeigte ihn Mama ihren Freundinnen Ksenija und Lidija und Tante Nada, und die sagten Wörter wie: praktisch, geräumig, siehst du, das ist hübsch, schön …

Papa kam morgens aus dem kleinen Zimmer ins Schlafzimmer, oder von oben herunter, aus dem Jagdkabinett, im Pyjama, und zog sich bei uns um.

– Ich fick ihm das Brot das blutige – rief er jeden Morgen, wenn er dieses laute *Brrrrr* aus dem Bad hörte – warum muss er ausgerechnet jetzt … Er ist in Pension, er kann sich waschen, wann er will, und ich muss zur Arbeit.

Oder:

– Der Alte macht sich wieder wichtig, und mir brennt es unter den Fersen.

5.

Auf den Gang zur Schule freute ich mich wegen zweierlei: wegen Marija und wegen des Kunstunterrichts. Unsere Lehrerin Luketa Lidvina liebte die Malerei, und oft malten wir auch in anderen Fächern, nicht nur im Zeichenunterricht. Wir zeichneten verschiedene Sachen aus Natur und Gesellschaft: Frösche, Bäume oder Könige, wir zeichneten in Geometrie, und sogar in Kroatisch. Und ich war gut im Zeichnen. Alle aus der Klasse kamen es sich ansehen, wenn ich etwas gezeichnet hatte. So hatte ich eines Morgens auch Gottvater gezeichnet, so wie ihn mir Onkel gezeigt hatte. Aber detaillierter. Onkel hatte ihn mir mit einem blauen Kugelschreiber auf Maschinenschreibpapier Format A4 gezeichnet, und ich hatte meinen Gottvater mit Tempera gemalt, in Farbe, mit viel mehr Details, aber die Grundelemente waren dieselben geblieben.

Als die Lehrerin sah, was ich gemalt hatte, stand sie über unsere Bank gebeugt, meine und Marijas, nahm das Bild und betrachtete es lange. Besorgt interessiert, verwundert, vielleicht geschockt.

– Zoran, was hast du da gemalt?

– Gottvater.

Schweigen. Die Lehrerin dachte nach, schaute, hielt das Bild von sich weg, so lang ihr Arm war, und hielt es sich wieder vor die Augen.

– Und so sieht für dich Gott aus?

– Ja.

Aber nicht nur die Lehrerin war verwundert, auch Marija sah mich jetzt so an, wie man seinen Reflex in einem Zirkusspiegel sieht: im vergeblichen Versuch, sich wiederzuerkennen und sich mit diesem Wiedererkennen Erleichterung zu verschaffen.

An diesem Morgen rief Luketa Lidvina in der Bank an und bat Mama, mich um vier Uhr abzuholen, wenn die Nachmittagsbetreuung vorbei sei, weil sie über etwas sprechen müssten. Und sie sprachen lange miteinander. Ich wartete vor der Schule, und Marija blieb kurz stehen, jetzt mehr böse als verwundert.

– So sieht Gott nicht aus! – presste sie hervor und ging weg. Ich sah, wie ihre Tasche auf dem Rücken hüpfte, während sie mit den anderen Mädchen in Richtung Moša-Pijade-Straße ging, wo sie wohnten, in einer großen Wohnung mit Blick auf den Ribnjak-Park.

Als wir durch die Senke mit dem stinkenden Bach nach Hause gingen, fragte mich Mama.

– Warum hast du Gott so gezeichnet?

– So hat ihn mir Großvater gezeigt.

Wir gingen ganz hinunter zum Bach.

– Pass auf, dass du dir die Schuhe nicht nass machst!

– Ich weiß, Mama, hier gehe ich jeden Tag entlang.

– Papa werden wir davon nichts sagen. Hast du verstanden?

– Mama, ich bin nicht dumm.

6.

Kirschen haben einen Kern, Eier ein Eigelb, und der Körper ein Herz. Die Mitte ist umgeben von dem, was es schützt und nährt. Die positive Beziehung meiner Eltern zur Mitte hatte häufig die Verwendung der Phrase „goldene Mitte“ zur Folge, die das Credo jener Zeit war. So wie es frech war, dass Häuser wesentlich anders waren, so barg jede Form von Exponierung ernste Gefahren in sich. Am stärksten kam das in Mamas Beziehung zur Malerei zum Ausdruck. Es war nicht empfehlenswert, sich allzu sehr von dem zu entfernen, was die Mehrheit denkt, am sichersten war es im Zentrum der Kolonne, umgeben von anderen. So wurde ich erzogen, im Zentrum der Kolonne zu bleiben. Die ganz vorne wie auch die ganz hinten werden zuerst umgebracht. Und wenn jemand von den Lagerinsassen eine Kugel ins Hirn kriegt und dieses Hirn aufhört zu arbeiten und das Leben, das zwanzig, dreißig oder vierzig Jahre gedauert hat, im Bruchteil einer Sekunde erlischt, bildet sich in den Hirnen der Lebenden, ob nah oder weniger nah, ein neues Zentrum in Form einer Gewehr- oder Revolverkugel. Dieses Zentrum entsteht fast genauso schnell, wie das Leben erlischt, und verträgt sich einfach nicht mit den anderen Zentren, dem zum Atmen, zum Lesen, für Mathematik. Alles ist in Balance, in Harmonie, und plötzlich entwickelt sich in den Synapsen dieser kleine elektrische Kugelblitz, der wie alles, was lebendig ist, das instinktive Bedürfnis hat, sich zu vermehren. Ein Zentrum im Hirn in Form einer Kugel schafft andere, ganz gleiche Zentren, und zwischen diesen Zentren und den künftigen Kugeln, den realen, gibt es eine komplizierte, aber feste Verbindung.

Am gefährlichsten ist es, wenn der Mensch herausragt. Mama war überzeugt, dass die, die sich unterscheiden, irgendwann einmal umgebracht würden. Natürlich hatte sie, am Beispiel ihrer Familie, mindestens zwei starke Argumente für solche Ansichten. Die Symmetrie des Todes bewirkte in ihr eine ernsthafte Aversion gegenüber jeglichem Exponieren seiner selbst. Und mein Gemälde von Gottvater im Malunterricht war ein Exponieren. Gegenüber jenen, die herausragen, hegte Mama eine Art Abscheu. Diese Abscheu beruhte auf dem Bewusstsein, dass sich jene damit selbst schaden, indem sie herausragen. Nicht herauszuragen, das hieß in ihrer Welt und in der Welt ihrer Generation „Normalität". Deshalb hasste sie Josipa Lisac wegen ihrer bizarren Kleidung und liebte Gabi Novak oder Vice Vukov, die in ihrer Welt die Tugend der Normalität darstellten. Sie war überzeugt, obwohl sie das nie herausstrich, dass man Josipa Lisac als Erste erschießen würde. Unbewusst erschuf sie so in sich diese Erschießungsliste: Josipa Lisac, Edo Murtić, Vojin Bakić …

Gegenüber der abstrakten Malerei hegte sie diese Abscheu ebenso wie gegenüber der modernen Architektur. Abstrakte Malerei war für sie ein Feind, so wie sie in den Fünfzigern ein Feind für den ganzen Staat gewesen war. Daher deckte sich ihr Geschmack mit dem Geschmack der Mehrheit, denn sie war überzeugt, dass alles andere für sie oder, noch schlimmer, für ihre Liebsten eine ernsthafte Bedrohung darstellte. Was die Kunst betrifft, vor allem die Malerei, hatte Mama keinen Geschmack, sondern Angst. Mit zwei Gewehrkugeln im Kopf, eine für Großvater Benjamin und eine zweite für Onkel Dušan, verwandelte sie jede Ästhetik in rationale Vorsicht.

Die Ersten auf der Liste der Feinde waren die Künstler, denn sie ragten hervor. Die Sache war umso schlimmer, weil wir einen Feind im Haus hatten. Die Garçonnière im Dachgeschoss, die sich neben Onkels Garçonnière und unserem Jagdkabinett befand, hatte die Nachbarin aus dem Erdgeschoss an den Maler Šojlev vermietet. Der Gipfel war, dass Šojlev ein abstrakter Maler war. Das bedeutete, er war ein zweifacher Häretiker. Zuerst als Künstler, und dann als Vertreter der Abstraktion. Aber Mama empörte sich nicht. Hätte sie auch nur etwas in diesem Sinne gesagt, hätte die Nachbarin, um des lieben Hausfriedens willen, ihm sicher gekündigt. Aber sie tat es nicht. Weshalb? Erst später sollte ich es begreifen: Sie erlaubte Šojlev, bei uns sein Atelier zu haben, damit er für mich ein Beispiel war. Oft zeigte sie ihn mir, wenn er die Bilder zum Trocknen in den Garten hinaustrug:

– Schau her! Möchtest du etwa so schmutzig sein?

Und am liebsten hatte sie es, wenn ihr die Nachbarin beim Kaffee sagte, dass Šojlev am Monatsersten wieder gekommen sei, um sich zu entschuldigen, dass er kein Geld für die Miete habe, dass er aber später bezahlen werde, in ein paar Tagen, denn er habe einen Auftrag … Nie versäumte sie, zu mir zu sagen:

– Willst du etwa so leben? Von Monat zu Monat, wie ein Hund?

Maler verkörperten noch eine weitere Gefahr: Sie erinnerten an ihren verstorbenen Vater und an sein Unglück. Daran erinnerten sie am meisten seine Bilder. Hatte sie sie vielleicht deshalb nicht sofort an die Wand gehängt, obwohl sie ihr fraglos wichtig waren, sondern erst, als Papa seine alten Waffen aufgehängt hatte? Er hängte die Geschichte des Tötens auf, sie die Geschichte der Toten.

– Typisch jüdisch! – höre ich Papa kommentieren.

Zur Malerei zog mich sicher auch Benjamins Selbstporträt. Als Kleiner war ich überzeugt, dass er ein hervorragender Maler sein musste, weil er mich, wo immer ich mich im Zimmer befand, in welcher Ecke auch immer ich mich versteckte, von dem Bild aus mit dem Blick verfolgte. Als Kind spielte ich damit. Ich suchte nach Positionen im Zimmer, von denen aus ich ihn sehen konnte, er mich aber nicht. Es gab keine, er sah mich immer an. Ich war überzeugt, dass er mich deshalb ansah, weil er tot war, und dass Tote alle unsere Geheimnisse kennen. Später, als ich begriffen hatte, dass die Mehrzahl der Porträts im Halbprofil den Betrachter mit dem Blick verfolgen, war ich enttäuscht. Und dann, das passierte erst, als ich mich an der Universität eingeschrieben hatte, durchfuhr mich der Gedanke, dass Großvater schon deshalb ein ausgezeichneter Maler gewesen sein muss, weil man auf seinem Gesicht sieht, dass sie ihn bald umbringen werden.

7.

In dieser Phase versuchte mich Mama von der Malerei abzubringen. Das wäre vielleicht verständlich gewesen, wenn ich in der Zeit ernstere Ambitionen hätte erkennen lassen, Maler zu werden. Die indessen gab es nicht. Zumindest nicht mehr als jene, Astronaut zu werden, oder Schauspieler. Aber Mama fand sie auch in Spuren. Mit Grauen verfolgte sie, wie sich das Talent ihres Vaters in ihrem Sohn wiedererkennen ließ. Die Lehrerin Luketa Lidvina war selbst auch Amateurmalerin, und als Kinder gingen wir mit unseren Eltern zu ihren Ausstellungen. Von der ersten Klasse der Grundschule an sagte sie zu Mama:

– Der Kleine zeichnet ausgezeichnet, man muss dieses Talent fördern.

– Er probiert ein bisschen herum – antwortete Mama, oder etwas in der Art, was das Talent, von dem die Rede war, abwertete oder negierte, und das sie erlebte, als wären es Anzeichen einer Schizophrenie oder einer seltenen genetischen Krankheit. Später, als ich tatsächlich ernster angefangen hatte zu malen, unterstützte sie mich darin, konnte aber beim Anblick meiner Bilder auch in Tränen ausbrechen und sagen:

– Wenn ich dich sehe, wie du zeichnest: als würdest du mich ins Grab treiben.

Einmal, wir waren im Maksimir bei der Mogila und saßen auf der Bank, vor uns die alte Eiche, die der Blitz gespalten hatte, die aber trotzdem wuchs, sagte sie: – Da, das ist ein Motiv für dich – und wischte sich mit zwei Fingern die Mundwinkel – das Leben, das auch nach dem Gewitter weitergeht, der Kampf ums Überleben.

Dann nahm auch sie ein Blatt, und wir zeichneten gemeinsam. Heute, wenn ich dies schreibe, ist es, als würde ich den Schmerz empfinden, den sie empfunden hat, als sie, so mit von Kohle schmutzigen

Fingern, den riesigen unregelmäßigen Stamm verschattete, der auf ihrem Blatt gewachsen war. Da sah ich, dass auch sie selbst hervorragend zeichnete. Ich sah es zum ersten Mal und empfand Entsetzen. Nicht etwa, weil ich auf die Kunstfertigkeit meiner Mutter nicht stolz gewesen wäre, sondern deshalb, weil sie mir in diesem Augenblick fremd geworden war. Kunstfertigkeit oder Talent, ich weiß nicht, was sich an diesem Nachmittag in ihr manifestiert hatte, stellte irgendwie eine Bedrohung ihrer Funktion als Mutter dar; so, als würde sie weniger Mutter, je besser sie zeichnete. Diese Kunstfertigkeit war der Riss in meinem Erleben der Mutter, und es wäre mir lieber gewesen, sie wäre zeichnerisch ungeschickt und schlecht, aber meine Mutter geblieben, als so, geschickt, kunstfertig und vielleicht talentiert, und damit weniger meine Mutter. Außerdem war es, während die Eiche unter ihrer Hand langsam wuchs, als würde sie immer jünger und jünger und am Ende so jung, dass sie mich nicht mehr auf die Welt bringen konnte. Ein schmerzlicher Augenblick, aus dem alles Mögliche entstehen kann.

8.

Außer der Fähigkeit, sich die lateinischen Bezeichnungen von Heilpflanzen zu merken, benötigte Papa mit der Zeit noch ein Talent, und dabei griff er nach bestimmten Sätzen, die sein Urgroßvater Pejić gesagt hatte, als Tvrtko zehn war. Er hatte von dem Rest der Bretter für den Bau der Scheune einen einfachen Schemel gemacht, der Großmutter als Tritt diente, wenn sie etwas vom Schrank herunternehmen musste, aber auch um an schönen Tagen, wenn einmal nichts zu tun war, und das war ausnehmend selten, vor dem Haus zu sitzen und zu sehen, wer vorüberging und ob er im Guten vorüberging und ihr großes Haus mit dem Laden im Erdgeschoss mit Bewunderung ansah oder vor übermächtigem Neid nur auf den Boden starrte und kaum einen Gruß herausbrachte. Und als er den Schemel fertiggestellt und ihn Großvater gebracht hatte, hatte dieser mitten im gestopft vollen Laden zu allen gesagt: „Tvrtko kann mit Holz.“ Und dieser Satz wiederholte sich in mehreren Varianten bei jenen Abendessen bei Ksenija und Lidija, zu denen auch er kam.

„Tvrtko kann mit Holz“ wurde wichtig, als die Eltern beschlossen, den Schuppen für Material und Werkzeug abzureißen, der in der Nordwestecke des Hofs noch lange zurückgeblieben war, nachdem das Haus fertig war. Papa suchte die gesunden Bretter aus, das übrige morsche Material brachte der kleine grüne Dreiradlastwagen weg. Sie hatten beschlossen, an dieser Stelle, die wegen des Schuppens schön geebnet war, Tisch und Bänke aufzustellen, damit man im Garten sitzen konnte. Und Tvrtko, der mit Holz kann, machte sich an die Arbeit. Er stellte im Garten einen Sägebock auf, besorgte Nägel und fing an. Die Konstruktion des Tisches machte er nach der Erinnerung an den Tisch, den sie in Urgroßvaters Garten in Dubica hatten und an dem sie als Kinder oft gesessen hatten. Er mühte sich lange, mehrere Nachmittage hindurch, wenn er aus der Bank kam, zuerst besuchte er kurz seine gekauften Jagdtrophäen und begab sich dann in den Garten. Und natürlich half ich ihm, ich hielt die Bretter, während er sie sägte, oder ich hielt die Nägel, während er sie einschlug, und Mama rief vom Balkon:

– Zoran, pass auf die Finger auf!

Der Augenblick, als er den Stuhl und die Bank beendete, sollte seiner Überzeugung nach ein triumphaler sein, fast im selben Ausmaß, wie es gewesen war, als er aus Russland zurückgekommen war und die Balalaika mitgebracht hatte. Aber Mama kam vom Balkon herunter und besah die unebenen Verbindungen, die eingeschlagenen Nägel, von denen einige krumm geworden und so krumm ins Holz eingeschlagen worden waren.

– Tvrtko, diese Nägel sind aber richtig hässlich.

– Warte, es ist noch nicht gestrichen. Das sieht man nicht …

Dann setzte sie sich auf die Bank, strich mit der Hand vorsichtig über das Brett der Lehne, damit sie sich keinen Splitter einzog, und rüttelte mit beiden Händen ein wenig am Tisch. Und der ließ ein knarrendes Geräusch hören, ein Stöhnen, Schnalzen, Murren. Und wackelte.

– Der ist aber nicht fest. Der bricht zusammen, wenn wir etwas Schwereres draufstellen.

Seinem Gesicht war die wachsende Wut anzusehen. Und sie wuchs eine geraume Zeit, so wie Pflanzen in Zeichentrickfilmen manchmal wachsen. Er nahm den Hammer vom Tisch und sagte:

– Zoran! Abreißen!

Und schlug auf ein Brett, und trennte es von dem anderen Brett, das zusammen mit diesem eines von zwei X bildete, um die Tischplatte zu tragen.

– Warte! – kreischte Mama.

Und er hielt inne, bereit für die Entschuldigung.

– Schlag lieber noch ein paar Nägel ein.

– Ich dachte, die Nägel sind hässlich – stieß er hervor, hörte aber auf, das weiter zu demolieren, was er erst vor wenigen Minuten fertiggestellt hatte. Doch die Bretter hatten sich bereits gelöst, und der Tisch war in gefährliche Schieflage geraten, und der Satz „Tvrtko kann mit Holz" stand wie angeschissen im Raum.

– Nichts, was ich mache, ist gut.

So stand er über ihr, den Hammer in der Hand.

– Du lässt dir nie etwas sagen.

– Dann hör du auf, Blödsinn zu reden – sagte er mit zusammengepressten Lippen. – Aber wenn der Alte das gemacht hätte, dann wäre es gut, oder?

Es war Spätfrühling, die Fenster standen offen, und das Fenster von Onkels Garçonnière sah auf den Garten hinaus.

– Nicht, Tvrtko, er kann dich hören!

– Ist mir scheißegal.

– Nicht … nicht vor dem Kleinen fluchen!

– Nicht, nicht … Soll er sehen, was seine Mutter für eine ist.

Ich hasste ihn und wünschte ihm zum ersten Mal, dass er stirbt. Stirb, stirb, stirb, sagte ich in mir.

– Du lobst nur ihn – sein Gesicht verzog sich, und unter weiblichen Gesten imitierte er ihre Stimme: – Onkel, da habt ihr euch aber schön erinnert … Onkel, das ist aber schön … – Dann wurde seine Stimme wieder männlich, zusammen mit den Bewegungen, die dieses Mal nicht gefährlich aussahen: – Du gehst ihm um den Bart, als wärst du eine Dirne.

Auf das Wort „Dirne" hin brach sie in Tränen aus und rannte ins Haus.

Der Tisch stand wochenlang so schief und krumm, ein Zeuge des Streits. Erst später richtete er ihn her und strich ihn mit Farbe, und an ihm saßen wir im Sommer noch jahrelang.

9.

Im Schuljahr 1971/72 spielte sich das Leben im Zeichen zweier schwer miteinander verknüpfbarer Zahlen ab: vier und zehn. Weder ist vier die Hälfte von zehn, auch nicht ein Drittel, noch lässt sich zehn ohne besorgniserregenden Rest durch vier teilen, und auch nicht durch drei, noch handelt es sich um bestimmte symbolische Bedeutungen wie zum Beispiel bei drei und sieben. Diese zwei Zahlen, die sich gegeneinander gleichgültig verhielten, wechselten einander in Fragen ab, auf die man auf dem Weg zur Schule antworten musste. Zuerst auf dem Zelenjak, meistens um unser Haus herum, aber auch auf dem Horvatovac und in jener Senke, wo noch immer der kleine stinkende Styx floss.

– Zoran, in welche Klasse gehst du jetzt?

– Vierte!

– Wie alt bist du?

– Zehn.

Und so wechselten sich ab: vier, zehn, vier, zehn … wie das Halbzeitresultat eines Handballspiels, das, sagen wir, Bosna Doboj und Mursko Središće bestreiten. Zehn, vier. Aber diese für einen Augenblick zum Lächeln verzogenen Gesichter, die sich um die Zahlen vier und zehn gruppierten, konnten sich sicherlich nicht vorstellen, dass ich zu der Zeit mit bestimmten ungehörigen Bewegungen angefangen hatte, die am Morgen mit feuchten Flecken auf meiner Seite des Bettlakens endeten. Und als Motor und Bild, das sich zeigte, während diese Bewegungen stattfanden, erschien Marija Kos. Wenn Mama am Morgen das Bett machte, die Steppdecken zum kurzen Auslüften ans Fenster trug und das Bettlaken entblößte, blieb sie über diesen feuchten Flecken stehen. Zuerst still, so als hätte sie nichts gesehen, doch dann hielt sie es mit einem Mal nicht mehr aus:

– Spürst du es, wenn es bei dir herauskommt?

– Nein, Mama!

– Du spürst wirklich gar nichts?

– Nein. Was fragst du mich das andauernd?

– Jetzt frage ich dich zum ersten Mal.

Natürlich spürte ich es, und wie ich es spürte. Zu der Zeit wusste ich nicht, ob Mama so naiv oder einfach nachsichtig war. Im ersten Teil meines Lebens dachte ich, sie wäre naiv, aber in diesem zweiten Teil bin ich mir immer sicherer, dass sie nachsichtig war. Natürlich habe ich von Pollutionen erst später erfahren, und das war vielleicht ihre Erklärung. Aber passieren diese Pollutionen jede Nacht? Oder entsprang ihre Nachsicht der Angst, sich selbst einzugestehen, dass es nicht mehr angebracht war, dass wir zusammen in einem Bett schliefen, oder, noch schlimmer, dass der Ödipus in mir so zudringlich wurde, dass er uns für immer trennte? Es war höchstwahrscheinlich leichter, an Pollutionen zu glauben, dass ich nichts weiß, dass ich nichts empfinde, dass alles auf jener Seite des Flusses des Vergessens bleibt und wir am Morgen rein vor Gott und vor der Welt aufwachen. Diese falschen Pollutionen verlängerten meine Kindheit. Aber nur für kurz.

10.

Das, was unter der Schulterrasse passierte, wenn ich mir vorstellte, dass ich gerade auf einem römischen oder griechischen oder babylonischen Sklavenmarkt Marija Kos gekauft hatte, durfte Mama nie erfahren. Und ich kaufte sie nackt, mit einem Draht gebunden, der Draht geht von ihrem Hals, wo er ein dünnes, glitzerndes Halsband bildet, zu den Händen, die vor ihr gebunden sind. Und diese Hände verbergen das Wichtigste, was ich mir nicht vorzustellen wagte. Von dem Wichtigsten hatte ich nämlich nur trübe Kenntnisse, die sich, wie auch bei meinen Freunden, auf das reduzierten, was wir an den Adriaständen bei sehr kleinen Mädchen gesehen hatten: auf eine Kindersemmel. Das Wichtigste entdeckt sich in unserem Leben in Phasen. Das war diese unbestimmte Semmel, und etwas später die etwas beleidigend haarige Andeutung auf den Doppelseiten von *Start* und *Playboy,* und noch später, als wir uns zur italienischen und deutschen Pornografie vorgearbeitet hatten, die einer offenen Wunde gleichende Spalte. Wir waren eine Generation, die sich in ihren Anfängen auf die Fantasie stützen musste. Und ich probierte in der Fantasie unter der Schulterrasse, im Wald der Betonstützen, meine Sklavin aus.

Marija hatte zwei bedeutend ältere Schwestern, und eine von ihnen, Nina, war die Freundin meiner Nachbarin Marina. Sie tranken Kaffee am Tisch in unserem Hof, wegen dem sich meine Eltern zerstritten hatten. Sie gingen schon aufs Gymnasium, Marina in die dritte, und Nina in die vierte Klasse, und Marina ermahnte mich ständig, nicht zu stören, denn sie sprächen über Dinge, die nicht für Kinder seien. Nina glich mehr einem Jungen als einem Mädchen, und so kleidete sie sich auch. Sie hatte eine kurze Knabenfrisur, ihre Stimme war sogar etwas tiefer als eine gewöhnliche Frauenstimme, so als wäre sie heiser, und das blieb sie für das ganze Leben. Papa nannte sie Mannweib.

– Da ist schon wieder dieses Mannweib gekommen und sitzt an unserem Tisch.

Oder:

– Das Mannweib raucht schon, das lernen sie bestimmt in der Kirche …

Oder:

– Verdammte Schlampe, kann dieses Mannweib nicht grüßen?

Mama ermahnte ihn:

– Du sollst vor dem Kind nicht fluchen!

Aber das Kind trieb seine Sklavin, die nackte, auf allen vieren an der Hundeleine über die Promenade zwischen Dramalj und Crikvenica. Ein heißer Tag, niemand auf der Straße, und Marija kriecht mit nackten Knien über den heißen Asphalt, und ihre Pobacken bewegen sich echt schön, und das Kind berührt sich daraufhin unten, während Mama friedlich neben ihm schläft und einen dünnen Ton durch die Nase ausstößt, der kein Schnarchen ist, sondern mehr das Pfeifen einer Kinderlokomotive, ein Ton, der dem Kind sagt, dass sie fest schläft und dass die Vibrationen, die es erzeugt, sie nicht wecken. Das Kind weiß genau genommen noch nicht, was es mit der Frau machen soll, selten kommt ihm der Gedanke, ihn ihr dorthin zu schieben, wohin er nicht gehört, aber auch nicht dorthin, wohin er gehört, oder in den Mund.

Oder, wenn Mama vor dem Schlafengehen vor dem Spiegel Nivea auf das Gesicht aufträgt, die einzige Creme, die sie benutzt, denkt das Kind schon an seine Sklavin. Und Mama tupft auf Stirn, Wangen und Kinn weiße Punkte, die sie anschließend mit den gemessenen Bewegungen einer unglücklichen, aber akzeptabel funktionalen Frau verreiben wird, und sagt:

– Was hattet ihr heute in der Schule zur Jause?

Die Antwort war immer dieselbe:

– Tee und Pastete!

Selbst wenn wir nicht Tee und Pastete hatten.

Und das Kind denkt schon, wie es durch das Loch in der Tür des öffentlichen WCs am Platz der Republik seinen Penis in Marijas Hintern schiebt. Er sieht sie nicht, er hört sie nicht, aber er weiß, dass das sie ist und dass das ohne jeden Zweifel ihr Hintern ist. Und ihm wird im Kopf die prophetische Vision verkündet, dass dieser Hintern hungrig ist. Und flüstert:

– Hungrig! Hungrig! Hungrig!

Und es lauscht dem Ton von Mamas friedlichem Atmen.

Schnarch! Schnarch! Schmatz! Schmatz!

Die Vibrationen sind zu stark geworden, und Mama befindet sich im Prozess des Wachwerdens, wird aber nie völlig wach.

Viel später wird das Kind mit diesen Filmen konfrontiert werden, Sadomaso, Koprophagie, Glory Hole, Slave, BDSM, Spanking … und alles das wird schon etwas Bekanntes sein. Noch später, bei den psychoanalytischen Seancen im Gesundheitszentrum Kruge, wird ihm eine sympathische Psychiaterin, dick wie eine Birne von hundertfünfzig Kilo ohne Stiel, erklären, dass alles das NORMAL sei.

11.

Aber Papa erfuhr über die Schwägerin seiner Cousine Marijana, die in Marokko als Haremsgynäkologin am Hof Hassans II. arbeitete und deren Freundin wiederum die Halbschwester der Mathematikprofessorin an unserer Schule war, dass ich im Kunstunterricht Gottvater gezeichnet hatte. Ansonsten gebrauchte Papa das Wort Gott häufig in anderer Bedeutung und in Phrasen wie „in dir muss man Gott erschlagen“, „in ihm haben sie Gott erschlagen … und er hat es verdient“, „man sollte Gott in allen erschlagen, die auf die Straße spucken … und das nicht mit dem Gummiknüppel, sondern mit Sandsäcken, dass man es nicht sieht". Und plötzlich war Gott in seiner ursprünglichen Form vor Papa herausgesprungen, als Bestätigung seiner schlimmsten Befürchtungen. In Hrvatska Dubica war er drei Göttern begegnet: dem kroatischen, dem serbischen und dem muslimischen, der von Zeit zu Zeit aus Bosanska Dubica in Gestalt von Lederhändlern zu ihnen kam, die mit Fes und weicher Aussprache im Laden seines Großvaters verkehrten. Und die redete Großvater von Angesicht zu Angesicht mit Effendi an und nannte sie hinter ihrem Rücken Eseltreiber. Wenn er aus Bosanska Dubica zurückkehrte, wohin er wegen eines Geschäfts gefahren war, pflegte Papas Großvater beim Betreten des Hauses immer den Satz zu sagen:

– Wann immer du nach Bosnien kommst, trägt dir der Wind von irgendwo einen Gestank zu!

Das war der Gestank eines fremden Gottes: einer von Butterschmalz, Talg, Dattelkuchen, Hammelfleisch, Tontöpfen, in denen gedörrtes Schöpsernes gekocht wurde … Die einen gratulierten den anderen zu den ihrem Gott gewidmeten Feiertagen, aber dieser andere Gott war für sie immer ein wenig stinkig. Irgendwo im Überlebensprozess während des Krieges hatte ihm auch der eigene Gott angefangen zu stinken, und er hatte sich kameradschaftlich von ihm verabschiedet.

Im späten Frühjahr des Jahres, als ich die vierte Klasse abschloss, hörte ich schon von der Straße durch die offenen Fenster Geschrei und das Klirren von Glas.

– Ich fick ihm den blutigen Jesus fick ich ihm!

Vor Angst erstarrt stand ich im Hof und hörte Türen schlagen, hörte, wie Papa durch die Wohnung ging und etwas zerschlug und Mama völlig ohnmächtig hinter ihm her trippelte. Ihre Gestalten waren zeitweilig durch das Küchenfenster oder durch das Fenster des kleinen Zimmers oder sogar durch das kleine Fenster im Badezimmer zu sehen, das nur Vaters wütenden Kopf sehen ließ, während er sich vermutlich im Waschbecken unterhalb des Fensters die Hände wusch. Und von diesem Fenster aus sah er mich im Garten stehen.

– Vera! – rief er. – Er ist im Garten.

Er öffnete das Fenster.

– Marsch ins Haus, Idiot, deine Mutter weint!

Sie erwartete und umarmte mich, verweint, während ihm aus der rechten Hand das Blut rann, das er vergeblich im Waschbecken abzuwaschen suchte, es rann und rann.

Später verband ihm Mama die Hand. Sie saßen in der Küche, und während sie seine Hand in ihrem Schoß hielt, redete sie ständig auf ihn ein:

– Jetzt sei endlich ruhig! Beruhige dich, du bist kein kleines Kind!

Und er sagte versöhnlich:

– Es tut aber weh.

Aber als sie ihn verbunden hatte, verschwand die Versöhnlichkeit langsam, und er sagte ruhig, aber schrecklich kalt:

– Ich will nicht, dass der Alte einen Betbruder aus meinem Sohn macht.

– Das heißt nicht, dass er einen Betbruder aus ihm macht, wenn er ihm Gott gezeichnet hat.

– Das ist nicht Gott!

– Oder was es sonst ist.

– Onkel bringt Zoran verschiedene Dinge bei, auch das …

– Immer verteidigst du ihn.

– Ich verteidige ihn nicht, das sind Tatsachen.

– Der Alte tut das aus Starrsinn.

– Warum bist du so widerwärtig zu ihm, er mag dich.

– Jaja, so wie ich ihn.

Und dann, so mit verbundener Hand, ein wenig gebeugt, stand er auf und ging zur Wohnungstür, vermutlich, um in sein Jagdkabinett hinaufzusteigen. Aber zuerst öffnete er die Tür und spähte hinaus, ob die Luft rein sei, ob Mamas Onkel in Form von Geräuschen des Türenschließens oder Abschließens oder einfach von Schritten im Gang im Dachgeschoss zu hören sei, und erst als er sich überzeugt hatte, dass da keiner war, ging er hinauf. Aber für einen Moment drehte er sich zu Mama um und sagte mit müder Stimme gepresst:

– Sag ihm, dass er dem Kleinen nichts mehr von Gott einreden soll, oder ich lasse mich scheiden!

12.

Marija hatte noch eine ältere Schwester. Sie schien vom Bösen verflucht zu sein, war aber eine begehrenswerte Hexe mit tiefem Dekolleté: dem Fluch einer Stunde. Dieser Fluch bestand darin, dass man beim Anblick Terezas nicht nach einer Minute oder zwei, auch nicht nach zehn oder zwanzig, und manchmal nicht einmal nach einer ganzen Stunde sah, wie schön sie war. Es musste erst die Dämmerung kommen, um die Pusteln zu verdecken, es musste erst so sein, dass sie ihr langes, helles, mit goldenen Strähnen natürlich durchzogenes Haar wusch, es musste nach dem Sommer sein, damit diese Strähnen noch goldener wurden. Und man musste ihre Stimme hören. Sie kam einmal mit Nina, im September, nach dem Meer, und sie tranken zusammen mit Marina Kaffee am Tisch in unserem Garten. Die Dämmerung senkte sich herab, und ich war in der Nähe mit unserem Gemüsegarten beschäftigt und stellte mich immer so hin, dass ich Tereza sah. Und sie sprach von irgendwelchen Bambussen, die es in Tkon gebe … von einem rötlichen Strand … von einem Jungen, den sie in der Kirche gesehen habe …

Auf jede mögliche Weise bemühte sie sich, die Schönheit zu verstecken, die sich meistens erst nach einer Stunde einstellte: mit weiten Kleidern mit indischem Muster, im Sommer mit Jesuslatschen, in den übrigen Jahreszeiten mit „Sajmonice“, mit Taschen aus Jeansstoff, auf denen man Unterschriften mit gewöhnlichem Kugelschreiber sah, und ihre Fingernägel mit dem lila Lack sahen aus, als hätte sie sie mit dem Hammer lackiert. Alle drei sangen im Kirchenchor in der Petrova, überhaupt war die ganze Familie mit der Kirche in der Petrova sehr verbunden, obwohl die Kathedrale für sie näher lag, aber Tereza hatte die bei Weitem schönste Stimme und konnte auf Hochzeiten, solo, das Ave-Maria singen.

Ihr Vater war Professor an der Kunstakademie, ein Maler, der oft für die Kirche arbeitete. Er malte Hinterglasbilder, aber auch wenn er keine sakralen Motive malte, arbeitete er mit Lasurfarben auf Glas. Seinen Namen erwähnte man seit Kurzem mit gedämpfter Stimme, denn nachdem Savka Dabčević-Kučar abgesetzt worden war, war die Polizei in ihre Wohnung gekommen und hatte mehrere Bilder und

Kassetten beschlagnahmt. An diesem Tag weinte Marija sehr, und ich konnte sie nicht trösten, aber zumindest sprachen wir viel darüber. Sie hatten in der Wohnung zugegen sein müssen, als sie ihnen die Bücher von den Regalen nahmen und sie in Kartons packten, die mit Klebeband zugeklebt wurden. Er landete nicht im Gefängnis, durfte aber das Haus nicht verlassen. So sagte Marija:

– Papa darf überhaupt nicht aus dem Haus!

Zu der Zeit schien Nina ständig bei uns zu sein und war verteufelt hartnäckig. Das hartnäckigste Geschöpf, dem ich bis dahin begegnet war. In dem Sommer sagte ich zu ihr, als sie in unserem Garten eine Tomate pflückte und sie wie einen Apfel aß:

– Du Mannweib, hör auf, Tomaten zu stehlen!

Sie flog auf mich zu, um mich zu verprügeln, aber ich war schneller und rannte aus dem Hof und bergan, Richtung Schule. Und sie, sichtlich langsamer, kam hinter mir her. Alle Augenblicke drehte ich mich um, aber sie war noch immer hinter mir. So geht der Tod hinter dem Menschen her. Wir passierten das Haus des Nachbarn Plavi, und sogar das des Nachbarn Mohr auf einundzwanzig, und noch immer war sie hinter mir. Wir kamen zu Mamićs Gasthaus, aber Nina gab nicht auf, sie wurde etwas langsamer, um sich auszuruhen, aber sie lief weiter. Wir hatten schon die Steigung bei Nummer fünfzig hinter uns, doch Ninas Kurzhaar, ihre starken Beine und ihre maskulinen Arme waren noch immer hinter mir. Sie jagte mich auch über den Horvatovac, und erst als ich die Treppe zur Senke mit dem Bach hinunterlief, blieb sie oben stehen. Ich drehte mich um, sie drohte mir mit dem Finger, und das war das letzte Mal, dass ich sie gesehen habe.

13.

Onkel Stjepan kam abends immer seltener zu uns herunter. Wenn er seinen Einkauf erledigt und das Essen gekocht hatte, ging er in seine Garçonnière hinauf und kam nicht mehr herunter bis zum nächsten Morgen, wenn er sich wusch, noch immer mit seinem lauten *Brrrrrrr*. Und ich tropfte ihm immer seltener die entzündungshemmende Tinktur ein, wenn er sein Auge herausgenommen hatte. Papa sagte, dass diese Tinktur aus *Plantago maior*, gewöhnlichem Wegerich, und *Salvia*, Salbei, gemacht werde, der auch bei Paradentose eingesetzt werde. Dafür kam jetzt Papa häufiger zu uns herunter, und wir sahen gemeinsam fern. Vor allem die Belgrader humoristischen Sendungen. Er verehrte Pavle Vujisić und sagte:

– Čkalja ist dumm, aber Paja ist ausgezeichnet.

Obwohl ich kein kurzsichtiges Kind war, ging ich oft dicht vor den Bildschirm, um vielleicht etwas besser zu sehen, und verdeckte ihn so. Dann sagte Papa:

– Geh da weg! Ist dein Vater Glaser?

Das erste Mal, als er das tat, stand Mama mit Tränen in den Augen auf und ging ins Badezimmer. Später, wann immer er das sagte, konnte sie ihn auch beschimpfen. Sie bedachte ihn mit verschiedenen Namen, was sonst nicht ihre Art war, und man hätte daraus schließen können, dass sie sich mit der Zeit, auch gegen ihren Willen, diese Worte selbst antrainiert hatte. Aber nie, absolut nie, konnte sie stillschweigend darüber hinweggehen, diese Worte konnte sie nicht ignorieren, so wie sie es ignorierte, wenn er über Nachbarn sprach, die man umbringen müsse. Lepušić, den muss man umbringen, den frechen Kerl, und Šicel, der hat eine Schweinekugel in den Kopf verdient, und die Sedlars, ihr Hund heult die ganze Nacht, zuerst werde ich ihren Hund und dann ihn umbringen …

Das Ganze lief gewöhnlich so ab:

– Geh da weg! Ist dein Vater Glaser? Du bist aber nicht durchsichtig!

Worauf sie sagte:

– Tvrtko, sei nicht so ordinär.

Oder:

– Wie kannst du so vor dem Kind?

Oder:

– Ich hasse dich …

In diesem Sommer, am Ende der vierten Klasse, hatte der Onkel etwas gekocht, es roch nach Einbrenn, und ich spielte in der Küche und fing an, soweit ich mich erinnere, aus heiterem Himmel diese Worte zu sagen:

– Mein Vater ist Glaser! Mein Vater ist Glaser!

Onkel hörte das, nahm die Einbrenn vom Herd und drehte sich mit einem Gesichtsausdruck zu mir um, als sähe er etwas, was man sonst nicht sehen kann: einen Unsichtbaren, einen Peter Pan, einen Gottvater …

– Wer hat dir das gesagt?

Seine Stimme kratzte an etwas, es presste ihm die Kehle zusammen, und es presste ihm bei Gott auch das einzige gesunde Auge zusammen, während das gläserne standhaft blieb.

– Papa – kam meine Antwort. War ich jetzt erschrocken? Vermutlich, aber an Angst erinnere ich mich nicht. Ich erinnere mich nur, dass er das Gas ausmachte, die Schürze abnahm und wortlos in seine Garçonnière ging. Beim Hinausgehen murmelt er nur:

– Schließ die Tür ab!

Als Mama nach Hause kam, war kein Mittagessen da. Sie dachte wohl, er sei krank, und suchte ihn oben, aber er war weggegangen. Sie fragte mich, was passiert sei, und ich erklärte, dass ich nicht schuld sei, aber dass er über die Worte: „Mein Papa ist Glaser!" beleidigt gewesen sei. Sie stockte ein wenig und sah mich an, oder vielleicht auch nicht, vielleicht brach sie in Tränen aus, vielleicht fing sie sofort wütend an, die Sachen, die sie mitgebracht hatte, in den kleinen AEG-Kühlschrank zu legen, an dessen Griff ich oft Petrica Kerempuh in Gestalt von Onkels Vierfarbenstift hängte.

Als Papa von der Arbeit kam, er war noch in den Schuhen, fing sie an zu schreien:

– Du bist nicht normal!

Oder:

– Du bist verrückt!

Er wusste nicht, was passiert war. Aber als sie es ihm erklärt hatte, drehte er sich mit einem unmenschlichen Ausdruck im Gesicht zu mir um, so einem, wie wenn er den Menschen auf der Straße Prügel androhte:

– Jetzt kriegst du es mit dem Riemen, du Blödian!

Das wirkte wie der Zünder einer großen Bombe.

Die Ausdrücke, die Mama jetzt verwendete, waren: Schwein, Schwächling, Scheißkerl, Hochstapler, Sadist …

Und er fing logischerweise, ganz nach seiner Gewohnheit, wieder an, Sachen zu zerschlagen. Er öffnete die Kommode, in der das Kristall stand, das Mama von Onkel zur Hochzeit, zu Geburtstagen, zu Weihnachten bekommen hatte … jenes Kristall, das hergestellt worden war, als die Fabrik noch Spectrum hieß und das sowohl von der Qualität wie auch vom Design her eine ziemliche Rarität war. Das beeindruckte Mama nicht.

– Eine verwöhnte sadistische Kreatur, das bist du …

Er holte mit der Hand nach ihr aus, aber sie stand ruhig da und erwartete den Schlag mit zusammengepresstem Mund. Und so mehrmals. Und er hielt immer mit der Hand unmittelbar vor ihrem Gesicht ein. Der Mensch, der in Gedanken so viele Menschen erschlagen hatte, wagte nicht, seine Frau zu schlagen.

– Weshalb geht er nicht zu dem alten Weib da? – krächzte er vor Wut.

– Deshalb, weil dies sein Haus ist! – fletschte auch Mama wütend die Zähne.

– Auch ich habe einen Kredit aufgenommen … Ihr werdet schon sehen, was ihr davon habt … – Er lief in sein Jagdkabinett, so, in Strümpfen und mit feuchten Flecken unter den Achseln, und kam mit der Doppelläufigen zurück. Sie hatte keine Angst.

– Bring mich um, du feiges Stück Scheiße!

Aber er ging nur hinaus auf unseren Küchenbalkon und fing an, in den Garten unter dem Balkon hinunterzuschießen, wo unsere Nachbarn aus dem Erdgeschoss ihre Gemüsebeete hatten. Später sagte Nachbar Ante im Scherz:

– Wenn es bei uns Grünkohl gibt … als würden wir Wild essen. Wir pulen die Schrotkörner heraus.

14.

August. Davor, der Freund, der gegenüber wohnt und den ich seit meinem zweiten Lebensjahr kenne, und ich trampeln barfuß auf den fauligen, von den Sträuchern gefallenen Tomaten herum, den Köpfen der Feinde. Es macht Spaß, wenn die dickflüssige rote Masse zwischen unseren Zehen quillt. Passierte Köpfe böser Menschen. Aber für mich und für ihn sind die Feinde immer andere. Für ihn sind das Zoran Knežević, Mančo und Roca, die ihn in der Schule malträtieren, und für mich: Maks Luburić, Fra Majstorović oder Pavelić. Platsch! Ein Ustascha-Kopf ist zerquetscht. Platsch! Und das Mus des zweiten Ustascha-Kopfs quillt zwischen meinen Zehen hervor.

Und dann, wenn wir uns nach Herzenslust am Töten der Feinde satt gespielt haben, waschen wir uns die Füße mit dem Schlauch und tauchen in das aufblasbare Schwimmbecken, das Papas Cousin aus Deutschland geschickt hat. Wir liegen in dem lauen Wasser, das sich an der Sonne erwärmt hat, der Geruch der angefaulten Tomaten reizt die Nasenflügel, Bienen summen um uns herum, und manchmal fällt eine ins Wasser. Dann sehen wir aus sicherer Entfernung zu, wie sie ertrinkt, und werfen sie mit einem Blatt vom Spitzwegerich auf die Wiese voller Butterblumen, den großen Friedhof. Marina und ihre Mutter sonnen sich in Badeanzügen unter unserem Balkon. Von Zeit zu Zeit erfrischen sie sich mit Wasser aus der Aluminiumwanne zum Wäschewaschen. Das Töpfchen, mit dem sie sich übergießen, ist weiß, mit roten Pünktchen. Es ist ein fauler Sommernachmittag, ringsum herrscht wundersame Stille. Die meisten Leute sind am Meer, und die, die geblieben sind, schlafen oder sind still. Selbst die Stadt ist nicht zu hören, nur hin und wieder weht das schwächliche Quietschen einer Straßenbahn auf dem Kvatrić zu uns herauf. Auch wir reden nur von Zeit zu Zeit. Für ihn ist die Zukunft voller Sportwagen, für mich voller moderner Häuser. Wir sagen etwas, doch dann besiegt uns wieder die Stille. Jene Stille, in der ein Telefon weit zu hören ist. Und es läutet, läutet …

Marina steht träge auf, schlüpft in die Pantoletten und geht durch die Küchentür in die Wohnung. Lange kommt sie nicht zurück. Lange genug, dass die Vögel, die Katze und die Insekten sie schon völlig vergessen haben. Und auch wir zwei im Becken. Aber Marina kehrt zurück, so vergessen, und sieht aus, als würde sie zum ersten Mal erscheinen. Sie geht schwankend, in einer gebrochenen Linie, als sie hineinging, ging sie gerade. Träge, aber gerade. Jetzt geht sie ganz zerrissen, eine Hand liegt gepresst in der anderen. Sie geht zu ihrer Mutter und sagt etwas zu ihr, und ihre Mutter steht auf und sieht sie eine Zeit lang an, so lange, wie eine Schwalbe braucht, um die Peripherie des Sichtfeldes zu durchfliegen, dann umarmt sie sie. Zuerst umarmen sie sich, dann weinen sie. Die kommenden Jahre werden mich lehren, dass oft nach dem Läuten des Telefons das Weinen kommt. Aber jetzt wundere ich mich noch.

Zu Hause sprechen Mama und Papa leise miteinander, sie haben eine Auszeit von ihrem Streit genommen, und dies ist das erste Mal, seit sich Onkel isoliert hat, dass ich sie überhaupt zusammen sehe. Waffenstillstand. Die Toten werden eingesammelt und die Kräfte eingeschätzt. Aber hier ist auch etwas anderes ... denn sobald ich hereinkomme, barfuß und in nasser Unterhose, fallen beide in Schweigen.

– Zieh eine andere Unterhose an, damit du dich nicht erkältest – sagt Mama, und ich gehe weiter ins Badezimmer.

Als ich geduscht und mich umgezogen habe, sind beide irgendwohin verschwunden. Eine schwere Stille lastet auf dem ganzen Haus, nur ab und zu dringt durch die offenen Fenster aus dem Erdgeschoss ein Weinen herauf. Ich sehe eine Zeit lang fern, allein in der Wohnung, und gehe dann schlafen. Mich hat dieser Sommertag müde gemacht: Fahrrad fahren, Erdlöcher graben auf der Wiese unterhalb des Ruđer-Bošković-Instituts, Tomaten zermantschen, baden ... Ich schlafe ein mit dem Buch auf der Brust und bei brennender Lampe. Mama weckt mich, als sie von den Nachbarn kommen. Sie legt das Buch zur Seite, vertreibt die Indianer und Piraten, die direkt in meinen Traum gekommen sind, und sagt, dass Marinas Freundin Nina tödlich verunglückt sei. Sie sei in einem Hotel in Biograd vom Balkon gestürzt. Sie habe noch eine Zeit lang gelebt, sei dann aber gestorben. Es habe keine Rettung für sie gegeben. Und dann sagt sie noch:

– Wenn sie überlebt hätte, hätte sie ihr ganzes Leben im Rollstuhl gesessen.

Und küsst mich auf die Stirn. Glücklich, dass ich in meinem Bett war, und nicht unter einem Balkon in Biograd.

– Damit du weißt, was passiert ist. Schlaf jetzt!

15.

Nach dem bewaffneten Angriff auf Antes Grünkohl begann ich aus reinem Hass überall Gottvater zu zeichnen. Ich zeichnete ihn auf das Durchschlagpapier fürs Maschinenschreiben, so wie ihn Onkel gezeichnet hatte, oder auf die erste Seite des Notizhefts, von der die Lehrerin gesagt hatte, dass wir sie leer lassen sollten, weil es so ordentlicher sei. Diese Zeichnungen ließ ich in der Wohnung herumliegen, damit er sie findet. Und er fand sie, mehrere Male, aber er knüllte sie nur wütend zusammen und warf sie in den Müll. Er schlug mich nicht, er drohte mir nicht, aber wir redeten nicht mehr miteinander. Nicht einmal das Allernotwendigste: „Hallo" oder „Wie geht es dir" oder „Warum müssen wir in der Schule zu Mittag alles aufessen". Ich ging auch nicht mehr hinauf ins Jagdkabinett, ich ließ ihn allein mit seinen Leichen.

Mama hatte vor einiger Zeit auf Raten einen Perserteppich gekauft, den wir ins Wohnzimmer gelegt hatten, wo Onkels Kommode und der Tisch für sechs Personen standen. Er passte gut zu den alten Möbeln und den Porträts von Mamas Eltern. Die Raten bezahlte nur sie, aber auch er pflegte zu ihm eine Neigung, wie er sie zu den meisten schönen Dingen pflegte. Zu der Zeit, als die Streitereien noch nicht überhandgenommen hatten, vor dem Grünkohlschießen, hatten wir, wenn er nach Hause kam, unser kleines Ritual mit den Schlapfen und den Schuhspannern noch beibehalten, und danach ging er ins Wohnzimmer, um die Uhren aufzuziehen. Jetzt sagte er:

– Zoran, du Esel, die Teppichfransen!!!

Und ich kämmte mit Onkels altem Kamm die Fransen, damit sie gerade lagen. Und dann gingen wir vorsichtig bis zum späten Abend, um sie nicht zu verwirren. Die Nacht ist eine seltsame Zeit, da kommen die Geister und Dämonen heraus, und Papa wurde nicht böse, wenn die Fransen über Nacht in Unordnung waren, eine über der anderen, wie große weiße Würmer.

Aber nach dem Schießen gab es weder Schlapfen noch Schuhspanner, noch Fransen mehr. Onkel kochte nicht mehr für uns, er ging in die Milchbar am Kvaternik-Platz, er ging nicht mehr einkaufen, und Mama kam später von der Arbeit, weil sie aus der Straßenbahn steigen und noch auf den Platz zum Einkaufen musste. Man konnte sie gegen vier Uhr nachmittags vom Dach unserer Garage sehen, wie sie in beiden Händen schwere Netze voller Gemüse, Fleisch und natürlich Obst schleppte. Wegen der Vitamine.

Einmal, als er auf eine Zeichnung von Gottvater auf der bräunlichen Papiertüte aus dem Milchgeschäft stieß, faltete er sie ruhig auseinander, betrachtete sie intensiv und knüllte sie dann zusammen. Mama las auf dem Diwan vor dem Fernseher. Das war zwei oder drei Tage, soweit ich die Zeit bestimmen kann, nach Ninas Tod. Er kam mit dieser zerknüllten Tüte ins Wohnzimmer. Ich saß allein am Tisch und machte etwas für die Schule. Er nahm die Streichhölzer, riss eines an und entzündete den bräunlichen Papierball, der im selben Moment aufflammte. Dann warf er ihn auf den Teppich. Mama konnte nicht sofort aufspringen, es sah aus wie ein Traum, und eine Zeit lang sahen wir nur zu, wie die Tüte auf dem Perserteppich brannte. Das Feuer auf dem roten, weißen und braunen Muster war schön, orangefarben. Er stand da, fast ein wenig traurig. Er hatte auch einen Teil seiner Seele in Brand gesetzt.

16.

Zu Ninas Beerdigung ging nur Mama, denn Papa juckte bei Beerdigungen das Zahnfleisch, und außerdem waren sie in einer Phase, in der sie nirgendwo zusammen hingingen. Das Leben, das sie führten, war noch paralleler geworden. Sie kochte nur für mich und für sich, und er begann außerhalb zu essen, genau wie Onkel Stjepan.

Seit die Beziehungen zerrüttet waren, nahm mich Mama mit in die Kirche in der Petrova.

– Bekreuzige dich! – sagte sie leise zu mir, sobald wir eingetreten waren.

– Ich weiß, Mama.

Also bekreuzigte ich mich. Aber nie steckte ich die Finger in das schmutzige Weihwasser. Bevor die Schule und die fünfte Klasse, die eine große Weiche ist, losgingen, sah ich in der Kirche Marija und ihre Familie. Sie trug ein schwarzes gehäkeltes T-Shirt und einen grauen Rock, und alle anderen aus ihrer Familie waren in Schwarz. Sie lächelte, als sie mich in der Kirche sah, und erinnerte sich aller Wahrscheinlichkeit nach daran, wie ich Gottvater gezeichnet hatte. Gegen Ende der Messe stellten sie sich in einer langen Reihe an.

– Warum stehen sie in der Reihe? – fragte ich Mama.

– Sie warten auf den Leib Christi.

Das war kannibalisch. Menschenfresser sind Wilde, und die meisten gibt es in Neuguinea, und manchmal auch in Afrika, wenn auch in Afrika weniger als im Süden Amerikas oder in Australien. Sie kochen die Menschen im Topf und tanzen um das Feuer:

In den Topf zum Menschenschmoren
Gulaschklein aus Popen-Ohren
Ohohoooo! Ohohooooo!

Das Feuer ist orangefarben und schön, es hat nie die gleiche Form, es ändert sich dauernd, es flackert, es knackt, brennt herunter und beruhigt sich, und es ist ganz recht, dass von so viel Schönheit nur Asche bleibt, so wie auch vom Menschen nur Asche bleibt. Die Menschen, wenn sie lebendig sind, brennen mit diesem orangefarbenen Licht, und wenn sie sterben, sind sie Asche. Nina ist jetzt Asche und kann mich nie mehr wegen dem verprügeln, was ich zu ihr gesagt habe. Und es tat mir ein wenig leid, dass sie tot war, andererseits war ich auch froh, dass ich mich nicht mehr umzusehen brauchte und mit Angst in den eigenen Hof gehen musste, weil mich Nina, wenn sie zu Marina zu Besuch kam, abpassen und abwatschen konnte.

Vor der Kirche schloss sich Mama der Runde der Trauernden an, die die Familie Kos umstanden, und diese Leute sahen trauriger aus als Ninas Eltern und Schwestern.

– Wie geht es an der Uni? – fragte Mama Tereza.

– Ziemlich anstrengend – sagte Tereza – aber gut. Wir haben viele Übungen …

– Ihr müsst stark sein! – sagte meine Mutter zu ihrer Mutter, und die erwiderte:

– Mit Gottes Hilfe!

Ich wusste nicht, ob sich das auf Gottvater, Christus oder den Heiligen Geist bezog. Wer hilft den Eltern von Gestorbenen?

– Wir kriegen neue Fächer – sagte Marija zu mir. – Ich lerne schon Geschichte.

Die Menschen traten an sie heran und gaben ihnen die Hand, und Marijas Vater machte, wenn ihm jemand die Hand schüttelte, ein trauriges Gesicht, aber sobald der Druck der Hand nachließ, heiterte sich dieses Gesicht unmerklich auf, als würde es sich auf einen neuen Krampf vorbereiten, wenn der nächste Nachbar oder Kollege kam, um sein Beileid auszudrücken. Die Menschen zeigten sich solidarisch und hatten keine Angst, ihm öffentlich die Hand zu geben, obwohl er von seiner Arbeit an der Kunstakademie suspendiert war. Sobald ich gehört hatte, dass Marijas Vater seine Arbeit verloren hatte, fragte ich zu Hause, von was sie jetzt leben werden, denn ihre Mutter arbeitete nicht.

– Mach dir keine Sorgen, denen helfen die Popen – sagte Papa.

So unterhielten wir uns eine Zeit lang vor der Kirche, und dann gingen die vier weg in Richtung Stadtzentrum. Vier schwarze Rücken gingen die Vlaška hinauf, am Schuhgeschäft Peko und bei Posrednik vorüber, wo man Springmesser kaufen konnte. Sie gingen nicht schnell, aber auch nicht zu langsam, mit aufgerichtetem schwarzem Rücken, erhobenem Kopf, und es sah aus, als hätte die Würde ihre Trauer aufgegessen.

17.

Und dann tauchte unerwartet das Wort „bedienen" auf, dessen Bedeutung ziemlich kompliziert war. Abends, gegen neun oder halb zehn, was man als angemessene Zeit zum Schlafen ansah, ging Mama zu Onkel Stjepan ins Dachgeschoss hinauf, um ihm die Tropfen in die Augenhöhle einzuträufeln und mit ihm ein wenig zu reden, weil er überhaupt nicht mehr in unsere Wohnung herunterkam. Er bekochte sich selbst in der kleinen Teeküche und wusch sich im Waschbecken, wie immer mit kaltem Wasser, nur dass man aus dem Dachgeschoss nicht mehr sein lautes *Brrrrrrr* hören konnte. Die Toilette hatte er auf dem Gang, und die benutzten auch die Mieter der Garçonnière der Nachbarin. Zweimal wöchentlich duschte er in der öffentlichen Badeanstalt am Kvaternik-Platz. Mama sah ihn einmal, als sie nach der Arbeit in der Schlange stand, um in der Post Rechnungen zu bezahlen, wie er mit dem Handtuch um den Hals und der Tasche in der Hand aus der Badeanstalt kam. Sein dichtes graues Haar war noch ein wenig feucht. Er duschte zusammen mit Bauarbeitern, Markthändlern und armem Volk, das kein Zuhause oder zumindest in seinem Kämmerlein kein Bad hatte. Sofort kamen ihr die Tränen, sie weinte zu der Zeit ziemlich viel, sie zahlte die Rechnungen nicht, sondern lief hinter ihm her, blieb aber dann, als sie schon aus der Post draußen war und seinen gebeugten Rücken zwischen den leeren Marktständen und Gemüseresten, Lattenkisten und Verpackungskartons sah, stehen und hatte nicht den Mut, näher heranzugehen. Sie wollte nicht, dass er wusste, dass sie ihn in diesem Zustand gesehen hatte. Das behielt sie für sich.

Manchmal ging auch ich mit ihr hinauf in Onkels Garçonnière, und dann träufelte ich ihm die Tropfen ein. Aber ich zählte nicht mehr, jedes Zählen lag schon weit hinter uns und stellte nur noch eine schöne Erinnerung dar. Ein oder zwei Tage, nachdem ihn Mama aus der öffentlichen Badeanstalt hatte kommen sehen, die später, mit dem Heraufziehen der Marktwirtschaft, in eine Bank mit dem bedeutungsvollen Namen *Croatia* umgewandelt wurde, hatte sie mich mitgenommen. Und nachdem ich Onkel die drei Tropfen eingeträufelt hatte und nachdem das Auge ordentlich in sein mit Gaze ausgekleidetes Schächtelchen hineingefunden hatte, wie in ein Bettchen für ein ganz kleines Kind, sagte Mama:

– Ich lasse mich scheiden!

Onkel deutete mit dem Kopf auf mich, der ich in seinem grünen Sessel vor dem Bücherschrank saß, aber sie sagte:

– Soll er es hören! Er ist erwachsen genug.

Nach kurzem Überlegen sagte Onkel:

– Tu es nicht!

Sie sagte, dass sie sich zu diesem letzten Schritt entschließen werde, weil mein Vater es nicht verdiene, dass sie und ich weiter mit ihm zusammenleben, dass sie genau genommen denke, dass er nicht verdiene, dass überhaupt jemand mit ihm zusammenlebt, und dass das einzige Problem sei, dass er einen Kredit für das Haus aufgenommen habe und dass der zum gemeinsamen ehelichen Zugewinn gehöre.

Onkel sagte:

– Tu es nicht!

Aber sie habe, glaubte sie, einen Weg gefunden. In einem Jahr laufe ihr Anteil des Kredits für das Haus aus, und jetzt könne sie, in Hinblick auf ihr Gehalt, auch zwei Raten monatlich zahlen, sodass alles in sechs Monaten abbezahlt sei. Dann könne sie einen größeren Kredit aufnehmen, die Kollegen aus der Bank würden ihr, wenn es sein müsse, helfen, und mit diesem Kredit würde sie meinen Vater auszahlen, wenn er auszog. Aber sie könnten auch übereinkommen, wenn er nicht allzu beleidigt wäre, dass sie die Alimente für mich und einen Teil des Kredits gegeneinander aufrechnen, und dann könne er seine kleine Wohnung haben, damit er nicht zu der Schlange von Mutter zurückziehen und nicht groß Alimente zahlen müsse. Seine Wohnung müsste irgendwo in der Nähe sein, damit er mich regelmäßig sehen könne. Vielleicht in Zeleni oder in Dobri dol, wo neue Siedlungen gebaut werden, aber man könne auch eine ältere Garçonnière in der Voćarska oder Mikulićeva nehmen und die dann adaptieren.

Onkel sah sie ruhig an, sein linkes Auge geschlossen mit einem kaum sichtbaren roten Spalt.

– Vera – sagte er – er ist kein bösartiger Mensch.

Mama war zuerst überrascht, dann überlegte sie.

Mit diesem „er ist kein bösartiger Mensch“ in Gedanken gingen wir hinunter in die Wohnung. Und dort erwartete uns ein tierisch verzerrtes Gesicht.

– Was ist – gurgelte, ächzte und knurrte er vor Wut – jetzt nimmst du auch schon den Kleinen mit, wenn du zu dem Alten gehst, um ihn zu bedienen.

Das Wort „bedienen“ war schmutzig, aber seine Bedeutung verfing nicht. Sie ging ruhig, wenn auch nicht kaltblütig, ins Schlafzimmer, bog vorher noch in die Küche ab, um ein Glas Wasser zu trinken, um etwas zu vertreiben, was ihr in der Kehle steckte. Und da steckten Mamas Tuberkulose, Papas Verschwinden, die Fotografie, auf der sie chirurgische Masken tragen, all die Tage, die sie auf dem Teppich in der Novakova gespielt hatte, das Sichverstecken während des Krieges, und die Lebensmittel vom Schwarzmarkt, die Onkel in die Zlatarska mitbrachte, stecken geblieben war ihre Schulbildung, die Taxifahrt mit den Sachen, aber auch alles danach. Die höhere Handelsschule, die Kleider, die sie als Geschenk bekommen hatte …

Er zischte hinter ihr her:

– Immer hast du dem Alten alles gekauft!

Auch das blieb stecken, diese Einkäufe. Mit viel Liebe hatte sie für ihn die Hemden für Weihnachten und Ostern ausgesucht, und es war wichtig, dass man sie betasten konnte, sie kaufte keine in Nylon verpackten. Ich war bei ihr, manchmal, wenn sie sie aussuchte und wenn sie sie betastete. Sie berührte sie wie teure Gegenstände, wie solche, die erst teure Gegenstände werden würden und die sie eine bestimmte Zeit mit der Hand waschen würde, so wie sie alles mit der Hand wusch, bevor wir die erste Waschmaschine und, getrennt davon, eine Schleuder kauften. Allein durch ihren Entschluss, sie Onkel zu schenken, wurden sie zu teuren Gegenständen.

– Solltest du es nicht gewusst haben, du hast auch einen Mann …

Mitten in ihrem Streit an diesem Abend bemerkte ich, dass Papa kleiner wurde. Seine Hose war zu lang, die Ärmel am Hemd musste er umschlagen und erst dann zuknöpfen, weil sie ihm zu lang waren. Alles, was die Industrie für ihn produzierte, war zu lang oder zu eng. Er musste größere Nummern kaufen, um hineinzupassen, aber dann waren sie an den Extremitäten erniedrigend zu lang. Und so, zu kurz, in Schlapfen, die an den Zehen schon zerrissen waren, schlurfte er hinter Mama her. Sie trank Wasser vor dem Küchenfenster, sah irgendwohin hinaus, weit aus diesem Haus, und ihr Spiegelbild war in der Fensterscheibe zu sehen. In diesem Augenblick war sie ganz wenig in dieser Küche, obwohl verdoppelt. Und er zischte hinter ihr:

– Auch den Bankert hast du mir untergeschoben!

Im Garten hatten die Obstbäume kleine Zäune, deren Latten abwechselnd grün und gelb gefärbt waren, Bank und Tisch wiederum waren in einer rot-gelben Kombination gestrichen, wie auch die Umfriedung des Gemüsebeets, im Steingarten gab es immer Blumen, die blühten, vom Frühjahr bis zum Herbst, aber auch Gartenzwerge, und unter ihnen war mein Lieblingszwerg Šimun, so groß wie ich, als ich zwei Jahre alt war. Mein Gott, wie war ich stolz, als ich über den Zwerg hinausgewachsen war. Aber jetzt gab es draußen nur Dunkelheit, und es waren kaum die Konturen all dessen zu sehen, und die Vogelhäuschen, genauso in grün-gelber Kombination, waren jetzt nur dunkle Flecken auf den Astgabeln der Obstbäume.

– Dein ganzes Leben bist du dabei, den Alten zu bedienen!

– Wenn ich den Kredit abbezahlt habe – sie drehte sich um – zahle ich dich aus, und du kannst ausziehen.

Er stand da und sah sie an, die Arme in die Hüften gestemmt. Als schickte er sich zu einem Folkloretanz an.

– Ich störe dich seit dem ersten Tag!

Und wäre nicht dieses Wort „bedienen" gewesen, das ich bis zum heutigen Tag manchmal gebrauche, hätte er mir sicher ein bisschen leidgetan.

18.

Aus Mamas Gespräch mit Nachbarin Ivanka, während sie Kaffee tranken an dem Tisch im Garten, dem der Tag großmütig die Farbe zurückgegeben hatte, hörte ich auch folgende Worte. Ich versuche mich ihrer vollständig zu erinnern.

– Das war nicht zufällig – sagte Frau Ivanka zu Mama. Sie sprachen über Nina und vermieden das Gespräch über den Streit, der am Abend zuvor von unserer Etage widergehallt war.

Aber vielleicht hatte sie auch gesagt:

– Das war kein unglücklicher Zufall!

Oder:

– Die ist nicht gefallen, liebe Vera, nicht gefallen …

Als ich Mama vor dem Schlafengehen fragte, was diese Worte bedeuten, antwortete sie nicht direkt, sondern sagte, dass Nina sehr merkwürdig gewesen sei, dass es solche Menschen gebe, und dass die, die sich nicht einfügen könnten, gewöhnlich nicht gut davonkämen. Deshalb solle ich immer sehen, dass ich mich möglichst gut einfüge. Nina war eine von jenen gewesen, die hervorragen, und ihr Tod war nur noch eine Bestätigung für Mamas Theorie. Ein schlimmes Los wird sicher auch Vojin Bakić und Josipa Lisac und Edo Murtić ereilen. Vor allem Edo Murtić. Wie immer saß sie vor dem Spiegel und setzte sich vier weiße Pünktchen Nivea aufs Gesicht und sah sich, so gepunktet, an, bevor sie sie verstrich. Aber ich dachte nicht mehr an meine Sklavin. Seit Nina vom Balkon gefallen war, hinderte mich eine schöne Rücksichtnahme, die ich später zu meinem Unglück für immer verlieren sollte, daran, Marija nach dem Tod ihrer Schwester noch immer auf dem Sklavenmarkt der Alten Welt zu kaufen. Mit diesem Tod, der kein unglücklicher Zufall war, endete ein Zeitabschnitt für immer. Seine Tragik zwang mich, mit den Sklaven für immer abzuschließen. Marijas Platz nahm eine andere Kollegin aus der Klasse ein, der aus dem schwarzen Trikot beim Turnunterricht der weiße Rand ihres Höschens hervorschaute. Und die wie eine Ente lief. Man erzählte sich, dass ihre Mutter eine Prostituierte sei, dass sie sich für Geld verkaufe und dass sie das am meisten mit Geschäftsleuten auf der Messe tue. Sie sei eine saisonale Hure und habe am meisten im Herbst und im Frühjahr zu tun. Man erzählte sich auch, dass ihre Tochter eine Hure werde, weil sie schon in der fünften Klasse rauche und mit älteren Jungs gehe. Aber auf sie, die Tochter einer saisonalen Hure, berührte ich mich nicht mehr im Bett, während Mama schlief, sondern schloss mich, wie die meisten anständigen Knaben, in der Toilette ein. Damals habe ich vermutlich auch Affinitäten für eine andere Art des Frauenkaufs entwickelt.

Jahre später, nach der achtjährigen Grundschule, während des Gymnasiums und an der Uni, sollte ich Ninas Schwester Tereza begegnen, wie sie mit dem Gebetbuch in der Hand in die Sankt-Peter-Kirche ging. Einmal jährlich, oder alle zwei Jahre, und wir sollten uns nur zunicken. Wir redeten nicht miteinander. Nie. Und jedes Jahr sollte Tereza vernachlässigter aussehen. In Gedanken versunken, mit irgendwelchen Fetzen am Leib, jedes Mal noch abwesender, sollte sie sich mit den Jahren in eine der Frauen unbestimmten Alters verwandeln, die bereits in der Ewigkeit leben und aus dieser Ewigkeit heraus mit den Bänken, Bildern, Beichtstühlen, Blumenständern, vergoldeten Kruzifixen, Häkeldeckchen, weißen Fußmatten und all dem kirchlichen Zubehör verschmelzen. Und immer, wenn ich sie gehen sah, sah sie für mich aus, als werde sie von einer schrecklichen Schuld zerrissen, als bereue sie eine große Sünde, größer als alle Kirchen, in denen sie war und in denen sie je sein würde.

19.

Samobor, den 23. September 1972

Liebe Vera,

es tut mir leid, dass wir uns gestern Abend am Telefon gestritten haben, aber du verstehst anscheinend einige Dinge nicht. Deshalb schreibe ich dir, damit du den Hörer nicht auflegen kannst. Du kannst aufhören zu lesen, du kannst den Brief in die Tischlade werfen, aber du wirst ihn nach einer Zeit wieder zur Hand nehmen. Ich kenne dich. Als ich dir sagte, du seiest zu streng mit Tvrtko, wollte ich dich nicht kritisieren, und du weißt, dass ich nie gegen dich bin. Nur zu gut weiß ich, dass du dich schier umgebracht hast, um für mich die Stelle in Zagreb zu finden, und beide wissen wir auch, weshalb ich sie nicht gekriegt habe. Du hilfst mir, und ich helfe dir. Du solltest begreifen, wie ich dir in diesem Augenblick helfe, wenn ich dir sage, dass du zu streng mit ihm bist, aber dass ich nicht auf seiner Seite stehe. Gott behüte. Für mich ist er dein Mann und nichts anderes, wenn du mich verstehst.

Du erinnerst dich, wie ich geweint habe, wenn ihr mich samstagabends von der Novakova in die Zlatarska gebracht habt, nachdem wir den ganzen Tag zusammen gespielt hatten und Onkel mit uns spazieren gegangen war oder uns die Bäume im Ribnjak erklärt hatte. Steineiche, Linde, Ahorn, Fichte. Oder als er uns in die Kathedrale zur Messe mitgenommen hatte und du dein Gebetbuch verloren hattest. Und Vera, dass du es weißt, ich habe nicht nur deshalb geweint, weil ich für eine Woche von dir getrennt sein würde, auch nicht, dass du in einer vornehmen Wohnung wohnst und ich in einer armseligen Hütte, darüber habe ich, Vera, damals nicht nachgedacht. Mir war das Haus in der Zlatarska ebenso lieb wie dir. Ich habe auch deshalb geweint, weil ich von Onkel weggehe. Zu Papa, von dem du weißt, wie er war, was soll ich dir da groß erzählen, zu der verrückten Mutter und Opa Janko, der kein

Gespür hatte für Kinder. Oder der zu alt war für Kinder, was weiß ich. Onkel ist ein selten lieber Mensch, und du weißt nicht, wie glücklich du bist, dass du mit ihm zusammenwohnst. Ich sage das nicht, um dir vorzuwerfen, dass du mit ihm zusammen warst und ich nicht, sondern damit du begreifst, was vor sich geht.

Als sich Tvrtko mit dir verheiratete, wusste er sicher nicht, dass du einen Stiefvater hast, der besser ist als die meisten Väter, und dass der Mann, den du ständig neben dir siehst, besser ist als die meisten Ehemänner, die ich kenne. Das, Vera, ist nicht leicht. Ich sage nicht, dass es nicht leicht ist, dich zur Frau zu haben, es ist nicht leicht, Onkel zum Muster eines Mannes zu haben, das sage ich dir die ganze Zeit. Die Welt, die du aus Onkels Nähe siehst, ist ganz verschieden von jener, die du sehen würdest, wenn es ihn nicht gäbe. So auch alle Männer, an die du dich hättest verheiraten können. Denkst du, dass Damir oder Mladen anders gewesen wären? Ich sage ja nichts, Tvrtko hat seine Fehler, ich sehe das sehr wohl, Vera, aber du bist zu streng. Wenn nichts anderes, er war ein junger Mann in deinen Jahren, er kennt das Leben nicht so, wie Onkel es kennt. Du hattest zu Hause ein nicht reales Vorbild von Mann. Deshalb kann ich mich nicht mit deinem Entschluss einverstanden erklären, und es ist nicht so, dass ich dir ohne Grund widerspreche. Du wirst das tun, was du für richtig hältst, so wie immer, aber du sollst wissen, dass ich damit nicht einverstanden sein kann. Und dass du es weißt, dass mich Onkel angerufen hat und dass er sehr besorgt war.

Gib Zoran einen dicken Kuss von mir, es liebt dich
Nada

20.

Der Brandfleck auf dem Teppich hatte die Form eines fremden Landes, in dem eine Diktatur herrscht.

Er war nicht völlig schwarz, auch innerhalb seiner Grenzen sah etwas von der früheren Teppichfarbe heraus, eine Erinnerung an bessere Tage. Manchmal, bei Dämmerung, ähnelte er einem Schatten von unlogischer Gestalt, der sich unabhängig vom Licht selbstständig auf den Perserteppich gesenkt hatte, für den Mama noch immer die

Raten abbezahlte. Gewöhnlich stellte er etwas Düsteres dar, aber mit der Zeit nahm er auch heitere Töne an. Mama begann wieder Gäste einzuladen und machte oft, öfter als sonst, Wild. Fasan auf Jägersart, nach Vučetićka, oder Reh oder Hirsch, ebenfalls nach Vučetićka. Und oft sagte Papa am Tisch, wenn sie die weiße Porzellanschüssel auftrug, auf der Eber liefen, Hasen saßen und schauten, und Fasane nur kobaltblaue Tupfer auf dem Porzellanhimmel waren, zu Laci und Doktor Đurin den einen Satz mit den zahlreichen Varianten:

– In Dubica wurde oft Wild gegessen!

Oder:

– Bei uns, wenn wir Wild hatten …

Oder:

– Papa brachte Wild aus der Försterei, und Mama kochte, obwohl sie es nicht aß …

Eines Samstags kam auch Onkel Stjepan zu uns herunter, und Ksenija küsste ihn, als wäre er ihr Vater. An diesem Abend starrte Ksenija auf das fremde Land auf dem Teppich und sagte:

– Was für ein Schaden, Vera, warum bist du mit der Säure ins Zimmer gegangen?

– Mir ist die Tüte geplatzt.

– Mein Gott, das hätte dich an den Beinen …!

Da schaltete sich Lidija ein:

– Wir reinigen das WC nicht mehr mit Säure. Boris sagt, das sei nicht gesund.

– Das habe ich nicht gesagt – meldete sich Doktor Đurin – ich sage, dass es gefährlich ist. Jetzt siehst du ja, weshalb. Aber sie oder Zoran hätten sie auch ins Auge kriegen können.

Ich wusste um die Gefährlichkeit. Zigeuner, wenn sie ein Kind stehlen, verätzen ihm die Augen mit Säure zum Kloreinigen und schicken es dann zum Betteln. Ein Gutteil meiner Kindheit lebte ich in Angst vor den Zigeunern, die mir die Augen verätzen könnten.

Aber dann sagte Papa:

– Das ist nicht von der Säure. Ich habe ihn versengt.

Und es herrschte ein Schweigen, das die Bewegungen verlangsamte. Mama, den Eierauflauf in der Hand, schwamm plötzlich mit irgendwelchen runden Bewegungen durch die Luft, die mehr einer

Ballerina entsprachen als einer Hausfrau, Lidija, die noch immer das Stück Hirsch auf ihrem Teller quälte, tat das, als würde sie nicht wirklich essen, sondern in einem Ballett so tun, als äße sie, und Onkels Blick wanderte lange zu Papa, lange, und in ihm war, wenn ich mich nicht täusche, auch Mitleid. Dass sich an diesem Abend nicht die Erde unter uns auftat, hatten wir nur unserem hochwertigen Eichenparkett zu verdanken, das tapfer bis zu meinem fünfzigsten Lebensjahr aushielt, als wir es durch hellere Esche ersetzten.

Alle wussten vermutlich, dass Papa ihn in Brand gesetzt hatte, aber darüber sprach man nicht.

– Tvrtko, hast du etwa auf dem Perser gegrillt? – sagte Laci.

Und alle lachten erleichtert auf. Auch Papa und Onkel, und tatsächlich auch Mama.

Von da an wurde bei diesen Abendessen bei uns, wenn die Unterhaltung ihren Höhepunkt erreicht hatte, erzählt, wie Papa den Teppich in Brand gesetzt hatte. Wenn der Alkohol die Gäste genügend gelockert hatte, wenn man mit dem Essen abgeschlossen und sich auch Mama an den Tisch gesetzt hatte, wenn sich im Gespräch besorgniserregende Pausen einzustellen begannen und manchmal auch ein mehr durch den vollen Bauch als durch Langeweile hervorgerufenes Gähnen, sagte jemand:

– Tvrtko, erzähl mal, wie du den Teppich in Brand gesetzt hast!

Und dann brach ein Lachen los, das heilsamer war als alle Heilkräuter, die er aufgezählt hatte, als er Mama den Hof machte. Und dann erzählte er eine seiner Versionen der Geschichte. Aber nie, wirklich nie, erwähnte er, dass auf der Papiertüte eine Zeichnung von Gottvater gewesen war, und nie brachte er diese Zeichnung in Verbindung mit Onkel, der immer kam, um die Gäste zu begrüßen, ein oder zwei Glas Wein zu trinken und sich wieder in seine Garçonnière zurückzuziehen, um nicht zu stören.

Einmal sagte Mama, als Onkel noch herunten war, dass der ehemalige Besitzer der Fabrik Spectrum Onkel geschrieben und ihn eingeladen habe, nach Mailand zu kommen, wo sie eine neue Glasfabrik hätten.

– Das heißt, Onkel, Ihr fahrt nach Mailand? – sagte Lidija.

– Das ist nichts mehr für mich, dafür bin ich zu alt.

– Was heißt hier alt, ein Mann in den besten Jahren – sagte sie.

– Ihr könntet auch mitfahren – sagte Ksenija.

– Ach geh, wie ein Haufen Zigeuner. Du lädst einen ein, und alle kommen.

– Aber Tvrtko könnte – sagte Ksenija.

Ob Mama vorher Ksenija gesagt hatte, sie solle das sagen, oder ob es spontan war, lässt sich nicht feststellen. Es gibt gute Argumente für das eine wie für das andere. Jedenfalls blieb dieser Satz irgendwie haften und begann seine Kreise zu ziehen. Und man kann sagen, dass er die Kommunikation mit menschlichen Worten in unsere Wohnung zurückbrachte. Mama machte zu Samstagmittag gebratene Tintenfische mit Mangold, und Onkel begann wieder bei uns zu essen. Obwohl er nicht mehr für uns kochte, war er immer häufiger in unserer Wohnung. Und der Satz „Tvrtko könnte" verdrängte schrittweise den Satz „Ist dein Vater Glaser?", der so viel Ungutes ausgelöst hatte.

21.

Während sie die Sachen in den Kofferraum des Blauen Vogels packten, reserviert, schweigsam, mit Blicken, die den anderen hartnäckig mieden, so als täten sie etwas gegen ihren Willen, flatterte Mama um sie herum.

– Habt ihr alles?

– Tvrtko, hast du den Pass?

– Onkel, habt Ihr die Augentropfen?

Und dann eilte sie hinauf, in die Wohnung, und kam mit noch einem Beutel zurück.

– Hier habt ihr etwas Paniertes, und den Französischen Salat habe ich in die Dose getan.

Papa hatte eine braune Cordhose und eine neue Jacke aus grünem Antilope an, die direkt für Mailand gekauft worden war, damit er nicht wie ein Zerlumpter in den Westen fährt. Das war sein Standardsatz, immer wenn es galt, etwas zum Anziehen zu kaufen. „Vera, ich laufe herum wie ein Zerlumpter." Und dann kaufte er zum Beispiel eine Jacke oder einen Anzug, der so viel kostete wie sein halbes Gehalt.

Wenn Mama fragte „Wie teuer?", sagte er nur: „Auf Raten." Zu der Zeit, als sie als *Komunalna banka*, als Kommunalbank, aufgehört hatte, aber noch nicht zur *Zagrebačka banka*, zur Zagreber Bank, geworden war, in dieser Zwischenphase hieß die Bank, in der sie arbeitete, *Kreditna banka*, Kreditbank, und Papa nahm das wörtlich.

Onkel wiederum trug seine alte Hose aus grauem Stoff und ein kariertes Bergsteigerhemd aus Flanell, eines von jenen, die Mama sanft betastet hatte, bevor sie sie gekauft hatte, und die Schuhe waren sportlich, aber Vorkriegsware. Ein wenig erinnerten sie an Bergstiefel, die es sich plötzlich anders überlegt und beschlossen hatten, keine Bergstiefel zu sein, an denen aber auch etwas von ihrer ehemaligen Identität zurückgeblieben war. Es sah aus, als schickte er sich zum Bergsteigen an. Ein Aufstieg auf einen sehr hohen Berg, dessen Gipfel keiner sieht, weil er immer in Wolken ist.

Als sie endlich losfuhren, rief Mama:

– Pass auf, wie du fährst! Nicht zu schnell!

Das war nicht nötig, denn Papa war der langsamste Fahrer, den ich im Leben gesehen habe. In Slowenien war er sogar einmal wegen zu langsamen Fahrens bestraft worden. Und bis zu meinem fünfundfünfzigsten Lebensjahr habe ich keinen anderen Menschen kennengelernt, der wegen Langsamfahrens bestraft worden wäre.

22.

Der Škoda mit den beiden wichtigsten Männern in ihrem Leben war noch nicht im Schneckentempo bis zur Biegung unserer Straße gerollt, nach der wir ihn nicht mehr sehen würden, als für Mama schon das Warten begann. Möglich ist, dass dieses Warten genetisch programmiert war. Wir hatten sie auf der Straße verabschiedet, aber als wir wieder in der Wohnung waren, sah sie instinktiv aus dem Fenster. Es hatte den Anschein, als würde sie den Klang des Škoda hören und als würden sie zurückkehren, weil sie etwas vergessen hatten. Aber es war nicht das. Dieser Blick aus dem Fenster war das erste Symptom des längsten Wartens in ihrem Leben, das nominal nur zehn Tage dauerte, aber in Wahrheit unvergleichlich länger war. In diesem Frühjahr, mehr als in anderen Phasen, saßen wir am Tisch im Garten, der noch immer stabil genug war, um uns auszuhalten. Es fiel ihr nicht schwer, das Mittagessen vom ersten Stock in den Garten hinunterzutragen: Suppe, Püree, gedünstetes Rindfleisch, Reisauflauf mit Himbeeren. Sie musste mehrere Male hinauf und hinunter für nur ein Mittagessen. Der Tisch, den Tvrtko, der mit Holz kann, zusammengeklopft hatte, war auf einmal wertvoller geworden. Außerdem nutzte sie die Gelegenheit, dass Onkel nicht da war, um seine Garçonnière penibel aufzuräumen, und sie hatte auch beschlossen, alle seine Hemden, die sauber im Schrank mit dem Spiegel hingen, erneut zu waschen.

– Sie haben einen Geruch – sagte sie, als sie sie herausnahm und sie sorgfältig über den Arm legte.

Ohne den Vater wurde es in der Wohnung legerer, die Phasen zwischen dem Schlagen der Uhren verlängerten sich, und seine Abwesenheit verwies uns auf so manche Geräusche, die wir bis dahin nicht gehört hatten: das feine Piepsen der Meisen aus den Vogelhäuschen im Garten, das leise Dröhnen, das die Stadt unter uns erzeugte, das dünne Weinen eines Neugeborenen irgendwo auf dem Horvatovac, jenseits unseres Gartens.

Im Unterschied zu Ivka wartete sie nicht morgens auf sie, die Morgen waren wie immer von Eile bestimmt. Sie machte mich für die Schule fertig, sah auf den Stundenplan, der auf meinen Tisch geklebt war, der seinen Platz in unserem Schlafzimmer gefunden hatte, und packte meine Bücher und Hefte in die Tasche, und in der Küche konnte man schon eine Zeit lang das Wasser für den Kaffee kochen hören: für meinen weißen und ihren schwarzen. Und während sich der Kaffee abkühlte, brachte sie im Badezimmer vor dem Spiegel ein wenig ihre Frisur mit dem Kamm in Ordnung und sprühte ein paar Mal, mit geschlossenen Augen, Haarspray drüber.

Aber dafür zogen sich die Nachmittage zu langen, zäh fließenden Phasen auseinander, wenn sie in der Küche saß und in den Garten hinaussah, ohne in diesem Garten etwas zu sehen. Möglich ist, dass sie in diesen langen Phasen des Schweigens, konzentriert allein auf das, was in ihrem Kopf vor sich ging, darüber nachdachte, dass es ihr einfach nicht gelingen wollte, ein gerechtes Verhältnis zwischen den beiden Männern herzustellen, weil ihr immer schien, sie würde einen der beiden hintanstellen. Wenn sie sich darauf konzentrierte, ihrem Mann ihre Zuneigung zu zeigen, schien ihr nach kurzer Zeit, dass sie etwas in der Aufmerksamkeit dem Ersatzvater gegenüber versäumte, dem sie alles Mögliche verdankte, vielleicht sogar das eigene Leben. Denn sie hatte im Zusammenleben mit Onkel die These entwickelt, dass bestimmt auch sie in der Zlatarska an Tuberkulose gestorben wäre, wenn Onkel sie nicht in die Novakova verpflanzt hätte, dass aber Nada nicht gestorben war, schrieb sie deren fester Konstitution zu. Würde sie aber das Maß der Aufmerksamkeit dem Onkel gegenüber übererfüllen, hielte Vater seine Ausfälle bereit. Und jetzt, wo beide nicht da waren, musste sie eine Leere empfinden wie nie zuvor im Leben, außer vielleicht, wenn sie in der Zlatarska oder in der Novakova auf Benjamin wartete. Denkbar war, dass beide in all diesen Jahren zu viel gewesen waren und dass sie sich in diesem Überschuss nicht zurechtfand.

Aber man konnte auch bemerken, wie dieses Warten sie langsam veränderte. Nach fünf oder sechs Tagen vergeblichen Wartens, weil es gar nicht möglich war, dass sie so rasch zurück sein konnten, außer wenn etwas Unvorhergesehenes einträte, aber Gott bewahre uns vor Unvorhergesehenem, nahm sie allmählich Abstand vom passiven Warten und In-den-Garten-Starren und widmete sich einem aktiveren Warten. Am Freitag, die Schule war am Morgen, und sie hatte sich einen freien Tag genommen, sagte sie mir, ich solle aus der Schule direkt zu Frau Kottek auf den Jagodnjak kommen. Allein hatte sie Frau Kottek nie einen Besuch gemacht, und mit Onkel ausnehmend selten. Genau genommen erinnere ich mich nicht, dass sie überhaupt einmal dort gewesen wäre, aber jetzt hatte sie sich zu dem Besuch entschlossen und übernahm quasi Onkels Verpflichtung. Das tat sie von allein. Ich bin mir fast sicher, dass Onkel das nicht von ihr verlangt hätte. Vielleicht wäre es ihm auch gar nicht recht gewesen, dass Mama auf den Jagodnjak geht.

Jedenfalls saßen, als ich bei dem Haus ankam, Frau Ada und Mama schon am Tisch unter dem Kirschbaum, vor ihnen standen die Tassen mit dem Kaffee, aber es gab weder Schaumrolle noch Cremeschnitte. Sie sprachen leise miteinander, und als mich das Quietschen der Eingangstür ankündigte, stand Frau Ada auf, gab mir zuerst einen Kuss, nahm dann meine Tasche, so wie sie immer Onkels

Sakko nahm, und brachte sie hinauf ins Wohnzimmer. Damit sie im Garten nicht schmutzig würde.

– Zoran, geh ein bisschen spielen, Frau Ada erzählt mir gerade etwas Interessantes – sagte Mama.

Ich konzentrierte mich auf die Besichtigung des rückwärtigen Hofs, der steil zur Senke mit dem Bach abfiel, der aber in diesem Abschnitt kein Bach mehr war, weil man ihn unter die Erde verlegt hatte, in eine breite Betonröhre, da hier Häuser gebaut wurden. Der Bach sollte erst mehrere hundert Meter weiter unten aus der Röhre austreten, kurz vor der Treppe, die Onkel und ich hinunterstiegen, wenn wir zu Besuch auf den Jagodnjak gingen, und über die mein täglicher Schulweg führte.

Ich wollte Mama etwas über diesen Bach fragen, woher er geflossen komme oder so etwas, aber als ich zum Tisch kam, weinte Frau Ada. Als sie mich sah, wischte sie sich mit dem Zipfel ihrer Schürze mit dem Blumenmotiv die Augen.

Und als ich, während wir Richtung Horvatovac zurückgingen, Mama fragte, warum Frau Ada geweint habe, sagte sie:

– Du bist noch klein, aber ich werde es dir sagen. Das ist wegen Onkel, weil er nicht zu ihr ziehen will und sie glaubt, dass ich schuld daran bin, aber ich habe ihr gesagt, dass ich ihn nicht an der Kette halte und dass er tun kann, was er will.

Ist es möglich, dass sie das Warten so sehr verändert hatte, dass ihr plötzlich die Idee von einem Umzug des Onkels interessant vorkam? Oder dachte sie, dass sie ihn eigentlich doch an der Kette hielt, sich dessen aber nicht bewusst sei?

23.

Eines Nachts flüsterte mir Mama ins Ohr:

– Wach auf, mein Schatz, sie sind da!

Ich hatte sie gebeten, mich zu wecken, so wie sie mich manchmal geweckt hatte, damit wir zu einem späten Termin *Bonanza* sehen konnten. Natürlich hatte keiner erwartet, dass sie erst um zwei Uhr nach Mitternacht ankommen würden, denn in Mailand waren sie morgens um elf losgefahren. Und das Erste, was Onkel sagte, als sie hereinkamen, war:

– Wir haben oft Pause machen müssen. Ich habe Kaffee getrunken, und …

Sie hatten Käse mitgebracht, Wein, Papa hatte Mama ein Kleid gekauft, das schön und modern war, in das Mama aber nicht hineinpasste. Das nahm sie als Kompliment. Mir hatte er einen großen Lotus-Rennwagen mitgebracht, bei dem man den Kofferraum und die Motorhaube öffnen konnte, und wenn man am Lenkrad drehte, schlugen auch die Räder ein, wie bei einem richtigen Auto.

Dieser Abend ähnelte ein wenig jenem Abend, als er aus Russland die Balalaika mitgebracht hatte. Wir wickelten die Geschenke aus, Onkel öffnete eine Flasche Wein, und bei dieser Gelegenheit gaben sie auch mir ein bisschen. Onkel schenkte mir mit den Worten ein:

– Zoran, jetzt kannst du mal einen guten Wein probieren. Das ist Medizin.

Das war die erste Medizin, die mir gefiel, und sie gefällt mir bis heute.

Er sagte:

– Tvrtko war brillant, er hat Italienisch gesprochen.

– Tu sei la piu bella donna che io ho visto! – sagte er zu Mama an diesem Abend, und dieser Satz sollte mir in meinem späteren Leben gute Dienste leisten. Ich sollte ihn sogar in einigen meiner Erzählungen verwenden.

– Sie haben uns in das beste Restaurant in Mailand geführt – sagte Papa.

Und Onkel fügte hinzu:

– Dein Papa findet sich zurecht, als wäre er in einem Adelshaus geboren.

Sie waren übel gelaunt weggefahren, hatten Sie zueinander gesagt und waren als beste Freunde zurückgekehrt. Was hatte Onkel zu Papa gesagt? Warum hatten diese zehn Tage Papa so verändert, wie die zehn Tage Oktoberrevolution die Welt verändert haben? Was hatten sie einander unterwegs erzählt, auf der Autobahn von Triest nach Mailand?

Sie hatten ziemlich viele Fotos mitgebracht, und zwei Wochen später backte Mama eine Pizza, und wir organisierten eine Dia-Vorführung für Ksenija und Laci und Lidija und Doktor Đurin. Man sah die Kathedrale, Tauben, Touristen mit Fotoapparaten um den Hals. Zuerst stand Papa vor der Kathedrale, mit der Pfeife im Mund und mit seiner Antilope-Jacke, dann stand Onkel vor einem verzierten Portal und blickte irgendwohin zur Seite, nicht in den Apparat, so als sähe er etwas besonders Interessantes. Später fragte ich mich oft, was Onkel da gesehen haben mochte. War es eine besonders schöne Taube? Oder ein Täubchen? Papa ist am Steuer eines roten Alfa Romeo Spider aufgenommen, eines Automobils, nach dem wir uns in jenen Jahren alle gesehnt haben, und das für den alten Herrn Kopista und seine Frau der Zweitwagen war.

– Tvrtko hat den Alfa wie verrückt gefahren! – sagte Onkel Stjepan, und Laci und Doktor Đurin sagten nichts Geringschätziges, sie starrten nur auf dieses herrliche Fahrzeug, das meinen Papa geadelt hatte.

– Mein Gott, Tvrtko, du hättest einen Unfall haben können! – sagte Mama.

Und plötzlich sagte Papa:

– Sie haben Onkel eine Stelle angeboten!

Schweigen. Auch Mama hatte das bisher nicht gewusst. Papa hatte das als Überraschung gehütet. Als Erste fing sich Ksenija wieder:

– Onkel, ist das wahr?

– Ja … – sagte Onkel – aber …

– Ihr Prokurist ist gestorben. Er war älter als Onkel. Und der alte Kopista hat gesagt, sie hätten nie einen besseren Prokuristen gehabt als Onkel.

Mama bekam feuchte Augen.

– Und? Habt Ihr angenommen? – interessierte sich Ksenija.

– Nein – sagte Onkel, setzte dann aber hinzu – noch nicht …

– Das ist ja perfekt – sagte Ksenija, aber ich sah in ihrer Haltung außer Begeisterung auch etwas wie Neid.

– Onkel ist im verdienten Ruhestand. Er braucht jetzt nicht nach Italien arbeiten zu gehen, er hat genug getan im Leben – sagte Mama.

Und Onkel Stjepan beeilte sich zu erklären: – Mich haben die Bienen erzogen!

Und nach der kurzen, aber vollkommenen Stille, die der Satz „Mich haben die Bienen erzogen“ ausgelöst hatte, wandte sich das

Gespräch den Bienen zu. Dem, wie ein Bienenstock eingerichtet ist, wie sich die Bienen zur Bienenkönigin verhalten, und welche Funktion die der Bienenkönigin ist und welche die der Drohnen. Es war überraschend, aber auch Drohnen hatten ihre Funktion. Und dann fing Laci an zu erzählen, dass auch sein Vater Bienen gehalten habe, in Kruge, auf Trnje. Und dass es im Bienenstock außer den Sammelbienen auch Wächterbienen gebe, deren Aufgabe es sei, den Bienenstock zu schützen. Sie seien zu allem bereit, um ihn zu verteidigen, obwohl das für sie den Tod bedeute, denn wenn sie einmal stechen, können sie den Stachel nicht herausziehen, sondern reißen mit ihm auch einen Teil ihres Leibes heraus. Daran knüpfte Onkel Stjepan an, der sagte, sie seien die rechtschaffensten von allen Kriegern im Tierreich, denn für sie bedeute das Töten automatisch auch den eigenen Tod. Das mache sie zu etwas Besonderem. Aber wir Menschen seien uns nicht bewusst, dass wir, wenn wir andere töten, genau genommen auch uns selbst töten, und manchmal töteten wir auch, obwohl wir eigentlich schon tot sind. Alles, was mit Bienen zusammenhängt, fuhr Onkel fort, ist edel, vor allem aber dieses Opfer für den Bienenstock. Dann sagte Laci, das sei schön, aber die Biene an sich, als einzelnes Insekt, sei kein Organismus, sondern der Bienenstock sei genau genommen der Organismus und die Bienen nur einzelne Organe. Onkel schüttelte den Kopf und sagte, dass er dem nicht zustimme, in erster Linie deshalb, weil es nicht wahr sei, und dann auch deshalb, weil solches Denken den Wert des Gemeinsinns schmälere. Und auch den Adel des Opfers, wenn wir so wollen. Es sei falsch zu denken, dass die Bienen sich ihres Opfers nicht bewusst seien. Jede Biene besitze ihren eigenen Instinkt zum Überleben, das sähen wir daran, dass sie Angst empfindet und sie, wenn sie bedroht wird, verbissen um ihr Leben kämpft. Laci sagte darauf, dass wir etwas Ähnliches genau genommen auch bei Füchsen und Eidechsen hätten. Wenn eine Falle ihn am Bein fängt, wird der Fuchs es abbeißen, um sich zu befreien, das Gleiche ist der Fall bei der Eidechse, wenn man sie am Schwanz greife, reiße sie sich los und der Schwanz baumle allein in der Hand. Diese Tiere opferten einen Teil von sich, um die Hauptsache zu retten. Und Onkel sagte:

– Laci, die Menschen hast du vergessen!

Und so verging im Erzählen von Bienen und Menschen ein Gutteil dieses schönen Abends.

Nicht lange danach begann Onkel Stjepan seine Sachen für einen längeren Aufenthalt in Mailand zu packen. Auch wenn sein Opfer statt einer Guillotine die Form eines geschäftlichen Unternehmens hatte, war es nichts anderes als ein Opfer, um den Bienenstock zu schützen. Er holte seinen alten Koffer hervor, füllte ihn mit Wäsche und Hemden, die sorgfältig gebügelt und zusammengelegt waren, in die zweite Tasche packte er die zwei Paar Schuhe …

In diesen Geschichten ist Onkel zwei Mal gestorben. Es gibt Menschen, die uns so wichtig sind, dass sie mehrmals sterben, manchmal auch öfter, sie sterben jede Woche, oder jeden Tag. In den Papieren, die nach ihm oben in seiner Kommode zurückgeblieben waren, haben wir außer Hausplänen, Fotografien und Briefen auch mehrere Zeichnungen von Gottvater gefunden. Das sind vermutlich meine, aber vielleicht ist unter ihnen auch das Original, jenes, auf dem ich zum ersten Mal ein solches Bild Gottes gesehen habe. Es mussten noch mindestens zehn Jahre vergehen, bevor ich erfuhr, dass Gottvater, den er mir damals gezeichnet hatte, mit diesem einen Auge, das alles sieht, ein Freimaurersymbol ist. Allerdings ist es heute so, dass mir manchmal, wenn ich an einem grauen Herbstmorgen mürrisch und bisweilen traurig aufstehe, und das kommt immer öfter vor, dieses eine Auge aus dem Dreieck fröhlich zuzwinkert.

Zeit, die man hört

1.

Ab Frühjahr 1973, als der Krebs den Fluss der Zeit in unserer Familie dauerhaft störte und als diese Zeit allmählich zu fehlen begann, durchlebte Mama drei voneinander unterschiedene Phasen: eine Phase der Liebesromane, eine Phase der Mandoline und eine Phase der philosophischen Literatur. Dieses Frühjahr hatte, global gesehen, die Farbe ihres Schlafrocks, grünlich, mit gelben und weißen Blüten. Ins Vestibül des Militärkrankenhauses auf der Šalata, das im Südflügel des Gebäudes des Knabenseminars untergebracht war, kam sie vor der Operation genau in diesem Schlafrock herunter, und aus der Tasche lugte der ein wenig zerdrückte Titel eines jener Liebesromane, die man am Kiosk kauft und die nicht länger halten als ein paar Tage. Im Krankenhaus auch weniger. Opium für müßige Tage. Im Gesicht ein erzwungenes Lächeln, sie ist eine gute Schauspielerin, sie tröstet uns mit legeren Gesten, aber ich sehe, wie ihre Hand kaum merklich zittert, während sie mir, völlig unnötig, den Hemdkragen richtet.

Die Phase der Liebesromane war die Phase der Flucht in alles, woran sie nicht glaubte. Bis dahin hatte sie nie mit Liebesromanen zu tun gehabt und war bereit gewesen anzuerkennen, dass das, was es nicht gibt, genau genommen auch nicht existiert. „Ich bin von Männern erzogen worden" – diesen Satz warf sie ein, wann immer es gefährlich wurde; deshalb, weil sie allein geblieben war mit einem österreichisch-ungarischen Gendarmen und seinen Bienen, mit einem Benjamin, der nur sporadisch vorbeischaute, und am Ende mit Onkel Stjepan, der sie adoptiert hatte. Alles, was sie in ihrer frühen Jugend hatte sehen und hören können, waren männliche Worte und männliche Reaktionen und männliche Weltanschauungen. Onkels Weltanschauung war ausgesprochen anständig, voller Wörter, die Fleiß, Sparsamkeit, Selbstaufopferung und Frömmigkeit rühmten, aber sie war männlich. Onkel konnte sie nicht lehren, wie eine Frau zu denken, und vor allem nicht, sich die Nägel zu lackieren. Das musste Ksenija tun, relativ spät, in der Schule. Oder den Lippenstift aufzutragen und Schuhe und Handtasche farblich aufeinander abzustimmen. Vor Weihnachten oder vor ihrem Geburtstag sagte er nur:

– Vera, such dir etwas aus, ich verstehe mich nicht darauf.

Außerdem krankte sein Geschmack, was weibliche Bekleidung anging, an einem Übermaß an Wörtern wie frech, freizügig, schreiend, und manchmal sogar blöd oder vulgär. Wenn sie etwas zum Anziehen kaufte, hatte Mama panische Angst vor diesem letzten Wort. Und sogar noch später, wenn sie mit uns Kleider anprobierte, fragte sie meinen Vater, der gewöhnlich irgendwohin an die Decke sah oder wie hypnotisiert auf das Flackern der Neonröhren im *Nama* starrte:

– Tvrtko, wie findest du dies hier? Ist es nicht ein bisschen vulgär?

Dann löste er mürrisch den Blick von der defekten Leuchtröhre und sagte: „Ja", oder „Nein", ohne eigentlich ernsthaft hinzusehen. Es gab Farben, die sie nicht einmal tot tragen würde, wie zum Beispiel Knallrot, Grüngelb, sogenanntes Bananengrün, oder Altrosa. Dieses Wort durfte vor ihr nicht einmal ausgesprochen werden.

Und plötzlich, als wir aus dem Krankenhaus nach Hause zurückkehren, bemerke ich die Farben dieses Frühlings: Schlüsselblumen auf der Wiese, die noch kaum grün ist, und Schneeglöckchen, die sich durch dieses wenige Grün hindurchzwängen wie tausend kleine Eier. Die Erde zeigt vulgär ihre Fruchtbarkeit. Wir, Papa und ich, sehen das auf der Wiese, während wir aus dem Krankenhaus kommend, an der Mauer des Priesterseminars vorbei, die aus den Holzbrettern gezimmerten Stufen hinaufsteigen. Der Bach ist angeschwollen, ihn speisen die Frühjahrswasser vom Sljeme, und er stinkt nicht wie im Sommer.

Nach der Operation indessen, als sie schon nach Hause gekommen war, schien es, als könnten Liebesromane ihre Gedanken vom Krebs ablenken. Deshalb brachte sie von der Tante einen Koffer voll alter Liebesromane mit, manche mit runden Spuren von Kaffeetassen, denn zu den Romanen gehört auch das Kaffeesatzlesen. Und so hatte die imaginierte glückliche Zukunft auf den kitschigen Umschlagseiten verräterische braune Spuren hinterlassen. Und plötzlich begann unsere Wohnung, zumindest nach dem, auszusehen, als würde in ihr auch eine Frau leben.

Aber das Paradoxon der Liebesromane bestand darin, dass nach einem oder zwei Dutzend gelesener Seiten, wenn man ihn schon vergessen hatte, der Krebs zurückkehrte. Und diese Rückkehr war schwerer zu ertragen, als wäre er ständig ein wenig präsent. Das war wie ein Aufwachen, wenn wir träumen, dass wir nicht krank sind, und dann plötzlich in die Krankheit hinein erwachen. Mehrere Male eines so traumatischen Aufwachens im Verlauf mehrerer Monate veranlassten sie, die Liebesromane endgültig zu verwerfen. „Man hat mir nicht beigebracht, wie ich als Frau zu sein habe", sagte sie, „und jetzt ist es zu spät."

Und während die Phase der Liebesromane das Bild unserer Wohnung veränderte, weil plötzlich auf Stühlen und Nachtschränkchen Heftchen mit Titeln herumlagen wie: Helen Johns: *Zwischen Feuer und Eis*; Margaret Reed: *Das Mädchen aus Massachusetts*; Lydia Clark: *Verlassen*, veränderte die Phase der Mandoline die Klänge, mit denen wir lebten. Bald gerieten bei uns zu Haus zwei dominante Klänge in Widerstreit: Mamas und Papas. Mamas Klang stellte die ungeschickten, aber doch erkennbaren Melodien alter Schlager und Sevdalinke für Mandoline dar, aus dem einzigen Notenbuch, das sie besaß: *U tom Somboru*, *Suze liju plave oči*, *Fijaker stari*, *Emina* ... und Papas Klang meldete sich jede halbe Stunde. Er, der Wanduhren liebte, die Lärm machen, hatte voller Freude Onkels Biedermeieruhr ins Herz geschlossen, die jede halbe Stunde schlug. Und auch die anderen beiden, die er in der Phase der alten Waffen und, später, der Jagd erworben hatte, meldeten sich mit ihren unterscheidbaren Stimmen.

Die Uhren waren nicht aufeinander abgestimmt, sodass alle Augenblicke *ihr* Klang, der darauf ausgerichtet war, den Krebs vergessen zu machen, von *seinem* Klang, der vom unerbittlichen Vergehen der Zeit sprach, erstickt wurde. Es sah aus, als würden sich ihr und sein Klang streiten, als hätten sich ihre unaufhörlichen Konflikte auf ihre lauten Vertreter übertragen, die jetzt, in der Zeit ihres Schweigens, die Streitereien erneuerten, die man jahrelang durch die Fenster unseres neuen Hauses auf dem Zelenjak hatte hören können.

2.

Warum gerade die Mandoline? In den Siebzigern gab es in unserem Haus zwei Instrumente: eine Mandoline, die Dragutin Banić gemacht hatte, der Tambura-Bauer aus Sisak, und die Papa von seinem Vater geerbt hatte, und die Balalaika, die er aus Russland mitgebracht hatte. Die Funktion dieser Instrumente ist nicht klar, denn niemand bei uns spielte. Die Mandoline war wenigstens ein Andenken. Als Großmutter Dobrila starb, brachte er aus der Medulićeva zwei Dinge mit: ein Bild von Lj. J. Duvnjak, die Kopie jenes Crnčić-Seestücks, das ich ständig abmalte. Und die Mandoline. Und erzählte, dass sich dank dieser Mandoline Großmutter und Großvater in Dubica kennengelernt hätten. Er hütete sie wie die Quelle seines Lebens. Das Zeugnis einer lang zurückliegenden Begegnung, nachdem der Zauber dieser Begegnung für immer im Krankenhaus in der Vinogradska vergangen war. Ich erinnere mich aus der Medulićeva an jene Fotografie, als sich die ganze Familie an Ilijas Krankenbett fotografieren ließ. War das unmittelbar vor seinem Tod?

Das dritte Instrument gibt es nur auf einem Foto. Jenes Foto von Papa, wie er Klavier spielt, und Großmutter Dobrila, die sich in einem attraktiven gepunkteten Kleid in der Pose einer Operndiva an das Instrument lehnt. Und obwohl der kleine Papa in Wirklichkeit ohne Gehör und bar jeden Interesses für Musik ist, zeugt die Fotografie, scheint mir, doch von einer bestimmten Atmosphäre im Haus, vielleicht von dem tatsächlichen Bedürfnis, den Kindern beizubringen, etwas zu spielen. Mamas Kommentar war: „Hochstapelei. Das ist es.“ Das Haus eines in der staatlichen Forstverwaltung beschäftigten Försters und der Enkelin eines Dorf-Krösus, deren Eltern die Leiter einer der bedeutendsten Wanderbühnen im Kroatien jener Zeit gewesen waren, musste alle Elemente eines vornehmen Hauses besitzen. Großmutter heilte sich mit dem Klavier vom Geruch des Mists, der ihre Nasenhöhlen reizte und ihr den Magen umkehrte. Die Försterei, in der sie wohnten, war eine Oase im Meer der Ungeschliffenheit, und in diese Oase war eines Tages auch dieses Klavier von der Fotografie geliefert worden. Ich stelle es mir vor, wie sie es auf dem Lastwagen aus Zagreb antransportieren und wie Großmutter persönlich sein Eintreffen in dieser gottverlassenen Abgeschiedenheit der Banija überwacht, aus der man in fünf Minuten die Una überschwimmen, sich auf der anderen Seite, „im Türkischen", entleeren und wieder zurückkehren kann.

Aber bei uns, daran muss man sich erinnern, war alles Talmi. Als würde es die echten Dinge nur spielen. Jenes Silberbesteck für zwölf Personen, das ich stolz bewunderte, stellte sich am Ende als wertloses Blechzeug heraus, das Alpaka heißt. Oder Neusilber, eine Legierung aus Kupfer, Zink und Nickel. Ein billiger Silberersatz, aber das begriff ich erst, als ich es zu verkaufen versuchte. Auch mein Lieblingsbild war kein Original, eine Fotografie des Originals ist in der Enzyklopädie unter dem Stichwort: CRNČIĆ, Menci Clement zu finden, und das Original selbst hängt in der Modernen Galerie. Unser Biedermeier ist kein echtes Biedermeier, unser Sezessions-Kronleuchter ist neuerer Herkunft, auch Papas Trophäen sind keine echten, sondern gekaufte Vögel und Felle voller Motten. Und unser Lächeln zu Weihnachten und Neujahr, waren sie echt?

Die Mandoline war für sie in Reichweite. Sie hing an der Wand unter Onkels Uhr. Ich weiß nicht, wie sie angefangen hat. Ich stelle mir vor, dass sie sie eines Tages, und das war mit Sicherheit, nachdem sie die Liebesromane für immer verworfen hatte, von der Wand nahm und begann, mit den Fingernägeln über die Saiten zu gleiten. Oder sie hat in all jenen Jahren, wenn sie Staub wischte, ihren Klang gehört und, wenn sie die Saiten ein wenig anriss und sich über die hohen Töne und die schöne Akustik des Gehäuses wunderte, daran gedacht, dass sie einmal, wenn es genügend Zeit gäbe, das Spielen erlernen möchte. Und jetzt war diese Zeit plötzlich gekommen.

3.

Ihren Tod verstand Mama als geschäftliche Angelegenheit. Ich sah sie, wie sie an Onkels Schreibtisch in jenem Schlafrock aus dem Krankenhaus schreibt, der jetzt nur eine Erinnerung an den Frühling war, weil die Oktoberwinde eingesetzt hatten, manchmal konnte man kleine Windhosen aus trockenem Laub sehen, einen Feenreigen. Die ausführlichen schriftlichen Anweisungen, die sie hinterließ, zeugten von einem sehr ausgeprägten Bedürfnis, ihre irdischen Angelegenheiten möglichst gut zu ordnen und uns auf ein Leben ohne sie vorzubereiten. Ich hasste sie wegen dem, denn in allem, was sie tat und was sie tun würde, leitete sie der Tod. In den Gesten, in dem gespielten Lächeln, wenn ich neben dem Tisch stehe und sie fixiere, und sie sagt:

– Gedulde dich noch ein wenig, dass ich das hier fertig schreibe, und dann gehen wir hinaus.

Später stellte sich heraus, dass sie drei völlig voneinander getrennte einbahnige Korrespondenzen hinterlassen hatte. Eine an den Vater, ich weiß überhaupt nicht, wie sie ausgesehen hat, weil sie sehr schnell verloren ging; eine an mich, in dem Notizbuch von Lipa Mill, dem mit dem grünen Umschlag, das ich, nach ihrem Weggang, mich zu lesen fürchtete, und das eine Reihe von Ratschlägen fürs Leben und Lernen enthielt, die mir die Pubertät erleichtern sollten, es aber nicht taten, weil ich, als ich endlich den Mut aufbrachte, es zu öffnen, bereits erwachsen war und ihre Ratschläge nicht mehr notwendig waren; und schließlich eine Reihe Briefe auf A4-Bogen, die sie Tante Nada hinterlassen hatte. Diese sind als Einzige erhalten geblieben und zeigen ganz ihren praktischen Charakter. Nada hinterließ sie auch ein ausführliches Tagebuch meiner Krankheiten. Muskelkrämpfe, mit zwei Jahren, als ich Masern kriegte und in der Klaićeva endete, dann Windpocken und Mumps, Hautallergien am Hals, dann viel über Bronchialasthma mit einem Verzeichnis der Kinderheilstätten auf Lošinj oder in Skrad, Nierengrieß, verboten sind Schokolade, rohe Tomaten und Mineralwasser, Senkfuß, in der Božidarevićeva müssen orthopädische Schuhe angefertigt werden, und dass man mich überreden muss, sie zu tragen, weil sie nicht modern genug sind, ein jähzorniger Charakter, nach dem Vater, hypersensibel, fängt leicht an zu weinen, obwohl er ein Junge ist …

Aber auf den siebzig Seiten dieses Schreibhefts findet sich kein einziges Wort über Gott. Sie bereitete sich auf ihren Weg über den Styx vor, das war ihr präletales Tagebuch, aber Gott erwähnte sie mit keinem Wort. Das kommt mir merkwürdig vor, weil sie ihr ganzes Leben hindurch gemäßigt religiös war. Was war passiert? Denn in jenem Moment, als klar wurde, dass sie sterben würde, begriff ich, dass sie sich die Aufgabe gestellt hatte, mir zwei Institutionen nahezubringen, die sich im Lauf der Geschichte oft gegenseitig ausgeschlossen haben: Theater und Kirche. Jetzt denke ich, dass sie überzeugt war, dass meine Allgemeinbildung ohne die Erfahrung des Theaters und der Kirche mangelhaft wäre. Erfahrung sage ich, weil sie über Gott nicht geschrieben hat. Aber weshalb hatte sie von allen Theatern die *Komedija* ausgewählt? War es wegen des optimistischen musikalischen Repertoires, das auch ihr gefiel? Oder wegen der Tatsache, dass wir zur *Komedija* am leichtesten zu Fuß kommen konnten? Das war ein ziemlicher Fußmarsch durch die Senke mit dem stinkenden Bach, dem kleinen Styx, über den Jagodnjak, durch die Grškovićeva, bis zum Kaptol. Sie konnte nicht wissen, dass ich mich in die Tochter ihres Hauskomponisten verlieben würde, dessen Musicals sie liebte.

Und von all jenen Malen, die wir über den Horvatovac und Jagodnjak in Richtung *Komedija* trotteten, sind mir nur wenige Bilder jenes einen Abends geblieben, als auf der Šalata der Strom wegblieb. Ich erinnere mich nicht an die Jahreszeit, aber anhand des Kostüms, das sie trug, kann ich schließen, dass es wieder im Frühjahr war, oder im Frühherbst, wir gingen durch unbeleuchtete Straßen und sahen, wie in den Zimmern Kerzenflammen zitterten und die Schatten jener zeichneten, die sich drinnen bewegten. Vor dem richtigen Theater erwartete uns dieses Schattentheater, und sie sagte:

– Siehst du, so haben die Menschen vor dem Strom gelebt.

Solange wir in unserer Straße oder auf dem Horvatovac waren, in Straßen mit neueren Häusern, war das gewissermaßen ein Zerrbild und deutete auf einen Defekt hin, aber als wir den kleinen Styx überquert hatten und zu den alten Villen kamen und durch die verdunkelte Dvorničićeva zum Ribnjak hinuntergingen, sahen die Kerzen in diesen altertümlichen, mit Efeu bewachsenen und mit Türmchen und Stuckaturen versehenen Häusern ganz natürlich aus. Dieser Weg blieb mir nicht nur als Weg über unsere Anhöhe in Erinnerung, sondern auch als Weg durch die Zeit. Und weil wir in dieses Zeitloch gefallen waren, herrschte an diesem Abend zwischen uns eine starke Verbundenheit. Eine Verbundenheit, die ihr künftiger Tod an diesem Abend zum ersten Mal und sehr diskret erdacht hatte.

Die Sache mit Gott war komplexer. In Kirchen führte sie mich, wenn keine Messe war und wenn wir fast allein über die großen ausgemalten Kirchenschiffe herrschten. Sie deutete mir, wer auf den Bildern wer ist, erklärte mir den Ritus und lehrte mich beten. Sie lehrte mich sowohl das Vaterunser als auch das Ave-Maria ... aber das schien das Einzige zu sein, woran sie sich erinnerte. Später fiel mir ein, dass es sehr gut möglich ist, dass sie die Gebete mit jener Lebensphase verband, die sie mit Gewalt vergessen wollte, aber diese Phase ließ sich nicht vergessen und meldete sich ständig erneut von irgendwoher. Die Gebete sollten sie vor den Leuten in den grünen Ustascha-Uniformen beschützen. Auch ihr Gebetbuch hatte dazu gedient, aber sie, ahne ich (habe ich recht?), glaubte nicht, dass gerade die sie behütet hätten. Oder sie kam erst später, was ebenso verständlich wäre, zu dem Schluss, dass nicht die Gebete sie gerettet hatten, sondern dass sich das, was sie gerettet hat, Glück nennt. Eine große und unerwartete Anhäufung von Glück für ein Kind, das so früh seine Eltern verloren hatte. Das Glück hatte in ihrem Leben höchstwahrscheinlich die Stelle Gottes eingenommen. Vielleicht schon vor der Krankheit. Aber warum führte sie mich in die Kirche?

– Mein Junge – sagte sie einmal, als wir in der Kirche in der Petrova saßen – wenn sich etwas ändert, hast du mich verstanden, wenn hier bei uns etwas anders wird, politisch, und wenn sie dich fragen, welchen Glaubens du bist, sagst du römisch-katholisch. Hast du verstanden?

4.

Ihr ganzes Leben hindurch war sie auf diese Weise religiös gewesen, und so wie sie an der modernen Malerei keinen Geschmack fand, sondern sich vor ihr fürchtete, so hatte sie auch hier keinen Glauben, sondern eine delikate Art Voreingenommenheit. Darauf hatte aller Wahrscheinlichkeit nach seit ihrer Kindheit Onkels Religiosität Einfluss gehabt, denn er selbst wandte sich an Gott, um sich zu bestätigen, dass seine Güte, an die er sein ganzes Leben mit ganzem Herzen glaubte, in einer so eingerichteten Welt, zumindest in der Theorie, einen Sinn habe. Aber als sie krank wurde, bin ich mir sicher, dass sie diese Krankheit als großes Unrecht empfand. Und zwar als ein direkt von diesem Gott delegiertes Unrecht, dessen Gebetbuch mit dem Einband aus Elfenbein auf dem Bücherbord in unserem Zimmer stand. Ich habe den Eindruck, dass sie, nachdem sie erkrankt war, in ihrem Innersten Gott diese Krankheit vorwarf, weil er nicht zugelassen hatte, dass sie im Leben wenigstens eine glückliche Phase hatte.

Ihre früheste Kindheit war gekennzeichnet durch den Tod der Mutter und die unaufhörliche Sehnsucht nach dem Vater und sein Verschollensein im Zweiten Weltkrieg. Die Familie verringerte sich langsam, aber unaufhörlich um ein und das andere Glied, und die Erinnerung an die beiden Onkel, die gestorben waren, als sie klein war, belastete mit Erzählungen und Bildern ihre ganze Kindheit. Und man muss zugeben, dass ihr der Koch'sche Bazillus viel mehr Unglück und Trauer zugefügt hat als der Ustascha-Staat, obwohl wir auch den Ustascha-Staat im Prozentsatz ihres Unglücks nicht vernachlässigen dürfen. Vielleich hat die Tatsache, dass irgendwann nach dem Krieg mit der Anwendung von Penicillin die Tuberkulose heilbar wurde und in gewisser Weise besiegt war, auch einen Einfluss darauf gehabt, dass sich ihr prozentualer Anteil am Unglück allmählich verringerte, so als würde sich der Wert von Aktien verringern und der Wert des NDH-Staates zunehmen. Aber auch das war nicht logisch, denn der Unabhängige Staat Kroatien schien für immer besiegt; sie sah auch, wie: Tante Nada konnte nach dem Krieg lange keine Arbeit kriegen, weil ihr Vater als Ustascha erschossen worden war. Aber der Ustascha-Staat kam ihr vielleicht auch deshalb besonders maligne vor, weil in ihm Menschen Menschen umgebracht hatten, die eigene Gattung, der Koch'sche Bazillus hingegen war ein Feind ohne Gesicht, man konnte ihn weder sehen noch riechen. Und so sprach sie mit größerem Zorn über die Ustascha als über die Tuberkulose, denn über eine Krankheit kann man nicht so wütend sein wie über einen Menschen.

Der Atheismus der neuen Zeit brachte auch einen Trost mit sich: Dieser ungerechte Gott, der es zulässt, dass man Krebs bekommt, wenn das Leben irgendwie in Ordnung kommt, wenn die ständigen Streitereien und Vorwürfe allmählich aufhören, wenn das Kind heranwächst und sich schön entwickelt, wenn das Haus fertig ist und die Perennien im Steingarten endlich aufgegangen sind, dieser Gott war aus dem menschlichen Leben als Faktor endgültig vertrieben.

Ich glaube, dass sie dieses Gefühl des Unrechts schließlich von der Mandoline weggeführt und zur Philosophie gebracht hat. Zuerst suchte sie bei Fromm und Aristoteles, später auch bei Hume, Hegel und Kierkegaard, die Antwort auf die Frage: warum? Und immer bekam sie ein und dieselbe Antwort: DARUM!

5.

Das Wort „Penicillin" war in ihrer Welt ein Synonym für Glück. Und zwar ein Glück, das aus der modernen Zeit kommt. Und obwohl sie sich vor moderner Malerei und moderner Architektur fürchtete, wären moderne Medikamente auf Penicillinbasis wohl auch Medikamente für ihre Toten gewesen. Ich hörte noch als kleiner Junge, mit welcher Frömmigkeit sie diesen Namen aussprach, wenn Frau Dr. Šram die Spritze vorbereitete; schon hat sie aus dem kleinen Fläschchen die Flüssigkeit gesaugt, und jetzt starrt sie auf die Nadelspitze, wo sich ein klarer Tropfen bildet, die Träne eines kleinen Tierchens.

– Jetzt wird dir die Tante Doktor einen kleinen Stich in den Popo geben, mit einer ganz dünnen Nadel, es wird nicht wehtun. Nur ein bisschen pieken.

Aber ich liege schon mit herabgelassenem Pyjama und nackten Pobacken auf dem Bett.

Streptomycin der Rächer, Penicillin der Gerechte, Klavocin der Sieger … Eine häufige Phrase von ihr war: „… als das Penicillin aufkam …" Als wäre es aufgekommen und nicht entdeckt und erzeugt worden. Penicillin bedeutete den garantierten Sieg über viele unheilbare Krankheiten. Und die ganze Wohltat und die ganze Kraft des Penicillins war für mich in ein paar Illustrationen aus der Zeitschrift *Sve oko nas* fixiert. Obwohl die meisten Illustrationen in Farbe waren, war die Geschichte von Alexander Fleming und dem Penicillin so illustriert, dass sie schwarz-weiße Fotografien imitierte. Und diese Bilder habe ich ständig im Kopf, wie auch die mythische Geschichte darüber, dass es zufällig erfunden wurde.

Unglaublich ist eigentlich, wie viele meiner Vorstellungen auf den Illustrationen aus *Sve oko nas* beruhen. Zwischen der zweiten und der achten Klasse der Grundschule habe ich dort viele wertvolle Dinge gelernt. Zum Beispiel: dass das Atomkraftwerk in Wirklichkeit ein Dampfkraftwerk ist, dass Beethoven von seinem Vater malträtiert wurde, dass *Eine Geschichte aus zwei Städten* von Dickens geschrieben wurde, dass auf dem Menschen, wenn er auf der Erde wandelt, das Gewicht von mindestens drei Elefanten lastet, dass der Mann von Marie Curie unter den Rädern einer Kutsche umgekommen ist, dass sich der Koch'sche Bazillus in der Milch versteckt, dass Louis Pasteur den Impfstoff gegen die Tollwut erfunden und ihn an tollwütigen Russen ausprobiert hat, die in Paris in Käfigen gehalten wurden, dass Leonardo Linkshänder war, dass …

Die Zeitschrift brachte auch Geschichten über große Künstler: Beethoven, Schubert, Račić, Michelangelo, Strawinsky, Prešeren … Und alle waren sie unglücklich gewesen, und alle hatten sie der Menschheit doch etwas hinterlassen. Wenn sie stirbt, versprach ich mir, werde auch ich Künstler, denn etwas anderes bleibt mir nicht übrig. In einem ehrlichen Handel werde ich das Unglück gegen die Kunst eintauschen. Aber das Bild, das diesen Entschluss begleitete, der nicht die Kraft und die Klarheit eines Entschlusses hatte, aber ein Entschluss war, auf eine trübe und mittelbare Weise, zeigte den kleinen Beethoven, wie er mit traurigem Gesicht auf dem Klavierhocker steht, weil er so klein ist, dass er anders die Tasten nicht erreichen kann, und spielt, während der betrunkene Vater ihn mit der Rute in der Hand antreibt. Wer würde von solchem Malträtieren nicht taub werden? Und dazu noch ohne Penicillin …

Als ich in die dritte Klasse der Grundschule ging, und die Zeit deckte sich mit dem Kroatischen Frühling, skandierten wir Kinder auf dem Schulhof in Eigeninitiative: „Hajduk, Dinamo, Savka, Tripalo", und dabei war Savkas Tochter unsere Pionierleiterin. Der Kroatische Frühling und die Demonstrationen wurden in meiner Welt allerdings schrittweise durch die Faszination des Sammelns und Trocknens von Orangenschalen für die Produktion von Penicillin ersetzt. In den Schulen war gerade die Aktion des Sammelns und Trocknens der Schalen angelaufen, und im Winter waren alle Heizkörper in den

Klassenräumen voll Orangenschalen, die getrocknet und gesammelt wurden, um dem Staat zu helfen, so viel wie möglich von dem wertvollen Medikament für die Blockfreien Staaten in Afrika herzustellen, die noch von Tuberkulose und Dysenterie gequält wurden. Und alle Klassenzimmer dufteten wie in einer Orangenbonbonfabrik. Das ist das erste Mal im Leben, dass ich mich wirklich nützlich, gut und groß fühle, weil ich zu Hause, wenn ich eine Orange esse, die Schale nicht wegwerfe, sondern sie auf den Heizkörper lege oder sie in die Schule mitnehme, um sie dort auf den Heizkörper zu legen. Die Lehrerin hatte uns gesagt, dass wir alle Schalen in die Schule mitbringen sollten, weil es zwischen den Jahrgangsklassen einen Wettkampf gab, wer mehr Kilo getrockneter Schalen sammelt und so einen Schulausflug gewinnt.

Erst viel später habe ich begriffen, dass diese Aktion des Sammelns von Orangenschalen vielleicht nichts mit dem Penicillin zu tun hatte, sondern mit einem multilateralen Abkommen innerhalb des Lehrerkollegiums, so effektiv und billig wie möglich die stickigen Klassenräume zu desinfizieren. Sie hätten uns schwer klarmachen können, dass wir Schalen sammeln sollen, um unseren eigenen Gestank zu überdecken. Und jedes Kind stank auf seine Weise.

Mama sagte oft, dass das Penicillin zufällig gefunden worden sei. Und hier spielt der Zufall Gott. Er ist diese höhere Kraft, die in einer Welt ohne Gott die Rettung so vieler Menschen ermöglicht hat. Der Mensch konnte wegen des Penicillins nach einer schweren Lungenentzündung, nach Syphilis oder Tuberkulose ordentlich essen, laufen und atmen. Aller Optimismus und der Glaube in einer Welt ohne Gott hatten sich in dieser herrlichen Zufälligkeit kondensiert. Oder? Das Penicillin konnte aber keine Karzinome heilen.

6.

Krebs ist eine Krankheit, die die Zukunft aufhebt und die Vergangenheit zurücklässt, damit wir uns in ihr einnisten wie in einem verlorenen Paradies. Hinter jedem Krebs steht ein verlorenes Paradies. So wie jede Zivilisation ihr Paradies hat: die Griechen das Zeitalter der Titanen, die Römer das Zeitalter des Saturns, die Christen den Garten Eden, so hat auch jeder Mensch sein eigenes goldenes Zeitalter.

Aber die Familiengeschichte wiederholt hier die große Geschichte in einem besonders unangenehmen Segment. Zauberei, schwarze Hunde, Hexen, Scheiterhaufen auf öffentlichen Plätzen. Das Protokoll der Anklage wurde monatelang zusammengestellt. Zu Ostern 1974, als wir uns zum Frühstück setzten, gekochter Schinken, Eier, Meerrettich, junge Zwiebeln ... einige von den Dingen, wegen denen es sich lohnt, am Leben und mäßig religiös zu sein, brannte auf dem Tisch eine Kerze. Nie hatten wir bis dahin zu Ostern eine Kerze auf dem Tisch gehabt. Die hatte Mama Onkels Kommode im Wohnzimmer entnommen, die sie nach seinem Tod mit den meisten Dingen, die sich in ihr befanden, in unsere Wohnung hatte herunterbringen lassen. Der Vater hatte nicht protestiert, weil sie unserem Wohnzimmer die Vornehmheit gab, nach der er sein ganzes Leben gesucht hatte. Die Kerze sollte vermutlich ein Andenken an den verstorbenen Onkel sein. Aber als wir uns alle drei an den Tisch gesetzt hatten, löschte Vater sie mit feuchten Fingern, und sie sah ihn schockiert an. In dieser Stille sahen wir den Rauch, wie er sich aus dem Docht emporwand, der an der Spitze noch ein wenig Glut hatte. Er sagte:

– Der, zu dem der Rauch geht, wird als Erster sterben.

Sie war als Einzige am Tisch schwer krank. Diese Erkenntnis schwebte zwischen uns und verbarg sich ständig im Schweigen, in den Gesprächspausen, in bedeutungsvollen Blicken.

Sie konnte ihm nicht in die Augen sehen, sie konnte auch mich nicht ansehen, sie starrte nur auf einen Punkt, unfähig, sich zu rühren, aber man hatte den Eindruck, dass sie sich in Gedanken blitzartig bewegt, und dass zumindest einige dieser Gedanken ihre Entschlüsse von vor ein paar Jahren betrafen, sich scheiden zu lassen und sich dann doch nicht scheiden zu lassen. Aber obwohl seine Bosheit bisher eine Million Mal bewiesen war, bin ich mir nicht ganz sicher, ob es Bosheit war. Oder nur Bosheit. Es wird so sein, dass es sich um Angst gehandelt hat, die diese Bosheit verdecken sollte. Aber damals wurde zum ersten Mal das Wort Tod so offen erwähnt.

Trotzdem, ihr Verhältnis zu ihrem Mann, das, seit ich mich erinnere, nie allzu innig war, verwandelte sich jetzt in etwas anderes. Und dieses andere brach bei jedem Schritt hervor. Es verwandelte sich in einen großen Scheiterhaufen. Die Worte des Urteils wurden in unserem kleinen Zimmer gesprochen, das eine Zeit lang ein Rittersaal gewesen war, aber jetzt waren Säbel und Pistolen längst vergessen, von ihnen war an der Wand nur eine Spur zurückgeblieben, anhand derer wir wussten, dass sie früher dort gehangen hatten. Als man mit den Bestrahlungen angefangen hatte, war sie, um mich nicht auch zu bestrahlen, aus unserem gemeinsamen Bett ausgezogen und schlief jetzt in dem kleinen Zimmer, das für sie zu einer Art Notunterkunft wurde, zu einem Krankenzimmer, zum heimischen Vorhof des Krankenhauses. Abends lag sie im Bett, es brannte nur die kleine Nachtlampe auf Onkels großem Schreibtisch, und ich saß im Stuhl neben dem Bett, schon im Pyjama. So konnten wir uns vor dem Schlafengehen unterhalten, ohne zusammen zu schlafen, aber wenn mir nach einer Stunde oder auch mehr langsam die Augen zufielen, stand sie auf und brachte mich zu Bett. Einmal sagte sie zu mir:

– Diese Krankheit trifft Frauen, die nicht viel geboren haben. Die, die viel geboren und fünf Kinder gesäugt haben, bekommen keinen Krebs.

Und sofort war zu sehen, dass sie ihn beschuldigte, weil er ihr nicht mehr Kinder gemacht hatte.

Das nächste Mal gab sie der ständigen Unzufriedenheit die Schuld am Krebs.

– Das ist wie ein Selbstmord des Organismus. Der Organismus beschließt, sich ohne deinen Willen zu töten, und du kannst dann nichts mehr tun, obwohl du leben möchtest, kannst du es nicht, weil sich deine Zellen anders entschieden haben. Und schuld daran ist die ständige Unzufriedenheit.

Es gab keinen Zweifel, dass er an dieser ständigen Unzufriedenheit schuld war. Und wenn sie Unzufriedenheit sagte, meinte sie Unglück. Und so reihten sich die Anklagen dieser heimischen Inquisition aneinander.

– Ist es wahr, dass Ihr im Keller, wo Euch niemand sieht, mit dem Teufel gesprochen und von ihm Anweisungen erhalten habt, wie Ihr Eurer eigenen Frau, der Mutter Eures Sohnes, Böses antun könnt?

– Ist es wahr, dass Ihr am Ostermorgen die Kerze gelöscht und gesagt habt, dass der zuerst sterben wird, zu dem der Rauch geht?

– Ist es wahr, dass Ihr, als sie auf dem Balkon saß und las und ihr die Tränen still herabliefen, gesagt habt: „Was plärrst du andauernd, tu was!"

– Ist es wahr, dass Ihr Euch während Eurer ganzen Ehe in den Rittersaal oder das Jagdkabinett oder den Weinkeller eingeschlossen habt, um Eurer Frau aus dem Weg zu gehen?

– Ist es wahr, dass Ihr, während sie um den Menschen weinte, der sie adoptiert und vielleicht vor der Tuberkulose gerettet hatte, gesagt habt: „Nie hast du mir etwas gekauft, alles hast du dem Alten gekauft"?

– Ist es wahr, dass Ihr den größten Teil der Dauer Eurer Ehe, und das sind fünfzehn Jahre, intimen Beziehungen mit Eurer Frau aus dem Weg gegangen seid?

– Ist es wahr, dass Ihr, als sie Euch vorwarf, geschlechtlichen Beziehungen aus dem Weg zu gehen, gesagt habt: „Das stimmt. Du bist überhaupt keine Frau!"

– Ist es wahr, dass Ihr allen anderen Frauen aus dem Weg gegangen seid und sie gehasst habt? Die eigene deshalb, weil sie mit Euch Beziehungen haben wollte, und die anderen deshalb, weil sie es nicht wollten?

– Ist es wahr, dass Euch Anzüge und Säbel mehr bedeutet haben als Menschen?

– Ist es wahr, dass Ihr Eure Traumata von der Srijem-Front als Ausrede für alle Eure Schwächen benutzt habt?

– Ist es wahr, dass Ihr Euch oft vorgestellt habt, dass Eure Frau und Euer Sohn irgendwo umgekommen sind und dass Ihr wieder frei seid?

– Ist es wahr, dass Ihr vor Eurem Nachbarn Angst hattet und deshalb in den Garten geschossen habt?

– Ist es wahr …

Vater war auf die Folterbank gespannt, ohne dass er sich dessen bewusst gewesen wäre: Der Spanische Stiefel zermanschte ihm das Fleisch an den Beinen, das Rad zog ihm die Knochen auseinander, die glühende Zange zerbiss ihm den Bizeps … Ist es wahr? Ist es wahr? Ihr Krebs hatte plötzlich seinen Schuldigen gefunden und unterschied sich darin von der Tuberkulose. Die Tuberkulose war fluide, ein wenig aufs Geratewohl, sie war der Fluch einer höheren Macht, aber der Krebs hatte ein Gesicht bekommen: ein dickliches und gutmütiges, mit einer spitzen Nase, wie geschaffen für Karikaturen.

7.

Tag und Nacht waren, unabhängig davon, welche Jahreszeit war, in zwei gleichwertige Ängste geteilt. Der erste Teil war die Angst vor dem Mittag, der zweite die Angst vor der Mitternacht. Im ersten wie im zweiten Fall waren die Uhren in der Stille der Wohnung am lautesten zu hören. Mit Angst erwartete ich den Augenblick, wenn der tragische Opern-Biedermeier seinen Zwölfer herunterklopfen würde, worauf ihm der Operetten-Empire folgte, bis alles mit dem Komödien-Kuckuck endete. Dabei ist interessant, dass ich zu den übrigen Tageszeiten die Uhren fast nicht hörte, die Angst wand sich lediglich um die Zwölfer. Und obwohl die Elfer nicht viel leiser als die Zwölfer waren, gingen sie fast unhörbar vorüber, als gewöhnliche Geräuschkulisse. Damals habe ich das überhaupt nicht hinterfragt, es war für mich normal, dass ich vor den Zwölfern Angst hatte, weil sie so lang waren, und laut waren sie deshalb, weil man in der Wohnung, die bis vor Kurzem noch mit Streitereien und Geschrei gefüllt war, jetzt nichts hörte, das Schlagen der Uhren aber in dieser Stille, die die Verzweiflung hinterließ, besonders gut zu hören war.

Jener, der seine Schuld auf der Folterbank eingestanden hat und zum Scheiterhaufen verurteilt ist, die Ursache des Krebses, stahl der sich nach der Arbeit wie ein Dieb in die Wohnung? Nein. Wie der Schatten eines Diebes? Vielleicht auch das nicht, eher wie der Geist eines Diebes? Er schlich sich hinein, man hörte nur das Schnappen des Schlosses, und anstatt sein übliches „Zoran! Schuhspanner, Pantoffel …“ zu brüllen, glitt er zum kleinen Zimmer, zog dort in Gegenwart ihres leeren Bettes seine Schuhe aus, warf einen prüfenden Blick in die Küche, und wenn er sah, dass niemand da war, ging er hinein, um sich das Mittagessen zu nehmen. Und sie wiederum achtete darauf, um drei Uhr, wenn er gewöhnlich kam, sich ihm nirgends im Weg zu befinden. Deshalb vermied sie die Küche, das kleine Zimmer, das Schlafzimmer, das jetzt allein meines wurde und wo er sich umzog, versteckte sich im Wohnzimmer und wartete, bis sie wieder das Schnappen des Schlosses an der Eingangstür hörte, weil er zu seiner nachmittäglichen Siesta ins Jagdkabinett hinaufging, oder später direkt weiter in den Keller, wo er sich mit den Vogelhäuschen beschäftigte, oder in die Garage, wo er den Škoda polierte. Erst spätabends, wenn wir uns im kleinen Zimmer unterhielten, hörten wir ihn wieder kommen. Ihn kündigte wieder das leise Schnappen des Schlosses an der Eingangstür an, das manchmal das Gehör täuschen konnte, wenn es nicht besonders gespannt war, und so wussten wir nicht, ob er tatsächlich hereingekommen oder ob es ein Geräusch von außen gewesen war, das boshafterweise unserem Türschloss ähnelte. Aber das Quietschen der Tür an unserem alten AEG war besser zu hören und verriet unzweifelhaft seine Anwesenheit, wie auch das Klirren der Teller und des Bestecks, wenn er zu Abend aß. Manchmal rülpste er, weil er in der Küche allein war und das kleine Fensterchen der Durchreiche vergessen hatte, das die Küche vom kleinen Zimmerchen trennte, das offensichtlich als Esszimmer projektiert war, wobei es aber in der Wohnung zu wenig Zimmer gab, dass wir uns ein Esszimmer hätten erlauben können. Das Geräusch der Wasserspülung, das Geräusch der Dusche, das Geräusch der Tür am Garderobenschrank, sie waren seine Wegmarken. Manchmal schob er nur die Tür zum kleinen Zimmer auf und sagte:

– Gute Nacht, Junge!

Aber manchmal nicht einmal das.

Kandidaten für den Scheiterhaufen müssen in den Strafriten oft durch ein Spalier wütender Bürger, die sie mit Steinen und faulem Obst bewerfen und sie anspucken. Krebsursache ging durch ein solches Schandspalier, in dem es nur zwei Menschen gab, die nicht schrien und nicht spuckten, aber deren Hass man nicht entkommen konnte.

8.

Das verlorene Paradies, das sich hinter Mamas Krebs verbarg, war zweifacher Natur. In der Stille, die um sich griff, als sie plötzlich aufhörte, Mandoline zu spielen, sich auf die Philosophie warf, die bedeutend leiser war, und uns auf Gnade und Ungnade den Uhren überließ, kehrten sie und er in die Räume der Kindheit zurück. Sein Bild dieses Paradieses war tragikomisch, weil sich im Paradies viele Dinge gewaltsam ereignet hatten, aber auch das war bei ihm imstande, schöne Erinnerungen zu wecken. Man muss allerdings sagen, dass sie hierin nicht gleichberechtigt waren. Sie konnte nur in die Zlatarska zurückkehren, in die unaufhörliche Sehnsucht nach dem Vater, in das Sterben an der Tuberkulose, das begleitet war von der unnötigen Strenge des österreichisch-ungarischen Gendarmen, und in die Novakova, wo sie sich vor den Frauen der Ustascha-Offiziere versteckt hatte. Sie hatte das Kriegs-Zagreb, das düstere und oft nebelige, und er das Dorf am Ufer der Una, das er idealisierte.

Aus der Novakova führte der Weg, den Medveščak-Bach zur Linken, zur Vlaška hinunter und dann geradeaus zum Kvaternik-Platz, dann die Maksimirska lange gerade hinunter bis zum monumentalen Tor des Maksimir-Parks. Es ist Winter einundvierzig, gegen Weihnachten, und obwohl sich an den Rändern der Fußwege Haufen schmutzigen Schnees erheben, ist es unerwartet warm. Sie ist mager, so mager, wie ein Geschöpf, das geht und normal lebt, nur sein kann. Sie sieht aus, als wäre sie schon im Lager, genau genommen sind alle diese Straßen, die ganze Stadt, zu einer düsteren Vorhalle des Lagers geworden. Sie indessen hat mehr Sorgen damit, dass sie in der Schule „Spinnenbein" gerufen wird. Denn wenn sie in ihrem Zimmer in den Spiegel an der Innenseite des Schranks schaut, sieht sie, dass der Spitzname berechtigt ist, so boshaft er auch immer sein mag. Aber jetzt trägt sie eine dicke Schicht Kleidung, einen Rock aus dickem kariertem Stoff, eine wollene Strumpfhose, eine Jacke mit hohem Kragen, und einen schwarzen Mantel, der unter bestimmtem Licht grau aussieht. So zeigen sie zumindest die Fotografien aus jener Zeit. An diesem Mantel gibt es keinen gelben Stern, und in der Tasche steckt ein Gebetbuch, das sie vor den Menschen beschützt, die allzu großes Interesse an ihrem Nachnamen zeigen. Noch etwas beschützt sie: die mit den Schnürsenkeln zusammengeknüpften und über die Schulter geworfenen Schlittschuhe, so wie Schlittschuhe eben von Mädchen getragen werden. Sie lächelt, wenn sie geht, und sosehr Onkel Stjepan auch denkt, dass das *Gebetbuch für die vornehme katholische Welt* sie beschützt, ist sie doch überzeugt, dass es mehr das Lächeln in ihrem Gesicht und die an ihrer Schulter auf und ab hüpfenden Schlittschuhe sind, die sie beschützen.

Für jene, die sie an diesem Nachmittag in der Vlaška, Maksimirska oder schon unmittelbar am Eingang in den Maksimir gesehen haben, ist sie ein fröhliches Mädchen, das zum Schlittschuhlaufen geht. Und so geht sie an den Polizeipatrouillen vorüber und lächelt ihnen zu, obwohl sich ihr der Magen zusammenkrampft. Onkel Stjepan hat ihr verboten, dass sie allein aus der Wohnung geht, außer wenn sie in die Schule geht, aber auch das muss sie vorsichtig tun. Bevor sie die Tür öffnet, muss sie genau horchen, ob jemand über ihnen oder vielleicht sogar unter ihnen die Tür geöffnet hat. Es ist nicht gut, den Menschen im Treppenhaus zu begegnen, es ist nicht gut, sie daran zu erinnern, dass du existierst. Siehst du, könnten sie sagen, die kleine Bernstein wohnt noch immer hier, obwohl es ihnen verboten ist ... Man muss vorsichtig gehen, damit sich die unter einem nicht über den Lärm beschweren, auch übertriebenes Husten ist nicht gut, was in diesen Wintermonaten besonders schwer ist im Hinblick auf ihre chronische Bronchitis, man muss die Fahrt mit der Straßenbahn oder Menschenansammlungen auf der Straße meiden. Wenn sie von Weitem eine Patrouille sieht, muss sie abschätzen, ob sie sie so umgehen kann, dass die sie nicht bemerken, oder ob man den Bauch anspannen und lächeln und dann an ihnen vorübergehen muss. Onkel geht davon aus, dass man sie nicht sucht, weil sie aus einer Mischehe stammt und weil sie katholisch ist, aber er ist sich nicht sicher. Die Straße ist eine ständige Gefahr.

Und doch, als sich an diesem Nachmittag mit dem Gurgeln des schmelzenden Schnees in den Traufen und dem zunehmenden Tropfen der Eiszapfen der Föhn diskret ankündigte, als die Sonne Häuser und Straßen und die Türme der Kathedrale irgendwie harmlos und scheinbar freundlich gesinnt erscheinen ließ, fasste sie sich ein Herz, nahm die Schlittschuhe und verließ die Wohnung. Sie hatte vor, zurück zu sein, bevor Onkel Stjepan von der Arbeit kam, zumindest sagte sie es so, wenn sie diese Geschichte erzählte, wobei sich die Versionen nicht unbedingt deckten. Einmal hatte etwas wie eine Revolte gegen die ständige Angst sie aus der Wohnung getrieben, ein anderes Mal hatte sie dieser sonnige frühe Nachmittag angezogen, das dritte Mal hatte sie die Schlittschuhe oben auf dem Schrank gesehen und Lust aufs Schlittschuhlaufen bekommen.

Aber je näher sie ihrem Ziel kam, dem dritten See im Maksimir-Park, der schon seit gut zwanzig Tagen fest zugefroren war und auf dem die Kinder eisliefen, desto schneller ging sie. Als sie den Park betreten hatte, lief sie fast, und als sie vom Vidikovac nach links durch den Wald abbog und zu dem Damm kam, der eigentlich das Seeufer bildet, hörte sie schon das Kindergeschrei und durch dieses Schreien hindurch die mahnenden Rufe der Erwachsenen. Unmittelbar am Ufer drängte sich die Menge, graue und braune Stoffmäntel und Kinderwollmützen in grellen Farben.

Als sie an der linken Seite des Sees ganz ans Ufer gekommen war, das ein wenig erhöht war, sodass man eine gute Übersicht hatte, sah sie zwischen den Mänteln und bunten Kindermützen auch Leute in grünen Uniformen. Ziemlich viele Leute in grünen Uniformen, sie feuerten die Kinder an, die auf dem See eisliefen. Und zwischen denen in grünen Uniformen sah sie auch manchen in einer schwarzen. Und diese schwarzen sahen aus wie grüne, die verbrannt waren, wie Bäume im Wald nach einem Waldbrand. Genau so sagte sie, als sie im kleinen Zimmer vor dem Schlafen diese Geschichte erzählte: „Bäume im Wald nach einem Waldbrand." Und erst jetzt, erzählte sie, sei sie erschrocken, das Lächeln sei ihr aus dem Gesicht gerutscht, und sie habe sich deshalb ein wenig von der Menge entfernt, die sich am südlichen Ufer drängte, und habe an der östlichen Seite diesen vereisten Baumstumpf gefunden, wo sie sich hinsetzte, die Schuhe aus- und die Schlittschuhe anzog und ihre Stiefeletten auf die gleiche Weise mit den Schnürsenkeln verknotete, wie es die Schlittschuhe gewesen waren, und sich um den Hals hängte.

Einen Augenblick wartete sie, sie sah, dass niemand von den Grünen und Schwarzen seine Aufmerksamkeit ihr zuwandte, und erst dann stieß sie sich ab aufs Eis. Die Kinder liefen größtenteils am Ufer entlang. Die Eltern bildeten einen grau-grün-braunen Halbkreis am Südufer, und die Kinder einen ebensolchen, nur bunten Halbkreis auf dem Eis längs dem Ufer. Sie hingegen strebte zur Mitte des Sees, dorthin, wo es keine Schlittschuhläufer gab. Zu der Zeit, erzählte sie, konnte sie gut eislaufen und interessierte sich für das Kunstlaufen, das in Zagreb in ihrer Jugend erst allmählich Zulauf fand. Gut konnte sie den Mond innen und den Mond außen, sie konnte auch eine Pirouette, und wenn sie besonders gut drauf war und mutig, sprang sie etwas, was Ähnlichkeit mit einem Axel hatte.

Allerdings hatten die Sonne, die sie aus der Wohnung gelockt hatte, und der Föhn, der bereits eingesetzt hatte, schon ab dem Morgen das Eis geschwächt, und es begann unter ihr zu knacken. Sie fürchtete weniger das Eis, das nachgab, sondern die Männer in den grünen und schwarzen Uniformen. Und so fühlte sie sich, und sie verhehlte nicht die Begeisterung, wenn sie das erzählte, unerwartet sicher. So sicher wie noch nie, seit der Wahnsinn mit dem Verstecken und dem Verfolgen angefangen hatte. Sie sah die Uniformen, wie sie sich nahe dem Ufer sammelten, und ihr wurde klar, dass es für eine erwachsene Person von normalem Gewicht ein ziemliches Risiko war, hierherzukommen, in die Mitte des Sees, um sie zu fangen. Vielleicht war sie auch zufrieden, dass sie so leicht war, dass sie das „Spinnenbein" war, und sie war überzeugt, dass das Eis sie tragen würde. Sie konnte frei eislaufen, sie konnte gesehen, aber nicht gefangen werden.

Dieses Gefühl der Freiheit, diese Abwesenheit von Angst, war ihr verlorenes Paradies. Und sie lief, so schien es, besser als je zuvor; ihr gelangen die Pirouetten und sogar ein Axel. Sie konzentrierte sich darauf, wie sie den Mond rückwärts ausführte, und der lange Rock störte nicht dabei, denn sie hatte ihn so abgeschnitten, dass man es nicht sah, wenn sie ging, aber auf dem Eis konnte sie frei mit den Füßen arbeiten. Sie, das „Spinnenbein", die in der Schule keine Freundinnen hatte, die sich im Hauseingang vor den Frauen der Ustascha-Offiziere und -Beamten verstecken musste, die in ihrem Leben viel mehr Tode gesehen hatte, als ein Kind sehen sollte, die ihren Vater schon lange nicht gesehen hatte und nicht wusste, was mit ihm war, wurde jetzt, völlig unerwartet und gegen ihren Willen, zum Star. Und während sie über das Eis schnellte, konzentriert auf ihre Figuren, auf die Fußstellung, auf alles, was Trainer Kolarius sie gelehrt hatte, begriff sie auf einmal, als sie stehen blieb, um auszuruhen und die Hände auf den Knien abzustützen, atemlos, in einer gebeugten Haltung, dass alle am Ufer, Erwachsene und Kinder, zu ihr hinstarrten. Während sie lief, hatte sie nicht bemerkt, dass auch das übliche Kindergeschrei aufgehört hatte. Sie hatten ihr in aller Stille zugesehen.

Und sie sah aus ihrer sicheren Seemitte zu ihnen hin. Als sie sich ein wenig ausgeruht hatte, begann sie wieder, jetzt mit vollem Bewusstsein, dass sie ihr zusahen, dass sie für die Kinder ein Vorbild war, dass man durch die Kleidung nicht sah, wie mager sie war, dass ihr Gesicht teilweise von der Mütze aus Hasenfell verdeckt wurde. Und wieder tanzte sie auf dem Eis, das unter ihr knackte. Noch eine Pirouette, noch zwei Pirouetten, und ein Axel, und noch ein Axel. Noch nie bisher war sie so gelaufen, und es schien ihr, sagte sie, dass sie so ihren Vater rächte, von dem man nicht wusste, wo er sich befand, der sich aber mit Sicherheit versteckte, nachdem der Mann von Ada Kottek im Lager gelandet war. Schaut her, schaut nur, dies ist die Tochter eines Mannes, der sich versteckt, dies ist die Halberte, die halbe Israelitin, wenn ihr ihr etwas besser ins Gesicht schaut, seht ihr auch die charakteristische Nase …

Plötzlich brach ein stämmiger Junge im Eis ein. Am Ufer kam es zu einem Auflauf, die Menschen riefen, mehrere Männer krochen vorsichtig aufs Eis, und es war ein Glück, dass sie ihn herausziehen konnten, denn er war gleich am Rand des Sees eingebrochen, bis zur Hüfte. Und während sie ihn herauszogen und sie atemlos zusah, blieben seine Schlittschuhe ständig an der Kante des Eises hängen, und es sah so aus, als müssten sie ihn aus dem Wasser rupfen, was aber das graue, stahlfarbene Wasser nicht zuließ, als hätte es ihn mit unsichtbaren Zähnen gepackt, und als sie ihn endlich herausgerupft hatten, zog ein Mann seinen Militärmantel aus und begann dem Jungen, vermutlich seinem Sohn, das nasse Zeug auszuziehen. Man darf nicht vergessen, das war die Zeit, als das Penicillin noch nicht in breiter Verwendung war und sich alle panisch vor Lungenentzündung und galoppierender Schwindsucht fürchteten.

Auch nachdem sie den Jungen, in den Mantel gehüllt und darunter fast nackt, weggeführt hatten, lief sie weiter auf dem Eis und war sich sicher, dass es unter ihr nicht brechen würde. Aber jetzt weckte ihr Eislaufen nicht mehr die Bewunderung jener am Ufer, weder derer in den grünen noch derer in den schwarzen Uniformen und auch nicht aller anderen, jetzt wurden diese Pirouetten plötzlich zu etwas sehr, sehr Gefährlichem. Das ganze Ufer sah dem Mädchen zu, das in Todesgefahr hartnäckig seinen Mond rückwärts machte und seine Pirouetten auf dem Eis drehte, das knackte, auf dem Eis, das nach dem Einbrechen des Jungen erwiesenermaßen nicht mehr sicher war. Und sie bemerkte, dass sich als Erste die Frauen beunruhigten. Die Mütter. Auch das verband sie mit dem Umstand, dass sie keinen gelben Stern am Mantel trug. Es war schön, plötzlich Solidarität zu empfinden, und nicht nur Angst. An diesem Nachmittag erlebte das elternlose Mädchen, wie sich das gesamte Südufer des dritten Maksimir-Sees um sie ängstigte.

9.

Seit der Operation war ein Jahr vergangen, als sich Mamas Hinken verschlimmerte; sie beschrieb mit dem Kopf fast einen ganzen Halbkreis, und wenn sie vom Markt unsere steile Straße heraufkam, verneigte sie sich bald vor allem: vor dem blau-weißen Olympia der Nachbarn, vor dem Unkraut an der Straße, weil nur die Fahrbahn asphaltiert war, vor den Kletterrosen an den Zäunen, vor den Nachbarn, die sie mit gekünsteltem Lächeln grüßten und von denen sich manche auch neugierig umdrehten, um diesen Halbkreis ihres Kopfes zu sehen, wenn sie mit dem Stock, langsam, eine relativ junge Frau, langsamer als viele alte Frauen, die auf der Straße kaum auffielen, ganz langsam zu ihrem Haus hinaufstieg.

Interessant ist, dass niemand den Krebs, den sie an der linken Brust operiert hatten, die entfernten Lymphknoten und dieses Hinken miteinander in Verbindung brachte. Wegen dem hatte sie in Pension gehen müssen, und die Kollegen aus der Devisendirektion der Kroatischen Nationalbank hatten ihr ein goldenes Armband und eine goldene Uhr geschenkt, eine Doxa mit automatischem Mechanismus. Das Armband habe ich nach ihrem Tod als Bruchgold verkauft, die Uhr ist geblieben, damit sie mich daran erinnert, dass ich das Armband verkauft habe. Sie hatte die unangenehme Eigenschaft, dass sie, sobald man sie in die Hand nahm, zu gehen begann, auch wenn sie bis dahin monatelang gestanden hatte. Sie besaß ein kleines automatisches Herz mit schweizerischer Unterschrift.

Als ihr Gehen gefährlich infrage gestellt war und man Metastasen im Hüftknochen vermutete, schickte Tante Marijana aus der Schweiz ein neues Medikament. Ampullen zum Injizieren, die höllisch teuer waren. Sie kosteten so viel wie ein halber Škoda. An dem Tag, als sie eintrafen, rief sie mich ins kleine Zimmer, um mit mir zu reden.

– Junge, ich werde ein Medikament nehmen müssen.

– Gut.

– Vielleicht werden mir davon die Haare ausfallen.

Fast hätte ich gesagt, gut, aber das verschluckte ich dann doch.

10.

Eine Zeit lang warteten wir voller Angst auf das Ausfallen der Haare. Man konnte sie durch die angelehnte Badezimmertür sehen, wie sie auf die gesammelten Strähnen in der Haarbürste starrte und zu enträtseln versuchte, ob ihr das Haar mehr als sonst ausfiel oder nicht, und sie dann aus der Bürste zupfte und in die Klomuschel warf. Das hatte sie nie getan, bevor die Injektionen aus der Schweiz gekommen waren. Aber unser und ihr Warten auf das Ausfallen der Haare war vergeblich. Krebsursache konnte besorgt fragen:

– Fällt es dir aus?

Sie sagte immer, sogar mit einer Art Unbehagen, als würde sie sich entschuldigen:

– Nein.

Er schien sich Sorgen zu machen, dass ihr das Haar nicht ausfallen könnte, denn wenn das Haar nicht ausfiel, wie es auf dem Beipackzettel für das Medikament vermerkt war, wirkte das Medikament vielleicht auch nicht. Aber diese Sorge war völlig überflüssig, das Medikament wirkte offensichtlich, und sie hörte auf zu hinken. Mehr noch, als sich ihr Gang völlig normalisiert hatte, nach zwei Kuren mit den neuen Injektionen, verbreitete sie die These, dass es sich vermutlich nur um Ischias gehandelt habe, und nicht um Metastasen im Hüftknochen.

– Das wäre nicht so weggegangen – sagte sie – das muss Ischias gewesen sein.

Und so war diese selbst gestellte Ischias-Diagnose zugleich auch das endgültige Symptom der Heilung, die genau in dem Moment eingetreten war, so schien es, als wir in die äußerste Phase der Verzweiflung gefallen waren. Heute lässt sich nicht mehr feststellen, ob es sich tatsächlich um Ischias gehandelt hat, oder ob eine der seltenen Chemotherapien jener Zeit gerade bei uns ihre sensationellen Resultate gezeigt hatte.

Man muss auch zugeben, dass sie von dieser plötzlichen Heilung überrascht wurde, denn sie hatte schon jene Abschiedsbriefe geschrieben, die Pflichten an Krebsursache und Tante Nada verteilt, die Goldsachen beiseitegelegt, die ich erben würde, ein Testament geschrieben und vervielfältigt in mehreren Heftern an verschiedenen Stellen in der Wohnung für den Fall deponiert, dass wir es verlören, „was man von Tvrtko auch erwarten könnte, vor allem, wenn er eine andere Frau findet".

Aber jetzt sah sie sich vor einem neuen Problem: in Pension, aber gesund, und es galt diese Zeit irgendwie zu verwenden, und unseren Steingarten, so anspruchsvoll er auch war, konnte man mit ein paar Stunden wöchentlich abarbeiten: Unkraut jäten, welke Blüten absammeln, vor dem Regen Kunstdünger streuen. Und das war es. Zimmer zum Saubermachen gab es doch nicht so viele, und sie wollte Tante Uršula nicht entlassen, weil sie ihr leidtat. Aber neben diesem sentimentalen Grund, den ich keinesfalls in Abrede stelle, war da noch etwas anderes. Tante Uršula hatte sie in der Überzeugung genommen, dass sie bald sterben werde, und da war es wichtig, dass jemand für uns kochte und sich um uns kümmerte, wenn sie nicht mehr da war. Jetzt schien ihr sicherlich, dass sie mit einer Entlassung von Tante Uršula Gott oder das Glück allzu sehr auf die Probe stellen würde, denn was würde sein, wenn der Krebs zurückkehrte.

Und so erschien, mit dem Mehr an freier Zeit, die Philosophie.

11.

Die Sache war die, dass sie bis zu diesem Zeitpunkt der Philosophie gegenüber eine Mischung aus Angst und Verachtung gehegt hatte. Sie sah sie als unnötig an oder als Vergnügen von Leuten, die zu viel Zeit haben. Und Worte wie etwa „reine Philosophie" waren ein Alarmzeichen. Als wir nach Onkels Tod seine Garçonnière an Studenten vermieteten, achtete sie sehr darauf, was für Studenten wir als Untermieter nahmen. Sie mussten eine technische Disziplin, Maschinenbau oder Elektrotechnik, oder wenigstens an der chemisch-technologischen Fakultät studieren. Die philosophische kam nicht in Betracht. Außerdem mussten sie ihr Haar hübsch geschnitten haben und ordentlich sein, weil sie immer damit rechnete, dass diese Studenten, potenziell, mir Nachhilfestunden in Mathematik geben könnten. Technik und Mathematik waren für sie die Garantie für eine schöne und sichere Zukunft, für Prosperität, und, was das Wichtigste ist, diese Studenten stellten keine fundamentalen Fragen und sahen nicht aus, als würden sie wegen fundamentaler Fragen im Rachen der Droge enden.

Reine Philosophie war für sie der sichere Weg zum Heroin. Und wenn Studenten mit langem Haar zum Vorstellungsgespräch kamen, von der philosophischen Fakultät, ebensolche, wie ich in ein paar Jahren einer sein würde, fragte sie immer:

– Reine Philosophie?

Vorgeblich mit Interesse, aber in Wahrheit mit tiefem Schaudern.

Und jetzt beschäftigte sie sich selbst mit reiner Philosophie. Eine große Veränderung für eine Angestellte mit Höherer Handelsschule und zwei Jahren Ökonomie, die es mit ihrem Fleiß und ihrem Scharfsinn in der Sphäre der Zahlen, sicherlich ererbt vom Onkel, bis zur Deviseninspektorin in der Nationalbank gebracht hatte und seit jeher von Männern mit technischer Ausbildung anzogen wurde. So gesehen auch von jenem Jahr Architektur, das auch in das Museum der Fakultäten geraten war, die Krebsursache inskribiert hatte, der aber bald festgestellt hatte, dass sie schrecklich dumm und überflüssig seien, auch dieses Jahr hatte bei ihrer Verbindung sicherlich eine wichtige Rolle gespielt, so wie die Heilpflanzen oder sein Gedächtnis oder die nicht alltäglichen blauen Augen.

Außer dass er die Zukunft aufhob und sich der Vergangenheit zuwandte, zerstörte der Krebs auch die ganze Skala ihrer Werte. War sie sich dessen bewusst? Das Gefühl materieller Sicherheit und ihr Erringen wirkten plötzlich so zerbrechlich und brachten ihre Angst vor der Tuberkulose zurück, die ihr seit der Geburt in den Knochen steckte. Genau genommen seit vor der Geburt, denn das Blut, das in ihrem Körper zirkulierte, als sie noch im Bauch war, war voller Angst vor der Tuberkulose gewesen. Und zweifellos auch voller Tuberkulosebazillen. Als Neugeborenes hatte sie die Bazillen besiegt, aber die Angst hatte sie nicht besiegen können. Jetzt mussten die Sicherheit des Lebens, die materielle Grundlage, die Wohlsituiertheit, die Gnade der Zahlen zurücktreten gegenüber dem Nachdenken über den Sinn dieses Lebens.

– Junge, du kannst nicht wie ein Koffer leben, man muss sich auch Gedanken machen.

12.

Da sich ihr Zustand, mental und physisch, immer mehr verbesserte, wurde auch Krebsursache immer weniger eine Metapher des Bösen, und immer mehr eine weitere verlorene Seele in dieser Wohnung, in der mehr als Gespräche und Musik das Schlagen der Uhren zu hören war. Die Phase der Philosophie war zugleich auch die Phase unseres Versuchs, Krebsursache und seine boshafte Natur zu verstehen. Das war die Zeit, als sie auch solche Sätze sagen konnte:

– Sei gut zu ihm, im Krieg hat er schreckliche Dinge gesehen.

Oder:

– Papa ist aufbrausend, er hat schwache Nerven, aber er ist ein guter Mensch.

Oder:

– Ihn hat seine Mutter übertrieben verwöhnt, wir müssen ihm helfen.

Aber Krebsursache benahm sich auch nicht mehr so wild. Plötzlich begann, völlig unerwartet, auch seine sanfte Natur hervorzutreten. Er sprach mit den Kiefern im Garten, er pflanzte zwei Pančić-Fichten und erzählte, er habe sie in der Sutjeska-Schlucht wachsen sehen, was definitiv nicht wahr ist, denn in den Krieg war er Ende 1944 gegangen, also nach Sutjeska, und was am meisten verwunderlich war, er wurde auch uns gegenüber liebenswürdig. Wenn er jetzt um drei Uhr aus der Bank zurückkehrte, kam er in mein Zimmer:

– Hallo, Junge! Wie war es in der Schule?

Aber er war noch immer zu nervös, um eine Antwort abzuwarten.

Jetzt kam er sogar jeden Tag ins kleine Zimmer, während wir vor dem Schlafen miteinander sprachen, und setzte sich auf ihr Bett, was, als er es zum ersten Mal tat, eigentlich geschmacklos war. Aber Krebsursache erweichte sich in ungeahntem Ausmaß, und plötzlich wurde es normal, dass er vor dem Schlafen ein paar Minuten auf ihrem Bett saß. In der Zeit mussten wir uns auch selbst eingestehen, dass wir gegenüber Krebsursache unsere Meinung geändert hatten. Seine Vereinsamung erschien jetzt traurig, seine gekauften Trophäen so lächerlich, dass auch sie bedauernswert waren, sein Unvermögen, mehr als nur die äußere Schicht, die Glasur, zu erfassen, wurde jetzt zum Gegenstand gutmütiger Erörterung, wenn er nicht da war. Die Phase der Philosophie korrigierte uns alle, und Mama musste sich fragen, wieso sie die reine Philosophie so viele Jahre als gefährlich angesehen hatte, wenn sie uns doch jetzt offensichtlich auch ihre guten Seiten zeigte.

Zu meinem Geburtstag im Juni 1974 bekam ich von Krebsursache einen schönen gelben Wecker und bedanke mich nicht ausreichend bei ihm. Es war die vierte Uhr in unserem Haus. Krebsursache stellte eines Morgens den Wecker triumphierend auf die Bett-Truhe, die mir als Nachttisch diente, und stand da und wartete, dass ich etwas sage, etwas wie „gefällt mir“ oder „danke, Papa“, aber ich starrte enttäuscht auf den Wecker wie jedes verwöhnte egoistische Kind, das ein Spielzeug erwartet hat, ein Kind, das nicht von der Philosophie und der Nähe von Mutters Tod angerührt ist, sondern sich wie ein blasierter Thronfolger benimmt. Und so sahen wir lange, sehr lange, bis es unangenehm wurde, und irritierend, und am Ende auch schmerzend, in der Stille auf diese vierte Uhr. Das ist eine Szene, die mir später oft wiederkehren sollte, eine Szene, als ich ihn am meisten verletzt habe. Vielleicht gerade deshalb, weil sie sich in seiner besten und verwundbarsten Phase ereignete. Aber ich, der ich an ihn als einen

Irrationalen, Wütenden, Halbverrückten gewöhnt war, konnte einfach nicht plötzlich das Register meiner Reaktionen auf ihn wechseln, sondern hier reagierte auch noch mein Körper: Mimik, Gesten, Worte. Er reagierte noch auf die Geräusche, die er erzeugte, auf sein Öffnen der Türen, auf das Geräusch, das er auf der Treppe erzeugte, wenn er gegen das Geländer stieß, auf seine ständigen Winde aus der Toilette, auf alles, was er war, auf seine Kleidung, die übertrieben war, geziert und lächerlich. Auf seinen Steirerjanker, auf die Hirschhornknöpfe, auf die Schnepfenfedern an den Hüten.

Und so blieb dieser Wecker unbedankt, unbelobigt, Mama aber begann sich darüber ernsthaft Gedanken zu machen.

– Entschuldige, wenn ich dich gegen Papa aufgebracht habe – sagte sie.

13.

Es wäre sicher leichter gewesen, wenn ich mich schrittweise daran gewöhnt hätte, wie andere Kinder, von Kindesbeinen an, von den Windeln an. Bei mir kam es jäh, zusammen mit der Pubertät. Es fing an, wenn ich mich nicht irre, als die Untermieter auszogen. Das Leben drehte sich jetzt im Zeichen der Ziffern 6 und 12, was bedeutend besser war als 4 und 10, weil 6 die Hälfte von 12 ist, und wenn sie mich auf dem Weg zur Schule fragten: „Zoran, in welche Klasse gehst du jetzt?“ oder „Wie alt bist du jetzt?“, war es relativ leicht, mit sechs und zwölf zu antworten, weil es symmetrisch war. Es war das Jahr 1974, und in diesem Frühjahr blieb Onkels Garçonnière im Dachgeschoss leer. Die Studenten, die dort gewohnt hatten, hatten gekündigt und einen dicken Stapel Zeitschriften mit Fotografien nackter Frauen zurückgelassen. Das waren *Adam i Eva*, *Čik* und vor allem *Start.* Als ich Mama fragte, ob ich sie mir nehmen dürfe, sagte sie, ich dürfe, aber sie wolle sie vorher ein wenig durchsehen. Und sie machte wirklich eine Selektion und gab mir den größten Teil der Zeitschriften, und ich tat sie in meinen Arbeitstisch, zusammen mit den Büchern aus Naturkunde oder Geografie. Offensichtlich war die Zeit gekommen, dass ich mich auch mit Bildern nackter Frauen vertraut machen sollte. Es war ihre Absicht, mich möglichst schnell erwachsen werden zu lassen. Hätte es den Krebs nicht gegeben, davon bin ich überzeugt, hätte es auch diese Absicht nicht gegeben. Aber? Einige Zeitschriften hatte sie doch ausgesondert und weggelegt. Und mich interessierten gerade die, und als ich sie fragte, warum sie mir die nicht gegeben habe, ob denn nicht alles das Gleiche sei, sagte sie:

– Nein, Zoran, da sind einige widerliche Frauen mit Riemenpeitschen.

Später fand ich heraus, wohin sie sie getan hatte, und befingerte mich regelmäßig gerade auf die eine „widerliche“, rot gestiefelte, blonde Frau mit der Peitsche. Selbst das Wort „widerlich“ erregte mich, und so flüsterte ich beim Fertigwerden: „Widerlich! Widerlich! Widerlich!“

Ich war ein Kind, das in seinem Arbeitstisch einen Haufen Zeitschriften mit schönen nackten Frauen hatte und sie sich ansehen konnte, wann es das wollte, aber ich schlich mich doch in ihr Zimmer, nahm den Schlüssel aus der Schachtel mit dem Schmuck, den sie nie trug, und zog die mittlere Schublade von Onkels Schreibtisch auf, um mich auf ein widerliches altes Weib in roten Stiefeln und mit Peitsche zu befriedigen.

Dieses Mal blieb unsere Garçonnière leer. Es kamen keine neuen Untermieter, und sie sagte, wir würden auf die Handwerker warten, weil renoviert werden müsse. Die Wände gehörten gestrichen und der Parkettboden neu lackiert. In der ersten Zeit war es mir lieb, wenn ich allein in der Wohnung war, sodass ich mich mit den Damen aus dem einen oder dem anderen Schreibtisch beschäftigen konnte, während sie oben zusammen mit Krebsursache in der Garçonnière arbeitete. Eines war indessen interessant: Wenn ich mit den Damen aus dem Schreibtisch fertig war, fehlte sie mir. Doch sie arbeitete oben zusammen mit Krebsursache. Und sie arbeiteten bis zum Abend. Dann kamen sie herunter in die Wohnung, gut gelaunt. Früher, als sie noch in die Bank ging, hatten sie nur Dienstliches miteinander gesprochen. Krebsursache hatte zum Beispiel gefragt:

– Habt ihr Variable bekommen?

– Diesen Monat nicht, nur das Fixum – hatte sie dann gesagt.

Jetzt zwitscherten und schäkerten sie.

– Weißt du, Vera, was Laci gestern nach der Arbeit gesagt hat? Er fragte, ob ich wisse, weshalb sie noch keine künstliche Fotze erfunden haben.

– Lass ihn, du weißt, wie er ist.

– Deshalb, weil sie kein Gummi finden, das genauso riecht!

Und dann brachen beide in Lachen aus. Ich hörte sie, denn ich war im Klo, nur durch die Tür von ihnen getrennt, während sie vermutlich dachten, ich sei in meinem Zimmer. Das war ein Schock, weil ich mich daran nicht schrittweise gewöhnt hatte. Ich war in sehr kaltes Wasser geworfen worden, und davon kann man auch sterben.

Einmal, als ich in die Garçonnière hinaufging, um sie zu fragen, ob ich mit Davor Fahrrad fahren dürfe, sah ich, wie sie auf dem Bett saßen und miteinander sprachen. Allerdings sprachen sie sehr leise. Krebsursache hatte den Arm um ihre Schulter gelegt, was unerhört war. Und was das Wichtigste war, er hatte ihn nicht weggenommen, als ich eintrat, obwohl ich angeklopft hatte und genügend Zeit gewesen wäre, ihn wegzunehmen. Und sie sagte, ich solle nur Rad fahren gehen, wenn ich alles für die Schule gemacht habe, dass es gut sei und dass ich mal richtig frische Luft schöpfen solle. Als ob die Luft auf dem Horvatovac oder in der Bijenička, wohin wir Rad fahren gingen, sauberer wäre als bei uns auf dem Zelenjak. Also Rad fahren, frische Luft, ich solle nur gehen, und ich ließ sie dort zurück, sie weiterhin mit seinem Arm auf der Schulter.

Mit der Zeit wurden sie und Krebsursache sich selbst genug. Sie sprachen miteinander und kicherten sogar in meiner Gegenwart, sodass ich die Notwendigkeit verspürte zu rufen: „He, ihr, ich bin auch da!“ Das war die Zeit, in der sich Krebsursache ernsthaft für Filme zu interessieren begann und sie zusammen ins Kino gingen. Aber wenn ich sie abends, weil wir zwei uns vor dem Schlafen noch immer miteinander unterhielten, fragte, warum ich nicht mitkönne ins Kino, sagte sie, das seien keine Filme für mich.

– Weil da nacktes Fleisch vorkommt?

– Um Gottes willen, nicht deshalb, Zoran, sondern weil es langweilig wäre für dich.

– Was für Filme sind denn das?

– Über Männer und Frauen – sagte sie.

– Liebesfilme?

– Ja, in gewisser Weise.

Jetzt kam Krebsursache auch tagsüber manchmal in ihr Zimmer und setzte sich auf ihr Bett. Manchmal blätterte er in einigen seiner Zeitschriften und Handbücher, *Lovački vjesnik* oder *Staro oružje*, aber er war da und beteiligte sich am Gespräch.

Die Phase der Philosophie, vom Gedanken an den Tod angestoßen, zeigte spektakuläre Resultate. Einmal, als Krebsursache nicht im Zimmer war, sagte sie:

– Ich und Papa sind uns jetzt, wie du siehst, nähergekommen. Das konnten wir vorher nicht, weil wir nie allein waren. In der Medulićeva, als wir mit Großmutter zusammenwohnten, war sie aufdringlich, und auf den Zelenjak sind wir zusammen mit Onkel gezogen, und wieder waren wir nicht allein.

Ich saß verletzt auf dem Stuhl. Ich sagte:

– Gut!

Aber genau genommen zitterte ich vor der Rückkehr von Krebsursache, der wie gewöhnlich in der Garage den Škoda polierte. Er konnte jeden Augenblick kommen.

– Damit du es weißt – sagte sie – wenn mir etwas passiert, sei gut mit Papa. Er ist dein Vater, und ihr zwei müsst euch respektieren. Hast du verstanden?

– Ja! – sagte ich laut, aber ich dachte: „Hauptsache, er kommt nicht so schnell zurück."

14.

Und obwohl sie und Krebsursache sich in der Zeit näherkamen, machten wir nicht gemeinsam Urlaub. Tante Marijana, die in Marokko lebte, hatte ein paar Jahre zuvor ein Wochenendhaus in Dramalj gekauft. Eigentlich hatte es Papa für sie gekauft, er hatte den ganzen Behördenkram erledigt und die notwendigen Renovierungen organisiert. Sie hatte achtundzwanzig Tage Urlaub, kam aus Rabat angeflogen und machte dort Urlaub mit ihrer Tochter. In der übrigen Zeit nutzten wir es. Vor dem Sommer fuhren wir jedes Jahr ein paar Wochenenden nacheinander nach Dramalj, um das Haus in Ordnung zu bringen, zu streichen, was nötig war, den Garten vom Unkraut zu befreien und es für den Sommerurlaub herzurichten. Aber in den Urlaub kam er nicht mit. Er sagte, dass er von dem Haus schon genug habe und lieber in Zagreb bleibe, und Mama und ich fuhren Mitte Juni nach Dramalj.

Die Morgen und die Abenddämmerung waren unwirklich schön, die Tage langweilig. Dort hatte ich sie endlich ganz für mich, und das kam am Morgen zum Ausdruck, wenn sie mich in dem großen Zimmer weckte, wenn die Morgensonne langsam durch die Fensterläden drang. Wenn sie sie aufstieß, öffnete sich der Blick aufs Meer und auf Krk, das aussah wie der Rücken eines riesigen Walfischs aus Stein, der ein Mammut aus Stein verschluckt hatte, das wiederum hundert Hektar Wald verschluckt hatte, der ihm jetzt durch die steinerne Haut brach. Wir gingen am frühen Morgen zum Strand.

– Ich muss mich vor starker Sonne in Acht nehmen – sagte sie.

Und abends gingen wir am Meer spazieren und aßen Eis. Wir kauften es an einem Kiosk auf halbem Weg zwischen Dramalj und Crikvenica, um es bis zum Ortseingang von Crikvenica aufzuessen, damit wir uns noch gründlich abwischen konnten, weil sie es hässlich fand, eisverschmiert auf der Terrasse des Hotels *Terapija* zu sitzen. Während wir spazieren gingen, sahen wir braun gebrannte Menschen, die ebenfalls Eis schleckten, Kinder mit Eis, ganze Familien, die Eis schleckten und in verschiedenen Sprachen redeten. Eine babylonische Brüderschaft im Eis, in der Abenddämmerung, wenn der Burin prickelt und die feuchte Haut kühlt. Aber sie weiß nicht, dass das dieselbe Promenade ist, über die ich in Gedanken Marija Kos geführt, nackt, und gezwungen habe, auf vier Beinen zu gehen, wie ein Hund. Jetzt, wenn ich mit Mama diesen Weg gehe, in diesem schönen Moment der Dämmerung, schäme ich mich, und mir ist nicht klar, wie ich ein nacktes Mädchen an der Leine führen konnte, in das ich verliebt war. Und denke rasch an etwas anderes. Zum Beispiel, dass ich Besitzer einer der Villen bin, die wir unterwegs sehen. Und sie sagt:

– Hörst du, das war Niederländisch. Es klingt wie eine Mischung aus Englisch und Deutsch.

Und dann erinnert sie sich, dass wir mein Englisch üben könnten, und wir unterhalten uns weiter auf Englisch, und ich schäme mich entsetzlich, denn ich habe das Gefühl, dass wir uns wichtig machen. Ich schäme mich sogar mehr als darüber, dass ich Marija an der Leine geführt und zum Kriechen gezwungen habe.

Die langen Sommertage allerdings waren langweilig. Irgendwie galt es die Zeitspanne zwischen Morgen und Abend auszufüllen. Das Problem mit potenziellen Freunden war, dass alle, die an der Vela riva badeten, erheblich älter waren. Manchmal freundete ich mich mit Mädchen aus dem Kindererholungsheim an, die aus Beli Manastir kamen, aber die waren bald wieder weg, und so war es notwendig, sich mit anderen Mädchen anzufreunden, ebenfalls aus Beli Manastir, die Ekavisch sprachen und von denen ich dachte, dass sie Serbinnen seien. Das Problem mit den Mädchen aus Beli Manastir war, dass sie alle gleich waren. Nicht gleich von außen, sondern von innen, sie benutzten die gleichen Wörter, sie sammelten Servietten, ihre Eltern waren Landwirte, aber bei uns in der Schule war „Landwirt" eine Beleidigung. Eine schlimmere als „Bauer".

Deshalb tauschte ich die Mädchen aus Beli Manastir, immer andere, gegen Joso, einen Einzigen. Joso war zwei Jahre älter, ich war dreizehn, er war fünfzehn, und ihm fehlten schon drei Zähne, und wenn er stark lachte, auch vier. Er sagte, sein Papa hätte sie ihm ausgeschlagen, aber nicht auf einmal, sondern in mehreren Malen, irgendwie verteilt, ein anderes Mal erzählte er allerdings, er habe sie auf einmal verloren, bei einer Schlägerei mit einem älteren Jungen aus Jadranovo, dem er beide Stirnbeine gebrochen habe. Mit Joso war es interessant, denn er konnte gut klauen. Wir saßen gewöhnlich am überfüllten Strand unterhalb des Restaurants *Lanterna*, meistens neben deutschen Familien. Und während wir uns sonnten, durchsuchte er, mit dem Handtuch bedeckt, die Strandtaschen, in denen die deutschen Mütter ihre Portemonnaies hatten. Interessant ist, dass fast alle deutschen Mütter ihre Portemonnaies in diesen Strandtaschen hatten, zusammen mit trockenen Badesachen für die Kinder, mit Sonnenmilch und Haarklammern aus Plastik. Die Portemonnaies öffneten wir an Ort und Stelle, den Kopf mit dem Handtuch bedeckt, und lachten über die Fotografien ihrer Kinder. Das Problem der deutschen Mütter war, dass sie nicht gleichzeitig ihre Kinder im Wasser und die Portemonnaies in den Taschen im Auge haben konnten und sich immer für die Kinder entschieden. Joso nahm nur das Geld und legte die Portemonnaies zurück. Er sagte, das sei anständig. Die Karten sah er sich an, nahm sie aber nie. Zu der Zeit wussten wir noch nicht, wozu American Express und Diners dienten.

Für das Geld kauften wir Schokoladebananen, Zigaretten und kleine Fläschchen Cognac. Manchmal gingen wir auf Cevapcici, aber nicht ins Restaurant *Lanterna*, weil sie ihn dort gut kannten und er die Terrasse nicht betreten durfte, sondern zu einem Kiosk ziemlich weit Richtung Crikvenica. Mit der Zeit lernte ich alle Plätze kennen, auf die Joso keinen Fuß setzen durfte. Es waren ziemlich viele. Außer dem Restaurant *Lanterna* war da der Strand unterhalb des slowenischen Erholungsheims, dann die meisten Strände auf dem Kačjak, wo sie ihn wegjagten und ihm drohten, er werde noch die restlichen Zähne verlieren. Mit Joso war es lustig, aber zugleich musste man sich sehr vorsichtig durch die Welt bewegen. Ihm gingen auch die älteren Kinder an der Vela riva aus dem Weg. Sie jagten ihn nicht weg, es war nur zu sehen, dass ihnen seine Anwesenheit dort nicht recht war. Und zwar nicht deshalb, weil er klaute, sondern weil er nicht aus Dramalj war, seine Leute waren aus der Lika zugezogen, und sein Vater war Maurer. Er baute Häuser aus Zementblöcken und hob Schächte aus. Joso hatte noch fünf Brüder und Schwestern. Einmal hatte er ein Motorrad gestohlen, eine Tomos 15, und versteckte es eine Zeit lang bei uns in der Garage. Als Mama fragte, wem das Motorrad gehöre, sagte ich, Joso, und als sie fragte, warum er es hier stehen habe, erklärte ich, dass es in ihrer Garage keinen Platz gebe. Dann ging sie zu Josos Mutter, und unsere Freundschaft war zu Ende. Von da an ging sie auch tagsüber mit mir zum Baden.

Noch vor dem hatte mich Joso eines Abends zur Vela riva mitgenommen, wo sich abends die Mädchen und Jungen aus Dramalj trafen. An dem Abend hatte sich ein älteres Mädchen aus unserer Straße so sehr betrunken, dass sich die Jungen auf ihr abwechselten. Sie lag auf dem Wellenbrecher, sternhagelvoll, mit hochgeschobenem Rock, und sagte:

– Tut weh, aber egal!

Joso und ich schauten nur, aber mit der Zeit ersetzte dieses „tut weh, aber egal“ jene Gedanken an Marija Kos, die ich an der Leine führe.

In diesem Sommer begann sie Müdigkeit zu verspüren. Wir mussten mehrere Male stehen bleiben, wenn wir vom Strand zu Tantes Wochenendhaus hinaufstiegen. Damals hatte an unserem Weg ein neuer Selbstbedienungsladen eröffnet, und so gingen wir auf dem Weg vom Strand herauf oft hinein, um etwas fürs Abendessen zu kaufen. Sie konnte es kaum erwarten, von der steilen Steigung in den Selbstbedienungsladen zu kommen und sich unter den Ventilator an der Decke zu stellen.

Dreizehneinhalb, das ist ein seltsames Alter, das so entfernte Dinge miteinander versöhnen kann wie Klauen am Strand, Serienvögelei, ein nacktes kleines Mädchen an der Hundeleine und morgendliches Schmusen mit Mama, wenn sie mich weckte. Aber in diesem Sommer bemerkte ich, wenn wir schmusten und uns im Bett boxten, sie mich mit dem Kissen und ich sie mit dem Kissen, so zeigt sich das Glück in den Filmen, als ich sie also einmal umarmte, bemerkte ich, dass sie einen sehr kleinen Kopf hatte. Das rief Besorgtheit hervor, dieser kleine Kopf, der fast ganz in meinen beiden Händen Platz hatte, wie ein Handball.

Wir mussten den Sommerurlaub abbrechen, denn sie war so müde, dass sie nicht einmal mehr zu dem Laden gehen konnte. Ende Juli kam Krebsursache, um uns mit dem Škoda abzuholen, und wir schwiegen fast die ganze Zeit bis Zagreb, obwohl er, wie gewöhnlich, kaum etwas schneller fuhr als ein Pferdegespann und jedes Auto, das uns überholte, größte Scham auslöste. Damals konnte ich noch nicht wissen, dass sich jeder Simca oder Austin oder BMW, der uns überholte und dessen Fahrer verächtlich den Kopf zu uns umdrehte, in ein Mädchen verwandeln würde, das mir gefällt, aber mit dem ich nie etwas haben werde.

15.

Sie kam in die Vinogradska, auf die Abteilung mit Namen Interna III B, in ein Zimmer, von dessen Fenster aus man das Dach der Kapelle sehen konnte. Wer weiß, ob diese Abteilung auch früher so hieß, als der magere Schatten ihrer Mutter durch diese Gänge strebte und hier und da dem größeren und stärkeren Schatten des Doktor Bernstein begegnete? Möglich, weil diese Aufschrift alt war, die Tür wirkte noch älter, wie auch die trüben Fensterscheiben in den Abteilungen. Die Wände waren bis zur Hälfte mit grünlicher Ölfarbe gestrichen, damit man sie leichter waschen konnte, und von der Hälfte an waren sie gekalkt, aber dieser Kalk hatte schon graue Nuancen angenommen, als wäre er jahrzehntealt. Genau genommen, wenn man ein wenig überlegt, konnte es für sie auch kein anderes Krankenhaus geben als das in der Vinogradska. Dort hatte sie ein Kollege von Doktor Đurin eingewiesen, auf Lidijas Intervention hin.

Als wir sie am nächsten Tag besuchten, lag im Nachbarbett eine bleiche und entsetzlich magere Frau mit Dekubitus-Wunden. Für einen Augenblick, eine Zehntel- oder Hundertstelsekunde, dachte ich, das wäre sie. Das war ein Stromschlag, der durch den ganzen Körper ging, aber von einem kalten Strom, der die Organe in Eisklumpen verwandelt. Ich muss auf diese Frau gestarrt haben, denn sie winkte ab, um zu verstehen zu geben, dass das nicht sie war. Und lächelte dazu, so fröhlich sie konnte.

Neben ihrem Bett stand ein Gestell, hoch aufragend wie ein durchschnittlicher Basketball-Center, und auf dem Gestell ein Fläschchen Blut, und aus dem Fläschchen ein dünner Schlauch, der in eine Nadel führte, und die Nadel in ihren Arm, an dem es ziemlich viele blaue Flecken gab.

– Ich bin in die Familie Jovanović gekommen! – war das Erste, was sie sagte. – Seht her!

Und zeigte mit der anderen Hand auf das Fläschchen. Dort stand, auf einem etwas zerdrückten Etikett, in kyrillischer Schrift: Predrag Jovanović, Pančevo, Mai 1974. Damals wusste ich nicht, was ich jetzt weiß: dass Predrag, dessen Blut sie bekam, wohl von einer Panzereinheit war und dass man ihm für dieses Fläschchen Blut zwei Tage

Militärdienst erlassen würde. Dieser um zwei Tage verkürzte Militärdienst verlängerte ihr Leben um eine erhebliche Anzahl Tage, und der Augenblick, wo aus Pančevo die Panzer auf Vukovar vorrücken würden, war noch weit und völlig unvorstellbar, wie ein Angriff von Außerirdischen.

Zu Anfang kamen wir jeden Tag. Wenn sie nicht an die Transfusion oder Infusion angeschlossen war, konnten wir gemeinsam mit ihren neuen Pantoffeln und ihrem neuen einfarbigen, speziell für das Krankenhaus gekauften Schlafrock im Krankenhausgarten spazieren gehen. In der Mitte dieses Gartens stieg ein steiler, aber breit betonierter Weg an, der zu den neueren Gebäuden ganz oben auf dem Krankenhausgelände führte, und dort konnte man alles Mögliche sehen.

Wie Betrunkene torkeln, hatte ich relativ oft gesehen. In unserer Straße war ein Gasthaus, und im Sommer, vornehmlich im Sommer, konnte man betrunkene Menschen sehen, wie sie zu Fuß die Straße herunterkamen. Manche sangen, aber manche, die betrunkeneren, torkelten nur. Das Gefälle half ihnen dabei nicht. Es gab auch solche, die es von einem Ende der Straße zum anderen und wieder zurück verschlug und die sich manchmal in dem Gestrüpp auspinkelten, das an unserem Zaun wuchs. Aber dort in der Vinogradska, wenn wir im Park spazieren gingen, um die Frau mit den Wunden nicht sehen zu müssen, die im Sterben lag und einen einförmigen Ton ausstieß, sah ich zum ersten Mal, wie ein Mensch in einem Rollstuhl torkelt. Ohne Beine. Er versuchte sich gleichmäßig abzustoßen, aber aus einem Grund war ein Arm stärker, den anderen vergaß er für einen Moment, obwohl er ihn hatte, und so fuhr der Rollstuhl nicht gerade, sondern in einer Zickzacklinie, wie ein Hase auf der Flucht vor dem Jäger. Oder wie ein Slalomläufer, der die Stangen umfährt, nur viel langsamer. Und er neigte sich immer auf eine Seite. Der junge beinlose Rom torkelte im Rollstuhl hin und her, und wenn er zu dem betonierten Weg kam, der mitten durch den Park zu den oberen Gebäuden des Krankenhauskomplexes führte, gelang es ihm, ein paar Meter voranzukommen, bevor er wieder zurückglitt. Und wieder versuchte er, hinaufzukommen, aber die Arme hielten ihn nicht, so wie einen normalen Betrunkenen aus unserem Gasthaus die Beine nicht hielten. Dann musste man ihn bergauf schieben und vor der

Abteilung von Doktor Hudolin abstellen, wo Alkoholismus behandelt wurde. Dort würde ihn schon jemand übernehmen. Sie sagte, der junge Mann sei im Sandwich gefahren, zwischen zwei Straßenbahnwagen, und der Anhänger habe ihm beide Beine abgetrennt. Und dass er damit kein Problem habe, weil die Wunden *per primam* verheilt seien, dass ihm aber jetzt der Alkohol zusetze. Niemandem sei klar, wie es ihm fast jeden Tag gelinge, im Rollstuhl aus der geschlossenen Abteilung für Alkoholismus zu flüchten, aber offenbar gelinge es ihm. Es kursierten Gerüchte, dass ihn Doktor Hudolin selbst rauslasse, aber niemand wisse, warum er das tue.

Immer, wenn wir in diesem Sommer spazieren gingen, zog sie den Schlafrock an, obwohl es heiß war, aber sie schämte sich, nur im Nachthemd hinauszugehen, und sie sagte:

– Mein Blutbild hat sich gebessert!

Bald erwartete sie uns so auch nachmittags, nach drei, wenn wir kamen:

– Tvrtko, mein Blutbild hat sich gebessert!

– Zoran, mein Blutbild hat sich gebessert!

Und ich bedankte mich innerlich immer bei Predrag Jovanović, aber ich bin mir nicht sicher, ob ich das getan hätte, wenn ich gewusst hätte, dass er Blut nur für die zwei Tage spendete.

Das über das Blutbild sagte sie laut, aber zu Krebsursache leise:

– Ich habe wieder nicht geschlafen, sie hat die ganze Nacht gejammert. Das Morphium hilft nicht.

Und Krebsursache legte alle Anstrengung hinein, sie traurig anzusehen.

16.

Je länger sie im Krankenhaus war, desto seltener besuchten wir sie, obwohl es ihr immer schlechter ging. Es bedurfte vieler Kraft und Entsagung, dass wir uns von unserer Anhöhe herabbegaben, in die Elfer stiegen und durch die halbe Stadt fuhren, und dann wieder den Weg von der Straßenbahnhaltestelle vor der Kaserne bis zum Krankenhaus gingen. Mit dem Škoda fuhren wir nie, denn Krebsursache behauptete, dass es vor dem Krankenhaus keine Parkplätze gebe, aber ich denke, das war deshalb, weil wir dann zu schnell dort gewesen wären.

Viel später, wenn ich mir vorstellte, dass Großmutter Ivka und Benjamin diesen Weg gehen, stellte ich sie mir immer vor, wie sie aus dem Krankenhaus kommen und zur Straßenbahnhaltestelle hinuntergehen, aber nie, wie sie hinaufgehen. Zur Arbeit gingen sie jeder für sich, allein oder mit Kollegen, aber zurück gingen sie immer zusammen. Auf der anderen Seite sehe ich uns, Krebsursache und mich, immer, wie wir auf das Krankenhaus zugehen, aber nie aus ihm heraus. Das Grauen, das in der Struktur dieser Nachmittage herrschte, wenn wir uns dem Krankenhaus näherten, präparierte diese Augenblicke wie die toten Vögel aus dem Jagdkabinett. An ein Gefühl der Freiheit, wenn wir aus ihrem Zimmer kamen, und aus dem Krankenhaus, erinnere ich mich nicht.

Zuerst besuchten wir sie jeden zweiten Tag, aber sie kam einfach nicht nach Hause, und so wurde es logisch, dass wir sie jeden dritten Tag besuchten, die gewaschene Wäsche brachten und die schmutzige mitnahmen. Aber auch das erwies sich bald als zu häufig, weil wir einsahen, dass die Tage, an denen wir sie besuchten, gezeichnet waren wie gebrandmarktes Vieh.

Ende September kamen wir bereits nur mehr am Wochenende. Wir bissen von ihrer Krankheit die Tage ab als einzige Möglichkeit für uns, zu leben; denn fünf Tage waren genug, um ziemlich effizient sowohl sie als auch das Krankenhaus zu vergessen. Dann begann schon das Eislaufen in der Daničićeva, und ich ging dort jeden Nachmittag hin, wenn die Schule am Morgen war, und jeden Morgen, wenn die Schule am Nachmittag war, und führte ein Mädchen aus der Klasse an der Hand, dessen Name Suzana war. Marija Kos und ihr Draht um den Hals und die Hundeleine waren längst verblasst. Auf das Eislaufen mit Suzana hatte ein Film Einfluss, der *Love Story* hieß und der Liebe und Sterben so schön miteinander versöhnte.

Aber schon am Freitagabend meldete sich die Erinnerung an die gebrandmarkten Tage erneut. Der Freitagabend verging im Zeichen der Vorbereitung auf die Vinogradska, und wir erinnerten uns wieder mit Trauer, dass eine weitere ganze Woche vergangen war, ohne dass wir sie besucht hatten, obwohl wir letzten Sonntag uns selbst versprochen hatten, Krebsursache und ich einzeln und jeder nach seinem Gewissen, dass wir sie in der folgenden Woche bestimmt mehr besuchen werden. Und dann verging wieder eine Woche, in der wir sie nicht besuchten, weil uns jenes feine Vergessen betrogen hatte, das diese Tage kaum erzeugt haben konnten. Indessen hatte auch dieses Vergessen seine Unterwelt voll blutiger Ströme. Dieses Vergessen verbinde ich mit dem Zwischenraum zwischen den Häusern gegenüber unserem, durch den ich aus dem Fenster des Zimmers, das jetzt nur meines geworden war, einen Teil des Krankenhauses in der Zajčeva sehen konnte. Im Anblick der grauen Mauern und Reihen gleichförmiger Krankenhausfenster gerann dieses unterirdische Grauen zu einem Bild: als hätten wir sie in jenem anderen Krankenhaus, das sich am Ende unseres Bildes der Stadt befindet, lebendig eingemauert und als existierte das Krankenhaus vor meinem Fenster nur deshalb, um uns an jenes dort zu erinnern. Sie war lebendig eingemauert in ihrer Vinogradska-Grabkammer, und so lebendig eingemauert blieb sie bis zum Tod. Und lange, lange nach dem Tod. Sie starb, als ich fast fünfzehn war, jetzt bin ich sechsundfünfzig, und noch immer kann ich mit jenem Grauen aufwachen, das sich nicht aufzeichnen lässt: dass sie irgendwo lebt, und dass sie lebendig eingemauert ist.

17.

Ordination, schräge Nachmittagssonne, Schatten, und wir zwei, das ist ohne Frage eine Bühne. Im vorderen Teil steht ein massiver Eichentisch, an der Wand hinter dem Tisch hängt ein Plakat mit einer Darstellung des Blutgefäß-Systems mit dunkelroter Farbe der Muskeln, blauer Farbe der Venen und hellroter Farbe der Arterien. Links ist die Tür, rechts das Fenster, durch das man den Turm der Kapelle sieht. In der Ecke neben der Tür befindet sich das Skelett für den Anatomieunterricht. Vor dem Tisch steht ein kleiner runder Hocker, und an der Wand gegenüber ein Bett für Untersuchungen. Ein Glasschrank mit kleinen Fläschchen steht links von der Tür. Auf dem kleinen runden Hocker sitzt Krebsursache, und ich sitze auf dem Untersuchungsbett und schlenkere mit den Beinen, was der ganzen Szene eine gewisse Fröhlichkeit verleiht. Hier wartet auch der Konflikt.

Wir warten auf den Arzt. Hierher kommen wir alle vierzehn Tage und warten immer auf den Kollegen von Doktor Đurin, dass er die Visite beendet und sich dann uns widmet. Der Zwei-Wochen-Zeitraum dauert, bis wir wieder ins Krankenhaus müssen, dazu sammeln wir unsere Tapferkeit all die Tage, die wir dem Vergessen widmen möchten, aber dieses Vergessen erfolgt nie in dem Maße, wie wir es uns ersehnen. Sie hat darauf bestanden, dass wir in diesen Abständen zu dem Kollegen von Doktor Đurin gehen. Es ist unglaublich, wie schnell zwei Wochen vergehen, wenn du das fürchtest, was kommt. Und sie fragt mich, wenn ich ihr Zimmer betrete, in dem die Zimmerkolleginnen ständig wechseln, schon sind drei gestorben, seit sie hier ist, schon an der Tür mit schwacher Stimme, dass ich sie kaum höre:

– Wart ihr beim Doktor?

Und ich sage immer, ja, wir sind bei ihm gewesen, worauf sie sich beruhigt.

Und der Doktor kommt in seine Ordination mit aufgeknöpftem Kittel, der nicht gerade der sauberste ist, mit Hemd und Krawatte, mit goldgeränderter Brille, und ist immer in Eile.

– Entschuldige, Tvrtko, ich konnte nicht früher, immer zieht dich jemand am Ärmel. Du kennst das ja, dich wegen eines Kredits, und mich wegen dem …

Und setzt sich an den Tisch. Dann zieht Krebsursache diskret ein zerdrücktes Kuvert heraus, das er auf die eingeschweißte Jugoslawienkarte legt, die auf dem Tisch als Schreibunterlage dient.

– Das musstest du doch nicht, Tvrtko – sagt er immer. Aber dann steckt er das Kuvert doch in die Tasche des Kittels.

Jahrelang wusste ich nicht, dass wir damals zahlten, damit man sie so lange wie möglich im Krankenhaus behielt. Und ich verstand nicht, wenn sie sagte:

– Was tätet ihr wohl zu Hause mit mir, so?

Auf dieser Bezahlung bestand sie auch, als wir nur noch selten kamen. Vielleicht wusste sie, dass, wenn das nicht wäre, wir überhaupt nicht kommen und sie noch lebendig vergessen würden.

Schon ist es Herbst, das Laub ist in unterschiedlichen Nuancen vergilbt, fast individuell, und das Dach der Kapelle ist ständig nass, auch wenn es nicht regnet. Wir kommen noch immer alle vierzehn Tage, und der Doktor sagt, das musstest du doch nicht, Tvrtko, aber nimmt das Kuvert. Und während wir zu Anfang, nach der Kuvertübergabe, gemeinsam in ihr Zimmer gingen, sagt Krebsursache jetzt:

– Geh du Mama begrüßen, ich werde hier auf dich warten.

Und ich sehe, wie der Doktor von irgendwo eine Flasche Whisky herausholt.

18.

Die Uhren in unserer Wohnung schlugen ohne Mama, und der Klang war anders, obwohl die Zwölfuhrschläge noch immer schwer zu beschreiben waren. Eines Samstagnachmittags, es war schon November, aber ein falscher November, weil sich das Laub noch immer fest an seinen Positionen hielt, als ich das Krankenzimmer betrat, sie war noch nicht in Schmerzen, die Schmerzen begannen aus einem Grunde spätabends, sagte sie:

– Junge, ich muss mal, bring mich zur Toilette!

Kein „hallo“, kein „wie geht es dir“, sondern „bring mich zur Toilette“. Sie war dicker als je zuvor, voller Wasser, und die Beine trugen sie nicht. Sie stützte sich völlig auf mich, während wir gingen, und ich erinnere mich an die knotigen Füße mit den blauen Flecken in den rosa Pantoffeln, die obendrauf eine rosa Quaste hatten, wie eine Akazienblüte. Ich führte sie in die Toilette, und sie bestand darauf, dass ich bleibe.

– Zwei Wochen habe ich nicht.

Ich hielt sie auf der Muschel fest, während sie es verrichtete, damit sie nicht fiel. Aber das ließ sich nicht so leicht bewerkstelligen. Sie war gründlich verstopft, sie presste und presste, ihr Gesicht war, als würde sie weinen, die Unterlippe zerbissen, die Wangen zerfurcht, sie quälte sich, aber nichts kam heraus. Ihr Gesichtsausdruck, den ich beim besten Willen nicht nachzeichnen könnte, den ich aber auch nie vergessen werde, sah aus, als würde sie von Wehen gequält. Das kam in Wellen, und wenn es kam, grub sie mir, obwohl sehr schwach, ihre Fingernägel ins Handgelenk und stieß seinen sehr hohen einförmigen Ton aus. An diesem Nachmittag zog sich die Zeit in die Länge, und Stunden wurden sinnlos. Sie hatte mich einmal geboren, vor vierzehneinhalb Jahren, und jetzt gebar sie mich wieder.

Nachdem ich erneut geboren war und Krebsursache nicht mehr ins Krankenhaus ging, kam Tante Nada wutentbrannt zu uns gerannt. Schon an der Tür warf sie ihm ein durch die Zähne gepresstes „Wie kannst du nur?“ ins Gesicht.

Sie sagte, wir sollen uns anziehen und sie werde uns auf der Stelle in die Vinogradska bringen, und, wie können wir sie im Krankenhaus bloß allein lassen.

Krebsursache hatte vor Kurzem beim Ausverkauf im *Nama* Rollkragenpullover für mich gefunden, die mir ausgezeichnet standen: grau, schwarz und ziegelrot, und in der Stara Vlaška hatte er mir eine Hose aus dunkelblauem, fast schwarzem Stoff nähen lassen, die ausgezeichnet zum grauen und ziegelroten Pullover passte. An dem Tag, als es schien, als wären auch die lebendigen Menschen bereits gestorben, sagte Krebsursache, ich solle die dunkle Hose und den grauen Pullover anziehen, um uns ihr zu zeigen.

Als wir in den Krankenhausflur kamen, öffnete Nada die Tür zu ihrem Zimmer und schob uns buchstäblich hinein, uns so Herausgeputzte, während sie selbst draußen blieb. So als hätten wir uns selbst erinnert zu kommen. Sobald wir hineingeschoben waren, sagte ich:

– Schau, Mama, ich habe eine neue Hose!

Sie zog sich langsam in die Höhe, wobei sie das Dreieck benutzte, das über dem Bett hing, ohne dieses Dreieck kam sie nicht mehr hoch, und sah mich an.

– Warum ist sie so dunkel? – sagte sie als Erstes.

Dann sah sie Krebsursache voller Hass an.

– Du bist ein sadistisches Schwein! – sagte sie, und er machte ein trauriges Gesicht.

Er hatte vermutlich zeigen wollen, wie sehr er sich kümmert, wie er an alles denkt, aber sie hatte es nicht verstanden. Stattdessen krächzte sie:

– Sadistisches Schwein!
– Sadistisches Schwein!
– Sadistisches Schwein!

Das konnte aber auch vom Morphium sein.

Bald genügte es nicht mehr, ein trauriges Gesicht zu machen, die Situation verlangte Progression. Ende des Jahres fing Krebsursache, kaum hatten wir mit äußerster Anstrengung ihr Zimmer betreten und sie auf dem Bett gesehen, so mager, aber aufgedunsen, denn zu der Zeit war sie gleichzeitig mager und dick, aber dick auf eine seltsame, asymmetrische Weise, und mager von innen, wobei man sich diese Magerkeit unter der oberflächlichen Aufgedunsenheit, die das Wasser hervorrief, das sich in ihrem Körper gesammelt hatte, vor allem in den Gelenken und Beugen, vorstellen konnte, kaum waren wir also eingetreten, fing Krebsursache an zu weinen.

Er legte ihre Wäsche in das Nachtkästchen und weinte ohne Stimme, die Tränen rannen ihm nur so, und unter diesem Weinen war ein gewisser Stolz zu sehen. Denn er, der Held und Kämpfer, der vergessen hatte, dass ihn die Partisanen mobilisiert hatten, und der fest überzeugt war, er sei allein, lange bevor er tatsächlich zur Vojvodina-Brigade gekommen war, in den Krieg gezogen, er zeigte plötzlich, niedergerungen vom Schmerz über das Sterben der Frau, die er liebte, natürlich auf seine Weise, heroisch Gefühle, so wie er heroisch gegen die deutschen Stellungen angestürmt war. Einmal, als er nicht im Zimmer war, kommentierte sie:

– Gäbe es hier einen Spiegel, würde er vor dem Spiegel weinen und sich selbst bewundern!

Aber statt eines Spiegels waren über dem Waschbecken im Zimmer nur vier Löcher von den Schrauben, mit denen er dort einmal befestigt gewesen war.

Und sie, um die er weinte, immer vor ihr, war nicht Mama, mit der er sich gestritten hatte und der er sein ganzes Leben lang mehr oder weniger ausgewichen war, sondern sie hatte sich in etwas verwandelt, was viel mehr war, in eine erhabene Person, die sich am Ende zu dem kristallisiert hatte, was sich mit der Phrase „geliebte Frau" oder sogar „Frau meines Lebens" bezeichnen ließe. Und während er um die „Frau seines Lebens" weinte, schien sie, in der letzten

Zeit von schrecklichen Schmerzen zerrissen, wieder nur Ekel zu empfinden.

Und wenn das der Fall war, wenn seine erhabenen Tränen rannen, röchelte sie nur verächtlich:

– Lass das! Der Junge sieht zu.

Vor dem Ende war es fast so, dass wir überhaupt nicht mehr ins Krankenhaus gingen. Wir ließen sie eingemauert in diesem Grabmal, und Krebsursache sagte ständig, dass wir morgen gehen, dass sie schreckliche Schmerzen leidet und dass wir sie stören. Und ich tat so, als würde ich ihm glauben. Deshalb ist sie in meinen Träumen nie gestorben, sondern lebt noch immer eingemauert an einem schrecklichen Ort, in einem grauen Bau mit Reihen gleichförmiger Fenster.

Und am Ende selbst kam Krebsursache gegen neun Uhr morgens in die Schule, um mich abzuholen, und wir fuhren in die Vinogradska. Offenbar war ihm gemeldet worden, dass das Ende nahe sei. Er konnte doch nicht versäumen, die Frau seines Lebens ein letztes Mal zu sehen. Als wir ankamen, war sie nicht mehr bei Bewusstsein. Sie schlief laut, mit offenem Mund, aber das war kein Schnarchen, sondern etwas anderes. In diesem Geräusch heulten die Kojoten, und er hielt mich fest an der Hand. Er weinte nicht mehr.

Ay, Carmela

1.

In den Augen von Frauen mit Gewehren leuchtet eine bessere Welt. Selten in den Augen von Männern mit Gewehren. In Carmela verliebte ich mich wegen des Liedes, in dem die Geschichte Striptease macht. Sie zieht sich nicht komplett aus, aber genug. Jede Armee möchte nach einer gewissen Zeit besser aussehen, aber manche Armeen, dachte ich, manche Armeen sind tatsächlich besser als andere. In den Augen von Frauen, die auf Schwarz-Weiß-Fotografien Gewehre tragen, sieht man dieses Leuchten tatsächlich: Kuba, Vietnam, Spanien … Sie kämpfen für die Zukunft, und in der wartet manch Großartiges.

In die Dokumentaristen- und Bibliothekarsklasse des Bildungszentrums für Kultur und Kunst in der Križanićeva kam ich direkt aus der Klapsmühle in Vrapče. Mit noch nicht siebzehn Jahren hatte ich eine Reihe schwerer Besäufnisse, Schlägereien und tonnenweise Unglück hinter mir, das sich am Weihnachtsabend 1978 in einem sinnlosen Messerstich in den Bauch eines älteren Schulkameraden manifestierte. In der großen Wohnung in der Voćarska spielte *Fly, Robin, Fly*, während der Blutfleck auf dem weißen Hemd vor meinen betrunkenen Augen größer und größer wurde. Die Wunde war nicht gefährlich, rasch hatte man sie in der Notaufnahme in der Vinogradska geflickt, aber mich verfrachtete man nach Vrapče. Das war eine gute Maßnahme, denn sonst wäre ich mit einer Strafanzeige in der Anstalt für ältere Minderjährige gelandet, einer Einrichtung, die sich Besserungsanstalt nennt, wobei aber jedem klar ist, dass sie niemanden bessert. Als ich aus dem Delirium erwachte, war die braune Wand des Achtbettzimmers, offenbar eine Art Intensivstation für Irre, mit weißen Handabdrücken übersät, die nach einer halben Stunde nicht mehr da waren. Ich wunderte mich, wo diese Handabdrücke geblieben waren, ich fragte sogar eine Schwester, aber sie lachte nur:

– Das hast du geträumt, Junge!

Die meisten Leute auf den Betten waren mit Lederriemen festgeschnallt. Die klassischen Zwangsjacken gab es nicht. „Wo sind ihre Hemden? Und wo sind die Handabdrücke an der Wand?" Im Bett links von mir war allerdings jemand nicht festgebunden. In dem Augenblick war ich Gott dankbar für noch einen, der nicht festgebunden war. Noch ein Normaler an dem schrecklichen Ort? Ein sympathischer Bartträger in einem gestreiften Pyjama, bis zur Mitte zugedeckt.

– Und weshalb haben sie dich …? – Der nicht festgebundene Zimmergenosse war neugierig.

– Ich war sturzbetrunken!

– Und? Nur deshalb?

– Ich habe einen Jungen mit dem Messer gestochen! – und dann setzte ich hinzu: – Zufällig.

– Das ist schon etwas anderes – sagte er – spielen wir eine Partie Bela?

In diesem Moment kam ein vierschrötiger gedrungener Krankenpfleger mit rotem Gesicht ins Zimmer und blieb über den Mann rechts von mir gebeugt stehen. Der Mann war bleich, hatte die Augen geschlossen und zuckte wild mit den Beinen, mit den Armen konnte er es nicht, weil sie festgebunden waren.

– Du bist wieder im Delirium – sagte der Krankenpfleger – ich binde dich fest.

Und ging hinaus. Vermutlich um Riemen für die Beine zu holen. Auch das war Teil meiner Pubertät, die schwerer war als bei anderen Heranwachsenden.

– Lass ihn – sagte der nicht festgebundene Zimmergenosse, und als er sah, wohin ich sah: – Schwein!

– Ein Schwein hat dich geboren – sagte der Krankenpfleger beim Hinausgehen.

Der nicht festgebundene Zimmergenosse mischte die Karten. Zwischen unseren Betten stand mein Nachtschränkchen, und er fing an zu geben.

– Für den Anfang spielen wir ohne Geld – sagte er.

– Ich habe kein Geld.

– Das ist nicht schlecht – sagte er und gab weiter – Geld ist schmutzig.

Einige Augenblicke später kehrte der Krankenpfleger mit Riemen für die Beine zurück, begleitet von der Schwester, die zu mir gesagt hatte, ich würde träumen. Der Mann trat mit den Beinen gefährlich um sich, er stieß Laute aus, wie sie vielleicht Fledermäuse ausstoßen, wenn man sie quetscht. Er knirschte mit den Zähnen. Der Krankenpfleger fasste seinen Unterkiefer und zog ihn auf, und die Schwester drückte vorsichtig einen Gummischutz hinein, wie ihn Boxer haben, damit sie sich nicht die Zähne ausbrechen. Dann senkte der Pfleger langsam das Gitter am Fußende des Bettes ab, der Mann war völlig eingezäunt, wie in einem flachen Käfig, der Pfleger warf sich über seine Beine, um sie festzuhalten, und die Schwester band sie mit den Riemen fest.

– Spielst du oder spielst du nicht? – sagte der Bärtige.

Ich warf eine Trumpf Neun. Ich hatte auch einen Buben, aber ich wollte ihn irritieren. Er dachte kurz nach, sah seine Karten an, dann mich und zischte:

– Du willst mich verarschen, was, Kleiner?

Und so spielten wir eine Zeit lang zum Röcheln des komplett fixierten Mannes, zu dem die Schwester von Zeit zu Zeit kam, um ihm den Speichel abzuwischen. Jetzt zuckte auch ein anderer Mann, aber weiter weg, am Ende des großen Zimmers, und wieder kam der Krankenpfleger und sagte:

– Ich binde dich fest!

Ich war Gott dankbar für den einzigen Normalen in diesem Zimmer. Die Schwester nannte ihn Prof, und der Krankenpfleger Ferkel. Einen Augenblick lang dachte ich, dass er mein Freund sein könnte, als er sagte:

– Kleiner, ich muss pinkeln, wir machen nachher weiter, Time-out!

Und stieg aus dem Bett. Bis dahin hatte ich nur den oberen Teil seines Körpers und den einfachen blau gestreiften Pyjama gesehen, wie auch Onkel Stjepan einen getragen hatte. Aber jetzt, als er aufstand und sich aufdeckte, sah ich, dass er unten völlig nackt war. Ein großer dicker Bauch glänzte über den Genitalien, von denen ich den Blick abwandte, der aber irgendwie von selbst zu ihnen zurückkehrte.

Große hängende Eier und ein kleiner Pimmel dazwischen, der hin und her baumelte. Wieder kam der Krankenpfleger herein.

– Ferkel, weshalb gehst du nackt?

– Du weißt, weshalb – sagte der nicht festgebundene Bärtige.

Der Krankenpfleger zwinkerte mir zu.

– Für den Frieden in der Welt …

– Einen Scheiß kapierst du! – sagte der Bärtige, und sein großer schlaffer Hintern verlor sich in der Tür.

In den drei Wochen, die sie mich in der Klapsmühle behielten, schloss ich Bekanntschaft und Freundschaft mit den unterschiedlichsten Gestörten. Vor lauter Symptomen war der Mensch kaum zu sehen. Als sie mich endlich von der geschlossenen Abteilung in ein gewöhnliches Zimmer verlegten, lernte ich einen Typ kennen, der im selben Moment schon wieder alles vergessen hatte. Wir machten uns fünfmal am Tag miteinander bekannt, und am Anfang dachte ich, dass er mich verarscht. Es gab da auch einen entfernteren Nachbarn, der ein Haus auf der Šalata hatte und vor Kurzem aus Deutschland zurückgekehrt war. Tagsüber war er völlig normal, nur gegen Abend und nachts packte ihn die Angst. Dann schob er einen Stuhl vor die Tür unseres Zimmers und hielt die ganze Nacht die Klinke fest, damit der, vor dem er Angst hatte, nicht hereinkam. Dabei sagte er:

– Da sind sie, Tadija! Da sind sie … – und schien sich dessen, was er sagte, überhaupt nicht bewusst zu sein.

Es war da auch ein krankhaft dicker Teenager, etwas älter als ich, der seiner Mutter den Arm gebrochen hatte.

Nach drei Wochen kam Papa mit frischen Sachen, um mich abzuholen, und führte mich als Erstes zum Mittagessen in die Brauerei. Er sagte, sie hätten mich aus der Handelsschule ausgetragen, die sei offensichtlich nichts für mich und greife meine psychische Gesundheit an, und sie hätten mich in das Bildungszentrum für Kultur und Kunst eingeschrieben. Sodass ich schon von heute an in die neue Schule gehe. Er war verzweifelt, aber auf eine gewissermaßen stolze Weise. Ich war mir nur nicht sicher, ob es Stolz aus Verzweiflung war, oder ob diese Verzweiflung dem pervertierten Stolz über mich entsprang, der ich den Mut gehabt hatte, jemanden mit dem Messer zu stechen.

2.

Am Samstag, zwei Wochen nach Mamas Beerdigung, ich hatte noch den Duft des Kiefernholzes aus der Totenhalle in der Nase, weckte mich Papa sanft am frühen Morgen.

– Junge, Junge – flüsterte er – wach auf!

Er zog seinen grünen Steirerjanker mit den Hirschhornknöpfen an, und ich meine alte Pelzjacke, die mir Mama gekauft hatte, als ich in die siebte Klasse ging, und deren Ärmel mir schon zu kurz waren. Feierlich öffnete er die Garagentür und sagte, ich solle aufpassen, ob ein Auto komme, wenn er mit dem Škoda auf die Straße hinausfahre. Wie gewöhnlich war der Škoda frisch gewaschen und poliert, das Lenkrad hatte seine Lederhülle mit den Löchern, und die Sitze trugen braune Fellüberzüge. Hinten, auf der Hutablage, nickte ein orangefarbener Tiger mit seinem Kopf im Rhythmus der Bewegungen des Autos.

Er parkte in der Gundulićeva, nahe dem Cvjetni trg, und wir waren schon vor sieben vor dem Geschäft mit den Waffen und dem Sportzubehör, es hieß *Lovac*, „Jäger", und sein Schaufenster sah auf den Eingang zum Balkan-Kino. Wir standen vor dem Schaufenster und unser Blick wanderte über die Gewehre, während drinnen die Lichter angingen, allerdings noch keiner der Verkäufer zu sehen war, bis ein kleinerer grauhaariger Mann mit Schnauzbart die Tür öffnete.

– Oh, Herr Chef, was sind wir heute früh dran?

Als wir eintraten, begrüßten ihn auch die anderen Verkäufer. Ich registrierte den Geruch von Gewehröl, den Geruch von Lodenmänteln, den Geruch eines Mittels, mit dem der Boden aufgewischt worden war. Aber das Gewehröl überwog.

– Hier, Herr Chef, wir haben es für Sie aufbewahrt. – Behutsam legte er ein Gewehr aufs Pult, es sah nicht aus wie eine gewöhnliche Doppelbüchse, seine Läufe waren untereinander angeordnet, nicht, wie üblich, nebeneinander. Der Kolben war aus lackiertem mahagonifarbenem Holz.

Papa klappte das Gewehr auf und sah in den Lauf, der zum Fenster gerichtet war. Er liebte den Anblick der spiralförmigen Züge im Inneren der Läufe im Morgenlicht. Nach ein, zwei Minuten klappte er es zärtlich zusammen, und es machte dankbar: „Klick!“ Noch einmal strich er über den Kolben, dann legte er es aufs Pult zurück.

– Warum stehen die Läufe so zueinander? – fragte ich.

– Mit einer Bockflinte zielt man leichter – erklärte der schnauzbärtige Verkäufer, der aussah wie ein ausgesprochen gutmütiges Wesen, nicht wie ein Waffenverkäufer. Er war wie ein Stück Fell, auf das der Mensch seine müden Beine legt. Und als solcher nahm er das Gewehr auseinander und legte es ins Futteral.

Und so gingen wir durch die noch immer leere Stadt mit einer Bockflinte im Lederfutteral. Papa hatte sie über die Schulter gehängt und sah jetzt aus wie ein Jäger von den Bildern; ein Steirerjanker aus grünem Leinen, Hirschhornknöpfe und ein Gewehr über der Schulter. Sie hatte so viel gekostet wie noch eine Beerdigung von Mama.

Aus ihr hat er nie geschossen, nicht einmal im Garten, und immer nannte er sie „Bockflinte“, während die andere, die normale Doppelläufige, bei ihm „Dopplerin“ hieß. Und wann immer er sich in diesen ersten Wochen mit jemandem unterhielt, benutzte er das Wort „Bockflinte“ viel öfter, als es normal gewesen wäre. Sie bekam einen Vorzugsplatz zwischen der leichten russischen Einläufigen und der silberbeschlagenen Dopplerin. Die Bockflinte durfte auf keinen Fall angefasst werden, damit auf ihr keine Fingerabdrücke zurückblieben, und sie wurde mindestens zweimal wöchentlich geputzt, obwohl aus ihr nicht geschossen wurde.

Gewehre, und vor allen Dingen jetzt die Bockflinte, waren imstande, ihm Bilder des Glücks von der Jagd in den Wäldern der Banija zu entlocken, wo man seit jeher tötete, nicht nur Wild. Ein Bild des Glücks war auch die Erinnerung an Zibnerać, der seinen Spitznamen nach dem Kartenspiel *Zibner* bekommen hatte, bei dem er Haus und Vermögen verloren hatte, und den später Großvater Pejić als Weinberghüter, als lebende Vogelscheuche, benutzt hatte. Großvater hatte ihm seinen alten Hubertusmantel und -hut gegeben, und so, als fertige Spottgestalt, hütete Zibnerać seine Weinberge mit der mit grobem Salz gestopften Doppelläufigen. Im Frühherbst, wenn die Trauben reifen, konnte man aus den armen Häusern in Dubica Jammern und Fluchen hören. Da saßen die Leute in Waschschüsseln mit lauwarmem Wasser und tunkten ihre Hintern ein, die die Weinberghüter mit dem Salz aus ihren Doppelläufigen bedacht hatten, während sie Trauben stahlen.

Aber dieses Bild der komischen Traubendiebe, von denen Papa oft erzählte, rächte sich mehrfach nach Mamas Tod, als wir der Armut verfielen und uns einmal die Nachbarin Ivanka zur Weinlese in ihren Weinberg nahe Zagreb einlud. Er kam von der Arbeit und ich aus der Schule, beide hungrig. Und so, dass es keiner sah, stürzten wir uns gierig auf die frischen reifen Trauben. Wir hatten mindestens zwei Tage nichts gegessen, weil es aufs Monatsende zuging und kein Geld im Haus war, und auch nichts zu essen. Er sah mich, und ich sah ihn mit vollem Mund, aus dem nur die Stängel der Trauben heraussahen. Wir sahen uns für einen Augenblick an – und wandten den Blick ab.

3.

Die Frauen auf den Fotografien aus Aragón, von den leeren, von Barrikaden durchschnittenen Straßen Barcelonas oder aus Madrid haben gewöhnlich unordentliches Haar, ihre Gesichter sind unscharf, aber eines ist sicher: Augen und Münder sind ungeschminkt. Carmela saß in der zweiten Bank, sie hatte sehr schwarzes Haar bis zur Brust und knallrote Lippen, aber aus einem bestimmten Grund würde ihr ein Gewehr gut stehen. Auch in ihren Augen sah ich eine bessere Welt. Die ersten Tage war sie die Einzige in der Klasse, die mit mir redete, denn es hatte sich herumgesprochen, dass ich mit einem medizinischen Dossier versehen aus der Klapsmühle gekommen war. Ihr Name und die Fotografien der Frauen aus meinem Buch über Dolores Ibárruri und das Lied über die anarchistische Schauspielerin passten ausgezeichnet zusammen, aber auf die Liebe galt es noch zu warten. Wir waren in einer der Schulzeitschriften aktiv, die zuerst *Prolom* hieß, Avantgarde-Charakter hatte und auf alternative Kunstformen ausgerichtet war, später verlangte die Redaktion ihre Umbenennung in *Hubald*, nach einem mutigen deutschen Denker, und in dieser neuen Form erschienen von nun an philosophische und politische Texte. Carmela, obwohl es nicht ihr richtiger Name war, sondern der Name des Liedes, nach dem ich sie später nannte, beschäftigte sich mit der künstlerischen Seite der Zeitschrift, und ihre Freundin Sonja füllte sie mit avantgardistischer Poesie, die zu jener Zeit wohl einer Richtung angehörte, die sich Semantischer Konkretismus nannte. Carmela entwickelte auf ihren LSD-Trips eine Vorliebe für Collagen, bei denen sie anschließend, nüchtern, zu enträtseln versuchte, was sie gedacht hatte, während sie high war. An mir gefiel ihr am meisten, dass ich aus der Klapsmühle kam und dass ich Kurzgeschichten schrieb, über die sich die braven Schülerinnen in unserer Klasse in Phrasen äußerten wie „Ich sehe hier nichts außer Perversion", „Gotteslästerung ist das Einzige, was dieser Ferić versteht", „Der gehört isoliert … zurück in die Klapsmühle!" Eine der typischen in dieser Zeitschrift veröffentlichten Geschichten war der *Stream of Consciousness* eines Mädchens, das auf der Bühne eines Nachtklubs in Hamburg mit einer Dogge fickt, während ihr Vater zusieht. Der Vater ist zuerst erregt, aber als er sie erkennt, verwandelt er sich in eine Art Glibber-Zombie. Sie wiederum hasst ihren Vater so sehr, dass sie an diesem Abend zum ersten Mal tatsächlich mit dem Hund kopuliert. Solche Geschichten brachten mir Carmela näher. Und natürlich die Klapsmühle. In einer Wohnung in Knežija, gegenüber der Kirche, die für mich immer ein wenig wie die aus *The Omen* aussah, passte ich auf sie, ihre Freundin, die Dichterin, und ihren Freund, den Dealer, auf, wenn sie auf LSD verrücktspielten. Es war wichtig, dass sie nicht die Fenster öffneten, denn die Wohnung war im fünften Stock. Als ich das erste Mal in diese Wohnung kam, die einem Dealer gehörte, sah ich in ungefähr anderthalb Metern Höhe Haken in die Wand geschlagen. Ich fragte nichts, weil ich viel auf meine Würde gab. Ich begriff erst, worum es sich handelte, als sie sich zum ersten Mal zudröhnten. Die Freundin schrieb wie besessen in ein kariertes Schreibheft, aber das war nicht zu verstehen, weil es keine Buchstaben waren, Carmela baute das Modell eines Labyrinths aus kleinen Stücken eines zerschlagenen Spiegels, ihre Hände waren blutig, und der Wohnungsbesitzer hängte alle Stühle an die Haken und wischte wie verrückt den Boden auf. Auch nach den Trips wischte er immer die Böden. Sonja sagte:

– Schade um die Droge!

Er sagte:

– Nur so kann ich die Wohnung sauber machen.

Carmelas Gewehr waren kleine Spiegel, Farben und Stoffe, die sie auf Leinen klebte und in etwas zwischen Tapisserie, Bild und Installation verwandelte. Noch war allerdings nichts Ernstliches geschehen; wir redeten nur stundenlang über Šalamun, Biafra und den Modernismus der Dreißigerjahre. Erst auf einer Reihe von Partys rund um die Abiturfeier schien mir, dass Carmela mich mit Wänden, Türstöcken, Geländern und Treppen verwechselte, jedenfalls mit etwas, woran man sich mit einem Teil seines Körpers anlehnen konnte, mit dem Arm, der Schulter oder sogar einer ganzen Körperhälfte, zusammen mit allem, was diese Hälfte trägt. Aber auch das war nicht genug, um mich begreifen zu lassen.

Nach dem Abitur und nachdem ich mich nicht für Komparatistik und Philosophie einschreiben konnte, weil das Schicksal nicht gewollt hatte, dass ich mich gut genug auf Schiller und einige Barockschriftsteller vorbereite, deren Namen mir entfallen sind, wartete ich auf das Militär und fing im ehemaligen Jagdkabinett, das jetzt mit Büchern vollgestopft war, meinen ersten Roman an: *Der Klavierstimmer,* die Geschichte des blonden Zigeuners Jorge, der mithilfe eines komplizierten charakterlichen Mechanismus eine Metapher für Borges sein sollte. Aber zu Silvester achtzig/einundachtzig, als ich mich in einer Wohnung oberhalb des Vinodolska-Krankenhauses derart abgefüllt hatte, dass ich mich schon um elf übergeben musste und mich ins Schlafzimmer verzog, kam Carmela und legte sich neben mich. Ich hatte schon die Einberufung und sollte in fünf Tagen einrücken, und dies sollte ihr Neujahrsgeschenk für mich sein, vor dem Militär. Aber ich konnte nicht. Wir lagen nur nebeneinander und hielten uns an den Händen.

Das Resultat war, dass ich in den ersten zehn Monaten des Jahres einundachtzig in Doboj an so seltsamen Lokalitäten auf Carmela wichste, dass sich einem der Magen umkehrt. Im schmutzigen Kämmerchen des Vorführers oberhalb des Kinosaals der Garnison, im abgetrennten Teil der Bücherei, wo die Militärkarten und Dienstvorschriften mit der Kennzeichnung „Militärgeheimnis“ aufbewahrt werden, in verschiedenen Toiletten. Im Gebäude des Garnisonskommandos, wo ich in der Bibliothek arbeitete, gab es ein altes verlassenes Klo, auf das keiner ging. Jemand hatte den Schlüssel organisiert, und es diente uns zum Wichsen. In diesem Klo war das größte Problem Mustafa, eine unglaublich dicke Ratte, die vor uns frei herumspazierte, während wir über die Pissoirs gebeugt standen und an unsere Mädchen dachten oder, genauer, an das, was von ihnen in den immer blasseren Erinnerungen geblieben war.

4.

Der Kalender zeigte für solche wie meinen Vater und mich kein Verständnis. Die Vierzehnten oder Fünfzehnten im Monat kamen blitzartig, noch bevor wir uns einmal umgedreht hatten. Unser Wohlstand und unsere Armut waren wie Tag und Nacht, oder wie eine Sirene, die eine Hälfte Mädchen, die andere stinkender Fisch, immer in zwei ungleichen Teilen. Denn manchmal fehlte uns das Geld schon am Zehnten, und manchmal, wenn auch selten, blieb von Papas Gehalt und meiner Waisenrente nach Mama sogar etwas bis zum Siebzehnten oder Neunzehnten übrig. Aber es war sicher, dass das Geld weit vor dem Ersten ausgehen würde. Wir hatten noch die Miete von Onkels Garçonnière, aber auch die kam am Ersten. Das war eine Armut mit Aufschub. Es stimmt, dass ich eine neue Hose hatte, zuerst eine Rifle, dann eine Wrangler, es stimmt, dass Papa einen neuen grünen Janker mit Hirschhornknöpfen hatte, es stimmt, dass wir Rehbraten, Lammschulter, Prschut und eingelegte Pilze aßen, alles teure Sachen, aber wenn das Geld aus war, waren Rehbraten und Wrangler sofort vergessen und setzte eine Phase des Verzichts ein.

Im Zeitraum von einem Monat legten wir den Weg vom Wohlstand bis zur bitteren Armut zurück, am Rande des Hungers. Gegen Ende des Monats kaufte Tante Uršula, die damals für uns kochte, die Lebensmittel von ihrem Geld, was wir ihr dann am Ersten, zusammen mit ihrem Lohn, zurückgaben. Unmäßiges Ausgeben war das Einzige, worin Papa und ich übereinstimmten. Und das hatte auf jeden Fall mit Mama zu tun, die in einem der Zimmer des Vinogradska-Krankenhauses eingemauert war. Mamas Krebs hatte uns die Fähigkeit genommen, an die Zukunft zu denken. Es galt alles, was wir hatten, auf die Gegenwart zu setzen. Das ist eine besondere

Art von Würfeln, mit dem ich mich auch heute manchmal beschäftige, nach vierzig Jahren. Um zu überleben, durften er und ich an nichts denken, was mehr als ein paar Stunden oder einen halben Tag im Voraus lag. Jede Konfrontation mit der Zukunft trug das pendelnde Dreieck über Mamas Kopf, die schwere Geburt auf dem WC, die von Morphiumspritzen zerstochenen Arme in sich. Und dann auch den Dekubitus der Frau neben ihr, das Torkeln des Mannes im Rollstuhl, die Kapelle, die immer voll Menschen in Schwarz war oder solcher, die bald in Schwarz sein würden und denen man es schon deutlich ansah.

Und während ich meine eingemauerte Mama träumte, wie sie noch immer an einem unbegreiflichen Ort lebt, und mit einem Grauen aufwachte, das ich niemals werde aufzeichnen können, weder mit Worten noch mit etwas anderem, kaufte er alles, was ihm unter die Finger kam. Manchmal denke ich, dass jeder Gegenstand in einer Art wahnsinniger symbolischer Transposition einen von Mamas Teilen ersetzte, oder dass er etwas war wie ihr verpflichtendes mündliches Testament. So kam er einmal spät von der Arbeit nach Hause, betrunken und mit blutigem Gesicht, wobei er ein neues Fahrrad mit fünf Gängen schob. Er sagte, dass er mit ihm auf die Jagd gehen werde, aber genau genommen war dieses gelbe und unglaublich hässliche Rad der ferne Widerhall von Mamas Zureden, mir endlich ein richtiges Fahrrad zu kaufen, weil alle meine Freunde schon eines hätten. Aber die Sache war die, dass er, als er es kaufte, nicht wusste, weshalb er es kaufte, und als er so im Anzug und mit Krawatte nach Hause fuhr und mit dem Gesicht über den Asphalt gescheuert war, hatte ihn vermutlich ein schrecklicher Hass auf dieses Fahrrad überkommen, denn er verstaute es im Keller und bestieg es nie wieder. Und auch ich tat es nicht, weil ich daran gewöhnt war, seine Sachen nicht anzurühren. Und so lag dieses Fahrrad mehr als zwanzig Jahre im Keller. Die Dinge hatten für ihn eine Seele, die er in den Menschen vergeblich suchte, eine Seele, die er in aller Vollständigkeit verstehen konnte: zwei Räder, eine Kette, ein Zahnrad.

5.

Vor Ende des Militärdienstes kam ich auf Urlaub und traf Carmela auf dem Cvjetni trg. Sie war in Begleitung einer Freundin, die damals mit ihrer Freundin, der Dichterin, ging, nach dem Dealer und vor dem Sohn des schwedischen Botschafters. Ich lud die beiden auf ein Getränk ins Jagdkabinett ein, und als sie es betraten, waren sie etwas erschrocken, als sie die toten Vögel, die Geweihe und die ausgestopften Tiere auf dem Dachbalken sahen. Ich bekam es mit der Angst, dass sich die Szene von vor zwei Jahren wiederholen könnte, als mich Papas Trophäen um das brachten, was ich praktisch schon hatte. Aber weder Carmela noch ihre Freundin sagten etwas, obwohl sie, am heimischen Sherry nippend, scheue Blicke auf die toten Tiere warfen. Und vermutlich in Angst, dass mir die toten Tiere noch einmal die Beute vertreiben, stürzte ich mich sofort auf Carmela, während die Freundin mit einer ziemlichen Portion Unbehagen, zweifachen Unbehagens, könnte man sagen, in meinen Zeitschriften für Wohnungseinrichtungen blätterte. Wir zwei verschlangen uns gierig auf dem Bett, während sie von ihrem Getränk nippte und von Zeit zu Zeit, es vermeidend, zu uns zu sehen, die bunten Seiten umschlug. Als wir langsam zum Ende kamen, wurde es der Freundin immer unangenehmer, fast drehte sie uns den Rücken zu, sie ging aber nicht weg. Sie hätte einfach die Tür aufschließen können, tat es aber nicht. Ich weiß nicht, weshalb. Vielleicht war es ihr zu unangenehm, wegzugehen, aber vielleicht interessierte sie auch, was im Bett passierte, dieses Schlingen, Schlürfen, Schmatzen.

Später lagen Carmela und ich im Bett und redeten, als gäbe es sie nicht. Heute ist mir klar, dass sie sich selbst unsichtbar machte und dass manche Menschen in bestimmten Situationen das Talent haben, einfach zu verschwinden. Und dann sagte Carmela plötzlich:

– Wirst du mich auch an die Wand hängen?

Ich weiß nicht, was ich darauf sagte. Vielleicht nichts. Aber sicher habe ich sie verwundert angesehen.

– Wirst du mir auch den Kopf abschneiden und mich hier zu den Vögeln hängen?

Die folgenden drei Jahre widmeten wir einem besessenen gegenseitigen Verschlingen. Es galt so vieles nachzuholen. Am Anfang ging sie mit einem Maler, den sie aber bald verließ, während er sich die ganze Zeit um meine Freundschaft bemühte. Er war ein Mann mit einem schönen Gesicht und einer Kinderstimme, die ich mit Hustensirup in Verbindung brachte; er war wie ein Apothekerfläschchen gebaut. Die Orte, die Carmela und ich mit unserem Verschlingen markierten, waren im Grunde, technisch gesehen, völlig unnötig, denn wir hatten unser kleines Dachgeschosszimmer mit separatem Eingang, aber sie waren ein Ausdruck von Spontaneität. So hält zum Beispiel der Sohn des schwedischen Botschafters mit seinem Auto neben einer Wiese an der Landstraße nach Karlovac, Sonja und Carmela steigen aus, um zu rauchen, und ich sehe plötzlich, dass sich ihr Seidenkleid ein wenig in der Pospalte eingeklemmt hat. Genug, um sie an die Hand zu nehmen und ins hohe Gras zu führen, worauf wir uns wegen der Stiche auf der Haut den ganzen Tag kratzen werden. Oder wir sind gerade in unserem Mansardenzimmer fertig geworden und mein Blick wandert über die mit Holz verschalten Dachschrägen und die aufgehängten Wachteln, als ich sehe, wie Carmela vor der Waschschüssel steht, um sich unten zu waschen, weil wir im Dachgeschoss noch immer kein Badezimmer hatten. Und wieder kriege ich einen hoch und wieder und wieder …

Die Sache war die, dass sie mit einem Gewehr im Auge vögelte. Das war kein gewöhnliches Vögeln, das war die Revolution. Sie brauchte mich zum Beispiel nicht lange zu überreden, es in der Kathedrale in einem leeren Beichtstuhl zu machen, aber wir wagten es doch nicht, bis zum Ende zu gehen, wir waren nur teilweise Anarchisten, erschrockene Kinder genau genommen, und, so scheint es, sehr wohlerzogen, und wir mussten gegen unsere Wohlerzogenheit ankämpfen, um uns der Kunst widmen zu können, die, wie man weiß, alle Grenzen einreißt. Schriftsteller und Malerin, das waren wir in den eigenen Augen, wenn sie für mich keine kleine Hure war und ich für sie kein sprechender Dildo. Das konnte man schön sehen, wenn sie mich ritt und sich mit geschlossenen Augen auf die Unterlippe biss und ich plötzlich sah, dass ich in ihren Gedanken nicht vorkomme, sondern für sie nur als Stück Fleisch im Unterleib lebe.

Aber entgegen aller Logik, außer der Logik der Jugend, war ich überzeugt, dass sie verrückt nach mir war. Genauso verrückt wie Mama, als sie sich auf der III. Internen des Vinogradska-Krankenhauses unter Schmerzen von mir trennte, sich vielleicht dessen bewusst, dass die Glasfenster in der Tür und die Aufschriften darüber noch immer dieselben sind, die auch ihre Eltern gesehen haben, als sie dabei waren, sie zu machen. Sterben in dem Krankenhaus, in dem sich deine Eltern kennen und lieben gelernt haben, hat etwas Logisches, es schließt sich ein Kreis, das Leben wird klarer. Wie auch sein Ende. Der Tod ist kein Fehler, sondern das Symptom eines sorgfältig erdachten Plans. Aber … kann das trösten? So habe ich gedacht, dass mich Carmela liebt.

6.

Den Mann mit dem Hut und der Bekassinenfeder beleidigte die Realität. Vor allem nach dem Tod der Frau seines Lebens. Deshalb hütete er zu Hause seine Gewehre, ging aber nicht auf die Jagd, oder sehr selten, wenn er jenes andersgeartete Selbst in sich verspürte. Das ein wenig reale. Seine Fantasien waren nicht nur Flucht, sondern gefrorene Flucht. Die Gewehre machten es möglich, auf der Stelle zu reisen. Oft reiste er mit Hemingway oder John Hunter und stellte sich die grünen Hügel Afrikas vor. Das ging so weit, dass in dem kleinen Zimmer, in dem er jetzt wieder schlief, nachdem Mama in die ewigen Jagdgründe übersiedelt war, ein Gewehr neben dem Bett hatte. Immer ein anderes, aber am häufigsten die Bockflinte. Alles um ihn herum musste sich zu einem kompakten Bild fügen, in dem alles miteinander verbunden war: die Bockflinte neben dem Bett, Hemingways Romane auf dem Nachttisch, die Hubertusmäntel und die Janker mit den Hirschhornknöpfen im Schrank.

Wie alle Hochstapler strebte er in der Affektiertheit nach Perfektion. Die Lüge war in allen ihren Elementen perfekt gefügt. Und wie er Hemden und Krawatten kombinierte, so kombinierte er auch Gegenstände, Bücher, Bilder aus dem Kopf. Die Verlogenheit dieser Welt ist schwer beschreibbar. Deshalb pflegte er auch die verbale

Lüge. Von ihm konnte man nie die Wahrheit hören, denn die Wahrheit war nur ein Teil der Realität. Wenn er ein Ereignis nacherzählte, veränderte er es absichtlich, blies es auf, nahm ihm wegen der Symmetrie jede Glaubhaftigkeit. Er war ein pathologischer Lügner, der nie große Sachen log, aber im Grunde war alles um ihn herum Lüge. Die Uhr, die er gekauft hatte, war Talmi-Empire, der Gewehrschrank eine Rokoko-Imitation. Aber Lüge war auch das Mitleid, das er überall auslösen wollte. Wenn wir in die August-Cesarec-Bücherei in der Maksimirska gingen, um Bücher auszuleihen, sagte er zu jeder der Bibliothekarinnen:

– Der Kleine liest gern. Er liest zu viel.

– Das ist nur gut – entgegnete die Bibliothekarin – die Kinder lesen heute immer weniger.

– Ja, aber er verschlingt alles. Unsere Mama ist vor drei Monaten an Krebs gestorben. …

– O Gott, das tut mir leid – sagte dann die Bibliothekarin. Und manche vielleicht sogar drei Mal.

7.

Carmelas Freundin, die Dichterin, fand verschiedene Jobs für sie: In den Vorweihnachtstagen verkauften sie Ansichtskarten, putzten Büros, packten Arzneien bei Pliva. Als ich sie fragte, warum, sagte sie:

– Weil meine Eltern Arbeiter sind und ich nicht die ganze Pension meiner Mutter als Taschengeld habe.

Sie fand auch einen einträglicheren Job für sie. Sie sollten für reichlich Geld in einem illegalen Schankbetrieb in einer großen Wohnung im *Vatikan* in der Vlaška, die von Spielern frequentiert wurde, Getränke ausschenken. Ihr Arbeitgeber war ein Geldverleiher, der die Wohnung gemietet und sie zu einem illegalen Spielsalon gemacht hatte. Er nannte sich Herr Hinko und war der kleinste Mann, den ich im Leben gesehen hatte. Auch seine Frau war klein, an der Grenze zum Zwergwuchs, und er betete sie an. Es war nicht klar, wie Herr Hinko die Schulden eintrieb, aber offensichtlich war er erfolgreich, denn das Geschäft blühte. Neben seiner Profession als

Geldverleiher und Betreiber eines Spielsalons war Herr Hinko auch Künstler. Und zwar jenes Typs, wie sie Carmela gefielen: unkonventionell. Er bannte das Leben mit seiner Frau auf kleine VHS-Kassetten. Alltagsszenen, wie sie Suppe essen, wie sie fernsehen, solche Sachen. Bevor das Video aufkam, hatte er zu Hause schon Tausende Filmmeter mit einer Super-8-Kamera gedreht. Das war sein Lebensprojekt.

Sie schenkten etwa einen Monat lang Getränke aus, als ein Spieler, der an diesem Abend eine größere Summe gewonnen hatte, sie sagte „genug für einen neuen Golf", Carmela Geld anbot, wenn sie mit ihm schlief.

– Und? Was hast du gemacht?

– Ich habe ihm einen geblasen.

– Weshalb?

– Es hat mich nicht geekelt. Bist du eifersüchtig?

– Nein.

Und nach diesem Spieler habe ich sie in den Mund gefickt. Aber ich glaubte ihr nicht ganz, ich war überzeugt, dass sie mit ihm gevögelt hatte, es mir aber aus einem bestimmten Grund nicht sagen wollte. Zuerst will sie mich ans Blasen gewöhnen, und dann kommt das Vögeln für Geld, dachte ich. Das ist ihr Maß an Sittsamkeit, aber die Revolution verlangt Opfer.

– Und wenn es mich stören würde?

– Dann wäre ich nicht mit dir zusammen – sagte sie. – Ich ertrage keine Kleinbürger …

Mit Carmela war alles Kampf, vor allem das Liebemachen. Wenn sie mich im kleinen Zimmer im Dachgeschoss ritt, kämpfte sie um den eigenen Orgasmus, der nach so viel Kampf manchmal auch adäquat zu hören war. Oft war es ein langer Kampf, und heute scheint mir, dass er erst dann mit einem Sieg endete, wenn sie vergaß, mit wem sie im Bett war. Davor und seine Eltern, die gegenüber wohnen, sagen, dass man manchmal sogar im Winter, wenn die Fenster geschlossen sind, hören konnte, wie sie brüllte, wenn es ihr kam. Wie war es wohl erst im Sommer? Spät in der Nacht, wenn dieser Schrei endlich heraus war und aus dem Fenster schallte, um die schlafende Nachbarschaft von der Revolution in Kenntnis zu setzen, weckten ihre revolutionären Orgasmen die Hunde in unserer Straße, aber auch in den Nachbarstraßen, und so waren nach Carmelas Schrei noch lange die Zurufe der Wolfs- und Schäferhunde und Dobermanns aus diesem Viertel der Einfamilienhäuser zu hören. Sie war das Alphaweibchen, die Leithündin einer großen Meute.

8.

Die Armut hinterließ bei Papa auch ihre physischen Spuren. Einmal, gegen Monatsende, ging er in den Garten unseres Nachbarn und schnitt einen Kohlkopf ab. Der Nachbar, der wusste, dass wir manchmal Hunger hatten, sagte:

– Tvrtko, nimm vom Wirsing oder Grünkohl, wann immer du willst, er ist selbstgezogen und besser als der vom Markt.

Und Papa stimmte dem zu, dass selbstgezogener, ungespritzter, besser ist, und tat so, dass gerade darin der Witz liege.

Aber wenn er mit der Gartenschere in der Hand in Antes Gemüsegarten hinunterging, in den er manchmal auch hineingeschossen hatte, sah man an seinem Gang, dass es ihm furchtbar unangenehm war.

Er krümmte sich unter den Blicken der Nachbarn und einer Schande, wie wir ihr nur in den Träumen begegnen. Die Nachbarin Lela, eine liebe Frau, mit der wir uns gut standen, die gerade jetzt auf den Balkon hinaustreten musste, um die Wäsche aufzuhängen, hinterließ mit ihren Blicken Brandmale auf Armen und Schultern. Sie sagte:

– Guten Morgen, Tvrtko, wie geht's?

Und das sah plötzlich aus, als würde sie ihn verhöhnen.

Ich sah ihn aus der Küche und flitzte ins Jagdkabinett, weil ich ihn so gebeugt nicht ertragen konnte, mit der Gartenschere und dem Kohlkopf in der Hand. Ungelenk, kurzbeinig, beschämt. Aber das war erst der Beginn dieses ungewöhnlichen Tages, der noch nicht die niedrigste Stufe unserer zeitweiligen Armut darstellte. Der wir aber jetzt gefährlich nahe kamen.

Ich las über das Renaissanceleben in den Dubrovniker Sommerhäusern in Gruž, als mich mein Vater von unten aus der Wohnung mit weinerlicher Stimme rief. Diese Stimme war ein paar Töne höher als seine gewöhnliche Stimme, zugleich hysterisch und müde. Und hätte ich ihn damals zeichnen müssen, hätte er bei mir einer Reihe wabernder konzentrischer Kreise geglichen, ähnlich einer Zielscheibe, wie sie ein Säufer sieht.

– Zoki, komm her!

– Zoki, komm her!

Es war seltsam für ihn, dass er nicht knurrte oder befahl, sondern fast bat, und diese Bitte drückte sich nicht in Worten aus, sondern in Stimme und Intonation. Deshalb hätte ihn auch ein Hund verstanden.

Ich rannte in die Wohnung hinunter und fand ihn auf dem Küchenboden vor, blutend, weinend, in einer Pfütze halbgaren Kohls. Er hatte grüne Kohlstücke im Haar, und auf der rechten Wange klaffte eine hässliche Wunde. Er wiederholte wie ein Schlafwandler:

– Ich wollte ein bisschen Kohl kochen, damit du was zu essen hast, Junge!

– Ich wollte ein bisschen Kohl kochen, damit du was zu essen hast, Junge!

– Ein bisschen Kohl …

Unser alter Pretis-Schnellkochtopf war genau in dem Moment explodiert, als er zu ihm trat, um zu sehen, was mit dem Sicherheitsventil ist und warum es keinen Dampf herauslässt, und dieses Ventil hatte ihm die Wange durchschlagen. Von dem Schock konnte er kaum aufstehen, ich musste ihn stützen, er war ganz glitschig, und so glitschig, mit Kohl im Haar, wie ein trauriger Pan der Gemüsegärten der Šalata, oder ein Jäger, der als Busch getarnt auf die Wildschweine wartet, musste ich ihn auf den Küchenhocker setzen. Er konnte kaum sitzen und zog sich mit zitternder Hand die grünen Stücke aus dem Haar. Ich musste zu Nachbarin Ivanka hinuntergehen und uns Geld für ein Taxi leihen, und dann fuhren wir ins Zajčeva-Krankenhaus, wo er genäht wurde.

Der Mann, der den deutschen Maschinengewehrnestern auf Batina Skela gegenübergestanden und Ebern stehend ins Auge geblickt hatte, er, Hemingway, musste bis zu seinem Tod die Narbe von einem Pretis-Topf im Gesicht tragen.

9.

Die Liebe zwischen einer Malerin und einem Schriftsteller konnte in jenen Jahren schwerlich anders sein als eine freie. Dazu gehörte, dass ich den ganzen Sommer auf Rab, wo ich im Haus von Onkel Mirko Urlaub machte, mit so vielen Ausländerinnen wie möglich zu schlafen versuchte, was nur manchmal gelang, oft auch seltener als manchmal, aber der Anschein von Freiheit war da. Man konnte sich, freilich selten, auch frei verlieben. Die Dinge waren so geartet, dass es diese Freiheit immer mal wieder zu konsumieren galt. Selbst dann, wenn es nicht viel zum Konsumieren gab. Carmela wiederum konsumierte ausgiebig, und das nicht nur mit Spielertypen, sondern auch mit Dichter- und Malerkollegen, und zwar immer in den Pausen, wenn wir uns nicht sahen. Wenn ich nicht da bin, sei sie, sagte sie, bereit für alles, vor allem, wenn sie etwas trinke oder etwas nehme. Sie wolle sich keine Grenzen auferlegen und sich nicht von kleinbürgerlichen Torheiten hindern lassen.

Mit uns ging es fast vier Jahre: Ich legte die Prüfungen aus Altkirchenslawisch und Sprachübungen aus dem ersten Jahr ab, ich legte auch Ältere kroatische Literatur und Dialektologie und Sprachgeschichte aus dem zweiten Jahr ab, ich legte Slowenische und Mazedonische und Serbische Literatur aus dem dritten Jahr ab, ich erwarb mir sogar die Reputation eines soliden Studenten, denn ich musste die Prüfungen innerhalb der Fristen absolvieren, um weiterhin die Waisenrente zu bekommen, die für jene Zeit ziemlich groß war. Ein Drittel von Mamas Gehalt aus der Deviseninspektion betrug noch immer so viel wie ein Durchschnittsgehalt. Ich war Student mit voller Arbeitszeit. Lediglich im vierten Jahr konnte ich das Fach Gegenwartssprache nicht ablegen. Grammatik ging bei mir nicht. Alle Literaturen hatte ich mit Sehr gut, alle sprachlichen Fächer kaum mit Genügend abgelegt. Das quälte mich, denn wenn ich Gegenwartssprache nicht ablegte, konnte ich die Rente verlieren.

– Kann dir Sonja bei Gegenwartssprache helfen? – sagte Carmela einmal.

– Wie?

– Sie vögelt mit einem Professor, der sie alle an deinem Institut kennt.

– Was du nicht sagst – sagte ich. Ich glaubte diese Geschichte nicht. Ich war vierundzwanzig, und die Professoren stellten für mich noch immer eine Autorität dar, die darin bestand, dass sie keine Studentinnen vögeln und dass sie bei ihrer Arbeit anständig sind. Sogar die, die nicht gut vortrugen, auch die waren auf gewisse Weise anständig. Sie waren mit dem Herzen dabei, auch wenn ihnen die Zunge nicht so gefügig war. Anderen wiederum war die Zunge nicht gefügig, weil sie schon am Morgen betrunken waren. Betrunken ja, aber anständig gegenüber dem, was sie liebten: Literatur. Eine etwas romantische Sicht, wenn man mich heute fragt.

– Dann sag es ihr! – antwortete ich Carmela. Ich war mir sicher, dass nichts passieren werde. Aber ein paar Tage später, als sie in mein kleines Zimmer kam, brachte mir Carmela den Test für die schriftliche Prüfung aus dem Fach Kroatische Gegenwartssprache. Angeblich für den nächsten Termin. Ich nahm ihn, dankte ihr mit einem langen Kuss, glaubte es aber nicht.

Für alle Fälle zeigte ich ihn den Kolleginnen, mit denen zusammen ich lernte und die in den sprachlichen Fächern viel besser waren als ich, und die lösten den Test.

– Wir dürfen nicht zu gut sein – sagte eine von ihnen, die später einen anderen Professor heiratete, mit ihm ein Kind zur Welt brachte, und ihn nach zwanzig Jahren aus der Wohnung warf, weil er Studentinnen vögelte, die nicht mehr sie waren – um keinen Verdacht zu erregen.

Als in der Prüfung genau dieser Test kam und ich ihn mit Sehr gut bestand, wurde die ganze Angelegenheit ein Grund zur Sorge.

– Vögelst du etwa auch mit irgendwelchen Professoren? – fragte ich Carmela, als wir mein Bestehen feierten.

– Bist du blöd – sagte sie zu Beginn des Abendessens – komm mir bloß nicht mit solchem Scheiß.

Aber ich bohrte weiter.

– Du warst nie eifersüchtig – sagte sie. – Das gefällt mir nicht.

Ich bohrte auch dann noch, als wir schon ziemlich betrunken waren.

– Hast du oder hast du nicht? – sagte ich. – Ja oder nein?

Und dann, endlich, sagte sie:

– Ja!

Ich wollte ihn ihr in den Mund schieben, so wie damals, als sie mir gestanden hatte, dass sie einem Mann einen geblasen hatte, aber dieses Mal sagte sie resolut:

– Nein!

– Weshalb?

– Deshalb, weil ich mich verliebt habe.

Er war ihr Professor im ersten Studienjahr gewesen und trug auch ein Fach im dritten vor, ich weiß nicht mehr, welches. Dreißig Jahre älter als sie, mit Brille, Schnauzer und Nagezähnen, sodass der Spitzname Ratte auf ihn passte. Er war ein in Insiderkreisen sehr bekannter Avantgarde-Dichter, und auch ältere Kollegen beriefen sich oft auf ihn als auf eine Autorität, wenn die Rede von Gegenwartstendenzen war. Er war eigentlich etwas zwischen Maler und Dichter, was Carmela unglaublich gefiel. Alle seine Gedichte waren zugleich Grafiken oder Installationen und umgekehrt, und die Bücher konzeptual. Äußerst konventionell, wenn man ihn sah, wie er zum Hörsaal 7 ging, Anzug, Krawatte, aber an der Wand über dem Bett hatte er eine Peitsche, die seine Geliebten benutzten, unlängst auch Carmela, um ihn auf den Hintern zu schlagen.

– Am Anfang konnte ich es nicht so stark – erzählte sie – aber später habe ich gesehen, dass ich es kann, und habe ihn ziemlich verhauen. Einmal werde ich noch mit dir schlafen, zum Abschied, aber nicht heute. Ich werde entscheiden, wann.

10.

Meine Freundin von der Fakultät – Carmela war auf sie so eifersüchtig, dass sie sie mit allen möglichen Tiernamen bedachte und sie Ptica und manchmal auch Lisica nannte – hatte mir ihre Wohnung im Cvjetno-Viertel zum Ausweinen überlassen. Ich konnte mich nicht im Jagdkabinett aufhalten, weil mich alles an Carmela erinnerte, so sehr, dass ich davon automatisch weinen musste, und so war ich zu dem Schluss gekommen, dass es besser sei, in einer Wohnung zu weinen, in der mich nichts erinnert. Und die noch dazu der Person gehört, auf die sie eifersüchtig war. Nach Hause kam ich nur, um zu schlafen und etwas aus dem Kühlschrank zu nehmen, wenn es da etwas zum Essen gab. Manchmal fand ich auf dem Herd Reste von Spinat oder gedünsteten Bohnen, die mir Papa übrig gelassen hatte. Und während ich aß, sehr leise und konzentriert, um ihn nicht zu wecken, konnte ich ihn im kleinen Zimmer schnarchen hören.

Pticas Eltern hatten ein Haus in Samobor und lebten dort, und sie fuhr am Wochenende zu ihnen. Ich traf Carmela an der Uni und versäumte nicht, ihr zu sagen, dass ich jetzt bei Ptica wohne. Bei ihr zuckte nicht ein Nerv im Gesicht, aber ich hatte bemerkt, dass sie mich gut verstanden hatte. Wenn ich in dieser Wohnung allein war, ging ich weinend von einer Ecke ihres blauen Zimmers im Matrosenstil zur anderen, die weniger im Matrosenstil war und wo statt des Blaus das Orange aus ihren Kindertagen dominierte. Ihre Hündin Lora sah mich verwundert an, während ich herumging und weinte. Manchmal führte ich sie auf dem Save-Damm spazieren, dann rannte sie schnüffelnd anderen Hunden nach, und ich musste ihr mit der Leine in der Hand nachrennen. Manchmal rief ich Carmela an, um sie zu hören, und sie war immer liebenswürdig, aber eindeutig:

– Zoran, ich liebe ihn, finde dich damit ab!

In den ersten Tagen fehlten mir ihre großen Brüste, mir fehlte auch ihr größerer, aber fester Hintern, wenn am unteren Ende, von hinten gesehen, wie der Kopf eines Krokodils auch die fleischige Möse herausragte, die manchmal auch rasiert war. Unzureichend oft, wenn man mich jetzt fragt. Nach mehreren Tagen des Weinens in dieser modernen Wohnung begannen mir indessen auch ihre Hände zu fehlen, gepflegte Hände, mit schön geformten Fingernägeln, die immer in einer psychedelischen Farbe lackiert waren: violett, dunkelrot, fast braun, oder grellrosa. Und dann ihr schönes spanisches Gesicht, ihr Hals, ihre Knie, wenn sie mit übergeschlagenen Beinen im Jagdkabinett auf dem Bett saß. Jedenfalls zog diese große Trauer die ganze Carmela und alles, was wir durchlebt hatten, aus den verstecktesten Winkeln der Erinnerung hervor. Ich bemerkte in dieser traurigen Woche, die für mich eine Art privater Passionswoche war, dass ich mich immer weniger an das erinnerte, was ihren und meinen Körper betraf, und immer mehr an etwas anderes, was wegen dieser

Körper nicht zur Geltung kommen konnte. Ich erinnerte mich an uns in einem Laden mit Schmuck und Seidentüchern, wo ich ihr aus Jux den auffälligsten Ring an den Finger steckte, den ich dort finden konnte, ein hässlicher Klunker aus violettem Glas, und sie mich begeistert ansah und sagte:

– Mein Gott, wie ist der schön!

Und wie sie mich wie ein kleines Mädchen auf die Wange küsste, und ich ungeplant einen Geldschein herauszog und ihn der Verkäuferin gab. Gleichzeitig überkam mich eine schreckliche Trauer, eine Mischung aus Trauer und Unbehagen, dass ihr so ein Kitsch gefiel, vermutlich nur deshalb, weil sie ihn als Liebesgabe deuten konnte, wie einen richtigen, verpflichtenden Verlobungsring. Diesen Ring trug sie bis zum Ende dessen, was wir zu zweit durchlebten und was keinen Namen hat. Sie nahm ihn erst ab, als sie die ernsthafte Verbindung mit Ratte einging.

11.

Sie sagte, sie heiße Marina. Sehr jung, kurzes Haar, im roten Mini, unter dem zu erkennen war, was er versprach.

– Und was möchtest du, Junge?

Ich war sechzehn, sagte aber zu allen, ich sei siebzehn. Sie war nicht viel älter, aber sie sagte Junge zu mir.

– Hast du Geld?

Ich nickte. Ich sah auf die Brüste, die nicht groß, aber zugänglich waren.

– Zeig!

Ich öffnete mein Portemonnaie und zeigte es. Um uns herum waren andere, manche sehr alt und sehr dick, aber Marina sah annehmbar aus. Sie gehörte nicht an diesen Ort. Eine dicke Zigeunerin glotzte in mein Portemonnaie, während ich das Geld herzeigte. Etwas weiter, vor dem *Esplanade*, hielten Limousinen, und gut gekleidete Menschen gingen ins Hotel. Und der Anfang der Gajeva war voll mit Frauen, die es für Geld machten. Manche standen auf der Straße und hoben ihr kurzes Röckchen. Ich trug meine erste Angeberjacke, eine lederne Spitfire, und hatte ein Drittel meiner Waisenrente im Portemonnaie.

– Gehen wir, da unten ist mein Zimmer!

Ich setzte mich mit ihr in Bewegung, aber sie sagte:

– Du gehst hinter mir!

So blieb ich ein paar Schritte zurück. Und sah auf ihren Hintern, während sie ging. Es war nicht so schwer, mit der Erektion zu gehen, aber ich hatte Angst, irgendwer könnte mich so sehen. Und sie ging ziemlich lange, irgendwo bis zur Mitte der Gajeva, wo die Begräbnisinstitute anfangen.

Sie ging in einen Hausdurchgang und stieg eine Holztreppe zum Keller hinunter, drehte mir aber nicht den Rücken zu, sondern ging seitwärts. Im schwachen Licht sah ich ihren Hals und einen Teil des Rückens. Schließlich waren wir in einem langen Gang mit Türen auf der einen wie auf der anderen Seite. Dort saß eine sehr alte Frau, vor ihr stand eine abgewetzte Schulbank. Die grüne Politur war an den Ecken beschädigt.

– Tag, Tante Milena!

– Tag, Kleine.

– Gib mir das Geld!

Ich gab ihr, wie viel sie verlangte. Einen Schein gab sie der Alten, die rückte mehrere gefaltete Papierhandtücher und einen Zimmerschlüssel heraus.

Durch das Zimmerfenster konnte man, bevor sie das grüne Rollo runterzog, in dem von Unkraut überwachsenen Hof einen rostigen Renault 4 sehen, der auf Klötzen aufgebockt war. Aus dem Hof konnten wir Kinder hören: „Neunzig, fünfundneunzig, hundert. Wer sich nicht versteckt, wird am Arsch geleckt …" Aber ich glaube, dass Marina das nicht hörte. Ein paar Mal dachte sie, ich wäre schon fertig, und ich musste sie überzeugen, dass das noch nicht der Fall war, aber am Ende verlief alles korrekt.

Danach bat sie mich, ihr im Gasthaus Putnik, wo sich diese Frauen und ihre Zuhälter versammelten, ein Getränk zu zahlen.

– Das erste Mal bist du als Kundschaft gekommen, aber schon beim zweiten Mal bist du ein Freund.

Und sie sagte noch:

– Mein Kleiner hat Geburtstag, wenn du ein goldenes Kettchen hast, können wir uns einigen.

Ich hatte ein Kettchen, das mir Mama zum dreizehnten Geburtstag gekauft hatte, mit einem Anhänger in Form einer Eichel, die ich gern im Mund hielt. Mama hatte immer gesagt:

– Lutsch nicht ständig auf diesem Anhänger herum!

Letzten Endes sagte sie, dass ich das Kettchen nicht mehr tragen soll, weil es unanständig aussieht, wenn ich ständig darauf herumlutsche, als wäre ich ein Baby und bräuchte einen Lutscher, und hygienisch sei es auch nicht. Dann legte sie es in die Holzschachtel, in der sie den Goldschmuck aufbewahrte.

– Hier wird es sein, falls du es tragen möchtest, wenn du ein bisschen größer bist. Aber lutsch nicht auf ihm herum!

Eine Woche später hatte ich wieder Geld, aber ich hatte beschlossen, ihr das Kettchen zu geben. Soll ihr Kleiner etwas von mir haben, ich trage es ohnehin nicht. Für das Kettchen kriegte ich auch etwas mehr als beim ersten Mal. Als wir wieder auf ein Getränk ins *Putnik* gingen, sagte sie, dass wir uns, wenn ich noch Gold hätte, wieder einigen könnten.

– Es wird dir nicht leidtun!

Und das wiederholte sie mehrere Male.

Im zweiten Halbjahr der zweiten Klasse der Oberstufe besserte ich alle acht Nicht genügend aus, die ich mir am Ende des ersten Halbjahres eingehandelt hatte, und in diesen wenigen Monaten gab ich Marina ein englisches Goldpfund, das ich von Milan, dem Bruder von Großmutter Dobrila, den ich nie kennengelernt habe, zum Geburtstag bekommen hatte, ein Armband aus 24-karätigem Gold, auf dessen Plättchen „Zoran, 2.6.1961“ stand, einen Silberdollar aus der Zeit des Bürgerkriegs, den mir ich weiß nicht wer geschenkt hatte, ein paar Dukaten, die Onkel Stjepan gehört hatten und von denen Mama gesagt hatte, dass ich sie einmal erben werde, und noch ein paar Silberbroschen, die sich zusammen mit dem Gold in der Holzschachtel befunden hatten. Vor dem Sommer konnte ich sie schon ohne Gummi vögeln. Sie sagte, wir seien jetzt Freunde.

Als wir das letzte Mal zusammen waren, war sie nicht in Stimmung und sagte:

– Kleiner, pass auf, was du herumerzählst.

Das war merkwürdig, denn ich hatte niemandem etwas gesagt. Auch nicht den besten Freunden aus der Schule. Vor ihnen empfand ich eine krankhafte Scham. Ich war in meinem siebzehnten Lebensjahr und ging zu Prostituierten. Zu der Zeit erschienen in der Schülerzeitung auch meine ersten Gedichte, von denen einige über Sex mit Prostituierten sprachen. Aber dieses Paradoxons war ich mir nicht bewusst. Das Mädchen meines Freundes Andrej kommentierte boshaft:

– Wo hat er die nur her?

Als hätte ich alles erfunden, als würde ich mich wichtig machen. Und das habe ich ihr bis heute nicht verziehen. Seit vierzig Jahren hasse ich sie wegen dieses Satzes.

Kurz vor Ende der Schule, um meinen Geburtstag herum, bekam ich die Aufforderung, mich bei der Polizei zu einem Informationsgespräch zu melden. Die hatte ein Polizist in Uniform gebracht, und Tante Uršula hatte sie entgegengenommen. Da stand, dass zu diesem Gespräch auch mein Vater mitkommen solle, weil ich minderjährig sei. Aber er wurde wütend, fluchte, baute sich drohend vor mir auf und kam am Ende nicht mit. Er war überzeugt, es handle sich um Ladendiebstahl, und schämte sich. Der Teilnehmer am Volksbefreiungskrieg, Parteigenosse und Reservehauptmann erster Klasse hatte die Srijem-Front durchbrochen, von der nur jeder fünfte Soldat zurückgekommen war, und sein Sohn stiehlt in Selbstbedienungsläden.

– Dass sie dir auf der Wache wenigstens ein paar mit dem Gummiknüppel überziehen – knurrte er durch die Zähne.

Aber ich war nicht auf unsere Wache in der Kraševa vorgeladen worden, sondern in die Zentrale in der Petrinjska.

Dort wartete ich erst einmal zwei Stunden vor Zimmer 21, wo man mir gesagt hatte, dass ich mich melden solle. Dann kam ein schweigsamer Mensch in Zivil und führte mich in einen ziemlich großen Raum, der nach Staub roch und nach noch etwas, was ich nicht enträtseln konnte.

– Worum handelt es sich? – fragte ich ihn.

Er gab keine Antwort. Er reichte mir nur ein kleines Kissen mit Tinte.

– Gut anfeuchten – sagte er – alle fünf!

Und ich tunkte alle fünf Finger der rechten Hand in die Tinte. Dann nahm er meine Hand und drückte, weder sanft noch grob, die Finger auf einen Karton mit meinem Namen. Danach wiederholten wir das mit der linken Hand.

Ich glaube, dass er nicht wusste, weshalb ich vorgeladen war.

Dann wartete ich noch mindestens eine Stunde, bevor sie mich aufriefen. Ein Mann, an dessen Gesicht ich mich nicht gut erinnere, nur an die Stimme, und diese Stimme war sehr angenehm, führte mich in ein Büro und setzte sich an einen Tisch, auf dem ziemlich viel Papier lag, zwei Pflanzen in Joghurtbechern und meine Gegenstände: das Armband, das Goldpfund und der Silberdollar.

– Vor- und Nachname?

Ich sagte sie, und die Schreibkraft notierte sie mit beneidenswerter Geschwindigkeit.

– Tag und Jahr der Geburt?

Wieder sagte ich es, und sie fegte über die Buchstaben, als wollte sie die große grüne Olympia kaputthämmern.

So stellten wir fest, wer ich bin.

– Ist das von dir?

Ich nickte.

– Erzähl!

Und ich erzählte, und sie schrieb.

Dann stützte er sich mit den Ellbogen auf den Tisch, verschränkte die Hände und fragte mit freundlicher Stimme:

– Zoran, warum stiehlst du?

Ich sagte, dass ich nicht stehle und dass das mir gehöre. Oder, dass es mir gehört habe.

– Hast du das zu Hause gestohlen oder woanders?

– Ich habe es nicht gestohlen. Das ist meines.

Er lächelte und schüttelte den Kopf, links, rechts.

– Deines? Woher deines?

– Habe ich bekommen. Als ich geboren wurde.

Die Maschine ratterte wieder los, ein kleines Kinder-MG.

– Von wem?

– Von Großmutters Bruder.

– Wie heißt dieser Großmutters Bruder?

– Ćirić?

– Und der Vorname?

– Ich denke, Milan … wahrscheinlich Milan.

– Du kennst den Namen deines Onkels nicht? – Er tat so, als würde er sich sehr wundern, aber so, dass auch ich sehen sollte, dass er es tat.

– Er wohnt in Belgrad – sagte ich. – Ich habe ihn nicht kennengelernt.

– Du hast ihn nicht kennengelernt … gut. Was ist Großmutters Bruder von Beruf?

– Zahnarzt.

Dann sah er auf das Armband und das Datum darauf.

– Wann bist du geboren?

– Das habe ich schon gesagt.

Er runzelte die Stirn.

– Versuch nicht, mich zu verarschen, sag, wann du geboren bist! – Noch immer hielt er das Armband in der Hand.

Ich wiederholte Tag, Monat und Jahr. Er strich mit dem Finger über die Schrift, als wollte er sie löschen.

– Warum sind deine Eltern nicht mitgekommen?

– Mein Vater kann nicht, er arbeitet.

– Deine Mutter?

– Gestorben.

Er zuckte ein wenig zusammen, oder ich erinnere mich nur, dass er zusammenzuckte.

– Wann?

Ich sagte es. Und die Schreibkraft syllabierte laut, während sie tippte: „Sechs und zwanzigster Hornung, das ist Februar, nicht wahr, eintausend neunhundert sechs und siebzig." Mit Zahlen schien sie nicht auf du und du zu sein.

Dann stand er vom Tisch auf und sagte:

– Willst du einen Saft?

Ich sagte Nein, und er ging weg, ohne mir zu sagen, ob ich gehen könne oder auf ihn warten solle. Ich saß und wartete. Dann kam er mit zwei Tassen Kaffee, stellte sie auf den Tisch und rief jemanden übers Telefon an:

– Sie soll jetzt kommen!

Und lächelte.

Als Marina eintrat, stand er auf und gab ihr die Hand. Ihm lächelte sie zu, und zu mir sagte sie:

– Hi, Kleiner!

Und schien sich nicht zu wundern, mich hier zu sehen. Die beiden unterhielten sich, als würden sie sich gut kennen. Sie wirkte fröhlich, obwohl sie, das sah ich, nervös mit den Fingern am Saum ihres kurzen Kleides zupfte. Ohne Make-up sah sie viel jünger aus.

Ich musste lange warten, bis die Schreibkraft ihre Arbeit beendet hatte.

Sekretariat für innere Angelegenheiten
Sozialistische Republik Kroatien
Petrinjska 30
41000 Zagreb
Klasse: UP/F – 278/15-17
Zahl: 221/78-56

Das Sekretariat für innere Angelegenheiten erlässt auf der Grundlage von Art. 5 Nr. 2 des Strafgesetzbuchs durch die Amtsperson Mladen Marković am 5. Juni 1978 folgenden

BESCHLUSS

Beschuldigte Marina Tomić, geb. Jašarević, aus Zagreb, Gorice 5, geboren 1959 in Gornja Stubica, bisher übertretungsmäßig straffällig geworden, ist

schuldig

sich am 3. Juni 1978, um 21:30 Uhr in der Gajeva in Zagreb prostituiert zu haben, im Hausdurchlass Nr. 20, wo sie von Milizionären der Abteilung zur Kriminalitätsbekämpfung aufgegriffen wurde, und wird gegen sie auf Grundlage von Art. 15 Nr. 2 des Strafgesetzes eine Haftstrafe im Ausmaß von zehn Tagen verhängt.

Der Beschuldigten Marina Tomić gegenüber wird die Schutzmaßnahme der Wegnahme eines durch Ausübung der beschriebenen Übertretung erlangten Goldkettchens, eines Armbands, eines Goldpfunds und eines Silberdollars ausgesprochen.

BEGRÜNDUNG

Am 3. Juni 1978 um 21:30 Uhr wurde die Beschuldigte Marina Tomić in der Durchfahrt des Hauses in Zagreb, Gajeva 20, angetroffen, wie sie sich prostituiert, und wurde von den Milizionären festgenommen und in die Räumlichkeiten der Miliz überstellt.

Sie wurde verhört und gestand die Übertretung, die ihr zur Last gelegt wird. Verhört wurde auch der Besitzer der angeführten Goldgegenstände, Zoran Ferić, minderj., der alle Details seiner Beziehung mit der erwähnten Marina Tomić mitgeteilt hat.

Die Schutzmaßnahme wurde ausgesprochen auf Grundlage von Art. 60 des Strafgesetzes, und wurden die Goldgegenstände abgenommen als Beweismittel der Übertretungstat.

Hinweis zum Beschwerderecht:

Beschuldigte hat das Recht auf Beschwerde im Zeitraum von 8 Tagen ab dem Empfang des Beschlusses in doppelter Ausführung.

Überwiesen an:
Archiv
Marina Tomić, geb. Jašarević
Zoran Ferić, minderj.
Sekretär:
Mladen Marković, Dipl.-Jur.

Zum Schluss begleitete er mich freundlich aus dem Büro, und als wir für einen Augenblick im Flur allein waren, drückte er mir das goldene Armband in die Hand.

– Kleiner, lass die Huren! – und fügte hinzu: – Was glaubst du, wie wir Einbrecher fangen?

Später habe ich oft die Geschichte vom guten und vom schlechten Polizisten gehört. Lange Jahre war ich überzeugt, einen guten kennengelernt zu haben. Von den Huren habe ich auch dann nicht abgelassen, als Carmela erschien. Mehr noch, auch als wir zusammen waren, bin ich in die Straße mit den Bestattungsunternehmen gegangen und habe mir Frauen ausgesucht, die sich dort feilboten.

12.

Mit der Zeit hatte Papa alle Gewehre verkauft, außer der Bockflinte. Und es war, als wäre die Liebe, die er zu der Doppelläufigen und der russischen Einläufigen gehegt hatte, irgendwie auf die Bockflinte übergegangen. In der Psychoanalyse nennt man das Übertragung, in der normalen Sprache Verzweiflung. Er sah aus wie ein Beg, dem im Harem alle Frauen weggestorben waren und der jetzt seine ganze Liebe jener einzigen, der jüngsten, schenkte. Als ob es keinen Harem gegeben hätte, sondern als wäre diese Liebe seit jeher als die eine und einzige empfunden worden, monogam. Papa wurde gegen Ende meiner Beziehung zu Carmela monogam in Bezug auf die Vorrichtungen zum Töten. Das, was ihn auf Batina nicht erwischt hatte, das, was vier Fünftel seiner Kameraden, mit denen zusammen er mobilisiert worden war, umgebracht hatte, in das hatte er sich unwiederbringlich verliebt. Die Bockflinte war seine letzte Liebe.

Wenn er sie reinigte, immer im Garten, den Blick auf die Kiefern und Tannen, die Bäume aus dem Lied *Konjuh planinom*, konnte man den Eindruck gewinnen, dass er das geistesabwesend tat und sich nur auf die zwei Läufe und den Kolben konzentrierte. Er liebte es, die tadellos sauberen Züge im Lauf zu betrachten, wenn sie ein eigenes Licht ausstrahlten, das für ihn unirdischer Herkunft war. Und im Unterschied zu der Doppelläufigen und der russischen Einläufigen, die zahlreiche Fasane und auch manchen Hasen getötet hatten und, worauf er besonders stolz war, eine Wildsau, die auf eine Gruppe Jäger in Buševec losgestürmt war, hatte die Bockflinte noch niemanden getötet. Sie war das Gewehr aller Gewehre, die Essenz des Gewehrs, so wie es sich mit Kindergewehren verhält. Auch zwischen Papa und der Bockflinte bestand diese kindliche, unverdorbene Liebe.

Und wenn er genügend oft mit der Bürste am langen Holzstiel durch das Innere der Läufe gefahren war, umwickelte er die Bürste zuerst mit einem ölgetränkten Lappen, dann wechselte er die Bürste, nahm die für den Hochglanz und polierte und polierte und zwischen dem Polieren sah er durch den Lauf nach dem speziellen Licht, um dann wieder und wieder zu polieren. Und wenn auch dieses Ritual abgeschlossen war, wenn die Läufe seiner Überzeugung nach genug poliert waren, klappte er das Gewehr zusammen, gab ihm den Kolben zurück, den geliebten mahagonifarbenen Kolben, auch er poliert wie ein sehr teures Möbelstück oder eine Schachtel, in der wir etwas sehr Wertvolles aufbewahren. Wertvoller als das, was wir sonst als wertvoll ansehen. Wenn er also die Reinigung beendet hatte, legte er den Kolben an die Schulter, so als wollte er schießen, erzeugte mit den Lippen ein Geräusch, als schösse er, puff, puff, und hob das Gewehr mit der linken Hand ein wenig in die Luft, als gäbe es einen Rückstoß.

In jenem Spätfrühling, als Carmela Ratte kennenlernte, aber man nicht überstürzt Schluss machen konnte, gingen wir noch manchmal zu mir, und wenn wir den Garten betraten, winkte uns mein Vater zu. Von Weitem sah es vermutlich so aus, als wäre zwischen uns alles in Ordnung und als hätte sich da nicht ein Mann eingemischt, der dreißig Jahre älter war als Carmela. Manchmal legte er auch das Gewehr auf uns an, so aus Jux, obwohl er mir als Kind immer gesagt hatte: „Man muss vorsichtig sein. Auch ein leeres Gewehr tötet." Aber irgendwie hatten wir vor der Bockflinte keine Angst. Immer richtete er sie übrigens auf mich, denn ich war der Bösewicht, Carmela gegenüber hegte er die meiste Zeit in diesen vier Jahren eine Art verschämten Respekt. Und immer sagte er Sie zu ihr.

Jenes „Einmal werde ich noch mit dir schlafen, ich werde entscheiden, wann" erstreckte sich über die ganzen letzten Monate. Der ganze Juni stand im Zeichen dieses Abschieds-Sex, der, das muss ich gestehen, manchmal besser war als all der nicht vom Abschied bestimmte davor. Ich bemerkte bei ihr lediglich einige Innovationen, die sie von Ratte angenommen hatte. Manchmal weinten wir beide, aber nicht zur gleichen Zeit. An einem solchen Nachmittag, als wir uns, wie gewöhnlich, an der Uni getroffen und mit meinem Motorrad nach Hause gefahren waren und mein Vater im Garten das Gewehr reinigte, winkte er uns zu sich. Nie zuvor hatte er das getan. Er hatte gerade die Bockflinte zusammengeklappt und sie auf ein Tuch gelegt, das er auf dem Tisch ausgebreitet hatte. Auf demselben Tisch, wegen dem er sich mit Mama gestritten hatte. Wir setzten uns auf die Bank gegenüber.

– Willst du was trinken? – fragte er Carmela. Jetzt duzte er sie plötzlich. Und dann, als wäre er voreilig gewesen, sagte er: – Allerdings haben wir nur Bier.

– Gern – sagte Carmela, sich dessen bewusst, dass etwas Wichtiges vorging.

– Zoran, lauf rauf und hol Bier!

Und ich ging und ließ sie allein. Ich ging in die Wohnung und weiter in die Küche, aber in unserem alten AEG gab es kein Bier. Da gab es gar nichts. Vermutlich hatte er das letzte Bier getrunken und vergessen, dass wir keine einzige Flasche mehr haben. Ich hatte kein Geld für den Laden, ich hatte gerade noch ein paar Münzen für Benzin für mein Motorrad zusammengestottert. Und dann tat ich etwas, was ich noch nie getan hatte. Ich stahl mich aus dem Haus und ging in das Haus gegenüber, wo im zweiten Stock Davor mit seinen Eltern wohnte. Seine Mutter machte auf und sagte, dass er nicht zu Hause sei. Ich fragte, ob sie mir eine Flasche Bier leihen könne. Sie hatte nur ein Ožujsko im Kühlschrank.

Ich ging schnell zurück, öffnete die Flasche, die angenehm kühl war, nahm drei Gläser und ging hinunter in den Garten. Aber schon von Weitem, kaum war ich aus der Tür des Treppenhauses getreten und spähte zum Tisch und zu den Bänken, sah ich, dass etwas nicht in Ordnung war.

Die Beziehung zwischen mir und Carmela war unter anderem auch deshalb zu einem Ende gekommen, weil ich mich ihrer oft geschämt hatte. Es war schön mit ihr im Bett, in dem kleinen Zimmer, das nach Tannenholz duftete, und mit den toten Wachteln an den Wänden, aber sich mit ihr in der Öffentlichkeit zeigen … Immer übertrieben bis zur Geschmacklosigkeit, immer bereit, das zu tragen, was provozierte, ein armes Kind der Arbeiterklasse, das den Angeberfetzen aus Triest und Graz gegenüber nur Rebellion empfand, und diese Rebellion konnte sich in violetten Fingernägeln ausdrücken, in einem übertriebenen Ring in derselben Farbe, in Korksandalen, die in den Sechzigern aus der Mode gekommen waren, und wir sprechen über die Mitte der Achtziger, in einem Seidenkleid mit Leopardenmuster, nach dem sich die Kolleginnen von der Uni spöttisch umdrehten. Sie sah aus wie eine Hure, und das bedeutete für mich Erregung und zugleich Scham. Ich fuhr sie auf dem Sozius meines Motorrades, nur um nicht mit ihr durch die Stadt gehen zu müssen. Ein Motorrad ist einfach schneller, und ein aufreizendes Kleid mit Leopardenmuster sticht den Leuten, die mich kennen, aber auch denen, die mich nicht kennen, nicht so in die Augen, aber sie schauen, als würde mir ein Arm fehlen oder etwas im Hirn. Ich hatte kein Verständnis für ihre Revolution und versuchte ständig, sie zu unterbinden, mich dieses Ballasts des Revolutionären zu entledigen und es in das einstige Jagdkabinett zu sperren. Aber es ging nicht. Der wirkliche Schluss kam erst, als sie es beschlossen hatte.

Als ich mit dem Bier und den Gläsern zum Tisch kam, schwieg Carmela, abwesend, in einer unnatürlich erstarrten Pose, mit dem Gewehr in der Hand. Papa weinte, und seine Tränen rannen auf das Tuch voller Fettflecken vom Gewehröl. Die Szene ließ auch mich erstarren. Ich stellte Bier und Gläser auf dem Tisch ab und fühlte in diesem Augenblick das, von dem ich dachte, es wäre seine übergroße Scham. Es dauerte eine ganze Zeit, aber sein Schluchzen wollte einfach nicht aufhören. Ich verteilte das Bier auf die drei Gläser und stellte sie vor uns hin. Sie wusste noch immer nicht, was sie mit dem Gewehr anfangen sollte, sie hielt es nur in den Händen.

Und dann, als wäre sie aus einer Hypnose zu sich gekommen, legte sie es vorsichtig vor ihn hin. Er nahm das Glas, stieß zuerst mit Carmela an, dann mit mir, und sagte:

– Geht, Kinder!

Wir stiegen still zum kleinen Dachzimmer hinauf. Es gab keinen Abschiedssex, sie war so schockiert, als hätte sie ein bösartiges Kind mit einem Pott'schen Buckel auf dem Rücken gesehen, jenes Kind, das ich ihr im *Gesundheitslexikon* gezeigt hatte. Ich dachte, dass sie ihm gesagt hätte, dass wir uns trennen, dass wir vier Jahre zusammen gewesen seien, fast die ganze Uni, dass ich einmal sogar um sie angehalten hätte, aber dass wir uns jetzt trennen würden. Vielleicht hatte sie ihm, dachte ich, auch gesagt, wegen wem, und dann hatte er sich an Onkel und Mama erinnert und an die erbliche Tatsache, dass uns die älteren Männer immer die Frauen stehlen. So oder so.

Schließlich fragte ich sie, was es gegeben habe.

– Als du weg warst, hat er von mir verlangt, dass ich das Gewehr in die Hände nehme. Damit ich sehe, wie leicht es ist.

– Ein Verrückter – sagte ich. – Er war immer ein Verrückter.

– Er sagte, dass es ihm am liebsten wäre, wenn ich ihn da unten erschieße.

Das war auch von ihm zu viel. Vielleicht noch eine seiner theatralischen Gesten. Aber jetzt fing ich an, Angst zu haben, ich könnte es aus dem Garten schießen hören.

– Ich wusste nicht, ob es geladen ist.

Ihre Stimme zitterte noch immer.

– Hast du es ihm gesagt?

– Was?

– Dass wir uns trennen?

– Nein.

– Was dann?

Sie sah mich durchdringend an, als hätte sie mich noch nie zuvor gesehen.

– Du weißt gar nichts?

– Nein – sagte ich. – Was?

– Wie hoch ist deine Waisenrente?

Ich sagte ihr den Betrag. Ich wusste nicht, worauf das alles abzielte.

– Das ist doppelt so viel wie das Gehalt meiner Mutter.

Ich konnte ihr nicht sagen, was ich mit dem vielen Geld mache, wohin es rinnt, wohin es sich wie ein seltsamer Sickerfluss aus bunten Papierscheinen mit Darstellungen von Knappen, Meštrović-Denkmälern und Stoßarbeitern verliert. Wie ich ihr auch nicht sagen konnte, was ich mit dem Goldpfund und dem Silberdollar gemacht hatte, den ich zu meiner Geburt bekommen hatte, und mit den anderen Dukaten mit dem Konterfei von Franz Joseph.

– Und wie viel zahlst du für die laufenden Kosten?

Ich wusste keine Antwort. Vielleicht steuerte ich etwas bei, aber vielleicht auch nicht. Ich glaubte, mein Vater nähme das Geld für die laufenden Kosten, wenn er meine Rente entgegennahm. Wir waren nicht gut mit dem Rechnen, uns fehlten Onkel und Mama.

– Ihr habt ein Jahr lang kein Gas bezahlt. Morgen werden sie euch die Uhr abmontieren.

Ich sah sie an, und aus ihrem Mund kam etwas, was ich nicht hören wollte.

– Er muss das Gewehr verkaufen – sagte sie und sah mich voller Hass an. – Genau genommen weiß ich, was du mit dem Geld machst – knurrte sie wieder. – Lass mich raus!

Und so gingen an jenem Nachmittag im Juni, als ich mir von Davors Mutter eine Flasche Ožujsko lieh, zwei Liebesgeschichten zu Ende.

13.

Die folgenden fünfundzwanzig Jahre hörten wir nichts voneinander, sahen uns aber zufällig, sie winkte aus der Straßenbahn oder lächelte mir im Vorübergehen zu, wobei sie ihren kleinen Jungen an der Hand hielt, ein kleines Dickerchen wie sie, und dann immer älter, bis ich sie zum Schluss zu dritt sah: Carmela, den Jungen und ein unbekanntes Mädchen, das ihn jetzt statt der Mutter an der Hand hielt.

Wir begannen uns erst regelmäßig zu sehen, als ihr Mann gestorben war. Wir gingen auf ein Abendessen, ein oder zwei Mal im Jahr, nur so viel, um zu sehen, wie unsere Leben vorübergehen. Das sprach von einem gemeinsamen Interesse, das wir aneinander hatten, obwohl nie etwas war. Ein Küsschen auf die Wange und ein Abwischen des Lippenstifts mit dem Taschentuch. Wir trafen uns in Restaurants, schön, anständig, schon um elf waren wir zu Hause. Ich bei meiner Frau, sie bei dem Mann, mit dem sie momentan zusammen war. Über sie beide wusste ich alles. Filip war etwas älter als sie, aber schlank, und er hatte einen schönen Körper, wie du einmal, sagte sie, aber er arbeitet nichts, er schmuggelt hier und da Jeans aus der Türkei und arbeitet in der Saison ein bisschen an der Küste. Parallel zu Filip hatte sie auch einen Jüngeren, der leider verheiratet war und auf den sie nicht zählen konnte, obwohl er ihr ewige Liebe schwor, bis ihn seine Frau mit den Kindern holen kam, manchmal zusammen mit seinem

Vater, um ihn und seine Sachen ins Auto zu verfrachten und wegzubringen. Sie wusste nicht, für wen von ihnen sie sich entscheiden solle, aber sie war sich bewusst, sagte sie, dass die Auswahl keine besondere war. So lange, bis sie Keko traf und, wie sie sagte, sich entsetzlich in ihn verliebte, weil er ein bisschen ihrem einstigen Mann ähnelte, aber ihrem Mann in seinen jüngeren Tagen, als sie ihn noch nicht kannte. Und wenn es ihr um etwas leidtue, dann tue ihr leid, dass sie ihren Mann nicht früher kennengelernt hatte, um mit ihm mehr Zeit zu verbringen, denn die Zeit mit ihm war ihr wertvoll, selbst als er zum Schluss im Rollstuhl saß. Als ich ihr sagte, dass sie ihren Mann doch viel früher kennengelernt habe, schon im ersten Studienjahr habe sie Vorlesungen bei ihm gehört, sagte sie, dass er zu der Zeit ohne jede Bedeutung für sie gewesen sei, weil sie noch ein dummes Gör gewesen sei. Keko dauerte etwas weniger als ein Jahr, und als wir uns das nächste Mal trafen, einen ganzen Abend lang, von Prschut bis Haselnusstorte, erklärte sie mir, was für ein Schwein das sei. Einmal, wir hatten uns länger als ein Jahr nicht gesehen, sagte sie:

– Weißt du, mir fehlen unsere Abendessen.

Auch mir fehlten sie. Damals wurde mir klar, dass sie gern über ihre Männer sprach, um mir zu zeigen, wie unwichtig ich in ihrem Leben gewesen war, natürlich vergebens, ich liebte diese Geschichten, um zum ich weiß nicht wievielten Mal zu erkennen, wie unglücklich sie war. Die Männer reihten sich aneinander, und sie war jedes Jahr unglücklicher.

14.

Jetzt habe ich sie zum Abendessen in meinen Garten eingeladen. Am Ende des Gartens, an der Stelle des alten Tisches, steht ein neuer aus Holunderholz mit Rattan-Stühlen. Rechts erhebt sich die Betonkapelle des Grills, davor erstreckt sich ein kleines Schwimmbecken. Sommerabend, das Horoskop am Himmel, das Becken leuchtet bläulich, ich habe es gereinigt, bevor sie kam, klares sauberes Wasser, erwärmt auf dreißig Grad. Das ist die Bühne. Da ist auch die Verwicklung.

Carmela möchte nicht baden. Sie redet sich auf jene Sachen aus.

– Die hast du noch? – frage ich.

– Du Schwein – sagt sie.

– Das sagt meine Frau auch zu mir.

– Wie ist sie? – fragt Carmela, während sie auf der Terrasse sitzt und die Tatsachen eines Lebens sieht, das vielleicht auch unseres hätte sein können.

– Konventionell – sage ich und erinnere mich, dass dieses Wort zu unserer Zeit eigentlich eine Beleidigung war. Ich hatte meine Frau nicht beleidigen wollen, aber nun war es so ausgefallen, dass ich es doch getan hatte.

– Wie kannst du mit einer konventionellen Person zusammenleben?

– Ich liebe sie.

– So warst du immer.

– Wie?

– Dich hat das Konventionelle erregt.

– Mich erregt nicht das Konventionelle, sondern sie.

– Nein, mein Lieber, das Problem ist, dass du mit einem Teil von dir immer konventionell warst.

Dazu habe ich, leider, auch ein Bild. Tuškanac-Kino, Carmela und ich sind hingegangen, uns einen Wenders anzusehen, vielleicht *Paris, Texas,* vielleicht auch etwas anderes, *Alice in den Städten,* sie liebte diesen Film, wir standen beim Eingang und sahen zu, wie die Leute ins Kino gingen. Jungen mit hübschen Mädchen, mit Mädchen, die schön angezogen waren, sexy, aber anständig, zart, mit schmalen Gelenken, und neben mir eine hübsche, etwas fülligere Studentin der Kunstgeschichte, die damals auch Malerin war, in einem billigen Kleid aus Kunstseide mit Leopardenmuster.

– Du hast dich meiner geschämt, weil meine Eltern Arbeiter waren.

– Die Arbeiterklasse war damals die herrschende – sage ich.

– Red keinen Scheiß, ich sage das im Ernst. Du warst immer ein Snob, auch wenn du so getan hast, als wärest du keiner. Heute gibt es für solche einen Namen, damals nicht.

– Was für einen Namen?

– Damals gab es nur Haschbrüder und Angeber, es gab keine Hipster.

– Ich war ein Hipster vor den Hipstern?

– Du warst ein Dreck, entschuldige, aber ich muss es so sagen.

Wir haben August, und es sind Sterne zu sehen, die man in Zagreb sonst nicht sieht. Wir schweigen.

– Warum hast du nie Hosen getragen?

– Machst du mir etwa Vorhaltungen? Mein Gott, ich war dick, ich habe das getragen, was mir besser steht. Aber dich hat gerade das erregt, nur hast du dich ein bisschen geschämt mit mir in der Stadt, du Dichter.

Das, was mir bei ihr vor dreißig Jahren auf die Nerven gegangen war, hatte sich nicht geändert. Das Bedürfnis, sich ständig Phantom-Konventionen entgegenzustellen. Und dass sie sie überall sieht.

– Hier unterm Dach hast du mich durchgefickt, und dann bin ich allein nach Dubrava nach Haus gegangen, du erinnerst dich. Du hast mich kein einziges Mal begleitet. Hast du noch dieses Zimmer?

– Jetzt haben wir den ganzen Dachboden zu einer Wohnung umgebaut. Alles sieht anders aus.

– Ich wollte es nicht sehen, ich sage nur, wie du warst.

– Ein Rotzbengel!

– Aber weißt du, was ich dir nie verzeihen werde?

– Komm, lass hören. Der Augenblick der Wahrheit.

– Ich mache keine Scherze, im Ernst.

– Dann komm, im Ernst.

– Dass du die Ex von meinem Mann gevögelt hast.

– Ich dachte, du mochtest das. Um mich loszuwerden. Und auch sie.

– Du Affe!

– Was ist, warst du eifersüchtig? Du hast mich verlassen, und dann warst du eifersüchtig.

– Wir hatten nie eine konventionelle Verbindung, und ich konnte dich gar nicht verlassen. Ich habe aufgehört, mit dir zu vögeln, aber das bedeutet nicht, dass ich dich nicht noch immer ein wenig geliebt habe.

– Ein wenig?

– Vielleicht nicht gar so wenig, aber ihn habe ich mehr geliebt. Jedenfalls wollte ich sie nicht mit dir zusammen sehen. Und auch nicht mit ihm, er bestand darauf, dass wir zusammen ausgehen. Mir war speiübel, als sich die alte Kuh bei dir eingeschmeichelt hat.

– Sie war keine alte Kuh.

– Für mich doch, damals. Aber du hattest dich verknallt. Das sah man.

– Ich wohnte auf Jarun zusammen mit ihr und der kleinen Bruna. Ich konnte vor dem Einschlafen, in dem Moment, wenn du in den Schlaf sinkst, daran denken, dass ich kaum den Morgen erwarten kann, um sie wiederzusehen, beide. In sie hatte ich mich anders verliebt als in dich. Wenn ich an dich denke, erinnere ich mich, wie wir gut gevögelt haben. Wenn ich an sie denke, erinnere ich mich ans Essen.

– Das ist nicht gerade ein Kompliment für sie.

– Ist es doch. Wir haben auch viel gevögelt, vor allem, wenn die Kleine bei der Oma in Split war, aber am Tisch waren wir wirklich eine Familie. Ich erinnere mich, wie wir mit vollem Mund lachen. Sie war Vegetarierin, du erinnerst dich, sie machte fünf Gerichte auf einmal. Das war für mich das Schönste mit ihr, diese Augenblicke am Tisch.

Und dann fiel mir diese Geschichte ein. In einer Sekunde. Die Geschichte von Großmut und Güte.

– Ratte hat dir nie etwas davon erzählt?

– Ich mag nicht, wenn du ihn Ratte nennst. Wovon?

– Davon, was mit mir und mit ihr war? Und mit ihm und mit mir?

– Da gab es nichts zu erzählen. Ihr habt euch getröstet, und alles super.

– Hat er dir nicht gesagt, dass ich ihn auf der Uni gesucht habe, um ihn umzubringen?

Sie sah mich an, als sähe sie Charles Manson.

– Du redest Scheiß?

– Im Ernst. Das hat er dir nie erzählt?

– Nein.

– Ich war überzeugt, dass er es dir erzählt hat. Entschuldige.

Ich erhob mich, um die zweite Flasche zu öffnen und etwas Prschut aufzuschneiden. Das dauerte, und das Schweigen wurde ein ziemlich langes, lange genug, um danach nicht mit dem fortfahren zu müssen, womit ich angefangen hatte.

– Sag jetzt, wenn du schon angefangen hast!

– Ist nicht wichtig – sagte ich. – Eine Kleinigkeit. Ich dachte, er hätte es dir gesagt.

Ich beschäftigte mich in der Sommerküche weiter mit dem Essen, während sie wartete.

– Dass du ihn umbringst? Was es nicht alles gibt. Komm, sag jetzt!

– An jenem Abend, als er dich bis zu deiner Wohnung begleitet hat …

– Siehst du – sagte sie – begleitet, das ist das, was du jahrelang nicht kapiert hast.

– Als ich gesehen habe, dass ihr euch küsst, und fast verrückt geworden bin, bist du nach oben in die Wohnung geflüchtet, und wir beide sind zu Fuß bis zur Wendeschleife der Straßenbahn gegangen. Es gab keine Nachtbusse … An dem Abend habe ich ihm geschworen, dass ich ihn umbringe, wenn er dich nicht in Ruhe lässt. Dass ich ihn abschlachte, dass ich ihm den Kopf abschneide und darauf pinkle. Das habe ich ihm mit ruhiger Stimme gesagt, ohne Wut, und er hat in meinen Augen gesehen, dass ich nicht scherze. Und weißt du, was er gesagt hat?

– Du bist kränker, als ich gedacht habe. Alle diese Jahre habe ich gedacht, dass du doch etwas anderes bist.

– Er hat zu mir gesagt, ich liebe Carmela, ich liebe sie so sehr, dass ich ihretwegen aufgehört habe, Medikamente gegen Bluthochdruck zu nehmen, ich hatte schon einen leichteren Gehirnschlag, aber von diesen Medikamenten wird der Mensch impotent. Sie heißen im Ärzte-Slang „Schwanzmörder". Du siehst, ich bin bereit, ihretwegen auch ohne dich zu sterben, du gehst mir am Arsch vorbei.

– Warum hast du ihn nicht sofort dort umgebracht, in Dubrava? Du hattest keine Eier, das ist es. Ein Feigling bist du, der nur droht.

– Ich hatte nichts, womit ich es hätte tun können. Und ich musste ihm auch die Chance geben, dich zu verlassen.

– Und? Das ist alles?

– Nein. Drei Tage habe ich zu Hause gezittert, in unserem kleinen Zimmer, in das du keinen Fuß mehr gesetzt hast, und in Pticas Wohnung, und dann habe ich mein Springmesser genommen, du weißt, dass ich manchmal ein Springmesser bei mir getragen habe, und bin damit auf die Uni. Ich habe höflich angeklopft, und mir hat eine Dame geöffnet, seine Sekretärin, die hat sich, als ich mich vorstellte, angeschissen und hat gestottert, er sei nicht da. Daran habe ich gesehen, dass er sie informiert hatte, für den Fall, dass ich komme.

– Unglaublich, dass er mir das nicht gesagt hat.

– Aber ich hatte kapiert, dass er da ist, und öffnete die Tür zu seinem Zimmer, während sie nur völlig angeschissen dastand. Er war allerdings nicht allzu sehr erschrocken. Er sagte zu ihr, sie solle die Tür schließen. Sie fragte, ob sie die Polizei rufen solle, und er sagte, das sei nicht nötig. Er setzte sich an den Tisch, die Brille hatte er auf der Stirn, ich hatte ihn beim Lesen unterbrochen. Ich zog das Messer heraus, was ziemlichen Eindruck auf ihn machte. Er konnte den Blick nicht von der Klinge wenden, als hätte er sich in sie verliebt. Die Menschen spüren, wenn jemand entschlossen ist. Und dann fragte er mich, was werden Sie jetzt tun. Jetzt werde ich Sie abstechen, gab ich so ruhig ich konnte zur Antwort. Und was werden Sie dann tun? Ich werde auf die Polizei warten und Sie absitzen. Die ganze Zeit habe ich nicht aufgehört, Sie zu ihm zu sagen. Seltsam, nicht wahr?

– Du lügst bestimmt nicht? Wehe, wenn du mich anlügst …

– Machen Sie nur, sagte er, stechen Sie mich ab, und ich sah bei ihm die gleiche Entschlossenheit, die er bei mir sah. Und dann sagte er noch, jetzt liebe ich sie noch mehr, jetzt ist sie mir noch mehr wert.

Ihre Augen wurden feucht, das sah ich sogar im Dämmerlicht.

– Dann sagte ich zu ihm, falls ich ihn laufen lasse, ob er dann ein Gedicht darüber schreiben werde. Er: Du meinst, über dich? Ich: Ich meine, über sie. Er: Mein Junge, jedes meiner Gedichte wird von nun an über sie sein. Und auch wenn du mich tötest – auch als Toter werde ich über sie schreiben. Aber ich höre, du schreibst auch?

– Ja – sagte ich zu ihm – ich werde darüber auch eine Geschichte schreiben. Im Gefängnis oder zu Hause, das hängt davon ab, ob ich beschließe, Sie abzustechen oder nicht.

Und die ganze Zeit hielt ich ihm das Messer vor die Augen.

– Und wir vier sind danach ein Jahr lang zusammen ausgegangen? Mein Gott, mir wird schlecht.

– Du erinnerst dich, dass er darauf bestanden hat. Er hat auch die Karten für *The Deer Hunter* im Studio-Kino gekauft, als wir zum ersten Mal ausgegangen sind. Sie hatte sich verspätet, erinnerst du dich, und sagte, auf dem Weg hätte sie fast ein Auto „platt gemacht".

Ist es dir nicht merkwürdig vorgekommen, dass er plötzlich Ausgänge zu viert arrangiert?

– Nein … Vielleicht habe ich gedacht, dass er sie sich vom Hals schaffen will … Ich weiß nicht, was ich gedacht habe.

– Wir zwei haben uns schnell verliebt, oder ich habe es zumindest geglaubt, ich bin zu ihr gezogen, ich war auch, sage ich dir, nach ihrer Kleinen verrückt und habe dich völlig vergessen und auch, dass ich ihn abstechen muss. Wir haben die Kleine in den Schlaf gewiegt und dann langsam die ganze Nacht gevögelt, und ich habe mich die ganze Zeit aufs Frühstück gefreut. Das war mein schönstes Studienjahr. Morgens fuhr ich mit dem Motorrad am See im Jarun entlang zur Uni. Eines Morgens, es war halb sieben, sah ich im See einen Jungen und ein Mädchen, wie sie Liebe machten. Bis zur Mitte waren sie im Wasser, das Wasser war von irgendetwas grün, niemand in der Nähe, und die beiden liebten sich. Das ist eines der schöneren Erlebnisse.

Carmela wurde nachdenklich. Sie überlegte die ganze Zeit, weshalb ihr Mann ihr das nie erzählt hatte.

– Ich war ein Idiot. Als sie wegging, du weißt, dass sie für ein Postgraduate-Studium nach Florida ging, brachte sie die Kleine zu einer Freundin in Voltino, und wir verbrachten eine herrliche letzte Nacht. Und am Morgen, als ich sie verließ, küsste sie mich wie eine Mutter, genau das empfand ich, dass sie mich jetzt küsst wie eine Mutter, und zwei Stunden zuvor hatte sie mich geküsst wie ein Mädchen, und dann sagte sie: „Du musst mir versprechen, dass du niemanden verletzt." Ich verspreche es, sagte ich, ich dachte dabei überhaupt nicht an dich und an Ratte. Ich schwöre. Und ich musste schwören, dass ich niemanden verletzen werde.

Jetzt weinte Carmela schon. Die Mascara verschmierte, die Nasenflügel röteten sich, es floss aus ihr heraus wie aus einem großen Staudamm.

– Ich fuhr Richtung Stadt, und langsam wurde mir klar … es ist nicht möglich, dass sie ein ganzes Jahr mit mir verbracht hat, nur um mich zu zähmen, damit ich Ratte nichts tue, sie hat mit mir gevögelt aus Liebe zu deinem Mann. Ich weiß nicht, warum er dir das nicht gesagt hat. Damit du mich in schönerer Erinnerung behältst? Oder damit du sie nicht hasst?

Sie weinte auf ihrem Stuhl, und ich saß neben ihr und sah zu, wie sie weinte.

– Ich habe Jahre gebraucht, um mich damit abzufinden. Zuerst hat er mir dich genommen, und dann auch sie, nachdem er sie mir geschenkt hatte. Oder war das nur ihre Großherzigkeit? Ich weiß es nicht. Er ist tot, sie ist in Amerika, wir haben fünfundzwanzig Jahre nichts voneinander gehört und können es nicht mehr erfahren.

Der Schmerz machte ihr Gesicht noch schöner, wie ein inneres Licht. So hatten meinem Vater vermutlich die Züge im Gewehrlauf geleuchtet.

Ich gebe ihr noch ein Papiertaschentuch, damit sie sich die Tränen abwischt, und während sie sie abwischt, überlege ich, warum ich sie so gerne unglücklich sehe. In mir meldet sich eine Emotion, es melden sich auch all jene glücklichen Tage, als sie ihre Mutter angelogen hat, damit sie bei mir übernachten kann, Augenblicke, als wir Bilder und Bücher kommentiert haben, als ich ihr den Ring gekauft und im Scherz gesagt habe, wir hätten uns verlobt, und als wir für kurze Zeit zusammengelebt haben, während mein Vater den Sommer über in Dubica war. Ich habe meine unverständlichen Geschichten geschrieben, sie hat gemalt, und danach haben wir gemeinsam im Garten zu Abend gegessen. Das alles ist zurückgekehrt, aber aus irgendeinem Grunde ist es nicht genug, um sie heute Abend zu umarmen und zu sagen: „Ich habe dich geliebt. Ich habe dich sehr geliebt."

Ein Tod, für den er gelebt hat

1.

Im Bett im Wohnzimmer liest Papa Hemingway, *Schnee am Kilimandscharo.* So tröstet er sich über die Amputation des linken Beines hinweg. Er hatte Wundbrand bekommen, und sie mussten ihm das Bein abnehmen. Aber statt der Geier auf dem Baum, statt der Eingeborenen, die ihm Antilopensuppe zubereiten, und der reichen Frau, die ihn rückhaltlos liebt, statt der Safari und des improvisierten Lagers unterm Kilimandscharo sind jetzt in unserem alten Haus auf dem Zelenjak nur Papa und ich. Hier sind auch Onkels Kommode und die Bilder an der Wand. Die ganze Westwand ist mit Bildern bedeckt, vier sind von Benjamin, und hier sind auch die beiden Türken aus Dubica, von denen einer Beg Avdagić sein könnte.

– Das habe ich von den Erfrierungen im Krieg – sagt er, als ich ihm die Hühnersuppe bringe.

– Nein, vom Zucker – sage ich. – Jetzt setz dich auf, damit ich den Tisch heranrücken kann.

Mit großer Mühe richtet er sich auf und setzt sich auf den Rand der alten Couch, die jetzt als Bett dient. Das Gesicht eine Schmerzgrimasse, er passt auf, dass ich mit nichts an den Stumpf rühre, der *per primam* verheilt ist, wie es im Entlassungsbrief aus dem Krankenhaus heißt. Jetzt wartet er auf die Kur in der Reha, und ich rücke vorsichtig den Tisch heran, auf dem der Teller mit der mageren Hühnersuppe steht. Nur gekochtes Fleisch, ohne Haut.

– Auch bei Tito war es von den Erfrierungen.

– Auch bei ihm war es vom Zucker. Papa, das sind die Folgen von Diabetes.

– Nichts kapierst du, du gemeiner Kerl – sagt er. – Auch der Zucker ist vom Krieg.

– Papa, im Krieg warst du mit achtzehn. Und den Zucker hast du mit sechzig gekriegt.

– Ja, aber es hat sich angehäuft …

– Iss jetzt!

– Ich will nicht. Mich ekelt vor dieser Brühe.

– Du musst essen, wenn du gesund werden willst.

– Und ich sage dir, das kommt alles vom Krieg.

– Was alles? – frage ich. – Komm, wenigstens etwas Suppe!

– Auch dieser Krieg ist vom Krieg.

Unser alter Fernseher, ein Singer, läuft den ganzen Tag, und er schaut aus dem Bett Krieg. Wir haben Herbst 1991, die Angriffe auf Dubrovnik halten an, die Panzereinheiten aus Pančevo, woher Mamas Transfusionswohltäter kam, haben Vukovar umzingelt, Haubitzen und Granatwerfer bombardieren Novska und Nova Gradiška. Aber Papa kehrt regelmäßig in sein verlorenes Paradies zurück, in das Dorf an der Una. Und je mehr Krieg es im Fernsehen gibt, desto schöner wird sein verlorenes Paradies. Hier gibt es eine umgekehrte Proportion. Und obwohl er in Dubica nicht nur schöne Dinge erlebt hat, viele Lampen wurden mit Pistolen gelöscht, erinnert er sich jetzt nur an die schönen, aus der Kindheit. Die Geschichte von Urgroßvater Pejić und wie sie ihn alle gefürchtet haben, von seiner Großmutter, die auf dem Rappen Grom durch Dubica geritten ist, von Zibnerać, der immer, wenn er Spielkarten sah, dreimal ausgespuckt hat. Voller Nostalgie erzählt er auch von einem weit zurückliegenden Karfreitag, als ihn seine Mutter aus der Försterei zum Popen Venko schickte, um ihm zwanzig Eier für Ostern zu bringen. Sie hatte ihm einen Korb mit den vorsichtig im Stroh gestapelten Eiern gegeben, damit sie nicht zerbrechen.

– Und schlenkere mit dem Korb nicht herum wie verrückt! – sagte sie und schickte ihn los Richtung Kirche und Pfarrhof.

Und er ging los, fröhlich, es war ein sonniger Mittag, Frühling, alles hatte schon ausgeschlagen mit frischen grünen Knospen, die Farbe des Laubs war noch voller Lebenskraft. Anfangs ging er ruhig, jeden Augenblick an die Zerbrechlichkeit der Eier denkend, daran, wie er und seine Mutter sie im Hof eingesammelt, sie abgewischt und in den Korb gelegt hatten. Für den Popen musste es immer das Beste sein. Später fing er schon an zu hüpfen, wurde lockerer, fahrige Knabenbewegungen kehrten in den für einen Augenblick erstarrten Körper zurück. Und als er schon nahe am Pfarrhof und am Haus seines Urgroßvaters war, sah er, dass ein Ei zerdrückt war. Vorsichtig nahm er es heraus, warf es in das Gestrüpp am Straßenrand und wischte das bisschen Eiweiß, das ausgeflossen war, mit dem Stroh weg. Nichts Schreckliches, der Pope wird nicht bemerken, dass eines fehlt, obwohl er weiß, dass sie ihm vor Ostern immer zwanzig Eier schicken. Er wird denken, dass die Mutter falsch gezählt hat. Im Vorbeigehen sah er seine Urgroßmutter, wie sie im Laden am Pult steht, und irgendwelche Leute, die sich Opanken ansehen. Er winkte Mara zu und dachte bei sich, dass diese Frau immer arbeitet, selbst am Karfreitag, weil dann die Menschen aus Bosnien zu ihnen kamen, Muslime, die es zu bedienen galt. Es war nicht gut, dieses Geld zu verlieren.

Als er in den Pfarrhof kam, erwartete ihn nicht die Haushälterin des Pfarrers, wie gewöhnlich, deshalb trat er ein, grüßte ordentlich mit „Gelobt sei Jesus Christus“, durchquerte den Flur und ging direkt in die Küche. Und dort sah er es.

Pope Venko saß am Tisch und verzehrte in der vorgeschriebenen Fastenzeit genüsslich eine Keule. Anhand des dunklen Fleisches wusste der kleine Papa sofort: Ente. Das war für ihn ein solcher Schock, dass er stehen blieb, regungslos.

– Komm, Tvrtko, was stehst du da wie eine hölzerne Maria – sagte der Pope streng. – Stell die Eier ab und sag der Mutter Danke.

Pope Venko war sonst überaus streng. Beim Religionsunterricht prügelte er sie regelmäßig, und von allen Lehrern in der Schule schlug er am meisten. Für ihn war die Rute im Paradies gewachsen, gemeinsam mit vielen essbaren Pflanzen und verbotenen Früchten. Wenn sie auf Fragen nach dem dreieinigen Gott keine Antwort wussten oder nicht die Apostel aufzählen konnten, zog er sie am Ohr, schlug ihnen mit der Rute über die Finger, und etliche, die Vergesslicheren, legte er über die Bank, zog ihnen die Hose runter und schlug ihnen mit dem Riemen über den nackten Hintern. Klatschende Schläge und weinende Kinder waren beim Religionsunterricht immer zu hören. Und jetzt isst er Ente in der vorgeschriebenen Fastenzeit.

Sobald der Kleine zu sich gekommen war, sagte er:

– GelobtseiJesusundMaria, dieshierschicktIhnenMamazuOstern!

Und flitzte voller Hass nach draußen.

Als er sich endlich auf der Straße in Sicherheit befand, genau so schien es ihm, fing er aus voller Stimme zu rufen an:

– Pope Venko isst Ente am Karfreitag!

– Pope Venko isst Ente am Karfreitag!

Und so lief er durch Dubica.

– Pope Venko isst Ente am Karfreitag!

Urgroßmutter kam zur Ladentür herausgestürzt, auch andere Leute kamen auf die Straße herausgestürzt, und er rief immer noch auf seinem Weg zurück zur Försterei. An diesem Tag hörte ganz Dubica, dass ihr Pfarrer in der vorgeschriebenen Fastenzeit Ente isst. Die Nachricht über das, was der kleine Papa durch Dubica rief, kam früher in der Försterei an als er, und seine Mutter erwartete ihn mit der Rute. An diesem Tag kriegte er von seiner Mutter die härtesten Schläge im Leben, und während sie ihn mit der Rute über die Beine, den Hintern und am Ende über den Kopf schlug, weinte sie hysterisch. Und unter diesem Weinen erklärte sie, dass das eine besondere Ente sei, eine mit schwarzen Füßen, sie sich ausschließlich von Fisch ernähre, und dass man solche Enten auch in der Fastenzeit essen dürfe.

Da fragte der kleine Papa, so verprügelt:

– Und warum essen dann wir nicht Ente in der Fastenzeit?

Worauf die Schläge noch stärker wurden. Interessanterweise erinnerte er sich an diese Schläge als an etwas Schönes.

2.

Jeden Sommer, gewöhnlich um Kurban-bajram, wann immer er fiel, ging er nach Dubica und schlief bei seinem Cousin Đuro, der sein Arbeitsleben in Deutschland verbracht, ein großes Haus und einen Stall gebaut und zwei Traktoren und viel Land in der Umgebung gekauft hatte. Vielleicht auch mehr Wiesen und Pflugland, als der alte Pejić vor seinem Bankrott besessen hatte. Bei Đuro und seiner Frau Kata verbrachte er eine Woche. Manchmal hielt sich zu der Zeit auch

Đuros Sohn Milan dort auf, mein älterer Cousin, der während des Studiums bei Großmutter Dobrila in der Medulićeva wohnte.

Ihre Gespräche reduzierten sich auf Erinnerungen, wie es oft bei älteren Menschen der Fall ist, die mehr Vergangenheit haben als Zukunft. Und dabei die Vergangenheit verschönern und sich vor der Zukunft ängstigen. Aber Đuro schreckte die Zukunft nicht.

– Tvrtko, wenn ich morgens aufwache und mir vorstelle, was ich alles habe, wundere ich mich.

Und wirklich, ein großer Besitz, ein Haus, ein größerer Traktor, ein kleinerer Traktor, Egge und Mäher, sieben Kühe, dicke, und ein Stier, der seinen Namen nach mir bekommen hatte, eine Wohnung in Zagreb, die er für seinen Sohn gekauft hatte, Äcker in Cerovljani und Dubica, Obstgärten und Wiesen, man musste sich das alles in Erinnerung rufen.

Aber er hatte kein leichtes Leben. Sie waren Altersgenossen, im selben Jahr geboren mit zwei Monaten Abstand. Đuro im März und Papa im Mai. Während des Zweiten Weltkriegs, als die Familie von Ilija Ferić nach Srijemska Mitrovica geflohen war, hatten ihn die Deutschen einkassiert und nach Stuttgart gebracht. Von allen Armeen in jener Gegend, Ustascha, Partisanen, Tschetniks und Domobranzen, hatten ihn ausgerechnet die Deutschen einkassiert. Und er war nicht ins Lager gekommen, sondern zur Arbeit in einer Lederfabrik eingezogen worden. Da er in Dubica Gehilfe im Laden von Großvater Pejić gewesen war und schon als zehnjähriger Knabe beim Gerben der Häute geholfen hatte, hatten die Deutschen ihn gerade als Fachkraft eingezogen. Von seinem sechzehnten Lebensjahr an bis zum Kriegsende war er Arbeiter in einer Fabrik, die Lederartikel für den Heeresbedarf herstellte. Und als es kein Heer und auch ein Gutteil Deutschlands und seiner Bewohner nicht mehr gab, war er zu Fuß nach Dubica zurückgekehrt. Đuros Familie war, im Unterschied zu Papas, arm, mit wenig Land, und auch das wenige Land ging bald in einer Genossenschaft auf. Deshalb kehrte Đuro, kaum hatten sich die Grenzen Jugoslawiens geöffnet, nach Deutschland zurück, in dieselbe Fabrik, und fuhr dort fort zu arbeiten, für ein viermal höheres Gehalt, als er es in Jugoslawien gehabt hätte. In der ersten Zeit wohnte er in einer Baracke, zusammen mit anderen Arbeitern, und ertrug dieses Gastarbeiterschicksal gut, obwohl er auch gern sagte, dass es während des Kriegs besser gewesen sei. Man kannte Ordnung und auch Arbeitsdisziplin. Er heiratete, ihm wurde ein Sohn geboren, und er arbeitete weiter in Deutschland. Er plante seine Rückkehr, aber zuerst galt es ein Haus zu bauen, dann musste ein Traktor gekauft werden, und noch Land dazu, und der Sohn auf die Schule ... Immer gab es wichtige Ausgaben, und deshalb kehrte er erst in der Pension nach Dubica zurück. So hatte er, außer dem Land, dem Traktor und dem Vieh, auch noch eine deutsche Pension.

Von ihm erzählte Papa häufig.

– Auch ihm hat der Krieg übel mitgespielt – sagte er. – Das ganze Leben hat er da oben verbracht, in Baracken, zusammen mit dem Abschaum. Erst im Alter wurde er ein Mensch.

Aber die Nachrichten im Fernsehen waren nicht gut. Am 13. September 1991 nahmen die serbischen Truppen Kostajnica und alle umliegenden Dörfer ein. Auch Dubica fiel. Zwei Tage, bevor sie in Kostajnica einmarschierten, war Milan aus Zagreb nach Dubica gekommen, um die Eltern zu holen. Aber sie wollten nicht gehen. Sie hatten Angst um das Haus, die Äcker und die Kühe.

– Mir tun die Serben nichts – sagte Đuro. – Die Hälfte von ihnen sind meine Paten, und der anderen Hälfte habe ich Geld geliehen.

Der Sohn redete auf ihn ein, aber Đuro und seine Frau konnten nicht alles zurücklassen, in was sie ein ganzes Leben investiert hatten und dessen man sich auch nicht so leicht erinnerte. Milan kehrte allein nach Zagreb zurück.

Nachdem sich die Armee mit der Mehrheit der Bewohner zurückgezogen hatte und Dubica gefallen war, erzählte Papa noch mehr von Đuro und ihren Abenteuern. Hilflos und einbeinig, füllte er diese schreckliche Leere mit Vergangenheit. Sich selbst nannte er Lahmer Daba. Er erinnerte sich, wie er nach dem Krieg mit Đuro nach Bosanska Dubica gegangen war, um Mädchen zu suchen, aber dabei mussten sie sich vor ihren Burschen vorsehen, den Muslimen, die gern einmal den Handschar zückten. Papa als bewährter Kämpfer, der die Srijem-Front überlebt hatte, wusste gut, was zu tun war, wenn jemand gegen einen den Handschar zückte. Einmal hat sie, sagt er, als sie nach einem Besäufnis auf dem Heimweg am Friedhof vorbeikamen, ein weißes Fohlen begleitet, das nicht von dieser Welt war, sie waren auch weiterhin vom Mühlrad in die Una gesprungen, hatten Schnaps gebrannt, und einmal waren sie auf dem Feld im Heu eingeschlafen, als jemand den ganzen Schober in Brand setzte. Sie waren mit leichteren Verbrennungen gerade noch davongekommen. Danach riet ihnen Ilija, nicht mehr nach Dubica zu gehen.

Aber für Đuro gab es, während sich Papa an ihre gemeinsamen Abenteuer erinnerte, kein Erinnern mehr.

3.

In Dubica blieben nur dreiundfünfzig Dorfbewohner zurück, größtenteils ältere Leute, die ihre Höfe nicht verlassen konnten oder nicht ins Exil wollten. Đuro sagte, dass er sein ganzes Leben im Exil gelebt habe und dass er jetzt keine Lust habe zu gehen. Und welchen Sinn hat es, aus dem eigenen Land in genau dasselbe Land zu flüchten, nur fünfzig Kilometer weiter. Ich kann sie sehen, wie sie von den Fenstern ihres großen Hauses dem Einrücken der paramilitärischen Kräfte zusehen, von denen manche aussehen wie die Partisanen, in der alten Montur der Territorialverteidigung, die anderen wie Tschetniks, in schwarzen Hemden, mit Patronengürteln und Bärten. Und schon in den ersten Tagen suchten die Soldaten die leeren Häuser heim, aus denen die Menschen fortgegangen waren, und schleppten aus ihnen die Sachen heraus: Kühlschränke, Kühltruhen, Fernseher, Waschmaschinen. Manchmal auch ein schöneres Stück Mobiliar. Und dieses Plündern dauerte eine ganze Zeit, bis in einzelne schönere Häuser Familien einzogen, die mit ihren auf Traktoranhänger geladenen Sachen kamen und ebenfalls von irgendwo vertrieben worden waren.

Gleichzeitig gingen in diesen ersten Tagen zwei Soldaten von Haus zu Haus und notierten die Menschen, die geblieben waren. Sie rührten nichts an, sie nahmen nichts weg, sie setzten sich nur in die Küche, und einer von ihnen fragte, wie viele Menschen im Haus leben, wie sie heißen, und ob jemand aus dem Haus vor dem Fall Kostajnicas weggegangen sei, ob er in der Garde war, und der andere schrieb alles auf. Sie waren nicht freundlich, aber auch nicht überheblich oder grob. Đuro bewirtete sie mit Schnaps.

Dann lebten sie, einen Tag oder zwei, in immer größerer Angst und fürchteten sich, in den Hof hinauszugehen, geschweige denn auf die Straße. Noch immer melkten sie die Kühe, ernährten sich von der Milch und von dem, was in den Kühltruhen geblieben war, denn der Strom war ausgefallen, und es bestand die Gefahr, dass das Fleisch verdarb. Milans Mutter salzte ein Gutteil des Fleisches ein und legte es in einen Bottich, beschwerte es mit einem Gewicht, später sollte es in den Rauch. Es war schon Mitte Oktober, und es war nicht mehr so warm, da konnte man das Fleisch retten. Und die Kühe mussten gemolken werden, damit die Milch nicht in den Eutern verdarb. Denn wo würde man in solchen Zeiten einen Veterinär finden.

Eines Morgens wurden sie von Getöse, Rufen von Menschen, Weinen geweckt. Die Alten von Dubica wurden auf der Hauptstraße zusammengetrieben und unter Bewachung gestellt. Bewacht wurden sie von Soldaten mit automatischen Waffen. Bald kamen die Wachen auch Đuro und Kata holen und brachten sie zum Sammelplatz. Da warteten schon Traktoren mit Anhängern und gut fünfzig erschrockene Bewohner. Mehrere Frauen beteten den Rosenkranz.

Einer der Offiziere stellte sich vor die Menschen und erklärte, dass die politische Situation kompliziert sei, dass Krieg sei, dass schwere Zeiten seien und der Mais auf den Feldern noch nicht geerntet sei. Die, die weggegangen seien, hätten auf den Feldern alles zurückgelassen, und deshalb müssten sie jetzt den Mais für die Armee ernten, denn der Winter komme, und die ganze Krajina brauche Proviant. Und so trieben sie sie auf die Felder, zu einem Gutteil ihre eigenen, und sie ernteten mehrere Tage lang Mais. Sie säuberten die Kolben vom Maisstroh und warfen sie auf die Traktoranhänger. Und wären sie nicht von Soldaten mit Kalaschnikows bewacht worden, wäre es wie jede andere Maisernte gewesen. In der Arbeitspause, zu Mittag, gab man ihnen auch zu essen. Es kam ein Jeep mit Kochgeschirren, sie kriegten ihre Portionen und Löffel, es gab Bohneneintopf, der gar nicht so schlecht war.

Die Maisernte dauerte mehrere Tage, denn alles ging langsam, die alten Leute bewegten sich schwer und trugen die Säcke mit den Kolben noch schwerer zu den Traktoranhängern.

Als die Ernte vorbei war, waren sie wieder ein paar Tage in den Häusern, jetzt schon ruhiger, denn es schien, dass die Soldaten sie in Ruhe lassen würden. Und dann ging in den kroatischen Häusern das geflüsterte Wort „Austausch" um. Die Leute, mit denen sie Kontakt hatten, sagten, dass sie dieser Tage gegen gefangene serbische Soldaten ausgetauscht würden und dass sie gehen müssten. Đuro lehnte sich erneut auf und fragte, was mit den Kühen werde, und sie hätten auch Hühner und Puten. Sie fragten ihn, was ihm lieber sei, sein Kopf oder sieben dicke Kühe, und da habe er, sagen sie, überlegt.

Am 20. Oktober holten sie sie wieder zusammen. Es kamen Soldaten, einer von ihnen hatte eine Liste, und sowie jemand aus einem Haus kam, strich er den Namen auf der Liste durch. Sie sagten ihnen, sie gingen zum Austausch und sie sollten nur die allernötigsten Sachen mitnehmen, denn auf der anderen Seite werde sie das Kroatische Rote Kreuz in Empfang nehmen. Und so wurden sie an diesem Tag ins Feuerwehrhaus geführt und unter zweifacher Bewachung eingeschlossen. Sie gaben ihnen weder zu essen noch zu trinken, und sie konnten durch die Fenster sehen, wie Lastwagen kamen, um das Vieh und die Sachen aus ihren Häusern abzutransportieren.

In der Nacht legten sich diese alten Leute auf den Boden, legten sich ihre Taschen unter den Kopf und deckten sich mit ihrer Kleidung zu. Sie lagen da, aber niemand konnte schlafen.

– Leute, sie werden uns umbringen – rief ein unrasierter, dem Alkohol zugeneigter Alter, der sich manchmal in den bäuerlichen Haushalten verdingte. Der Dorftrottel.

– Jetzt red keinen Schwachsinn, Alter – sagte eine Frau zu ihm. – Was für einen Nutzen hätten sie, wenn sie uns umbringen.

– Rache – sagte der Alte. – Auch wir haben sie abgeschlachtet wie die Hühner, in dem anderen Krieg.

– Was für eine Rache, du hast ja den Verstand verloren. Sie werden uns austauschen gegen ihre Soldaten, gegen junge gesunde Menschen.

– Von uns kann man keinen einzigen ganzen gesunden Menschen zusammensetzen – sagte Kata. – Das ist kein guter Handel für sie.

– Hör nicht auf das, was der Idiot quatscht – sagte ihr Nachbar.

– Pass auf, was ich dir sage – blieb der Unrasierte hartnäckig. – Die schlagen uns tot wie die Ratten!

– Wenn du nicht still bist, kriegst du eine aufs Maul – sagte jetzt Đuro, und dann noch: – blöder Ochse!

Aber im Verlauf der Nacht konnte man sehen, wie einige von den Eingesperrten mit den Wachen redeten, da wurde geraschelt und geflüstert, und dann konnten die ihre Sachen nehmen und gehen. Als das allerdings auch Đuros Nachbar versuchte, repetierte die Wache das Gewehr und richtete es auf ihn.

Am Morgen hielt vor dem Feuerwehrhaus ein Autobus.

– Aufstehen! – schrie einer der Wächter und weckte mit dem Fuß jene, denen es gelungen war einzuschlafen. – Aufstehen! Wir fahren euch zum Austausch.

Und so standen die verschiedenen Spielarten von Arthritis, Gicht, Bluthochdruck, Diabetes, Migräne und Nephritis langsam auf, und man sah, dass einige von denen, die am Vorabend hier eingesperrt waren, nicht mehr unter ihnen waren, dass sie weg waren. Aber niemand fragte nach ihnen, man ging nur in Kolonne zwischen den Wachen zum Autobus. Die Wachen stießen sie mit den Gewehren an.

– Los, schneller, was wartet ihr! – schrien sie, und die Alten stiegen ziemlich schnell in den Autobus.

Woran dachten sie, als sie Dubica verließen und an ihren Häusern vorüberkamen? Die Mehrheit von ihnen war nie weiter als nach Kostajnica oder Petrinja gereist, das waren Menschen, deren Leben sich auf kleinem Raum abgespielt hatte, Haus, Hof, Acker, oder das Ufer der Una, wenn das Vieh getränkt werden musste. Die Vertreibung kam für sie dem Tod nahe, einer seiner Aggregatzustände. Es wurde viel geweint in diesem Autobus, wieder wurde der Rosenkranz gebetet, und sicher wurde auch verwünscht und geflucht, aber halblaut, bei sich. Dieser Weg aus Dubica hinaus war für sie der erste große Weggang an diesem Tag. Đuro dachte vermutlich an all jene in Deutschland verbrachten Jahre, an das ärmliche Quartier, an die laute und stinkende Baracke, in der unter ihren Betten angefangene Kisten Bier standen, ein billiger Trost, daran, wie es in der Fabrik heiß war und stank, dass man sich manchmal bis auf die Unterhosen ausziehen musste, um den Arbeitstag durchzustehen, an die Einsamkeit des Sonntags, vielleicht an irgendwelche Huren, wenn man nach der Verrichtung nicht wusste, wer trauriger war, er oder die Hure, an die Angst, dass ihm jemand die Geldbörse unter dem Kopfkissen stehlen könnte. Und jetzt verlässt er auch jene seltenen glücklichen Tage, die Weihnachten und Feiertage, die er in Dubica verbracht hat und die für ihn nie mehr so glücklich sein werden. Dieser Weggang hat alles hässlich gemacht. Die Zukunft, vor der er sich nie gefürchtet hat, ist plötzlich in ihrer schrecklichsten Form erschienen und hat den schönsten Teil der Vergangenheit vergiftet.

Aber das war nicht der einzige Weggang an diesem Tag.

Der Autobus hielt in Baćin, bog von der Straße ab und fuhr hinunter zum alten Fährhafen. Sie sahen sich an, es herrschte plötzlich eine seltsame Verwirrtheit, denn man hatte nicht erwartet, dass der Austausch gerade hier vor sich gehen würde, in Baćin. Hier standen schon andere Soldaten, und ein Offizier mit den Abzeichen einer Sondereinheit der SAO Krajina kam in den Bus und rief:

– Austausch der Leute!

Er hatte ein Papier in der Hand und rief sie namentlich auf.

– Die Aufgerufenen sollen auch ihre Sachen mitnehmen! – rief er.

Und sie stiegen aus, einer nach dem anderen, und die Soldaten draußen ließen sie sofort in einer Reihe antreten. Das waren andere Soldaten als die, die sie hergebracht hatten, in Uniformen mit anderen Abzeichen.

Und so, in einer Reihe aufgestellt, mit den Sachen vor ihren Füßen, sahen sie zu, wie der leere Autobus langsam umdrehte und in der weichen Erde tiefe Spuren hinterließ. Zwei Soldaten kletterten auf die Bulldozer, die an der Seite standen, und warfen die Motoren an. Sie sahen auch die Säcke mit dem Kalk. Der Dorftrottel schrie:

– Leute, sie werden uns umbringen!

Das war das Letzte, was er schrie, denn die Soldaten, die ihnen gegenüberstanden, begannen aus den Kalaschnikows und schweren Maschinengewehren zu schießen. Das Schießen dauerte kurz im Verhältnis zum Verscharren. Insgesamt waren sechsundfünfzig Menschen umgebracht worden, und ihr Verscharren mit den Bulldozern dauerte unverhältnismäßig lange. Dabei wurden manche Körper von den Bulldozern völlig zerrissen. Denen, die sie später zu identifizieren hatten, fiel es schwer, Arme, Köpfe und Beine zu ganzen Leichnamen zusammenzusetzen.

Die Familie von Ilija Ferić war eine der wenigen von unserer weiteren Verwandtschaft, genau genommen von allen Ferićs, die nach dem Zweiten Weltkrieg nicht nach Dubica zurückgekehrt waren. So kam es, dass der nun schon lange zurückliegende Totschlag auf der Jagd, der die Familie des hübschen Försters in den ersten Jahren des NDH-Staates geschützt hatte, die ganze Familie in gewisser Weise noch immer schützte. Das war auch der wichtigste Grund, wegen dem sie nicht sofort in das Dorf an der Una zurückgekehrt waren, denn einer der Verwandten des Getöteten war in jener Gegend Partisanenkommissar. Aber gerade der Umstand, dass sie in Zagreb geblieben waren, war entscheidend, dass sie vierundvierzig Jahre später dem Massaker in Baćin entgingen. Die wohltuende Wirkung jenes kleinen Grabhügels auf dem Mirogoj, wie seltsam das auch klingen mag, hielt fast ein halbes Jahrhundert an.

4.

Zwanzig Tage nach dem Massaker in Baćin brachte Milan die Nachricht. Er war Papa besuchen gekommen und sagte, dass man erzähle, die Tschetniks hätten nach der Maisernte alle Bewohner umgebracht, die im Dorf geblieben seien. Auch seine Eltern. Aber er sagte, dass für ihn diese Geschichten außerhalb jeder Vernunft seien, dass er noch hoffe und dass die Familie Ferić sich immer gut mit allen gestanden habe. Schließlich war auch Großmutter eine Orthodoxe.

Aber Papa hatte keine Hoffnung. Und danach sprach er nie wieder über Dubica, auch nicht über Đuro, er starrte nur auf einen Punkt. Sein verlorenes Paradies, das Dorf, in das er sein ganzes Leben lang geflüchtet war, zuerst vor seiner Frau und vor Onkel, vor der langweiligen Arbeit in der Bank, vor der eigenen Bedeutungslosigkeit, und das jetzt von der Amputation und vom Krieg plötzlich auch in seinen Erinnerungen zerstört war. Er lag oder saß in Onkels grünem Sessel und starrte auf den einen Punkt. Dieser Punkt war immer etwas anderes, die Kommode, ein Bild, der Teppich mit dem Brandfleck, aber was immer es war, es war egal, denn es war eine Art schwarzes Loch im Verhältnis zu allem, was ringsum existierte.

Er hörte völlig auf zu essen, und auch mit den Medikamenten gab es Probleme. Ich musste sagen:

– Komm, Papa, Mund auf!

Und sobald er den Mund aufmachte, legte ich ihm die Tablette auf die Zunge. Er las auch nicht mehr. Der *Schnee am Kilimandscharo* stand traurig auf der Truhe, die ihm als Nachttisch diente, zusammen mit den schmutzigen Teetassen, Tablettenschachteln und Strümpfen für den Stumpf.

– Soll ich dir den Hemingway geben? – fragte ich ihn einmal, als er so auf seine alte Wanduhr mit der Aufschrift „Tempus fugit" starrte.

– Ich will das nicht mehr lesen.

– Weshalb?

– Deshalb, weil er lügt, der Mistkerl. Er schreibt, dass Wundbrand nicht wehtut, aber ich weiß, dass er wehtut.

Zuerst hatte ihm das faule Bein, das er sein ganzes Leben gehabt hatte, bestialisch wehgetan, und jetzt, nach der Amputation, tut ihm dieses selbe Bein weh, das er nicht mehr hat.

Von nun an widmete er sich ganz seinem Tod.

5.

Dass er krank geworden war und so lange starb, rettete mich vor dem Krieg.

GEMEINDE MEDVEŠČAK
Militärabteilung
Draškovićeva 15
41000 Zagreb

Zoran Ferić
Zelenjak 7a
41000 Zagreb

GESUCH

Sehr geehrte Herren, ich bin Absolvent der Jugoslawistik an der philosophischen Fakultät in Zagreb. Den Militärdienst habe ich von Januar 1981 bis März 1982 in Doboj, Militärpost 7662, abgeleistet. Ich habe zwei Monate Infanterieausbildung absolviert und den Rest der Militärzeit in der Garnisonsbibliothek gearbeitet. Im letzten Jahr hat mein Vater, seit vielen Jahren Diabetiker, Wundbrand bekommen und musste ihm das rechte Bein amputiert werden. Außerdem hat er Schäden an den inneren Organen, an Leber und Nieren, und ist fast immobil.

Da ich der einzige Pfleger meines Vaters bin und wir allein leben, und er auf meine Hilfe angewiesen ist, bitte ich obige Behörde, mich von einer Militärverpflichtung und Einberufung bis auf Weiteres zu befreien.

Dem Gesuch lege ich den Entlassungsbrief meines Vaters aus dem Zajčeva-Krankenhaus und die Inskriptionsbestätigung der philosophischen Fakultät in Zagreb bei.

In der Hoffnung auf einen günstigen Bescheid dieses Gesuchs verbleibe ich mit freundlichen Grüßen

Zoran Ferić

– Würden alle sich so drücken, hätten uns die Tschetniks schon längst überrollt – sagt Papa.

– Tut es dir leid, dass ich nicht im Sumpf liege, irgendwo in Slawonien?

– Ich habe meinen Kriegsdienst abgeleistet, aber ich würde auch so verkrüppelt gehen …

– Ja, Papa, aber wenn ich gehe, würdest du Hungers krepieren.

So kam es, dass er seinen Kriegsdienst sowohl für sich als auch für mich abgeleistet hatte.

6.

Die Gummiräder des Rollstuhls knirschen auf dem weißen Schotter des Pfades, der vom alten Teil des Sanatoriums in den Park führt. Ich schiebe Papa im Rollstuhl, und er hält seine Krücken im Schoß, die gemeinsam mit ihm gerüttelt werden und hinunterzurutschen drohen, zwischen die Speichen der Räder. Über das Bein hat er eine Decke geworfen, denn es ist schon November, das Laub ist völlig verschwunden, nur auf dem Gras sieht man noch seine bräunlichen Reste.

– Bisschen langsamer! Habe ich dir nicht gesagt, du sollst langsamer gehen? – schreit er.

Ich gehe langsamer, aber aus irgendeinem Grund ist es einfacher, schneller zu schieben. Die Räder sinken immer wieder im tiefen Schotter ein, wie in körnigen Schnee.

Bei jedem Baum müssen wir stehen bleiben.

– Was glaubst du?

– Ich weiß nicht, Papa, er ist hoch.

Er versucht sich umzudrehen und mir ins Gesicht zu sehen, aber ich stehe immer hinter ihm, und da ist es ziemlich schwer.

– Ich sehe schon, was los ist, du Mistkerl.

– Was?

– Du nimmst mich überhaupt nicht ernst.

– Ich nehme dich ernst, Papa.

Dann nehmen wir den Abstand zwischen zwei Bäumen etwas schneller, aber als ich sehe, wie sein Kahlkopf auf und ab hüpft, werde ich wieder langsamer.

– Habe ich dich auch so?

– Was?

– Geschoben. Im Wagen. Wir sind aus der Medulićeva hinauf nach Zelengaj gegangen. Jeden Tag nach der Arbeit. Du weißt, dass Mama Großmutter nicht ertragen hat, und so sind wir raus bis zum Abendessen, sie hat dich über den Britanac geschoben, damit alle sie mit dem Kind sehen, die arme Frau, und sobald eine Steigung kam, habe ich dich geschoben.

– Auch gut. Jetzt schiebe ich dich, da sind wir quitt.

– Aber du nimmst mich nicht ernst. Hast du den Strick mit?

– Der Strick hat noch Zeit, Papa – sage ich.

– Ein Nichtsnutz und Mistkerl, das bist du. Alle sind sie gestorben und haben mich mit dir allein gelassen.

– Was willst du machen, alter Knabe. Du hättest sie überreden müssen, nicht zu sterben.

Mürrisch schweigt er für einen Moment, und der Baum mit den zu hohen Ästen, um sich an ihnen aufzuhängen, bewegt sich an uns vorüber.

– Da hat mich diese Scheiße getroffen, und ich habe nicht einmal ein Gewehr. Mit der Bockflinte ist meine halbe Seele davongegangen. Hätte ich ein Gewehr, würde ich dich nicht quälen.

Und setzt hinzu:

– Junge!

In unserem Keller, den wir in eine Mischung aus Konoba und Werkstatt umgestaltet haben, mit Fässern und einer Hobelbank, hängt an der Wand eine hölzerne Tafel, auf die mit roter Farbe ein Gedicht gemalt ist:

Leb wohl, mein Freund, leb wohl,
Du, Lieber, bleibst in meiner Brust.
Der vorbestimmte Abschied
verheißt ein Wiedersehen einst.
Leb wohl, mein Freund, auch ohne Hand und Wort,
und gräm Dich nicht und traure nicht.
In diesem Leben sterben ist nicht neu,
doch auch zu leben ist nichts Neues.

Lange habe ich dieses Gedicht an der Wand gesehen, bevor ich einmal im Vorwort einer Ausgabe von Jessenins ausgewählten Gedichten las, dass es sein letztes Gedicht ist und dass er es mit seinem Blut an eine Wand geschrieben hat, bevor er sich aufgehängt hat.

7.

Aus Stubičke toplice brachte ihn ein Krankenwagen nach Hause, er sprach nicht mehr vom Aufhängen und ging ganz gut mit den Krücken und dem Holzbein, das genau genommen aus Kunststoff war, ein neueres Modell mit beweglichem Knie, für das wir im Sozialamt fast die Hälfte seiner Pension zugezahlt hatten.

Aber zu Hause lauern andere Gefahren. Zum Beispiel unser alter Singer, zum Beispiel Kriegsfilme, Kriegsreportagen, Flüchtlingskolonnen.

– Hast du mal gesehen, wie ein Mensch brennt? Hast du nicht. Einen Dreck weißt du!

So redet er, im Sessel vor dem Fernseher sitzend. Den Wundbrand hat er überstanden, die Amputation im Zajčeva-Krankenhaus hat er überstanden, er hat ein wenig um das rechte Bein geweint, denn jetzt gibt es keine Hoffnung mehr, das Bein ist davongegangen, auf Nimmerwiedersehen, verbrannt im Krankenhaus-Ofen zusammen mit den übrigen biologischen Abfällen, Föten, Blinddärmen, Brustteilen. Oberschenkelamputation. Überstanden hat er jetzt auch die Rehabilitation ...

– Als Erstes erscheinen diese Bläschen, die Haut bekommt eine seltsame Farbe, wie wenn du Fleisch brätst, das ist derselbe Scheiß, nur dass diese Blasen platzen, und dann kommt aus ihnen ein Schleim, der sich augenblicklich in Ruß verwandelt, du hast keine Ahnung, wie ein brennender Mensch brüllt. Da brutzelt sein Fett, brutzzzz, brutzzzz. Und er brüllt!

– Ich habe keine Ahnung, Papa – sage ich und schiebe ihm das Kissen unter den Rücken. So sitzt er leichter. – Denk nicht daran.

Im Fernsehen ist dann eine Sendung über Hollywood, über die Hollywood-Dynastien. Gerade läuft die Feier des achtundsiebzigsten Geburtstags von Burt Lancaster. Alle sind da, Freunde, Kinder, Enkel, viele Menschen in der typischen Hollywood-Villa mit Swimmingpool, sie singen, und Burt in der Mitte lächelt.

Happy birthday to you,
Happy birthday to you,

Happy birthday, dear Burt,
Happy birthday …

Es singt die junge Gattin, es singen die Kinder, es singen die Enkel, die Freunde, mit den Lancasters zusammen singen auch Millionen Verehrer.

Papa sitzt vor dem Fernseher und ist kurz vorm Weinen. In unserem Wohnzimmer mit Onkels alter Kommode und dem Bett, das nach Urin riecht, gibt es keine Frau, keine Freunde und keine Enkel – nur uns zwei. Und das Lied aus dem Fernseher wird unerträglich.

– Mach den Scheiß aus – sagt er.

Ich gehe zum alten Singer, dem schwarz-weißen, und schalte ihn aus. Wir haben keinen Fernseher in Farbe, mit Fernbedienung, wie alle Normalen in dieser Zeit. Die Armut nagt noch mehr an uns, seit ich die Waisenrente verloren habe. Jetzt leben wir nur von seiner Pension, aber irgendwie kommen wir durch. Abends freuen wir uns über Tee und Zwieback.

Schon eine geraume Zeit gehe ich nicht mehr in das kleine Zimmer im Dachgeschoss, das sich aus einem Jagdkabinett in mein Studierzimmer verwandelt hat, und in mehr noch, in ein Eckchen, in dem ich mich von Papa erhole. Denn seine Präsenz in der Wohnung ist allumfassend. Mir ist nicht klar, wie es möglich ist, mit einem Bein so allgegenwärtig zu sein. Schwer beweglich, ja, aber das Geräusch seines Gangs auf den wackeligen Krücken geht weit vor ihm her, aber seit sie ihm das Bein abgenommen haben, scheint er auch lauter geworden zu sein. So als würde etwas mit etwas ausgeglichen, so als würde alles von einer großen himmlischen Waage regiert. Je kleiner, magerer und buckliger er wird, desto lauter wird er, wie kleine Hunde. Deshalb hört man ihn in jedem Teil der Wohnung, nicht nur im Wohnzimmer, das zum Krankenzimmer geworden ist, wegen des Fernsehers. Auch wenn die Schmerzen aufhören, abgesehen von den Phantomschmerzen, hat er ständig das Bedürfnis, sich irgendwohin zu bewegen, er sagt, er übe das Gehen, aber mir scheint, dass ihm, seit er lahm ist, ein Raum schnell langweilig wird, weil er ihn als Gefängnis empfindet. Und dann hat er das Bedürfnis, in einen anderen umzuziehen: Küche – Gefängnis, Wohnzimmer – Gefängnis, kleines Zimmer – noch kleineres Gefängnis, Klo …

Ein Glück, dass er allein aufs Klo kann. Das hat er zuerst gelernt, und ich bin ihm dankbar dafür.

Aber wenn ich für eine Zeit nicht da bin, wenn ich mich in eine Ecke verkrieche und lese, ruft er:

– Zoran, Zoran!

Ich renne hin und denke, dass er hingefallen oder dass ihm schlecht geworden ist, aber er grinst:

– Du bist ein Mistkerl. Neunundzwanzig Jahre, und keinen Tag gearbeitet.

In dieser Situation hätte Onkel Stjepan sicher die Bienen erwähnt.

Das nächste Mal ruft er mich im Sessel sitzend und die Nachrichten verfolgend. Es brennt Novska, es brennt Nova Gradiška, es brennt Dubrovnik.

Und Papa sagt, sanft:

– Junge, versprich mir, dass du mich nicht verbrennen wirst!

– Das werde ich nicht, Papa – sage ich – warum sollte ich dich verbrennen?

Er sieht, dass ich nicht verstehe.

– Du wirst mich nicht einäschern, du Mistkerl. Versprich es!

Ich muss es versprechen.

– Pionier-Ehrenwort, du kommst nicht ins Feuer, du kommst im Ganzen unter die Erde.

– Verarsch mich nicht – sagt er – du siehst, dass mir etwas fehlt.

Aber ich sehe auch, dass er zufrieden ist, dass ich ihm versprochen habe, ihn nicht einzuäschern.

8.

Jeden Morgen treffe ich ihn dabei an, wie er mit dem Vergrößerungsglas eine Fotografie betrachtet. Der Zucker hat seine Sehkraft angegriffen.

Er sitzt im Sessel und hält das kleine gläserne Rechteck mit dem schwarzen Rand in der rechten Hand und studiert etwas sorgfältig.

Wenn er mich bemerkt, nimmt er das Vergrößerungsglas weg und verbirgt es in seinem Hausmantel aus dickem Frottee. Obwohl die Zentralheizung an ist, ist ihm immer kalt. Uns wärmt der Vaillant-Boiler, den Đuro schon neunundsechzig in Deutschland gekauft hat. Zu der Zeit waren wir eines der wenigen Häuser mit Zentralheizung, und Papa war sehr stolz darauf. Ständig lenkte er in diesen Jahren das Gespräch mit unbekannten Leuten auf das Thema Zentralheizung, um sagen zu können, dass auch wir eine haben und dass sie perfekt heizt.

Aber jetzt ist auch die nicht genug für ihn.

– Mama und Onkel – sagt er. – Sie sind alle gestorben und haben mich allein gelassen mit einem Mistkerl, wie du einer bist!

Ich werfe einen Blick auf das Foto. Auf ihm steht Onkel Stjepan vor dem Haus auf dem Jagodnjak, an jeder Seite eingehakt bei einer Nichte: Vera und Nada.

– Nada ist noch nicht gestorben – sage ich.

– Für mich ist sie tot. Sie keift herum, dass ich schuld bin an Mamas Krebs.

Ich helfe ihm, sich umzusetzen, aus dem Sessel an den kleinen Tisch, den wir ans Bett gestellt haben. Für eine so kurze Strecke benutzt er die Krücken nicht. Er legt mir den rechten Arm um die Schulter, ich fasse ihn um die Hüfte, die nie so schmal war, jetzt bin ich seine lebende Krücke, und so kommen wir langsam, schlurfend, zu dem Tischchen. Und dann bringe ich ihm das Frühstück: ein weich gekochtes Ei und eine Schnitte Schwarzbrot.

– Denkst du auch, dass ich schuld bin an dem Krebs?

– Natürlich bist du es nicht – sage ich, und er sieht mich an wie ein Polizist. In die Augen.

– Du lügst, du Mistkerl!

Und er nicht weit von der Wahrheit. Wann immer er das erwähnt, erinnere ich mich an Mamas Worte: „Krebs ist Selbstmord des Organismus. Die Zellen revoltieren."

– Ich denke das nicht, Papa. Wirklich – sage ich. – Ich liebe dich.

– Das tust du nicht!

– Erinnerst du dich, als du mich einmal fast mit dem Hammer erschlagen hättest, weil du glaubtest, dass ich dich nicht liebe?

– Ständig stößt du mich mit der Nase darauf, du Mistkerl. Es tut mir leid, dass ich dich nicht tatsächlich erschlagen habe, wenn du es unbedingt willst.

Gerade hatte mich Carmela verlassen, nichts interessierte mich, kaum dass ich morgens aus dem Bett kam, aber das konnte ich ihm nicht sagen. Und er hatte gerade einen Haufen Steine für den Steingarten angeschafft, denn Mama hatte Steingärten geliebt. Er wollte ein Denkmal für die Frau seines Lebens errichten, die ihn als Ursache ihres Krebses angesehen und die er regelmäßig mit den Gewehren betrogen hatte. Wir mussten die Steine bearbeiten, um aus ihnen einen richtigen Alpengarten machen zu können, eine Heimat für seine Gartenzwerge. Lustlos schlug ich mit dem Vorschlaghammer auf den bläulichen Stein vom Sljeme ein, sammelte die Kraft für jeden nächsten Schlag, als er aufsprang. „Verschwinde! Verschwinde!", zischte er durch die Zähne. „Alles tust du mit Widerwillen, nicht einmal an deiner Mutter ist dir gelegen. Und an mir erst recht nicht!" Und holte aus mit dem Hammer gegen meinen Kopf. Und ich wusste, dass er bereit war zu töten. Zum Glück hielt er inne und knurrte: „Du hast kein bisschen Gefühl ..." Seltsam ist, dass er immer, wenn ich mich daran erinnere, an einer anderen Stelle steht. Manchmal an der Gartenmauer, manchmal am Haus, aber sein Gesicht ist immer auf die gleiche Weise verzerrt, wie damals, als er den Leuten auf der Straße reihenweise mit den Umbringen gedroht hat.

9.

Jeden Morgen gehe ich leise in sein Zimmer, auf Zehenspitzen, um ihn nicht zu wecken, aber er ist schon wach. Er schläft alle zwei Stunden, er kann nicht mehr im Stück, und wegen dem Zucker muss er fünf, sechs Mal täglich etwas knabbern. Er kehrt zum Biorhythmus eines Kindes zurück. Zuerst ziehe ich die Vorhänge zurück und befestige sie an den Haken unserer Doppelfenster, damit er hinaussehen kann. Wie in einem kleinen Theater. Nur weiß man nicht, sind wir hier in unserem ehemaligen Wohnzimmer mit den Porträts von Großvater und Großmutter an der Wand die Schauspieler, oder sind die Schauspieler die Menschen da draußen, denen er so begehrlich nachsieht, wenn sie unsere steile Straße hinunter zum Kvaternik-Platz trippeln. Auch diese gewöhnlichen Menschen, Zweibeiner, sind plötzlich Objekte seines ernsthaften Interesses.

– Diese Bijelićka watschelt wie eine Ente – sagt er, wenn sie an unserem Fenster vorbeigeht und eventuell sogar lächelt und nickt.

Oder:

– Sieh dir den Plavi an, eingebildet, als hätte er einen Besen verschluckt – sagt er, als hinter der Bijelićka der Nachbar von Nummer dreizehn auf dem Gefälle vor unserem Fenster erscheint. – Geht wie ein Roboter.

Oder:

– Ich wusste nicht, dass Koprek einen Stock benutzt?

– Er hatte einen Schlaganfall.

– Der Arme – sagt er mit angemessenem Mitgefühl.

Aber es gibt auch Zweibeiner, die bergauf kommen. Die wollen zur Arbeit in unserer Straße: Hausgehilfinnen, Köchinnen im Gasthaus bei Mamić, Studentinnen, die auf Kinder aufpassen. Und alle bedienen sich ihrer zwei Beine so natürlich, als würden sie unmerklich die Welt vermessen, wo sie entlanggehen. Aber diese Welt ist jetzt für ihn unvergleichlich größer geworden als für sie.

Genau vor unseren Fenstern beginnt auf der anderen Straßenseite eine verblüffende Reihe von Unglückshäusern. Im Haus gegenüber, etwas versetzt, lebte eine Familie. Der Vater Anwalt, liebe Leute mit zwei Kindern, Sohn und Tochter, jedes für sich hatte seine besondere und völlig unterschiedliche Schönheit. Die Eltern gingen auf eine Wallfahrt nach Lourdes, auf der Rückfahrt übernachteten sie in einem Hotel in Wien. Ein Feuer brach aus, und beide kamen um. Die Nachbarn erzählten, sie seien verbrannt, aber ich, noch war ich klein, hoffte, dass sie zuerst im Rauch erstickt seien. Das Haus daneben, der Sohn hat sich umgebracht, indem er den Auspuff mit der Fahrgastzelle seines Hillman verband und sich irgendwo auf dem Sljeme erstickte. Ein Gutteil ihres Lebens verbrachten die Eltern in Trauer, die Mutter legte das Schwarz nie ab. Und dann erwürgte sein Vater plötzlich die Mutter und erhängte sich anschließend im Garten unterhalb der Terrasse. Im Haus daneben hat der alte Lepušić seinen

Schwiegersohn umgebracht, und als er aus dem Zuchthaus kam, hat ihn die Tochter aus dem Haus geworfen, und er ist allein mit einem Koffer langsam den Weg ins Altersheim hinuntergegangen. Er tastete mit den Füßen, als würde er der Festigkeit des Asphalts nicht trauen, als ginge er auf dem Mond. Das Haus daneben, der Sohn wurde verrückt und verbrachte sein ganzes Leben in der Anstalt, seine Mutter ist vom Balkon gesprungen. Das Haus daneben wiederum wurde von tragischen Verkehrsunglücken getroffen, und das sich daran anschließende Haus von schweren Krankheiten. Es könnte ein Krebsmuseum abgeben, wie im Übrigen auch unseres.

Ich weiß, dass er sich beim Betrachten dieser Häuser mit ihrem Unglück tröstet. Er taucht darin ein wie in einen trüben, schlammigen, aber angenehm warmen Fluss, ein rettungbringendes Gefühl der Gemeinsamkeit. Damit stärkt er sich vor dem Frühstück. Die Fenster sind tagsüber sein Fernseher. Und abends um halb acht, wenn die Hauptnachrichten anfangen, sieht er hypnotisiert Krieg. Leuchtspurgeschosse, Tote und Verwundete, Berichte über Massaker, über Bombardements.

– Bei den Partisanen haben wir Deserteure erschossen! – sagt er.

10.

Seit Kurzem finde ich ringsum verstreut Papiere, die er in den Händen hält, bis ihn der Schlaf überkommt und die Hände loslassen und die Papiere ihr eigenes Leben und ihren eigenen Willen bekommen und in alle Richtungen auseinanderflattern. Das sind, sehe ich, während ich sie einsammle, Besitzurkunden, alte Garantiebescheinigungen und Kataloge für Gewehre. Er sieht sich an, was alles seines war und es jetzt nicht mehr ist.

Ich erkenne auch die Besitzurkunde des Pejić-Hauses in Dubica, das schon im Sechsundfünfzigerjahr verkauft wurde, als er von seinem Anteil das DKW-Cabriolet gekauft hat. Ich sehe, dass ihn etwas in Verbindung mit diesen Dokumenten quält. Tagelang döst er mit diesen Papieren in der Hand vor sich hin, auf der Suche nach dem verlorenen Schatz. Aber dann finde ich eines Morgens ringsum verstreut die Einzahlungsbelege für unser Grab auf dem Mirogoj. Das wird es sein, was er gesucht hat. Auf einem kleinen Zettel, beschrieben mit der großen Handschrift eines Menschen, dem der Zucker die Sehkraft angegriffen hat, hält er mir die Nummer des Grabes hin, Feld und Reihe, jene Mirogoj-Adresse, die Onkel Stjepan vor sechsundfünfzig Jahren so mühsam gesucht hat. Er sagt:

– Ruf oben an und frag, ob es im Grab Platz gibt!

Mit tröstender Stimme, mit der wir zu einem Kind sprechen, versuche ich ihm zu sagen, dass es Platz gibt; Mama haben wir vor fünfzehn Jahren begraben, die Ärmste gibt es nicht mehr, eventuell ein paar Knochen und ein paar Brettchen billiges Buchenholz. Aber er ist trotzdem misstrauisch.

– Eine ganze Armee ist da oben begraben – sagt er.

Onkels Doppelgrab aus dalmatinischem Stein, einem Ehebett gleich, gestopft voll wie ein Autobus um drei Uhr nachmittags. Eine Pyramide toter Landwehrmänner. In der relativen Ruhe, die nur manchmal von Amseln und Spatzen gestört wird, die in der Erde nach Würmern suchen, ruhen unsere Tuberkulosen und Krebse. Die allerdings, die im Krieg umgekommen sind, gibt es hier nicht, und mir scheint noch immer, dass ihr Grab überall ist. Damals wissen wir auch noch nicht, wo Đuro und Kata begraben sind, wir können es nur vermuten.

– Hör zu, wenn ich es dir sage, du Mistkerl! Ruf an und frag, ob es Platz gibt!

So als würden wir ein Hotelzimmer reservieren.

Und schließlich, eines Tages, an dem die Wolken so trüb sind wie seine Laune, gehe ich hinunter, um aus der Wohnung von Nachbarin Ivanka oben beim Mirogoj anzurufen.

Als ich in die Wohnung zurückkehre, hat ihn die Geduld verlassen.

– Und? Was ist? – fragt er nervös.

– Es gibt noch einen Platz – sage ich beruhigend.

– Und wenn man einen Aushub macht?

– Bitte?

– Eine Exhumierung, Idiot!

– Ja. Auch wenn man das macht. Einen Platz. Sie hat gesagt: „Mein Herr, Gräber haben ihre Kapazität. Man kann nicht ewig in die Tiefe graben.“

– Man kann nicht ewig in die Tiefe – murmelt er und sieht irgendwohin, zu dem Zwischenraum zwischen den Häusern, wo man die Ecke des Zajčeva-Krankenhauses sieht, dort haben sie ihm das Bein amputiert. Er hatte das seltene Privileg, aus dem Bett nach der Operation sein eigenes Haus sehen zu können.

Und seither spukt ihm ständig dieses „ein Platz“ im Kopf herum.

– Mit achtzehn bin ich im Krieg gelandet, ich habe die Batina Skela gestürmt, in der Vojvodina bin ich einer Artilleriegranate entgangen, ich habe neben Toten geschlafen … alles das, aber ich habe kein Grab.

– Wieso hast du keines. Es gib einen Platz, du hast es gehört. Außer wenn …

– Was?

– Außer wenn du vorhast, mich zu überleben.

– Mistkerl!

Aber dann, eines Morgens, eines besonders schönen Wintermorgens, als die Amseln tirilieren, als wäre es Frühling, sagt er, als würde er mir eine wichtige Diagnose eröffnen:

– Junge, komm und ruf Tante Nada an und frag, wie es ihr geht!

Eine unerwartete Milde ist in seiner Stimme zu hören, begleitet von dem Orchester der Singvögel, die weder er noch ich in diesem Augenblick im Gulasch sehen möchten, obwohl wir oft hungrig sind. Seine Pension verdunstet rasch, und ich habe noch keine Stelle bekommen.

– Papa, ist sie für dich nicht tot? – frage ich, ehrlich verwundert, und denke: Sind sie nicht seit fünfzehn Jahren zerstritten? Und werde ich sagen dürfen, dass er das fragt? Oder erkundige ich mich nur mal so nach der Gesundheit der Tante, die ich lange nicht gehört habe?

Er sagt:

– Ruf sie nur an, Junge!

11.

Eines Morgens finde ich ihn fertig angezogen zum Ausgehen. Die Jägerhose aus Cord, das Bein, wie ich sehe, ordnungsgemäß befestigt, die Krücken liegen neben ihm, auf dem Sessel, die Vorhänge aufgezogen. Aber er schaut nicht hinaus, sondern auf einen Punkt an der Wand mit den Bildern. Vielleicht auf Mamas Eltern, aber vielleicht auch auf Beg Avdagić, jedenfalls auf Tote. Und mir kommt der Gedanke, ob das, dieser sein Anzug, nicht eigentlich eine Uniform zum Weggehen ist, statt zum Ausgehen. So sehr ist er schon auf jener Seite, sein Blick verrät ihn.

– Papa, wir können nicht hinaus, was machen wir, wenn es Alarm gibt?

– Scheiß auf Alarm – sagt er. – Nicht jede Bombe tötet. Wir gehen hinunter telefonieren! Und danach spazieren.

Wir haben kein Telefon, denn er weigert sich standhaft, diese nervige Einrichtung in sein Haus zu lassen, und ihn schrecken auch die Kosten. Langsam gehen wir mit gemeinsamen Kräften hinunter. Mit der linken Hand hält er sich am Geländer fest, mit der rechten stützt er sich auf mich, ich scheine ihm sicherer als die Krücken. Die trage ich.

Ivanka hat schon Kaffee gekocht:

– Prima, Tvrtko, du gehst schon ausgezeichnet.

– Ich übe – sagt er stolz, und dieser Stolz ist etwas schwer Errungenes.

Er strebt zum Tisch im Wohnzimmer, auf dem schon das Telefon wartet, das mit einer langen Schnur mit der Steckdose im Flur verbunden ist. Wichtig ist ihm, dass Ivanka tatsächlich sieht, wie gut er geht.

– Da, ich habe dir das Telefon auf den Tisch gestellt – sagt sie.

– Soll der Kleine anrufen!

Aber als ich anrufe, klingelt und klingelt das Telefon endlos.

– Es klingelt noch immer – sage ich nach einiger Zeit, bereit, den Hörer aufzulegen.

– Lass noch! Eine alte Frau, sie braucht Zeit, um zum Telefon zu kommen.

Und so lasse ich es weiterklingeln, denn im gegenteiligen Fall würde es bedeuten, dass wir morgen früh wieder zum Telefon herunterkommen müssen.

Und dann meldet sich endlich jemand.

– Hallo!

– Wer ist da? – drängt er sich ungeduldig dazwischen.

– Lass mich, ich kann nichts verstehen!

Und ich höre eine unbekannte Stimme. Ich frage nach Tante Nada, ob sie ans Telefon kommen kann. Nein, sagt die Stimme, wer ruft an? Sagen Sie ihr, ihr Neffe, ihr Neffe Zoran. Und so spreche ich mit dieser unbekannten jungen Frauenstimme, aber er fällt mir ständig ins Wort:

– Was ist? Sag, was ist?

Und als ich den Hörer auflege, bereit, es ihm zu sagen, sagt er:

– Nicht jetzt, du wirst es mir oben erzählen.

Die Nachricht, dass Tante Nada an Magenkrebs leidet, dass es ihr schlecht geht und sie schwer aus dem Bett kommt, hat ihn sehr traurig gemacht. Gepflegt wird sie von ihrer Tochter, meiner Cousine, und jeden Tag kommt auch eine Krankenschwester. Sie hat sich am Telefon gemeldet und gesagt, dass Nada nicht mehr als vierzig Kilo wiegt, dass sie nicht essen kann, dass die Chemotherapie sie völlig fertiggemacht hat.

Tage nach diesem Gespräch denke ich, dass das der Grund ist, dass ihn eine Art Trauer überkommen hat. Etwas, was nicht charakteristisch für ihn ist, aber was ihn, wie auch in Mamas Fall, normalen Menschen näherbringt. Sie ist die einzige Übriggebliebene, denke ich in diesen Tagen, ohne Marijana in Marokko zu rechnen, mit der er sich wegen des Wochenendhauses in Dramalj zerstritten hat. Sie stand Mama am nächsten, und das ist es, was ihn traurig macht, denke ich, in den ersten Ehejahren sind sie oft zusammengekommen, später haben wir gemeinsam Ausflüge nach Samobor und Mokrice gemacht, das ist nichts, was man leicht vergessen kann, denke ich wieder, selbst er kann das nicht vergessen, und in diesen Tagen ist er mir näher als sonst. Morgens finde ich sein Abendessen unangerührt auf dem Tischchen, denn jetzt wohne ich ständig in Onkels Garçonnière und im Jagdkabinett. Ich muss mich zurückziehen, wenigstens abends, aber morgens gehe ich zu ihm wie jeden Tag.

– Es ist nicht gut, dass du das Essen verweigerst – sage ich. – Du könntest ins Koma fallen.

– Welch ein Glück!

Ich muss mir eingestehen, dass ich eine solche Reaktion auf Tante Nadas Krankheit nicht von ihm erwartet hätte. Damit ist auch die Erkenntnis verbunden, dass ich ihn nicht kenne, dass ich ihn nie gekannt habe, denn in unser beider Leben hat so etwas wie ein permanentes Theater Regie geführt, ein Schauspiel, eine Nicht-Authentizität. Jetzt, invalid und in der letzten Lebensphase, scheint er Stück für Stück zu seinem innersten Wesen zurückzukehren, zu dem, was er während meines Lebens nie war. So denke ich.

Und dann sagt er, dass er Nada einen Brief schreiben möchte und dass er dabei Hilfe braucht. Du hast Literatur studiert, sagt er, ich wisse doch wohl, wie man einen Brief schreibt.

Und so skizzieren wir einen Brief, so wie Onkel und Frau Kottek ihre Briefe an die Polizeiverwaltung oder ans Standesamt skizziert haben. Einen Brief der Versöhnung, denke ich, in diesen Jahren wurde viel gesprochen über Versöhnung zwischen denen, die Veras, und denen, die Nadas Vater ermordet haben.

– Zuerst die Anrede – sagt er. – Schreib, dass sie mir lieb ist, aber nicht das übliche „Liebe Nada".

– Dann: „Liebste Nada!"

– Einen Dreck wirst du, sie ist nicht „die Liebste", sie keift herum, dass ich schuld bin an dem Krebs.

– Dann wie?

– Was weiß ich wie, du hast diesen Scheiß studiert, du müsstest das wissen.

– Gut, dann nur Nada, später wird sie aus dem Kontext sehen, dass sie dir lieb ist.

– Das geht – sagt er – obwohl ich nicht ganz zufrieden bin. Dann schreib, dass wir uns im Leben nicht gerade gut verstanden haben, aber dass Mama ohne sie eine noch größere Kuh gewesen wäre.

– Der erste Teil, das kann bleiben, „im Laufe des Lebens haben wir uns nicht gerade gut verstanden". Aber wie weiter? Wir können nicht „blöde Kuh" schreiben.

Er sieht mich aus seinem grünen Sessel an, als sähe er einen Marsbewohner.

– Was bist du mir bloß für eine Hilfe, verdammt noch mal? Schmück das ein bisschen aus!

Er möchte sich entschuldigen, aber er möchte nicht völlig seine Würde verlieren, denke ich.

– Und es wäre gut, wenn du danach etwas anfügst, so ein bisschen poetisch. Du kannst das.

Wir brauchen so, jedes Wort abwägend, ein paar Tage, um uns den ersten Teil auszudenken.

Nada,

unsere Beziehung ging schon von Anfang meiner Ehe mit Vera an schief, denn sie neigte zu den verschiedensten falschen Anschuldigungen gegen mich. So hast du leider immer nur ihre Seite gehört, und es ist logisch, dass du unter diesen Umständen nicht mich hast fragen können. Aber, Nada, ich bin dir unendlich dankbar, dass du mich auch mehr als oft im Gespräch mit ihr verteidigt und ihr geholfen hast, die Dinge besser zu sehen. Du hast sie geliebt und hast ihr eigentlich geholfen, und damit auch Zoran und mir. Du weißt, dass der Anlass und Grund des Konflikts zwischen uns oft der Onkel war. Vera, die Waise, konnte sich nicht zwischen der Dankbarkeit ihm gegenüber und der Liebe zu ihrem Mann entscheiden, jetzt sehe ich das, aber zu spät.

Meine Nada, jeden Morgen sitze ich hier im Zimmer und sehe die Bilder an oder schaue aus dem Fenster und frage mich, wie dieses Loch heißt, in das unsere Tage hineinfallen. Manche schon vom frühen Morgen an, kaum graut der Tag, und schon ist er hin, und ich habe keinen Grund, ihn in Erinnerung zu behalten. Und deshalb, weil es keine Erinnerung gibt, sieht es für uns so aus, als würde die Zeit immer rascher verfliegen.

Liebe Nada, ich muss dir mitteilen, dass sie Đuro und Kata leider in Dubica umgebracht haben. Sie wollten nicht nach Zagreb gehen, sie wollten das Ihre nicht verlassen, und so haben sie sie umgebracht. Alle möglichen Geschichten laufen um, einige, dass sie sie umgebracht haben, und andere, dass sie es nicht getan haben und dass sie noch in einem Lager sind, aber ich, Nada, habe keine Hoffnung mehr.

Nada, auch wir haben nicht mehr so viele Tage, dass wir ihrem Verschwinden nur so zusehen könnten. Wird auch dieser Winter 1991 so zugrunde gehen? Es tut mir leid zu hören, dass du krank bist und dass du keine Chemotherapie mehr machen kannst. Auch mich hat der Zucker vernichtet, jetzt schwillt auch das zweite Bein an, aber das lasse ich mir nicht abschneiden. Lieber hänge ich mich auf, selbst wenn ich dann schief hänge …

Den letzten Teil des Briefes habe ich vom Anfang einer meiner damals neueren Geschichten genommen, die später in meinem ersten Buch *Walt Disneys Mausefalle* erschien. Hier der Abschnitt:

„Das Erste, woran ich nach der Amputation des rechten Beines dachte, betraf das Aufhängen. Würde ich mich jetzt aufhängen, dachte ich, würde ich schief hängen. Etwas mit dem Gleichgewicht wäre nicht in Ordnung. In den Western sieht man solche Dinge nicht." Das ist auch richtig, weil mir der erwähnte Absatz gerade in dem Moment eingefallen ist, als ich ihn hörte, wie er vom Aufhängen spricht.

– Aber jetzt müssen wir zur Hauptsache kommen – sagt er ungeduldig, nachdem ich eine Reinschrift des ersten Teils angefertigt habe. Und hier das, was er für die Hauptsache ansieht:

Wir, weder du noch ich, haben viel Zeit, und es hat keinen Sinn, dass wir so zerstritten in jene Welt hinübergehen. Sinnlos ist das alles, Nada, vor dem Sensenmann, vor dem wir beide stehen. Wie du weißt, haben wir uns vor vielen Jahren in der Familie geteilt. Mirko und die Familie werden in ihrem Grab beigesetzt, zusammen mit unseren und Marijanas Eltern. Wir, Nada, sind vergänglich, aber die Friedhofsverwaltung ist der Ansicht, dass sich Gräber nicht unbegrenzt durch Exhumierung vertiefen lassen, sie haben, wie sie sagen, ihre Kapazität. Deshalb hat, wenn du dich erinnerst, Vera entschieden, dass wir gemeinsam ruhen werden, in jenem Grab von Onkel. Vielleicht hast du keinen solchen Eindruck gewonnen, aber mir ist sehr wichtig, dass ich neben Vera zu liegen komme. Da du jetzt die Besitzerin dieses Grabes bist, wie es auch in Ordnung ist, und es in ihm derzeit nur einen Begräbnisplatz für einen Sarg gibt und das Übrige für Urnen ist, bitte ich dich in mei-

nem, aber ich glaube auch in Veras Namen auf das Herzlichste, dass du mir erlaubst, neben Vera zu ruhen, im Sarg.

Dein Tvrtko

Es bedurfte einiger Zeit, bis ich es begriffen hatte. Im Grab würde er Untermieter sein, aber er möchte Untermieter im Sarg sein, und nicht in der Urne. Er möchte mehr Territorium, Lebensraum für seinen Leichnam und dessen hölzerne Hülle. Seine Angst vor dem Verbrennen ist so viel größer als seine sprichwörtliche Würde, dass sie ihn auf den Einfall zu diesem Brief und dass er mich dazu gebracht hat, ihn zusammen zu schreiben.

– Bring ihn zur Post – sagt er – und gib ihn eingeschrieben auf. Wir haben keine Zeit.

12.

Die folgenden Tage sind dem Warten auf einen Antwortbrief gewidmet. Immer öfter reduzieren sich seine Mahlzeiten darauf, dass ich ihm das Essen auf einem Teller bringe und auf dem Tischchen abstelle, er richtet sich auf, als wollte er essen, aber dann muss ich alles in die Küche zurückbringen, unangerührt.

– Iss wenigstens ein bisschen!

– Ich kann nicht, Junge.

Jeden Morgen hält er in seinem grünen Sessel mit Blick auf die Straße Ausschau, wartet auf den Briefträger. Aber der trinkt manchmal Kaffee im Haus gegenüber, während Papa auf jenen glücklichen Augenblick lauert, den Augenblick voller Erwartung und Verheißung, wenn der Briefträger an der Hoftür erscheint. In diesem Augenblick ruft er mich.

– Zoran, Zoran! Lauf runter, sieh nach, ob was gekommen ist!

Und immer muss ich ihn nach ein paar Minuten, wenn ich zurückkomme, enttäuschen. Er sieht das auch an meinem Gesicht.

– Wieder nichts?

Ich nicke, und er wirkt niedergeschlagen, seine Gedanken kreisen vermutlich darum, wie das Innere des Krematoriums auf dem Mirogoj aussieht. Aber sehr schnell, man sieht es an seinem Gesicht, an Wangen und Blick, konzentriert er alle seine Kräfte auf das Warten auf einen Brief, der eventuell morgen eintreffen könnte. Und ich bemerke, während er wartet, ist er nicht mehr so sehr im Jenseits, obwohl er ständig über das Jenseits nachdenkt. Denkt er auch über Mama nach? Sie hat ihren Tod in ein Geschäft verwandelt, so war es für sie wohl leichter, während er seinen in eine obsessive Angst vor dem Feuer verwandelt. Und in dieser Angst kämpft er plötzlich, ist es ihm plötzlich nicht egal und ändert sich seine Ansicht. Deshalb hat er das starke Bedürfnis, Tapferkeit zu zeigen.

– Weißt du, weshalb es dienstags in Auschwitz nach Karamell riecht?

– Ich weiß es nicht, Papa – sage ich zum wer weiß wievielten Mal.

– Da verbrennen sie die Zuckerkranken! Ha ha ha …

Und immer lacht er darüber mehr oder weniger allein.

Aber wenn auch morgen kein Brief da ist, wird seine Besorgtheit etwas länger anhalten, und so jeden Tag: Vorbereitung, Warten, Höhepunkt, Enttäuschung. Sein Lauern auf den Brief nimmt langsam Dramenform an, und wenn Mamas Tod eine Tragödie war, verwandelt sich seiner langsam in eine Komödie.

Auf den Brief warten wir mehr als zwei Wochen, und in diesen zwei Wochen verfliegt die Hoffnung auf sein Eintreffen langsam, wie beim Schlauch am Fahrrad oder am Rollstuhl, wenn er allmählich Luft verliert, um eines Tages komplett auf der Felge zu liegen. So verfliegt auch sein an den Brief geknüpfter Optimismus.

– Die alte Schachtel will uns nicht antworten – sagt er eines Tages, als der Winter die letzten Zuckungen des Herbstes, der sich eine Zeit lang gut gehalten hat, schon völlig erstickt hat.

Aber in unsere Leben kam eine Veränderung. In dem Winter bekam ich eine Stelle in der Bezirksschule des Dorfes Belec, nahe Zlatar. Gegen Ende des ersten Halbjahres des Schuljahres 1991/92 bereitete ich ihm abends Frühstück und Mittagessen vor und stellte es in den Kühlschrank, worauf ich mit dem Bus nach Zlatar fuhr, um mir dort sagen zu lassen, dass es keinen Regionalbus nach Belec gibt, sondern dass ich die paar Kilometer per Anhalter fahren soll. Dass alle per Anhalter fahren. Und so hob ich in einem seiner Trenchcoats mit Futter, die wieder modern geworden waren, an der Straße Zlatar–

Belec, um sieben Uhr morgens, den Daumen. Eines der ersten Autos, das hielt, war ein schwarzer Mercedes Caravan zum Leichentransport. Zuerst fuhr er vorbei, aber dann hielt er doch gut zehn Meter weiter. Ich lief los, um ihn zu erreichen. Die übliche Anhalter-Servilität, damit der liebenswürdige Automobilist keine Sekunde zu lange wartet. Ich bin dreißig Jahre alt, ich habe keine Familie, weder Frau noch Kinder, ich habe nur einen schwer beweglichen Vater, der mit seiner Schwägerin wetteifert, wer als Erster stirbt, der Krieg ist in kleinerer Form schon hier, und ich laufe einem Leichenwagen hinterher.

Später werde ich darüber die Geschichte *Lauf Doktor lauf* schreiben und sie neben dem Ruđer-Bošković-Institut auf der Šalata ansiedeln. Aber an diesem Tag erwartet mich in Belec noch eine Überraschung. Sobald mich der Leichen-Caravan am Fuß des Hügels abgesetzt hat, auf dem sich die Schule befindet, umringt mich eine Schar sehr aggressiver Gänse und lässt mich nicht weitergehen. Das dreißigste Lebensjahr hat nichts Schönes für mich parat. In einem Zagorje-Dorf stehe ich wie angewurzelt auf der Stelle, eingekreist von Gänsen und starr vor Angst. Die Rettung erscheint in Gestalt eines Jungen von gut zehn Jahren, der aus der Schule angerannt kommt und schreit:

– Der Lehrer! Der Lehrer ist gekommen!

Der Junge verjagt die Gänse und führt mich zur Schule.

Die nächste Überraschung erwartet mich in der Klasse. Wie alle Bezirksschulen beherbergt auch diese in einer Klasse Schüler verschiedener Altersstufen, einige aus der fünften, einige aus der sechsten und einige sogar aus der siebten und achten Klasse. Aber in den ersten Bänken sitzen fünf kleine Schwarze. Ein Relikt der Blockfreiheit. Sehr schwarz, kraushaarig, von der fünften bis zur achten, wobei die in der sechsten Bank Zwillinge sind. Mitten im Zagorje sehen mich diese kleinen Negerlein fromm an, Afrokroaten. Und einer von diesen Afrokroaten fragt mich in seinem reinen Kajkavisch:

– Herr Lehrer, haben Sie Angst vor Gänsen?

Alles das erlebe ich an diesem meinem ersten Tag als Lehrer, und mein Vater zu Hause hat nichts gegessen.

So werde ich auch an den nächsten Abenden, wenn ich von der Arbeit komme, versuchen, ihn zu füttern. Ich setze mich neben ihn und schiebe ihm mit dem Löffel den Spinat in den Mund, aber dieser Mund will nichts in sich aufnehmen. Und ich warte nur, dass er sagt:

– Auch ich habe dich so.

– Was, Papa?

– Gefüttert. Mit Milchreis, in der Medulićeva.

Wenn ich zu Hause bin, meistens samstags und sonntags, und wenn der Alarm losgeht, packe ich mir ihn auf den Rücken und trage ihn in den Keller, wo wir einen Schutzraum improvisiert haben. Wir müssen am Wandspiegel im Flur vorüber, und ich sehe, dass Papa so, bei mir auf dem Rücken, nur wie ein etwas größerer Rucksack aussieht. So sehr ist er in diesen Monaten weniger geworden. Und dieses Bild werde ich am Anfang des Romans *Die Kinder von Patras* verwenden. Ich trage ihn oft in den Keller hinunter, und dort sitzen wir zusammen mit den Nachbarn in seiner Kombination aus Konoba und Werkstatt mit Jessenins Versen an der Wand. Aber nach einiger Zeit möchte er nicht mehr in den Schutzraum hinunter.

– Was machst du, wenn sie Napalm werfen? – frage ich ihn.

– Red keinen Scheiß! Eine Bombe tötet schnell.

In der Zwischenzeit habe ich die Stelle gewechselt. Ein Zagorje gegen ein anderes Zagorje, Belec gegen Bedekovčina. Dorthin kommt man mit dem Zug. Das Zagorje ist vom Krieg verschont geblieben, aber eines Nachmittags steigt der Krieg in Gestalt eines Menschen in Tarnuniform in den Zug, um von Bedekovčina nach Zagreb zu fahren und dann weiter, Richtung Novska. Der Krieg hat schmutzige Stiefel, verklebtes Haar, Tarnuniform und einen Rosenkranz um den Hals. Er setzt sich neben mich und die Kolleginnen aus der Schule, als wir von der Arbeit zurückfahren. Der Krieg ist zuerst sehr liebenswürdig zu den Kolleginnen, er erzählt von seinen Abenteuern, aber dann, ein unbeschreiblicher Moment, zieht er ein Tuch aus der Tasche, ein weißes, stellenweise blutiges Tuch, und zeigt den Kolleginnen zwei abgeschnittene Menschenohren, an denen das Blut schon geronnen ist. Zwei geschwärzte Ohren, die, ich weiß nicht, warum, nicht stinken, sondern verblüffend autonom sind, als wären sie allein irgendwo auf einem Acker oder dem Stumpf einer Buche gewachsen, Pilze ohne menschlichen Körper. Der Krieg sagt, er sammle Ohren für ein Halsband, und von dem Moment an sprechen die Kolleginnen und ich nicht mehr mit ihm, und er steigt sehr enttäuscht auf dem Hauptbahnhof in Zagreb aus dem Zug.

Aber während ich im Zug zwischen Zabok und Zagreb auf die Ohren in dem Tuch starre, auf das Tuch in der rissigen Bauernhand mit kleinen schwarzen Furchen, die sich nicht abwaschen lassen, einer Hand, die jahrhunderte- und jahrtausendealt ist, hat in Trnsko sanft im Herrn Tante Nada diese Welt verlassen. Als ich nach Hause komme, wissen wir noch nicht, was passiert ist. Erst als wir zu Abend gegessen haben, mit gemeinsamen Kräften, das, was ich auf die Schnelle zusammengekocht habe, kommt Ivanka zu uns herauf und sagt, dass sie gerade gemeldet hätten, Nada sei gestorben. Sie hat uns verlassen, ohne ihm den Brief geschrieben zu haben.

Er beginnt mit den Fingern auf den Tisch zu klopfen, ich muss den Teller mit dem zubereiteten Podravka-Gulasch wegnehmen, damit er nicht auf dem Teppich landet, ich muss die Gläser, die Tassen, den Krug mit dem Wasser, die Medikamente wegnehmen. Ich muss die Tischfläche frei machen, falls er unkontrolliert anfangen sollte, draufzuschlagen. Aber er schlägt nicht drauf, er klopft nur mit den Fingern auf die dunkel gebeizte Platte, als spielte er eine Melodie, eigentlich das Gerippe einer Melodie, die lediglich aus Rhythmus besteht, so eine Melodie, eine nicht existente, und seine Finger sind in jener Haltung, wie sie waren, als er noch ein Kind war, auf den Tasten des Klaviers auf jener Fotografie. Nur wird der Rhythmus, als Gerippe für die Melodie, unmerklich stärker. Und dann dreht er sich zu mir um:

– Da hast du es jetzt, du Mistkerl … Weil du mir nicht erlaubt hast, mich aufzuhängen!

13.

Der Tod, für den er in den letzten Monaten gelebt hat, ist plötzlich vergeblich geworden. Nada würde ruhig im Sarg liegen neben Onkel und seiner Frau, neben ihrer Mutter und neben der Frau seines Lebens, unter Blechmusik, Priester und ein paar Kränzen, denn es werden nicht viele sein in dieser Kriegszeit und bei einer Familie, deren größerer Teil ja doch auf dem Mirogoj liegt. Und er muss ins Krematorium. Hätte er sich wenigstens nicht mit Marijana zerstritten, dann hätte er eine Chance auf eine andere Mirogoj-Untermiete, neben seiner Mutter und seinem Vater, neben Petar Matasić und Radojka, und im äußersten Fall neben dem zufällig getöteten Menschen aus Dubica. Aber so muss er zum Verbrennen. Das Grauen dieser Tatsache steckt auch darin, dass er im Zweiten Weltkrieg allem entgangen ist: dem Krematorium in Jasenovac, den Flammenwerfern auf Batina, den deutschen Brandbomben und zwei, drei friedenszeitlichen Bränden in Dubica, gleich nach dem Krieg, die vermutlich gelegt waren, wie auch jenem in Brand gesetzten Heuschober, in dem er mit Đuro geschlafen hatte. Sein ganzes Leben hindurch flieht er vor dem Feuer, und jetzt, ganz am Ende, holt es ihn ein. Vergebens erkläre ich ihm im Ton eines Predigers, dass man, wenn man tot ist, nichts spürt.

– Wie weißt du das? – knurrt er. – Ist da vielleicht einer wiedergekommen?

– Die Beerdigung ist am Freitag – sage ich, aber er geht mit Abscheu jeder Erwähnung einer Beerdigung aus dem Weg.

– Zu wessen Beerdigung soll ich gehen – knurrt er. – Bist du verrückt? Zu dem einer alten Schachtel, die mich ihr ganzes Leben lang gehasst und Vera gegen mich aufgestachelt hat, zu der soll ich gehen, zu dieser Bestie, ich kann ihr nur aufs Grab scheißen, das kann ich auch so verkrüppelt, ich werde mit dem Taxi hinauffahren und ihr aufs Grab scheißen.

– Dann scheißt du auch auf Mama.

Jetzt schweigt er, aber die Beerdigung darf ich nicht mehr erwähnen. Doch obwohl ich nichts mehr sage, murmelt er trotzdem ständig in seinen Bart:

– Ich bin nicht verrückt, dass ich zu dieser alten Schachtel gehe …

– Ich bin nicht verrückt …

– Ich bin nicht verrückt …

Aber dann finde ich ihn am Freitag in seinen besten dunkelblauen Anzug gekleidet vor, in dem, den er für die eigene Beerdigung vorgesehen hat – vielleicht ist es nicht schlecht, dass der Anzug vorher noch diese oder jene Beerdigung absolviert, um ein bisschen zu üben –, mit Onkels goldener Uhr in der Westentasche. Er hat das Bein angelegt, mehr noch, er hat am Fuß den Schuh gewechselt, er hat den braunen abgenommen und den schwarzen festgeschnürt, was nicht leicht ist, denn der Plastikfuß passt nicht so leicht in jeden Schuh.

– Was ist das, Papa?

– Was ist das? Was ist das? Du Mistkerl, du siehst doch wohl, was es ist.

– Du gehst doch?

– Was sich gehört, gehört sich, aber sonst scheiße ich auf sie.

– Wann ist es?

– Um eins.

– Wie weißt du das?

– Sie haben es Ivanka mitgeteilt.

Und so muss ich ihm den anderen schwarzen Schuh an seinem eigenen Fuß anziehen, auch das geht nicht leicht, in der Schule melden, dass ich einen Todesfall habe, für ihn den Mantel zurechtlegen, für mich den schwarzen Anzug, um ihn für sein Begräbnis zu trainieren, und uns etwas kochen, damit wir auf die Schnelle etwas essen. Sein Appetit ist zurückgekehrt, denn er hat das Wettrennen verloren und denkt, dass es vielleicht schön wäre, noch ein bisschen am Leben zu bleiben, die Flamme aufzuschieben.

Um halb zwölf rufe ich ein Taxi, ein Glück, dass ich Arbeit habe und diese so erniedrigenden Beträge nicht borgen muss.

– Es ist noch früh – sagt er.

– Trotzdem, Papa, dann haben wir Zeit. Wir können gern früher kommen.

– Ich bin keine Schnecke, du Mistkerl – sagt er, steigt aber trotzdem mit mir ins Taxi. Ich sehe, dass seine Hände stärker zittern als sonst.

Als uns das Taxi nahe der Leichenhalle abgesetzt hat, führe ich ihn zu einer Bank.

– Ich gehe nachsehen, in welcher Halle es ist – sage ich und lasse ihn allein, damit er mit dem Bild des Sarges und Nadas in ihm seinen Frieden schließen kann. Ich entnehme den Vitrinen vor den Hallen, wo die Partezettel jener ausgehängt werden, die hier liegen werden, eine spezifische Reihenfolge der Beerdigungen, aber Nadas Parte kann ich nirgends finden. Noch einmal gehe ich alles ab, aber ihre Parte ist nicht da.

– Nada gibt es nicht – sage ich.

– Ich habe dir doch gesagt, dass es zu früh ist, du Mistkerl.

– Alter, in den Vitrinen sind alle, die heute ihre Beerdigung haben. Es gibt auch eine Reihenfolge, aber die von Nada ist nicht dabei, das versuche ich dir klarzumachen. Bist du sicher, dass es heute ist?

– Wenn mir auch ein Bein fehlt, ein Hirn habe ich noch.

Für einen Augenblick hat sich Nadas Tod in ein Mysterium verwandelt. Ich finde ein paar Leute in Totengräberuniform und frage sie, ob es eine andere Reihenfolge der Beisetzungen gebe und wo die hänge. Sie sagen, dass es keine andere Reihenfolge gebe und dass hier alles für heute aufgeschrieben sei. Und dann sagt einer von ihnen:

– Sehen Sie beim Krematorium nach!

– Haben Sie vielleicht die Reihenfolge?

– Die haben wir nicht.

Ich muss einem Taxifahrer gut zureden, uns von der Leichenhalle die paar hundert Meter bis zum Krematorium zu fahren. Aber er nimmt uns dafür doch nichts ab, als er Papa mit den Krücken sieht. Ihm sage ich nicht, wohin wir fahren.

Das Krematorium ist von der Straße aus nicht zu sehen, zu ihm muss man Treppen hinuntersteigen. Er hält sich mit einer Hand an mir fest, mit der anderen stützt er sich an der Wand neben der Treppe. Ich trage seine Krücken. Er ist so auf das Hinuntersteigen konzentriert, dass er nichts fragt. Ich denke, dass ihm, als wir vor die Halle mit dem aufgebahrten Sarg kommen, nichts klar ist. Erst als wir kondoliert und Nadas Kindern unser Beileid ausgedrückt haben, fragt er, wo wir seien.

– Im Krematorium, Papa!

Hier ist er nie bei einer Beisetzung gewesen, zu der Zeit ist das Krematorium noch neu, obwohl es wegen des Krieges verstärkt arbeitet. Ihm ist nicht klar, wie das alles geht mit dem Einäschern, das wird ihm erst in dem großen Saal klar, der fürs Abschiednehmen vorgesehen ist. Er schaut auf den Sarg, der langsam im Boden versinkt, und strahlt. Ich erinnere mich nicht, wann ihm etwas eine solche Freude gemacht hätte wie dieses Krematorium. Endlich ist es klar geworden: Nada hat beschlossen, statt seiner ins Feuer zu gehen. In diesem Augenblick ist das so etwas wie das schönste Geschenk.

Genauer ließe sich sagen, Vergebung. Hat sie ihm vergeben? Vielleicht. Oder hat sie das wegen Vera getan? Hat sie im letzten Augenblick, als sie sagte, was mit ihrem Körper geschehen solle, daran gedacht, was Vera zu ihr sagen würde? Ihre Schwester nach den ermordeten Vätern, der Tuberkulose und vielem anderen noch. Es war, als hätte ihm über Nada auch Mama vergeben. Dass er nicht ins Krankenhaus gekommen ist, dass er es vermieden hat, mit ihr Liebe zu machen, dass er in sein Jagdkabinett geflüchtet ist … An diesem Tag hat sich im Krematorium, das noch jung ist, eine großartige Vergebung ereignet. Und er sitzt in der ersten Reihe, lauscht dem Männerchor, wie er das *Za vsaku dobru reč* singt, schaut auf die Rosenblätter, wie sie auf den Sarg herniederflattern, und eilt fröhlich seinem Tod entgegen.

14.

Wenn die Linden zu duften beginnen, fühle ich mich großartig. Obwohl es in diesem Duft auch eine Nuance gibt, eine kleine, aber merkliche Duftnote, die an das Parkettpflegemittel *4 asa* erinnert und die für mich seit Jahrzehnten den Geruch von Tod signalisiert. Aber ich weiß, dass das nicht der Tod ist, sondern die Blüte der Linde, und dass dieser Geruch nur zum Teil an den Tod erinnert, und wenn ich ihn rieche, bin ich mir sicher, dass niemand ins Jenseits eingehen wird. Kein Nah- und kein Fernstehender. Für mich ist das einfach der Geruch der Geburt. Deshalb liebe ich den Juni, weil ich zu Anfang dieses Monats geboren bin, und die angesammelten Geburtstage, von denen als Kind mit Orangentorten und Plastikgewehren bis zu denen des ganz Erwachsenen, mit Hausmänteln und dezent eingeschlagenen Büchern, haben dieses gute Gefühl bewahrt, wie Sedimentgestein oder Polareis.

Aber jahrelang war mir nicht klar, warum ich auch den September liebe. Das lässt sich vielleicht mit der Tatsache erklären, dass ich in Mathematik nicht gut war. Die Mathematik aber sagt, dass sie, wenn ich am 2. Juni geboren wurde, mich Anfang September gezeugt haben müssen. Ist es Zufall, dass ich gerade die Monate liebe, in denen ich gezeugt und geboren wurde? Als Kind habe ich mir alles Schöne, von dem ich hoffte, dass es eintritt, was gewöhnlich aber nicht eingetreten ist, im Juni oder September vorgestellt. Später wird die Handlung einer großen Anzahl meiner Geschichten Ende des Sommers spielen, oder im Altweibersommer, im September. Ganz spontan. Und auch Papa nahm so jahrelang seinen Jahresurlaub: den ersten Teil im Juni, wenn der Sommer erst ein Versprechen ist, und den zweiten im September, wenn er schrittweise in die Erinnerung übergeht. War das für ihn auch mit schönen Erinnerungen verbunden? Und wenn ja, gehöre ich auch zu diesen Erinnerungen? Zu Lebzeiten hat er das nicht erkennen lassen, aber das Datum seines Todes spricht vielleicht das Gegenteil.

Unmittelbar vor Neujahr 1992 begannen bei Papa die Nieren zu versagen. Kreatinin und Urea im Blut erreichten kritische Ausmaße. Er wollte auf keinen Fall ins Krankenhaus, aber als er das Bewusstsein verlor, rief ich den Krankenwagen. Als Diabetiker brachten sie ihn ins Vuk-Vrhovec-Krankenhaus, unterhalb von dem in der Zajčeva, dessen Dach wir ebenfalls vom Fenster unseres Wohnzimmers aus sehen konnten. Bis dahin hatten sie ihn schon mehrere Male aus dem Koma zurückholen können, und mir schien, dass sie es auch dieses Mal schaffen würden.

Aber der Tod, der 1941 in Dubica aufgebrochen, der durch die Banija gewandert und ihm bis Mitrovica gefolgt war, sich ihm genähert hatte, als wollte er ihn auf Batina küssen, und auch mit der 12. Vojvodina-Brigade mitgezogen war, hatte vielleicht die Gestalt der Krankenschwester angenommen, die ihn nach der Untersuchung durch den Arzt an die Transfusion anschloss. Es war Silvesterabend, das Krankenhaus war mit künstlichen Tannenbäumen und leuchtenden Glühlampen geschmückt. Die Schwester sagte etwas Tröstliches, etwas wie „machen Sie sich keine Sorgen“ oder „es kommt alles in Ordnung“, und ging weiter ins Schwesternzimmer, wo auf einem kleinen Tisch eine Platte mit gebratenem Ferkel und Französischem Salat stand. Die Schwestern waren fröhlich, sie tranken Rotwein aus Plastikbechern, denn es war Silvesternacht, man musste sich auch ein bisschen vergnügen. Die Musik spielte einheimische Schlager, Karan, Grdović, Stavros, Danijela … Eine etwas Vollere wackelte mit dem Hintern im Rhythmus und brachte die anderen zum Lachen. So verließ ich sie, Papa im halbbewussten Zustand und sie zu der Musik.

Im Lauf der Nacht überhörte die eine von ihnen, in der sich der Tod verkörpert hatte, die Glocke aus dem Krankenzimmer. Papa zuckte im Sterben, riss sich die Nadel mit der Transfusion heraus, und das Blut rann auf seinen besten blauen Pyjama.

15.

Am 1. Januar 1992, gegen zehn Uhr morgens, kam das Telegramm aus dem Krankenhaus: „Ihr Vater, Tvrtko Ferić, ist heute Nacht verstorben. Nehmen Sie unser aufrichtiges Beileid entgegen.“ Das Datum ist symbolisch, als hätte er selbst beschlossen, sich zurückzuziehen, um mein Leben zu befreien. Einen Monat zuvor war ich meiner jetzigen Frau, Andrea, begegnet, und unsere Beziehung hatte erst begonnen. Ich hatte nicht viel Zeit neben der Schule und der Pflege meines Vaters. Deshalb erwartete sie mich oft am Hauptbahnhof, wenn ich abends aus Bedekovčina zurückkam, wir gingen ein bisschen spazieren oder etwas trinken, aber dann musste ich nach Hause, um ihm das Abendessen zu geben.

Und jetzt, das Telegramm in der Hand haltend, war ich dankbar, dass er gegangen war, so als wäre das sein Neujahrsvorsatz gewesen. „In meinem Leben, Papa, gibt es wenige glücklichere Augenblicke.“ Das waren meine Gedanken. Im Fernsehen lief das Neujahrskonzert aus Wien, und ich drehte unseren alten Singer bis zum Maximum auf und hörte einen schrecklich lauten *Radetzkymarsch* bis zum Schluss. Und so wurde er, der Krieger, der er, wenn auch zwangsmobilisiert, gewesen war, von einem der schönsten Märsche in der Musikgeschichte verabschiedet. Ich fühlte mich auch schuldig, schrecklich schuldig, dass ich wegen seines Todes ein solches Glück empfand, dass ich am Ende sogar zu weinen anfing. Und der Satz: „Mir ist nicht der Vater gestorben, Mamas Fehler wurde aufgehoben“, den ich lange für diesen Augenblick bereitgehalten hatte, stimmte plötzlich nicht mehr.

Die Wohnung war in Unordnung von der Neujahrsfeier. Die Reste des Ferkels lagen auf den Tellern, die halbvolle Schüssel mit dem Französischen Salat, in dem jemand mit dem Löffel herumgegraben hatte, sah aus wie ein Schlachtfeld, zwei leere Flaschen Bakarska vodica, zerkrümelte Salzstangen auf dem Teppich, und ich, der ich diesem schrecklichen Eindruck nicht entkommen kann: dass für mich sein Tod das schönste Neujahrgeschenk ist.

Ich trank ein Glas von dem schalen Champagner, trank Papa zu, der jetzt schon auf der anderen Seite war, und ging ins Krankenhaus, seinen blutigen Pyjama und die Krücken abholen, die mir eine Schwester, vielleicht jene, in der sich der Tod verkörpert hatte, in einen großen schwarzen Müllsack gepackt hatte. Ich brachte auch seinen Beerdigungsanzug ins Krankenhaus, Hemd, Hose, Sakko, Weste, Strümpfe und ein paar gut erhaltene Boxershorts, und bezahlte den Krankenpfleger, der mir in diesem Augenblick wie ein Konditor vorkam, mit so einer weißen Kappe auf dem Kopf, damit er ihn wusch und anzog. Aber die Trauer wegen dem, dass ich ein solches Glück empfand, begleitete mich auch am Abend mit Andrea, so sehr, dass ich im Bett weinte und sie mich auf die Stirn küsste.

Und obwohl der Tod endgültig ist und mich diese Endgültigkeit freute, kehrte er doch zurück. Zuerst in den Träumen.

Mama ist an einem unbegreiflichen Ort eingemauert und ist im Traum nicht zu sehen, man sieht nur irgendwelche grauen Mauern und eine Reihe gleichförmiger Fenster wie im Zajčeva-Krankenhaus. Selbst im Traum ist ihre Abwesenheit gründlich. Die Träume, in denen er zurückkehrt, sind noch qualvoller. Ich komme nach Hause, und er sitzt vor dem Fernseher und schimpft über Bakarić, oder sitzt nur da und tut nichts, dreht sich nicht einmal zu mir um. Manchmal kündigen ihn im Traum Geräusche an, das Öffnen des Kühlschranks oder das raschelnde Geräusch, wenn er den Anzug aus dem Schrank nimmt, aber nach den Geräuschen sieht auch er immer irgendwo hervor, nicht zur Gänze, sein Kopf sieht heraus, oder ein Teil des Arms, und ich weiß, dass er zurückgekehrt ist. Ich weiß, dass er tot ist, dass wir ihn begraben haben, zu seiner Zufriedenheit im Sarg, dass er neben Mama liegt, genauer, auf Mama, die wir exhumieren und ein wenig tiefer begraben mussten, ich weiß, dass sie beide da oben sind, auf dem Mirogoj, in Onkels Grab, aber da ist er schon wieder, im Haus auf dem Zelenjak.

Ich träume ihn ungefähr einmal jährlich, und dieser Traum, in dem er zurückkehrt, ist immer weniger schrecklich. Je länger er tot ist, desto besser ist er. Auch im Traum wird mir bewusst, dass seine Rückkehr vorübergehend ist, und mit der Zeit wird es mir sogar lieb, wenn er manchmal zurückkehrt, um die Uhren aufzuziehen, die seit seinem Tod stehen.

Aber dann beginnt er auch auf andere Weise zurückzukehren. Zum Beispiel fahren Andrea und ich auf dem Motorroller vom Abendessen bei ihrer Schwester in Opatija zurück, es ist zwei Uhr nach Mitternacht, eine leere Straße, außerhalb der Saison, und Papa ist schon gut zehn Jahre tot. Aber an der Ampel hinter Volosko bleibe ich vor einem silbernen Škoda Fabia stehen, so wie ich es immer in Zagreb tue, wo sich niemand aufregt. Denn wozu brauchst du einen Motorroller, wenn du nicht der Erste an der Ampel bist. Motorroller starten so schnell, dass du die Autos in keinem Fall behinderst. Aber kaum sind wir stehen geblieben, noch ist es fett rot, öffnet der Mann im Škoda das Fenster und knurrt:

– Pička ti materina, ich mach dich platt!

Ich wende auf der leeren Straße und stelle mich parallel zu ihm, sodass ich seine Tür auf der Fahrerseite blockiere. Durch das offene Fenster stinkt er nach Alkohol. Der Typ sagt nicht: „Ich schlag dich tot wie einen Hasen", aber vermutlich denkt er gerade das. Meine Frau sticht mir die Finger in die Rippen und sagt:

– Lass ihn, fahren wir!

Der Typ kann wegen unseres Motorrollers die Tür nicht öffnen, er ist blockiert. Ich sehe ihn an. Zusammengepresste Lippen, tierischer Gesichtsausdruck, den Tod im Kopf … Aus dem Auto riecht es wie aus einem Weinkeller, das ist auch durch das Visier am Helm zu spüren.

– Mater ti jebem … mater ti jebem … – wiederholt er stockend.

Und ich sage:

– Mein Herr, muss ich die Polizei rufen?

Aus der Innentasche meiner Jacke ziehe ich das Handy heraus.

– Ich mach dich platt, mater ti jebem … Ich mach dich platt … – wiederholt er.

Während wir uns streiten, ist es schon lange grün, und es war in der Zwischenzeit auch rot.

– Ich rufe jetzt die Polizei! – drohe ich ihm noch einmal und gebe bei Gelb Gas, damit er an der Ampel zurückbleibt.

Aber er fährt bei Rot drüber und uns nach. Er kann den Motorroller in den Kurven nicht einholen, aber ich sehe ihn im Rückspiegel, wie er rast. Er fährt auf die Gegenseite und schneidet die Kurven, er steigt aufs Gas und ist ständig zwanzig Meter hinter uns. Meine Frau ist so erschrocken, dass sie durch die Lederjacke mit den Fingernägeln meine Organe abzählt: zwei Nieren, und an der rechten Seite noch ein kleineres, die Bauchspeicheldrüse in regelmäßiger Form und ohne Geräusche, das Herz mit dem Geburtsfehler, die Aorta ohne Befund, ohne Verdickung, aber die Dysfunktion einer Klappe, die Narbe eines Geschwürs, ansonsten benigne …

Ich drehe auf bis hundertdreißig, aber der Typ ist uns noch immer im Nacken. Ich werde an der Ampel stehen bleiben müssen, was dann? An der Steigung nahe der Tankstelle bei der Werft „3. Mai" biege ich ab und fahre auf den Fußweg bei einem kleinen Wäldchen. Sollte er versuchen, uns plattzumachen, wird ihn bei der Geschwindigkeit dieser Fußweg stoppen. Das hoffe ich zumindest. Diskret öffne ich die kleine Ablage am Lenker, nehme das Springmesser heraus und halte es unauffällig in der am Körper herabhängenden Hand. Wir haben uns vom Motorroller etwas entfernt. Ich sage zu meiner Frau, sie solle sich etwas weiter hinter mich stellen. Auch wenn er mit dem Auto auf den Fußweg auffährt, kann er uns so nicht beide auf einmal plattmachen.

Aber er bleibt mitten auf der Straße stehen, schaltet die Warnblinker ein und steigt aus dem Auto aus. Er ist plump, aber gut gekleidet, er schwankt und hält eine Pistole in der Hand. Er kommt auf zehn Meter an uns heran, auf sieben, auf fünf … Die Hand mit der Pistole hängt an seinem Körper herunter. Ich nehme den Helm ab, damit er mein Gesicht sieht. Und wir sehen uns in die Augen.

– Ich bring dich um – krächzt er mit kratziger Stimme. Viel Unglück hat sich in ihm angesammelt. Ich sehe ihn an und weiß, ich habe keine Ahnung, weshalb, dass er nicht schießen wird. Hier gibt es zu viel Ähnlichkeit, als dass es Zufall sein könnte. Wir sehen uns eine Zeit lang an, er steht vor uns, und auch meine Frau hat den Helm abgenommen, und er sieht ihr schönes junges Gesicht.

– Ich habe die Polizei gerufen – sage ich, obwohl ich weiß, dass das in diesem Augenblick am wenigsten wichtig ist. Wichtiger ist dieses Gefühl, dass er nicht schießen wird. Und dass auch dieser pummelige Škoda-Fahrer sterben wird, ohne jemanden umgebracht zu haben. Dann dreht er sich, unter erheblicher mentaler Anstrengung, um und steigt gebeugt, wie nach einer schweren Niederlage, ins Auto, verstaut die Pistole im Handschuhfach und fährt langsam los.

Es besteht kein Zweifel, das war Papa.

16.

Es gibt eine Fotografie, die ich zusammen mit jener von Mamas Eltern im Operationssaal weggepackt, aber bisher nicht wiedergefunden habe. Auf diesem Schwarz-Weiß-Bild im Kleinformat spähen Mama und Papa aus dem Fenster eines dalmatinischen Steinhauses. Sie lächeln und schauen unbeirrt vor sich hin. Das Fenster umrahmt ihre Köpfe, sodass sie aussehen wie auf einer Fotografie auf einer Fotografie. Das erinnert ein wenig an jene stets retuschierten Hochzeitsbilder, die in den altertümlichen Schlafzimmern hingen. Auch in dem Zimmer, in dem sie in Bol auf Brač den Urlaub verbrachten, gab es so eines. Und würden irgendwelche völlig unbekannten Menschen sie auf diesem Bild sehen, würden alle sagen, sie seien glücklich.

In unserem Haus wurden die Worte „Bol auf Brač“ mit unterdrückter Stimme ausgesprochen, leiser als andere. Oder mit einem Zittern in der Stimme, hinter dem sich ein ganzes Album schöner Erinnerungen verbarg. Vielleicht auch an Liebe? Sicher an Liebe. Aber an eine Liebe, deren Haltbarkeitsdauer kürzer war als die Dauer der Frühstücksfleischkonserve von Gavrilović, die sie in die Sommerfrische mitgenommen hatten.

Papa trägt auf der Fotografie ein Seemannshemd, und Mama ein helles Kleid. Zweifellos musste er seinen Stil dem Ambiente anpassen, und unter dem Fenster führt ein Mann in altertümlicher Kleidung einen Esel. Diese Fotografie hat etwas Gestelltes, so als handelte es sich um eine Szene für ein nostalgisches Vaudeville aus einem kleineren dalmatinischen Ort. Es ist September 1960, und noch sind sie nicht verheiratet. Dies ist ihr erster gemeinsamer Sommerurlaub, und sie haben das Gefühl, dass vor ihnen etwas Herrliches liegt, aber von dieser Herrlichkeit hat jeder von ihnen seine eigene Vorstellung. Ihr bisheriges Leben sind sie bereit, hinter sich zu lassen, mit dem Bewusstsein, dass die Zukunft viele schöne Jahre bringen müsse.

Auch jetzt, Jahrzehnte nach ihrem Tod, sehe ich sie manchmal so, als glückliche junge Leute, die ich nur von einer Fotografie her kenne, nicht aus der Wirklichkeit. Ich stelle sie mir manchmal bei einem romantischen Abendessen bei weißem Fisch und einem guten Rotwein vor. Nachdem ich Papas galantes Benehmen kenne, haben sie nicht nur Frühstücksfleisch gegessen. Nach dem Abendessen gehen sie am Meer spazieren und betrachten die Sterne, ihren Teil des Firmaments.

Und nach dem Spaziergang betritt die verstorbene Mama das gemietete Zimmerchen als Erste. Sie stellt die Handtasche auf dem Holztischchen ab und öffnet das Fenster, damit die Abendfrische hereinkann. Hinter ihr tritt der verstorbene Papa ein, der sie wie ein Gentleman vorgelassen hat, stolz auf seine Manieren, die noch von einem längst vergangenen Besitzer einer Wanderbühne herrühren, und legt Pfeife, Tabak und Pfeifenstopfer auf den Holztisch. Und dann tritt die verstorbene Mama zu ihm, und nicht umgekehrt, denn sosehr er im Umgang mit den Leuten heftig, aggressiv, vielleicht auch verrückt ist, beim Liebemachen ist er verschämt, besorgt und entgegenkommend. Und dann küsst ihn meine verstorbene Mama filmreif, und von der Wand lächeln ihnen die retuschierten Eltern von Frau Mladineo zu, der Besitzerin des Hauses, in dem sie Urlaub machen. Danach küssen sich die verstorbene Mama und der verstorbene Papa lange am offenen Fenster, und so können sie die Schwalben vom Dach sehen, die Möwen vom Meer, und vielleicht auch jemand aus dem Nachbarhaus, den dieser Kuss an etwas Schönes erinnert, das er erlebt hat. Oder an etwas, was er leider nicht erlebt hat. Die verstorbene Mama zieht jetzt ihr Hemd aus und legt den BH ab. Obwohl es noch ziemlich heiß ist, trägt die verstorbene Mama immer einen BH, damit es nicht vulgär wirkt. Dann setzt sie sich aufs Bett und streift einen Strumpf ab. Und den anderen. Langsam. Auch die

Strümpfe trägt sie, damit es nicht vulgär aussieht, aber vielleicht auch deshalb, damit sie sie in einem bestimmten Augenblick langsam abstreifen kann. Die verstorbene Mama hat auf den Schenkeln eine rote Spur vom Strumpfband. Das erregt den verstorbenen Papa am meisten, diese Spur des Strumpfbands. Ich weiß das, denn das habe ich von ihm geerbt. Mein offizielles Sternzeichen ist Zwillinge, 2. Juni 1961. Aber geboren wurde ich im Zeichen des Strumpfbandes. Im Zeichen dieser rot-rötlichen Spur auf den Schenkeln, die ein wenig an ein Hängen mit dem Strick erinnert.

Und danach, langsam, sehr langsam, lässt die verstorbene Mama den verstorbenen Papa in sich hinein. Es gibt jene, die sagen, das sei der Beginn meines Lebens, andere stehen wieder auf dem Standpunkt, der Anfang meines Lebens sei jener Augenblick in der Geburtsklinik in der Petrova, unmittelbar im Morgenrot, dem ich vermutlich meinen Namen verdanke, als die verstorbene Mama beim Ansturm sehr schmerzhafter Wehen zum ersten Mal aufgeschrien hat. Und bald platzen die Enden ihres Gebärmutterhalses, das Köpfchen dringt hindurch … und schon bin ich draußen.

Der Arzt, der die Geburt leitet, sagt:

– Da ist ja der kleine Gagarin!

Und daran erkennt die verstorbene Mama, dass ich ein Junge bin.

Es ist unmöglich, sich an die Zeit zu erinnern. Wir erinnern uns nur an Augenblicke. Und sollte es in der Natur, in der Zeit oder im menschlichen Bewusstsein ein wie auch immer geartetes Gleichgewicht geben, ist dieser Augenblick glücklicher, wichtiger und vielleicht auch länger als die vielen Jahre, die uns später widerfahren.

In jenem Augenblick, als es völlig Tag geworden ist und als Mama das Kind, dem dieser Morgen schon den Namen gegeben hat, an die Brust genommen hat, und an dem Papa, jung und im neuen hellen Anzug, ihre Hand hält, zeigt die Zeit all ihre Dehnbarkeit. Die Uhren sind stehen geblieben, die Melodie der Mandoline ist verweht, verstummt ist auch die Balalaika, die Jahre, vergangene und künftige, haben sich zu einer Art kosmischem Ei verdichtet. Und Frau, Mann und Kind sind für immer da mit einem zeitlosen Lächeln. Und wenn jeder Augenblick ein Fenster in alle Zeit ist, möchte ich gerade diesen in Erinnerung behalten, an den ich mich nicht erinnern kann.

Anmerkungen

S. 5: Thomas Wolfe, *Schau heimwärts, Engel! Eine Geschichte vom begrabenen Leben,* übertragen von Hans Schiebelhuth.

S. 9: *Terazije:* Hauptplatz in Belgrad.

S. 11: *Tošo Dabac:* (1907–1970), kroatischer Fotograf von internationalem Ruf.

S. 18: *„U gaju tom, kukavica kuka / Bez dečka bit, svakoj je curici muka …":* „In diesem Hain ruft der Kuckuck, keinen Burschen zu haben, ist für jedes Mädchen eine Qual …"
„U ranu zoru, zoru, zoru / Kad svane dan / Ja idem kući, sav nakresan …": „Im frühen Morgen, wenn der Tag anbricht, geh ich nach Haus, mit einem festen Rausch …"

S. 19: *Mirogoj:* Zentralfriedhof in Zagreb.
Alpaka-Tablett: Alpaka – Neusilber, eine Kupfer-Nickel-Zink-Legierung mit hoher Korrosionsbeständigkeit, Festigkeit und silberähnlichem Aussehen.

S. 27: *Brestovac:* Sanatorium für Lungenkrankheiten am nördlichen Stadtrand von Zagreb.

S. 45: *Rokov perivoj:* auch Rokovo – kleiner idyllischer Park im Stadtzentrum Zagrebs.
Britanski trg: zumeist in der Kurzform Britanac („Britischer Platz") – Marktplatz im Westen Zagrebs.

S. 46: *Robert Auer:* (1873–1952), Maler der Zagreber Secession.

S. 49: *Ćifut:* pejorativ für „Jude".

S. 61: *Radić:* Stjepan Radić (1871–1928), kroatischer Politiker, Volks- und Bauernführer, starb an den Folgen eines Attentats im jugoslawischen Parlament in Belgrad.

S. 68: *dumasch ti:* (russ.) „denkst du".

S. 95: *Jelena, žena koje nema:* „Jelena, die Frau, die es nicht gibt", Erzählung von Ivo Andrić (1963, dt. 1967).

S. 102: *Sechster-Januar-Diktatur:* Königsdiktatur unter Alexander I., ausgerufen am 6. Januar 1929.

S. 110: *Geburtstag des NDH-Staates:* NDH – Nezavisna Država Hrvatska („Unabhängiger Staat Kroatien"), Vasallenstaat der Achsenmächte, ausgerufen am 10. April 1941.

S. 121: *Šalata:* prominentes Wohnviertel auf einer Anhöhe im Norden Zagrebs.
Tuškanac: prominentes Zagreber Wohnviertel.

S. 133: *Boza:* alkoholfreies Erfrischungsgetränk aus Maismehl, Hefe, Zucker und Wasser.

S. 156: *Dva goluba:* „Zwei Tauben", traditionsreiches Zagreber Gasthaus.

S. 161: *Staklo:* „Glas".

S. 168: *Zagorje:* Hügelland nördlich von Zagreb.

S. 169: *Fićo:* scherzhaft und liebevoll für den Fiat 650 und 750.

S. 173: *dass man eigentlich nicht weiß, mit welchem Feld es beginnt:* Die „Šahovnica" („Schachbrettwappen") des NDH-Staates begann, wie auch zahlreiche historische Vorläufer, mit einem weißen Feld, das Wappen der Republik Kroatien beginnt mit einem roten Feld.

S. 180: *Sve oko nas:* „Alles um uns herum", von 1970 bis 1972 in Zagreb erschienene „enzyklopädische Revue für junge Leute".
Rotmützen: die Jakobiner der Französischen Revolution, wie sie Dickens beschreibt.

S. 190: *Banija:* auch Banovina – gering besiedeltes Gebiet in Zentralkroatien mit ethnisch gemischter, serbisch-kroatischer Bevölkerung.

S. 214: *Tisch der Sieben:* Der 1862 für das Königreich Kroatien, Dalmatien und Slawonien als Oberster Gerichtshof gegründete „Königliche Tisch der Sieben" arbeitete ab 1929 unter der Bezeichnung „Kassationsgericht" und während des NDH-Staates unter der Bezeichnung „Tisch der Sieben".

S. 226: *Nedić-Regierung:* Milan Nedić (1877–1946), Ministerpräsident der Marionettenregierung des von der Wehrmacht besetzten Serbien.
Draža-Bewegung: Draguljub („Draža") Mihailović (1893–1946), Tschetnikführer während des Zweiten Weltkriegs.

S. 227: *Do X:* Die Do X war ein Verkehrsflugschiff, das nach dem Ersten Weltkrieg von den deutschen Dornier-Werken konstruiert und 1929 gebaut wurde.

S. 231: *Mogila:* „Grabhügel", 1925 im Maksimir-Park aufgeschütteter Hügel aus Erde von 155 historischen Stätten in Kroatien.

S. 232: *Supilos* Novi list*:* Frano Supilo (1870–1917), kroatischer Politiker und Zeitungsherausgeber, führender Vertreter des Jugoslawismus in der Habsburgermonarchie.

S. 252: *Großžupan:* Obergespan, Landgraf.

S. 254: *Većeslav Holjevac:* (1917–1970), jugoslawischer Partisanenkommandant, Korpskommissar und von 1952 bis 1962 Bürgermeister von Zagreb.

S. 259: *Samoborček:* historische kroatische Schmalspurbahn, die Zagreb mit Samobor und Bregana verband (1901–1979).

S. 260: *Jaska:* Kurzform für Jastrebarsko.

S. 264: *dass alle Angehörigen des mosaischen Glaubens das Judenzeichen zu tragen haben:* Sie mussten einen Judenstern mit dem Buchstaben Ž (für „Židov" – Jude) tragen.

S. 267: *kurac:* „Schwanz" (Penis).

S. 271: *Grič:* neben dem „Kaptol" einer der Ursprünge der mittelalterlichen Stadt Zagreb.

S. 277: *„Drveni neboder":* „Hölzerner Wolkenkratzer", 1956–1958 errichtetes Hochhaus des Architekten Drago Ibler.

S. 280: *ein nach Andrićs Erzählung* Zlostavljanje *gedrehtes Fernsehdrama:* Ivo Andrić, *Zlostavljanje* („Die Misshandlung"), 1946 erschienen, 1970 verfilmt.

S. 285: *Nama:* Abkürzung für Narodni Magazin („Volkskaufhaus").

S. 295: *Rebro:* Klinikzentrum Rebro in Zagreb.

S. 296: *Jama:* Poem des 1943 als Partisan gefallenen kroatischen Dichters Ivan Goran Kovačić (1913–1943); dt. Übertragung „Das Massengrab" von Zlatko Gorjan, Zagreb 1962.

S. 299: *des ersten kroatischen Dramas: Robinja* („Die Sklavin"), Drama des kroatischen Renaissancedichters Hanibal Lucić (um 1485–1553).

S. 303: *Josipa Lisac:* (*1950), kroatische Rocksängerin.
Gabi Novak: (*1936), kroatische Pop- und Schlagersängerin.
Vice Vukov: (1936–2008), kroatischer Sänger und Politiker.
Edo Murtić: (1921–2005), jugoslawischer/kroatischer Maler und Grafiker.
Vojin Bakić: (1915–1992), jugoslawischer Bildhauer, wichtiger Vertreter der abstrakten Bildhauerei.

S. 315: *„Sajmonice":* auch „Simonice" – in Kroatien nach der Band Simon & Garfunkel benannte Desert Boots der Firma Clark.
Savka Dabčević-Kučar: (1923–2009), eine der prominentesten Protagonistinnen des Kroatischen Frühlings (s. Anm. zu S. 357) und Vorsitzende des Bundes der Kommunisten Kroatiens in den Jahren 1969–1971.

S. 317: *Pavle Vujisić:* Pavle („Paja") Vujsić (1926–1988), jugoslawischer Schauspieler.
Čkalja: Miodrag Petrović Čkalja (1924–2003), serbischer Schauspieler und Komiker.

S. 318: *Petrica Kerempuh:* Eulenspiegelfigur in der kroatischen Literatur.

S. 320: *Maks Luburić, Fra Majstorović oder Pavelić:* Maks Luburić (1913–1969), Ustascha-General, Leiter des KZs Jasenovac; Fra Majstorović, eigtl. Miroslav Filipović (1915–1946), Priester des Franziskanerordens, Ustascha-Schlächter; Ante Pavelić (1889–1959), faschistischer Diktator des Unabhängigen Staates Kroatien (1941–1945).

S. 333: *Vučetićka:* populärer Name eines kroatischen Kochbuchs von Mira Vučetić (1892–1976).

S. 349: *Sevdalinke:* Sevdalinka – bosnisch-orientalisches Liebeslied.

U tom Somboru, Suze liju plave oči, Fijaker stari, Emina …: U tom Somboru („In diesem Sombor"); *Suze liju plave oči* („Tränen fließen aus blauen Augen"), *Fijaker stari* („Der alter Fiaker"); *Emina* – sentimentale, auch „altstädtisch" genannte Schlager und Liebeslieder.

S. 352: *Lipa Mill:* bekannte kroatische Papiermanufaktur.

Klaićeva: Gemeint ist das Kinderkrankenhaus in der Klaić-Straße in Zagreb.

S. 357: *Račić:* Josip Račić (1885–1908), Maler, Mitbegründer der kroatischen Moderne.

die Zeit deckte sich mit dem Kroatischen Frühling: Kroatischer Frühling – politischer Konflikt, der zwischen 1967 und 1971 in der Sozialistischen Republik Kroatien um eine größere nationale Eigenständigkeit innerhalb der Sozialistischen Föderativen Republik Jugoslawien ausgetragen wurde. Symbolfiguren dieser Reformbewegung waren Savka Dabčević-Kučar (s. Anm. zu S. 315) und Miko Tripalo (1926–1995).

S. 366: *Vidikovac:* „Aussichtswarte", zentrales klassizistisches Objekt im Maksimir-Park, 1841–1843 vom österreichischen Baumeister Franz Schücht (1793–1872) erbaut.

S. 373: *pflanzte zwei Pančić-Fichten:* Pančić-Fichte, auch Serbische Fichte oder Omorika-Fichte, nach dem serbischen Botaniker Josif Pančić benannte seltene Fichtenart aus einem kleinen Gebiet nördlich von Višegrad.

S. 376: *Variable:* veränderlicher Teil des Gehalts, Bonus-Zahlungen.

S. 378: *Lovački vjesnik:* „Jagdrevue", Zeitschrift des Kroatischen Jagdverbands, erscheint seit 1892.

Staro oružje: „Alte Waffen".

S. 380: *Vela riva:* große Mole.

Ekavisch: serbische Variante des in Bosnien, Kroatien und Serbien gesprochenen Štokavischen, das während des Bestehens Jugoslawiens als Serbokroatisch oder Kroatoserbisch bezeichnet wurde.

S. 381: *Kačjak:* Halbinsel bei Dramalj.

S. 393: *Ay, Carmela:* „¡Ay Carmela!“ war eines der berühmtesten Lieder der republikanischen Truppen im Spanischen Bürgerkrieg (1936–1939).

S. 396: *Bela:* auch Belot – Kartenspiel, das mit sog. ungarischen Karten gespielt wird.

S. 400: *Zibner:* Kartenspiel, bei dem die Pik Sieben eine fatale Rolle spielt.

S. 401: *Prolom:* (kroat.) „Durchbruch“.

Hubald: Hucbald, der Kahlkopf von St. Amand, auch Hugbald, Hucbold, Hubald, Ubald genannt, war ein um das Jahr 840 in Flandern geborener Philosoph und Musiker.

S. 402: *The Omen:* Horrorfilm des US-amerikanischen Regisseurs Richard Donner aus dem Jahr 1976; Neuverfilmung 2006.

S. 403: *Šalamun:* Tomaž Šalamun (1941–2014), jugoslawischer/slowenischer Lyriker, führende Figur der Neo-Avantgarde der Nachkriegszeit in Mitteleuropa.

S. 404: *Rifle:* vor allem in Südost- und Osteuropa beliebte italienische Jeansmarke.

S. 409: *Pliva:* kroatischer Pharmakonzern.

Vatikan: im Zagreber Stadtzentrum auf dem Gelände eines ehemaligen bischöflichen Gartens zwischen 1926 und 1930 errichteter großzügiger Wohn- und Geschäftskomplex.

S. 415: *sie Ptica und manchmal auch Lisica nannte: ptica* („Vogel“); *lisica* („Füchsin“).

S. 425: *Konjuh planinom:* „Über das Konjuh-Gebirge“, 1941 entstandenes Partisanenlied.

Buševec: Ort in Kroatien südlich von Velika Gorica.

S. 434: *Jarun:* Sportpark im gleichnamigen Stadtviertel in Zagreb.

S. 437: *Voltino:* Wohnviertel in Zagreb.

S. 444: *Kurban-bajram:* höchstes islamisches Fest, das zum Höhepunkt des Hadsch gefeiert wird.

S. 446: *Lahmer Daba:* in der serbischen Mythologie der älteste Dämon, der die Annahme des Christentums überlebt hat.

S. 451: *SAO Krajina:* Srpska autonomna oblast Krajina („Serbisches Autonomes Gebiet Krajina“), Region im heutigen Kroatien, die im Oktober 1990 ihre Autonomie erklärt hatte.

S. 456: *Konoba:* Weinkeller.

S. 473: *Kajkavisch:* in Nordkroatien gesprochene Mundart mit Zentren in Zagreb und Varaždin, im Zagorje und Turopolje.

S. 479: *Za vsaku dobru reč:* „Für jedes gute Wort", kajkavisches Gedicht des kroatischen Dichters Dragutin Milivoj Domjanić (1875–1933), vertont vom kroatischen Komponisten Vlaho Paljetak (1893–1944).

S. 480: *Karan, Grdović, Stavros, Danijela:* Goran Karan (*1964), Mladen Grdović (*1958), Jasmin Stavros (*1954), Danijela Martinović (*1971) – kroatische Schlagersänger und Popmusiker.

S. 482: *Bakarska vodica:* ein mit Kohlensäure versetzter kroatischer Tischwein unspezifischer Herkunft.
Bakarić: Vladimir Bakarić (1912–1983), kroatischer Kommunist und Politiker im sozialistischen Jugoslawien.

S. 483: *Pička ti materina:* verbreiteter, semantisch entleerter Fluch.
Mater ti jebem: dito.

S. 487: *Morgenrot:* kroat. „zora".

TransferBibliothek CLXXV

Die Originalausgabe ist 2020 unter dem Titel *Putujuće kazalište* bei V.B.Z. d.o.o., Zagreb, erschienen.
Copyright © Zoran Ferić, in accordance with Corto Literary d.o.o., Zagreb

Die Drucklegung erfolgte mit freundlicher Unterstützung durch die Abteilung für deutsche Kultur in der Südtiroler Landesregierung.

AUTONOME PROVINZ BOZEN SÜDTIROL
PROVINCIA AUTONOMA DI BOLZANO ALTO ADIGE
Deutsche Kultur

Die Herausgabe dieses Werks wurde gefördert durch TRADUKI, ein literarisches Netzwerk, dem das Bundesministerium für europäische und internationale Angelegenheiten der Republik Österreich, das Auswärtige Amt der Bundesrepublik Deutschland, die Schweizer Kulturstiftung Pro Helvetia, die Interessengemeinschaft Übersetzerinnen Übersetzer (Literaturhaus Wien) im Auftrag des Bundesministeriums für Kunst, Kultur, öffentlichen Dienst und Sport der Republik Österreich, das Goethe-Institut, die S. Fischer Stiftung, die Slowenische Buchagentur, das Ministerium für Kultur und Medien der Republik Kroatien, das Ministerium für Gesellschaft und Kultur des Fürstentums Liechtenstein, die Kulturstiftung Liechtenstein, das Ministerium für Kultur der Republik Albanien, das Ministerium für Kultur und Information der Republik Serbien, das Ministerium für Kultur Rumäniens, das Ministerium für Bildung, Wissenschaft, Kultur und Sport von Montenegro, die Leipziger Buchmesse, das Ministerium für Kultur der Republik Nordmazedonien und das Ministerium für Kultur der Republik Bulgarien angehören.

traduki

Lektorat: Joe Rabl

© der deutschsprachigen Ausgabe
FOLIO Verlag Wien • Bozen 2023
Alle Rechte vorbehalten

Umschlagmotive: mauritius images/Richard Semik/Alamy/Alamy Stock Photos und shutterstock
Grafische Gestaltung: Dall'O & Freunde
Druckvorbereitung: Typoplus, Frangart
Printed in Europe

ISBN 978-3-85256-878-2

www.folioverlag.com

E-Book ISBN 978-3-99037-144-2

Jelica
⚭
Janko Bencеković
österr.-ungar. Gendarm und Imker

Antun

Milan

Stjepan
⚭
Terezija

Ivka
⚭
Benjamin
Bernstein
Arzt

Dušan
⚭
Julijana

Marica

Nada

Vera
Bankangestellte
*1929
†1976

Zora

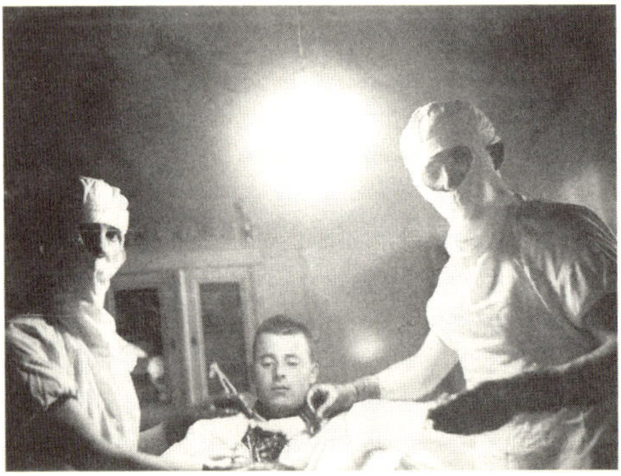

Ivka und Benjamin: *„Mama und Papa, Vinogradska 1928“*